俄苏文学经典译著·长篇小说

高尔基（1868—1936）

原名阿列克赛·马克西莫维奇·彼什科夫，苏联作家。生于木工家庭。当过学徒、码头工、面包师傅等，流浪俄国各地，经历丰富。列宁称他为"无产阶级艺术最杰出的代表"。代表作品有《母亲》《童年》《在人间》《我的大学》等。

罗稷南（1898—1971）

原名陈小航，云南顺宁人。1923年毕业于北京大学哲学系。曾任上海读书生活出版社经理，与人合办《民主》周刊。1949年后出任西南军政委员会委员，中国民主促进会发起组建者之一。精通英语和俄语，译作颇丰，代表性译作有《双城记》等。

ЖИЗНЬ
КЛИМА
САМГИНА

M.Gorky

俄苏文学经典译著·

长 篇 小 说

Russian

Literature

Classic.

NOVEL

克里·萨木金的一生

【第一部 旁观者】

[苏]高尔基 著

罗稷南 译

Copyright © 2021 by SDX Joint Publishing Company.
All Rights Reserved.

本作品版权由生活·读书·新知三联书店所有。
未经许可，不得翻印。

图书在版编目（CIP）数据

克里·萨木金的一生 /（苏）高尔基著；罗稷南译. —北京：生活·读书·新知三联书店，2021.10
（俄苏文学经典译著·长篇小说）
ISBN 978-7-108-06576-6

Ⅰ.①克… Ⅱ.①高…②罗… Ⅲ.①长篇小说—苏联 Ⅳ.①I512.45

中国版本图书馆CIP数据核字（2019）第067458号

| 责任编辑 | 陈丽军 |
| 封面设计 | 樱 桃 |

出版发行 生活·讀書·新知 三联书店
（北京市东城区美术馆东街22号）

邮 编	100010
印 刷	常熟市人民印刷有限公司
版 次	2021年10月第1版
	2021年10月第1次印刷
开 本	650毫米×900毫米 1/16 印张151.25
字 数	2008千字
定 价	398.00元（共四部）

俄苏文学经典译著

出版说明

本丛书是对中国左翼作家所译俄苏文学经典一次系统的整理和展现，所辑各书均为名家名译，这不仅是文献和版本意义上的出版，更是对当时红色文化移植的重新激活。

早在1948年生活书店、读书出版社、新知书店合并为生活·读书·新知三联书店前，三家出版社就以引介俄苏经典文学和社会理论图书等为己任。比如1937年生活书店出版托尔斯泰的《安娜·卡列尼娜》，1946年新知书店出版《钢铁是怎样炼成的》。1949年以后，虽然也有出版社对俄苏文学经典进行重译、重编，但难免失去了初始的本色，并且遗失了些许当时出版的有价值的译著；此外，左翼作家的译介因其"著译合一"的特点，在众多译本中，自有其价值；更重要的是，这些文学经典蕴含的对生活的热情、对信仰的坚守、对事业的激情在今天亦鼓动人心，能给每一位真诚活着的人以前行的动力。因此，系统地整理出版左翼作家翻译的俄苏文学经典是必要的。

我们在对书稿进行加工时，主要遵循了以下原则：

一、本丛书为重排本，由繁体字竖排版改为简体字横排版。

二、忠实原作，保持原译语言风格及表现方式；对书中人物及相关译名除必要的规范外基本保留。

三、原书注释如旧，编者所出的注释，均以"编者注"标明，以示与原书注释的区别。

四、对原书中各种错讹脱衍之处,直接订正。

五、数字只要统一、规范,基本沿用;对标点符号的用法,尽可能做到规范。

六、在不影响原译意的情况下,对个别表述可能有歧义的字句进行必要斟酌处理。

俄苏文学经典译著

总　序

生活·读书·新知三联书店推出"俄苏文学经典译著·长篇小说"丛书，意义重大，令人欣喜。

这套丛书撷取了1919至1949年介绍到中国的近50种著名的俄苏文学作品。1919年是中国历史和文化上的一个重要的分水岭，它对于中国俄苏文学译介同样如此，俄苏文学译介自此进入盛期并日益深刻地影响中国。从某种意义上来说，这套丛书的出版既是对"五四"百年的一种独特纪念，也是对中国俄苏文学译介的一个极佳的世纪回眸。

丛书收入了普希金、果戈理、屠格涅夫、陀思妥耶夫斯基、托尔斯泰、高尔基、肖洛霍夫、法捷耶夫、奥斯特洛夫斯基、格罗斯曼等著名作家的代表作，深刻反映了俄国社会不同历史时期的面貌，内容精彩纷呈，艺术精湛独到。

这些名著的译者名家云集，他们的翻译活动与时代相呼应。20世纪20年代以后，特别是"左联"成立后，中国的革命文学家和进步知识分子成了新文学运动中翻译的主将和领导者，如鲁迅、瞿秋白、耿济之、茅盾、郑振铎等。本丛书的主要译者多为"文学研究会"和"中国左翼作家联盟"的成员，如"左联"成员就有鲁迅、茅盾、沈端先（夏衍）、赵璜（柔石）、丽尼、周立波、周扬、蒋光慈、洪灵菲、姚蓬子、王季愚、杨骚、梅益等；其他译者也均为左翼作家或进步人士，如巴金、曹靖华、罗稷南、高植、陆蠡、李霁野、金人等。这些进步的翻译家不仅是优秀的译者、杰出的作家或学者，同时他们纠正以往译界的不良风气，将翻译事业与中国反帝反封建的斗争结合起来，成为中国新文学运动中的一支重要力量。

这些译者将目光更多地转向了俄苏文学。俄国文学的为社会为人生的主旨得到了同样具有强烈的危机意识和救亡意识，同样将文学看作疗救社会病痛和改造民族灵魂的药方的中国新文学先驱者的认同。茅盾对此这样描述道："我也是和我这一代人同样地被'五四'运动所惊醒了的。我，恐怕也有不少的人像我一样，从魏晋小品、齐梁词赋的梦游世界中，睁圆了眼睛大吃一惊，是读到了苦苦追求人生意义的19世纪的俄罗斯古典文学。"[1] 鲁迅写于1932年的《祝中俄文字之交》一文则高度评价了俄国古典文学和现代苏联文学所取得的成就："15年前，被西欧的所谓文明国人看作未开化的俄国，那文学，在世界文坛上，是胜利的；15年以来，被帝国主义看作恶魔的苏联，那文学，在世界文坛上，是胜利的。这里的所谓'胜利'，是说，以它的内容和技术的杰出，而得到广大的读者，并且给予了读者许多有益的东西。它在中国，也没有出于这例子之外。""那时就知道了俄国文学是我们的导师和朋友。因为从那里面，看见了被压迫者的善良的灵魂，的酸辛，的挣扎，还和40年代的作品一同烧起希望，和60年代的作品一同感到悲哀。""俄国的作品，渐渐地绍介进中国来了，同时也得到了一部分读者的共鸣，只是传布开去。"鲁迅先生的这些见解可以在中国翻译俄苏文学的历程中得到印证。

中国最初的俄国文学作品译介始于1872年，在《中西闻见录》的

---

[1] 茅盾：《契诃夫的时代意义》，载《世界文学》1960年1月号。

创刊号上刊载有丁韪良（美国传教士）译的《俄人寓言》一则。[1] 但是从1872年至1919年将近半个世纪，俄国文学译介的数量甚少，在当时的外国文学译介总量中所占的比重很小。晚清至民国初年，中国的外国文学译介者的目光大都集中在英法等国文学上，直到"五四"时期才更多地移向了"自出新理"（茅盾语）的俄国文学上来。这一点从译介的数量和质量上可以见到。

首先译作数量大增。"五四"时期，俄国文学作品译介在中国"极一时之盛"的局面开始出现。据《中国新文学大系》（史料·索引卷）不完全统计，1919年后的八年（1920年至1927年），中国翻译外国文学作品，印成单行本的（不计综合性的集子和理论译著）有190种，其中俄国为69种（在此期间初版的俄国文学作品实为83种，另有许多重版书），大大超过任何一个国家，占总数近五分之二，译介之集中可见一斑。再纵向比较，1900至1916年，俄国文学单行本初版数年均不到0.9部，1917至1919年为年均1.7部，而此后八年则为年均约十部，虽还不能与其后的年代相比，但已显出大幅度跃升的态势。出版的小说单行本译著有：普希金的《甲必丹之女》（即《上尉的女儿》），陀思妥耶夫斯基的《穷人》、《主妇》（即《女房东》），屠格涅夫的《前夜》、《父与子》、《新时代》（即《处女地》），托尔斯泰的《婀娜小史》（即《安娜·卡列尼娜》）、《现身说法》（即《童年·少年·青年》）、《复活》，柯罗连科的《玛加尔的梦》和《盲乐师》，路卜洵的《灰色马》，阿尔志跋绥夫的《工人绥惠略夫》等。[2] 在许多综合性的集子中，俄国文学的译作也占重要位置，还有更多的作品散布在各种期刊上。

其次翻译质量提高。辛亥革命前后至"五四"高潮前，中国的俄国

---

[1] 可参见笔者在《二十世纪中俄文学关系》（学林出版社，1998；高等教育出版社，2002）中的相关考证。
[2] 这套丛书中收入了这一时期张亚权译的柯罗连科的《盲乐师》（商务印书馆，1926）。

文学译介均为转译本，且多为文言。即使一些"名家名译"，如戢翼翚译的普希馨《俄国情史》（即普希金《上尉的女儿》，1903）、马君武译的托尔斯泰的《心狱》（即《复活》，1914）、林纾和陈家麟合译的托尔斯泰的《罗刹因果录》（收八篇短篇，1915）等，也因受当时译风的影响，对原作进行改动或发挥之处颇多，有的译作几近于演述。1919年以后，译者队伍与译风发生了根本上的变化。一批才气横溢的通俄语的年轻人加入了俄国文学作品翻译的队伍，其中有瞿秋白、耿济之、沈颖、韦素园、曹靖华等。以本套丛书入选译本最多的译者耿济之为例。耿济之早年在俄文专修馆学习，1919年在《新中国》杂志上发表最初的译作，即托尔斯泰的《真幸福》（即《伊略斯》）和《旅客夜谭》（即《克莱采奏鸣曲》）等作品。20年代初期，耿济之又有果戈理的《马车》和《疯人日记》、赫尔岑的《鹊贼》、屠格涅夫的《村之月》、奥斯特洛夫斯基的《雷雨》、托尔斯泰的《家庭幸福》和《黑暗之势力》、契诃夫的《侯爵夫人》等重要译作。此后他一发不可收，数十年间译出了大量的俄国文学名著，是中国早期产量最多和态度最严肃的俄国文学译介者。当然，这时期仍有相当一部分翻译家依然利用其他语种的文字在转译俄国文学作品，如鲁迅、周作人、李霁野、郑振铎、赵景深、郭沫若等。这些译者大多学养深厚，译风严谨。鲁迅在20年代前期和中期译出了阿尔志跋绥夫的《工人绥惠略夫》《幸福》《医生》和《巴什唐之死》、安德列耶夫的《黯淡的烟霭里》和《书籍》、契诃夫的《连翘》、迦尔洵的《一篇很短的传奇》等不少俄国文学作品。尽管是转译，但翻译的水准受到学界好评。

　　20世纪二三十年代，中国文坛开始引进苏俄文学。1931年12月，瞿秋白在给鲁迅的信中谈到：有系统地译介苏联文学名著，"这是中国普罗文学者的重要任务之一"[1]。不少出版社在20年代末相继推出

---

[1] 瞿秋白：《论翻译》，见《瞿秋白文集》第2卷，人民文学出版社1954年版。

"新俄文学"作品专集。最早出现的是由曹靖华辑译、北平未名社1927年出版的《白茶（苏俄独幕剧集）》一书。而后，鲁迅、叶灵凤、曹靖华、蒋光慈、傅东华、冯雪峰和郭沫若等辑译的各种苏联文学作品集相继问世。这一时期，译出了不少活跃于十月革命前后的苏俄著名作家的作品。比较重要的有：拉夫列尼约夫的《第四十一》、革拉特珂夫的《士敏土》、绥拉菲莫维奇的《铁流》、法捷耶夫的《毁灭》、聂维罗夫的《不走正路的安得伦》、雅科夫列夫的《十月》、伊凡诺夫的《铁甲列车Nr.14-6》、富曼诺夫的《夏伯阳》、肖洛霍夫的《静静的顿河》（前两部）和《被开垦的处女地》、奥斯特洛夫斯基的长篇小说《钢铁是怎样炼成的》、诺维科夫－普里波伊的《对马》、马雅可夫斯基的诗集《呐喊》、爱伦堡等人的报告文学集《在特鲁厄尔前线》和阿·托尔斯泰的剧本《丹东之死》等。

这一时期，作品被译得最多的作家是高尔基。最早出现的是宋桂煌从英文转译的《高尔基小说集》（上海民智书局，1928）。这部小说集中载有《二十六个男和一女》和《拆尔卡士》（即《切尔卡什》）等五篇作品。最早出现的单行本是沈端先（即夏衍）从日文转译的高尔基的《母亲》。[1] 30年代中国出版的有关高尔基的文集、选集和各种单行本更多，总数达57种，如鲁迅编的《戈里基文录》、瞿秋白译的《高尔基创作选集》、黄源编译的《高尔基代表作》、周天民等编选的《高尔基选集》（六卷）等。此外问世的还有：鲁迅等译的短篇集《恶魔》和《俄罗斯的童话》、史铁儿（即瞿秋白）译的《不平常的故事》、巴金译的短篇集《草原故事》、丽尼译的《天蓝的生活》、钱谦吾（即阿英）译的《劳动的音乐》、蓬子译的《我的童年》、王季愚译的《在人间》、杜畏之等译的《我的大学》、何素文译的《夏天》、何妨译的《忏悔》、罗稷南译的《四十年间》、赵璜（即柔石）译的《颓废》（即《阿尔达莫夫家

---

[1] 该书1929年由上海大江书铺出版第一部，次年出版第二部。

的事业》)、钟石韦译的《三人》、李谊译的《夜店》(即《底层》)和贺知远译的《太阳的孩子们》等。

进入 20 世纪 40 年代,由于苏德战争和太平洋战争的爆发,中国文坛把自己的目光转向了苏联卫国战争文学。1942 年在上海创刊(1949 年终刊)的《苏联文艺》发表的各类作品的总字数达六百多万字,其中大部分是反映苏联卫国战争的文学作品。此外,仅就单行本而言,各出版社出版或重版此类书籍的数量有百余种之多。这些作品极大地鼓舞了中国人民反抗外族入侵和黑暗统治的斗志。也许今天的人们已经淡忘了它们,有些作品从艺术上看似乎也有些逊色。但是,其中经受住了历史检验的优秀之作,仍值得我们珍视。这一时期,苏联其他一些文学作品也有译介。值得一提的有:肖洛霍夫的《静静的顿河》(全译本)、叶赛宁、勃洛克和马雅可夫斯基合集的《苏联三大诗人代表作》、阿·托尔斯泰的《苦难的历程》和《彼得大帝》、费定的《城与年》、奥斯特洛夫斯基的《暴风雨所诞生的》、潘诺娃的《旅伴》、克雷莫夫的《油船德宾特号》、波列伏依的《真正的人》、卡达耶夫的《时间呀,前进!》、列昂诺夫的《索溪》、冈察尔的《旗手》(第一部)、包戈廷的剧本《带枪的人》《苏联名作家专集》(共五辑)等。其中不少名著在这一时期初次被译成中文。可以说,至 20 世纪 40 年代末,苏联重要的主流文学作品译介得已相当全面。

1919 年以后的 30 年间,译介到中国的俄苏文学作品产生了巨大的影响。钱谷融教授曾经生动地描述过抗战时期他随学校迁至四川偏远小城,在那里迷上俄国文学的一些情景。他还表示自己"是喝着俄国文学的乳汁而成长的","俄国文学对我的影响不仅仅是在文学方面,它深入到我的血液和骨髓里,我观照万事万物的眼光识力,乃至我的整个心灵,都与俄国文学对我的陶冶薰育之功不可分。我已不记得最先接触到的俄国文学名著是哪一本了,总之是一接触到它就立即把我深深地吸引住了,使我如醉如痴,使我废寝忘食。尽管只要是真正的名著,不管它是英、美的,法国的,德国的,还是其他国家的,都能吸引我,都能使我迷醉。但是论其作品数量之多,吸引我的程度之深,则无论哪一国的文学,都比不上俄国文学"。这样的感受和评价在那一时代的知识分子中并不罕见。

由于社会的、历史的和文学的因素使然,中国知识分子(特别是左翼知识分子)强烈地认同俄苏文化中蕴含着的鲜明的民主意识、人道精神和历史使命感。红色中国对俄苏文化表现出空前的热情,俄罗斯优秀的音乐、绘画、舞蹈和文学作品曾风靡整个中国,深刻地影响了几代中国人精神上的成长。除了俄罗斯本土以外,中国读者和观众对俄苏文化的熟悉程度举世无双。在高举斗争旗帜的年代,这种外来文化不仅培育了人们的理想主义的情怀,而且也给予了我们当时的文化所缺乏的那种生活气息和人情味。因此,尽管中俄(苏)两国之间的国家关系几经曲折,但是俄苏文化的影响力却历久而不衰。

在中国译介俄苏文学的漫漫长途中,除了翻译家们所做出的杰出贡献外,还有无数的出版人为此付出了艰辛的努力,甚至冒了巨大的风险。在俄苏文学经典的译著中,我们常常可以看到商务印书馆、中华书局、开明书店、文化生活出版社等出版社的名字,也常常可以看到三联书店的前身生活书店、读书出版社、新知书店的名字。这套丛书中就有:生活书店1936年出版的、由周立波翻译的肖洛霍夫的小说《被开垦的处女地》,生活书店1936年出版的、由王季愚翻译的高尔基的小说《在人间》,生活书店1937年出版的、由周扬和罗稷南翻译的列夫·托尔斯泰的小说《安娜·卡列尼娜》,新知书店1937年出版的、由梅益翻译的普里波伊的小说《对马》,读书出版社1943年出版的、由王语今翻译的奥斯特洛夫斯基的小说《暴风雨所诞生的》,新知书店1946年出版的、由梅益翻译的奥斯特洛夫斯基的小说《钢铁是怎样炼成的》,生活书店1948年出版的、由罗稷南翻译的高尔基小说《克里·萨木金的一生》。熠熠生辉的名家名译,这是现代出版界在中国文化发展史上写就的不可磨灭的一笔。这套丛书的出版也是三联书店文脉传承的写照。

  尽管由于时代的发展,文字的变迁,丛书中某些译本的表述方式或者人物译名会与当下有所差异,但是这些出自名家之手的早期译本有着独特的价值。名译与名著的辉映,使经典具有了恒久的魅力。相信如今的读者也能从那些原汁原味的译著中品味名著与译家的风采,汲取有益的养料。

陈建华

2018年7月于沪上西郊夏州花园

第一章

一

伊凡·阿乞莫维奇·萨木金喜欢新颖,所以,在他的妻生下第二个儿子之后,他坐在刚才分娩的母亲的床边,一开口就对她说:

"维拉,你知道——我们要给他一个新鲜的名字吗?一切数不清的伊凡和巴塞尔之类已经讨厌了——嗯?"

由于生产的苦痛而疲乏无力,维拉·彼得洛夫娜没有回答。她的丈夫深思默想了一会儿;他的鸽子似的眼睛凝视着窗外的天空,天上的云被风吹破,好像河上破裂的冰块或沼地里散乱的草丛似的。然后萨木金用短胖的手指点划着空气,焦急地列举道:

"克里斯托斐?乞里克?孚可尔?尼可丁?"

每一个名字都被他做一个姿势就抛弃了,一直选择了十多个不平常的名字之后他才满足地叫道:

"沙松！沙松·萨木金——就是它！这不坏！这是《圣经》里一位英雄的名字[1]，而且这家名——我自己的姓就是特别的了。"

"不要摇动床啊。"他的妻悠悠地恳求。

他道歉，吻着她的手，这手是无力而且怪沉重的。这时他微笑着，倾听着秋风的恶意的呼啸和婴儿的可怜的哭声。

"是的——沙松！人民正在需要一些英雄。不过我还得再想一想。或者叫里奥尼得吧？"

"你用这些小事来搅扰维拉。"正在包扎着新生婴儿的产婆马利亚·罗曼诺夫娜严厉地说。

萨木金看看他的妻的毫无血色的面孔，而且抚摩她的有着奇妙的月黄色泽的头发，这头发纷乱地披散在枕头上，然后悄悄地走出卧房。

这母亲在产褥上慢慢地疗养着，婴儿是孱弱的。恐怕他活不久，维拉·彼得洛夫娜的母亲——身体结实然而永远害病——催促着使他受洗礼。受洗之后，萨木金负疚地微笑着说：

"维拉乞加[2]，我到底决定了他的教名叫'克里'。'克里'！[3] 一个平常人的名字，这使他不负什么责任。你赞成吗？"

注意到她的丈夫感觉家人们全都不满意他的惶恐情形，维拉·彼得洛夫娜称赞道：

"我喜欢这名字。"

她的话在这家里是法律。至于萨木金呢，人人都已习惯了他的唐突的行为。他的行动的离奇常常使他们惊异，但是在家族里和熟人中他却享有百事顺遂的幸运人的声誉。

---

[1] 见《旧约》，以色列之勇士，力大非常。
[2] 维拉之小名。
[3] 俄语，我自己。

然而，这婴儿的不平常的名字从他的生活的第一天起就使他惹人注目了。

"克里？"朋友们都问，仔细考察着这男孩，"但是为什么叫克里？"

萨木金解释：

"我原来想叫他尼士特，或安地巴士——但是，你知道吗，这需要举行最愚蠢的仪式，要请教士，审问什么'你弃绝撒旦了吗？'以及各种野人迷信的神怪……"

但是甚至萨木金的解释也不能阻止家人们对于新生者比对于大他两岁的哥儿狄米徒里更加注意。各人有各人的理由。克里是瘦弱的，这增强了他的母亲的怜爱。他的父亲觉得有罪，因为他给予他的儿子的名字完全不会发生好效果；他的外祖母呢，觉得这名字叫起来急促得有小百姓的声音，认定这孩子已经不对了；至于那爱儿童的祖父，孤儿职业学校的主持者和名誉校董，很注重教育学和卫生学，显然更喜欢较为羸弱的克里，比之茁壮的狄米徒里，也以紧张的忧虑关切着他。

二

克里的生活的最初几年正是少数人为自由和文化而拼命斗争的岁月，这些人英勇地和毫无保障地置身于"铁锤和铁砧的夹击中间"——在能干的德国公主的无能的娇儿的统治和蠢蠢然生长于农奴制度的束缚里的文盲的人民中间。正直地仇恨着沙皇的权力，这些善良的人们以十分的诚意爱恋着"人民"这看不见的奇物，实行要去解放它，援救它。因为要使小百姓更容易钟爱，他是被想象为一种精神非常美好的人物的；他是被装饰以天真的殉道者的冠冕，以圣者的光环的。他的肉体的苦患是被高扬于俄罗斯的可怕的现实正在大量地积压在这国度中最良分子上的精神的苦患之上的。

当代最敏感的诗人[1]的愤怒的呻吟正是这可悲的时代的赞歌，他大声疾呼，对人们提出质问：

> 君曾否尽其力之所能，
> 充实活力以迎新日欤，
> 抑降服于命运所布之法律？
> 仅作类似哭诉之歌，
> 任令精神永没于消沉欤？

为创造文化的自由而争斗的战士们所经历的苦难是无法计算的。但是数百青年所遭受的逮捕、刑罚、放流等等也曾常常激励一般青年们反抗权势者的强大无情的机构。

在这种争斗之中萨木金氏一家也和别人家一样受苦了。伊凡的长兄甲可夫，坐了将近两年的牢狱之后，被放逐到西伯利亚。当他想要逃走的时候，他被捉住，被发配到土耳其斯坦。伊凡·萨木金自己也并未逃脱逮捕和拘禁，甚至在释放之后也还被大学开除。维拉·彼得洛夫娜的一个堂兄，马利亚·罗曼诺夫娜的丈夫，死在被押解到亚鲁托洛夫斯基流放地去的道路上。

一八七九年春天传来了梭洛尾夫的绝望的射击的枪声。统治权力回答它的是亚洲式的压迫。

从此以后许多倔强的男男女女就开始和专制君主直接搏斗。在两年之间他们像寻猎野兽似的寻猎着他。他们终于杀了他，而又立刻被他们自己的一个同志所出卖，这同志曾经企图刺杀亚历山大二世，但也曾毁弃埋在沙皇专车所必经的路上的地雷的引线。被刺的沙皇的儿子亚历山大三世因此嘉奖这曾企图暗杀他的父亲的人，赠以"可敬的公民"的

---

[1] 未详，或系涅克拉索夫。

荣衔。

当这些英雄们被剿灭的时候，他们——照例——是要被谴责的，因为他们曾经引起种种希望而又不能实现它们。满怀好意站在远处同情于这势力悬殊的争斗的人们因为他们的英雄们的败绩而灰心了，甚至比之那些还活着的斗士们的亲密朋友们更为灰心。许多人赶快小心关好他们的家门，当面拒绝这英雄之群的残余分子。这些分子就在昨天还令人兴奋的，而今日却只能使人受累了。

那时逐渐流行着"在历史的创造过程中个人的重要"这种可疑的议论，十年之后，代替了这议论，人们非常倾心于一种新的英雄。尼采的"碧眼金发白皮肤的野兽"[1]。人们很快就聪明起来，赞同斯宾塞尔所谓"人不能从铅的本能做出金的行为"。于是集中所有的才能于"认识自己"，于个性问题。他们都迅速地接受了这口号："我们的时代不是大有为的时代。"

一位最受欢迎的艺术家[2]对于恶势力是这样可惊的敏感，好像他是它的创造者——一个显示自己的恶魔——似的。这位艺术家，在这上流阶层的大多数人正和他们的仆役同样是奴隶的国度里，歇斯底里地叫道："安分些吧，骄傲的人哪！忍耐些哪，骄傲的人呀！"

而且，紧接着他而来的是另一位并不更小的天才[3]的呼声，严肃地和固执地断定达到自由之路只有一条："勿以暴力抗恶。"

三

萨木金氏的家宅在那时是颇为难得的：主人们并不赶快熄灭一切灯

---

[1] 超人。
[2] 陀思妥耶夫斯基（Dostoevsky，1821—1881）。
[3] 托尔斯泰（Tolstoy，1828—1910）。

火。这宅子里来了几个十分不容易过日子的和不可喜的访客。他们坐在房间的角落里，在暗影之中。他们少说话，甚至他们的微笑也是不愉快的。虽则身材和衣服各不相同，但他们都有一种奇怪的互相类似，彼此好像是同伍的士兵似的。但他们都"不是本地人"，他们要到别处去。他们在萨木金家只是好像在半路上似的，有时他们在这里住一夜。他们还有一点相像：全都驯服地静听着马利亚·罗曼诺夫娜的恼怒的言辞，而且显然害怕她。至于做父亲的萨木金呢，他害怕这些访客们。小克里看见爸爸怎样在他们各人面前负疚地搓着他的温柔的手掌，他的腿怎样发抖。其中的一个，黑胡子，或许很困穷吧，曾经张口怒呵道：

"伊凡，在你的家里各样东西都是愚蠢的，好像在亚美尼亚人的故事里一样。各样东西都多到必要以上十倍。今晚为什么给我两只枕头和两支烛呢！"

在这城里萨木金的熟人的范围已经很狭小了，但是有些晚间他的房里还是聚集着一些还未消尽昨日的心情的人们。而且每天晚上都从庭院深处的厢房里昂然走出马利亚·罗曼诺夫娜，又高又瘦，戴着黑眼镜，满面怒容，嘴唇是看不见的，斑白的头发上戴着一顶黑小帽。从这小帽下面俨然挺出两只大耳朵。从二层楼上走下来的是他们的房客伐拉夫加，阔肩膀，红胡子。他好像一个忽然暴富的运货车夫，买了几件不合体的衣服来套在身上，弄得自己不舒服似的。他笨重地、小心地移动着，但是他的皮鞋却高声地刮响着。他的脚是椭圆的，好像两只鱼形浅盘。在他坐下去喝茶之前他要小心考察那椅子——它是够牢固的吗？在他之上和在他周围各样东西都会开裂、折破、震摇；家具和食器都害怕他，而且当他走过钢琴旁边的时候琴弦就会嗡嗡的。梭莫夫医生也来了，黑胡子，阴暗的脸色。他站在门口，用突出的宝石眼仔细审察着每个人，皱着好像髭须似的眉毛，粗声问道："各位安康如意？"

然后他走进房里，而在他的阔大的圆肩膀后面出现的往往是他的妻，瘦削的，黄脸，大眼睛。他默默吻了维拉·彼得洛夫娜，对房里的每个人鞠躬，好像他们是教堂里的神像似的，然后才拣离他们最远的地位坐下，好像坐在牙医生的候诊室里似的，用手巾蒙着嘴。她的眼睛瞅住最黑暗的一角，好像她随时在期待着会有人从那黑暗中出来叫她："来！"

克里知道她在等死。他听见医生在她面前说过：

"我从来不曾遇见过像我的妻那样愚蠢地怕死的人。"

在暗角里会在不知不觉之间忽然立起一个红头发男人，克里和狄米徒里的教师，斯图班·托米林。还有台尼亚·古里科伐，一个奇特的鼻子上有几点麻子的笨姑娘，会呼地冲进来。她常常带着几本书，全是写着淡紫色墨水的字的。她会跳到每个人面前，用含糊的低声催促他们：

"来，读书——读书！"

维拉·彼得洛夫娜使她安静，说：

"我们先喝茶。让仆役们走了，然后……"

"人必须留心仆役们。"梭莫夫医生警告。他摇摇头。头顶上，在一圈乱头发之中显出一片圆形的灰色秃块。成人们在房间中央的一张圆桌上喝茶，桌上悬着一盏灯，灯上的阔大的灯罩是萨木金自己发明的。罩子并不把灯光向下反射到桌上，却向上反射在天花板上。因此，一个惨淡的暗影布满整个房间，除了一个角落而外，这角上有一只栽着一大株山踯躅的桶，桶旁边放着儿童的茶桌，这茶桌被一小盏灯所照明。这植物的爪形的黑叶随着用细绳系在钉上的茎梗爬在墙上，它们的根好像一些灰色长虫似的伸在空中。

庄重而肥胖的狄米徒里常常背对那大桌子坐着，而瘦弱的克里，头发剪成小百姓式的圆形，却要面对着成人们坐着，注意静听着他们的谈话，一直到他的父亲开始炫耀他的时候。

差不多每天晚上，他的父亲都要叫克里来，把他夹在他两膝之间，问道：

"那么,小百姓,照你看来,什么事情最好呢?"

克里就说:

"埋葬将军的时候最好。"

"为什么呢?"

"因为有音乐。"

"什么事情最坏呢?"

"妈妈头痛的时候。"

"如何?"萨木金得胜地质问宾客们,他的有趣的脸上闪出慈爱的光辉。宾客们都微笑着,常常称赞克里;但是克里已经不再喜欢卖弄聪明了。他觉得这些回答有些傻气。他第一次表演它是在两年之前。现在他屈从这种娱乐是因为它使父亲高兴。其实他颇有些厌恶它,好像他是一种一捏就会吱吱叫的玩意儿似的。

四

从他的父亲、母亲和外祖母讲给宾客们的故事之中,克里知道他自己是有些惊人而且重要的东西的。好像是说,纵然还很小吧,他已经显然和他的同伴不同了。

"他更喜欢简单而粗陋的玩具,比较那些复杂而高贵的。"他的父亲很快地信口喃喃着。克里的外祖母,摇摇她的梳理整齐的灰头,叹道:

"是呀,是呀——他爱简单的东西。"

于是她叙说克里才五岁的时候他怎样爱护偶然生长在花园暗角里蔓草之中的一株小花;怎样灌溉它,而不注意附近花床里的花。当这小花,不顾他的一切怜惜,死了的时候,克里曾经长久地悲啼。

并不理会岳母的话,他的父亲说道:

"他更喜欢和他的奶娘的孙子在一处玩,比较和他自己同等的孩子们……"

他的父亲比他的外祖母更会讲关于他的故事，而所讲的常常是这孩子自己所不曾想到的、所不曾感觉的事情。有时甚至克里也似乎以为他的父亲所叙说的言辞和行为都是捏造的，而这捏造是因为要夸耀他的儿子，好像夸耀他的表走得十分准确，或他的打牌的技巧似的。

但是，当克里听他的父亲讲话的时候，克里时常惊疑他克里怎么会忘记掉他的父亲所记得的事呢。不，他的父亲并未捏造这些事情；不是他的母亲也说他克里有许多异常之处吗？她甚至对于这所以然的原因还有一种解释。

"他是生在惊恐的年头的。那一年我们遭了火灾，甲可夫被捕，以及别的许多变故。怀他的时候是痛苦的。他的诞生有些早熟——我相信这是他如此奇特的理由。"

克里静听着她说。好像她是在道歉或是在问人"不是这样吗"似的。宾客们都一致赞成她："是的，这是可以理解的。"

有一次，在宾客之前卖弄聪明不成功之后，克里问他的父亲：

"为什么我是异常的而狄米徒里是平常的呢？他不也是生在人人被绞杀的年头的吗？"

他的父亲解释得很长，但是他所说的话克里只记得一点：有些花是黄的，有些花是红的。他，克里，是一朵红花；而黄花是平淡的。

他的外祖母，疑难地看着女婿，毫不赞成他，倔强地重复说那可笑的小百姓的名字有一种坏影响在她的外孙的性格上。她说，孩子们把克里叫作"克林"（楔子），这是这孩子所恼恨的，所以他更喜欢和成人们在一处。"这对于他是很坏的。"她埋怨。

对于这一切，老祖父阿金——他的孙子和众人的敌人，圆肩头，高大，干得好像硬枯树似的——就全不赞成。他有一张长脸，两片胡子从耳根拖到肩膀，而他的上唇和下颚却剃得精光。他的鼻子是厚重而带蓝色的，他的眼睛上蔓生着灰色眉毛。他的长脚不会弯曲；他的长手上有多节的指头难看地抖动着；他时常穿着褐色长袍，踏着镶皮的软底绒靴。他提着手杖走来走去,好像守夜的更夫似的。手杖头上蒙着皮子,所以不会敲响地板,只是像他的靴子的软底似的柔软地擦过。他确是所谓"真正古人",双手扶定手杖坐着,像坐在市公园的长凳上的那些老人一样。

"这一切全是最可厌的胡说,"他咕噜着,"你们全都损坏这孩子——发明他是这样那样。"

争论立刻爆发在他的父亲和祖父之间。他的父亲竭力证明世间的各种好事都是经由发明而来的!发明开始于猿,猿是人的祖宗。他的祖父就恼怒地用手杖划着地板,画出一些符号,然后怒声叫道:

"完全胡说!"

辩论起来谁也胜不过他的父亲。从他的父亲的唇上流出来的敏捷言辞使克里警觉他的祖父立刻就要挥起手杖,做出一种绝望的姿势,站起来——像马戏团里的马用后脚立起来似的——走出去了,同时克里的父亲就要在他后面叫道:"你是厌世家呀!"

辩论常常是这样结束的。

克里分明觉得他的祖父想要用各种方法降低他,而别的长辈们却急于提高他。这老人断定克里简直是一个瘦弱无力的孩子,并无非常之处。他玩下劣的玩具只是因为较好的玩具都被较为活泼有力的孩子们抢去了。他和奶娘的孙子要好是因为那伊凡·杜洛诺夫比伐拉夫加的孩子们更愚蠢,肯奉承宠坏了的克里——他需要特殊看待。

这种话是使克里伤心的;它引起他对祖父的敌意,使克里畏怯他。克里相信父亲的话:各种有价值的东西都是发明的结果——玩具、糖果、有图的书、诗歌——各种东西。当预备菜饭的时候外祖母常对厨子说:"不要来麻烦我!你自己发明一些吧。"发明一点东西总是必要的;否则长辈们就不注意你;你就要成为无用,好像你并不是克里而是狄米徒里了。

五

克里不能确切记得在觉察他被发明之后他自己在什么时候开始发明。但是他很记得他得到成功的那些观念。许久以前他有一次问过伐拉夫加:"为什么你的名字这样像一种虫的名字?你是俄罗斯人吗?"

"我是土耳其人,"伐拉夫加回答,"我的真名字是'卑·涅巴尔科伊·阿科匹科伊'[1],'卑'是土耳其话的'老爷'。"

"这并不是一个名字,而是奶娘们的一句格言。"克里说。伐拉夫加抱起克里,把他举到天花板上——好像克里是一只皮球似的。从此之后,那讨厌的梭莫夫医生,带着麦酒和咸鱼味的呼吸,就来麻烦他。以至克里不能不穿凿着说医生的家名是圆的,好像一只小桶。他也想到祖父说着淡紫色的话。但是当他说有些人的愤怒是夏天样子而有些人的是冬天样子的时候,伐拉夫加的活泼的女儿里狄就怒吼道:"那是我说过的——首先说的是我,不是他!"

克里惊退,满面通红了。

发明是不容易的:克里知道就因为这一点,家里的每个人,除了老祖父而外,才都更爱他,比较他的哥哥狄米徒里。有一次,大家出去划船,克里和他的哥哥跑在先头,梭莫夫和他们的母亲手挽手走在后面,医生对她说:"这,维拉,前面两个凑成一个10字——因为一个是1,而另一个是0。"克里立刻想到0是他的汤团形的平淡的小哥哥——怪有趣地像他的父亲。从那一天起他就叫他的哥哥"黄零",虽然狄米徒里是面色红白而且有蓝眼睛的。

注意到长辈对于他期待着别的儿童所缺少的事,克里在晚间茶会之后,时常尽力和成人们坐在一处,接近那汲取智慧的言辞之源泉。留心

---

[1] 不用杖打而用钱打。

倾听着那些无穷的辩论,他能够捉住一些特别引动他的言辞,然后问他的父亲那是什么意思。伊凡·萨木金就欣然解释给他"厌世家""急进派""无神论者""Kulturtreger"(文化人);接着就爱抚他的儿子,称赞道:"你是好孩子。继续好奇吧——这是有益的。"

他的父亲虽然可喜,总不如伐拉夫加有趣。他的父亲所说的话是难以理解的。他说得太多太快。以至他的言辞互相冲撞而破碎。他说起话来使人想起啤酒的泡沫,或从瓶口里流出来的面包果汁。伐拉夫加说得少,而说起来每个字都像招牌上的大字似的。他的小绿眼睛快活地在他的红脸上发亮;他的红胡子庞庞然好像一条狐狸尾巴;这胡子一动就焕发出一种红光闪闪的微笑;笑了之后,他用他的晶亮的长舌头舔舔嘴唇。无疑地,他是顶顶聪明的人。他从来不赞成任何人,而教训一切人,甚至教训古老的祖父——他也是从来和每个人都不相合的。

"俄罗斯只有一条路。"这古老人说,敲着手杖增强他的语势。但是伐拉夫加对着他呵道:"我们是欧洲人呀,难道不是吗?"

他总是说人不能把小百姓当作骏马一同前进的,能够拉起大车前进的只有一匹马——知识阶级。克里知道知识阶级包含他的父亲、母亲以及他们的一切熟人,当然,伐拉夫加自己也在内——他是能够拉起任何笨重大车前进的。但是,奇怪的是那也是强有力的医生并不赞成伐拉夫加的原因。医生愤愤地鼓起黑眼睛叫道:

"这是什么意思,只有鬼才知道!"

马利亚·罗曼诺夫娜,像一个兵士似的直站起来,严厉地说道:

"你应该害羞呀,伐拉夫加!"

有一次,正在争辩最烈的时候,她气得满脸通红,昂然走出去了,只停在门道上说完这恐骇的话:

"醒醒吧,伐拉夫加!你要犯大逆不道的罪咧!"

伐拉夫加坐在最坚固的椅子上,哈哈大笑,同时那椅子在他下面格格地响。

克里的父亲，搓搓他的圆胖的温柔的手掌，说道：

"原谅我，提莫菲！在一方面，当然，是务实的知识分子，把能力用在工业活动之中，深入政府机关里面。在另一方面是这几年间的严厉的诏谕……"

"在各方面，你都说得不好。"伐拉夫加抢着说了。克里也应声想道：是的，他的父亲说得不好，总是在辩护他自己，好像他曾经犯了什么错误似的。克里的母亲也赞同伐拉夫加。

"提莫菲·斯蒂班诺维奇说得不错！"她宣言，"生活已证明比人们所想象的更为复杂。我们曾经承受了许多信仰，重新观察事物是必要的。"

她只是镇静地说几句简单的话，而且很少生气。当她生气的时候，那并不是"夏天样子"，像里狄的母亲似的气势汹汹的，而是"冬天样子"。那时她的漂亮的脸变为苍白，她低垂着眼眉，然后仰起梳理得美好的头，她镇静地望着激怒她的人，说出简短的谴责。

当她这样望着他的父亲的时候，克里觉得他俩之间的距离似乎正在扩大，虽然他俩谁也不曾移动。有一次她很生气，以"冬天样子"对着教师托米林，后者正在苦心孤诣地长篇大论两种真理：客观的真理和行为的真理。

"够了！"她低声说，人人都沉默了，"无益的牺牲够了。慷慨是愚骏的。现在应该变得更聪明些。"

"嗐，你疯了，维拉！"马利亚·罗曼诺夫娜惊恐地站起来，愤愤地走出去，顿着她的脚踵，那是宽大得像马蹄似的。

克里记不起他的母亲曾经畏缩过，像她的父亲常有的那样。不过有一次他曾经看见她仓皇失措。那时她正在缝手巾的花边，克里问道：

"妈妈，'勿贪邻人之宅，勿恋邻人之妻'是什么意思？"

"问你的先生去，"她回答，然后，红着脸，急忙改正道，"不，问你的父亲去。"

当长辈们的谈话有趣和可以理解的时候，克里觉得他们忘记了他是于他有利的；但是，倘若那辩论使他厌倦，他就立刻引起他们注意他自己，于是他的父亲或母亲就会惊讶："什么——你还在这里吗？"

关于两种真理的辩论是可厌的。克里问道：

"人怎么会知道什么时候真理是真理而什么时候它不是真理呢？"

"呃？你看！"他的父亲叫唤，对着别人挤眉弄眼。

伐拉夫加抱起克里，答道：

"兄弟，真理是可以嗅得出来的。它有一种辛辣的气味。"

"那是什么气味？"

"葱味，胡椒味……"人人都大笑了，但是台尼亚·古里科伐悲凉地说：

"啊，这是何等真实呀！真理也引人流泪——是不是？托米林？"

教师沉默着，小心地离开她一点，同时台尼亚的耳根涨红了。她把头偏在一边，寂然瞅着地板。

六

不久，克里就觉得在长辈们的"真理"之中有些不确，有些捏造。他们常说到沙皇和"平民"。那短促而粗糙的"沙"字并不会引起他的想象，一直到马利亚·罗曼诺夫娜加上"吸血鬼"的时候，那时她把头用劲一摇，以至她的眼镜跳到眉毛上。

克里听着，不知不觉地自然相信沙皇是恶毒而狡诈的军官；他曾经"欺骗了一切人民"。

"平民"这个词是异常广泛的：包含着多式多样的情绪。人们怜悯地、虔敬地、快活地、忧虑地谈着"平民"。台尼亚·古里科伐似乎为了某种理由妒羡着平民，他的父亲称他们为"殉道者"，而伐拉夫加却称他们为直视的呆子。

克里知道平民之中包括农夫和村妇。他们全都住在乡下。每逢星期三日他们进城来卖木柴、菌子、番薯和白菜。但是他以为这些人和他所常常听说的真正的平民是不相同的，关于后者，有人作诗咏叹，有人爱惜，有人竭诚要为他们谋幸福。

克里想象中的真正"平民"是数不清的一大群人，身材高大，不幸而又可怕，好像神秘的乞丐伐维洛夫似的。伐维洛夫是一个高大的老人。他的头发，卷曲得像羊毛，好像一个小帽似的盖在头上。肮脏的灰胡子蔓生在脸上，从眼睛到颈子，只露出一管铅灰色的鼻子。完全看不见嘴，而在应该是眼睛的地方朦胧闪出两片浑浊的玻璃。当伐维洛夫在窗下吼着"神之子耶稣基督可怜我们哪"的时候，那密不透风的胡子里就现出一个黑洞。洞里伸出三个狰狞的黑牙齿，而且他的舌头，又厚而圆得像棒槌似的，笨重地动弹着。

长辈们都怜悯地谈着他，虔诚地布施他。克里觉得他们在这乞丐之前全都似乎有罪，似乎害怕他，甚至像克里害怕他一样。他的父亲曾经狂热地赞叹道：

"这是伊利亚·莫洛米兹[1]，他受了伤……他是平民的可以夸耀之力……"

至于克里的保姆奥金尼亚，圆胖得好像一只桶似的，却在孩子们太顽皮的时候恐吓他们道："等着，我去叫伐维洛夫来！"

据她说，这乞丐是一个顽固的罪犯。在灾荒的年头他卖给人们的面粉里面掺和着灰沙。因此被控告，为贿赂法官用尽了他所有的钱。现在，虽然尽可以生活，不必讨饭，他仍然要装作乞丐。

"他并不是出于恶意，只是要使人不舒服。"她说，而且克里相信她而不相信他的父亲的故事。

而最难明白的是："平民"到底是什么呢？在一个夏季，克里、狄

---

[1] 俄罗斯民谣中的最英勇的武士。

米徒里和他们的祖父一同坐车到乡间去赶市集。克里张眼呆看着农民和村妇们，他们一致穿着节日的制服。吃惊于这种半醉的、笑嘻嘻的、善心的人们的众多，克里回头问祖父道：

"'呻吟田野牢狱中，日暮歇宿车辕下'的真正平民在哪里呢？"克里天真地用这他曾经在宾客之前背诵过的诗词发问。

老人大笑，用手杖指着群众说："这些就是的，你小傻子！"但是克里不相信。后来，市郊有些房屋被火烧，托米林带着克里去观看的时候，他又提出这问题。旁观者谁也不肯去抽水。警察终于从群众中把衣服最坏的人们拖出来，抓住他们的领子，用拳头威吓着，把他们赶到水龙头面前。

"什么平民哪！"克里的先生咕噜，皱着他的脸。

"啊，这些就是平民吗？"克里问。

"嗯，照你说，他们还会是别的吗？"

"那么那些救火会员也是平民吗？"

"当然，他们并不是天使呀。"

"那么为什么单是救火会员在工作呢？人们为什么不去帮助他们灭火呢？"

托米林冗长地和可厌地谈论了那些旁观的人们与不做工的人们。但是克里一点也没明白他的先生所说的话，插嘴道：

"但是平民呻吟是在什么时候呢？"

"将来我要告诉你。"那先生预约。但是他永远不告诉。

有一次他和他的父亲谈话的时候，克里心里产生了关于"平民"的性质的一种较为确定然而怪不愉快的观念。在一个秋天的黄昏时候，大萨木金半裸着，像一只小鸡似的蜷伏在长沙发的角落里——他有使他自己舒服的可惊的才能。克里把头靠在萨木金的穿着羊毛衬衣的胸膛上，用手摸着他的父亲的面颊，这面颊像羔羊皮手套似的柔软而又像新的橡皮球似的弹硬。他的父亲问他在讲授神学的时候他的外祖母讲了什么。

"讲了亚伯拉罕的牺牲。"

"哦。那么你怎样理解这故事呢?"

克里说上帝要亚伯拉罕杀以撒亚克;而当亚伯拉罕正要割断那少年的咽喉的时候,上帝说:"那是不必要的。你不如杀一只公羊。"克里的父亲吃吃地笑了。然后,抱起他的儿子,他说这故事是应该这样理解的:

"象征——地——说来。上帝——就是平民。亚伯拉罕是平民的领袖。他以他的儿子为牺牲,并不是献给神,而是献给平民。你看这何等简明?"

是的,这是够简明的。但是并未使这孩子满足。他迟疑了一会儿,问道:

"你不是说平民是殉道者吗?"

"是呀!这就是他要求牺牲的理由。每个殉道者都要求牺牲——全都如此,常常如此。"

"但是为什么呢?"

"你小糊涂!因为要使人不受苦。就是说,人们可以因此被教导,不受苦地生活下去。耶稣也是一个以撒亚克。他的父亲,上帝,把他牺牲给人们。你懂吗?这和亚伯拉罕的牺牲的故事是同样的。"

克里又迟疑地沉思起来,终于审慎地问道:

"你是一个平民的领袖吗?"

这回皱眉沉思的是他的父亲。但是他的脸色立刻就平静了。

"你看,我们全都是些以撒亚克——是的。譬如,在流放中的甲可夫伯伯、马利亚·罗曼诺夫娜,以及,一般地说来,我们所有的熟人们。即使不全是,至少知识分子的最大多数都必须以他们的能力为牺牲献给平民的。"

他的父亲尽说了一个长久时间,但是这孩子早已不听了。从那一晚之后平民在他的心眼之前闪出一种新模样,不像以前那样朦胧,然更加可怕。

克里觉得和长辈们相处越久,他们就更难以理解,更难以相信。

克里的老祖父很夸耀他的孤儿学校,他说起它的故事总是津津有味的。有一次,他带着孙儿们到这声誉卓著的学校去参观那圣诞庆典。克里看见一群瘦骨伶仃的孩子,都穿着蓝白条子花布的衣服,好像女囚犯的号衣似的,孩子们的头全都剃得光光的。许多孩子的脸上都有疮癞。像一些活起来的小铅兵似的,他们排作三行,成为希腊文的 π 字,围绕着一株参差不齐的枞树,而且他们都贪馋地、惶恐地、极不耐烦地看着它。一个秃头的小胖男人出现了。他的大腰围,矮身材,和没有眉毛、胡子的黄面孔,使他好像是这些学生之一被可怕地吹胀起来的仿造品。他挥动双手,孩子们立刻就拼命歌唱:

> 自由,自由,我的自由,
> 我的宝贵的自由啊!

像一些干地上的鱼似的张着嘴,孩子们赞美沙皇:

> 我们自己的父亲必定知道,
> 我们的艰难岁月——我们的需要——
> 必定看见我们的悲伤的眼泪。
> 我们自己的父亲喂养我们。

这全是震聋耳朵的,而且当孩子们唱完之后,房间里似乎闷热。祖父用手巾揩揩他的流汗的脸,克里以为他看见除了汗而外还有泪奔流在老人的面颊上。老人和孙儿们并未等待分配赠品,克里已经头痛起来。在回家的路上他问他的祖父:"他们爱沙皇吗?"

"当然,"他的祖父回答,但是立刻恼怒地加添道,"他们爱的是糕饼。"沉默了一会儿他又说:"他们爱吃。"

克里不愿想到他的祖父是一个夸张者,然而这思想依然固执着。

他的外祖母,肥而且大,穿着铁锈色的毛织连头巾外衣,从她的金丝眼镜里窥看着各样东西,而且用一种拖长的怨声说道:

"从前在我的家里,我们常常……"

按照她说的话,从前她家所有的一切都是富丽堂皇得好像在神仙故事里似的。他的祖父显然怀疑,用干瘪手指分开两片灰胡子,嘲笑道:

"你,苏菲亚·乞里洛夫娜,俨然曾经度过现在只有在天堂里才能享受的生活呀。"

他的外祖母的大鼻子因为被讽刺而发红了,而且她悄然慢慢地失去踪影,好像日落时候的一朵云似的。她的手里常常拿着一本绿绸面的法文书,绸面上镶着黑边,标题是:《上帝知道,人只揣测》。

谁也不爱外祖母。克里看出来了,断定就说只有他一个人爱这孤寂的老太婆也不算错。他愿意倾听她讲关于那神秘的家宅的故事。在她的生日那一天,她带着克里到街上散步,走进一个大院子,她指给他看院子深处的一座丑陋的灰败的旧房子,有五个窗子,由三个圆柱分隔开着,还有一个倒塌的走廊和一个两洞窗子的中层楼。

"这是我的老家。"她说。

窗上都钉着木板;院里狼藉着破烂的桶子和篮子,还散乱着碎玻璃片。一只狗坐在院子中央舔着它的尾上的瘤节。一个小老男人,和那只狗一样毛茸茸的,坐在走廊台阶上咬嚼着面包和大葱。他好像《渔夫和小鱼》这童话里出来的。这童话现在使克里烦恼了。

克里想要提醒他的外祖母她常常说起的家宅和这大不相同,但是,一看她的脸,他就问:

"你为什么哭呀?"

他的外祖母不回答,用一条手制的花边手巾揩掉眼泪。

是的,各样东西都并不像长辈们所述说的那样。克里觉得这种不同只有两个人明白:他自己和托米林——伐拉夫加曾称这位先生为"没有目的的人"。

七

在克里的眼里这先生有些神秘，他小而且瘦棱棱的，小红胡子分为两撇，长长的黄铜头发披在肩上。他似乎很留心观察各种事物，但是他的奇异的眼睛里恍惚的神气，那眼瞳似乎从眼白里凸出来似的。托米林穿着粗制滥造的蓝色罩衫走到各处去。笨重的农民皮靴，黑色长裤。他的脸使人想起一个圣人的神像。而最稀奇的是他的一双可厌的畏缩无力的红手。在初认识的那些日子克里曾经以为托米林是半盲的，一种光使他把事物看得比实际更大或小。克里以为这先生就因为这理由才这样格外小心地接触各种东西。看着他真是很有滑稽趣味的！

然而，虽然他的视官有这一切显然的坏现象，这先生并不戴眼镜。当他高声诵读着一本淡紫色的小笔记簿的时候，他迟迟疑疑地翻动书页，好像恐怕那纸片会在他的烧热的手指之下燃起来似的。他在萨木金家住了两年，在这时间之内他并不比桌上的那茶炊更多一点变化。

晚茶之后，当女仆马拉沙正在收拾着杯盘的时候，他的父亲就放两支蜡烛在托米林前面。各人都围着桌子坐拢来。伐拉夫加却皱起面皮，好像喝了鱼肝油似的，咕噜道：

"什么——又要读那空想的伯爵[1]的圣训吗？"

然后，把他自己藏在大钢琴后面的皮椅子里，他点燃一支雪茄，从烟云中吐出嗡嗡的言语：

"孩子气呀！这大地主正在干哟！"

"一个精敏的梦想家。"那医生含糊说，不赞成地，同时喝着啤酒。

医生是一个不愉快的家伙，好像躺在地窖里这样长久，以至全身潮湿

---

[1] 指托尔斯泰。

而且长着黑霉似的。他是满怀着仇视每个人的敌意的。他显然不是一个聪明人，他甚至不选择一个好妻室。她是矮小的，坏脾气的，而且不好看。她很少说话。吝啬地说了两三个字之后，就沉入长久静默之中，尽看着一个角落出神。没有人会和她开始友好的交谈，总之，她是被看待作好像并不存在似的。有时克里觉得她似乎是被人故意加以忽略，因为她是被害怕着的。她的声音，其中有一种炸裂，常使克里惊骇。当她说话的时候，他常常期待着这尖鼻子妇人会说出什么非常的话语，像从前那样。

有一次，伐拉夫加忽然恼怒，用他的重手掌拍着钢琴盖，用教会执事的声调叫道：

"胡说！凡是人的合理的行为都必然压迫着别人或他自己的。"

克里以为伐拉夫加就要加上"阿门[1]"了，然而他还没有机会说什么，医生已经咕噜着：

"这伯爵是糊涂的，他不曾说过达尔文。"

"达尔文是一个魔鬼。"他的妻大声叫喊；医生把头闪避在一边，好像有人打了他一下似的，然后坦然轻声说道：

"多余的母驴子！"

马利亚·罗曼诺夫娜高声叱责伐拉夫加，但是克里听见医生的妻的更高的顽强的声音：

"他教人恶是生活的法则！"

"够了，安娜。"医生命令。同时，克里的父亲已经开始和先生辩论某种学说，或者大概是关于马尔萨斯的吧。伐拉夫加站起来走了，雪茄的烟缕像一条带子似的拖在他后面。

伐拉夫加在长辈中是克里认为最有趣而且可以理解的。他毫不掩饰地表示他与其听人读书倒不如玩玩独牌戏。克里觉得他的父亲也是更喜欢打牌的，但是他的父亲绝不坦白承认。伐拉夫加的话说得这样好，以

---

[1] 耶教祈祷终结时用语，意云"心愿如是"。

至他的言语输入克里的记忆之中好像把五分银币放进"扑满"里面去一样。当克里问他学说是什么的时候，他立刻答道：

"那是他们追求真理所用的一条小狗。"

他是最爱开玩笑的，赠给每个人一个有趣的绰号。

在他们开始读书或玩"优先权"[1]之前，克里被送去睡觉，但是这孩子常常顽抗而且请求道：

"我只再坐一小会儿，不过一小会儿！"

"我的……！他真喜欢和成人们在一处！"他的父亲装出惊奇的样子，听了这话之后克里平静地走了，觉得已经满足他的心愿——已经使成人们又注意到他了。

有时他的父亲会邀请他：

"我说，背诵默想吧，从这一行起：嫉妒使你……"

克里就举起右手，用左手抓住皮带，皱着眉尖，背诵道：

陶醉于巧言佞色，
贪淫，嬉戏的生活呀——
醒醒吧！……

伐拉夫加大笑到怪叫的程度，克里的母亲勉强微笑着，而马利亚·罗曼诺夫娜却以预言家的口气低声说道：

"他将来是一个正经人。"

克里看见成人们常常抬举他到别的儿童之上，这是可喜的事。但是他偶尔也觉得成人们的注意对于他是一妨碍。

有几点钟之久，他想要而且能够像衣冠不整的凸鼻子波里士·伐拉夫加，或波里士的妹妹，或他自己的哥哥狄米徒里，以及梭莫夫医生的

---

[1] 一种英国牌名。

苍白的女儿们一样玩得忘乎其形。像别人一样，克里陶醉于那激动，把自己浑忘在他们的游戏之中。但是只要一觉得有一个成人在注意着他，他就庄重起来，恐怕他的爱玩会把他降低到和寻常儿童一般等级。克里时常觉得成人们似乎随时都注意着他，期待着他有非凡的言语和行动。

　　同时他觉得孩子们越来越不喜欢他。他们好奇地观看着他，好像对待一个陌生的人似的，而且，仿效成人们，期待着他会作出什么稀奇的把戏。但是他的聪明的言辞只引起他们的冷嘲，对于他的不信任有时达到敌对的境地。克里断言他们妒忌他的好名声——才能出众的儿童的名声；但是这情形总使他感伤，有时愤懑，有时悲凉。他努力克服同伴们的不友好的态度，同时也更加继续表演着成人们硬派给他的角色。他想要发命令，开教训，但是结果只是挑起波里士·伐拉夫加的怒骂。这精悍的孩子以一种专横的态度威胁和排斥克里。他所提出的玩意总是有些危险而困难的。他强迫人服从他自己，而且，无论玩什么游戏，他总是自居于领袖地位。他躲藏在很难接近的处所；他敏捷得像猫似的爬到屋顶上和树上；他神出鬼没地不让人捉住他，弄得对方精疲力竭，不愿再玩了，这时他就嘲骂那些失败者：

　　"怎样——你们输了吧？不干了？嗐，你们这些孱头！"

　　克里觉得波里士对于任何事体都不假思索，只是本能地知道他必须干什么和怎样干法。有一次，被同伴们的驯良所懊恼，他说出他的梦想：

　　"今年夏季我要找几个配和我打架的斗士，教养院的孩子们或神像制造厂的孩子们，那么我才能认真打一打。至于你们这些家伙，我只好抛开了！"

　　克里觉得伐拉夫加家的小姑娘比别的儿童更公然更固执地不喜欢他。里狄·伐拉夫加却是克里所十分喜欢的——一个苗条的小姑娘，微黑的面孔，灰眼睛，蓬松的黑鬈发。她跑得很神速，好像脚不着地似的飞腾着。除了她的哥哥而外，谁也不能捉住她或赶到她前头。像她的哥哥一样，她常常自命为领袖。当她自己撞在什么上，或擦伤了手脚，或碰破了鼻子的时候，她从来不号哭，不呻吟，像梭莫夫家姐妹那样。但是她对于冷非常敏感；她不喜欢黑暗，以及影子，而且在坏天气之中变得难堪地暴躁。

在冬天里她像苍蝇似的入眠了，她坐在她的房里，甚至很少出去散步，痛骂上帝刮风下雨和下雪，使她莫名其妙地烦恼。

她说起上帝来，好像他是住在邻近的一个好心肠的老人，和她相识，能够做他所想做的各样事，而他所已做的事却时常是他所不应做的事。

"嘻！并不有什么上帝，"克里宣言，"老头子和老太婆才相信他有的。"

"我并不是老太婆，而宝拉也还年轻，"里狄沉静地回答，"宝拉和我都很爱他，但是妈妈恼恨他，那是因为他不公道地惩罚着她，所以她说上帝玩弄人好像波里士玩弄木偶兵似的。"

里狄把她的母亲描画成一位殉道者：他们用烧红的熨斗烫她的脊背；他们注射药水在她的肉皮里面，用尽各种方法磨折。

"有一次，爸爸必须到外国去，但是她不要他去。她怕爸爸离开她就会死掉。自然，爸爸是不会死的；但是他不和她辩论，他说病人总是惶恐地想着一些蠢事，因为他们怕死。"

和这姑娘在一处克里觉得很舒服，以及快活——快活得好像听他的保姆奥金尼亚讲神仙故事似的。克里知道里狄看他毫无出色之处，在她的眼里他并不曾长大，总不过和两年前伐拉夫加家搬进来的时候一样。他退缩而且困恼，认为这姑娘把他拉转回到幼稚愚昧的境地；但是他无法使她领悟他的重要性——这是困难的事，不说别的吧，单以里狄能够一口气不停地讲一小时而不肯听他的话或答他的问而论。

在晚间，玩倦了之后，她常常变为沉静，张着和蔼的眼睛缓缓漫步在院子里、花园里，好像在寻找失去的东西似的。

"我们去坐一会儿吧。"她约克里在院子角上，在马厩和邻人新造的石墙之间，有一株因为缺乏阳光而奄奄待毙的大榆树。靠近树身堆着一些旧木板和木柱，高得和马厩的房顶一样齐，上面放着一辆用芦苇编成的小小的四轮低马车，这是属于克里的祖父的。

克里和里狄爬进小车，坐在那里谈天。这小姑娘常常怕冷地紧贴在萨木金身上，这时他接触着她的结实而温暖的身体，听着她的沉思的低语，经验到一种特殊的悠闲之乐。

她的声音不好，复音调；克里觉得它只是"发"和"梭"之间的连续音。而且，克里以为，和他的母亲同样想法，这姑娘知道许多在她的年龄所必须知道以外的事。

"关于鹳和椰菜头的故事[1]只是胡说罢了。"她说，"她们这样说是因为她们怕生孩子，但是我们的妈妈们都生孩子，像猫一样；我看见过生孩子，宝拉也告诉过我。等我的奶再长大一点，像妈妈的和宝拉的那样大的时候，我也要生一个男孩和一个女孩——像你和我这样。生孩子是必要的，否则总是同样的人们，而且他们死了之后就留不下人了。那么猫和鸡也都要死了——谁来喂它们呢？宝拉说上帝只不许修女和中学校里的姑娘生孩子。"

里狄时常冗长地谈论她的妈妈和他们的婢女宝拉，后者是好像敷着果酱的卷形布丁似的一个笑嘻嘻的红面颊的姑娘——而她一谈到她们总会说出一些新鲜的事。

"宝拉知道各样事情——甚至比爸爸知道的更多。有时——当爸爸到莫斯科去了的时候——妈妈和宝拉唱很柔和的歌，而且她俩都哭泣，宝拉吻妈妈的手。妈妈一喝马德里酒就要大哭。她病是因为她的脾气坏，而且她不喜欢爸爸和别的女人相好，只和她相好。她不喜欢任何太太——除了宝拉而外，当然她并不是太太，只是一个兵士的妻子。"

当她说的时候，她摇着身子，捏起两个小拳头，用一个拳头在膝上

---

[1] 此处为大人向小孩说明他们的出生是怎么回事——被鹳鸟叼来或在白菜地里捡到的。——编者注

拍着节奏。她的声音越来越柔和，越没有劲；最后她好像是在梦中说话似的，这时她的声音使克里悲哀了。

"在害病之前妈妈是一个吉卜赛人，我们现在还有她穿着红衣服抱着吉他的画像咧。我要到高级学校去读几年的书，然后，我也要抱着吉他去唱歌——不过我要穿黑衣服。"

有时克里想要反驳这姑娘，和她争论，但是他不能使他自己这样做，恐怕里狄会生气。觉得她是他所认识的女孩们之中的最有趣的姑娘，他是以里狄待他比待别的孩子更好为荣的，所以，当里狄忽然对他冷淡，邀约鲁巴·梭莫伐去坐在那小车里的时候，克里感伤，觉得被弃，嫉妒到几乎流出怨愤的眼泪。

八

他十分讨厌梭莫伐姐妹，正如讨厌她们的父亲一样。她们只相差一岁，都是矮胖胖的，面孔圆得好像茶托似的。大的那一个，伐利亚，和她的妹妹不同的是时常害病，所以克里看见她的次数不如看见鲁伯夫那么多。伐拉夫加叫这妹妹"白老鼠"，而孩子们却叫她"小丑鲁巴"。她的白脸好像敷着面粉似的；她的水汪汪的蓝眼睛隐藏在肿眼皮的粉红肉垫后面；她的无色的眉毛简直看不见在那极其突出的前额上；她的头发躺在脑壳上，好像是粘贴在它上面似的。她把它编成一条可笑的小辫子，辫端上系着黄缎带。她是快活的，而克里却以为这并不聪明的丑姑娘的快活必定是假装的。她计划这样那样，可是都不成功，有一次她发明了一种讨厌的玩意，"你将来怎样？"把纸裁成许多片，每片上写上一个字，把它卷成小卷，然后叫那些孩子各人从她的怀里取出三小卷。

"铃""响""狼"是里狄抽得的，于是鲁伯夫用老算命先生的衰弱的鼻音说道：

"亲爱的小姐,你将来要嫁给教士,住在乡村里面。"

里狄恼怒道:"你不懂算命!我也不懂,可是你比我更外行。"

克里抽着的是"月""梦""葱"。

小丑鲁巴把他的笺条捏在她的手里,咬着厚嘴唇,默想了一会儿。然后叫道:

"你睡着吻月亮,烧着你自己,哭起来。这一切都是在你睡着的时候!"

"胡说!但是很有趣!"波里士称赞。

在安徒生的一切童话中鲁巴最喜欢《牧女和扫烟囱者》。她请求里狄高声颂赞它,她一面听一面哭泣,毫不难为情。波里士·伐拉夫加皱起眉头咕噜道:

"不要这样哼哼!他们没有被打碎总算是好事情。"

她对于那瓷做的扫烟囱者的奇特的悲愁,以及其他种种,克里都觉得是假装的。他恍惚怀疑她想要冒充像他克里·萨木金似的有天才的人。有一晚上,鲁巴十分激动地从街上跑到院子里,使正在院子里嚷闹的孩子们都突然停止活动,于是她高举双手,向天空叫道:

"听着,听着!"

他们全都沉默着,仔细观察天空,但是谁也听不见什么。克里欣喜鲁巴的卖弄没有效果,顿着脚嘲骂她:

"你并不懂玩弄人!谁也不受你的玩弄!"

但是那小姑娘推开他,用劲皱起她的粉白的脸,急促地歌吟道:

  昨晚爸爸戴着巴拿马[1]——
  他好像白菌子;
  我简直不认识那是爸……

---

[1] 巴拿马草帽。

她停止了，用手掩着眼睛，责备克里道：

"搅坏各样事情的就是你！"

"他总是冲到人面前，像一个瞎子似的。"波里士严厉地说，然后提出韵脚："知？痴？姿？"

克里觉得人人都不喜欢他，更加讨厌鲁巴，而且认为和这些孩子们相处比和成人们相处更困难。

伐利亚比她的妹妹更讨厌，而且像后者一样，毫不引人注意。她的额上现出细微的青筋。她的猫头鹰眼睛是阴郁的，她的懒身体的行动是笨拙的。她说着一种审慎的漫长的低音，可是字句含糊到难以听清她在说些什么，克里惊奇为什么波里士对于梭莫伐姐妹那样殷勤有礼，而不注意那美丽的阿连娜·提里卜尼伐，他的妹妹的密友。

在天气不好的日子，孩子们就聚集在伐拉夫加的寓所里，在那可以布置成客厅的不整洁的大房间里。房里有一个巨大的食橱、一架风琴，和一张异常阔大的长沙发。房间中央摆着一张椭圆的桌子和几把笨重的高背椅子。伐拉夫加家住在这里已经两年多了，而看来好像是昨天才搬进来似的，乱七八糟。家具也不够；这房间好像是空的，不能居住。

孩子们常常扮演马戏。那桌子便是舞台，而马房就在桌子下面。马戏是波里士最爱的玩意。他担任团长和马教练。他们的新朋友哀戈·图洛波伊夫兼饰魔术师和雄狮。狄米徒里·萨木金是丑角。梭莫伐姐妹和阿连娜是豹子、长毛狗和母狮；而里狄·伐拉夫加是野兽教练员。

动物们都认真地各尽任务。它们都抓着里狄的裙子和腿子，尽力推倒她，咬她，波里士拼命大叫："不要像小猪似的吱吱叫呀！里狄用劲打它们！"照例，马夫这种贱役是派给克里的；从桌下牵出马和别的动物来的就是他。他怀疑这种职务的派给是故意侮辱他的。他根本就不喜欢玩马戏；像他们的别的玩意一样吵吵嚷嚷，一会就变为可厌的了。他拒绝再玩，退出去加入"观众"之中，和宝拉及一个修女同坐在长沙发上。波里士喝道：

"你这哭哭啼啼的小娃娃！鬼惹他！宝拉去叫杜洛诺夫来！"

克里坐在长沙发上看马戏。但是他发见伐拉夫加氏的母亲更比她的孩子们有趣得多。

在被一架大挂灯所照明的房间里，一个黑头发、黑脸、大鼻子、大眼睛的妇人躺在一张很大的床上，靠着像雪堆似的一对白枕头。从远处看去，这妇人的毛松松的头好像一块烧过的树的焦了而还在燃着的节根头。格拉斐拉·伊塞弗娜不停地吸着粗大的黄纸烟。烟云浓密地钻出她的嘴和鼻孔，甚至她的眼睛也似乎在冒烟。

"克里！"她用重浊的声音叫喊。克里害怕她。他小心地走近去，摸摸腿，低了头，才在离床两步的处所站定，这是那妇人的黑手不能达到的地方。

"嗯。你家里有什么新闻？"她问，用拳头使劲拍拍枕头，"你的母亲在做什么？全都到戏院里去了吗？伐拉夫加跟他们去了吗？啊哈！"

她威吓地说出这"啊哈"，而且她的黑眼睛的锥尖似的注视压迫着这孩子。

"你是狡猾的，"她说，"他们称赞你不是无所为的；你是有心计的。不，我不让里狄嫁给你。"

波里士正在那大房间里顿脚大叫：

"乐队！妈妈，来，乐队！"格拉斐拉·伊塞弗娜就拿起吉他，或是像一只颈子长得可怕的鸭子似的一种乐器。弦索失望地响起来，克里觉得这音乐是恶意的，像格拉斐拉·伊塞弗娜周围的各样东西一样。有时她会忽然不祥地爆发出一种鼻音的歌声。歌词是杂烂而不可解的，所以这枭叫的声调使房里的各种东西都更加阴森和不安。孩子们都丛集在长沙发上，驯服地静听着，但是里狄辩解地低语道：

"她还能够唱得更好的，但是今天她没有用她的最好的声音。"

里狄很温柔地问道："你今天没有用你的最好的声音，是吗，妈妈？"

克里恐怕这妇人会好起来,做出什么可怕的事,但是梭莫夫医生使他放心了。他曾经问过医生:

"格拉斐拉·伊塞弗娜快就会好起来了吗?"

"和每个人一样,都到了裁判的末日了。"梭莫夫不假思索地回答。克里相信这医生所说的每一个阴毒的字。

当孩子们在楼上吵闹得太厉害了的时候,父亲伐拉夫加就从萨木金家走上来,站在门道上,喝道:

"安静些呀,你们这些狼!这样吵闹是使人活不下去的。维拉·彼得洛夫娜恐怕你们跳破天花板。"

"上船!"波里士命令,于是他们就全都猛扑这父亲,爬在背上,挂在肩上和颈上。

"都准备好了吗?"他问。

"都上来了。"

伐拉夫加首先要求孩子们发誓不搔他的痒处,然后开始围着桌子奔跑,沉重的脚步使食橱里的碗碟铮铮地响,挂灯上的水晶吊子也发出叮叮的声音。

"毁坏他!"波里士叫喊,于是大事件就发生了。他们撩痒伐拉夫加,他咆哮,尖叫,大笑。他的尖利的小眼睛惶恐地突出着。他把他们一个跟一个抛置在长沙发上,而他们又一个跟一个扑过来,用劲搔他的肋下和膝下。克里从来不参加这种粗暴而危险的游戏。他超然站着,笑着,听着格拉斐拉的低音的叫喊:"就这样对待他!就这样对待他!"

"我投降了!"伐拉夫加终于呼喊,跌在长沙发上,挤压着他的敌人们,他们从他那得到了糖果饼干之类的赔款。然后里狄替他梳理蓬乱的胡子和头发,而且,沾水在手指上,摩平他的眉毛,同时他笑得气灰力竭,可笑地噘着嘴,用手巾揩着脸上的汗,可怜地埋怨道:

"不,你们全是毫无信义的人。"

然后他走进他的妻的房里。她噘起嘴嘘了一声迎接他,这时她的黑眼睛恼怒地大睁着，越发可怕，伐拉夫加勉强低声说道：

"什么？不，那不过是你想出来的。不要这样？好。我现在还没有老咧。"

"想出"这词是克里所能理解的，因此尖锐化了他对于那病妇人的敌意。是的，当然，她常常想出一些恶的事体。克里看见格拉斐拉·伊塞弗娜对于她的儿女们不关切，不仁慈，而且屡屡粗暴。她对于波里士和里狄发生兴趣，似乎只在他们冒着折断手足的危险实习某种体操的时候。在这种时候她皱起浓眉，闭紧紫色嘴唇，双手交叉在胸前，手指深陷在骨瘦的肩膀里面，定睛看着她的孩子们，好像要瞄准他们放枪似的。克里觉得倘若孩子倒下受伤，这母亲就会爆发快活的大笑的。

波里士穿着肮脏破烂的衣服跑来跑去。里狄的衣服比梭莫伐姐妹的更糟，虽然她的父亲比医生更富。然而克里越来越重视这小姑娘的友谊，当他听着她的可爱的唠叨的时候，他愿意保持沉默——沉默着忘记了他自己的说些少年老成的话的任务。

九

哀戈·图洛波伊夫，这花花公子一登场——衣冠华丽，好像时装标本似的，彬彬有礼到可厌的程度，然而矫捷活泼得和波里士一样——里狄就抛弃克里，驯服地跟在这位新玩友后面，好像一条小狗似的。不可解的是从初相识那一天起，波里士就和图洛波伊夫越争吵越厉害；在几天之内他们就打到流血流泪。他看着他们的烂脸，他们拼命相打的努力，他才初次见识孩子们战斗的凶猛。他听着他们的咬牙切齿，他们的呼吸困难。这使他如此惊恐，以至在战后几天他还是不敢走近他们。这一切增强了他的这感情：他，不能战斗，是一个旁观者。哀戈和波里士不久就变为密切的朋友，虽然总是辩论和吵架。各人都顽强地、毫不容情地，竭力显示自己比同伴更大胆，更有力。波里士的行为好像被火烧着似的；他的心里显然有些疯狂，好像他急忙要做完种种游戏，唯恐将来不能似的。

当图洛波伊夫登场的时候，克里感觉自己被遗弃得更远；被排在和他的哥哥狄米徒里并列在一处。但是好心肠的笨拙的狄米徒里是被人爱的，因为他自愿听受管理。他从来不争辩或惹厌，他耐烦地和老实地担任着最不重要而又毫无利益的角色。狄米徒里的被爱也因为孩子们爱听他讲鸟巢、兽穴，以及蜜蜂、黄蜂生活的故事，这是克里所想不到而嫉妒了的。他用一种嗄声神秘地讲着，他的广阔的脸上和慈善的眼里现出欢乐的微笑。

图洛波伊夫和波里士要克里像他的哥哥那样柔顺地服从他们的意志；克里可以服从的，但是，玩到中间，会说道：

"我不玩了。"就突然走掉。

他想要表示他的顺从不过是一个聪明孩子的谦虚，对于这一切儿戏他是能够做得十分出色的。但是谁也不能理解这一点，而且波里士大嚷道：

"滚蛋——我们讨厌你了！"

他的尖鼻子的雀斑脸上泛起一阵红潮，他的眼里闪出怒火的光芒。克里怕他会打他。

里狄皱起眉头，疑问地瞅着他。梭莫伐姐妹和阿连娜，觉察了里狄不讲交情，眉来眼去，互相耳语。这一切使克里的心中充满了酷烈的悲哀。这孩子用一种揣测安慰他自己：他们不喜欢他是因为他比他们更聪明。同时，像这安慰的影子似的，接连而来的是骄傲，以及批评他们的欲望。当他觉得那玩意可厌的时候，他问道：

"是不是可以想出一些更好玩的呢？"

"去想去吧，不要搅扰我们。"里狄恼怒地说，转背离开了他。

"她越来越粗暴了！"克里痛苦地回想着。

他自己发明了一种步伐，在他的想象中，它大有助益于他的重要性。他走起来，不弯腿，把双手抄在背后，好像教师托米林似的。他皱起眼眉考察着他的同伴。

"你为什么这样摆架子呀?"狄米徒里问他。克里轻蔑地笑笑，并不回答。他不爱他的哥，认为他是一个小傻子。

图洛波伊夫，一个冷静的、整洁的小家伙，很有礼貌，也皱起他的不仁慈的黑眼睛考察着克里——挑战地看着他。每当克里走近里狄的时候，他的太过漂亮的面孔就恼怒地皱起来。但是那小姑娘随便和克里说话，顿着她的脚，而眼睛望着哀戈这一面。她越发亲近图洛波伊夫，他们手挽手地散步。克里觉得，即使在大家玩得正有趣的时候，他们也只是彼此相玩，并不意识到别人。

每当玩"瞎子摸鱼"而里狄是"瞎子"的时候，哀戈就故意把他自己送到她的摸索的手下。

"这不行!"克里叫喊。而且大家都一致赞成："不，这不行!"至于图洛波伊夫呢，扬起他的漂亮眉毛，分明抗议道：

"但是，先生们，她是弱小的呀!"

"不!"里狄愤怒，"不论他说什么，不，不，不!"

"我也是弱的呀!"小丑鲁巴声明，懊恼了。但是图洛波伊夫已经蒙上眼睛，正在追逐着了。

有一次，狄米徒里·萨木金从里狄的手里逃脱，而且翻倒一只椅子在她的脚前面。这姑娘的脚撞在椅子上，叫了"啊哟!"一声。哀戈沉下脸孔，抓住狄米徒里的咽喉：

"你蠢货! 你玩得不正经。"

当发觉伊凡·杜洛诺夫注意窥看女孩们的裙子下面的时候，图洛波伊夫宣布不许邀约杜洛诺夫来玩。伊凡·杜洛诺夫固执着要人称他自己的姓[1]，而且强迫他的祖母自称为杜洛诺夫娜。向外弯的两腿，凸肚

---

[1] 俄国贵族以姓称，而平民则以名称。

皮，扁平的脑袋，宽眉毛，大耳朵，他是丑的，然而丑得引人注意。在阔大的脸孔中央有一管刚刚可以觉得的小红鼻子，闪出两只窄小的混浊的蓝眼睛，很灵动而且贪馋。贪是杜洛诺夫的最显著的特性，他异常之贪地用他润湿的小鼻子吸着空气，好像因为缺乏它而窒息着似的；他以惊人的速度大吃大喝，嚼响那很红的厚嘴唇。他对克里说：

"我是穷人，必须多吃。"

由于祖父阿金的硬作主张，杜洛诺夫和克里共同补习投考中学的功课，而且，在托米林授课时间，杜洛诺夫也显出神经性的急促。克里甚至以为这也似乎是贪。当询问或回答先生什么的时候，杜洛诺夫说得很快，好像他是在吸吃他的字句而它们热得烧着他的嘴唇和舌头似的；有好几次，克里问这位他的祖父硬送给他的同伴：

"你为什么这样贪？"

杜洛诺夫皱起鼻子，斜起不安宁的小眼睛瞅着一边，并不回答。但是，有一次，异样地降低他的高调的怒声，他说：

"有人放一条饿虫在我的肚子里面。"

"虫？"克里问。

用一种急促的低语，他通知克里。他的姑母，一个女巫，曾经蛊惑了他，把一条绦虫放进他的肚子里面。所以，他杜洛诺夫终身受着吃不饱的饥饿之灾。他又说，他诞生的那一年，他的父亲正在和土耳其人打仗。他的父亲做了俘虏，改宗伊斯兰教，现在在那里过得很好。他的女巫姑母知道了这种情形，就把他的母亲和祖母驱逐出门。他的母亲很想到土耳其去，但是他的祖母不让她去。

克里不相信绦虫。但是当他听着这神秘的低语的时候，他惊奇地看见在他眼前的这孩子变相了。这保姆的孙儿的扁脸忽然漂亮起来；他的眼睛并不转来转去；眼瞳里闪出欢乐的蓝焰，这是克里所不能理解的。晚餐的时候他把杜洛诺夫的故事重述给他的父亲，后者听了十分高兴。

"你听见了吗，维拉？何等的想象，呃？……"

他的母亲并不理会,像平常一样。她简单而干脆地告诉克里这全是杜洛诺夫想出来的,他并没有姑母,他的父亲已死了——正在掘井的时候埋葬在土崩之下。他的母亲曾在火柴厂里做工,在杜洛诺夫才四岁的时候就死了。她死了之后,他的祖母被雇作米提亚的保姆,大略是这样。

"是的,维拉,"克里的父亲说,"但是,你要知道……"

狄米徒里的脸上展开微笑,说道:

"克里也是爱说谎的。"

他的父亲转向他:

"你说得很粗鲁,米提亚。必须分清幻想和说谎。"

这时伐拉夫加到了,跟在后面的是祖父阿金。他们开始争论,而克里又强烈地觉得他有权而且必须"想出"他自己的品性。同时他对于杜洛诺夫的兴趣增加了——一种近于嫉妒的兴趣。第二天他问伊凡:

"你为什么捏造你的姑母的故事。你并没有什么姑母呀!"

杜洛诺夫恼怒地看了他一眼,然后,闭起眼睛,答道:

"至于你呀,不要乱讲你不懂的事情吧。全是因为你,我的祖母才扯掉我的耳朵,你个唠叨鬼!"

第二章

一

每天早晨九点钟,克里和杜洛诺夫走到阁楼上去听托米林授课,一直在那小房间里坐到中午。这房间好像兽穴似的,其中乱摆着三张椅子、一张桌子、一个铁洗脸架、一张吱吱嚓嚓的帆布木床,以及许多书籍。在这房里总是热的,而且一种猫粪和鸽屎的恶臭压倒了别的气味。从半开的窗子里可以看见花园里的树梢,梢上装饰着灰白的冰或雪,好像一些浸水的棉花似的。树后面挺立着火警塔,塔顶上有一个穿灰羊皮袄的人懒洋洋地绕着圈子。塔顶上是空阔的天空。

先生用一种寂寞的、暧昧的微笑迎接孩子们。无论何时他总是好像刚才醒起来的样子。他立刻就躺在帆布床上,仰面朝着天花板;那床发出一种破裂的哀声。把手指埋在粘成一片的蓬乱的粗红头发里面,铜色的小胡子直指着天花板,他并不看着学生们,就向他们提出问题,用幽静的声音说着顺口的话。但是杜洛诺夫觉得先生说话"好像是被火烘着似的"。

有时,多半是在讲历史的时候,托米林会爬起来,在房里踱步——从桌子到门口是七步,然后又走回来。他低头走去,呆看着地板。他拖曳着破旧的拖鞋,而双手总是背在背后,那手指捏得这样紧,以至变为深红的了。

托米林更高兴和更热心教杜洛诺夫,克里觉得。

"凡尼亚,那么,亚历山大·涅夫斯基[1]做过些什么事情呢?"他问,关上门而且拉直他的内衣。杜洛诺夫就敏捷地分明答道:

"至圣的基督教王子亚历山大·涅夫斯基曾经号召鞑靼人,得到他们的援助,攻击俄罗斯人……"

"等一等——你说什么呀?你从哪里听来的?"先生惊讶了。他竖起蓬松的眉毛,可笑地张开嘴。

"那是你说的呀。"

"我?什么时候?"

"星期四。"

先生沉默了一会儿,用手掌压平头发,然后,走到桌子面前,严厉地说道:

"这是不必记在心里的。"

他有一种和自己说话的习惯。正在讲历史的时候,他会沉思一两分钟,然后,又很慢地、莫名其妙地开始叽里咕噜。在这种时候杜洛诺夫就用脚推克里,同时用左眼一瞥那先生——他的左眼比右眼更不安静——作出一个嘲笑的小鬼脸。杜洛诺夫的嘴唇像鱼嘴似的:两片厚钝的软骨。下课之后克里问他:

---

[1] 公爵,于一六四〇年七月十五号战胜瑞典、挪威及芬兰联军于尼伐河与伊梭河合流处。

"你为什么推我？"

"嘻嘻！"杜洛诺夫说，"他瞎编了一大套涅夫斯基的谎话。圣人是不会结交鞑靼人的——这骗不了我！所以他说不要记在心里，因为他捏造。这样的好先生！他教你，而又叫你不要记！"

一谈到托米林，伊凡·杜洛诺夫就放低声音，小心地看看周围，而且笑嘻嘻的。这时克里听着他说话，觉得伊凡是以使先生不悦为乐的。

"你以为他和谁讲话？他在和鬼讲话呀。"

"鬼是没有的。"克里认真地说。杜洛诺夫轻蔑地注视着他的眼睛，把头扭向左边吐了口水，作出不屑于辩论的样子。

萨木金时常用妒忌的眼睛注视着杜洛诺夫，看见他努力要在功课上超过他，而且容易地成功了。他看见这活泼的少年恨一切成人，以使成人们难受为乐，正如以使先生不悦为乐一样。他使他的非常慈爱的胖祖母流泪，她为他担忧到近于发狂了。他会放些烟灰或胡椒在她的鼻烟盒里，拆散她所织的袜子，弄弯她的织针，把她的毛线球抛给小猫，或用牛油或胶水污坏她的毛线。这老妇人打他，而打了之后又在角落里神像前面画十字，流着眼泪祈祷：

"圣母，饶恕我，为基督的缘故，因为我伤害了孤儿！"

然后，塞一块糖果或饼干给她的孙儿，她叹息着说：

"这，杜洛诺夫，拿去吃吧，你傻小子！你为什么折磨我呢？"

杜洛诺夫对克里说，"你的父亲是一个有趣的角色。现在，真正的父亲是有些可怕的——哟！"

在维拉·彼得洛夫娜前面，杜洛诺夫柔顺得好像一条膝上的小狗似的。克里感觉这保姆的孩子害怕她正如害怕祖父阿金一样，而尤其使他敬畏的是伐拉夫加。

"最大的魔鬼。"他称呼这工程师，而且讲着他的故事：伐拉夫加当初是一个运货夫，后来是一个偷马贼，他就是由此发财的。这故事把克里骇得目瞪口呆。他知道伐拉夫加是一个地主的儿子，生于乞希涅夫，

曾经在彼得堡和维也纳读书。然后来到这城里,一直住了七年。当他愤愤把这告诉杜洛诺夫的时候,后者摇摇头,咕噜道:

"有一个维也纳——椅子就是从那里来的。至于乞希涅夫——或许只是地理书上有吧。"

克里并非不时常意识到他在杜洛诺夫的奇异行为和荒唐谎话之前是变为愚蠢了的。有时他觉得杜洛诺夫说谎的唯一目的只是要愚弄他。杜洛诺夫不喜欢他的玩友并不亚于他不喜欢成人们,尤其是在孩子们拒绝和他玩的时候。在游戏中,他显现出许多狡计;但是他是卑怯的,而对于女孩子却是鲁莽的——尤其是对于里狄。他轻蔑地叫她吉卜赛。他困扰她,设法使她跌倒。

每当孩子们在院子里游戏的时候,伊凡·杜洛诺夫被他们所抛弃,就坐在厨房门前的台阶上。两肘支在膝头,脑袋停在手上,他茫然观看着那些上等人家的小孩们的游戏。凡是有谁跌倒或是被打哭了的时候,他就发出快活的尖叫。

"打碎他!"他鼓励,每当他看见波里士和图洛波伊夫扭打的时候,"给他一个向后倒!"

倘若他们在花园里玩,杜洛诺夫就站在侧门旁边,把肚皮贴在它上面,把脸塞在横木之间,有时叫道:

"抓住她!她在那里——躲在樱桃树后面。从左边跑过去捉她……"

他用各种方法妨碍游戏的人们,他故意慢慢地走过院子,低头看着地面。

"我失掉一个戈比克。"他声诉,摇摆着他的弯脚,故意撞在游戏者们身上。他们就都飞奔向他,把他推倒。杜洛诺夫坐在地上,呜咽着恐吓道:

"我要去告你们!"

有两三个星期之久,鲁巴·梭莫伐和杜洛诺夫很亲密。他们一同散步,躲在角落里,谈着秘密而兴奋的议论。但是,有一晚上,鲁巴眼泪汪汪地跑到里狄面前愤愤叫道：

"杜洛诺夫是一个蠢材！"

跌落在长沙发的角里，双手蒙着脸，她又叫道：

"啊，他真是蠢材呀！"

里狄，满面通红，一言不发，跑进厨房里面。当她回来的时候，她胜利地大声宣布：

"他已经得到报应了！"

三天之后，杜洛诺夫走出来，前额上还有一个大肿块。另一个是在左眼下面。

是的，杜洛诺夫是一个不可喜的，甚至讨厌的孩子。但是克里看见祖父、父亲和先生都激赏伊凡的才能，认为他是一个竞争者。他嫉妒他，羡慕他，以至忧愁起来。然而杜洛诺夫终于感动了他，克里对于他的不友好的感情往往消散在一种兴趣和同情的燃烧中。

有些日子，杜洛诺夫会忽然容光焕发，变得不像他自己了。陶醉于深思默想之中，他抖擞精神，用一种温和的声音告诉克里一些奇异的事情，一半是梦幻，一半是童话。他叙说从院子角上的井里怎样爬出来一个人，很高大，但是轻而透明好像影子似的。这人一步一步走出大门，到了街上，而当他走过钟楼的时候，就变得更黑，向左右摇摆着，好像在风的搏击之下似的。

"不久以前，月亮还没有上升，有一只最大的黑鸟飞过天空。它飞到一颗星旁边，把它啄掉；又飞到另一颗星旁边，也把它啄掉。那时我还没有睡。我坐在窗台上。后来，我害怕，躺在床上，用被盖蒙着头。而且，你知道，我觉得很可惜那些星星；我想，明晚天将要是空虚的了……"

"这全是你想出来的！"克里说。

杜洛诺夫并不辩驳。克里知道杜洛诺夫正在杜撰这些事情，但是他把他的幻想说得这样动听，以至克里想要接受他的谎话为真理。最后，克里不能确定他应该怎样看待这孩子——他一天比一天更强烈地吸引着而且也推拒着他。

二

杜洛诺夫堂皇地通过了高等学校的入学考试。克里失败了。这使他如此伤心，以至当他到家的时候他伏在母亲的膝上哭泣起来。

他的母亲温柔地抚慰着他，亲切地对他说话，甚至称赞他：

"你是有雄心的。这是一件好事。"

晚间她曾经和他的父亲争吵。克里听见她的恼怒的话：

"现在是理解这孩子并不是一件玩物的时候了！……"

几天之后克里觉得他的母亲已经变为更动人、更仁慈了。她甚至问他：

"你爱我吗？"

"是的。"克里说。

"很爱吗？"

"是的。"他亲切地再说，把头靠在她的柔软而芳香的胸部上。他的母亲郑重说道：

"你必须爱我呀。"

克里不能记起——妈妈从前这样问他吗？他对他自己回答这问题并不能像他回答她那样确定。在一切成人之中他的母亲是最难理解的。关于她，人们几乎不能思索，好像书里面的一页空白似的。这家里的每个人都顺从她，甚至家长阿金和顽强的马利亚·罗曼诺夫娜也如此。

克里的母亲很少笑，很少说。她有一副严峻的面孔，深沉的蓝眼睛，浓黑的眉毛，长长的尖鼻子，和小小的粉红耳朵。她把她的金色头发打成一条长辫，在头上盘了三道。这使她显得很高——比克里的父亲高得多。她的手常常是热的。十分明显的是她喜欢伐拉夫加甚于任何别的男人。她对于他比之对于任何人更容易说话和微笑，说笑的次数也更多。他们的朋友们都说她近来已经变得非常漂亮了。

他的父亲也已改变，不知不觉然而很大地，甚至变得更加慌张。他拉着他的小黑上髭，这是他从前没有的一种习惯。他的鸽子似的眼睛不停地睐着，好像被睐着似的，而又深思地呆看着，好像他忘却了什么而不能记起似的。他变得更饶舌，而他的声音是高调的。他谈书籍，谈汽船，谈森林和野火，谈愚蠢的统治者和人们的灵魂，谈犯了严重错误的革命党人们，谈那看透一切的惊人的人物格里布·乌斯班斯基[1]。他永是说着有些新奇的事情，好像他恐怕明天就有人要禁止他说话似的。

"真惊人的呀！"他叫喊，"非常的呀！"

"伊凡，你确是一位擅长于受惊的大家！"伐拉夫加说，摸着他的煊赫的大胡子。

伐拉夫加曾经带他的妻到外国去。他打发波里士到莫斯科的一个非常的学校里——图洛波伊夫已经在那里读书。从什么地方来了一个嘴唇上有灰髭的大眼睛老妇人，把里狄送到克里米亚去疗养。伐拉夫加从外国回来，返老还童似的，更加嘻嘻哈哈。他是更轻浮了的。走起路来，脚顿得更响，而且常常停在镜子面前赞赏他的胡子——现在修剪得更像狐狸尾巴。他甚至说起韵语来了。克里曾经听见过他对他的母亲说：

"经由一句最坚定的温语

我从虚妄的丑陋之黑暗中

提起我的堕落的灵魂……

自然，那时我是一个白痴！"

"并不如此，而且这很粗俗，提莫菲·斯蒂班诺维奇。"克里的母亲说。伐拉夫加吹了一声口哨，正和顽童一样，然后慢慢地说道：

"温和的真理是没有的。"

---

[1] Gleb Ivanovitch Uspensky（1840—1902），俄国著名作家。

几乎每天晚上他都和马利亚·罗曼诺夫娜争吵。同时维拉·彼得洛夫娜也和她辩论。那产婆就站起来，挺直到她的充分高度，皱起眉头，严厉地警告：

"维拉，你疯了！醒醒吧！"

克里的父亲跑到她面前，苦恼地叫道：

"英国人不是证明妥协是文化所必须的条件吗？……"

那产婆厉声说：

"停止，伊凡！"

于是他的父亲转向伐拉夫加：

"提莫菲，你也必须承认在进化的某一阶段上需要一种决定的突击……"

伐拉夫加用他的强有力的短手推开他，微笑着，叫道：

"不对，马利亚·罗曼诺夫娜，不对！"

他的父亲走近桌子和梭莫夫喝啤酒去了，那半醉的医生喃喃说道：

"纳特生说得对，'火熄了……'怎么会燃起来呢？"

"花落了。"他的父亲说道，悲凉地点点他的秃头。他默默沉思地喝着啤酒，而且并不被注意。

马利亚·罗曼诺夫娜也似乎忽然变为灰白。她已经失去肌肉；她的背脊是弯的；她的声音变为低的，一直到近于含糊、破碎，不像从前那样果断了。常常穿着黑色衣服，她的状貌使人感觉忧郁。在晴明的日子，她拿着一本书在院子里或花园里散步，她的影子似乎比别人的更重更浓；她的影子好像她的裙子的延续似的拖在她后面，似乎使花草都失去它们的色泽。

马利亚·罗曼诺夫娜和他们争辩的结局终于到来。有一早晨她跟在满载着她的东西的一辆大车后面走出庭院去了。她并未向任何人告别，照常昂然阔步着，一只手提着皮包，另一只手紧抱着一只绿眼睛的黑色公猫在她的扁平的胸上。

一向惯于仔细观察成人们，克里知道某种不安宁的和不可解的事情已经发生在他们之间了，好像他们全都坐在不习惯的椅子上似的。那先生也改变了。他照常用一种刚睡醒起来的人的奇异眼睛看着每一个人。但是，现在他显得伤心、忧郁；他的嘴唇抖颤得好像要想叫喊而不敢叫喊似的。至于克里的母亲，那先生看着她好像祖父阿金仔细考察谁故意混用给他的一张十卢布的假钞票一样。他开始不客气地对她说话。有一天晚上，在客厅的入口处，当妈妈正在准备弹钢琴的时候，克里听见托米林的粗鲁的声音说道：

"那是不确的，我看见过他怎样……"

"你要干什么，克里？"他的母亲急促地问。那先生把双手藏在背后，走出去了，并不看看他的学生。

几天之后，在一个夜间，克里从床上爬起来关窗子，看见先生和他的母亲在花园里散步。妈妈正在用蓝头巾的一端驱逐蚊虫。先生摇摆着他的黄铜色的头发，正在吸烟。月光是这样明朗，以至烟缕显出镀金的颜色。克里想要叫喊："妈妈，我还没有睡咧。"但是托米林忽然撞在什么东西上，跪下一只脚，举起双手，好像要恐吓似的摇动着它们，然后抱住他的母亲的脚。她退后，推开那毛松松的头，赶快走掉了，一面走一面撕着她的头巾。先生笨拙地爬起来。他把手指插进他的粗头发里，摸摸它，然后赶到妈妈后面，挥手去拦她。这时克里惊骇了，叫道：

"妈妈！"

她仰起头，向家宅走来，绕过那先生，好像他是一只灯柱似的。她来到克里的床前，面孔非常严肃。严肃到几乎像是一张陌生的面孔，并且恼怒地责备他：

"已经十二点了，你还不睡；明早又起不来？现在你应该起得更早些。斯图班·安得里维奇以后不在我们这里住了。"

"因为他抱你的脚吗？"克里问。

他的母亲用头巾揩揩她的脸，然后才开始说话，已经没有怒气，而是用一种在教授克里音乐时候解释困难音节的郑重语调。

她说先生是拿掉她的裙子上的一条毛毛虫,没有什么。至于抱腿,那当然是不会的——那是没有礼貌的。

"唉,我的小孩,我的小孩!你总是幻想着一些事情。"她叹息了。

不愿她看出他不相信她,克里闭起他的眼睛。从书籍上和从成人们的谈话中,克里早已知道一个男人跪在女人面前只有当他爱她的时候。因为要拿去裙子上的一条毛毛虫就下跪是完全不必要的。

他的母亲用她的热手爱抚了他的脸。他并不再提起先生的事。他只说伐拉夫加也不喜欢这先生,他觉得他的母亲把他一按,就把他的头压在枕头上。当她走了之后,他睡着想道:这一切真是奇怪呀!他说真话而成人们硬说他捏造。

三

托米林搬出去住在一条窄小的巷道里,这小巷是被一座小蓝房子阻塞住的。这房子的门廊上有一面招牌:

厨子兼制糖果
承办结婚、舞会及丧礼筵席

托米林就定居在这位厨师家的侧房里,和从前在萨木金家里一样。当初这房间是光亮而干净的,但是几天之后就乱堆着书籍,一直到好像他已经把他从前住所里的一切尘垢、臭气,甚至地板的吱轧声都带到这新居里来了为止。先生的眼睛下出现了青色的浮包。他的眼瞳里的金色闪光已经暗淡,而且他已经变得可怜的衣衫褴褛了。在授课时间,他不再从乱七八糟的床上起来了。

"我的脚有毛病。"他解释。

"他一定是那一次在花园里伤了膝头。"克里想着。

托米林不耐烦地讲着功课。在他的低声之中有恼怒的音调。有时，他闭着倦怠的眼睛，沉默了许久之后，忽然凭空问道：

"喂，你懂得吗？"

"不。"

"想一想。"

克里想了——但是并不是想听过的课程，或阿美达利亚河的发源地，而是他为什么不喜欢这人的理由。

为什么聪明的伐拉夫加一说起这人就加以嘲笑和厌恶呢？克里的父亲、祖父以及他们的一切熟人，除了台尼亚而外，都避开托米林，好像他是一个扫烟囱的人似的。只有间或台尼亚才偶然问道：

"你，托米林——你以为怎样？"

他的回答是简短而随便的。他的想法与众不同，而他和伐拉夫加说话总是带着一种固执的语调。

"在原则上。"他常说。

"在原则上，在原则上！"伐拉夫加学舌，"见鬼吧，你的原则！更要紧的是卡尔大帝颁布了畜养家禽和买卖鸡蛋的法律[1]。"

先生好像读书似的反驳道：

"以自由主义而论，一个暴君的罪恶远不如他的善行那么危险。"

"荒谬。"伐拉夫加叫喊，同时台尼亚却欢呼：

"啊，不，这是警句！我要把它记下来！"

她常把这一类的话速记在克里的一本练习簿的书皮上，但是忘记把它们抄下来，而且在她还不曾记熟以前它们已经毁在废物堆里了。所以伐拉夫加常对她说：

"台尼亚，到那垃圾堆里去寻找你的记忆吧。"

---

[1] 故事不详。

有许多事情使克里必须思索，而这必然日益变为更加困难。他周围的各样东西都正在扩大、增多，而且挤进他的灵魂里面，鲁莽得好像教徒们挤进圣母升天祭日的教堂——里面有制作奇巧的圣母神像——一样。他对于那些看惯了的东西刚刚才觉得已经没有什么兴趣，但是它们立刻又有些引起他的注意，而同时从前他所爱好的别的东西却已失其魔力。甚至这家宅自身也在扩张之中。克里确信其中并无他所不熟悉的东西了，可是忽然会发现一些他从未觉察过的东西。在那半暗的走廊，那衣橱上从前只觉得有一个黑色斑块，现在却开展为一幅有着忧愁的眼睛的一个灰发老妇人的画像。在顶楼上，在一只用铁丝箍着的旧柜子里，他发现许多东西。虽然破烂，可是有趣：相框呀，瓷人呀，一支笛子，一大本满是中国人的画像的法文书，一厚本发式古怪而衣服难看的人们的画像簿，其中的一个人的脸上被人用蓝铅笔打了一个叉叉。

"这些人是法兰西大革命的英雄们，这位绅士是米拉波伯爵。"他的先生解释。他似笑非笑地问道："你在废物堆里找到的吗，是不是？"而且翻检着那簿子，他沉思地重复道：

"是的，是的——这是过去；不必要的过去。"

在这家宅里，克里发现一个房间，其中塞满了破家具和稀奇的废物，几乎堆到天花板，这些东西的从前的用处现在已经是神秘不可思议的了。好像这一切尘垢的东西曾经忽然成群地跑进这房间里——或许是受了火灾的威吓吧——在慌乱之中一个叠在一个上面，彼此互相撞碎、冲烂、轧坏，以至都死在那里似的。看着这混乱是可悲的。人觉得为这些破东西发愁。

四

将近八月尾的一天早晨，小丑鲁巴出现了，蓬头垢面的。顿着脚，她呜呜咽咽地说道：

"快来——妈妈疯了。"于是她跪倒在长沙发前面,把她的头埋在一只枕头下面。

克里的母亲立刻动身。那小姑娘才把她的头从枕头下抽出来,坐在地板上,眼泪汪汪望着克里,开始把她的故事告诉他。

"昨天,他俩吵架的时候,我就看见她已疯了。为什么疯的不是爸爸呢?无论如何,他是常常喝酒的呀!"

一跳就站起来,她抓着克里的衣袖。

"我们去吧!"

克里记不起他是怎样被鲁巴拖着跑到梭莫夫家里去的。在半暗的寝室里——百叶窗已经关上——苏菲亚·尼戈拉伊夫娜拘谨地歪扭在乱七八糟的床上。她的脚手都被毛巾绑着。她面对天花板躺着,拱起肩头,弯着脚,用头去撞枕头,叫道:"不!不!"

她的眼睛可怕地突出,已经睁得五个戈比克铜币那么大。它们红得像热炭一样,盯住灯焰。一只眼下面有一个伤痕。血正在从那里流出来。

"不!"医生太太喘吁吁地用一种沉闷的声音说。

然后,更高声地说:

"不,不!"

她的挣扎更有力,她的声音更加凶恶而且粗犷。医生站在她的床头间,背靠着墙。他咬着他的毛松松的黑上髭。他并未穿好衣服,头发是乱蓬蓬的;裤子的吊带只挂好一条,另一条缠绕在他的左手上,以至他的两只裤管也向上抽动。他的脚像醉汉似的抖颤,同时他的惑乱的眼睛不断地眨着,好像那下眼皮也像他的妻的牙齿似的会嗒嗒地响一样。他保持沉默,他的嘴似乎被他的胡子永远封住了。

另一个医生,老人威廉孙,坐在桌子前面。他皱起眼睛凝视着烛焰,然后仔细写了一些字。维拉·彼得洛夫娜正在搅动一只玻璃杯里的黑水。一个女仆跑来跑去,手里端着一盘冰,拿着一只锤子。

病妇忽然弯成一张弓，摆动双手，从床上跌落在地板上，撞着她的头。她开始爬行，像一只蜥蜴似的蠕动着，而且得胜地叫道：

"啊哈！不，不！"

"抓住她呀——你睡着了吗？"克里的母亲叫喊。医生才把自己从墙上拖开，抱起他的妻，把她放在床上，而且坐在她的脚上。

"再拿几条毛巾来！"他命令。

他的妻挣扎着要起来，用头去撞他的颊骨。他跳开了，她又跌落在地板上，而且开始去解开她的脚，哮喘着，叽里咕噜的。

克里躲在门和壁橱之间的角落里。伐利亚·梭莫伐站在他后面，把下巴搁在他的肩上，悄声说道：

"这就要完事了，可不是吗？这就要完了——是吗？"

鲁巴拿着一些毛巾跑过他俩面前，惶恐地尖叫着：

"主哇！主哇！……"

她忽然顿住脚，回头问她的姐姐：

"茶呢？"

克里的母亲转面向嘈杂的处所，严厉喝道：

"孩子们，都出去！"

她命令他们去找台尼亚·古里科伐。这姑娘是她的一切相识者们都把她当作他们的戏剧的要角的。

孩子们匆匆出到城边。克里还是惶恐不安，走在那两姐妹后面，保持着一种难堪的沉默。他听见梭莫夫家的大女儿责备她的妹妹：

"母亲已经发疯，你还嚷着要茶咧！"

"不要说了，你傲慢的母鸡。"

"你是贪馋无耻的！"

"你呢——你是圣人吗？"

停了一会儿，鲁巴小声对克里说：

"你不愿跟她走。我们去散步吧。"

克里自己并无任何意见，跟她走着。走了几步之后他问：
"你爱你的妈妈吗？"
鲁巴弯腰，拾起一片黄杨树叶，叹息道：
"嗯——我不知道。或许我从来还不会爱过任何人。"
用那尘垢的叶子揩揩她的厚嘴唇。像瞎子似的颠顿地走着，她继续说：
"父亲说爱是一件困难的事。他常常对妈妈叫喊：'你要明白，傻东西——我爱你呀！你不明白吗？'"
"那是什么呢？"克里问，但是鲁巴似乎不听见。
"当然，他们已经结婚十四年了……"
以为鲁巴正在胡说，克里就不听她，但是她还是说下去，厌烦得好像一个成人似的，手里摇着一条她从路边拾起的桦树枝。他们不知不觉地走到河边，然后坐在一堆旧木材上。鲁巴立刻觉察脏木头染污了她的衣服。她懊恼地走过木头，去到系在它上的一只小船里，坐在船尾上。克里跟她坐下。他们默默地坐了许久。鲁巴呆看着水里的她的脸的歪曲的映影，用那树枝去一搅，等着它缓缓凑拢在那绿水里面，又去一搅，然后不去理它。

"好丑的姑娘——当然我是丑的吗？"

没有回答，她问：

"你为什么不说话？"

"我不想说话。"

"你不愿说我是丑的吗？"

"不，我无论什么话都不想说。"

"你只是不好意思说真实话，"鲁巴声言，"但是我知道我是个怪物。况且，我的脾气坏。爸爸和妈妈都这样说。我应该去做修女。我不愿再坐在这里了。"

她跳起来，跑过木头，不见了。克里尽坐在船尾上，注视着悠悠移动着的流水。他被无聊所压迫,这是他从前不曾经验过的一种感觉。他没有任何欲望,只是在厌烦中揣度着像他所认识的人们那样并不是一件好事情。

五

当他回到家里的时候,他的母亲以一种惊异的呼声迎接他:
"主哇,你真吓着我了!"
克里当初以为她的话不是对他说的,而是对上帝说的。
"你不害怕吗?"他的母亲问他,"你就不应该到那里去。你去干什么呢?"
"他怎样处置她了?"克里问。
他的母亲告诉他梭莫夫夫妇曾经吵架,那医生的妻有一种厉害的神经病,所以不能不把他们送到医院里。
"那并不危险。他俩都害病,他俩已经受了许多苦。他们衰老得太早了。"
照她说来,医生和他的妻似乎是破坏了的人。克里回想到那装着破烂的废物的房间。
"那并不危险。"他的母亲重复。
但是为了某种理由克里并不相信她,而且他的怀疑确是有先见之明的。十二天之后医生的妻死了!杜洛诺夫秘密告诉克里她是从窗里跳下跌死的。在出殡的那天早晨,克里的父亲回来了。他在医生之妻的墓前发表演说,而且哭泣。他们的一切熟人都哭了,除了伐拉夫加而外,他只是站在一边吸着雪茄,和那些乞丐开玩笑。
梭莫夫才从墓地回到萨木金家里,就酩酊大醉,叫道:
"我爱她,但是她恨我。她活着只是使我处境悲惨!"
克里的父亲饶舌地安慰着医生,后者把他的毛茸茸的黑拳头举到耳

根,摇摇它,同时流着醉的眼泪,咕噜道:

"我和这在思想上毫无共同之点的生物同居了十五年了。我爱过她——爱过的。知道吗?现在我也还爱着她。但是她恨我所读、所想,和所做的各样东西!"

克里听见伐拉夫加低声对他的母亲说:

"你看!他是怎样想象的!"

"其中有一点真实。"他的母亲也用同样低声回答。

医生被牵到从前托米林住过的厢房里去睡觉。伐拉夫加扶着他而且用头推着他前进,同时由克里的父亲持烛引路。但是一会儿之后他跑回到餐室里,拿着失去了蜡油的空烛杆,用颤动的低声叫唤他的妻:

"维拉!来呀——外祖母害病咧。"

他发见她死了。她曾经坐在厨房的走廊上喂鸡,忽然跌倒下去死掉,连叫喊也不曾。看她的屁股广大的身体躺在地上,头偏向一边,这并不可怕,不过很稀奇。向下贴着一只耳朵好像在静听地下的消息似的。克里看着她的青面颊,她的肃然睁着的眼睛,并不害怕,只是迟疑。他觉得他的外祖母早已惯于拿着一本书,庄严的肥脸上带着轻蔑的微笑,总是爱喝鸡汤,这样活着,当然能够毫不惊扰任何人地永远长逝的吧。

当那尸体好像一只旧布袋被搬进房里的时候,伊凡·杜洛诺夫说道:

"她死得恰到好处。"而且他指着他的祖母说:

"这是你的模范,保姆!"

这保姆是在死者墓上流泪的唯一人物。葬礼完毕之后,在晚餐席上,伊凡·阿乞莫维奇·萨木金发表了简短的演说,赞美那些能够毫不妨碍别人地生活着的人们。

萨木金想了一想之后,说道:

"现在似乎是我去寻找我的祖先的时候了。"

"他似乎还不很确信。"伐拉夫加对着维拉·彼得洛夫娜的粉红耳朵低语。克里的母亲的脸色毫无悲意,但是异常和蔼,她的严峻的眼睛变为温柔的了。克里坐在她旁边。他听见那低语而看外祖母的死并未使任何人哀愁。这在他是很容易证明的。他的母亲叫他去住在外祖母的舒服房间里,那里的窗子都面对花园,而且房角上有一座乳白瓷砖的壁炉。这是很可喜的,因为和他的哥哥同住在一个房间里早已有些讨厌了。

狄米徒里读书读到很晚的时候,妨碍着人的睡眠,而且近来,那毫不讲究礼貌的杜洛诺夫常来访问他,他俩时常叽里咕噜地搅到半夜。杜洛诺夫穿着紧绷绷的拖到膝下的长制服。他比较瘦了一点,肚皮也收缩了。有着剃得精光的头,他就好像一个矮小的兵士。当他对克里说话的时候,他敞开他的衣襟,把双手插在衣袋里,大张开他的两条腿,仰起他的像一个纽扣似的小红鼻子,审问道:

"近来怎样,萨木金,功课还是那么不好吗?当然,在我的班里我已经是第三名!"

抬起他的肩头,弯起两肘,他会自负地说道:

"你看着吧!将来我会比洛莫诺索夫更好咧。"

阿金祖父不顾反对,设法把克里弄进高等学校。这孩子相信他的入学是那些教师全都不赞成的,因为他们在初试和复试的时候反对过他。因此他已怀着反对这学校的成见。在克里初穿上高等学生制服的一天,伐拉夫加随便翻翻那些教科书之后,就把它们丢在一边:

"正和我们从前读的那些一样愚蠢。"

然后他尽讲他的先生们的愚蠢和邪恶的滑稽故事。克里特别记得的是他把高等学校比作火柴工厂。

"孩子们好像一些细小的火柴棒,被沾上一点容易引火和迅速燃烧的东西。结果做成了最坏一类的火柴。并不是全都能引火,其中最多数是不会燃的。"

克里早已有了才能超出常儿的名声。这名声引起了先生们的猜疑和学生们的好奇。学生们期待这位新同学做出小魔术家一类的事情。克里立刻发现自己处于被逼着达成某种期许的熟习而又难堪的地位。他早已习惯这种角色，这好像早晨必须浇冷水，吃鱼肝油，晚餐必须喝汤，夜里必须刷牙齿一样逃不脱的。

自卫的本能鼓励他实行某种行为的规律。他记得伐拉夫加对他的父亲说过：

"伊凡，不要忘记，少说话人就显得聪明些。"

克里决定尽力少说话，超然自处于那些残酷的小怪物的疯狂之群中。他们的可厌的好奇心是无情的。所以在初进学校那几天克里把自己比作一只被捕的鸟，正在它的颈子被扭断之前被拔掉羽毛咧。他觉得有消失在这些孩子们之中的危险：他们全都是相同的，几乎不能分辨。他们吸引他，他们尽力使他不自觉地成为他们的群体的一分子。

于是，被他们所恐吓，他躲藏在厌烦的外衣之中，把自己封在那里面好像包裹在云雾里似的。他走着一种庄重的步伐，像托米林似的，把双手背在背后，装出正在思索重要事体的神气，毫不理会什么玩闹和吵嚷。生活随时把他推入严肃的思想之中。在九月中，在一个风雨之夜，梭莫夫在他的妻的墓上用枪自杀了。

他的故作沉思证明对于他是很有益的。孩子们不久就让他安宁，而且先生们都以此解释他在上课时间的不留心——例外的只有一个长着中国胡子的小老人，教文法和地理的先生。孩子们诨称他为"半焙"，因为他的左耳比右耳小些，虽然那差别是这样细微，以至纵然有人指示这缺点给克里，他也不能立刻认出这先生的耳朵的不相称。初上课的时期这孩子就觉得这老人不相信他。想要作弄他，使他成为笑柄。这老先生把他叫起来之后，摸摸胡子，好像要吹哨似的撮起嘴唇，从眼镜上面默默地观看克里几秒钟。然后温和地问道：

"那么，萨木金，湖沼区是以什么丰富而著名的呢？"

"鱼。"

"是吗？或许那里也有森林吧？"

"是，有的。"

"你说什么，鱼是住在树上的吗？"

全班哄堂大笑。先生微笑，露出他的黑的、金的牙齿。

"好，我的好孩子，你的功课为什么这样坏呢，呃？"

转回到座位上，克里看见一行一行的光头，咧开的嘴唇里的牙齿，以及在大笑中发闪的各色眼睛。他伤心到快要流泪了。

孩子们都承认"半焙"教得很有趣。克里以为他是愚蠢而有恶意的，他觉得在高等学校里读书是比从前在托米林那里更讨厌更困难的。

"你为什么不玩？"伊凡·杜洛诺夫在休息时间曾突然扑到克里面前，热烘烘的，欣欣然问，杜洛诺夫在他的班里是最优等的学生之一，也是全校里最优等的捣乱家之一。他好像急急忙忙要补足从前被图洛波伊夫和波里士·伐拉夫加所剥夺掉的一切游戏似的。在与克里和狄米徒里从学校回家的路上他曾自己吹着口哨，而且戏弄萨木金兄弟。有时他问克里：

"今天你要到托米林那里去吗？我要跟你去。"

当他们到了那红毛先生的房里的时候，杜洛诺夫就紧紧缠住他，用种种神学问题纷纷撒落在他身上——这些问题是克里最讨厌的，托米林微笑着，一直听到底，审慎地回答着。当杜洛诺夫走了之后，他就用格拉斐拉·伐拉夫加的话问克里。

"嗯，你家里有什么新闻？"

他这一问好像是在期待着听到什么非常事故。他越来越更被书籍所淹没了，在他床脚的角上的一堆几乎堆到天花板。伸脚伸手地躺在床上，他教训克里：

"称为贵重金属的是难以或不会酸化的东西。你记得吗，克里？贵重的人物，精神坚定，也是不会被酸化的。就是说，他们不屈服于命运的打击，厄运……"

这些课余的补充谈话是比学校功课更为这孩子所喜欢的，停留在他的记忆里也更为长久。至于托米林，他是富有这类教诲的。他谈话的时候好像在读天花板上写着的文字似的，那上面横七竖八地散布裂痕网络，而且糊着污秽的黄纸。

"混合物被烧热就会失去一部分重量，单纯物却保持或增加它的重量。"

静默之后，他又说道：

"这，譬如你吧，以年龄而论，你就太过世故。你的哥哥更是一个孩子，纵然他的年纪比你大。"

"但是狄米徒里是蠢的。"克里提醒他。

照例，这先生以一种机械的冷静回答道：

"是的，他蠢，但是这是因为年龄的缘故。在各种年龄中有配合那年龄的愚蠢和智慧。化学上所谓复杂性是十分合理的，而在人的性格所有的复杂性却往往只是他的想象、他的戏弄，例如：女人们。"

他又沉默了，好像睁着眼睛睡着了似的。克里从侧面看着他的晶亮的眼白，这使他想起死了的梭莫夫医生的睁着的眼睛。他认为谈论想象的时候先生是在对他自己说话，已经忘却了他的学生。克里随时期待着这先生会谈到他的母亲，谈到他怎样在花园里抱过她的脚。但是这先生说：

"要有益，最好是把一种意见作成一个疑问，一个猜测的形式提出来：'或许是这样的吧？'在明白承认或许不是这样以前。采取肯定的形式是有坏处的：'这确是这样的，不会是别样。'所以种种幻想和错误，一般说来……是的。"

克里留心听着这些话，而且用力把它们铭记在心上。他感谢这先生，不像任何人，不为任何人所喜，而把他当作平等的成人和他说话。这是很有益的。记住先生的这些不凡的词句，克里复述着它们好像他自己的似的，而且因此增强了他的聪明的名声。

然而有时这红毛男人使他惶恐。忘记了他的学生在面前,他谈得这样长,这样久,这样不可解,以至克里不能不咳嗽,顿脚,或者把一本书推落在地板上,提醒先生注意到他。

但是甚至这些动作也不一定惊醒托米林。有时他仍然说下去,面孔变为石像,圆睁着突出的眼珠,以至克里随时期待着他会叫出"不,不!"像医生的妻那样。

尤其可怕的是先生说话的时候把右手举到脸上,凭空抓取什么看不见的东西,好像厨师伐来士拔掉山鸡的毛似的。

在这种时候克里就大声打岔道:

"时候迟了。"

托米林一瞥窗外的黑暗,说道:

"是的——今天就讲到这里。"

他伸出他的毛手给他的学生,手指甲上有黑色的月牙。这孩子走了,在路上默想着先生的人品的时候比默想着他的教训的时候更多。

六

在冬日的晚间,踏在窸窣的雪上,想象着在家里的茶座上他的父母将要怎样被他们的儿子的精神的发展所感动:这是愉快的。肩上荷着梯子的燃灯者正在轻飘地从这灯柱跑到那灯柱,使青色的空间有了黄色火焰。在冬夜的寂静中球形灯罩会发出悦耳的清响。街车的马缓缓驰过,摇着它们的毛茸茸的头。十字街口上站着满身雪花的警察,用灰眼睛跟踪着这小而神气十足的学童,正在不慌不忙地从这转角走到那转角。

现在,虽然克里大半天是在家宅外面,许多事情都逃脱了他的很有经验的眼睛;可是他感觉家里的氛围更加不安,家人们似乎各走各的路,门也关得格外响。

他的祖父,艰难地移动着那已经变得麻木的脚,凶猛地用手杖戳着地板。他咳嗽咳得这样厉害，以至耳朵都抖动了，同时脸上和颈上显出熟李子的颜色。但是在这样咳嗽中他也能向克里的母亲抗议，用手杖打地板来增强语势：

"利用他的驯良，太太——利用伊凡的孩子气的忠实，你，太太……"

克里的母亲低声警告他：

"不要那样大声，餐室里有人咧。"

"我不能不告诉你，维拉·彼得洛夫娜……"

"请说吧——我听着咧。"

克里的母亲走到餐室门前，把它紧紧地关起。

克里的父亲更加常常旅行到森林里，到工厂里，或到莫斯科去。他已经变得漠不关心，不再带赠品来给克里了。他的头变得更秃，以至他的前额似乎更大。它压低了那比以前更突出的眼睛。它们的深蓝色已经褪为惨淡的了。现在他走起路来带着种可笑的轻佻，把双手塞在衣袋里，吹着华尔兹舞曲。克里的母亲更加常常把他看作这样一位宾客：已经可厌而又不明白现在是他走的时候了。她打扮得更多花样，更鲜艳；她的气概更轩昂，她长得更强壮，更丰满。虽然照常少有笑容，态度却更和蔼，说话也更温柔。克里惊异而且伤心的是他的父亲的爱宠已经从他转移到狄米徒里。他和狄米徒里之间似乎保持着某种秘密。

在一个炎热的夏季的晚上，克里偶然遇见这父子俩在花园里的一个花棚之中。他的父亲，带着像打嗝似的一种怪笑，坐在狄米徒里旁边，紧紧地抱着他。狄米徒里是眼泪汪汪的。当克里来到的时候，他立刻跳起来走掉了，同时他的父亲，用手巾揩掉他的裤上的泪水，对克里说：

"他恼了。"

"他为什么哭？"

"他？哦，为十二月党咧。他刚才在读涅克拉索夫的诗《俄罗斯女人》，他读完之后我告诉他十二月党的事。嗯，他恼了。"

简单而且勉强地回答了克里关于十二月党的问询，他的父亲跳起来，吹啸着走了。克里满怀着核对他的父亲的话的妒意，立刻去到他的哥哥的房里。他发见狄米徒里踞坐在窗台上，抱着双脚，把下巴搁在膝头上。他正在喃喃自语，不曾听见他的弟弟进来。当克里向他要涅克拉索夫的书的时候，狄米徒里说他并没有，不过他的父亲约定要给他一部。

"你为《俄罗斯女人》哭了吗？"克里问他。狄米徒里惊异地呆看着他。

"什么？"

"你为什么哭？"

"噢，见鬼去！"狄米徒里悲哀地叫喊，从窗台上跳进花园去了。狄米徒里长大了许多。更高更瘦。在他的从前圆胖的脸上显出了三角形的颊骨。他常常沉入深思之中，而且在这种时候他不愉快地移动着他的上下颚，好像阿金祖父似的。他从眉毛下面翻起眼睛不信任地瞅着成人们。他变得更活泼更敏捷，但是在他的性格上的一种粗糙的紧张开始自行显现。他已经和鲁巴·梭莫伐很友好，教她滑冰，而且有意顺从她的任性的脾气。当杜洛诺夫惹恼了鲁巴的时候，狄米徒里就以一种分明的残酷抓住他的头发，几乎拔掉它。他不理会他的弟弟克里，正如从前克里不理他一样；同时他伤心地看着他的母亲，好像他受了她的毫无理由的责罚似的。

七

梭莫伐姐妹住在伐拉夫加家里，由台尼亚·古里科伐照管着。伐拉夫加自己因为关于铁路的业务到彼得堡去，又从那里到外国去埋葬他的妻去了。几乎每天晚上克里都要上楼去，常常发见他的哥哥在那里和这两个女孩玩。当他们玩厌了的时候，女孩们坐在长沙发上，命令狄米徒里讲故事。

"要有趣的。"鲁巴请求。

他就坐在长椅的靠手上,背倚墙壁,闲扯着先生和学生的故事,一直到女孩们哄堂大笑。有时克里反驳他:

"并不是像这样的!"

"对了,并不像这样。"狄米徒里冷冷地答应,克里觉得即使他的哥哥说得一点不错,他也还是不相信他所说的。狄米徒里知道无数的滑稽可笑的逸闻轶事,但是他说的时候自己却并不笑,好像他被羞辱似的。一般说来,他的心里显然有着一种克里所不能理解的成见。而且,他以这样苛刻的一种眼光察看着街上的人们,好像他有探究这城市的六万居民的底蕴的必要似的。

狄米徒里有一厚本黑色油布封面的笔记簿,里面记录着有趣的事情,剪贴着报纸上的趣闻、谐语、小诗。他读这些给女孩们,但是常常带着不信任和怀疑的神气。

"奥多夫城坟园中,商人妇坡里卡波伐之墓志铭颇引人注意,其辞曰:

'其逝也无夫无子,
克拉皮夫枪声如雷
全无知者。
得电报云彼已死,
宾客乃自结婚礼堂一哄而散。
此地长眠为妻为母之娥尔加,
吾人尚有何词以光泉壤?
祝君升天。'"

"真荒唐!"里狄轻蔑地叫喊。

"但是,滑稽有趣,"鲁巴说,"有趣就好。"

她的姐姐的宽脸上缓缓展开一个懒怠的微笑。

有时维拉·彼得洛夫娜进来看看他们,不耐烦地问道:"正在玩吗?"

里狄就从长沙发上跳下,过分客气地向她屈膝行礼。梭莫伐姐妹嚷嚷地亲热她。狄米徒里却保持着一种惶惑的沉默,笨拙地设法隐藏他的笔记簿,但是维拉·彼得洛夫娜问他:

"你又记上什么新的了吗?读来听听。"

狄米徒里读了,用簿子遮着脸:

> 警察站在碧海滩
> 碧海依然闹嚷嚷;
> 怨恨从头到脚心
> 因为吹哨不能令海平。

"删掉它。"他的母亲庄严地命令,走出去了。克里看见里狄·伐拉夫加的憎恶的眼光跟在她后面。从前,有几次,他曾经想要问这姑娘"你为什么不爱我的妈妈?"

但是他不能达到这样做的决心,即使是在图洛波伊夫走后,里狄又和他友好的时候。

八

有一次,克里从托米林家读书回来,比平常迟些。晚茶已经过去。餐室是黑暗的,而且全个家宅是这样异常寂静,以至这孩子,脱了外衣,停在灯影朦胧的门道上,不安地倾听着。

"停止!我觉得有人来了!"他听见他的母亲小声说,有一阵沉重的脚步踏过地板的声音,接着是关闭砖炉的小铜门的熟悉的咔嗒之声。于是又是一片寂静,使人更加注意倾听。他的母亲的小声私语使他惊异。

除了对他的父亲而外她从来不曾对任何人这样亲切,但是他的父亲昨天就已到木材厂去了。这孩子小心地移动到餐室门口。他的耳朵捉住了柔软而疲乏的声息:

"天呀,你是多么贪得无厌,多么不能忍耐呀……"

克里小心地从门缝里窥看里面。在充满烧残的炭的炉子的方形肚皮前面,伐拉夫加斜躺在他的母亲平常喜欢坐的矮靠椅上,抱着他的母亲的腰,同时她坐在他的膝上,摇来摇去,好像一个小姑娘似的。在伐拉夫加的胡子脸上,被炉火所照明,有着可怕的某物。他的小眼睛,像火炭似的,奇异地闪灼着。克里看见他的母亲的淡色头发已经散开。它像美丽的金色瀑布似的漂流在她的背上。

"啊,你呀!"她温柔地叹息。

他们的姿态是这样使克里激动困惑,以致他跟跄后退,踢着他的套鞋。套鞋一跳,啪地掉在地板上。

"谁在那里?"他的母亲厉声叫喊,而且急忙走到门口。

"你呀?你从厨房里走过来吗?你为什么回来得这样迟?你冷吗?你要喝茶吗?"

她急促地、温和地说着,同时用脚搓着地板,叽里哗啦,而且用劲开门关门。然后她抓住克里的肩头,把他推进餐室,点起一支烛。克里向周围看看,房里并没有人。他又看看通到邻室的门道,只见一片黑暗。

"你在寻找什么?"他的母亲问,敏锐地向他的脸上瞟了一眼。克里迟疑地答道:

"好像曾经有人在这里似的。"

他的母亲惊异地扬起眉毛,看看周围。

"谁会到这里来呢?你的父亲不在家。里狄、狄米徒里和梭莫伐姐妹都到滑冰场去了。提莫菲·斯蒂班诺维奇现在他的房间里——或许你听见他了吧?"

楼上有沉重的脚步声。他的母亲坐下在茶炊前面的桌子旁边,用手指摸摸它的肚皮,倒一杯茶给他。然后,整理着她的堂皇的头发,她继续说道:

"我正坐在火炉前面,迷迷惑惑的。你就是那时候来的吗?"

"是的。"克里说谎,觉得此刻有说谎的必要。

他的母亲玩弄着糖钳,默默地微笑着,呆看着反映在黄铜茶炊上的怯弱的烛焰。她忽然抛开糖钳,整整她的连头巾外衣,开始谈话。她的声音是过分地高。伐拉夫加要向她买外祖母的地产,他想要建筑一座大房子。"他显然是刚才回来的,但是我要去和他谈谈它。"

她吻了克里的前额,走了。这孩子站起来,走到火炉前面,扫掉那靠椅上的烟灰,然后坐在它上。

"妈妈喜欢更换丈夫,不过她还是觉得害羞的。"他默想,呆看着烧残的炭上燃起和熄灭的透明的蓝焰。他曾经听说过妻子为别的男人而舍弃丈夫,和丈夫脱离关系。有时伐拉夫加是比他自己的父亲更为他所喜爱的。但是可悲而难堪的是看着像他的母亲这样为众所敬畏的庄严人物撒谎——撒愚蠢的谎!觉得必须安慰自己,他重复着:"她还是觉得害羞的。"这是他所能发见的唯一辩解。但是他的记忆忽然提醒他托米林的一幕戏。他默念着这一幕,沉没在一种无结果的玄想之中,不久就睡熟了。

九

家庭里的事情,虽然牵制着克里,却并未阻住他的学业进步和对于这高等学校的厌憎。在这学校里他似乎找不到一个适合的位置。在他的班里有三群孩子:半数是规规矩矩的模范学生;有一群是无法管束的捣乱家,其中有杜洛诺夫之类的高才生;有少数穷小孩,惶恐而且畏缩,是全班戏弄的失败者。杜洛诺夫屡次警告克里不可接近最后一群:

"对于这些孩子不要太友好。他们全是些懦夫,哭哭啼啼,唠唠叨叨。那红头发的小家伙是一个小白脸。另一个怪物——小公鸡——快就要被开除了,他穷得缴不起学费。这犹太人的哥哥偷套鞋,现在囚犯习艺所里。至于另一只臭猫——他是一个私生子,你知道。"

克里专心读书,但是他在学校中的尴尬地位并未改变。恶作剧之类他认为是在他的尊严以下的——况且,他也不知道怎样恶作剧。有一个时期他想要加入那躲躲闪闪的一群,但是他知道他在他们之中甚至比在杜洛诺夫的大胆的同伴之中更加没有地位。他觉得他比同班的孩子们更聪明,他读不少的书都是他的同班学友所不能理解的。他以为甚至比他年纪大的许多孩子都是比他更幼稚的。当他试行和他们讨论他所读过的书的时候,他们都不信任地听着,毫无兴味;他们显然不懂得他所说的许多话,有时他不明白为什么他所读过的有趣的书一到讲出来的时候就失掉一切曾经得到的兴味。

有一天,那不缴学费的,有着大颧骨的阴沉的顽童,家名叫伊诺可夫,问克里:

"你读过《埃文荷》吗?"

"《艾凡赫》,"克里纠正他,"作者是司各特——沃尔特·司各特。"

"你蠢材,"伊诺可夫轻蔑地说,"你为什么永远在指教每一个人呀?"

而且带着一个古怪的微笑他警告克里:

"留心些,你长大了会当教师咧。"

别的孩子们都哈哈大笑。他们尊重伊诺可夫;他比他们高两级,但是他和他们交好,而且得到了"火眼睛"的绰号。同时,他的阴郁,他的尖锐而坚定的凝视又使他们害怕。

受家里的宠爱所影响,克里深切地感觉到先生们的冷淡。其中有几个是使他觉得生理的憎恶的。数学教师害着慢性鼻膜炎。他震聋地打喷嚏,飞沫溅着附近学生们,而且喷嚏之后他使劲擤鼻子,一直到它发出一种咻咻之声,把左眼皱起了一会儿。历史教师小心地走进课堂,好像一个半盲的瞎子。他偷偷摸摸地走上讲台,总是带着一种乖戾的表情,好像就要打凡是可以打到的一切学生的耳光似的,而且一开口总是:

"那么,现在……"在尖锐的高调中拖长音节。他的绰号是呜呼。

克里几乎在每个教师上都发现一种可恶的状态。这些穿着破旧制服的懒散人物全都不赞许地瞅着他,好像他曾经有所开罪他们似的。虽然他逐渐明白先生们的这种神气不但对他如此,而且对别的学生也是如此的。然而他们的狠面孔到底使他丧气。他们使他想起他的母亲曾经作过一次的厌恶脸相,当一个酒醉的鱼贩把龙虾篮子翻倒在厨房地板上,那些肮脏小东西就沙沙地各处乱爬的时候。

在春季中克里觉得先生们有些改变。古文科主任沙维里·勒支加,以及别的几位教师,都已开始看待他更温和些。在这改变之前是有一段惊人的插曲的。有一天,在大休息的时间,一个孩子扔了两个大石头进那主任的书房的窗子里,打碎了玻璃和窗台上的稀奇的花盆。学校方面正在极力地搜索肇事人,但是并未发现。

四天之后克里探问无所不知的杜洛诺夫是谁打破那窗。

"你要问这个干什么?"杜洛诺夫猜疑地反问。

他俩站在走廊的转角上。而克里忽然看见那主任的毛发蓬蓬的影子缓缓爬过粉墙上。杜洛诺夫是背对着这影子的。

"你不知道吗?"

"你也不知道呀!"克里开始逗引他的朋友,"你不是时常夸耀知道一切的吗?"

那影子停住不动。

"我当然知道。那是伊诺可夫。"杜洛诺夫被克里的嘲笑所刺激而反驳。

"他应该光荣地去自首,免得别人为他受累。"克里开始教训了。

杜洛诺夫瞟了他一眼,吐口水在地板上。

"倘若去自首,他就会被开除。"

第二课上课的铃固执地响起来。

第二天在回家的路上杜洛诺夫宣布：

"你知道，有人出卖了他！"

"谁？"克里问。

"谁，谁！——你装什么昏！当然是伊诺可夫！"

"哦——我忘记了。"

"昨天下课之后他们就轰地围住他。要把他赶出去。我们要找出那告密的人——这脏耗子！"

克里已经完全忘记了那天他和杜洛诺夫的谈话。但是现在，一想到泄漏消息的就是他自己，他就惶恐地想道：那时为什么要那样做呢？反省之后，他判定那主任的漫画似的影子曾经暗示给他报复夸大的杜洛诺夫的方法。

"就是你干的！你多嘴多舌！"他恼怒地断言。

"我什么时候多嘴多舌？"杜洛诺夫厉声反驳。

"在休息时候——对我说的吧？"

"但是你不会去告诉他的呀，你没有时间去。伊诺可夫是一下课就被叫去问了的！"

他俩面对面站着，好像要打架的两只公鸡似的。但是克里觉得他不应该和杜洛诺夫争吵。

"或许他们偷听了我们的话。"他提示，于是杜洛诺夫欣然答道：

"当时并没有人在那里呀，那一定是伊诺可夫的同班去告密的。"

他俩默默地走着。克里觉得有罪，正在思考怎样补过的方法；但是毫无结果，他就更加坚决地想要做点使杜洛诺夫难堪的事。

十

在这春季里克里的母亲已经不再用音乐功课来使他受苦，开始专心自己玩玩。在晚间来的是拿着提琴的红脸秃头律师马可夫,一个戴黑眼镜的庄严家伙。接着是坐了吱吱嘎嘎的马车来的沙维里·勒支加,带着他的小提琴。他是精瘦的,两脚向外弯曲,没有胡须的骨棱棱的脸上有一双凝视的猫头鹰眼。他的黄色的前额上耸起两撮灰色,好像两只角似的。当他弹琴的时候,他的舌头拖在松弛无毛的下唇上露出上颚的两颗金牙齿。他庄重地用教士一类的高音说话,但是克里不能确定他是在讲正经话或是在说笑。

"我常说学生们倘若没有父母活着就会学得更好。我是说孤儿们比较服从。"他宣布,把食指挨近他的蓝鼻子摇一摇。有一次他把他的干手搁在克里的头上,对维拉·彼得洛夫娜说:

"你的儿子有一种义侠精神——是这样的。"

而且对克里大声说道:

"要深研科学,必须观察、比较,才能明了事实的内在意义。"

观察——这,克里总算是能够做得异常之好。他以为发现同伴们的错处是必要的,倘若找不出他就觉得不安。但是不安的时候很少。他已经制定一种精确的尺度:凡使他不愉快的,或引起他嫉妒的——都是坏的。他不但已经学会仔细观察愚蠢可笑的学生们,而且也能够熟练地使别人注意到某人的短处。当波里士·伐拉夫加和图洛波伊夫放假回来的时候,克里首先察觉他必定是做了什么很坏的事,唯恐被人知道。他已经变得更瘦,眼睛下面有着蓝色暗影。他的凝视是困惑的,不安的。虽然仍旧在游戏中不会疲倦,在恶作剧中诡计百出,他现在对于轻微的挑拨也会毫无理性地恼怒起来。在这种时候他的雀斑脸上就焕发着小红斑点;他的眼睛里闪出凶光;而且当他勉强微笑的时候,他露着牙齿好像就要咬人似的。在他的不受约束的蛮干中,克里觉得有些危险,避免和他玩任何游戏。他也觉察哀戈和里狄是知道波里士的秘密的。他们三个时常避开别人,低声商议。

有一晚上,在邮差送信来之后,克里听见伐拉夫加的书房的窗子啪嗒地飞开。爆发了一声怒吼：

"波里士，到这里来！"

波里士和里狄正坐在厨房走廊上用绳索结网子。哀戈正在把一只木铲削成三叉戟。他们正在准备着表演一场斗士比武。波里士站起来，拉直他的衣襟，系紧皮带，然后迅速地在头上和胸上画了十字。

"我跟你去吧。"图洛波伊夫说。

"我呢？"里狄询问，但是她的哥哥轻轻地推开她：

"你敢吗？"

两个男孩子走进家宅去了。里狄抛开绳索，仰起头静听着。那天午后曾经下过雨，花园里的水浸的枝叶在夕阳中落下晶莹可喜的五彩露滴。里狄哭起来了，用一个指头抹去颊上的眼泪。她的嘴唇是抖颤的，她的皱着的脸是可怜的。克里坐在他的房间的窗台上观察着她。楼上响着波里士的父亲的猛烈的咆哮：

"你撒谎！"

克里心惊胆寒，但是那儿子却以同样猛烈的咆哮回答道：

"不！他是一个恶棍！"

然后来了哀戈的声音，像平常一样镇静：

"请容许我——我要告诉你一切。"

楼上的窗子砰地关上了。里狄站起来，在花园里走来走去，拍着树枝，使水滴像暴雨似的洒落在她的头上和脸上。

"波里士干了什么事了？"克里问她。

这并不是他初次询问这件事。里狄还是不给答复。她冷冷地看着他，好像看着一个陌生者似的。他忽然想要跳下花园去打她的耳光。因为哀戈已经回来，她又忽视克里的存在了。

在这一幕父子之间之后，伐拉夫加和克里的母亲开始逢迎波里士，十分重视他，好像他刚才经过一次重病或完成某种英雄业绩似的。这重视激怒了克里，而且引起了杜洛诺夫的诡谋，在这家宅中创造一种猜疑和隐秘的空气。

"有鬼!"杜洛诺夫含糊地说,用手指擦擦鼻子,"我愿悬赏一枚银币来发现他闹的什么乱子。哟,我一点不爱这小子!"

有一夜,克里偎倚着他的母亲,问她波里士闹出什么事情。

"他犯了很多错误。"她回答。

"什么错误?"

"那是你不必知道的。"

克里一看她的严肃的面孔,立刻沉默了。他分明觉得他对于波里士的宿仇正在增加。

有一次,他偶然遇见波里士在仓库后面的角落里哭泣。用手掩着他的脸,他哭得没有声音,可是摇来摇去肩头抽动得好像伐利亚·梭莫伐似的——后者时常默默地走着哭泣,好像她的吵闹的妹妹的一道影子。克里想要走近波里士,但是不能推动他自己。看着波里士哭泣是不愉快的,但发见犯错误的人所担任的角色到底不像表面上那样可羡,这却是有教益。

十一

有一天,这家宅忽然变为冷落了。伐拉夫加把他的儿女、图洛波伊夫和梭莫伐姐妹赶出去到一只汽船上,由台尼亚·古里科伐照管着,在伏尔加河上旅行。当然,克里是被邀请和他们去的,但是他庄重地问道:

"那么,我怎么准备下次考试呢?"

他提出这问题不过是要使他们感动于他对于学校功课的认真。但是这倒糟了,伐拉夫加和他的母亲为了某种理由赶紧同意要他去是不智的。伐拉夫加就抬起他的下巴,赞赏他的热心学业:

"好孩子!但是不要因功课不容易就有些害怕。凡是有才能的人都是坏学生。"

孩子们欢欢喜喜地走了,但是克里因为自己弄糟了事情哭了大半夜。有一个月之久,他独对着自己生活着,好像对着一面镜子似的。杜洛诺夫每天早起就到街上去了,他是街上一班顽童的权威领袖。他带他们去洗澡,领他们到森林里去拾菌子,指挥他们劫掠果园和菜圃。于是常有人来家里向那老保姆吵嚷着告发他。但是她完全聋了,躺在厨房后面的小黑房间里的床上慢慢地等死,毫不在意地听着那些吵嚷。她把头在油腻的枕上转动了一下,咕噜着莫名其妙的话:

"这,这!上帝知道各样事情。上帝要惩罚每个人。"

那些告发人常常要见女主人。维拉·彼得洛夫娜就昂然走到门廊上默默听着他们的纠缠不清的冤词。

"很好,我就要处罚他。"她预言。

但是她绝不实行。不过有一次,克里听见她在窗口上对着庭院叫道:

"伊凡,要是你再偷黄瓜,你就会被学校开除的。"

克里越来越少见伐拉夫加和他的母亲,而且有时这两个人甚至互相回避,好像玩"捉迷藏"的游戏似的。克里时常听见有人问他或问婢女马拉沙这些问题:

"你知道你的母亲在哪里吗?在花园里吗?"

"提莫菲·斯蒂班诺维奇已经进来了吗?"

母亲和儿子会见的时候,彼此常常相对微笑,但是克里觉得母亲的笑似乎不真实,甚至不愉快,虽然她的眼睛比以前更美,颜色更深。至于伐拉夫加呢,他的厚重的肉嘴唇似乎一天比一天更加贪馋地从胡子里突出来。还有使克里不舒服的是他的母亲身上的香气太浓。她香得这样厉害,以至克里临睡在床上吻她的手的时候就有一股强烈的气味直冲鼻孔,好像焯菜似的,使眼睛流水。

晚间,倘若没有音乐会,伐拉夫加和克里的母亲手挽手走过餐室或客堂，胡子里面哼哼呼呼的。他的母亲只是微笑着。

但是，当有音乐会的时候，伐拉夫加就坐定在钢琴后面的靠椅，燃着雪茄，用半闭的眼睛从烟云中仔细观看维拉·彼得洛夫娜。他默默地坐着，毫不动弹，似乎在打盹。

"各样都好吗？"维拉·彼得洛夫娜微笑着问他。

"好，"他轻轻地回答，好像恐怕惊醒了某人似的，"好。"

有一次他说：

"这是最美的东西——因为这时常使人爱恋。"

"啊，但是不然，"勒支加驳斥，"并不时常。"而且高举起拿着乐弓的手，讨论起乐理来了，一直到马可夫律师插嘴道：

"好，但是我的妻——祝她的骨灰平安——不喜欢音乐。"

他叹息，低声埋怨道：

"我不能理解不爱音乐的女人，你看，母鸡、母鸽都……"

"你做鳏夫很久了吗？"克里的母亲打断他的话。

"九年。我结婚才十七个月——是的。"

于是他又抱起提琴，开始奏乐。

克里留心听着成人们的关于夫妇生活的谈话。注意到他们的声调有时含糊，有时忏悔，甚至有时嘲笑，好像发言人自知罪孽深重，纪念着那些已经做过的不应该做的事情。看着母亲，他问他自己，她也会那样说吗？

"不，她不会的。"他断定，自己微笑着。

有一次，当他的母亲和蔼可亲的时候，克里问她：

"你正在和他有恋爱的事吗？"

"噢，天呀，你想到这些事太早了！"他的母亲说，激动而且恼怒着。她用手巾揩揩她的艳红的嘴唇，然后用更温和的声调说道：

"你看——他是孤独的，我也是孤独的。我们都觉得烦闷。你不会烦闷吧？"

"不!"克里说。

但是他是烦闷的。他的母亲这样不注意他,以至克里在早餐、午餐、晚茶之前故意躲开。当他听见婢女在庭院里奔跑着叫他的时候,他觉得少寂寞些。

"你躲到哪里去了?"他的母亲有时会不耐烦地、惊疑地问。克里答道:

"我正在想得出神咧。"

"想些什么?"

"想各样事情。也想功课。"

十二

托米林家的功课越来越可厌,越难懂,而且他正在长得不自然的肥胖。他已经把他的平常服装改变为绣花领子的白衬衣,而且他的黄铜色的赤脚上闪耀着绿色的摩洛哥皮拖鞋。

当克里问他解释某种疑难的时候,托米林并不生气但是显然怀疑,就站在房间中央,说来说去总是这么一套:

"首先要明白:各种科学的基本目的都是要确立一种最简明而方便的真理体系。这!"

用手指敲着下巴,仰望着天花板一直到两眼翻白,他单调地继续说道:

"达尔文的生存竞争的学说就是这种真理之一——你记得吗?关于达尔文我已经告诉过你和杜洛诺夫。他的学说确定世间的罪恶和敌对为必不可免。兄弟,这是人想完全辩明自己的最成功的尝试。是的。你记得梭莫夫医生的妻吗?她疯狂地憎恨达尔文。或许创造包罗一切的真理的便是那激昂到疯狂的憎仇。"

当托米林站起来的时候,他说的话就更少连贯,更加急躁,也更加咬文嚼字。然而，克里并不很注意听。他有他自己的心事，他想要在会见那些儿童们的时候使他们立刻看出他已经和他们离开的时候不相同了。他尽在默想这要怎样做才好，而终于决定倘若他戴起眼镜来就能使他们大为佩服。他告诉他的母亲他的眼睛感觉疲劳，学校方面劝他买一副有色眼镜保护眼睛。第二天他就以尖鼻子上架着烟青镜片的姿态出现了。通过这两片玻璃，世间的各样东西都好像盖着一层薄薄的尘灰，甚至空气，并未使其透明，也变为灰的了。照照镜子，克里以为这眼镜使他的纤弱的面孔有些威严，甚至更聪明些。但是孩子们才一回来，波里士就抓住克里的手，用劲拉着他，嘲笑道：

"大家瞧呀！这里有一只老猴子！"

鲁巴·梭莫伐也加以讥刺："哟，你怎么变成一只小猫头鹰了！"

图洛波伊夫客气地微笑着，但是那微笑是可恶的。而里狄的冷淡更加可恶。把她的手搭在哀戈的肩上，她瞟了克里一眼，好像不愿意认识他似的。然后厌烦似的叹了一口气，她问：

"你的眼睛有毛病吗？为什么你总是时常有毛病呢？"

"我从来没有什么毛病。"克里愤愤地说，努力忍住眼泪。

从那一天起他对于波里士就怀着一种紧张的仇视。后者敏锐地感觉到这情感，就故意嘲笑克里，几乎不断地打趣他的每一行动和每一句话。这一次水上旅行显然不曾使波里士平静。他似乎还像从莫斯科回来时候那样焦躁不安。他的黑眼睛继续闪出猜疑和恼怒的光芒，而且有时他会陷入奇异莫测的厌倦；他会在游戏中突然停止，独自走开。

"他去哭去了。"克里猜想，带着恶意的喜悦。

里狄和图洛波伊夫小心地寻找着波里士。维拉·彼得洛夫娜爱抚他。他的父亲尽力和他开玩笑。他们全都忍耐着他的喜怒无常的坏脾气。克里在苦闷中努力要解决这神秘，询问着每个人。鲁巴·梭莫伐教训地说道：

"那是他的神经——你懂吗？身体里有像白线条似的一些细小的东

西，而且它们颤动着。"

图洛波伊夫并不解释，只是说道："他有一次不愉快的经验。但是我不愿谈论它。"

里狄终于同意告诉他，但是严厉地要求道：

"向上帝发誓，波里士不会知道我告诉过你！"

克里郑重发誓保守秘密，然后津津有味地听着她的惶恐的、不相连续的叙述。

"波里士被军事学校开除。因为他不肯出卖他的同伴们——他们曾经做了某种恶作剧。不，那不是这样简单，"她赶快改正她自己，向周围看看，"因此，他们把他关在卫兵室里。但是有一个教员终于说波里士饶舌，泄漏了秘密。后来，当他被释放之后，有一夜那些孩子们用鞭子打他。第二天，上课的时候，他把一个两脚规戳进那教员的肚皮里面，所以他们开除了他！"

带着一阵哽咽她又说："他也想要自杀！他甚至被一个治疯病的医生诊治过！"

她的灰眼睛里充满了泪水，而这泪水克里觉得是黑的。里狄自来很少哭，现在哭了，她就像别的女孩们一样，失去了她的特点。她引起克里心中一种近于怜悯的感情。她的关于她的哥哥的故事并未感动他，也不曾使他惊异。他是时常期待着波里士的异常行动。摘掉眼镜，玩弄着它，他仰望着里狄。他找不出安慰的话，可是他也不想安慰她。图洛波伊夫已经到学校去了。

她背靠着一株细弱的桦树干，用肩头推动着它。从半已光秃的枝上缓缓落下几片黄叶。里狄用脚踩踏它们。她用手指揩掉颊上的不常有的泪水，而且在她的日光晒黑了的手的这迅捷的动作中是有着某种洁癖的厌恶意味的。她的脸也已经晒成紫铜色，她的纤细的、别致的小身体轻盈地包裹在镶红边的蓝衣服里面。她有着某种异常动人的容颜，好像马戏团的女人们一样。

"他觉得耻辱吗?"克里终于问了。

"是的?试想想看!要是他和某个女人恋爱,他就会把自己的事告诉她——而他怎样能够告诉她他被鞭打呢?"

克里悠然答应:"是的,那是不好说的。"

"他甚至不和鲁巴要好了,现在他常常跟伐利亚在一处。因为伐利亚沉默得像一只南瓜似的,"里狄深思地说着,"但是爸爸和我都很害怕波里士。爸爸甚至在半夜里起来看他是否睡着。而且昨天你的妈妈在夜深的时候也来看,那时每个人都睡了。"

她沉思地低着头走了,用脚跟把黄叶踏进泥里。她才一不见,克里就觉得自己武装齐备,能够充分抵挡波里士的一切嘲笑了。这一觉得是快活的。第二天他忍不住要表示这快活给波里士。他和他交换问好,随意伸手给他,而又立刻缩回衣袋里。他谦恭地望着他的敌人微笑,一言不发,走掉了。但是,又转回来,在餐室的门道上,他看见波里士双手支在桌边,咬着嘴唇可怕地注视着他的敌人。然后克里又微笑。波里士两跳就擒住克里的肩头,摇撼着他,粗狂地低声问道:

"你为什么笑?"

他的雀斑脸显出各样颜色。他露了牙齿。他的双手在克里的肩上发抖。

"放我走。"克里恐怕波里士要打他。但是后者很温和,好像要安慰他似的,又说:

"你笑什么?告诉我!"

"并不笑你。"从波里士手上挣脱出来,克里低着头走了,并不回顾。

十三

这一场戏已经骇着他,使他对于波里士更加小心戒备,但是有时还是情不自禁地直看着波里士的眼睛——知道他的秘密的人的看法。他分明觉得他的冷眼激动了那孩子，而这觉得是快意的。波里士照常大胆地嘲弄他，但是此刻却疑地观望着，像捕麻雀的鹞子似的在他旁边绕几个圈子。这种毒辣的战略一下就把克里引到忘记谨慎的场面上。

在一个温暖然而凄凉的日子，当秋天的太阳似乎要向力竭的大地告别的时候，孩子们正在花园里游玩。克里比平常更兴奋，波里士的心情也很平和。里狄和鲁巴在一起兴高采烈地玩着。梭莫夫的大女儿正在用鲜亮槭树叶和山槐叶编制花球。克里捉住一只晚生的甲虫，把它献给波里士。克里把它夹在拇指和食指之间，对着波里士说：

"喂，虫！"

这无意的双关谐语使克里爆发了一阵大笑。但是波里士一声怒吼，照准他的脸上打了两下。然后他踢克里的膝头，使他翻倒在地上，而他也转身就逃，一面跑一面哭泣。

克里也因为疼痛和恼怒而哭泣着，同时对着波里士的退后的背影恐吓地摇摇拳头。梭莫伐姐妹设法安慰他，但是里狄跳到他前面，喘息道：

"你竟敢吗？你是恶劣的——你对我发过誓！噢，我告诉了你，我也是恶劣的呀！"

她跑了，梭莫伐姐妹牵引克里到厨房去洗他的血泪交流的破脸。他的母亲进来了，恼怒地皱着眉头，但是一看见他就惶恐地叫道："我的天，你是怎么的了？眼睛没有坏吧？"

她洗她的儿子的脸，牵他到他的房里，脱掉他的衣服，把他放在床上。用冷的镇定布包住他的一只肿眼睛之后，她坐在他旁边，教训道：

"嘲笑犯过罪的人——你好像不是这样的。人必须宽容啊。"

觉得每个人都反对他，每个人都偏袒波里士，克里咕噜道，"但是你说过那是不必要的而且那是愚蠢的"。

"什么是愚蠢的？"

"宽容。你说过的。因为我记得。"

弯腰向着他,严厉地瞅着他的那一只没有包住的眼睛,他的母亲说:

"你不要以为你懂得成人们所说的一切。"

"没有人爱我。"克里咽呜,涌出眼泪。

"这是愚蠢的,我的好孩子。这是愚蠢的。"她重复,沉思地,用她的漂亮的香手摸摸他的面颊。克里不响,默默等待着她说"我爱你"。但她还没有时机说这话之前,伐拉夫加来到了。摸着他的胡子,他坐下在床上,玩笑地问道:

"你们两位勇猛的西班牙好汉为什么打起来了呢?"

虽然他说笑话,他的眼睛是悲哀的;它们不安地眨眨眼。他的小心护持的胡子已经皱乱。他努力要使克里发笑,高声朗诵着胡调的打油诗:

> 游戏,太太,架子,香肠,
> 臭虫,河马,
> 夜莺和步枪,
> 一切小事情——全是小事情[1]。

他的母亲向着克里微笑,但是她的眼睛也是悲哀的。伐拉夫加终于把手插进毛毯里面来撩痒克里的脚掌和后跟。他迫使这孩子爆发笑声,立刻和克里的母亲一同走了。

第二天晚上他们布置了调解的大宴会:茶、饼干、糖果、音乐、跳舞。在开会之前他们使克里和波里士互相接吻,但是在接吻的时候,波里士咬紧牙关,闭着眼睛,而克里却想要咬他一口。后来有人提议克里

---

[1] 原文有韵,但译者无法译成汉文之韵文。

朗诵涅克拉索夫的诗《砍树》。当他诵完之后里狄的漂亮朋友阿连娜·提里卜尼伐自愿朗诵一篇。她走到钢琴前面,充满灵感地仰起她的眼睛,开始朗诵:

> 人类都睡了,我的朋友呀,来在影子潜伏的地方;
> 人类都睡了,只有星星能看清花园的幽暗。
> 就是星星吧,也看不清苍白的花枝,
> 更不会听见,谁也听不见,除了夜莺。

她机密地微笑着,更加温婉地朗诵第二节:

> 而它也听不见什么,除了它的高歌的魔力;
> 谁也听不见——除了心和手而外;
> 心听见在人间造成的快乐,
> 以及我们在此地所有的幸福……

她是一位很动人的小小姐,好像糖果盒上的画像。她的小圆脸笼罩在朱古力色的卷发里面,已经焕发着青春的火焰;她的蓝眼睛闪出非儿童的机智。当她诵完之后,她行了一个美妙的屈膝礼,以一种熟练的优雅步态走近餐桌,每个人都以一种惊异的沉默迎接着她。

一会儿之后伐拉夫加说:"奇妙呃?你以为怎样,维拉·彼得洛夫娜?"

用手拉着胡子,把它扯到脸上,他窥看着那些毛,说道:"女性开始得这样早呀,呃?"

维拉·彼得洛夫娜对他摇着一个恐吓的指头,而且嘘道:"叱。"同时她小声对伐拉夫加说了一句私语,使后者敞开手做了一个道歉的姿势。她回头问阿连娜·提里卜尼伐:

"你在哪里学会这样的朗诵?"

这小姑娘得意扬扬地说她是从住在她的家里的一位老女优那学来的。里狄立刻叫道:"爸爸,我也要去跟她学!"

克里垂头丧气地默坐着。他们已经忘记了称赞他的朗诵。他以为阿连娜是一个傻气的小东西,纵然漂亮,正和伐利亚·梭莫伐一样无用和无趣。

宴会顺利地进行着。维拉·彼得洛夫娜弹奏了里狄和波里士所爱的钢琴曲:里亚多夫的《音乐的鼻烟盒》、柴可夫斯基的《三套马车》,以及其他可喜的小曲。然后台尼亚·古里科伐坐在钢琴前面,在凳上摇上摇下,弹着华尔兹舞曲。伐拉夫加和维拉·彼得洛夫娜就绕着桌子跳起来。克里这才认识这笨重的男人能够跳得何等轻快,能够何等灵活地抱起克里的母亲旋转。孩子们全都欢欣地赞赏着舞者们,波里士叫道:

"爸爸,你是壮美的!"

克里看见他的敌人已经被音乐、跳舞和诗歌所软化。他自己也觉得非常开心,被宴会的欢乐气氛所激动。

"孩子们,四组舞!"克里的母亲命令,用花边手巾揩着她的额角。里狄还在怀恨克里,叫她的哥哥到楼上去拿东西。一会儿之后,克里跟着上去,突然想要对波里士说几句亲热的话,甚或对他道歉。但是他还不曾跑上一半楼梯,波里士已经拿着舞鞋下来。他停住,弯起身子,好像要猛扑克里似的,然而他不过是一步一步地慢慢走下来。克里听见他屏息地小声说:

"你敢走近我,你!"

波里士的颊骨似乎更加削尖。当他伛偻着慢慢爬下来的时候,他的下巴像狗下巴似的向前突出着,克里害怕了。一只手扶着梯栏,他也转身慢慢走下来,随时期待着波里士的袭击。但是波里士走过他前面,又咬牙咕噜道:

"你敢!"

骇呆了，克里静静地站在楼梯上，喉咙里有些痒痒，泪水涌出在他的眼睛里。他想要跑进花园去，隐藏起自己。他走到游廊门口。风正在吹送秋雨打着门板。他用拳头捶门，用手指抓门，胸中充满窒闷，然后是一阵空虚。几分钟之后他恢复了原状，回到餐室，这里他们已经正在跳着四组舞，他就拉一只椅子到钢琴面前，动手和台尼亚共弹四组舞曲。

十四

沉闷的、压迫的日子继续而来，其中充满着对于波里士的畏惧和仇恨。克里拒绝和别的儿童们玩耍。他走来走去，热切地注意着波里士，希望他跌倒或碰伤他自己。波里士夸耀着他的本领，把身体从这边摇到那边，而且像醉人似的跟跄着，但是他的每一动作和每一跳跃都十分中节而且合于计算。他从来不会失其平衡。每个人都赞赏他的技巧、他的能力、他的玩法的新颖。克里听见他的母亲低声对波里士的父亲说：

"真有才能的小子呀！"

这一年的冬来得迟。将近十一月尾，一阵干燥的烈风使河水突变为一片铅色的冰，而且无情地鞭挞着铺雪的地面。在暗淡而冷凝的天空中，一个白色的太阳匆匆划过它的短促的弧形，而且把无情的寒冷倾倒在地面上的似乎就是这褪色的太阳。

在一个星期日，波里士、里狄、克里和梭莫伐姐妹同去城市附近河边新辟的溜冰场。这椭圆形的淡蓝色的大冰场四周是用枞树围绕着的，树干都由浸湿的树皮拴在一起。冬季的太阳正沉没在对岸的黑暗森林之中。淡紫的反光平躺在冰面上。这里有许多溜冰的人。

"这好像一只番薯袋，不是溜冰场。"波里士轻蔑地说道，当他们到了那池子上的时候，"谁愿跟我到河里去？你，伐利亚？"

"是的。"那白胖的梭莫伐姑娘说。

他俩从枞树围栏底下爬出去，手拉着手，一下子就冲过河面，向草地溜去。他俩后面军乐队正在轰轰地奏着雄壮的进行曲。鲁巴·梭莫伐却被她的朋友伊诺可夫拉去了。这被学校开除的伊诺可夫穿着单薄的旧棉衣，系着皮带，裤子显得太过宽大，一顶毛松松的羊皮小帽放荡地戴在头上。里狄站着观看伐利亚和波里士飘摇地飞奔着，好像腾空似的，奔向鲜红的落日；然后她邀克里去追逐他俩。但是当他们爬出围栏悠然出发的时候，里狄叫道："瞧！他们呢？"

当她说的时候克里看见波里士和伐利亚已经不见。"他们必定跌倒了。"他说。

"不！"里狄低声说，用肩头使劲撞了他一下，以至他的一只脚往下跪倒，"瞧！他们陷落下去了。"

她赶到先头，向着深红的落日，急速滑到逼近河岸的处所，他们才能看出两个圆圆的红东西在那里抽搐地跳动着。

"加快呀！"里狄在他旁边叫喊，"皮带！把你的皮带抛给他们！叫唤他们！"

克里迅速滑过她前面，那速度这样快，以至他的大睁着的眼睛酸疼了。

一个漩水的黑洞似乎向他爬来，越爬越大。他听见冷水的噼啪，看见两只很红的手。那张开的手指正在冰洞边缘上摸索着。冰碎裂着，吱吱轧轧的。那两只手飘动着，好像什么奇异的鸟被拔下毛羽似的，而且在两手之间浮起和沉下着一颗光滑的头颅，流血的脸上有两只大眼睛。头颅浮起，随即消失，水面上又抖颤着两只鲜红的小手。克里听见一种粗粝的嘎声："放手！放手，你傻子！放开我呀！"

那冰洞离克里不过五六步远。他猛一转身就跌在冰上，撞痛了手肘。俯躺着，他看见颜色特殊的浓厚的水怎样拍打着波里士的头和肩。水把他的手从冰边拉开；它嬉戏地拍打着他的头，鞭挞着他的脸、他的眼睛。波里士的整个脸成为一个狂呼——甚至他的眼睛也似乎在叫喊："你的手……把你的手给我呀……"

"立刻,就来。"克里咕噜,尽力解开他的皮带上的极冷的铜扣。"等等——就来……"

有这么一瞬间,克里觉得波里士的这种惊恐无助的惨状——倘若不在此地而在家里,使人人得见,那就好了。

但是他朦胧觉得这个时候,一种冷透骨的恐怖剥夺了他的一切力量。他用痛楚的手拼命解脱皮带,把一端抛进水里。波里士抓住它,拉着它,把克里也逐渐拖近水边。克里大叫一声,闭了眼睛,皮带从他的手里滑掉了。当他睁开眼睛的时候,他看见深紫的水更加有力地拍击着波里士的两肩和沉下的头颅。他看见那一双濡湿的手,偶然闪着红的光泽,越来越近,抓破了冰。克里耸动全身,向后爬行,远离着那一双危险的手;但他还不曾爬开,波里士的手和头就忽然不见了。在起泡沫的水上只漂浮着一顶黑色野猫皮帽。冰的铅色碎片聚集在它周围。水泛起一些小波纹,被夕阳映成红色。

克里放心地叹了一口气,这恐怖似乎经过了难堪的长久时间。但是,虽然他已经因为害怕而变为痴呆,他还是分明吃惊于里狄现在才滑到他面前之可怪。她抓住他的肩头,用膝踢他的脊背,而且厉声叫喊:"在哪里——他们在哪里?"

克里看着水面,一直到它归于平静,悠悠地流着,漂去波里士的帽子。然后他才咕噜着,好像对他自己说话似的:"她害了他。他叫'放手!'他骂她。他拉脱皮带……"

里狄叫喊而且跌倒在冰上。

冰在冰鞋下面发响,一群人的黑影向冰洞流过来。一个穿短羊皮袄的男人把一根长竿插进水里,竭力大叫:"让开!你们会跌下去的。这里是动摇的,先生们,从前有一部机器在这里工作——你们不知道吗?"

克里站起来。他扶起里狄,但是他又倒下。他仰面跌下,撞着他的头。一个有胡子的兵士拉起他的手,拖着他在冰上滑走,一面叫道:"把这些人都赶开呀!"

"你们都是受过教育的人——你们发命令，而你们自己不知道法律！"那穿羊皮袄的小百姓嘲笑，仍然在用长竿在水里探索。

克里听见群众里有人郑重地疑问道：

"但是真有过这么一个孩子吗？或许根本就不曾有过什么孩子吧！"

"有过的！"克里想要叫喊，但是不能。

当他恢复意识的时候，他睡在家里的床上发着高热。他的母亲的脸凑近他。她的眼睛，小而且红，像是陌生者的眼睛，而且她的脸消散在他的眼前。

"他们把他们拉出来了吗？"克里在沉默之后问，看着站在房间中央的一个戴眼镜的灰胡子男人。克里的母亲把她的凉快的手掌放在他的面额上，并不回答。

"他们把他们拉出来了吗？"他又问。

他的母亲说："他是在说什么。"

"昏话。"灰胡子男人说，那声音是震耳朵的。

克里在床上躺了七个星期，害着肺炎。在这时期中他知道伐利亚·梭莫伐已经埋了，但是波里士并不曾被发现。

第三章

一

十七岁的时候,克里·萨木金是一个中等高度的漂亮少年。他的步伐是端庄而且不慌不忙的。他少说话;说的时候他简明地表现了他的思想,用他的很白的手做一个优雅的姿势来增强他的语气,那手是像音乐家的似的,有着长长的掌和纤细的指。他的颇为正直的尖鼻子上装潢着烟色眼镜。这遮蔽着他的冷冷的蓝眼睛的不肯信的光芒。他的头发,不厚但是粗,是按照学校规则剪短了的,而且他的整洁的制服增强了他的庄重。虽然他不是出色的学生,他由于好出身和善修饰取得了教师们的好感。他在第六年级,但是他在同级学生中好像是一个陌生者。他的朋友都在第七第八年级。据说狄孔神父,这以慈爱著名的神学教师,曾经在教务会议中批评克里:

"他的心弦是响得高而和谐的。我尤其重视他对于一般青年人们十分醉心而于他们有害的那些琐事的那种审慎甚至怀疑的态度。"

沙维里·勒支加似乎未老先衰,对克里说:"我不怀疑你的好性格。可是,我要说你的某些朋友会带坏你的。这就是说伊凡·杜洛诺夫和马加洛夫。我已经警告过你了。"

克里默默地、恭敬地对这位主任鞠躬。当然,他知道他的朋友们比勒支加知道的更清楚些,虽然他觉得对于他们并无特别同情,可是他们俩都使他惊奇。杜洛诺夫像往常一样不会疲倦和饿馋馋的,吸取着一切能够吸取的东西。他是一位高才生,被看作学校的装饰品。但是克里知道先生们恨杜洛诺夫正如他暗中恨他们一样。杜洛诺夫不但谄媚先生们,也谄媚那些富贵家庭出身的学生们。但是在他的讨好逢迎的言语和微笑中,往往露出确信自己的价值的人的尖刻的或自负的辞色。

狄孔神父批评他说:"刚才说过的杜洛诺夫,他的行为好像是派到迦南国[1]去的密探似的。"

他的扁塌塌的头必定阻止着他向上长,所以只是向宽处长。虽然在体格上仍然是矮的,他变为粗壮而且阔肩的了。他的手难看地向左右伸开,而且他的弯脚更加显著。他常常移动着两肘,好像正在人群中开辟他的路似的。克里·萨木金以为杜洛诺夫身上纵然再加上一个驼背也不会使他更丑些;恰恰相反,这倒可以完成他的方形。

杜洛诺夫占据了从前托米林住过的阁楼,他的房里乱堆着纸板箱、马鞭草叶、矿物标本,以及从红毛先生那借来的书籍。他还有着狂想的气质,但这已经和他不相配合。克里觉得杜洛诺夫似乎故意勉强自己狂思异想。杜洛诺夫并未忘记他决定要变为"比洛莫诺索夫更好的人";他有时还偶尔昂然提到它。克里发现杜洛诺夫已经变成台尼亚·古里科伐一样容易被骗。克里惊异于杜洛诺夫的力能吞吃各种"精神食粮"——这是新近搬进这家里来的作家尼士托·卡丁常说的。但是有时

---

[1] (The Land of Canaan) 犹太人的"上帝约给之地",转为"天国"。

克里的惊异之中混合着一种奇特的不安之感：杜洛诺夫正在抢夺他的思想。杜洛诺夫已经有了皱鼻头的习惯，而且往往神思恍惚地哼道：

"克鲁木……你知道眼睛是怎样构成的吗？"他问，"我是说最初的眼睛。当初有某种盲目的生物爬呀爬呀——就说一条虫吧。好，那么，它怎么能够会看呢，呃？"

"我不知道。"克里回答，心想着别的事情。但是杜洛诺夫继续推论：

"或许经由疼痛吧。它的前端，它的硬头，往前冲，撞在各种障碍物上，由于这一撞而经验疼痛，就在撞着的处所构成一种感官，看的器官，呃？"

"或许是的。"克里有心无心地答应。

"关于这一点，我一定要有所发明。"杜洛诺夫预言。

他读巴克里、达尔文、西乞诺夫等人的书，来历不明的伪经，以及教会神父们的著作。他读过阿比达·卡西·巴各都·汉所著的《鞑靼族谱》。当他读书的时候他的头用劲地仰起又低下，好像他正在收藏书里的奇特的思想和事实。克里觉得这使他的丑陋更加显著，他的脸更加扁平。但是那样激动着杜洛诺夫的那些奇特问题是一个也不会发现在这些书里面的。它们全是杜洛诺夫想出来的，因为要表示他的创造力。

"一匹马"，是马加洛夫对于他的称呼，把马字读作"骂"字。

马加洛夫也是这学校的一个装饰品，而且是一位英雄。两年以来他曾经为一个纽扣和训育员们打过顽强的一战。他有扯掉制服纽扣的一种习惯。当诵读的时候，他会把手放在下巴底下，扯着领上的一个扣子。那扣子常是摇摆着的。他屡次在先生眼前撕脱它，把它藏在衣袋里。为这特殊习惯他受罚了。先生告诉他倘若他的制服领子太紧，他就应该改换领子。但是怎么也不能改变他的习惯。

他有许多别的缺点。他拒绝遵照学校规定把头发剪短。它蓬蓬松松地在他的圆头上向四面八方伸张着，丰厚而且黑亮。虽然不过十七岁，他似乎已经有些老气。全都知道他在下等小咖啡馆里喝酒、吸烟、打弹子。

从别的城市迁来，他被编入第五年级，而且在这三年中教师们都喜欢他的学业成绩而同时被他的行为所激怒。他是中等身材，漂亮而且强壮；他的步伐轻捷得好像演马戏似的。他的鹰鼻子的尖脸——完全不是俄罗斯型——是被温和得像女人似的褐色眼睛和美好的朱唇上的浅笑所软化了的。他的上唇已经有黑色的髭毛。

克里不能理解这两个很不相同的人之间的友谊的存在。比起马加洛夫来，杜洛诺夫似乎更可厌，而且他也明白这一点。他一提到马加洛夫，就做出虽然有些同情但总得准备自卫的姿态。他庞然挺起胸部，把头向后一扬；他的小眼睛怀疑地左看右看之后，才停在一点上，但是仍然猜疑地眯着，好像正在期待着什么忽然发生的事情似的。克里觉察马加洛夫对于杜洛诺夫的态度是一种好奇的态度。他对杜洛诺夫显示出自信更多经验而更少愚驳的神气。克里是绝不容许任何人用这种派头看待他的。有一天，杜洛诺夫把托拉白所著的《天主教与科学》推到马加洛夫面前，说道：

"这里证明修道士们是科学的敌人，同时季阿邓诺·布鲁诺、甘巴尼拉、莫留斯[1]……"

"把这废料送给鬼去。"马加洛夫教训，使劲吸了一口烟，以至烟卷发光。

"但是我要知道真理呀。"杜洛诺夫固执着，用猜疑的敌视的眼光盯住马加洛夫。

"去请教托米林或卡丁去——他们会告诉你这一切的。"马加洛夫冷淡地说，他的话和烟一起喷出来。

---

[1] B. Giordano Bruno（1548—1600）、Campanella（1568—1639）、Morus（未详）。前两个都是意大利的神学的哲学家，布鲁诺曾因赞成哥白尼的学说而被处火刑。

有一次克里问他：

"你喜欢杜洛诺夫吗？"

"我喜欢他？不！"马加洛夫坚定地回答，"但是他有些使我迷惑，我想要弄清楚。"

过了一会儿，他漠然地说：

"和这种蠢材相处是困难的。"

"为什么？"

"因为——他觉得他必须穿着得好，戴上特种呢帽，摇着一根小藤杖。况且，还有女子们的事。兄弟，女子们是生活中的主要东西，而她们喜欢一个小伙子拿着一根藤杖，或一把剑，或一首诗来向她们求爱！"

马加洛夫开始悠悠然吹起口哨。

克里·萨木金是容易采纳别人的意见的，当那意见把事物化为简单的时候。承受别人的观念使人能够对于各种事情有一个意见。他对于任何问题绝不肯使自己有所固执，而这增强了他的声誉，都说他是知道怎样独立地思想，和怎样在精神上自给自足的人。听了马加洛夫对于杜洛诺夫的意见之后，克里决定杜洛诺夫的寻求真理是乌鸦想要用孔雀毛装饰自己的企图。因为他自己就是浮动在这种企图的不安的潮流里的，他很知道它的力量和必要。

他并不把他的同伴们看得和他自己一样聪明，但是同时他明知他们是比他更有才能更有趣味的。他知道智慧的神父曾经评论过马加洛夫：

"一个辉煌的青年。然而，我们必不可以忘记著名的安徒生[1]的俏皮话：

> 镀金的东西将要磨损褪色，
> 猪皮常存本来面目。"

---

[1] Hans Christian Andersen（1805—1875），丹麦童话作家。

克里想要磨损马加洛夫的镀金色彩。这刺着他的眼睛。可是，有时这同伴也陷于一种不可理解的压碎他的精神的不安不定的心情之中。至于伊凡·杜洛诺夫呢，他差不多好像是拿着一副冷牌的热心的赌徒似的，慌忙想要作弊骗人。有时克里惊疑了，他看见他的同伴们对他的态度比他对他们更诚实。显然的，他们把他看得比他们更聪明更有经验。但是这惊疑持续得并不久，似乎只有几分钟，就是说只在他倦于继续观察自己，觉得自己正在走着困难而又危险的道路的时候。

二

有一晚上马加洛夫剥掉他自己的镀金了。那时他们坐在山上的圣母升天教堂的围栏里，欣赏落日。在这样仙境的晚间，俄罗斯的冬以惊人的豪爽展开了它的一切寒冷之美。树上的凝霜灿烂得好像玫瑰色水晶似的。雪焕发着虹彩的飞尘。河面上被风扫出一些淡紫色秃块，再过去便是一片黄金锦幕罩着的林园草地；这上面浮着深蓝的静默，好像任何事物也不能扰动似的。这种奇异的静默包裹着人所见的各种事物，好像在期待——甚至在要求——只许说有特殊意义的话似的。

马加洛夫吐出一阵烟云在寒冷的空气里。然后他忽然问道：

"你不作诗吗？"

"我？"克里惊异，"不！你呢？"

"我已经开始。结果很坏。"

忽然，好像受了冤屈似的，他不知羞地讲着他的故事：

"差不多有两年之久，除了女孩子而外我什么也不能想。我又不好到妓院去——我还不曾去过——但是我已经犯手淫。有时我想要斩掉我的手！在这种急切的需要中，有一种厌恶自己到流泪的憎恨。当我和女孩子在一处的时候我觉得好像一个白痴似的。她会对我谈论书籍，谈论各种诗歌——而我只是想着她的奶奶像什么，发狂地想要吻她——只要一吻,情愿立刻死掉!"

他抛掉还未吸完的卷烟;它立在雪上好像一支烛似的,向上燃着,冒出一缕青烟在冷清清的空气中。马加洛夫呆看着它,低声说道:

"这种情形愚蠢得好像两个教员在一处。最糟的是你毫无办法。你还没有这种经验吧,有吗?你快就要有了?"

他站起来,用鞋底踩碎卷烟,他的烦恼的眼睛瞅住教堂的发光的十字架,继续说道:

"杜洛诺夫在什么书上看过,说是那是'本性',那是'维纳斯[1]的意志'。见鬼,这本性和这维纳斯!我和它们有什么关系?我不愿像一条雄狗似的!这一切在我的心中引起疲倦和自杀思想——总括起来就是这么一回事!"

克里紧张而有趣地听着,看着马加洛夫描写自己的无力和无耻是快意的。马加洛夫的烦恼对于克里还是生疏的;虽然有些夜间偶然感觉他的肉体的欲求的扰乱,他曾想象到他初次干那事的情形。在这些幻想中那女子常常是里狄。

马加洛夫吹了一阵口哨,而且把双手插在衣袋里,抖颤得好像受凉似的。

"鲁巴·梭莫伐是一个塌鼻子的小傻子,我不留心她,她不适合于我。但是我觉得我自己还是系恋着她。你知道,姑娘们对于我都有好意的,但是……"

"不见得吧!"克里想着,记起里狄对马加洛夫的轻蔑。但是他什么也不说。

"我们走吧——冷呀!"马加洛夫忧郁地说,"你为什么这样沉默?"

"我能够说什么呢?"克里耸动肩头,"说必然的事是必然的是庸俗的。"

---

[1] (Venus) 希腊神话中司爱和美之神。

有几分钟之久,他们默默地走着,这沉默只是被脚下雪的窸窣所冲破。

"这为什么开始得这样早呢?兄弟,其中有着某种嘲弄。"马加洛夫又说。

克里并未立刻回答,过了一会儿才说:

"叔本华[1]或许是对的。"

"但是或许托尔斯泰是对的。他教人掉头不顾一切,看定一只角落。但是难道掉头不顾自己心中最爱好的事吗,呃?"

克里·萨木金保持着沉默。他的同伴的困苦的摸索使他有一种自觉优越的快感,而当马加洛夫突然告别,走进一家小店庭院去的时候,他却觉得他自己真心为他忧愁起来了。

三

过去的岁月还不曾把什么深刻的激动引进克里的生活里面。事情都沿着习惯的道路平滑地进行着。十分自然地,长辈们都一个跟一个脱出克里的生活之外。他的父亲更常常必须长途旅行。他缩小,飘忽,而终于完全不见了。在这以前,他说话渐渐失去自信,好像难以措辞似的。他开始留起胡须,但是脸上的这些红毛直挺挺地向外伸长,以致他觉得不好意思修剪掉那牙刷似的毛。克里看见父亲的脸益发可怜地萎缩和衰老了。伐拉夫加似乎随时都在斥责他。

"那么,现在,伊凡·阿乞莫维奇,这是怎么回事,呃?你已经卖掉那木厂了吗?"

每当伐拉夫加说话的时候,萨木金的耳朵就红;当他答话的时候他就转眼看着别处,而且像一个磨剪刀的工匠似的顿着脚。他常常醉醺醺

---

[1] Schopenhauer(1788—1860),德国哲学家,以情欲为生活之本源,而否定生活价值。

地回家来；他走进克里的母亲的房里，在那里停留许久，时常传出他的咽咽呜呜的小声音。在最后别离的那一早晨。他走进克里的房里，跟进来的是他的母亲的低声的告别之词：

"我恳求你——请你——不要演出独白戏。"

"好，我的亲爱的克里。"他高声叫喊，虽然他的嘴唇是抖颤的，他的红肿的眼睛好像眯着似的睒睒着，"生意的事情逼迫我出门去一个长时间。我要去住在芬兰的维堡。这是这是——米提亚也跟我去。好，再见！"

他拥抱克里，吻他的前额，拍拍他的脊背，又说道：

"祖父也要跟我们去。是的，再见！要——尊——敬你的母亲。她应该……"

并未说明他的母亲应该怎样，他做了一个含糊的手势，而且摸摸下巴。克里想到那是他想要用手掌掩饰他的抖颤的嘴唇。

当他的祖父、他的父亲和他的哥哥——曾经含怒地和他告别——走了之后，这家宅似乎并未因他们的离去而见得空虚。他的生活也并未因他们的离去而感觉扰动，所以，几天之后克里竟自回想到当波里士溺死的时候他躺在冰河上听见的那不可信的话：

"但是真有过那么一个孩子吗？或许根本就不曾有过什么孩子吧？"

在那时候——当从水里伸出的红手向他爬来的时候——他曾经感觉恐怖，后来他曾经坚决地把它排出心外，努力忘掉它。波里士灭亡的光景已经逐渐难得记起；这光景已经变为不真切，好像在梦中所见的某种不愉快的情形似的。但是那怀疑家的话却是不能忘记的。其中具有某种强韧的固执性，好像要人肯定——在一句带着挤眼动眉的俏皮话中——这疑问似的：

"或许根本就不曾有过什么孩子吧？"

克里喜欢这种警句，朦胧意识它们的机诈的模棱语意，而且觉得容易被当作智慧而接受的正是这种说法。在夜间躺在床上还未入睡之前，他回想着白天所听见的各种言辞。他像筛糠似的扬弃那些不能理解的和平庸的，而苦心贮藏起那些较为容易收集的各色各样知识的米粒，准备着时机一到，他就可以使用它们，以增高他的青年深思的声名。他有法子把那些并不是自己的话说得这样审慎而又随便，使人觉得他所说的不过是他的心中宝藏的偶然流露的零星片断而已。有几次很成功，当他回想它们的时候，它们会使他也以别人向他表示的同样惊奇赞赏看待自己。

在这种时候他的高兴往往由于想到里狄而变为失望。她不能或不愿像别人看他那样看他。有几次，甚至有几星期之久，她似乎完全不看他，好像他是无形无色，并不存在似的。这姑娘越长大越古怪。伐拉夫加刷子似的胡子里面露出微笑，说过：

"她就像她的母亲。这一个也是善于发明的能手。她想出某种事情，然后相信它。"

"发明""想出""臆造"是里狄的父亲常用的名词。这些名词常使克里心安理得，除了当应用于里狄的时候而外——这姑娘在他心中引起很复杂的感情是一件的的确确的事实。

四

波里士死后的第二年夏季，当里狄十二岁的时候，哀戈·图洛波伊夫不愿在军事学校而被遣送到彼得堡读书去了，当他临去的前几天，在早餐的时候，里狄对她的父亲宣布她爱哀戈，离开他她不能生活，不愿他到别处去求学。

"他必须住在这里，在这里读书，"她要求，用她的强壮的小拳头敲着桌面，"等我到十五岁半的时候，我要和他结婚。"

"这是胡说，里狄呀，"她的父亲严厉地说，"我不准你……"

并不等待听明白他不准什么，里狄就站起来跑出去了，伐拉夫加来不及阻挡她。她站在门道里，抓着门柱，演剧似的警告：

"这是上帝的事呀！"

"好高傲的姑娘。"克里的母亲说，得意地看着克里，后者正在笑着。伐拉夫加也大笑起来。

早餐还未吃完，哀戈·图洛波伊夫出现了，面色苍白，眼下有着暗影。他端庄地向克里的母亲立正敬礼，并且吻她的手。然后他直站在伐拉夫加前面，侃侃说道他恋爱里狄，他不能到彼得堡去，他有权请求伐拉夫加……

并不听到他说完，伐拉夫加就爆发了哈哈大笑。他的庞大的身体摇来摇去，他的椅子也吱吱咯咯。维拉·彼得洛夫娜谦卑地微笑着。克里恼怒而惊异地呆看着哀戈。当哀戈屹然不动地直立在那里的时候，他似乎伸长了，更高了。他静待伐拉夫加笑完，然后仍然侃侃说道：

"我有权请你把这件事告诉我的爸爸，倘若不得允许，我就要自杀。我请求你相信我。爸爸不相信。"

有几秒钟之久那男人和那女人默默地互相看看。然后克里的母亲用眼睛指示克里出去。克里颓唐地走到他的房里，不知道对于这种场面要怎样想才好。从他的窗子里他看见伐拉夫加凶狠地摇摆着胡须，牵着哀戈的手出街去了。一会儿之后，他带回来的是哀戈的干瘪的父亲，一个秃头的小男人，穿着灰色燕尾服，灰裤子上镶着红条纹。他们在花园里游走了许久。老图洛波伊夫粗声破气地说着话；伐拉夫加闷闷回答着，屡次揩他的脸，而且点头。克里的母亲走进房来，严厉地命令他：

"现在是你去托米林那里上课的时间了。当然你用不着告诉他这些愚蠢的事。"

当克里下课回来寻找里狄的时候，他被嘱咐不必看她。里狄被锁在她的房里。家宅显出紧张的寂静，克里觉得随时会有什么东西在可怕的一撞之中哗地倒了下来。但是什么也不曾倒下。他的母亲和伐拉夫加显然已经出去到什么地方，所以克里走进花园去，站在那里窥看里狄的房间的窗子。那姑娘并未出现在窗子里,只有台尼亚·古里科伐的毛头偶然经过那里。克里把自己抛在凳子上,在那里坐了许久,什么也想不起,只记着哀戈的和伐拉夫加的脸相。他希望哀戈得到一顿痛打。至于里狄呢——他尽在研究着她应该受怎样的惩罚,但是总想不出一种也不至于使他伤心的刑罚。

他的母亲和伐拉夫加回来得很迟,那时他已经在床上睡着了。他被他们在餐室里的哄笑和吵嚷所惊醒,他们笑得好像酒醉似的。伐拉夫加尽力在学习唱歌,同时克里的母亲叫道:

"唉,不对。完全不对!"

他们走进客厅去了。克里的母亲开始在钢琴上弹着快活的乐曲,但是乐声突然停止。克里的昏睡被楼上奔跑的步声所惊醒。他听见叫喊:

"这是什么魔鬼的喜剧!里狄不见了。台尼亚正在打瞌睡。里狄出去了!你懂吗?"

克里从床上跳下来,匆匆穿起衣服,跑进餐室里。那里是黑的。他的母亲的卧房里点着一盏灯;伐拉夫加站在门道里,双手紧拉着门框,好像钉在十字架上似的。他穿着寝衣,赤脚拖鞋。克里的母亲急忙用一条披肩裹起她自己。克里被派去叫醒杜洛诺夫,一同去寻找里狄。台尼亚·古里科伐正在花园里和庭院里叫喊着,负疚地,并不很高声:

"里狄呀!来呀!这是何等愚蠢呀!里狄呀!"

克里觉得莫可名状的稀奇。他似乎参加在一种"发明"里面,这"发明"比他所知道的任何事物都更有趣——更有趣,也更可怕。这一夜也是离奇的。一种热风一阵一阵吹来,摇着树木;它以干燥的尘灰窒息了一切气味。云爬在天空中时时消灭月亮。各样东西都似乎轻轻地摇摆着,无声地移动着,在一种不可思议的惊慌之中。杜洛诺夫瞌睡而且恼怒。蹉跎着两只弯脚;他颠蹶,他打哈欠,他吐口水。当他的身躯消失在丛树后面的时候,他的头像一只气球似的飘浮在那上面。

"或许她跑进图洛波伊夫家的花园里去了吧。"杜洛诺夫提示,就走去看看。

在那里他们发现了她,默默坐在树下一只铁架长椅的背上。在黑暗中缩小了,这姑娘的苗条的身体变形为一团,从远处看来好像一只白鸟歇在椅上似的。

"里狄!"克里叫喊。

"你嚷什么,像一个警察似的?"杜洛诺夫低声质问。他鲁莽地用肩膀推开克里,对里狄说道:

"坐在这里有什么用呢?我们一道回家去吧。"

克里恼怒杜洛诺夫的莽撞,惊异地听着他对里狄说话的谦恭,好像她是一位长辈似的。

"他被打了,是吧?"这姑娘毫不动弹地问,并不理会杜洛诺夫向她伸来的手。她的话响得粗粝而且破裂,好像哭了许久之后的小孩的声音。

"我爬过围墙的时候,我像瞎子似的跌下来。"她说,咽呜着,"像一个傻子。我不能走路!"

克里和杜洛诺夫扶她离开椅子,使她坐在地上,但是她哇地叫了一声,像破脚玩偶似的倒下。两个男孩用尽力气才把她竖起来。当他们终于使她向家走去的时候,里狄告诉他们她跌倒不是在爬墙的时候,而是在爬上水管要去到哀戈的房间的窗子里的时候。

"我想要知道他正在做什么。"

"现在他睡着了。"杜洛诺夫说。

里狄把她的手举到她的嘴边,舔掉手指上的血渍。

在庭院里,伐拉夫加穿着宽松的长袍,戴着平顶鞑靼小帽,正在昂然阔步着,对他的女儿咆哮:

"一直闹到现在你要干什么?"

但是,忽然惶恐着,他抓住她,把她抱起来。

"你是怎么回事呀?"

那姑娘爆发了克里永不忘记的绝望的叫喊：

"噢，爸爸，你什么也不明白！你不能——你并不爱妈妈！"

"嘘，嘘！你疯了。"伐拉夫加嘘止她，抱着她跑进房里去，失落了一只摩洛哥皮拖鞋。

"这小母羊已经活跳起来了。"杜洛诺夫沉静地说，唇上显出嘲弄的微笑，"好，我想现在我可以去睡了。"

但是他并不去，却自行坐下在厨房走廊的台阶上，沉思地摸摸肩头，咕噜着：

"她想出这么一场好游戏。"

克里在院子里走来走去，深思道：难道这一切都不过是一场游戏——这一切都不过是"想出来"的吗？从二层楼的开着的窗子里传来了他的母亲和伐拉夫加的焦急的声音。台尼亚·古里科伐从楼上奔跑下来。

"不要锁门。我要去请医生！"她说，跑到街上去了。

杜洛诺夫继续咕噜着：

"勒支加要我读完《伊里亚特》和《奥得赛》。一片胡说！什么阿喀琉斯和帕特洛克罗斯全不过是些蠢话。真讨厌！《奥得赛》比较好一点。那奥得赛想要不打一战就收服一切。他是一个大骗子，甚至在现在也很合时宜。"

"克里！去睡呀！"维拉·彼得洛夫娜在窗子里厉声叫喊，"杜洛诺夫，叫醒看门的，然后你也去睡吧。"

五

在几天之内里狄的浪漫史变为城里的闲话题材了。学校里的孩子们问克里：

"她是怎么样的一个姑娘？"

克里勉强回答，他觉得他并不喜欢谈这回答。但是杜洛诺夫却很叨唠：

"她不漂亮——这就是她落进爱情之中的缘故。漂亮姑娘是不会落进去的！不会的，老兄！"

克里困恼地听着他的叨唠，但是同时期待着杜洛诺夫的话会使克里对于这事的迷惑有所阐明。

"我对她说你还是一个小囡咧，"杜洛诺夫对那些孩子胡扯，"我也对他说……当然这对于他是一件有趣的事；有女人要和自己恋爱，这是任何男人都会觉得有趣的。"

听着杜洛诺夫这样撒谎是可厌的，但是，觉得这些谎话使里狄在孩子们之中成为名角，克里并不阻止他。孩子们都注意地听着，其中几个的眼睛在凝视中显出奇异的悲哀，好像托米林的玻璃眼球呆看着远处的神气——这是克里所熟知的。

里狄已经重伤了她的腿，以致在床上躺了十一天。她的左手也用绷带扎着。在哀戈要去彼得堡求学之前，图洛波伊夫夫人，一个肥壮的、鼓眼睛的、有气喘病的妇人，带着他来和里狄告别。这一对钟情的恋人拥抱着哭泣了。哀戈的母亲也流下眼泪。

"这是傻气的，可是倒也好看，"她说，小心地用手巾揩掉泪水，"这是好的，因为它使人回忆我们的青年时代。"

伐拉夫加忧郁地说了一句笨拙的、不常听见的话。

孩子们是必须抚慰的。是呀，他俩将来可以成为新郎新娘呀；这要等到他们长大成人的时候呀；他俩被这样告诉了。现在是许可他俩彼此通信一直到那时候。克里不久就明白他俩被骗了。里狄每天写信给哀戈，交哀戈的母亲转寄去，忍耐等待着回答。但是克里察觉里狄的信好像都落在伐拉夫加的手里。他读它们给克里的母亲听，他和她都哈哈大笑。里狄焦急得发狂。于是她被告诉说哀戈的学校里规矩非常之严，甚至不许学生们和他们的亲戚通信。"那地方就好像修道院似的。"她的父亲撒谎,这时克里想要对里狄叫道:"你的信都在他的衣袋里啊!"

但是克里看见里狄也不相信,只是闭紧嘴唇听着她的父亲的故事。她把她的手巾打成紧结或者敏感地拉着制服围裙的边缘;她转开她的眼睛,好像羞于注视她的父亲的大胡子脸,那是发红发胀了的。有一次,克里终于对她说道:

"你知道他们骗你吗?"

"闭嘴!"里狄叫喊,顿着她的脚,"这不关你的事!被骗的并不是你。况且,爸爸并不是要愚弄我——他不过想法子……因为他恐怕……"

恼怒得满脸通红,她突然不说下去,跑掉了。

在学校里她被看作最狂妄的一人。她忽略她的功课。像她的哥哥一样,她带兴奋进游戏里面,而且(经由控诉她的怨言克里知道)她是喜怒无常的,难缠的,甚至恶毒的。她更热心地、虔诚地到教堂去作礼拜。在幽思默念的时候,她的灰眼睛凝固成一种透视的力量,以致克里在这样严酷的考察之下感觉不安。

她对于他的态度和对于其他一般孩子一样是轻蔑和嘲弄的,而且她已经不邀请他,而是他请求她:

"你愿意和我去散步、谈话吗?"

她不大愿意接受这请求。当她和他在一处的时候,她已经不再对克里谈论上帝呀、猫呀和玩友们呀。她只是沉思默想地听着他讲学校里的故事,他对于教师们和孩子们的意见——以及他所读过的书。有一天克里通知她他不信上帝,她信口说道:

"这是傻气的。在我们这一班里只有一个女孩说她不相信上帝——但是那是因为她是一个驼背。"

有三年之久,哀戈·图洛波伊夫一次也不曾回家,甚至在假期中也不回来。里狄对于这事一直保持着沉默,但是当克里想要和她谈论她的不忠实的情人的时候,她冷冷地说道:

"一个人只能和一个人谈恋爱呀!"

六

当里狄将近十五岁的时候,她开始长高,但是她的体态依然优雅细瘦,走起路来是轻快活泼的。她越长高,她的躯干就越现出一些三角棱线;她的肩骨和臀骨都突出着;虽然奶包已经开始形成,但它们是可怜地尖得好像她的手肘一样,在克里看来甚至比这还更不愉快。她的鼻子更尖了;那严肃的浓眉更黑了,而且她的"蜂子叮"的嘴唇现在是恼人的鲜明。她的面貌是克里所熟悉的,以致他初次认出里狄的这些新特点——几乎像陌生者似的——的时候,他大吃了一惊:他看惯了的童稚的容貌已经消逝了。克里对于这感觉如此亲切分明,以至想要对那姑娘叫道:"你是怎样的呀?"

有时他问她:

"你是怎么回事呀?"

"没有什么,"她回答,惊异地问,"你为什么要问?"

"你的面貌改变了。"

"是吗?怎样?"

他不能回答这些问题。现在他常常无意识地对她更多礼貌。他俩自己都不觉得。

尤其使他畏缩的是她会坦然注视他一会儿然后移转眼睛,使她变形为陌生者的确是这种新看法。这种看法,深切尖锐,是有所期待的。它寻找某物,甚至要求它;而又忽然变为轻蔑、吐弃。另一件新奇的事是她驱逐了她所有的猫;真的,现在她对于一切动物的态度都显出一种病态的厌恶。每一听见马叫她就皱眉,耸肩,用披巾裹紧她自己。狗激怒她。甚至公鸡和鸽子也使她不愉快。

她的思想也和她的身体一样变为棱角分明了。

"学习是讨厌的,"她说,"学习那些我自己不能做或永远看不见的事物有什么用呢?"

有一次她对克里说:

"你知道得很多。那一定是很不便的、累赘的。"

伐拉夫加家的女管家,好性格的台尼亚·古里科伐,对于世间万物都一视同仁,却埋怨里狄,正是克里的母亲埋怨她的富丽的头发的话:

"这是我的苦刑。"

但是台尼亚说得温柔可爱,毫无烦恼。灰头发已经出现在她的前额上;她的有纹的脸上带着一种抱歉的、怯弱的微笑,好像自觉无所成就,无益于人,很对不起似的。

七

一位快活的人,作家尼士托·尼古拉维奇·卡丁,带领了他的妻、他的妻妹和一条名叫里维里[1]的狗来住在这家宅的厢房里。作家的真名是庇莫夫,但是他笑嘻嘻地解释了他选取这笔名的理由:

"你知道,一般人都把'尼士托'读作'尼士特',那么我在我的小说上的签名就要成为'尼士特·庇莫夫'[2]了!这是气煞人的!现在风行的是按照妻的名字来造假名:维林、伐林、赛辛、马辛。"

他是一个毛松松的小家伙。他有一部小髭胡子;颈背上披拂着一些黑毛,甚至手上、指节上都蒙着黑茸茸的东西。高兴,活泼,这骚动的小男人,这不倦的话匣子,使克里想起他的父亲。他的小眼睛兴奋地闪烁着。但是克里常常为了某种理由怀疑这人装出超过他的真情的喜欢样子。当说话的时候他把头偏在左肩上,好像是在倾听他自己的言辞,而

---

[1] 幻想。
[2] 俄语,"不堪的家伙"。

且他的耳廓会悠悠地颤动着。

他使用古文的语汇：然而，假使，盖，颇多，时至今日，正唯如此，再再，等等。他显然想要用这种说法使人好笑，但是不很成功。他热心地谈着森林原野之美、乡村生活的家长制、农妇的忍耐和农民的聪明、人民的纯朴而智慧的灵魂，以及这灵魂怎样被城市所毒害。一遇机会他就要对听众解释他们所不懂的乡村土话。这时他得意扬扬地说道：

"我比乌斯班斯基[1]更懂得民间语汇。他把中产阶层的言语和农村土话混淆在一起。但是在这一点上你找不出我的毛病——噢，找不出的！"

尼士托·卡丁穿着农民外衣，系着一条窄小的皮带；他把裤脚塞在靴筒里。头发剪成小百姓式的圆顶。他完全像一个收入丰富而好娱乐的工匠头领。差不多每天晚上都有些俨然深思的人们来访问他。克里觉得他们全是很骄傲但又遭遇什么困难似的。他们喝茶和麦酒，他们吃黄瓜、香肠和腌菌子之类的冷食。这位作家，以一种奇特的方式周旋其间，好像卷起又展开似的；他在房里跑来跑去，不断地谈着：

"是的，是的，斯提巴，现在文学已经脱离了生活；它欺骗人民；他们写一些无聊的琐事，以供饱闷的人们消遣。正义感已经消失了……"

斯提巴，一个银须蓝眼的阔肩汉子，常常离开别人独坐在一处，严肃地用他的匙子搅着他的茶。他会静听别人的议论一两点钟之久，默默点头赞许。

然后，他会忽然用一种平淡的低声谈论人民心灵的欲求、知识阶层的义务，而且冗长地述说后辈子孙违背先贤先圣遗教的叛逆行为。克里觉得这位知识阶层的督导官从来不吃面包的柔软部分，而是专攻那硬皮的；他也并不喜欢吸烟。他毫不掩饰他不喜欢麦酒；他强勉喝着它，好

---

[1] Gleb Uspensky（1840—1902），俄国作家，以描写农民生活著称。

像义不容辞似的。

"你说得对,尼士托。他们忘记了人民是本体,就是,第一因;但是现在他们正在提倡阶级学说——一种德国理论,嗯……"

马加洛夫说这人的神气使人想起奶娘。他说了许多次,以至克里也相信了。虽然有胡子,斯提巴并非不像以乳育别人的孩子为义务的大奶包农妇。

星期日,青年们聚集在卡丁家里,在郑重谈论"民主"之后,接着就是唱歌和跳舞。雀斑脸的助马托夫,高级专门学校的学生,会在烟雾弥漫之中慢慢地张开双手,好像踏在水上似的,用一种愉快的上低音动听地唱道:

"你去到伏尔加河边……"

"谁的呻吟",一阵合唱,并不很和谐。那些成年的人们庄严地、勉强地歌唱着,作家的尖锐的男高音有一种枯涩的腔调。在这迂缓的歌吟中有些教会气、送丧气。歌唱之后他们闹嚷嚷地跳四人舞,作家比任何人都更为闹嚷嚷,同时兼充乐队和导奏者。他一面用肥短的脚打着拍子,一面熟练地按着一只廉价的小手风琴,而且威吓地命令道:

"先生们,换换太太!放下自己的,拉起别人的呀!"

这使每个人都大笑,作家也就更加疯狂,奏着他的手风琴,和着四人舞的拍子唱道:

> 小孩们围绕着茅屋
> 赶快叫唤他们的父亲:
> 爹爹,爹爹——一个人淹死了。
> 我们拉起渔网,里面全是他。

伐拉夫加厌恶这个,称这种作乐为"鱼的跳舞"。

克里觉得作家似乎尽力,甚至拼命,要做出滑稽有趣。他跳跃着,摇摆着，而且流汗。装作勇敢的、快活的人，嚷着并非自己的言辞，他诚恳地想要使跳舞的人们好笑。当他成功的时候，他会放心地叫道："哟！"

然后他又重新开始，使他们好笑他的荒唐的言语、他的小丑的蹦跳，他会急迫地对他的妻使眼色，当她的偶人似的脸上展开着半睡的微笑，正在忘形地完成跳舞的一节的时候。

"喂，你蠢货！"她的丈夫呵斥她。

他的妻，一个红脸的圆圆的小妇人，正在怀孕，对于每个人总是不惮烦地殷勤着的。她用一种尖细可是动人的声音，和她的妹妹合唱乌克兰歌曲。她的妹妹，一个有着长鼻子的静默的人，时常闭住眼睛，好像害怕她会看见什么骇人的事似的。她默默地、正确地倒茶和递冷点心给每一个人。不过偶然有一两次克里听见她的丰润的音声：

"那是这样的吗！"或者，"这是难相信的"。除了这两句而外，她几乎不曾说过别的话。

八

克里很喜欢发见这些新奇的人们在这家宅里寻乐。那房间裱糊着颜色鲜亮的壁纸。虽然家具全是不整洁的，像伐拉夫加家的一样，这地方究竟有着安乐的家常空气。托米林偶然也来参加他们的集会。他用庄重的步伐缓缓横过院子，故意不看萨木金家的窗户。进了作家的寓所，他默默地和每个人握手，选取座位在挨近火炉的角落里，在这里，他偏着头倾听他们的辩论、他们的歌唱，台尼亚·古里科伐时常慌忙跑进来。她一看见托米林，她的不出色的脸就会变黑，好像搪瓷盘子因为年久变黑一样。

"事情怎么样？"

"照常。"托米林回答，他的声音里有一种厌烦的调子。

伐拉夫加亲自到过那里两三次。他看看，听了一会儿。但是回到家里的时候，他耸动肩头，对克里和他的女儿说：

"这是俄国常有的面包酿造所，一种陈列过时的玩意的旧货摊。"

克里以为这说得很贴切，从此以后他觉得十年前在这家宅里引起许多喧哗的一切事物似乎都从正房里一扫而归入卡丁的厢房里去了。但是他仍然以为坐在这作家的家里是于他有益的，即使有时有些厌烦。这好像在学校里一样，但是有这一点差别：先生们并不发脾气，并不呵斥学生，而只是以温和的信念教导真理。这种信念几乎流露在他们所说的每一个字里。虽然克里并未被它迷住，但是他带回去的不仅是某些刺激的思想和便捷的言辞，也还有别的东西，恍惚觉得需要的东西。在他的估计中那就是一种对于人们的认识。

马加洛夫沉思地喝着麦酒，嚼着腌黄瓜，偶尔对着克里的耳朵悄悄说出一种恼怒的批评。

"祖先们的圣训！我的父亲给过我这圣训：'你要留心学习呀，坏蛋，否则我要把你赶出去，你就要做流氓了！'好，现在，看我学习吧。不过我怀疑我在这里能够学得什么东西！"

对于年轻的来宾是加以相当注意了的——但是这注意束缚了他们。马加洛夫、鲁伯·梭莫伐，甚至克里，总是默默地闷坐着。有一次，梭莫伐叹息道：

"他们的谈话好像一阵大雨。我在一顶伞下面走过，听不见我自己的思想。"

只有伊凡·杜洛诺夫使劲大声提出关于知识阶级的问题，关于人格在历史过程中的重要性的问题。主讲这些问题的是那貌似奶娘的汉子。在作家的这一切面目可憎的朋友之中，克里觉得他的神气最为难堪。在回答问题之前这人先要用他的灰白眼睛仔细审察房里的每一个人，而且小心地哼一声。然后，向前面拱身，他伸长颈子，露出左耳后面好像一只小马铃薯似的隆包。

"这问题对于全人类是最为关系重大的。"他用一种响得沉闷可厌的高音调开始。作家卡丁举起一只手,扬起眉毛,做了一个警告的姿态,而后严厉地环顾听众,命令道:注意!秩序!

"但是在世界各处这问题都没有像在俄国这样重要,因为俄国有一班甚至高度文化的西欧也不产生的人。我是说俄国的知识分子,这些分子命该坐牢,流放,做苦工,受酷刑,上绞架……"

他谨慎地说着,在他的音调中克里觉得有些奇怪,好像这讲演者并不想说服人,而是失望地劝解,他时常随便说"做苦工""受酷刑""上绞架"这些话,好像它们是最普通的日常用语似的。克里听惯了它们,毫不觉得那含意的可怕。

马加洛夫怀疑地向四面看看,悄悄地对克里说:

"他说得好像这一切都是三百年以前的事似的,奶娘的奶已经变酸了。"

托米林从角落里翻起白眼注意看着那奶娘,有时他沉静地插嘴道:

"你们责难马克思把个性排除于历史之外,但是被称为无政府主义者的托尔斯泰在《战争与和平》中不是也做了同样的事吗?"

在这里甚至托米林也是不受欢迎的。别人回答他的话总是简短而疏忽的。克里觉得这位红头发先生就爱这样,因为他是故意激怒每一个人的。有一次,作家卡丁骂他曾经读过的一本杂志的一篇论文,把那杂志抛在窗台上,以至落到地板上,托米林说:

"但是以神为不可思议的你并不这样对付神像,而一本书比一个偶像是更有灵魂的。"

"灵魂?"作家惶惑地应声说,然后忽然怒吼道,"灵魂跟这有什么关系?这是一个政论家的论文,根据统计作成的。灵魂,真是!"

卡丁是一个贪婪的猎人,而且喜欢赞叹自然。当他絮说自然之美的时候,他的脸上闪出微笑,用各种姿态增强他的语势——清爽的小桦树呀,幽静的林泉呀,柔和的野花呀,鸟儿的歌唱——好像他初次看见和听见这一切似的。凭空摇动双手，好像鱼摆动它的鳍似的，他会大为感动地说道：

"而且各处都有不能抑制的生命；各样东西都努力向上，向着天，打破地心引力的法则。"

托米林，搓搓手，问道：

"你这样宣说你爱好生物，那么你为什么只为好杀而杀掉兔子和鸟儿呢？怎样调和这两件事呢？"

作家扭转半个身子，含糊说道：

"屠格涅夫和涅克拉索夫也打猎的。还有列夫·托尔斯泰年轻的时候，以及别的许多作家。你是托尔斯泰主义者，或是什么呢？"

于是托米林微笑，正在听着的克里也微笑。后者觉得前者是独立的人，沉静地和顽强地，对谁也不赞同，而用使人记忆的简洁之词和人争论，越发变为可以师法的了。

作家谈到俄国历史就挥着两手，激动得耳根通红——据他说那是一些虚妄的、愚蠢的、可笑的逸话的沉闷的和无穷的连续。说到那些愚蠢可笑的逸话他就首先大笑，但是当他说到权势者的卑劣残暴的时候，他把拳头放在心口上，捶打他的胸膛，刚刚慷慨激昂之后，他就喝干一杯麦酒，咽下一片涂满芥酱的面包皮；看着他这种动作时常使人觉得荒唐。

"读格鲁包夫城[1]的历史看看。其中有真正的俄国历史！"他教训地说。

马加洛夫闭紧嘴唇听着作家的演讲，并不看他，然后对他的同伴说：

"他为什么夸说他被警察监视呢？任何人都会以为他是因为品行好得过蓝徽章的。"

有一次，马加洛夫看着作家一面谈话一面扭捏挣扎，对里狄说：

---

[1] 愚人城。

"你看见吗,真理的诞生费了多大气力呀?"

里狄皱着眉头,离开了他。

她不过偶然到过这厢房里一两次。最初去的那一次,她在作家的无声无息的贤妻旁边坐了一晚,然后回来对同伴惶惑地叫道:

"他们为什么那样吵嚷呢?他们好像就要打架似的,但是第二分钟他们又坐在一起喝茶喝酒,吃菌子!那作家的妻常常拍我的背,好像我是一只猫似的!"

里狄耸动肩头,嫌恶地皱起鼻子,接着说:

"还有她的大肚皮——我不能忍受怀孕的妇人!"

"你们全是坏的。"鲁巴·梭莫伐叫喊,"至于我呢,我喜欢这些人。他们好像大节日——复活节或圣诞节——之前在厨房里的一群厨子似的。"

克里不高兴地一瞥这面貌平庸的姑娘。他不能不开始看出鲁伯夫会说聪明的话——为了某种理由这事实使他不喜欢。但是他却欣喜杜洛诺夫正在减少自信,那颓唐的神气日益显现在忧愁消瘦的脸上了。在他的尖声询问中有一种激怒的调子,而且他笑得太高太长,当马加洛夫嬉戏地解释什么给他的时候:

"那么,伊凡,你觉得科学怎样教育青年呢?"

"然而,老兄,什么是知识分子呢?"伊凡追问。

克里摆出教授架子用托米林的话回答:

"知识分子就是世间最好的分子,对于世间各种弊害必须负责的人们。"

"你是说上帝为他们的缘故而同意赦免所多玛和蛾摩拉[1]的那些义人们或同样无价值的什么东西吗?我可不是这种角色。不!"

---

[1] (Sodom and Gomorrah) 二城名,在今死海边,因其居民罪恶深重而为神所毁灭,见《圣经·创世记》第十八、十九章。

"说得不错。"克里想，而因为要想由他自己作出结论，复说了伐拉夫加的定义，"还有另一种见解：知识分子是一种高级的工人——不过如此！"

但是马加洛夫又扫了他的兴。

"这说得好像伐拉夫加的作风。"他批评。

九

克里对于马加洛夫的反感正在暗中增长。马加洛夫昂然高声吹着口哨，用一种从大城市来到小乡镇的人的眼光看着他。他时常随便说出俏皮话，那有趣并不亚于伐拉夫加的和托米林的。克里努力要发展他的独创一格的训句的才能，却觉得自己的话往往响得好像别人言语的沉闷应声。述说他所读过的东西的时候，他也经验着同样的失败。不论说得怎样正确，经他一说那东西就失去了它的光辉；而马加洛夫却能够即使复述别人的话也流利得像自己的一样。

有一天晚上，他和马加洛夫、里狄一同走去练习钢琴。当他们走过省长邸宅的时候，大门一开就出来两个花花公子，得意扬扬地扶持着一个胖得可厌的老妇人——省长太太。他俩用劲把她抬进她的马车里面。

马加洛夫叹了一声，对里狄说：

"普希金说得好，'献媚女人几乎是我们努力的唯一目的'。"

里狄微笑，够勉强地，但是克里又感觉到嫉妒的刺痛。

他被马加洛夫和里狄的种种暧昧行动所激怒。这是可疑的：被留意女学生们所损坏的马加洛夫却以一种看来不自然的严肃态度密切注视里狄，虽然他对她说话仍然是和对他所赏识的别的女性同样嘲弄。至于里狄，她分明地，有时甚至鲁莽地，强调着她不喜欢马加洛夫这事实。除此而外，克里觉察他们偶然的会晤次数更加多了；他们到卡丁家去参加集会似乎显然是除了彼此相见而外并无别的理由。

在市公园里所遇见的稀奇的场面更增强了他的这种信念。他和里狄同坐在老菩提树夹道的长凳上。光芒刺目的太阳正陷落在一片蓝色的乱云里，闪出一道深紫色的光焰。那红铜色的反光放射在河面上，河对面的工厂的烟变为红色，卖冰激凌的凉亭在窗玻璃上活跃着金红的火光。一阵温和的秋风轻轻吹过萨木金的面颊。

克里觉得疲倦和烦恼。那夕晖闪烁的河面使他记起波里士的灭亡，他的记忆里响着可恼的声音：

"但是真有过这么一个孩子吗？或许根本就不曾有过什么孩子吧？"

他很想要对里狄说些有意义而又有趣的话。他曾经试说了几回，但是失败了，并不能引起正在纳闷的这姑娘的注意。她大睁着的灰眼睛总是盯住河对面的深紫色的云。克里忽然记起马加洛夫告诉过他的一段神话。

"你知道吗？"他说，"亚力克山大里亚的主教说过堕落的天使和人间的女儿恋爱。"

仍然望着远方，里狄冷淡地说道：

"在我想来，圣人的恭维话是够廉价的。"

她的冷淡扰乱了克里。他沉默了，惊疑着这瘦长的无经验的姑娘为什么时常这样扰乱他呢，而且她是能够扰乱他的唯一人物呢。

忽然马加洛夫走来了，穿着破烂的制服，帽子偏戴在后脑上。靴子是塌跟的。他好像是刚从什么地方逃出来而且疲乏得什么也不关心似的。

"他信赖他的鲁莽面孔。"克里想。

马加洛夫默默地伸手给克里，握着后者的手在空中摇了两摇，然后庄重地向里狄举手敬礼，像一位军人似的。他点燃一支纸烟，挨着克里坐下。一会儿之后，他转身对着里狄，扭头向着夕阳问道：

"美呀？"

"常事。"她回答,然后站起,走开。

"我要到阿连娜家去。"她通知他们。

当她摇摇摆摆地走了二十步之后,马加洛夫低声说道:

"细瘦的小东西像一根针似的!古怪的姓氏——伐拉夫加。"

里狄忽然转身回来,又在克里旁边坐下。

"我改变主意了。"

马加洛夫拉正帽子,微笑,鞠躬。

以后就发生了克里十分惊异的事情。

马加洛夫和里狄开始谈判,好像他们曾经严厉地争吵过而且喜欢借这机会重新冲突似的。他们恼怒地互相瞪眼,他们毫不掩饰地说着要使对方伤心的话。

"只有美才使我欢喜。"里狄挑战。马加洛夫嘲笑地反驳道:

"你到底说的什么呀?这就足够了吗?"

"美就足够了!"

克里坐在他俩中间,插嘴:

"斯宾塞[1]说美是……"

但是他们谁也不理他。他们推挤着他,比手画脚地争着说话。马加洛夫拉脱他的帽子,用它的硬边痛打了克里的膝头一下。他的扫帚似的头发气势汹汹地直挺着,使他的秃鼻子的面孔显出克里未曾见过的凶相。里狄扯拉着克里的袖子,恼怒而轻蔑地露出她的牙齿,红色的斑点闪现在她的面颊上;她的耳朵是紫的;她的双手是抖颤的。克里还不曾见过她这样凶狠过。

他觉得他自己处于完全被人忽视的卑下境地。他一次再次决心要站起走开;但是他仍然坐着,惊异地听着里狄的言辞。她并不喜欢读书,那么她从哪里得来这些观念呢?在平常她很少说话。她一向避免争辩,

---

[1] Spencer(1820—1903),英国哲学家。

只是和美丽的阿连娜·提里卜尼伐或鲁巴·梭莫伐随意谈谈。对于她俩她能够谈一点钟,装着鬼脸低声诉说什么显然是很神秘的事。她轻蔑地看待同学中的男孩子们,而且并不掩饰这一点。

克里觉得她自以为比同年的同伴们至少年长十岁,因此忽视他们。但是对于这克里以为硬要惹恼她的马加洛夫,她却以认真到发怒地对他争辩,好像对一个必须折服的同等人物一样。

"回家的时候了,里狄。"克里恼怒地提醒她他的存在。

里狄起立,雄赳赳地直挺着。

"你想要自出心裁,马加洛夫,并不成功。"她鲁莽地说,但是她的声音并不粗粝。

马加洛夫也起立,鞠躬,一挥手把帽子推在一边,模仿着表演法国侯爵的四等伶人的姿态。

这姑娘的回答不过是扬起她的眉毛。然后她霍地一转身,拉着克里的手臂就走了。

"你为什么那样生气?"他问。

她把已经拖在一只耳朵上的头发推到后面,咆哮道:

"我不能忍耐这样的——他们怎样称呼他们的?——虚无主义者!他装腔作势,他吸烟。他的头发上有污点,他的鼻子是勾的。他是一个肮脏的顽童——这样说对吗?"

但是并不等待回答,她立刻就说出她刚才责难过的那人的一些优点:

"他溜冰溜得真好呀!"

十

经过这一场风波之后,克里对于那姑娘有些几乎近于尊敬的感情,也有些重视他这样意外地发现了的她的心理。他的这种感情由于意识到里狄的不信任,由于她听他说话的冷淡态度而增加起来。有时他恐怕里狄会察觉,会揭发他的某种坏处。他在许久以前就早已觉得年轻的同伴们是比长辈们更具危险的。前者更狡猾,更多疑,而后者的自大却具有单纯的心思。

虽然有时畏惧里狄,克里对于她却并不感觉不友好;恰恰相反,那姑娘时常引起他想要使她欢喜和克服她的不信任的欲望。他知道他并未和她恋爱;他还不曾受追求女性的欲望的支配,所以性欲并不很扰乱他。男女学生之间的私通情愫不过使他谦虚地微笑而已。他以为他自己是不会有这种事的,觉得读过那么些正经书而且戴着眼镜的一位青年演恋爱的角色是可笑的。他甚至停止跳舞,决定跳舞是在他的尊严以下的。他超然对待所认识的女子们,采取着哀戈·图洛波伊夫对待她们的那种冷淡态度。当阿连娜·提里卜尼伐热心地述说鲁巴·梭莫伐怎样在溜冰场上亲吻电报员伊诺可夫的时候,克里始终保持着昂然的沉默,唯恐有人怀疑他对于这种浪漫的细事有什么好奇心。所以,当他终于发觉自己在恋爱中的时候,他就受了格外厉害的刺激。

事情开始于一天早晨。克里恐怕上学太迟,正在冒着二月的紧密的风雪疾奔的时候,忽然在离那黄色的学校不远的地方迎头撞见杜洛诺夫。伊凡站在土埂上,一只手握着披肩的一端;另一只手捏着帽子,按着腹部。

"他们把我开革了。"他含糊地说。雪花在他的头上和脸上融解着,好像泪水似的,缓缓地从前额流到下巴上。

"为什么?"克里问。

"卑鄙的臭猪!"

"戴起你的帽子。"克里劝告。

伊凡慢慢地举起手,好像那帽子是铅铸的。雪已经落在它里面。他机械地把它戴在头上,连带着那些雪片;但是,一会儿之后,他又把它脱下来,抖抖它,断断续续地说道:

"全是因为勒支加。还有那教士。我是'败类',好像是的。'一般地说,'他们说,'你杜洛诺夫是这学校里的一个不应该有的偶然现象!'他们已经教过我六年了,而现在……托米林时常告诉我世上的人全都不过是偶然现象!"

在回家的路上,和杜洛诺夫并肩缓步着,克里留心听着,但是并不表示惊异或同情,而杜洛诺夫却不断地啰唆;他摸索着字句,然后恶狠狠地吐出它们。

"他们使我发疯了,这些猪!'败类!'就只因为我吻马格里它!"

"她!"克里用不相信的声调说。他放缓脚步看看杜洛诺夫。

"嗯,是的——但是他自己,这勒支加!……"

但是克里惊异而且恼怒,并不听他说下去。他回想着马格里它这女缝工,圆圆的白面孔,深深的眼窝里有着暗影。她的眼睛是近于黄色的,她时常作出疲乏的瞌睡状态。她大约三十岁了吧,克里想。她缝补他的和他的母亲的以及伐拉夫加的内衣衬裤,她"辛苦"了。

他惘然觉得甚至关于女人的事杜洛诺夫也抢在他的先头。

"嗯,她怎样呢?"克里问,想要多知道一些杜洛诺夫和那女缝工的事。

"只要他们不开除我就好了!"杜洛诺夫含糊说。

"她容许你吗?"

"谁?"

"马格里它!"

杜洛诺夫耸起肩头,好像要推开谁似的。

"嗯,什么女人会不容许你呢?"

"你和她弄了好久了吧?"克里追问。

"噢,不要管我的!"杜洛诺夫咆哮。他猛一转身就消失在白蒙蒙的雪地之中。

十一

克里沉思着走回家去。他不能相信那娴静的女缝工会愿意亲吻杜洛诺夫；或许他曾经强迫她了吧——自然，贪馋地。克里耸动肩头，想象着杜洛诺夫吻她时翘起嘴唇吮吸的情态。

在家里，当他放下他的东西的时候，他听见他的母亲在客厅里弹着一支不熟识的曲子。

"为什么回来得这样早？"她问。

克里告诉她杜洛诺夫的事而且说道：

"我没有去上课，或许他们全都在嚷闹着咧。伊凡是一个高才生。他帮助过许多同学。他有一些朋友。"

"不去上课是你的聪明。"克里的母亲说。她穿着新的蓝色便服，显得格外年轻和漂亮。她咬着嘴唇，窥看镜子。

"跟我待一会儿。"她指示她的儿子。她用庄重的轻步伐在房里踱来踱去，然后柔和地说道：

"勒支加警告我必须严厉对待伊凡。他买了一些违禁的小书和不端的照片带到学校里去。我告诉勒支加这或许并没有什么要紧，不过是杜洛诺夫的好奇和夸张而已。"

克里认真说道：

"是的——夸张，或是年轻人爱好手枪的那种性格。"

"说得很恰当。"他的母亲微笑着称赞他，"但是有害的书和不端的照片——那确是腐败性格的表征。"

"勒支加说得好：学校的目的是要发展人们装饰和丰富生活的各种才能。现在杜洛诺夫已经能够怎样装饰生活了呢？"

克里微笑了。

"可怪的是杜洛诺夫和那蓬头的癫狂的马加洛夫会成为你的朋友。

你是和他们很不相同的。你必须知道我相信你的好品性,并不替你担心。我想你是被他们的表面聪明所吸引吧。但是我觉得他们所显露的不过是活泼伶俐罢了。"

克里赞同地点点头,他的母亲的话使他喜欢。他知道马加洛夫、杜洛诺夫,以及别的一些同学比他谈话更伶俐。但是他自信其实他比他们更聪明,不在言谈上,而在某种更坚实更深奥的意义上。

"自然,伶俐是一种有用的性格,但是靠不住。说得客气些,它往往变为不诚实。"克里的母亲继续说。她所说的越来越投合克里的心意。他站起来,紧紧抱住她的腰,然后忽然放开她,缩回他的手。在这一瞬间他才第一次感觉他的母亲是女人。这使他如此惶惑,以致忘却了他曾经想要对她说的亲热话。他侧身离开她,但是她抓住他的肩头,把他拉拢来。然后她谈论克里的父亲和伐拉夫加,以及她和克里的父亲分离的种种理由。

"许久以前我早就应该告诉你这个,但是,看你顺从且明白事理,我以为并不必要。"

克里吻她的手。

"是的,妈妈,那是不必要的。你知道我很尊敬提莫菲·斯蒂班诺维奇。"

他正在经验着一种新的兴奋。窗外的风雨无声地沸腾着。在房里淡淡的暗影之中,各种东西都似乎沉入苦心焦思,似乎越来越凄凉。伐拉夫加喜欢彩色画帖和瓷器。克里的父亲走了之后,全部家宅已经改变了性质,变得更舒服,更好看,更温暖了。这面貌庄严的漂亮女人对于这青年现在显然比以前更加亲近。她以一种平等的、同伴的态度对他说话,甚至她的声调异常柔和而且明朗。

"里狄使我不快活,"她立刻说,走近她的儿子,"她不是正常的——由于她的母亲方面的遗传,一件严重的事情。记得她和图洛波伊夫的事吗?自然,那是孩子气的,但是……况且,我和她的关系并不是我所愿意的。"

看着她的儿子的眼睛,她微笑着问道:

"你没有和她恋爱吧?一双小——眼睛?"

"不!"克里坚决地回答。

她用一种不高兴的声调谈了一会儿里狄;然后站在镜子前面,突然问他:

"或许你缺少零用钱?"

"我很有钱,够用的。"

"我的亲爱的,"克里的母亲说,拥抱他而且吻他的前额,"到了你的年龄人就不必以某种欲望为羞耻。"

克里忽然明白她问到钱的意义,他很难为情,不知道怎样回答她。

十二

午餐之后他走进阁楼去看杜洛诺夫。马加洛夫在那里站着,把一只肩头靠在炉砖上,向着天花板喷出烟草的烟云,同时用一个手指摸着他的上唇上的黑影。杜洛诺夫盘着一只脚坐在吊床上,像一个裁缝匠似的,正在呵斥:

"你说谎!我无论如何要设法爬进大学里去!"

克里后面的门又开了。里狄站在门道里,皱着眉头。

"你们在这里熏鱼吗?"

杜洛诺夫凶狠地叫道:

"关门——现在不是夏天哪!"

马加洛夫默默地向这姑娘点点头,用他的旧烟头点燃一支新烟。

"讨厌的臭烟!"里狄说,直冲到窗子面前,窗子被雪封闭着。她停在那里,转背对着别人们,询问杜洛诺夫关于他被开除的事。杜洛诺夫的答话是恼怒而且勉强的。马加洛夫斜起眼睛,从烟幕中默默考察着这姑娘的深褐色的细小身材。

"伊凡，你为什么给人看那样愚蠢的书呢？"里狄变更了话题，"你给鲁巴·梭莫伐看《要干什么》吗？但是那是最无聊的小说！我曾经用心读它，总读不下去。全部书还不值得屠格涅夫的《初恋》的两页。"

"少女们喜欢酸甜。"马加洛夫说。好像对于他的不成功的反攻觉得难为情似的，他用力吹掉他的纸烟烟灰。里狄不回答。克里觉得她有意刺激某人的痛处，而且忽然以为他自己就是那牺牲者，当她挑战地说出这话的时候：

"把女人让给别人的男子，自然，不过是一块废料！"

克里整顿他的眼镜，教书先生似的说道：

"然而，倘若我们看看赫生的男女之间的关系的历史……"

"那用咒语魅人的作家的《从彼岸》吗？"里狄问。马加洛夫爆发了大笑。他把他的纸烟压碎在炉砖上，把那已熄的烟头向门上抛去。

"你为什么这样好笑？"这姑娘对他发火了，于是在几分钟之内，克里在市公园里所亲见的那一幕戏又重演在他面前。但是这一回马加洛夫和里狄都甚至更为辛辣。

他仔细静听他们争论，觉得虽然他们叫嚣着他所熟识的言辞，而这些言辞是被空泛地使用着的，而且它们的含意被争论者各自随意曲解。马加洛夫的急促的姿态使克里记起陷溺中的波里士·伐拉夫加的手的乱动。里狄的脸，以及那大眼睛，变为一副不认识的、时常使他茫然不安的新面孔。

"不——他们并不互相恋爱，"萨木金想，"他们并不互相恋爱——这是明显的。"

杜洛诺夫在吊床上悠悠地摇来摇去，间或用他的鼓眼睛一瞥争论者。他的扁脸随时都会歪扭成一种谦卑的嘲笑之态。

里狄忽然从她的椅子上跳起来，走出去，用劲嘭地关上门。马加洛夫用手掌揩揩他的流汗的前额，疲乏地喘息道：

"她恼了。"

当他点燃一支纸烟的时候,他说:

"她是聪明的。好,再见!"

杜洛诺夫在他后面微笑,侧身躺在吊床上。

"他们装腔作势。"他闭着眼睛小声说。然后他问坐在桌边的克里:

"里狄,现在——你听见她说的吗?她向他挑战,好厉害!'恋爱中没有宽容!'不是吗?她要弄得好几个人头昏咧!"

杜洛诺夫的粗野的语调,并未引起克里的愤怒,因为他早已听过马加洛夫的这种解释:

"伊凡其实是一个好人。他说坏话只是因为不敢说别的,他恐怕说别的就会显得傻气。他的粗野,以他的地位而论,是一种招牌,好像救火会员要戴那白痴的铜盔似的。"

听着烟囱里面的呼呼的风声,杜洛诺夫用同样可厌的语调继续说道:

"我有一个朋友,一个电报收发员——他教我下棋。他的棋是有名的。他还不老——大约四十岁模样——但是他的头秃得像这炉子似的。关于女人,他告诉我,'客气点说,她们是"巴巴"[1],老实地说,她们是"拉巴"[2]。按照自然之理她们是定规来生孩子的,但是她们偏爱竭尽全力扮演娼妓'。"

他忽然从吊床上跳下来,好像受了刺激似的,而且用拳头打墙。

"你们说谎,你们这些鬼!我一定要进大学!托米林已经答应帮助我!"

克里耐心静听杜洛诺夫咒骂勒支加和先生们一会儿之后,漫不经心地问道:

---

[1] 村妇。
[2] 贱妇,奴婢。

"那么，你和马格里它是怎样干起来的？"

"什么怎样干起来的？"杜洛诺夫并不立刻回答。

"那么，现在，这——恋爱？"

"恋爱。"杜洛诺夫故意重复，点点头，"那当然是碰机会。当初我们相互亲吻，后来就什么都干。兄弟，这不过是闲话！"

他又开始谈论高等学校。克里听了一会儿就走了，并不曾发现他想要知道的事。

第四章

一

他觉得他自己像奴隶似的,被关于里狄与马加洛夫、伐拉夫加与他的母亲、杜洛诺夫与女缝工的种种思想所役使。但是这些不可动摇的思想的兴起似乎只是由于好奇心,并不由于别的什么。倘若以为人与人之间会有超出他的理解力之外的某种关系和情感,那是太屈辱的。他的心里充满了关于女人的种种思想,其中集结着对于他重要而且真切的各种事情;别的一切都后退到次要地位,由此而褪色为半梦半真的奇异性质。

也就在这半梦之中,他朦胧觉察厢房里卡丁家中进行着吵闹的生活。那里已经出现一个长头发男人,有一副瘦削的、苍白的呆脸。他一点也不像小百姓,但是他穿着小百姓的服装:灰色土布的长外套,同样材料的蓝工作衣和裤子,高齐膝盖的厚毡靴。他时常挥舞着他的瘦手,或拍打他的陷下的胸膛。他僵直地抬起头,好像有人重重地打过他的下巴一下,从此之后,他就这样抬着头,再也不能低下来,只好永远向上仰望似的。他主张人们应该放弃城市的腐败生活,退入乡村去耕田。

"陈旧的老调!"样子好像一个奶妈似的那男人嘲笑,作了一个拒绝的姿势。作家附和道:

"我们已经试过了。我们烧我们的手指[1]!"

那假装小百姓的男人用宣教士在讲台上的腔调说:

"两等盲人!两等心怀贪欲,传播势利之邪说;我教尔等以幸福与亲睦之道。我将述说吾师真言:变为纯朴,尔等乃地之子,弃绝尔等所捏造而使尔等盲目的一切虚妄的文饰。"

从火炉所在的那一角里响起来托米林的声音:

"你愿意要珠宝店的假犁头吗?这样归真返璞不是成为回到野蛮了吗?"

克里觉得先生的语调更高;词句更为确定,更为苛刻。他的脸,比以前更苍白,变为越发毛发蓬松了。他的燕尾服的肘部是摩擦破了的,裤子的后部有一块深灰色的三角补丁。他的瘦弱的脸上的鼻子已经变得更尖锐了。他屡屡歪扭地微笑,摇摇头,这时他的拖到腮上的红头发就和胡须缠绕着。他耐烦地用双手把这些乱发推到耳朵后面。他比其余的任何人都更为镇静地和那小百姓装扮的男人争辩,又和另一个秃头红脸的男人争辩,后者断定人民的唯一得救之道是酿牛酪和养蜜蜂。

克里被这些论客的多种矛盾和各自防卫其真理的固执弄得精神沮丧。那小百姓装束的男人道貌岸然地谈论托尔斯泰和基督的两位圣徒——教会的和通俗的;说到欧洲,那是正在由于淫欲过度和精神贫乏而濒于灭亡了的;说到科学的虚妄,他特别讨厌科学。

"在科学中隐藏着我们的一切妄想的根源,它里面有一种使灵魂破

---

[1] 自寻苦恼。

碎的毒质!"

从那一张长沙发上——它的内部的填塞物已经像胡须似的从破套子里伸出来了——跳起来一个戴夹鼻眼镜的金毛的小男人。他用一种压倒一切别的声音的低音呵斥道：

"野蛮!"

"真是。"作家附和。

托米林疑惑地观望着。

"你真以为倒转回去到迦勒的牧羊人[1]的宇宙观是可能而且有益于我们的吗?"

"农村手工业! 瑞士——有这一国!"那秃头男人用粗粝的声音努力说明给作家的妻，"牧畜，干酪，奶油，皮革，蜂蜜，木材! 用不着工厂!"

戴夹鼻眼镜的男人的有力的低音制服了这些吵嚷和言辞的骚乱。他也是一个作家，他编纂通俗的、教育的小册子。他是这样细小，以致他的黑发拖到窄肩上的大头好像是属于别人的。夹在黑发之间的苍白面孔似乎只是轻描淡写的。他的全体显出一种未完成的模样。但是他的深沉的低音有难以相信的威力，像水泼在余烬上似的，一下子就浇熄了一切叫嚣。他会跳到房间中央，像酒醉的水手似的摇摆着，用手在空中画圆形或椭圆形的天文图像，而且讲演类人猿哪，有史以前的人哪，宇宙的构成哪，说得这样确信无疑，好像他自己曾经创造宇宙，布置天河，安排星座，燃起太阳，推动行星似的。每个人都留心静听；杜洛诺夫渴望地张着嘴，定睛看住这演说家的含糊面貌，好像正在期待着在任何一分钟之中就会有能够永远解决一切问题的话说出来似的。

那小百姓装束的男人的面孔始终是呆滞不动，在那演说的进行中，

---

[1]《圣经》。古巴比伦之牧羊人，善观天象。

他的表情越来越变为石像。演说一完,他就立刻以传教的态度说道:

"虽然自远古以来天文家们就已动脑筋推测天体的神秘,他们不过是唤起恐怖而已,姑且不说曾经创造各种重要事物的那精神的存在被他们所否认……"

"不见得,"托米林插嘴,"譬如法拉马龙[1]……"

不愿被打岔,那托尔斯泰主义者进而描写一种不可思议的可怕景象:渺茫无边的哑默的黑暗;在其中,"天河好像金色毛虫似的抖颤和蠕动;大千世界忽生忽灭"。这是说得颇为巧妙的,克里以为。

"在闪烁于不能克服的黑暗里的无数星群之中,我们的渺小地球,这忧患的尘世,是不足道的。那么,来——试想想看,在黑暗的空虚中,在定规要消灭的烈焰沸腾的那些太阳之中,你的孤寂的可怕,你的微小的可怕。"

克里颇为镇静地听完这些可怕,不过偶尔有一种不快的寒颤通过背脊。这演说者的态度比之题材更使他觉得有趣。他已经听过那大头作家狂喜地谈论宇宙构造,但是这把自己装成小百姓的男人也以同样欢情描画地球在宇宙间的孤寂的恐怖。

这些言辞有一种强烈的影响在杜洛诺夫上。他会缩成一团,像受凉似的发抖,而且小声问克里或马加洛夫:

"你以为他们之中谁是对的——呃?"

他敏感地用一个指甲搔搔左边的眉毛,咕噜道:

"是——是的。一塌糊涂!人必须学习。高等学校所给人的那一点智识铜币买不到什么。"

马加洛夫并不满意于卡丁家里进行着的这些争论。

"他们知道一些,而且知道怎样把它说出来,不过如此而已;但是,虽然他们给人以光亮,他们并不给人以温暖。而且——这一切全不是重

---

[1] Flammarion(1842—1925),法国天文学家,唯心论者。

要的事。"

杜洛诺夫伶俐地问:

"但是什么是重要的事呢?"

"伊凡,这是愚问。"马加洛夫厌烦地回答,"倘若我知道,我就是最圣的圣人了。"

二

在这一场言语的持久战之后,夜深了,三个青年护送托米林回去,杜洛诺夫在路上对他提出他的问题:

"谁是对的?"

托米林慢慢地走着,仰望星斗。他勉强说道:

"这问题是不适当的,伊凡。这是思维宇宙的两种习惯的不可避免的冲突。这两种习惯都自远古相传而来,而且完全不能调和。它们将要时常把人们分离为唯心论者和唯物论者。谁是对的?唯物论更简明、更切实和更乐观;唯心论是美丽的,但是硗薄。它是高贵的,它对于人要求更多。在一切关于宇宙的思想体系中都潜藏着——或多或少技巧地——悲观主观主义的因素;而在唯心论中更多这种因素,比之和它相反的体系。"

在沉默中他的步伐缓慢到近于停顿,然后他说:

"我并不是唯物论者。但是我也不是唯心论者,而这些人全是……"

他耸动肩头。

"他们是学识低下的。因此他们都是信仰者。他们粗浅地记诵古代思想。当然,每一种思想都有一点无可疑的价值。当人严正地研究某一观念的时候,即使它的条理并不明白,也能成为别的种种观念的无穷连续的刺激物。好像一颗星,它散布它的光线在各方面,但是,当这思想的实际应用的过程一开始,它的绝对的、纯粹的价值就消失了。礼帽、雨伞、睡帽、眼镜和唧筒,这些东西都是由于我们渴望明朗、秩序和平衡的纯粹思想所演绎出来的。"

他站住,用手指指背后。

"虽然拜伦写的是韵文,那里面并非不常有一些最深奥的思想;这些思想之一是:思想者自身比之他的思想较少真实。那边那些人并不知道这个。"

他疲乏地、含怒地结束道:"人是自然界的一种思想器官,此外他并没有什么价值。经过人的作用,事物努力达到它自身的被充分认识。一切道理都在这里。"

他们到了托米林的房间,向他告别之后,杜洛诺夫说:

"他摆起架子来了,好像他已经就职为主教似的。可是,他的裤子上还有一块补丁。"

三

这一切思想、言语、印象达到克里的意识是间接经由别的某物的。他的记忆,虽然努力要使它自己解脱某些单调的影像的过度重负,却不由自主地使它们复活起来。记忆似乎以一种神秘的力量正在生长,好像一株小树忽然茂盛似的,看着这种光景有点羞惭,但是怪有趣的。他曾经看见过一些他以为应该认为无耻和不端的许多有趣的光景。当时他不能不闭起他的眼睛。他见过阿连娜的光滑的大腿,当她滑冰跌倒的时候;他见过那婢女的裸露的奶包,好像甜瓜似的,当她睡着的时候;他的母亲坐在伐拉夫加的膝上;作家卡丁亲吻他的妻的肥壮的膝头,当她半裸着坐在桌上的时候。

作家的妻,沉默而且柔媚得像一只猫似的,时常倒茶给晚间的宾客。每年她都怀胎。当初这使克里嫌厌。他觉得恶心,赞同里狄的意见:胎妇有些恶浊。但是自从看了她的光膝头和陶醉的笑脸之后,这对每个人都一团和气的妇人就引起了他的好奇心，在这种心理状态之中并无洁癖存在的地位。

甚至她的大鼻子妹妹，像必须讨好主人的婢女正在受试验似的，小心伺候着宾客们——甚至于说不出名目的姑娘台尼亚·古里科伐也都引动克里注意她的由光洁的布围裙紧箍着的丰满的胸部。克里曾经听见过作家卡丁呵斥他的妻妹：

"我是无可责备的，因为自然创造出什么也做不出来的这些姑娘——甚至连腌菌子都不会！"

那时克里只觉得他的公鸡似的叫嚣是可笑的。但是现在他觉得这黑头发的大鼻子姑娘被虐待了，甚至有些同情——这不但因为这一班无足轻重的人们对谁都和气而且从来不曾用什么问题或要求麻烦过他。

有一天晚上，克里拿着一本新出的杂志到作家的房里。卡丁摇着一封揉皱的信迎接他，高兴地大声嚷叫：

"青年，你知道吗，两三个星期之内你的伯父就要从流放地回到此地了。到底，慢慢地，老鹰们正在飞翔拢来咧！"

他们背后轧啦地一响，从开着一缝的门缝里露出作家的配偶的惶恐面孔。

"开始了。"她说，立刻就不见了。

"我的妻正在生产，等一等——她和我一下就办好了！"卡丁从桌上抓起一盏廉价的铜灯，而后消失在用纸糊着的窄门道里。克里被遗留在那里，陪伴着六七把维也纳式的椅子，和一张堆积着书籍和报纸的小桌子。还有一张较大的桌子塞满在房间中央。它上面有一个熄灭的茶炊挺立在一些散乱的未洗的盘碟之中。一边放着一支已经拆开过的双筒枪。靠墙的一只黑色长沙发，它里面的填塞物都穿孔而出；它上面悬挂着柴可夫斯基和涅克拉索夫的画像。在一个金色玻璃框里的是矮胖的赫生盘脚坐着的肖像。他旁边是萨尔台可夫的严峻的、多须的面孔。克里对于这一切觉得一种凄惨的贫乏，并不是使这作家不能按时交房金的那种贫

乏,而是另一种无望的、惶恐的、很动人的贫乏。十分钟过后,作家跑出来,坐在桌子的一角里,夸张道:

"她十分容易生产,但是孩子都不活!"

后来他倾身向前,把手支在桌上,用急迫的低声恢复了已经中断的关于克里的伯父的谈话。

"甲可夫·萨木金是俄国历史这只船的水手之一,这些水手们曾经尽其能力催促这船驶到自由与真理的岸上。"

然后他又称甲可夫·萨木金为舵工、铁工和使徒。"他们飞翔——这些鹰正在飞翔!"他兴奋地重复说,同时他跳起来,消失在那门后面,从那里正在传出来一声比一声高的呻吟。克里赶快就走,恐怕作家要回来讨论克里拿来的那杂志上所印着的他的小说。这小说并不比卡丁的别的作品更好。它里面描写着童真的、纯朴的小百姓们。他们,照例,是在等待上帝的真理的来临;这是由一个乡村教员预约给他们的,这教员是思想虔诚的男人,被两个仇敌所迫害:一个乡村的无情的剥削者和一个狡诈的教士。

四

在家里,克里通知他的母亲,他的伯父要回来了。她对伐拉夫加投去疑问的一瞥,后者正在低头在餐盘上,冷淡地说道:

"是,是的,历史命令他们退休的那些人逐渐从他们的'远游'回来了。我的公事房里有三个这种人在工作。我必须承认他们是优良的工人。"

"但是……"克里的母亲迟疑。

"以后再谈。"伐拉夫加说。

克里以为伐拉夫加不愿在他面前谈论它,觉得这是欠圆满的,疑问地望着他的母亲,但是碰不到她的眼光。她正在注视伐拉夫加,而后者,倦怠的和须发散乱的,正在饥饿地吞吃火腿。立刻来了勒支加,跟在他后面的是那律师。克里的母亲和这两个男人几乎一直玩到半夜。克里以为他们的音乐比以前更使人陶醉。它使他在这样一种牧歌的情调之中,以致在说"晚安"吻他的母亲的手的时候,他降服于在他完全是新异的某种情绪,小声说道:

"我自己的,我的亲爱的!"

他的母亲紧抱着他,默然拍拍他的脸,而且用温柔的嘴唇吻他的前额。

当他躺在床上的时候,他又被关于生活的那种势不可当的好奇心所困惑。他回忆最近他和马加洛夫的一次谈话。当克里通知他杜洛诺夫和那女缝工之间的事的时候,马加洛夫含糊说道:

"这是怎么回事!这畜生!"

他说得既不厌憎也不妒羡,既不气愤也不惊异,在这么一种声调中,那最后三个字似乎是多余的。然后他微笑,告诉克里:

"我的房东,一个邮政局员工,正在学习四弦琴[1],因为他爱他的亲爱的妈妈,不愿意由于结婚而使她感觉不好。他说,'一个妻到底是一个外人。自然我要结婚,但是要等到我的亲爱的母亲去世之后'。每星期六他逛一回妓院,逛完就洗澡。他这样热心地操练了五年,但总不过是练习。他觉得若非经过这一切练习,一来就演奏正式曲谱是有害于手和耳朵的。"

马加洛夫忽然沉默而且皱着眉头。

"你到底是什么意思?"克里问。

"我也不很明白,"马加洛夫回答,仔细观察着他的纸烟上冒起的烟,"这和伊凡·杜洛诺夫有些关系。虽然伊凡或许说谎,并没有过那回事。可是,他贩卖脏照片却是真的。"

---

[1] 英译 Fiddle 有两意,一为四弦琴,一为狎亵,此处宜为双关谐语。

他摇摇头，伤感地继续说：

"一种愚顽的情绪。除了那一件事而外百事无心。人并不感觉自己是一个人，而只感觉人的各种器官之一。这是讨厌而且恶心的，好像某个教师曾经向你注入这种话：你是一个公鸡，所以你委身于选配给你的母鸡吧！但是我——我想要，也不想要，母鸡。我并不想玩什么练习。你是一个聪明人——你也有这样的感想吗？"

"不！"克里决定撒谎。

他们沉默了一会儿。马加洛夫跌落在椅子里，低着头。克里注视着他，问道：

"那么，你怎样看待女人呢？"

"敬畏鬼神似的。"马加洛夫气恼地说。他站起来，抓起他的帽子。

"好，我必须走了！"

当他想着马加洛夫的颓唐的时候，克里开始责备托米林。这人必定知道这些事的。为什么他不说慰解的话，可以解决那神秘及排除羞和怕的话呢？克里曾经几次故意——甚至像马加洛夫那样固执地和直率地——试行和那教师谈论女人。但是托米林对于他的企图是这样异常聋聩，以致有一次克里愤愤地对杜洛诺夫说：

"他装昏，这红毛鬼！"

"他必定有一种隐痛。"杜洛诺夫说，微笑着。杜洛诺夫的狡猾的一笑使克里记起花园里的那一场戏，迫着他疑虑到"他看见那一切了吗——他知道它了吗？"

然而，有一次，这教师降服于马加洛夫的猛攻，他冷淡地说道，眼睛并不看着这些青年人：

"人必须用韵语来谈论女人；没有调味剂，食物是不可口的。而我不喜欢韵语。"

仰望着天花板他劝告：

"读叔本华[1]的恋爱的形而上学吧。在它里面你可以发现你所需要的各样东西。托尔斯泰的《克鲁采[2]奏鸣曲》是它的好注解。"

五

他们三个逐渐减少去访问托米林。去的时候,他们时常发现他在看书,两肘支在桌子上,双手按住两边耳朵。有时,他躺在吊床上,拱起两腿,把书搁在膝上,口里衔着一支铅笔。他永远不回答敲门的声音,甚至敲到三四次。

"我并不是女人,"他解释,而且说道,"我并没有裸体,"略一思索之后又说,"我并不曾结婚。"

在地板上踱来踱去,他调教他们:

"在观念界中必须把人分为两类:有些人在寻求什么,而有些人在隐藏自己。第一类人认为发见达到真理的正路是必需的,无论那路通到什么地方,甚至要经过地狱,以致毁灭寻求者。第二类人只愿隐藏自己,隐藏自己对于生活的畏惧和对于生活之谜的无知——隐藏在一种便宜的观念之中。一个托尔斯泰主义者是一种喜剧的典型人物,但是他,在一种十足的姿态之中,提供给我们隐藏自己这一类人的明证。"

克里看见马加洛夫弯腰注视着先生的脚,好像他正在等候托米林失足跌倒似的——不耐烦地等候着;然后迫不及待地大声提出他的问题,好像要唤醒沉睡中的某人似的。但是他得不到回答。

听着先生的沉思的声音,观察着他的状貌,克里推想:哪一种女人会和托米林恋爱呢?或许是某种家常的、无意义的女人吧,像台尼亚·古里科伐或卡丁的妻的妹妹似的已经完全放弃恋爱希望的女人们。但是

---

[1] Schopenhauer (1788—1860),德国哲学家,厌恶女人,否定情欲。
[2] 古德国所用的一种小铜币。

这种推想并未妨碍克里听到那些铜质的金言和似是而非的警句。

"达到真实信仰的路是在无信仰的沙漠中。"他听见,"信仰,作为一种方便的习惯,比之怀疑更为有害。较为热烈的信仰并不是正常情结——甚或是一种病态心理。在歇斯底里病患者之中,在疯人之中,我们才看见有信仰者,像沙孚纳洛拉[1]或阿弗伐康大主教[2]这一类人。最好的也不过是心志薄弱的人们,像阿西西的圣弗朗西斯那样。"

杜洛诺夫间或提出社会问题,但是这先生不是置之不理就是不高兴地说些莫名其妙的话。在这些话之中克里只记得这么一节。

"以为人们的能力集结在一种组织中,在一个党中,就会增大那力量,这是错误的。恰恰相反:人们,因为把他们的意志、希望、责任都寄托在一个领袖上,就会降低他们个人能力的热度和高度。能力的理想的表现是《鲁滨孙漂流记》。"

马加洛夫时常首先讨厌这些漫谈。

"好,我们该走了。"他说,鲁莽地。托米林和他们握手。他的手是潮热的。他神思恍惚地微笑着,从来不邀请他们再来。马加洛夫对于托米林越来越无理。有一次,当他们从先生的房间的楼梯上走下来的时候,马加洛夫似乎故意地高声说道:

"这红毛家伙使我想起一种全身有毛的大毒蜘蛛。我从来不曾见过它,但是,据何里左托夫的《古自然史》上说:'这种蜘蛛是有用的,当浸在油里的时候,它们可以作为医治它们自己所咬伤的创痛的最好的药。'"

杜洛诺夫对于这恶谑怪声大笑。克里却一直到家还在思索着它。当到家的时候,他忽然听见客厅里有一种奇异的窸窣之声和琴弦的铮铮,

---

[1] Svaonarola(1452—1998),罗马多米尼教团之修道士,道德改造者,被处火刑。
[2] Avvacum,俄国正教派,反对俄皇的宗教改革,屡经迫害,坚执不屈,卒于一六八一年受火刑。

好像那搁在那里的勒支加的低音提琴正在复习晚间它奏过的歌曲，想要重奏一遍给它自己听似的。这思想闪过克里的心中，引起不可思议的惶恐。他屏息静听着。这声音分明是从客厅里来的，并不是从它上面里狄有时在深夜弹钢琴的房间里来的。

克里点燃一支烛，拿起一个哑铃，走进客厅。他的膝头发抖。那提琴响得更高，窸窣之声更显明。他恍然大悟，觉得放心了；或许有一只耗子在那乐器里面吧！他小心地把它拿下来到地板上，就有一只小耗子，小的像黑油虫似的，从它下面滚出来。

一线灯光从他的母亲的寝室流入她的黑暗的书房。

"她还不曾睡。我要去告诉她耗子的事。"克里决定。

但是当他走到开着的寝室门前的时候，他惊退了。夜灯的光辉照着他的母亲的脸和她的裸露的手臂，那手搂着伐拉夫加的多毛的颈项。他的毛头压在她的肩上。她是仰卧着的，面孔向上，嘴微张着；显然睡熟了，伐拉夫加一阵一阵打鼾。为了某种理由他似乎比白天更小些。关于这一切，其间有着可耻而又刺心的某物。

克里回到他的房里，上床去睡，深为激动了。他的扰乱的心开始幻想。人像一个跟一个地浮现于冥冥之中：团胖的鲁巴·梭莫伐，以及美人儿阿连娜·提里卜尼伐，和她的任性地噘起的嘴唇，她的大胆的蓝眼睛，她的娇懒的举动，她的圆朗而威重的声音。但是里狄的熟悉的形象掩蔽了别的那些形象。想到她，克里就迷失在一种极其错综复杂的情绪之中。他认为里狄并不美，而且时常很不高兴；但是他对于她感觉到一种无法克制的引诱力。他在暗夜中对于少女们的种种思想具有一种明显性质。它们在他的身体内引起一种奇异不安的紧张，以致使他记起他所读过的一本可怕的书，台尔诺夫斯基教授所著的论手淫之害的书，这是在许久以前他的母亲偶然放在他面前的。他从床上跳起来，抓起一本小书，孟希可夫的《恋爱论》。这书是乏味的。它并不曾论及正在扰乱萨木金的这种情绪。窗外风正在摇曳树木。树叶的窸窣提示了百鸟纷飞的景象，和跳舞会中衣裙波动的景象，以及勒支加所布置的高等学校里的晚会的景象。

六

在黎明中克里才入睡，疲乏而且心绪低迷。这一天是星期日。早弥撒已经快要完了，钟正在响。一阵四月的雨在窗外乱打；流水管发出单调的金属声音，克里凄然想道：

"或许我必须经历马加洛夫正在经验着的那种苦恼吧？"

现在一想到马加洛夫就不能不想到里狄。在里狄面前马加洛夫时常变为激昂。他的声调比平常高，他的言辞比平常大胆和嘲弄。但是同时他的严厉的面孔变为柔和，而且眼睛闪出喜悦的光辉。

"高等学校因为马加洛夫喝酒想要开除他，真的吗？"里狄曾经冷淡地问过他，但是克里知道她的冷淡的神气是假装的。

他的房门悄悄地开了，走进来一个新来的婢女。她是矮胖而且愚蠢的，有一管反卷鼻子和两只灰色眼睛。

"你的母亲问——你要喝咖啡吗？因为我们快要吃早饭了。"

她的白围裙紧箍着她的胸部。克里想到她的两只奶必定坚实得像她的两瓣屁股一样。

"我不要什么咖啡。"他愤愤地回答。他忽然觉得里狄和马加洛夫的事比之高等学校里男女学生之间的常有的事更为傻气，而且问他自己：

"我或许不全在恋爱之中，而只是不自觉地降服于一种色情的氛围，想象出我现在感觉着的各样？"

但是这推测，并未使他安静，却不过使他想起沉醉的马加洛夫的昏话，那时马加洛夫在椅子里摇摆着，用手指梳理他的杂色头发，用醉倒的笨舌头吃吃说道：

"生理学上说我们只有九种器官是在进步的发展状态中的，有些器官是衰亡了的,所谓因退化而失其作用的遗形——你懂吗?或许生理学说谎?或许我们也有趋于衰亡的退化的情绪。试想对于女人的渴望是一种退化的情绪吧——所以这样痛苦,这样酷烈,呃?试想男人想要依照托米林的学说而生活,呃?大脑,创造的研究精神的府库——鬼惹它——已经正在开始理解恋爱是一种偏癖了吧,呃?或许手淫、鸡奸,原本是想要解脱妇女而自由的一种努力吧?嗯,怎样?你以为如何?"

他提出这些问题的时候,克里还不曾被这些事情所困扰,所以他的同伴的醉话在他心里只引起一种嫌憎的反感。但是,现在,他觉得"解脱妇女而自由"这话似乎一点也不蠢。他几乎欣喜地提示他自己那时马加洛夫是越来越沉醉了的,虽然其实马加洛夫显然正在变为更清醒,而且有时他这样深思冥想,好像忽然聋了和瞎了似的。克里曾经注意到马加洛夫点燃纸烟的时候,并不熄灭火柴,却故意让它自行烧尽在烟灰碟里,或者捏在手指里,一直等到它烧完。时常被灼伤的两个手指已经变为黑色而且结茧,好像锁匠的手指似的。

克里并未问他为什么要这样做。他偏爱静观默察,不问什么,因为他记得杜洛诺夫的不成功的企图和伐拉夫加的刻薄话:

"蠢材比真有研究精神的人更多问问题。"

有一次,马加洛夫拖着脚走来,带着一本无名作家的书,叫作《妇女的胜利》。他这样热忱地赞美它,以致克里用心细读了那肥厚的小书一遍,但是并未发现其中有什么卓越的东西。那作家呆板地复述着奥维德与考琳娜、彼特拉克与劳拉、但丁与贝雅特里齐、布卡西俄与非安米它的恋爱。这书里充满了用散文译成的哀歌和小诗。克里疑惑它里面真有什么东西使他的同伴这样倾倒。他终于询问了马加洛夫。

"你不懂吗?"后者惊异地反问。他打开书,读出作者的绪论的第一节的一句:

"'克服唯心论的同时就是克服女人。'这是真理呀,你看。文化的高度是由对于女人的态度而决定的——你懂吗?"

克里点点头,然后,看着马加洛夫的严厉的面孔,大胆而美丽的眼睛,他想道:《妇女的胜利》使马加洛夫这样感动的是奥维德和布卡西俄的犬儒主义的纵淫,而不是但丁和彼特拉克的故事。无疑地,这书在某种情形之下必然影响里狄。

"其实,它是何等简单的呀!"他想着,同时低眉看着马加洛夫,后者正在兴奋地谈着抒情诗人们,比武,决斗。

七

当克里走进餐室的时候,他的母亲弯着腰开窗子。可是打不开。同时房间中央站着一个衣服褴褛的男人,穿着高齐膝头的肮脏长靴。他的头向后仰着,张着嘴,从一张纸上倒些白粉在伸着的舌头上,那舌头卷成一只小舟似的。

"这是甲可夫伯父,"他的母亲通知他,"请你打开窗子!"

克里走到他的伯父前面,鞠躬,伸出右手;然后放下它。甲可夫·萨木金,一只手端着一杯水,另一只手的手指正在把那张纸揉成一小团。他一面舔舔嘴唇,一面用眼睑之下的闪光的灰眼睛注视他的侄儿的面孔。他吞了一口水,把杯子放在桌上,而且把那纸团丢在地板上。然后,才把他的侄儿的手握在他自己的黑瘦的手里,他沉闷地问道:

"这是第二个?克里?但是狄米徒里呢?啊哈!学生?研究自然史,当然?声音再高些——我被金鸡纳霜弄得耳朵聋了。"甲可夫·萨木金警告克里,同时在桌子旁边坐下。他用手肘推开他的饮具,用手指在桌布上画了一个圆圈。

"这就是说你们已经没有秘密集会了吗?那些秘密团体呢——一个也没有吗?真奇怪。那么,他们现在干什么呢?"

克里的母亲耸动肩头,把她的两道眉毛缩成一条黑线。并不等待她的回答,萨木金就对克里说:

"你觉得稀奇吗？你不曾见过这样人物吗？兄弟，我曾经在塔石堪，在西米丁斯卡牙区住了二十年，处于那些可以说是野蛮的人群之中。是的，我在你的年龄的时候，是被称为 L'homme qui rit（守礼的人）的。"

克里注意到他的伯父把 L'homme 读作 L'iem。

"我掘壕沟。在阿里卡斯。在那里你会害热病，兄弟。"

环顾着餐室周围，克里的伯父用手摩擦着他的腮巴。

"嗯。伊凡已经富了，他怎么会富起来呢？他现在做生意吗？"

他又看看这房间，鄙夷地。

"好像火车站的餐厅的雅座。"

他随带着一种烂皮革的霉臭到餐室里来。一件灰黄上衣，开着胸襟，悬挂在骨瘦的肩上。它露出那粗布的灰色工衣。在他的打皱的颈项上，在那尖喉头之下，绞结着一条破旧的红绸巾，好像绳子似的。他的土灰色面孔；他的剪短的稀疏的灰上髭；他的光秃的、沾着煤灰的头颅，以及厚黑的耳朵后面项背上残留着的一些鬓发——这一切使他好像一个老兵，也好像一个古代被剥去教权的修道士。但是他的牙齿是洁白而有青年的光辉的，他的灰眼睛的顾盼是锋利的。当那在浓厚的眉毛和深皱的前额之下的红边眼睛茫然呆看着的时候，克里觉得这是半狂的人的注视。总之，他的伯父是一个丧气的偶然的过客，一个陌生者。在他面前，甚至餐室的家具也失去牢固的气象，图画也显然褪色了。房间里的别的东西似乎也变为无聊的、多余的和呆滞的。克里的伯父像一位考试者似的放射问题。克里的母亲是激动的。她的回答是简短、爽快，而且有点挑战。

"好，现在，你的学校里有些什么团体？"

克里对于这一点见闻寡陋，迟疑而又恭敬地答道，好像对勒支加说话那样：

"托尔斯泰主义者们，还有经济学者们。团体不多。"

"把关于他们的事全都告诉我，"他的伯父命令，"那些托尔斯泰主义者是一种分教派吗？我听说他们在乡下建立新村。"他悲哀地摇摇头，继续说：

"这是常事。我们都已经过这一切。因为，你看，我认识那些分教派。在萨拉托夫斯卡牙省的那些莫洛堪人之中，我曾经是一个传道者。他们说'斯提卜那亚克'写过我的事迹——他就是克拉乞尼斯基，你不知道他吗？所谓'加西夫'——那就是我。"

克里觉得放心了，因为他的伯父，虽然发问，并不期待回答。但是关于托尔斯泰主义者们的事他的问话却更加固执了：

"好，现在，他们干些什么呢？好，有些新村了；但是这会有什么结果呢？"

克里用眼角一瞥挨窗子坐着的他的母亲。他觉得这一瞥好像是质问为什么还不摆上早餐似的。但是他的母亲定睛望着窗外。然而，心慌意乱，他告诉他的伯父有一位作家住在厢房里，作家比他克里更能多告诉他一些关于托尔斯泰主义者们的事，以及别的各样事；作家是很热心研究……

"研究并不关我们的事。"他的伯父责难地说，又开始询问这作家的事。

"卡丁？我不认识他。"

他赞赏这作家生活于警察监视之下这事实。他微笑了。

"啊哈！这就是说他是一个正直的人。在我的时代中，正直地写作着的是：奥曼里夫斯基、尼夫多夫、包青、斯坦尼戈维奇、萨梭的木斯基；还有里维托夫，但是这家伙是一只话匣子。还有斯里卜左夫，但是他所写的全是杂凑品。后来是乌斯班斯基。有两个乌斯班斯基。一个较为有生气，另一个不过如此如此，说些小讽刺。"

沉默了一会儿之后，他问克里的母亲：

"我已经忘记了。伊凡写信告诉我说他已经和你分离。你现在和什么人同居，维拉？呃？显然是一个富人？一个律师，或什么？啊哈！工程师？自由主义者？嗯……你说伊凡现在德国？但是为什么不到瑞士？他要疗养，只是疗养？他是颇为健康的呀。他的性格是不坚强的。人人都知道这个。"

他大声说着，好像一个聋子；他的颇为粗粝的声音有一种权威的调子。克里的母亲的简短的答话也逐渐提高音量；又过一小会儿，它似乎更高，她也想要开始吵嚷似的。

"你多大年纪——三十五或三十七？还年轻咧！"甲可夫·萨木金变为沉默。他从衣袋里取出药粉，吞掉它，用水咽下。然后他把杯子放在桌上，转向克里。

"好，现在，带我去见那作家。在我的时代作家们到底是有些道理的。"

当他走过院子的时候，他慢慢地观察着周围，好像想要记起久已遗忘的什么。

"这家宅——是伊凡自己的吗？"

"是祖父的。但是伐拉夫加买了它。"

"谁？"

克里不知道怎样说才好。他的伯父，一看克里的脸，替他答道：

"我明白了。就是和你的母亲同居的那男人。但是你为什么烦恼？这是每天常有的事。女人们爱——奢华，和这一类的各样事。你正是一位花花公子，兄弟。"他忽然提出这结论。

八

卡丁恭敬地迎接萨木金，好像会见一位英雄，而且像年轻人似的欢跃着。他微笑着，鞠躬，把双手伸向萨木金，敏速地说道：

"我从窗子里看见你，立刻就觉得：这是他！沙拉罕诺夫从萨拉托夫写信给我……"

甲可夫伯父微笑着,一瞥这卑陋的房间,克里立刻看出他在赞赏它。他的黑色的皱脸似乎变为更年轻些。几乎容光焕发了。

"好,好,"他说,自行就坐在那老朽的长沙发上,"原来是这样的。是的。萨拉托夫有些人。萨马拉有些古怪的家伙——我没有法子知道他们的详情。辛白斯克好像一间无人住过的茅舍似的。"

他又说了伏尔加河沿岸的别的几个城市,而终于问道:

"好,你的各样事情怎样呢?大声说,不要说得太快。我不大听得见,金鸡纳霜使我聋了。"然后,好像难以期望被人理解似的,他举起双手指指他的耳垂。克里想到那两只太阳晒焦了的黑耳朵会被人一碰就爆裂掉。

作家开始谈论知识分子的生活,迟疑地,好像害怕他会受什么斥责似的。他惶惑地微笑着,张开两手作了一个抱歉的姿势。他列举出他的朋友,一个长长的名单,但是克里都不很明白,说到最末一个他凄然说道:

"这小伙子也在县政府里工作,他是一个统计学者。"

"在县政府里——这是好事,"甲可夫伯父称赞,"但是这不够。"

然后,用手指摸摸他的下巴下面的皱纹,他叹息道:

"你已经变为蒙昧了!"

"现在这叫作觉悟,"卡丁惶恐地解释,"甚至有一篇以出卖过去为主题的小说。那题目就叫作《他已经觉悟了》。波波里金写的。"

"波波里金是一只话匣子!"克里的伯父断言,他举起一个手指警告,"你不可以模仿他。你是一个青年人。人必不可以模仿波波里金。"

门怯怯地开了,悄悄地进来了作家的妻。作家一跳就用手抓住她:

"这是我的妻,伊卡塔林娜——卡丁牙。"

甲可夫·萨木金欣然问候那妇人。

"教士的女儿,呃?"

"是的!"

"一看面貌就知道。不会错的。有孩子吗?"

"全都死了。"

"嗯,青年人们现在读些什么书呢?"

卡丁谦虚地谈着,减少了兴奋。克里觉得作家虽然欣喜会见他的伯父,却似乎害怕他,好像学生害怕先生似的。而甲可夫伯父的粗声却越来越有力,他的话里隐隐有一种轰轰之声。

克里想要走开,但是想到撇下伯父是没有礼貌的。他坐在挨近炉子的一只角里,看着作家的妻缓缓蠕动于桌子周围,悄然安置茶具,而且用惶恐的眼睛偷看客人。

她显然惊跳了一下,当甲可夫怒吼的时候:

"革命是不能中断的。"

克里高兴了,因为婢女进来请他去吃早饭。甲可夫伯父摇手拒绝邀请:

"我只吃米饭、茶、面包。谁高兴在午后两点钟吃早饭?"他质问,一瞥墙上的时钟。

在家里,伐拉夫加皱着眉头,在餐室走来走去,用一把小黑梳子梳着他的胡子。他一见克里就问:

"伯父呢?"

"他只吃米饭。"

他们默默坐在餐桌周围。克里的母亲叹气,问道:

"你喜欢他吗?"

克里知道她的心事,答道:

"他是一个怪人!"

他的母亲背靠在椅上,细起她的眼睛,说道:

"就像一个鬼。"

"一个饥饿的印度人。"他的儿子说道。

"他不过五十岁，"克里的母亲故意高声说，"他从前是一个快活的人，跳舞家，常常装小丑。后来忽然跑到那些人里面，加入某种分教派。他一定曾经失恋，我相信。"

伐拉夫加揩揩胡子，而且大量地倒酒在他们的杯子里。

"他们——他们全体——都曾经失恋于历史。历史是一位米萨琳娜[1]，克里。她爱跟年轻人私通，但是要好的时间是短促的。一辈青年和她还不会玩够，还不会做足午梦，而新的情人已经来代替他了。"

他灵敏地用餐巾揩揩胡子，然后热心地讨论历史。说道制造历史的不是赫生[2]们、车尔尼雪夫斯基[3]们，而是斯蒂芬森[4]们、阿克来特[5]们，而且在人民还相信妖怪和巫师、还在用木犁耙地的国度里，雄辩是毫无用处的。

"总之，首先必须有好犁头，然后议院。大胆的小话是无价值的。人必须说的是驯服本能而启发智慧的话。"他叫喊，越说越激怒。他的脸红了。

克里的母亲保持一种神思恍惚的沉默。克里不由自主地把她的沉默比拟为作家的妻的哑然惊恐。在伐拉夫加的忽然激怒之中并非没有类似卡丁的激昂的声调。

"我想把他安置在我们的阁楼里。"克里的母亲突然说。

"杜洛诺夫住在哪里呢？"

"是的。我还不知道怎样……"

伐拉夫加耸动肩头。

"随你的便。"

---

[1] Messalina，罗马皇帝克劳丢斯之后，公元前四八年以淫荡被处死。
[2] Hertzen（1812—1870），俄国思想家。
[3] Cherny shevsky，俄国文艺作家。
[4] Stephenson（1781—1848），英国人，火车头发明者。
[5] Arkwright（1732—1792），英国人，纺纱机发明者。

但是甲可夫伯父拒绝住在那阁楼里。

"爬楼梯对于我是不好的,我的脚有病。"他说。于是就定居在卡丁家里,住在他的姨妹曾经住过的小房间里。姨妹搬到堆集杂物的房间里。克里的母亲恼恨甲可夫伯父决意不住在她的家里。"这是一种示威!"伐拉夫加大笑。

甲可夫伯父自己真是采取一种非常姿态。他绝不到那家里。他有心无意地看待克里,好像不认识似的,他在院子里踱来踱去,好像它是一条街似的,高仰着头,显出他的颈项下的灰色硬毛。他用陌生者的眼光偶尔一看那些窗户。他几乎常在正午闷热的时候走出去,傍晚才回来,沉思地低着头,双手插在驼毛色的裤袋里。

"一把旧斧子。"伐拉夫加曾经评论他。他并不隐藏他对于甲可夫·萨木金出入于这家宅之中的不满意。每天他都以粗鲁的嘲笑之词谈论他,这显然使克里的母亲觉得懊丧,甚至影响到婢女菲尼亚。她开始以畏惧和敌意观察厢房里的住客和他们的客人们,好像疑心他们会放火烧房子似的。

现在,克里几乎继续不断地被想女人的色欲所扰乱,觉得他自己越来越呆钝、萎靡,变得像马加洛夫一样困乏。他妒恨杜洛诺夫,后者虽然被学校开除,还是自寻快活,而且已经开始在伐拉夫加的公事房里做事,同时顽强地继续准备毕业考试,由于托米林的帮助。

九

对于他自己不知道要怎样才好,他偶然走进厢房的作家的家里。某些新面孔已经出现在那里。有一个大鼻子的产婆;有一个小老人,眼睛掩藏在黑眼镜后面,永远摩擦着他的两只胖手,而且叫着,"我赞成!"还有一个自称为工头的男人——从他的手看来,他是一个锁匠——也在那里。他偏爱说的话——他不断地使用——是:"我们所有的必需品多得好像狗有第五条腿似的。"

卡丁家的窗格子时常是关闭的，窗玻璃都用幕掩着；而作家的妻却屡次走到窗前，悄悄地揭开幕布，向外面窥看，同时她的妹妹随时跑到大门口去张望街道。当她回来的时候，克里听见她低声安慰她的姐姐：

"并没有人在那里，一个也没有！"

克里并不留心倾听那些演说和辩论。因为他们所说的话最大多数都是已经惯熟了的，而且都不触到于他有趣的事情。他的伯父的议论也并不更令人满意。他或许比别人更不大说话，而说来说去总不过是一个意思："我们必须唤起人民。"

克里走进厢房去，只在他知道里狄已经在那里的时候。这当然就是说马加洛夫也曾在那里。但是当他观察着那姑娘的时候，克里相信她是被想要看马加洛夫这欲望之外的某物吸引到那里的。她时常独自坐在一角里，头上紧紧包着一根橘黄色头巾，虽然那房间是闷热的。她闭紧嘴唇，默默地观看着，她的灰眼睛里有一种严肃的表情。克里觉得她的面貌和行动中已经有了新的某物——几乎可笑的某物，寡妇假装哀愁的那种凛然态度。

"你对于我的伯父有什么意见？"有一夜他问她，而且吃惊于她的奇异的答话：

"他好像耶稣的先驱者约翰。"

在一个春夜中，他们从卡丁家的晚会出来，在花园里散步，里狄对克里说：

"有些人思想着自己以外的别人们，这是奇怪的。我觉得这其间有些发疯，或至少有些作伪。"

克里几乎困恼地看着她，她确乎显出他曾经觉得而无法说明的那种表情。

"所以，"那姑娘继续说，"他们所说的各样事总是颠倒的。我觉得他们愤恨地谈论着对于人民的爱，而爱悦地谈论着他们对于权势者的恨。至少，当我听他们说话的时候我觉得是这样的。"

"但是，当然不是这样的。"克里说，期待着她要问"为什么呢?"那么他就能够在她面前显示才华了，他已经准备好他要说的话。但是那姑娘并不说什么。她沉思地走去，把头巾拉拢在胸部上。克里无法把他想要说的话告诉她。

几天之后他又觉得里狄抢去了他说出动人之词的一次机会。晚饭之后，在餐室里，克里的母亲固执地询问里狄厢房里讨论些什么事情。里狄坐在开着的窗子前面望着花园，勉强地和很无礼地回答了几句。过了一会儿之后，她突然转身面向维拉·彼得洛夫娜，愤愤说道：

"我的父亲也恐怕那些人会有什么坏影响给我。不会的。我以为他们的一切言辞和辩论都不过是一种捉迷藏的游戏。人们隐藏他们的欲望，他们的无聊，或许他们的罪恶……"

"好呀，我的女儿!"伐拉夫加叫喊，伸张肢体横躺在椅子里，嘴角里衔着一支雪茄。里狄更沉静地说道：

"人必须忘记自我。许多人都想要如此，我想。自然，甲可夫·阿乞莫维奇不是这样的人。他——我不知道怎样说——他担任着为一个观念而牺牲的任务，断然……"

"他像一个瞎子跌进坑里似的。"伐拉夫加抢着说。但是克里觉得懊丧，正在斥责他自己："为什么每个人都设法抢在我的先头呢?"他特别记得托米林所说的关于人们隐藏自己和在思想上彼此隐藏的话，因为他以为这是真实话。烦恼着，他转向里狄：

"这是托米林说过的话!"

"我并不曾说这是我自己想出来的呀!"里狄回答。

"你从马加洛夫那里听来的。"克里仍然说。

"那又怎样呢?"

"甲可夫伯父是历史的牺牲者，"克里说，"他不是甲可夫，而是以撒[1]。"

"我不懂。"里狄说，扬起她的眉毛。克里恼恨他自己所说的话并未感动人，气愤地咕噜道：

"马加洛夫喝醉之后就说些刻毒的胡话。他甚至说爱情是一种退化的情绪。"

伐拉夫加爆发了哄堂大笑。维拉•彼得洛夫娜谦虚地微笑着，说道：

"他显然不明白'退化'的意义。"

里狄看了他们一眼，悄悄地向门道走去。克里觉得她已经被她的父亲的大笑所激怒。伐拉夫加揩掉眼泪，哼呼道：

"呵呵！啊，这些孩子，这些孩子！"

克里想要跟着里狄出去，和她辩论一下，但是伐拉夫加，现在已经笑得疲乏，转面向他，谈论学校：

"他们并不教导你们所必须知道的！公民学——有这么一种学科——是必须在初年级就教授的，倘若我们要成为一个国家。俄罗斯现在还不是一个国家，我恐怕她必须再经过一次改革的震摇，甚至像十七世纪之初的那样震摇。然后我们可以成为一个国家——或许！"

兴奋起来了，他说明各个阶层怎样以讥笑和敌意互相对待，好像文化不同的种族似的。他说，它们各自以为其他一切阶层都不能了解它，而各自泰然迁就这事实。同时它们全都承认这一点：邻接本县的各县人民，以风俗、习惯，甚至方言而论，都是低劣的外国人。伐拉夫加断言，在这一点上，他自己所居的这城市的住民所犯的谬误最大。

克里觉得厌烦。他并不关心俄罗斯的种种问题——平民、人道、知识阶级——这全是太概括和太辽远的。这城市的六万居民，他认识六十个或一百个，但是他觉得他知道这城市的全部——平静、污垢，三分之

---

[1] Isaac，见《圣经》，亚伯拉罕之子，曾被其父作为牺牲奉事上帝。

二是木造房屋的城市。

城市前面懒懒地流着一条浑浊的河。早晨太阳从教堂墓地后面升起来，走过它的不慌不忙的路程，到夜间没落在那些寺院之后。市民们平静地生活着——商人、常人、工匠——由教士和官员驱策着。

他越观察那些爱争论和立异的人们，他对于他们的态度就越加怀疑。他疑惑这些人有资格决定生活问题，和有权对于他有所决定。有这资格的人必定是另一种人，更为稳静、较少热情的人——无论如何不是像受苦的甲可夫伯父那样半狂的人。

第五章

一

因此克里逐渐把托米林看作他的熟人们之中的最可师法的人物。托米林勉力思维一切,而不能或不愿有任何勇往直前的行动。他并不打算以他的思想约束他的听者,而只告诉他他想些什么,也显然不留意他的话是否被听取。他毫不干涉任何人地生活着,也不要求人去访问他,像卡丁那样用戏谑和微笑来招揽人。人要访他或不访他都随人的高兴。他既不引起同情也不引起敌意,而厢房里的人们却引起人一种动乱情趣和朦胧敌意的复杂感情。

以全体而论,人必须承认马加洛夫是对的,当他评论这些人的时候:

"这些人全都试行训练我,好像训练一条狗去玩把戏似的。"

克里把他们的宣传主义看作侵犯他的个人自由,早已学习着以谦恭的缄默和含糊的赞同来闪避他们的进攻。

他的性欲,由于妒羡杜洛诺夫的快活的微笑而更加剧烈,越来越不能忍耐。甚至伐拉夫加也觉察了。有一次,当他经过走廊的时候,克里偶然听见伐拉夫加对他的母亲说:

"我在他的年纪的时候我恋爱我自己的姑母。你不必惊异。他并不是浪漫少年,也不是傻子。可惜我们的婢女太丑!"

关于婢女的这犬儒气的提示是克里所不愿的。他也懊恼于他的欲望被察觉。然而,伐拉夫加的无意的闲话几乎是一种许可。两天之后,克里的母亲和伐拉夫加出去看戏。里狄和鲁巴也出去访问阿连娜·提里卜尼伐。克里因为头疼躺在他的房里。家宅里一片寂静。忽然从餐室里传来一阵抑制的笑声。有某种噼啪的响声,好像打嘴巴似的。椅子轧啦,而且两个女性的声音开始低唱。克里悄悄地爬起来,把门打开一条缝。那婢女和漂亮的女缝工里它正在绕着桌子跳华尔兹舞,桌子中央的一只茶炊辉煌得好像一座钢偶像似的。

"一,二,三,"里它低声教导,"不要碰着我的膝头。一,二……"

婢女低着头,留心看着她的脚步。里它忽然看见克里在门道里,就急忙推开她,然后对着他鞠躬。用她的双手整理着她的凌乱的头发,她笑嘻嘻地说道:

"噢,原谅我!"

"随便——随便,"克里惶惑而口吃地说,把双手插在衣袋里,"我甚至可以跳给你看。你要我跳吗?"

婢女退后,抓起茶炊就出去了。女缝工开始收拾桌上的碟子,把它们安放在盘子里。

"不,你为什么要!"她抗议。

后来的一切事情克里都记不清了。他的动作在一种惶恐而又忽然陶醉的状态中。抓住里它的手,他拖她进他的房里,低声恳求她:

"请!请!"

她很低声地笑着,试行从他的手里挣脱她的发烧的手,一面却跟随着他,悄悄地说道:

"你要干什么?你不可以!"

后来,当她临别的时候,她伏在他身上,双手捧着他的脸,吻了他的嘴唇三次。

"啊——你,你,你!"她用喉音喃喃私语。

清醒过来了,克里恍然惊悟。原来不过如此!当他躺在床上的时候,他似乎是向左右摇摆。他的身体觉得轻飘而有力,同时由于一种愉快的疲乏而惓惓欲睡。他回忆着里它的热切的私语。在那最后三次接吻之中她曾经使他感觉其中有赞美和感谢之意。

"我并未和她预约下次,"他回想,然后立刻问他自己,"杜洛诺夫给她什么报酬呢?"

想到杜洛诺夫他就冷了一点;感觉某种暗影,某种猜疑不定,甚至可笑。好像向某人辨明自己似的,克里·萨木金半高声说道:

"当然我不容许再有这种事!"但是一分钟之后他又另有决定,"我要告诉她:你不敢再跟杜洛诺夫在一起了吧!"

他想要点灯,爬起来照照镜子,但是关于杜洛诺夫的种种思想,朦胧预感到一种不愉快,阻挠着他。他设法排遣它们,转念到马加洛夫和他的过于拘谨的恐惧,回忆着无聊的《妇女的胜利》。"一种退化的情绪",以及这人所常说的那一类可笑的傻话。无疑地,马加洛夫想出这一切来支持他的自尊心,在暗地里他或许比别人更放荡。"因为倘若他喝酒,那么他必定放荡——这是真的。"克里结论。

这些思想能够使克里以一种轻蔑的小讽刺从心理上排开马加洛夫。他悠然入睡,到他醒来的时候,他觉得他自己是另一个人,好像一夜之间他已长大似的。他醒悟地认识了他自己的重要性,使他尊重和信赖他自己。他的内部也鼓动着一种喜悦。他想要唱歌;当春天的太阳照进他的房间的窗子里的时候,它的光辉比往日更明亮得多了!但是他觉得还是不能不对每一个人隐藏起他的新情调。他照常忍耐着他自己的厌烦,但是现在关于女缝工的种种思想是亲切的、惬意的。

二

欣然自觉这样简便地走了这样重大的一步,克里悠悠地过了五天之后,婢女菲尼亚悄悄地塞一封信在他的手里,揉皱的信封的一角上凸印着一朵蓝色的"莫忘我"。在那也印着一朵"莫忘我"的丝光纸上,克里并非不骄傲地读道:

"要是你不曾忘记,明天半夜弥撒钟响之后,你来吧。到伐西里伊家最后一角。问马格里它·伐加诺伐。"

马格里它接待他,好像他曾经来过,不是第一次,而是第十次似的。当他把一盒糖、一包点心和一瓶葡萄酒放在桌子上的时候,她羞怯地微笑着问道:

"这是说你想要喝茶喽?"

克里紧抱着她,说:

"我想要你爱我。"

"但是我不知道怎样爱呀!"那女人回答,带着亲热的笑声。

她和她周围的各样东西使人感觉异常舒服,这小房间里充满了一种稀奇的陶醉的香气。墙角里有一张床,床上铺着白色的印花毡子;床头靠近窗子,窗下现出一个屋顶。白色窗帘。那屋顶后面竖立着正在盛开的苹果和樱桃的粉红花枝。一只黄蜂正在撞击窗玻璃。一张有抽屉的写字台上摆着一些小盒子和小瓶子。一尊神像的银制十字褡正在一只角里发光。各样东西都是平静而安适的,黄蜂的营营成为这一切之中的显要活动。整个房间似乎和克里平日所熟习的各种事物远离了无数公里。

马格里它用一种懒怠的低声说话,没精打采地闲扯淡,并不询问他什么。克里也找不出什么值得对她说的话来。他觉得呆钝,用对她微笑来掩饰他的心乱。马格里它挨他坐着,用一种贪馋的眼光仰望着他的脸,好像在问想什么似的。她的神气使克里不安,他怯怯地摸摸她的肩头、她的奶包,但是不能鼓起勇气更放肆一点。他们喝了两杯葡萄酒之后,马格里它问:

"好,我们到床上去吧?"

她站起来脱衣服。

"你也完全脱光——这样更好些。"她劝告他。

一小时之后,她裸体坐在床边上,仔细观察着克里的一只短袜的顶端,用一种疲乏的呵欠声音说道:

"这应该补了。"

克里正在瞌睡。

这样相会了五六次之后,克里觉得在马格里它的住室里比在他自己的房里更为自在。和她在一处人不必留意自己的行迹。她既不请教什么也不忌讳什么,她毫无要求。而她以他认为于他自己有价值的许多事使他丰富起来了。

三

他开始用新眼光观看他所熟识的女子们。她觉得鲁巴·梭莫伐屁股是圆的。她的裙子太紧贴在大腿上,以致后部突出太多。她走路是一种跳跃,好像麻雀似的。虽然她是一个胖胖的小东西,体态蠢笨,她时常谈论恋爱,告诉人各种恋爱事件。她的小脸,已经有些改良,当辩论的时候就激动得通红,而且她的慈祥的灰眼睛里也闪出老太婆们谈论奇迹、圣人和伟大的殉道者的生活的时候所闪出的那宁静的光辉。她是这样天真纯朴,甚至动人哀怜,以致克里以为用亲热的微笑来鼓动她是必要的,纵然他心里在想:"真是一个小蠢货!一个小傻子呀!"

她的故事时常使里狄恼怒,但是甚至她有时也不能不大笑。在这种时候，她的大笑是审慎的、迟疑的、尖声的。她赶快停住，环顾周围，好像是做了什么失礼的事，自觉有罪似的。鲁巴喜欢读长篇小说，而且把它们传递给里狄，但是里狄是较为爱批评的，读完《包法利夫人》之后，她愤愤说道：

"在这里每一件真实事就是一种可恶的东西，而一切好事都是谎话。"

里狄对于《安娜·卡列尼娜》的批评更为苛刻：

"这书里的人物全是母马和公马——安娜和渥伦斯基，以及别的一切人。"

鲁巴勃然震怒：

"我的天，你真是无知无识，好一个怪物！你是某种变态的人！"

克里也觉得里狄有些变态。他甚至有些害怕她的极其紧张的、猜疑的面孔，纵然这是对待马加洛夫的，也正如对待他一样。然而，克里觉察她对于马加洛夫的态度已经变为更友好了，而马加洛夫对她也不再那么嘲笑地挑战。

克里很注意里狄的交好阿连娜·提里卜尼伐，后者长得炫目的美丽，变为越来越愚昧——虽然他觉察这事实是在他的母亲有一天这样说过之后：

"倘若这姑娘不是这样的美人儿，她就会更好更聪明。"

克里当时立刻觉得这是真实话。这姑娘的美似乎是她的不断惊恐的不竭之源。阿连娜把她的美看作好像是或人只赠给她一个短时期似的，时时都在立刻收回去的威胁之下，倘若她做了什么有损于她的迷人的面孔的事。冷对于她是一种严重的苦患。她会惶恐地问道：

"我的鼻子很红吗？我的眼睛呆了——是吗？"

她的脸上的一点微细的痕迹，不过由指甲刺着或由蚊子叮着，也会使她精神颓唐。她害怕长胖，也害怕失去体重。她怕雷声。

"闪电是可以的，"她说，"闪电是美丽的；但是我绝对不能忍耐我上面的天的崩裂。"

她已经为她自己造作了一种审慎而轻快的步伐，同时全身挺直，好像头上顶着一碗水似的。在溜冰场上，她害怕跌倒，独自在一边慢慢滑行，或选择技术和气力为她所信任的滑冰老手同滑。克里对这姑娘觉得唯一有趣的是她有使她自己舒服的才能。她时常为她自己选择最有利的地方，阳光特别偏照着她的地方。有些可笑的是她的过分好洁，和几乎病态地厌恶尘灰、垃圾和街上的污泥。在坐下之前她必须仔细考察椅子，用小手巾掸掸座位。她似乎随时都在认真地揩净手指。吃饭的时候，她的态度是这样庄重和专心，以致马加洛夫有一次嘲笑她说：

"阿连娜乞卡，你吃得真神气。并不像我们凡人吃东西——你几乎是在拜领圣餐。"

但是阿连娜沉静地答道：

"医生劝我仔细嚼化食物。"

阿连娜因为对于她的美的戒惧而养成间歇发作的坏脾气，好像婢女反抗太过苛求的女主人似的。她的戒惧使她的无可抵抗的慈祥的蓝眼睛有一种疑问的神气，同时她的闪动的长睫毛使她的顾盼有一种恳求的表情。

她是可厌的。她什么也不能谈，除了衣服、跳舞和她的崇拜者而外，而且即使谈论这些也毫不生动。她已经被一位灰头发的炮兵将军追求着，将军是一个漂亮的鳏夫，有着伶俐的眼睛。区检事伊坡里托夫，一个快活的、精灵的小矮男人，微黑的脸上有黑上髭，也向她求婚。

"不，我不想结婚，"她懒懒地说，"我要去演戏。"

她的声音是音乐的，她朗诵菲提的和浮伐诺夫的诗是颇为动人的，但是过于甜腻。她喜欢唱吉卜赛人的梦幻的小曲，但是没有唱得精彩；词句是暧昧而无生命的；被她的柔滑的声音所抹杀了。克里相信她并不理解她所唱的词句的意义。

"一个使人觉得和它玩是可悲的偶人。"马加洛夫用他平常谈论女子们的轻忽态度谈论她。

克里斜起眼睛看着他。每当他听见任何人说出聪明扼要的话的时候他就感觉嫉妒的刺痛。马加洛夫屡屡触犯他的这种心病。

克里是乐于发觉阿连娜——其实,别的每一人——有什么装作、什么"空想"的。她随时都会问他:

"今天我的面色苍白——是吗?"

克里觉得阿连娜这样问不过是想要别人注意她自己;但是他以为这是自然而且合理的,甚至引起他对于这女子的同情。这种同情由于他的母亲的那评论而增强起来,那评论已经暗示了这观念;阿连娜的美是一种自然的惩罚,使她的生活阴暗,逼迫她五分钟照一次镜子,强制她把每个人的面孔当作镜子,期待着她的美被保证。他偶然恍惚感觉他和她之间有某种共同点,但是认为这对于他自己毫无益处,他并不鼓励这种感觉。

他看见马加洛夫和里狄对于阿连娜的意见是显然分歧的。里狄看待她是讨好的,甚至温柔的——克里很难得看见里狄有这种情感。马加洛夫却固执地嘲笑阿连娜。里狄和他争吵。那诲人不倦的鲁巴·梭莫伐就跑来调解他们。然后她读给他们她的朋友伊诺可夫写给她的有趣的长信。伊诺可夫曾经放弃他在电报局里的职位,跟一群塞加奇渔夫到里海去了。

四

家里的生活是一成不变的可厌的。克里的母亲和伐拉夫加,在许多晚间,忙碌而且怄气,核阅簿记和计算账目。那些纸片发出干燥刺耳的声音。伐拉夫加有时拍桌大骂:

"这些白痴!连怎样偷窃也不懂!"

克里觉得在马格里它家里所经验的厌倦是更为合意的。这种厌倦并不压迫他，反而使他平静，停顿了他的思想，使一切种种"发明"成为不必要。他休息在女缝工的房里，好像离开队伍的兵士似的，不必约束他自己了。马格里它，由于她的情感和思想的简单，给予他（她）自己一种趣味。有时或许疑心他厌倦了吧，她用猫叫似的细声音唱给他他从未听见过的小曲：

> 我不能睡也不能躺。
> 在瞌睡中也不能忘记我自己，
> 我要去访里它
> 但是我不知道她的号数。
> 我不敢问我的朋友
> 带我到她那里，
> 因为他更漂亮和更好
> 他会把我的里它弄成他的。

"何等愚蠢的歌呀。"克里打着哈欠说，但是那歌人教训地答道：

"好就好在愚蠢，我的小朋友。一切歌都是愚的；全是讲恋爱的，它们的好处就在这里。"

她有意把她所知道的一切教给克里，而这也使他得到消遣。他开心了，但是也不少感动于她对他的那种母性的亲切，而且她的缺少贪欲使他惊异。他向来恍惚认定凡从事她的行业的一切女子都是贪婪的。但是，当他带糖果和赠品给里它的时候，她，接受它们，责备他说：

"好一个小怪物！用你花在我身上的钱，你当然可以找到一个比我更漂亮更年轻的女子！"

她说得这样简单坦白，以致克里没有怀疑她的无诚意的余地。

但是，倘若她谈到比她更漂亮的女子，她就会用两只手掌摸摸胸部和屁股，夸耀说：

"你看我有怎样的皮肤哇？这并不是每个出身高贵的小姐都能有的。"

在书桌上面的墙上，用两只钉子钉着一张破成两半的小相片。这是一个青年的像，头发梳得很光滑，浓眉大髭，结着蝶形领带。他的眼睛已经被挖去。

"这是谁？"克里问。

马格里它看了那相片几分钟，皱着眉头，好像尽力在回想似的。

"他画神像。"她说。

"但是为什么他的眼睛被挖去呢？"

"他已经变成瞎子了，那蠢材！"里它回答。她叹气，似乎不愿再回答什么问题，而且立刻提议：

"好，我们到床上去吧？"

在这种温柔的时间中他终于决定问她关于杜洛诺夫的事。他以为这一问是必不可少的，虽然觉得越是延迟提出，这问题就越失去它的迫切性和重要性。其间潜藏着使他心乱的某物，不体面的某物，当他问了的时候，里它惊异地竖起眉梢：

"他是谁？"

"不要装腔！"克里想要把最后一个字说得严厉些，但是不能，反而微笑了。

里它从枕上抬起头，坐起，穿上衬衣。然后她用它遮着脸，开始抗议：

"啊，是住在你们的阁楼里的凡尼亚呀。你以为我跟那样的家伙勾搭吗？他连站脚的地方都没有咧！你凭空这样想是不够聪明的！"

把长筒袜穿在她的有细微青筋的白腿上，她急促然而分明地说道，夹杂着屡次叹息：

"人可怜他。教士当着我的面驱逐他。那一天我在教士家里做工。

凡尼亚正在教他的女儿读书，捣乱——他捏了婢女一下，或是做了这一类的事。他也想要搂抱我，我威吓他说我要告诉教士太太，他才不和我吵闹。他总是好玩的，虽然他是一个有恶意的人。"

用另一种声调，她更沉静地结束了她的故事：

"他们把他赶出高等学校。他们应该拉着他的耳朵，把他送出来呀！"

克里想要相信她。他相信了，于是杜洛诺夫的不愉快的暗影由此消灭。

这青年从此之后以为那靠墙的干净的小床是这女子的圣坛，她在它上面孜孜不倦地和几乎虔敬地完成她的神圣任务。克里时常尽其可能地想要为里它做一些可以使她喜欢的任何事情。但是，他发觉，她所喜欢的不过是蜜制麦芽饼和亲嘴，这是她永不厌倦的。曾经有过这么一天，她的勇往直前的邀请，"好，我们上床去吧？"引起他的忽然愤怒，觉得这是一种侮辱。他几乎生气地开始问她为什么她不读书，不看戏，不知道比"上床去"更好的任何事情，但是，里它，显然不曾留意他的腔调，一面解开头发，一面悠悠地说道：

"但是在生活中还有别的什么呢？试想想看，你就会觉得没有的。"

她去过戏院，她断言：

"只要上演滑稽趣剧，或音乐剧，我都去的。我不喜欢话剧。我到教堂去，到'御告节'的教堂去。他们有比天主堂更好的歌唱队。"

有时，克里厌倦而且不满意自己，反省道：

"究竟这算是恋爱吗？"

为了某种理由，绝不能说里狄·伐拉夫加是为这样的恋爱被创造出来的，也难以想象只有这种恋爱是他所读过的小说和诗歌的基础，甚至不能想象这就是马加洛夫的苦闷的根源所在。马加洛夫比以前更悲愁，更少喝酒，更少说话，甚至吹口哨也更低声。

五

有几天在和马格里它相会之后,克里觉得他自己这样颓废、这样呆钝,以致他惶恐地强迫他自己去访问智慧之源——访问托米林,就是走进家宅的厢房。

托米林已经有些异样。他改变了他的服装,穿着艳色的"幻想派"罩衫,不用领结而系着一条流苏带子,灰色短衣,很宽大的淡紫色裤子。这种打扮似乎不相配合,而且使那平伸在耳朵上和直竖在白色前额上的剪短的头发更加鲜红。尤其惹人注意的是他的袖扣,大而且重的镰形月袖扣。近几天托米林说话的声音更高,可是减少了自信似的。他屡屡停顿,敏感地摸弄着他的袖扣,好像新观念曾经跟着新服装来到他上似的。克里觉得惊骇于这些思想的粗粝,可以说是无所顾忌和不知羞耻。有时克里把这些粗粝的思想想象为辛辣的烟缕或云雾。它们浮游在这拥挤的房间里,以灰色的尘垢笼罩着书籍、墙壁、窗玻璃和思想者自己。

手里拿着莫里斯·加勒里的《艺术与一般文化发展的关系》的五大卷之一,托米林说:

"有一个意大利人断言天才是疯狂的一种类型。这是可能的。一般地说来,能力宏伟的人是难以被认为正常的。譬如,饕餮者、大淫者,以及……思想家,是的,甚至思想家。过度发达的大脑正如扩大的消化器和异常长大的生殖器确乎是同样可以认为稀奇古怪的。所以,我们发现高康大[1]、唐璜[2]和哲学家康德[3]之间有某种共同点。"

---

[1] Gargantua,法人拉伯雷所著书中的巨人,能饮干河水之人。
[2] Don Juan,西班牙传说中的著名浪荡子,生平有情妇数千人。
[3] E. Kant(1724—1804),德国大哲学家。

克里赞赏这观念，正如他向来赞赏一切说得浅显的智慧的观念一样，他看出托米林自己也被他的发明所惊异，这显然是一个偶然的发明。把那一本大书抛在他的吊床上，他向窗外张望，移动着眉毛，双手摸着颈背。

"是的，"他说，眱着眼睛，"我必须下去，喝茶。嗯。"

托米林更加常常谈论女人和女性的事，带着一种失意的神气。有时他表现他自己的方法是诽谤的。有一次，在厢房里，当那作家温和地肯定美即是真的时候，这红头家伙就用他平常确知"真理"的真相的人的声调说道：

"不。美乃是谎，它彻头彻尾——是人捏造出来安慰自己的，甚至慈爱，以及别的许多东西，也是的。"

"但是关于自然界呢？关于自然界的美呢？如赫克尔……"作家胜利地叫喊。回答是这无情的议论：

"自然界是一堆各种丑恶的杂集。"

"花呢？"作家不服。

"在自然界中并无英国人、法国人和荷兰人所创造出来的那些玫瑰和郁金香。"

争吵激昂起来了；但是反对者们的声浪越高，托米林的声音就越坚强冷静。他终于说道：

"美对于我们是超乎必要以上的东西，当我们像一个畜生接近另一个畜生似的接近女人的时候。在这种关系的范围之内，美发源于一种羞愧的感情，发源于人不愿意像一只羊或一只兔。"

他又加上几句甚至更为粗粝的话，使这争论完结在这些话所引起的一阵轻蔑嘲笑的乱哄哄之中。甲可夫伯父，卧病在长椅上，被一些枕头围绕着，低声表示他的惊异：

"他是疯的吗？"

作家微笑着，对着他的耳朵悄悄地说了几句，克里的伯父就摇摇他的秃头，答道：

"他上市太迟了。虚无主义者的理论更高明得多。"

这几天克里的伯父显然有某种高兴。他的晒黑的脸更瘦削，更露骨，但是他的眼睛里有一种好性情的光辉，而且他时常微笑。克里知道他正在准备到萨拉托夫去，去住在那里。在这厢房里克里觉得他自己比以前更不相宜。那里所谈论的关于平民、关于爱平民的各样事都是他自幼熟识了的。那些话空空洞洞，引不起他的心弦的回应。它们的可厌重压着他，于是克里训练他自己不听它们。

克里十分被杜洛诺夫投向那先生方面的显然恶意的眼光所蛊惑。杜洛诺夫也似乎忽然改变了。虽然克里时常密切注意人们，他觉得人们似乎时常闪避他，忽然改变，连跳几步，好像伐拉夫加新近买来的那一只构造复杂的表上的分针一样。那分针的运动并不是循序渐进的，它从一个号码跳到另一个号码；人也是这样改变性质，虽然他昨天还和半年前一样，今天可就不同了，他忽然现出新的特征。

穿着深蓝上衣、黑裤子和平头鞋，杜洛诺夫已经习得一种可笑的庄重神气。但是他的面皮萎缩，眼睛呆滞，眼瞳更黑，眼白上现出失眠症患者的眼白上常有的那种微细红丝。他已经不像从前那样急切地和屡屡地发问问题。他少说话，更加无心地听人说话，而且夹紧两肘，把两只手的手指交结起来，搁在肚皮上，旋转着两个拇指，像一个老人似的，当他谈话的时候，他的眼光闪避地看着旁面。他屡次屏息静默，好像疲乏似的。人觉得他所说的并不是他所真正想的。

六

每次和里它相会之后，克里就有一种强烈的冲动，想要去盘问杜洛诺夫，设法揭破他的说谎。但是这样一做就会泄露他自己和那女缝工的关系，而克里知道在他的初恋中并没有可以夸耀的事。后来他遭遇到某

种深刻的打击。有一天下午,杜洛诺夫毫无礼貌地闯进克里的房里,跌落在一只椅子里,立刻愁苦地说道:

"听着,伐拉夫加要调我去拉然工作。但是,兄弟,这于我是不相宜的。在拉然有谁教我,让我准备考大学——而且像托米林这样不要学费的呢?"

他从桌子上拾起一只玻璃镇纸,把它拿到太阳的一条斜光之下,注视着反射在墙上和天花板上的虹彩,同时继续说道:

"还有马格里它。我舍不得离开她,她替我缝呀洗呀,如他们所说。况且我依恋她。而我也知道我对于她并不是什么很甜的东西。"

他做了一个鬼脸,把那虹彩转射到克里的母亲的相片上,照在她的脸上。克里感觉这其间有某种羞辱。他原来坐在桌子上,但是一听见说到里它,他就跳下来站着。

"不要胡闹。"他说,干燥地皱起两只眼睛,好像那虹光射着它们似的。杜洛诺夫不在意地把那镇纸抛在桌上,克里尽力装出淡漠的神气,问道:

"现在你还和她同居吗?"

"嗯,我为什么不和她同居?"

克里又坐在桌子边上,研究着杜洛诺夫;在他谈论里它的平静声调中克里发觉某种可疑。于是,很和蔼地,假装傻气,他开始盘问他关于那女人的详情。杜洛诺夫呢,他的夸张性又回到他身上,以致在另一分钟克里就想要呵斥他:"滚出去!"

"她是好人。"杜洛诺夫说。

克里转背向他,而杜洛诺夫,忽然皱起眉头,跳到另一个话题:

"我快就要恨托米林了,就是现在我有时也想要打他的耳光!我必需知识,可是他教我不要信仰。他肯定代数学是武断的,鬼才知道他到底是什么东西!他时常宣说人必须扯破理性所织成的观念之网,必须跳开到什么地方,到无限的自由之中,结果好像是这样:身上一丝不挂,裸体游行着！不知什么鬼在转动着这磨咖啡的机器的手柄？"

克里咬着牙齿答道：

"他是一个很智慧的人！"

"智慧吗？"杜洛诺夫坦然声明他的怀疑。他恼怒地一看时钟就站起来。

"好，我要——跟伐拉夫加说话去！"

没有他在这房里，人觉得舒服些，克里盛怒而且羞愤，站在窗前，摘了几片秋海棠叶。后来伐拉夫加的声音响到大门前，克里跑出去看他。伐拉夫加正站在镜子前面，一面梳着他的浓密的胡子一面做着鬼脸。

"到拉然去，到拉然去！"他恼怒地回答克里的问话，"否则他看中什么地方就到什么地方去。不要请求。"

"我并不打算为他——请求什么。"克里严正地说。

伐拉夫加搂住克里的腰，引他去到他的书房里，说道：

"我正在讨厌这青年。他的工作很坏；他精神恍惚；他是鲁莽的；而且他太喜欢和我的房客们唠叨，他们是在警察监视之下的。"

"是的，"克里说，"他亲近他们，他时常在厢房里。"

把克里安放在挨近他的巨大的工作台的一只靠椅里面，伐拉夫加继续说：

"我不明白你为什么会接近杜洛诺夫和马加洛夫这一类人。你正在研究他们吗，或许？"

虽然他时常开玩笑，而且往往突如其来，伐拉夫加也懂得说话亲热的方法，有一种使人悦服的力量。克里早就觉得这人很容易迫使他说出他可以说的以上的话，这一次他尽力闪避和警戒，但是伐拉夫加巧妙地勾引他说出马加洛夫和里狄的相会太过频繁，他们的关系很像是恋爱事件。这是自然必然的；两个庄重的男人，知识相等，闲谈着某些年轻而不十分稳重的男女，为的是关心他们的前途。倘若对于里狄和马加洛夫之间的特别关系保守缄默,那倒是难为情的事。

伐拉夫加把他的熊眼睛闭了几秒钟,伸手在胡子下面,忽然使它张开成一面扇子似的。然后,带着一种有味的微笑,他说:

"浪漫主义。他们的时代病。它会过去的,我相信。里狄现在克里米亚。到秋天她要去进戏剧艺术学校。"

"但是马加洛夫也会去进莫斯科大学的。"克里提醒他。

伐拉夫加不说话。他开始剪他的手指甲。剪掉的碎片飞溅到堆集着许多文件的桌子上。他立刻抽出一本小簿子,用铅笔作了某种记号在它上面。他开始用口哨吹某种小调,但是平板无趣地拖长着声音。

"你到厢房里去吗?"他问,用友谊的手拍拍克里的膝头。

"我的劝告是不要到那里去!自然,那些人是无罪过和无伤害的;他们的一切言辞总不过是说豹子必须改变它的斑纹。但是,有人对于他们却是另一种看法。倘若政府里有政治警察,那也就必须有政治犯。即使政治学现在很不时髦得好像中古的马上比武似的,它还是有一种物理的惯性力,而且现在还有旧信仰的一些宗派。俄国革命现在只能有农民暴动——作为文化贫乏的、破坏的表现。"

然后他冗长地谈论十二月党[1]的叛乱,称它为"一幕可悲的滑稽戏"。他说彼徒拉希夫兹事件[2]是"职业的话匣子们造反"。在他还没有机会说到民粹派[3]之前,克里的母亲轩昂地进来了,穿着丁香色的衣服,胸前挂着一长串珍珠。

"现在是去的时候了,"她严厉地说,"可是你还不换衣服!"

"原谅我!"伐拉夫加负疚地说,跳起来急忙走开,"我们正在谈得

---

[1] 十九世纪三十年代俄国少数贵族所主持之宪政改革派。
[2] M. V. Petrashevtzi(1819—1869)所建立之团体,研究和传播法国社会主义学派,当时俄国著名文艺作家加入者甚多,俄政府大兴党狱,牵涉甚广。
[3] 十九世纪后期俄国的一种民间运动,主张根据俄国固有的农村公社制度即能达成社会主义,方法是"到民间去",为人民服务。

有趣咧。"

克里时常喜欢看见他的母亲管束这男人好像比她低一级的生物,好像一匹马似的。她目送着伐拉夫加,而且叹气。然后,用芬芳的手指摸着她的儿子的眉毛,她问:

"你们谈些什么?"

"我觉得我应对失策。"克里供认,心里想着杜洛诺夫,但是对她说的却是关于里狄和马加洛夫的事。

"你能够有什么别的方法呢?"他的母亲略为惶惑,"你不能不警告她的父亲呀!"

"我准备好了。"伐拉夫加说,出现在门道里。穿着燕尾服,他是异常庄重的。

七

他们出去了。克里被遗留在那里,怀抱着不知道是否必须决定忽然遭逢的当前歧路的人的情调。他打开窗子,阴湿的夜气流进房间里面。一片鸽灰色的细云掩盖着镰形的月亮。克里决定:"我要去看她。"

他决定了,但是陷入深思之中。他忽然想要去看马格里它的欲望被一种狼狈的感情所遮暗。他害怕他不能抑制他的烦躁,以致盘问她关于杜洛诺夫的事,因而会忽然证明杜洛诺夫曾经说了真话。他并不期望那些话是真话。

从厢房里朦胧出现一些人影,一个跟一个,手里提着包裹和箱匣。那作家引导甲可夫伯父,用手扶持着他。克里想要跑进院子里,但是仍然留在窗前,记起他的伯父久已把他看作无异路人。作家扶助克里的伯父坐进马车,车夫是一个褴褛的汉子。他的伯父叫道:

"但是那一小包在哪里?"

"我拿着咧。"作家高声问答。

马车沉重地滚进街道的黑暗里去了。

克里的伯父曾经拉下帽檐遮住眼睛。并不回头望望大门口，在那里作家的妻、妻妹和两个别人正在挥着手巾和帽子，欢呼"一路平安"。

这一切，和这暗夜，使克里记起某种沉闷的长篇小说中的一个场面，描写那年轻的女主角为要赡养贫乏的家属而决意去做保姆的送别光景。

克里叹息。他倾听了一会儿，当寂默吞没了那马车响声的时候，他想要思索他的伯父，把他安置在一种重要字汇的格式之中，但是他的头里面好像一群蚊子叫似的轰响着这讨厌的问题：

"倘若杜洛诺夫的话是真的呢？"

这问题，阻止他去看马格里它，不容许他思想除了她而外的任何事物。在黑暗中坐了一个厌烦的时间之后，他走进他的房里，点燃了灯，照照镜子。镜子显示给他一张几乎不熟识的面孔，皱缩成困惑的怪相。他灭了灯，在暗中脱掉衣服，躺在床上，拉起被盖蒙住头。但是几分钟之后他说服了他自己，认为今天，此时此刻，必须去揭破马格里它的谎话。并不点起灯，他穿起衣服就走，鼓舞起一种武勇的情绪，坚决地走着。照常，马格里它一见他就照例叫喊：

"啊哈，你已经来了呀！"

他早已讨厌这些话。他从来不觉得它里面有什么喜悦或高兴。她的单调的抚爱似乎越来越可耻，而她还是定规重重复复，好像可能要继续终身不变似的。这种抚爱的必然性对于克里早已不但变为厌恶，甚至震摇着他的自尊心。

但是这一回这些话有一种异常空泛的声调。马格里它刚洗过澡。她正坐在挨近书桌的镜子前面，梳理她的濡湿的黑头发。她的脸红得好像发怒似的。

克里装作开玩笑，用因恼怒而发抖的手啪地打了她的温暖的肩头一下，那肩头还在显出蒸汽的作用。她忽然低头，愤愤地转向他：

"疼呀！你要干什么？"

但是她立刻平静，用一种正经的声调谈起来。

"好，有一个消息给你，我得到一个好位置——在修道院里——在学校里。我要到那里去教女孩子们缝纫。他们给我一个房间，要我住在学校里。这就是说'再见'了。男人是不许到那里去的。"

让她的衬衣落在膝头上，用一条毛巾揩着她的颈项和胸部，她并不请求，而是命令：

"替我揩揩我的脊背。"

看着她的裸体，这青年觉得他的武装解除了。但是那女子的命令使他惊异而且烦恼。她从来不曾请求他替她自己做过这种工作，他也记不起他曾否为礼貌所迫而替里它做过类似现在她所要求的同样工作。他坐着不动，也不说话。那女子问：

"懒惰？"

心里闪现恶意，他轻蔑地说：

"你对我撒谎。杜洛诺夫是你的情人。"

他立刻觉察他说了他不该说的话，措辞也不对。马格里它，背对着他，正在弯腰穿着她的新鞋子。过了一会儿，她十分镇定地答道：

"那就一切都已经很简单地完事喽！"

她又问：

"这是凡尼亚告诉你的吗？"

用手指敲着他的皮带上的铜扣子，克里等待着听她还要说些什么。但是马格里它继续拴她的鞋带，不说什么。

"杜洛诺夫自己告诉我的。"克里粗声宣布。

她站起来，稍稍提高裙子，仔细审视她的双脚。然后她又坐下，用放心的口气重复说：

"那就一切都已经很简单地完事喽！我在这里想了整整一个星期，想着我要怎样告诉他我不能跟他再混下去了。"

克里觉得她正在迫使他现出蠢相。在失措中，他问：

"你为什么撒谎？"

那女子用平稳的声调回答，茫然望着窗外，好像正在想着和她所说的话全然不同的事。

"你的亲爱的母亲给我钱并不是要我真心看待你，而是因为那就可以使你不会出去胡逛——那就可以使你不会害传染病。"

克里经验到一种被火烧的感觉。他开始呵斥她：

"你说谎！我的母亲不会……"

"鞋子夹痛我的脚。"里它平静地说，从裙子下边伸出一只脚。克里在恼怒和混乱之中模糊听见她骂谁"混蛋！"

"不要恼恨你的亲爱的母亲，"里它劝他，"她关心你的幸福。在全城里我只知道有三个好母亲这样照顾她们的儿子。"

克里在头脑里一阵嗡嗡之中听见她的这些不合意的话。他的两腿发抖，倘若里它不是那么淡漠地说出来，他就会以为她正在嘲弄他的。

"这就是说我的母亲雇用她，"他判定，"她给她钱——这就是这贱货不贪婪的理由了！"

"纵然她是傲慢的，而且曾经苛待我，我还是要说她是一位难得的母亲。现在她拒绝帮助我，使凡尼亚不被派到拉然去，那么你不要再来。我也不再到你家去做工。"

她威胁地说出最后一句话，好像她以为没有她的帮忙萨木金氏和伐拉夫加就要变为最不幸的人似的。克里想要解开皮带，把它打在那姑娘的还在发红和出汗的脸上。但是他觉得他自己几乎被这种愚蠢的情景所麻痹。在羞辱与愤怒中他耳根通红，转身就昂然溜出那房间。他一直走了。并不再看马格里它，并不对她说一个字，当她送他出来，这样大声责备着的时候：

"吓！这是顶不漂亮的呀！你平常不也是很有礼貌的吗？"

八

他在街上游行了一个长久时间；然后坐在市立公园里的一条凳子上，惊疑着他要干什么。他想要痛打杜洛诺夫，或者告诉他马格里它是被人雇用的妓女。他想要对他的母亲说些很难堪的话，压倒她。但是这些心愿都飘浮在默想马格里它的一种顽强的思潮表面上。他久已惯于轻视她，嘲笑她，现在，他初次以他可能有的一切严肃来思索那女子。马格里它在他的心里构成一种不可思议的二重印象。回想到她的无可疑的真心抚爱，她的谦卑可笑然而诚实的言辞——迫使莫泊桑的小说中的男主角之一抛弃情妇的那种愚昧的、温柔的情话。那么，她献给杜洛诺夫怎样的抚爱——她对他小声说些什么情话呢？在一种呆钝的猜疑中他记起那女子为他的肉体的欢乐所费的气力，而且他问他自己她怎么会那样灵活地躺卧在他下面呢。而且当他记起她所说的三个好母亲的话的时候，他以为或许还有像他一样别的男子被托付给马格里它照顾的吧。一种奇突的思想闪过他的心里：“她算是妓女还是看护呢？”

但是这思想立刻消失，当他断定里它显然只爱第四个人——那丑陋可厌的杜洛诺夫——的时候。

这种种思想充分使他感觉他已经被错待，不能忍耐地压迫着他，但是克里没有力量排除它们。他坐在铁铸的凳子上，面对着黑暗荒凉的河面。河面随时显出暗淡的闪光，好像一片巨大的铁屋似的。河水懒悠悠地、无声地泛流着，似乎相离很远。夜是暗的，没有月色。水面上反映着星星，好像黄色油渍的斑点。克里听见他后面有人走路、大笑和谈话了，一个男高音用 La donna & mobile 的调子唱道：

我听见你的声音，亲爱的，
依恋而温柔；

为了你的声音
　　我抛下金钱……

在偶然听见的这一节歌词中胜利地响着难堪的鄙俗。克里忽然有些惶恐，跳起来，急忙回家去。

九

他的母亲和伐拉夫加已经到乡下他们的别墅去了。阿连娜也在乡下，里狄和鲁巴·梭莫伐住在克里米亚。克里曾经留在家里，看守着它，因为它正在被修理，同时跟勒支加学习拉丁文。当他独居的时候，他觉得已经不必表演他惯常担任的角色，所以克里很慢地才从他所受的打击中恢复过来。他仍然继续思索马格里它，但是他的思想，逐渐减少悲观，甚至减少厌恶，同时却更加混乱。他的思想终于把那女子安排在一种全新的观点之下。克里已经不再以为马格里它是愚蠢的。据他的记忆所记得的她说过的训诲之词，大多数是渲染着憎恶女性的色彩的。他记得有一次，她跳下床之后，用海绵揩着她的流汗的身体，马格里它曾经称赞地说道：

"你没有热情，这对于你是一件很好的事。我们女人喜欢使热情的人儿们热得通红，然后让他们燃烧为灰烬。许多人就经由我们而达到毁灭。"

又有一次她曾经亲切地警告他：

"你不要相信女人的爱。你要记住女人并不以灵魂来爱，而是以肉体来爱的。女人是狡猾的——哟！她们是坏的。她们甚至彼此都不相好。试看街上，她们是何等嫉妒地和恶意地互相窥看呀。因为她们是贪吝的；她们每一个都是疯的，因为除了她而外还有别人一同生活在世上。"

她甚至曾经讲过恋爱故事，但是那时克里正在瞌睡，所以全部故事只留在他的记忆里这么几句话：

"她在追求什么呢？不过是要他离开我。你知道，'看我比你更漂亮得多呀！'"

现在，当他回忆着她的忠告的时候，他惊异于它的明显，它的一贯，而且忽然觉得里它说这些话是迫于她的良心的要求，想借此暗示他她正在进行欺骗。

"我是在设法替她辩护吗？"他问他自己，但是他立刻想起杜洛诺夫的扁平脸、他的假笑、他说讲的关于马格里它的无耻的故事。

"我好像从天空落进河里似的，而她好像伐利亚·梭莫伐把波里士拉下水似的要溺死我。"他恶意地想。

但是，纵然以怨恨之情想着里它，他觉得他的心里也还兴起想要去看她的卑劣欲望，而这使他更加恼怒了。他为他的气恼发见一条出路，引导它去反对某些工人。

在萨木金家的斜对面，有些石匠正在拆除好像一座兵营似的古旧的两层建筑物。它有几面惨淡的小窗子，黄油漆的残余还附着在它的剥落的表面上。伐拉夫加新近才替商人俱乐部买得这宗地产。大约有二十个满身尘灰的工人在那里工作，但是其中的两个特别显著：一个鬈头发、圆眼睛、厚嘴唇、毛脸上全是尘灰的青年，和一个穿着蓝色工衣和长围裙的小老人。青年的坚强的手用他的铁撬机械地打碎那老墙上的砖块。青年的气力是可惊的；他夸耀着这个，而那小老人教唆他，尖声叫道：

"尽管打呀！莫提亚！打倒它们，莫提亚！结局就在眼前！"

管理十个工人的头目，一个红胡子的、高大的农民，对他说：

"尼戈拉奇，不要玩弄人！打碎砖块有什么用？"

小老人滑稽地答道：

"是我打的吗？那是莫提亚呀。呃，莫提亚，你糊涂蛋，但是你真强！"

然后他自己用他的铁撬打整块的砖，而不敲打黏合砖块的胶泥。工头又照例然而淡漠地埋怨说老砖还可以再用的——它比新砖更大更坚固。那小老人附和似的尖声叫道：

"对呀！呃，莫提亚呀！"

全体工人们都正经地拆除那墙，但是那小老人，克里觉得，似乎总是捣乱，使人厌恶得发疯。至于莫提亚呢，像一架机器似的盲目地工作着，每当打落几块砖的时候，他立刻就大哼一声，"哟！"工人们大笑而且低语，那小老人总是莫名其妙地尖声叫着："尽管打呀！"

"这些白痴！"克里想。

他忽然记起他的外祖母的默默流泪，当她看着她的家宅的断壁残砖的时候。他记起了街上的光景，工匠们的斗殴，和高等学校对面广场上挨近那些小店门前的醉汉们的暴乱；又回想到外祖母的眼泪。他也默想到伐拉夫加对于酗酒、狡诈而懒惰的人民的嘲骂之词。他觉得自从他和马格里它有事以来，人们似乎变为更坏了，连那虔诚的、仁慈的老门房斯提班，和那静默的、肥胖的、不倦地吞吃着各样甜东西的菲尼亚在内。

"人民！"他回想，暗自好笑，当他的记忆提供给他关于爱人民，关于必须为启发民智而工作的那些热诚言辞的时候。

克里又去托米林那里，和他闲谈"人民"，秘密怀着想要证实他的反感的希望。但是托米林摇摇他的红铜色的头，说：

"只有工业家们、野心家们和社会主义者们对于人们才会感觉真实的兴趣。人民对于我是一个无味的话题。"

托米林显然富起来了。他不但服装比从前更整齐，而且他的墙壁上塞满了三种文字的新书：德文的、法文的和英文的。

"在俄文中无书可读，"他解释，"俄文中作者们亲切地感觉着，但是他们不成功地、依傍地、非独创地思想着。俄国的思想是深刻情绪的，因此是粗俗的。思想，只在被疑问所推动的时候，才会丰富。怀疑主义与俄国思想无缘，正如它与印度或中国思想无缘一样。我们每个人都努力要获得信仰。不论什么都好，基督也好，化学也好，人民也都好。为信仰而努力就是为宁静而努力。我们俄国人谁也不愿为独立的思想劳动而甘受不宁静之苦。"

这些学说并不全都使克里喜欢；其中的一些是克里所不能同意的，但是他诚实地想要记住托米林所谈的各样事，当托米林一面谈一面转换他的皮拖鞋，或他的赤脚的位置来配合他的谈话的时候。

"为了个人自己，为了个人的享乐，真理对于人是不必要的。我再说一遍，人因为渴求宁静而需要真理。而终于以所谓科学的真理为满足，我不反对这种真理的实用价值。"

十

有一次，当他走到这位先生寓所的时候，他被那房东的寡妇拦住。房东已经害肺炎病死掉。这妇人坐在大门口，挥着一枝槐树叶，驱逐她的油质的圆脸上的苍蝇。她是一个大约四十岁的庞大女人，有着奶娘似的胸部。她站起来拦住克里，用她的宽脊背封闭门道，她的绵羊眼睛显出微笑，说道：

"原谅我，他正在写作，已经吩咐过不见客。我甚至把伊诺康提神父都挡回去了。现在甚至还有两个教士要来，一个是从神学院来的，一个是从御告节教堂来的。"

她低声说着，吞吐着字句；她的绵羊眼睛闪出喜悦的光辉，克里看出她是很想要多谈托米林的。由于礼貌，他静听她说了大约三分钟，然后鞠躬告退，她叹息道：

"当初我觉得替他抱歉，但是现在我已经害怕。"

马加洛夫时常在不恰当的时间出现，满身尘垢，穿着帆布工衣，系着一条皮带，赤脚上打绑腿。他的头发已经长长，纷纷披着。这使他好像修道院里的新来学习者。他的脸已经风吹日晒成焦黑色，耳朵和鼻子上的皮肤像鱼鳞片似的剥落着。悲哀深藏在他的眼睛里，但是这眼睛有时闪出使克里肃然疑惧的一种奇异的光辉。

他审慎地接待马加洛夫，掩藏着对于他的服装的卑陋的轻蔑之情，以一种谦恭的反讽之态静听着他说话，那些话是早已讨厌的了。马加洛夫步行过一些乡村，访问过一些修道院。他谈论它们好像谈论到一个奇异的国度去的一次旅行似的；但是无论他说什么，克里总以为他是在思索女人和恋爱。

"你做什么，你正在研究人民吗？"

"我正在研究我自己，当然。研究我自己，依照着古圣先贤的教训。"马加洛夫问答。

"研究人民——这是什么意思？抄录民谣吗？那些乡下丫头们歌唱最可耻的蠢话。老人们怀念着追悼会的挽歌。不，兄弟没有这些歌唱就已够很不快活的了。"他说。用手指碾平一支揉皱的尘垢的纸烟，他继续说：

"有时我觉得托尔斯泰派或许是对的：我们所能做的最智慧的事，如伐拉夫加所说，是回到傻子状态。或许最真确的智慧是异常的简单的，而我们枉然向别方面去寻求，是吧？"

克里觉得他只能引用托米林的话来答复这些问题，而马加洛夫是认识这来源的。他默默地站着，想道，只要马加洛夫能决心私通像里它这么一个，他的一切惶恐就会化为乌有的。倘若这蓬头垢面的阿多尼斯[1]从杜洛诺夫那夺去女缝工，不再缠绕里狄，那就更好了。马加洛夫并不问起里狄，但是克里看见他一面谈话一面仰望着天花板，侧耳静听。

"他以为她回来了。"克里想，立刻感觉有趣和烦恼。同时马加洛夫沉思地咕噜着：

"有时务求理解似乎是呆气的。有好几次我在旷野里过夜。仰卧着；

---

[1] Adonis，美艺之神维纳斯之爱人，美少年。

瞌睡不来；眼望着星星；回忆着书籍；会忽然想起——不过压倒自己而已，你知道——或许宇宙的博大和矛盾不过是由于造物者的无知无能，不能使它单纯和可以理解吗？"

"这说得好像托米林的腔调。"克里提醒他。

马加洛夫想了一会儿。他吹出他的纸烟的烟云。

"是谁说的都没有关系。总之，那结论是人盲目于自己的理性。"

马加洛夫的怨恨宇宙激怒了克里；马加洛夫似乎是可笑的；他装成哲学家的样子，愚笨地模仿着托米林。克里并不看他的同伴，愤然说道：

"在两三年之内我们就不会再想这些……"

他想要说"愚事"或"琐事"，但是抑制着自己，却说道："想得这样天真素朴。"

马加洛夫慢慢地把他的纸烟压熄在他的草鞋后跟上，同时问道：

"我们要加入傻子群吗？"

然后，问克里要了三个卢布，他走了。克里看着他用逍遥的步伐飘然走出庭院，觉得想要挥拳打他。

十一

星期六他离家到乡间别墅去。当他的马车走进它的时候，他看见他的母亲坐在露台上小圆柱旁边的一把扶手椅里，里狄穿着白衣服，披着覆盆子色的肩巾。他情不自禁地一惊，正襟危坐起来，虽然马正在缓缓地走着，他却对车夫说：

"从从容容的。"

他更为惶惑了。当里狄庄严地握着他的手，向他的脸上投下锋利的一瞥的时候。在这两个月之中里狄已经有了断然的变化。她的微黑的脸更加黑了；她的高调的、颇为粗粝的声音变为更圆润了。

"海并不是我以前想象的那样，"她对克里的母亲说，"它不过是一片可怕的渺茫的大水。山岳只是由天连接着的一带单调无味的大石头。在夜间人觉得山岳正在向家宅爬来，想要把它们推进海里面，而海时时准备着吞没家宅。"

维拉·彼得洛夫娜，俯视着通入森林的道路，提示他们：

"夜间不是思想的时候，而是睡眠的时候。"

"在这里是难以睡眠的；拍岸的波浪使我时常醒着，"里狄说，"岸上的沙石，当水冲洗着它们的时候，好像磨牙齿似的。海好像百万只猪似的吞着咽着。"

"你还是像从前那样……神经……过敏。"维拉·彼得洛夫娜说。她的言语支吾使克里疑心她想要说别的。他觉得里狄现在完全长成了。她的顾盼是镇定的。人可以想到她正在紧张地期待着什么。她说话是不自然的急促的，好像她希望尽其可能地赶快说完她所要说的话。

"我不理解为什么人人都说克里米亚是美的。"

她的乖僻自是显然激怒了克里的母亲，他看见她的脸红和她咬嘴唇。

"大多数人都不过是美的寻求者，只有少数人创造美，"他说，"或许在自然中没有美，甚至正如在生活中没有真理一样。真理和美是人自己创造出来的……"

并不听他说完，里狄就插嘴：

"你已经更老了——就是说，你已经成人了。"

维拉·彼得洛夫娜站起来，走进去，用不必要的高声调说道：

"你所说的关于美的话是很新颖的，克里。"

被留在那里，和里狄脸对着脸，他愕然惊觉不知道要和她谈什么才好。那女子悠悠踱过露台，然后望着森林方面，问道：

"我的父亲已经出去打猎了吗？"

"是的。"

"一个人独自去?"

"和一个农民同去。就是去年春天省长下令鞭打的七个农民之一。"

"是吗?"里狄问,"农民们也在那里的某些地方暴动。他们甚至被枪毙。好,我要走了;我很疲乏。"

当她从露台走进细小的桦树丛的时候,她并不看着克里,说道:

"鲁巴已经得到一个位置,陪伴一位害肺病的小姐。"

她隐现在桦树丛里,留下克里在那里愤恨她的冷淡。他坐上他的母亲曾经坐过的椅子。他拾起一本黄色的法文书,莫泊桑的长篇小说,《像死一般坚强》,用它拍着他的膝头,沉入胡思乱想的潮流之中。这女子确是无意于他和里它所干的那种事情的。她的细弱的身体会赤裸裸的被狂热地拥抱着,这是不可想象的。然后,当他记起他的母亲为恼怒里狄而脸红的时候,他想到前一个星期六他的母亲和伐拉夫加之间的一件偶然事故。那时他们坐在这露台上,而克里在他的房间里,他听见他的母亲几乎高兴地说道:

"我的上帝,你已经有秃点了!"

伐拉夫加答道:

"嗯,所以我从来不注视你的鬓上的灰发。我的眼睛是比较更有礼貌的。"

"你恼了吗?"克里的母亲惊异地问。

"当然不。不过有些事情由一个女人提起来是不很愉快的。尤其是由一个很懂得法兰西式的温情的女人。"

"你为什么不说'一个心爱的女人'呢?"

"一个心爱的女人。"伐拉夫加说道。

克里想到马格里它所说的关于他的母亲的话,就把那书抛弃在地板上,望着树丛。里狄的苗条的白色形体已经消失在桦树之中。

"那是有趣的——她将要怎样会晤马加洛夫呢?她会察觉我曾经深入男女关系的神秘之中吗?倘若她觉察了,这会使她看得起我吗?杜洛诺夫常说女子和妇人时常能够从某些表征知道一个青年男子已经失去他的童贞。母亲谈论马加洛夫：'一看他的眼睛就知道他是一个腐化的青年。'母亲更加时常，用上帝之名引出她的干硬的言辞，虽然她的敬神不过是为了礼仪的缘故。"

在椅子里摇晃着他自己，想着里狄，克里更加困惑不安，惊疑为什么这次和她再会他这样惶恐呢？后来他忽然觉悟：他害怕里狄或许在某种情形之下已经从婢女菲尼亚处得知他和马格里它的事情。

"倘若母亲不贿赂马格里它，这贱货会拒绝我的吧。"他回想，把手指握得这样紧，以致它们发出响声，"一个难得的母亲！"

里狄悄然走回来，当他们同坐下来吃晚餐的时候他们才知道她已上床睡了。第二天，从早到晚，她还是焦躁地踱来踱去，很不客气地回答着维拉·彼得洛夫娜的问话，好像想要争吵似的。

"你读过这书吗？"维拉·彼得洛夫娜问，拿莫泊桑的书给她看。

"读过——何等沉闷的书！"

"真的吗？我可不这么想。"

"读书是一种奇怪的习惯，"里狄说，"正如依赖别人的资财而生活一样。每个人都问别人：'先生，你读过这书吗？太太，你读过这书吗？你们全都读过这书吗？'"

"上帝知道你说些什么。"维拉·彼得洛夫娜说，有点气恼。里狄继续嘲骂：

"胡说八道！恋爱当然不是'像死一样坚强'的。"

维拉·彼得洛夫娜开始大笑：

"原来如此呀！这是你的经验之谈吧？"

"我可以想得到的。人能够恋爱五次还活下去咧。"

克里不舒服地缄默着，期待着她们要吵架，而且在里狄面前感觉畏怯。

十二

晚间他回到城市。那论次数减价的定期列车的破旧车辆颠簸得好像农民的大车一样。窗外慢慢地滑行着黑色的树木之流,热烈的电光闪耀在天空中。克里被某种不愉快的预感所扰乱。这古怪的女子会闯入他正在思索自己的意念之中,迫使他思索她,而这对于他是不自在的。她并不顺从他为理解她的情绪和思想的表演的意义所作的努力。把她,以及一般人们,看得像数目字一样明了,那倒是不必要的。人必须能够确定自己在他们之中的界限和地位,揭破而且扬弃一切妨碍人平易地生活的"想出来的"事物——这是必要的。

一天之后,里狄和她的父亲回来了。克里跟他们去巡游,走过周围全是垃圾和刨屑的一座房子,房子被罩在建筑架之下,泥水匠们正在架上工作着。那铁屋顶在盖屋顶的工人们的锤击之下发出打雷似的轰声。伐拉夫加恼怒地扯着他的胡子,用他的值得纪念的言辞咒骂那些工人:

"他们好像棺材匠似的工作着——鲁莽草率,完全是旧方法。"

里狄异常亲热地挨紧她的父亲,和他手挽手地走着,说道:

"爸爸,你准备建筑一个完整的城市。"

"我准备!"伐拉夫加承认,"我要建筑十个城市。最亲爱的,城市是蜂巢。城市收集和储蓄文化之蜜。我们必须使农村的俄罗斯的一半化为城市——然后我们才能生活!"

他跟克里和他的女儿继续谈了一会儿;然后他又咒骂那些劳动者,慷慨地给他们酒钱,然后走回来。里狄上楼去,停留在她的房间里,一直到晚间喝茶的时候。这时她开始和台尼亚·古里科伐开玩笑。

"为什么这是有趣的呢?她挑剔那可怜人的一句简单话。"

台尼亚·古里科伐逐渐暗淡、干瘪、萎缩,好像她正在竭力变为全然不能看见似的。

"你们年轻人读书何等少呀，你们知识何等少呀！"她说出她的惊异，"我们这一代……"

"'代'——是从动词'新陈代谢'演绎出来的吧？"里狄抢着说。

自她幼年以来克里就已觉察的她的那种横劲现在具有使他吃惊的种种乖戾形式。和里狄谈话不被她断然截住几乎是不可能的。她屡次向他抛来这样的问题：

"为什么这是有趣的呢？为什么这是必须知道的呢？"

有时，在吃饭的时候，她曾忽然陷入深思之中，像聋哑者似的呆坐着好几分钟，然后，一惊动，就不自然地兴奋起来，又开始嘲弄台尼亚，断言卡丁写农民故事的时候常常穿着麻绳草鞋："因为激发灵感，这是必然的呀！"

当他仔细观察她，而且看见她的皱眉之下的灰眼睛里的渴望的神情的时候，当他倾听着她弹奏肖邦或柴可夫斯基的抒情音乐的太过剧烈的手法的时候，克里觉得她曾经使她自己羁绊在某种大苦恼的事情之中，好像被围困在荆棘丛中似的。

"她正在恋爱中吗？"他疑心，但是他不愿这样想。"不，倘若她是在恋爱中，她的行为或许是不同的。"他告诉他自己。

第六章

一

八月中，在一个下雨的晚间，克里从乡下别墅回来，发见马加洛夫在他的房里。他低头坐在椅子上，两肘支在膝头上，手指都埋在乱头发里面。他的脚前面躺着他的制帽，它是被揉皱，被阳光晒得褪色了的。克里悄悄地走进房里。马加洛夫并不动弹。

"醉了。"克里想。他责骂地说道：

"你好家伙！"

马加洛夫并不移动他的手指，疲乏地抬起头。他的形体似乎很消瘦；他的两腮凹陷，他的眼白充血；但是他的顾盼有一种明澈的光辉。

"回来了？"克里问。

马加洛夫拾起他的小帽，把它放在膝上，用手肘压着；然后又低下头。

克里问他从莫斯科回来多久了,他是否已经考进大学。马加洛夫摸摸他的裤袋,低声答道:

"三天以前。我已经进了大学。"

"医科?"

"不要管我的。"

他默坐了一会儿,然后站起来,向门道走去,他的脚倦怠地在地板上拖曳着。

"找她去?"萨木金问,仰望着天花板。马加洛夫也向上看,扶着门枋,答道:

"不。再见!"

当他看着马加洛夫的缓慢的、不稳定的步伐的时候,克里被一种思想和情绪所袭击,其中混合着畏惧、怜悯和恶意的喜悦:"他已经害什么病了吧?"

菲尼亚慌忙跑进房里,用一种惶恐的声音对他说:

"小姐请求你照看他,不要让他到任何地方去。"

她的眼睛不合宜地圆睁着,当她用唱歌的声音叫喊的时候:

"出了什——什么事情呀!"

克里跑上楼,正遇着里狄跑下来。

"你为什么让他走?为什么?"她用一种高声的私语质问。

壁灯朦胧照明那女子的头,克里看见她的下巴抖颤。她的双手紧张地拉着她的披肩。她忽然向前倾斜,好像要倒下似的。

"去追赶他,把他拉回来!"她叫喊,顿脚。惶恐得好像在梦中似的,克里拔脚就跑。他冲出大门,站着倾听;天已经黑了,很寂静,但是并无足音。他向着马加洛夫住家的那一条街奔去,不久,在朦胧夜色中,在挨近教堂围栏的菩提树下,他看见马加洛夫的形影。后者直立着,一只手抓住围栏的木栅。他的另一只手举出他的头上,虽然克里并未看见它拿着的手枪,但他分明觉得马加洛夫就要开枪了,叫道:

"你不能呀！"

当他离马加洛夫不过两步远的时候，后者用一种狂醉的声音喊道：

"哈里路亚[1]！全见鬼喽！"

克里已经及时赶到，却又踉跄后退，因为被手枪的尖锐响声所惊骇，同时马加洛夫放下手，呻吟了。

后来，当他回忆这情景的时候，克里记起马加洛夫怎样摇摆，好像不能决定向哪一方面倒下，他的圆睁的怪眼这样可怕，当他慢慢地张开嘴说话的时候：

"这——这，现在。"

克里抱住他的腰，扶他站稳，然后拉着他走。马加洛夫的奇异步态，摇曳不定而又几乎奔跑，阻碍着他们的前进，似乎经过了一个可怕的长时间他们才到达家宅门口。当到达的时候，他咬着牙齿小声说：

"放开我，放开我！"

门口站着三个女性的形体。当他看见她们的时候，他含糊说道：

"我知道这是愚蠢的。"

台尼亚·古里科伐斥责地摇摇她的平滑的头，怨声说：

"你不羞吗？"

"不要响！"里狄命令，"菲尼亚，跑去请医生！"

她抓住马加洛夫的手臂，低声问他：

"你打中了什么地方，你小学生啊？"

克里觉得她的声调中有愤怒和轻蔑。

在他自己的房间里，在灯光中，他看见马加洛夫的外衣的左边已经变为深黑；它闪出湿透的水光，而且黑色点滴从他坐着的椅子流落在地板上。里狄默默站在他前面，把他的头靠在她的胸上。台尼亚一面安排克里的床铺一面高声饮泣。

---

[1] Hallelujah，赞美或感谢上帝。

"脱掉他的衣服。"里狄命令。克里勉强走去。他的头脑被一种甜腻的腥气弄得发昏。

"不,先把他放在床上。"里狄指挥。克里否定地摇摇头;几乎虚弱无力,他蹒跚地走进客厅,跌落在椅子里面。

当他已经复原的时候,他回到他的房间。马加洛夫躺在克里的床上,露着胸腹。一个灰头发的医生,高卷着袖子,正在俯身在他上,用一只晶亮的长针刺探马加洛夫的胸部,然后哼道:

"好啰,你们这些青年干什么呀?总是闹乱子,枪杀自己!"

汗水闪灼在马加洛夫的两鬓和凸起的前额上。他的鼻子已经变为尖形,好像死人的似的。他咬着唇,紧闭着眼睛。菲尼亚端着一只铜盆站在床脚,古里科伐也拿着绷带和纱布在那里。

"普希金们和莱蒙托夫们有另一种打法[1]。"医生说。

克里走出去,进了餐室。里狄坐在那里,注视着桌上的烛焰,双手抱在胸上,两腿直伸在前面。

"危险吗?"她咬着牙齿问,并不抬头。

"我不知道。"

"这医生不行吧?"

克里倒水在大杯里,一饮而尽,然后答道:

"都是你!他们都已经为你自杀。"

里狄温婉而又严厉地请求他:

"不要说了。"

他们都静静地倾听着。克里站近食器橱旁边,用手巾使劲揩着他的双手。里狄寂然坐着,固执地瞅着那烛的黄金小剑头。细小的思想支配着克里。

医生恭敬地对里狄说话好像对待一位成年的贵妇似的。这当然是因

---

[1] 这两位诗人皆为恋爱决斗而死。

为伐拉夫加在这城里一天更比一天显要。"她又要成为这城市的话题了,"他对他自己说,"像从前她幼年时代和图洛波伊夫的恋爱事件一样;把马加洛夫放在我的床上是一件不愉快的事。倘若他们把他搬到顶楼上,那就更好。对于他也更舒服些。"

这些思想是不仁慈的,克里知道,但是它们还是持续着。

医生进来,搓搓手,通知他们:

"好了,各样都尽力做好了。那手枪是无力的。子弹打在一条肋骨上——稍微损伤了一点,我想——穿过左边的肺,停留在背部的皮下。我已经把它取出来,献给那位勇士。"

当他说话的时候,他微笑着仔细观察里狄;但是她并不理会,因为她正在用一只茶匙的柄刮掉烛瘤。医生嘱咐了几句,向她鞠躬告退,但是她连这也不曾留意。当他走了之后,她眼望着一个角落,说道:

"台尼亚和我要守夜。克里,你去睡吧。"

克里欣然走开。他不知道要怎样动作或说什么话才好,而且他觉得他的脸上的忧愁的表情正在变为神经衰弱的怪相。

二

马加洛夫在克里的房里躺了四天。第五天他开始请求把他搬回家去。这些日子,充满了压迫和不安的印象,克里大为艰难地挨过去了。最初一天早晨,当他进房去看病人的时候,他发见里狄已经在那里。当她看着马加洛夫的灰暗的、痛苦的脸和凹陷的眼睛的时候,她的发红的眼里闪出奇异的光辉。他的黑嘴唇断断续续地咕噜着。有时他把嘴唇缩起,叫喊,咬牙切齿。

"他发昏胡说。"里狄私语,挥开克里,"出去!"

但是克里在门道里流连了一分钟,听见这喘喘的嗄哑声音:

"我是无罪的……我不能忍受。"

里狄又重复她的命令：

"出去！"

傍晚的时候，马加洛夫觉得更好些。第三天，他对克里凄然微笑。

"原谅我，兄弟！我把这里弄得乱七八糟！"

他是惶恐的，两个黑洞似的眼睛茫然看着克里，好像在回想某种不可信的怪事似的。里狄的态度显然是装作的，她自己也分明知道。她啰唆着一些琐事，而且不相宜地大笑。她以一种异乎寻常的轻浮态度使人惊奇；然后她会忽然恼怒，而且开始嘲笑克里：

"你有一种老年人的趣味，只有老头子和老太婆才挂这许多照片在墙上。"

马加洛夫保持着沉默。好像一个陌生者或新来者似的，他怯怯地注视着天花板。甚至他穿着的外衣也是属于别人的——属于克里的。

维拉·彼得洛夫娜和伐拉夫加，从别墅回来，听了克里的详细报告。他们立刻开始低声议论。伐拉夫加站在窗子旁边，挨着克里的母亲。他把胡子捏在拳头里，皱起脸皮，好像牙齿痛似的。克里的母亲坐在镜台前面，正在梳理她的富丽堂皇的头发，偶尔摇头。

"里狄太过风骚。"她说。

"好，这正是你的想法！并没有风骚的影子。"

"风骚是各式各样的。"

"我知道，但是……"

"马加洛夫是一个道德堕落的青年。克里知道这个。"

"你说里狄的话是不公道的。"

克里一声不响地听着。他的母亲更加傲慢地说着。伐拉夫加恼了，开始咆哮，然后离开他们。克里的母亲对克里说：

"里狄是狡猾的。我觉得她有些残忍。这种冷血女人往往变为冒险家。对她要小心。"

克里久已知道他的母亲不喜欢里狄；但是她确实表明她的感情，这是第一次。

"当然,我理解你对朋友的情谊;但是更贤明的办法是把这孩子送进医院去。在我们的社会地位上这是一件丑事——当然,你知道……噢,我的上帝!"

伐拉夫加像一头象似的在楼上顿脚。人能够听见他的压抑的叫骂:

"我不——准!胡闹!"

里狄跑下楼梯。克里在窗子里看见她跳进花园。忍耐地又听了他的母亲的几句话之后,他也走进花园,确信他将要发见里狄在那里羞辱地流泪,他将要安慰她。

但是她盘脚坐在挨近园亭的一条长凳上,而且用一个问题招呼他:

"你绝不会因为恋爱而要自杀的,你会吗?"

她问得这样镇静而又鲁莽,以致克里想道:

"母亲的话或许是对的?"

"那要看情形。"他回答,耸动肩头。

"不,你不会!"她断言。然后,像他们幼年时代那样,她提示:

"让我们坐一会儿。"

她斜看着他深思地说道:

"你或许是一个荡子。我想这已经成为事实了吧?是吗?"

克里惶惑着,无话可答。里狄的脸颤动,变为歪曲。她把头向后一靠,用双手捧着它,凄然说道:

"这是何等可怕!——而且为什么呢?我被生出来。你被生出来。为什么?对于这个你怎样想呢?"

克里整饬衣襟,准备发表长篇议论,聪明的议论;但是她跳起来,离开他,说道:

"算了吧。不要说什么!"

当她走开的时候,克里被她所吸引,并不因为要发表高论,但只是想和她并肩同行。这想头是一个这样强烈的冲动,以至克里跳起去赶

她,但是在院子里他听见阿连娜的柔滑的低声:

"真的吗?啊哈——我曾经告诉过你的。"

克里停住,又坐下来考虑。是的,最可能的,里狄——甚或马加洛夫——知道另一种恋爱,足以引起他的母亲和伐拉夫加的嫉妒和羡慕之情的恋爱。克里记得她或他都不曾去看过病人。伐拉夫加叫来一辆红十字救护车,而当那些好像法国厨师似的医院练习生把马加洛夫抬过院子的时候,伐拉夫加只是站在窗前,扯着他的胡子。他不许里狄去护送病人。克里的母亲——显然是故意地——早已离开家宅。

在院子里马加洛夫的脸上立刻精神焕发。他兴奋了,仰望着高寒的清天,叫道:

"无可比喻的呀!"

当他躺在车里,由于震荡而瑟缩着的时候,他用右手拍拍克里的膝头。

"好,兄弟,谢谢你。至于这样流血,那可以说是有益的——它使人清醒。"

他衰弱地微笑着,说道:

"不过你不要尝试。它是痛苦的。同时也是可耻的。"

他闭住眼睛。这两个深陷的黑洞使他的脸显得比天生的瞎子们的脸更为瞎得可怕。

在玩具似的家宅的长着浅草的院子里——家宅的三个窗子羞怯地隐藏在一道木栅后面——来迎接马加洛夫的是一个瘦得可怕的男人,有一副小丑面孔。他拿着扫帚,但是一看见他们就抛掉它,跑到担架前面。推开克里和练习生们,俯伏在担架上,弯成一个三角形,好像他已经折断为两半似的,而且高声嚷道:

"呃,科士提亚,啊——呀——啊!里狄·提莫菲夫娜来告诉我们的时候,我们简直骇昏了。后来她又使我们高兴。她说,'并不危险'。好,荣耀归主!我们正在把各样洗刷干净。亲爱的母亲!"他叫喊,然

后注意到克里,就用长手指抓住他的手肘,介绍他自己:

"彼得·支洛宾,在电报局做事。很高兴见到你。"

一个矮胖的、红脸的老妇人,穿着好像袈裟似的灰衣服,从一间小舍里冒出来。她艰难地弯腰下去吻马加洛夫的眉毛。她的眼睛里充满泪水,她责骂:

"啊,你是怎样的一个小傻子呀!"

克里觉得感动,但是可笑的是看着这样瘦长的男人和这样肥大的老妇人住在这玩具似的小家宅里。宅子里那些小房间都装饰着花卉,而且在挨墙的一张椭圆形的小桌子上俨然堂皇地躺着一把提琴——装在匣子里。马加洛夫被安置在阳光照着的舒适的房间里的床上。支洛宾莽撞地坐在椅子上,对克里说:

"但是我,你知道,因为这件事,甚至允许我自己学习一支小曲,*Souuenir de Vilna*(维尔娜的纪念品),一支最动人的曲子。我已经练习了三个晚上。"

克里看着这塌鼻子、蓝眼睛、头发夹杂灰纹的男人,越看似乎越像一个小丑。他的笨重的母亲,像一头母牛似的从房间缓步走到房间,搬运瓶子杯子到马加洛夫旁边,嚷道:

"嗯,这有什么好呢?你们年轻人愚弄你们自己,不过将来你们总会讨厌这些事的。"

她献茶给克里。他谦恭地辞谢了,站起来要走,伸手给马加洛夫,后者默默躺着,对着支洛宾们微笑。

"请过来坐。"马加洛夫说,握着克里的手。

"请来呀!"支洛宾们同声附和。

三

克里凄然走进街道里。马加洛夫的奇特的朋友们显然很爱他,而且和他们共同生活无疑地是舒适而简易的。他们的简单使他想到马格里它。曾经有这个人是能够使他避离近几天的荒唐事故而安然相处的呀。当他想到她的时候,他忽然觉得他对她的意见已经逐渐好转,而且想念她的次数和想念里狄的一样多。但是他思念马格里它并不能排除他对于里狄的思念。

无论何时,每当里狄进入他的思想过程的时候,他就不能再想别的任何事物。真的,他甚至无所思想。有时,当他看着行云和流水的时候,他心里却觉得他站在她前面,毫无理由地研究着那女子。云片和波纹抹去和洗掉一切疑惑,而给予他一种半睡眠心情,没有思想,没有言辞。但是当他看见她——不是在记忆中而是有血有肉的时候,一种敌对意味就会发生在他内面;他想要跟踪她的每一步,想要知道她在想些什么,想要知道她对阿连娜和对她的父亲谈些什么。总之,他要明了她。

几天之后,里狄冷淡地——但是他觉得是挑拨地——问他:

"你为什么不去看马加洛夫?"

他回答说他正在被学校教务会议对他的态度所苦恼。有些教务委员,迟疑不肯发给他毕业证书,主张复试。

"哦,勒支加会设法的。"里狄不在意地说。她细起眼睛,温和地笑着,说道:

"不要使我想到你后悔你曾经阻止了一个朋友的自杀啊。"

在他没有时间回答她之前她已经跑掉了。当然她是说笑话;由她的表情,克里就知道。但是纵然在开玩笑的形式之下她的话也已激动了他。她到底怎样会有这样侮辱人的念头呢?在一个长时间之中,克里仔细探查他自己内部;他真有里狄所说的那种后悔之情吗?这探查毫无结果。他决定要和她理论清楚,但是又过了两天,他都找不出适当的机会质问她。第三天,被一种连他自己也不十分明白的意图所压迫,他去看马加洛夫。

在那玩具似的家宅的一个房间的门槛上,他停住,不自禁地微笑了。在靠墙的长沙发上，躺着马加洛夫，毡子盖到胸部，并未扣起的外衣领子露出他肩上的绷带，里狄坐在一张小圆桌面前。桌上摆着一只装满苹果的盘子。一道阳光从窗玻璃上部进来，照着那些果子，照着里狄的颈背，照着马加洛夫的高鼻子脸的半面。房里的空气是清香的，克里觉得很温暖。病人和那女子正在吃苹果。

"好一个伊甸园呀！"

"乐园里的第三个是魔鬼。"里狄再加强那印象，然后稍微离开长沙发、椅子和一切。马加洛夫握着克里的手，附和她的笑话说：

"萨木金更像浮士德，比之他像靡菲斯特。"

这两种俏皮话都激怒了克里，使他有所警备。马加洛夫和里狄，轻巧地摇摆着他们的嘲笑的词锋，越来越尖刻。他窘于应付他们的挖苦，逐渐感觉困惑。他听见他们的声调之中似乎有着因为被人妨碍而生的烦恼和激怒。沮丧和懊恨涌现在他的心里。他曾经阻止他自杀的那男人未免太过高兴，甚至变得比以前更漂亮。他的面色的苍白正好增强了他的眼光的温润。他的上唇上的黑影变为更浓、更显，马加洛夫在这几天之内的长成是可惊的。甚至他的声音，虽然微弱，也更深沉了。里狄对他的态度是异常随便的，全无她惯有的那种傲慢和挑剔；虽然克里觉得她今天对他也更亲切些，他是不喜欢她的新态度的。

"这里很有趣，是不是？"她转向萨木金，用手做了一个概括一切的姿势。克里答道：

"不过是平常——中等阶级。"

"哈哈——好一个贵族！"马加洛夫说，把一只手放在脸上，好像要遮住日光。里狄也微笑着。但是克里心中恍然现出她的将来的光景。他看见她嫁了马加洛夫，后者在高等学校教书，而且，当然是一个醉汉，她已经怀着第三胎，穿着拖鞋走着，袖子高卷在手肘上，手里拿着肮脏的抹布，像一个婢女似的，揩拭着桌椅。裸露着屁股的婴儿们爬在地板上咿咿哇哇。这光景开始使他解脱颓唐心情，这时彼得·支洛宾的老母

伸头进门道里,邀请他们:

"我请你们喝茶!今天我有你喜欢的薄饼,里狄·提莫菲夫娜!"

里狄跑到她面前,开始闲谈,用她的纤细的手指理好拖在那老妇人的红脸上的一缕灰发。她因为里狄的话笑得全身震动。克里不能听见里狄正在说什么。他也只耸动肩头回答马加洛夫的这问题:

"你为什么像一只猫头鹰似的呆看着?"

因为他正在想着:"原来如此呀!这就是说她有时,而且屡次,来过这里。她要在这里建立家庭吗?倘若如此,马加洛夫为什么自杀呢?"

他的头脑里,顽强地盘旋着这思想:马加洛夫与里狄同居,不过和他自己与马格里它同居一样;而且,当他翻起眼睛瞅着他们的时候,他在心里暗自呵斥:"说谎者!伪装者!"

支洛宾已经坐在他旁边,用他的瘦肩头碰了他一下,说道他只爱音乐和他的小母亲。

"就为了这爱,我不结婚,因为,你知道,家里有了第三个人——到底是一种妨碍!而且每个妻都不能忍受提琴的练习。我每天都练习。亲爱的母亲久已习惯了它,她不再听我……"

四

当克里离开这些人的时候,他是这样沮丧,甚至并未向里狄献议同路回家。她追赶他到门口,甜蜜蜜地问他:

"在家里你不会说起我在这里吧,会吗?"

他摇摇头。他并不想回家。他开始向河边走去,慢慢地走着,想道:

"我应该吸烟,据说它可以消愁解闷。"

在河的远方的平坦地面上,一道玫瑰花似的晚霞已经变形为一只浅浅的酒杯,这使他想起那清洁的玩具似的小家宅和其中的人们。

"各样事都是何等愚昧呀！"

在家里他发现伐拉夫加和他的母亲坐在餐室里。那巨大的桌子上狼藉着一大堆单据纸片。伐拉夫加正在拨动算盘的骨珠，在他的胡子里面咕噜着：

"窃——窃贼！"

克里的母亲敏捷地从那些小方形纸上誊写数字在一大张干净的纸上。她面前的一只盘子里摆着一只大西瓜，伐拉夫加前面是一瓶白葡萄酒。

"哦，你的那一位好射手怎样了？"伐拉夫加问。

听了克里的回答之后，他猜疑地研究着他，然后，倒满一杯酒给他自己，喝了一半，舔舔嘴唇，靠在椅背上，用手指敲着桌边，开始谈话：

"世界把人们分为比我更聪明的——我不喜欢这种人，和比我更愚蠢的——我看不起这种人。"

克里的母亲，审查地看着他，问道：

"你为什么忽然说这些话？"

"因为必要。"伐拉夫加回答，用叉子叉起一片西瓜，塞进嘴里，"但是，还有另一类人是我所害怕的，"他昂然继续说，"就是那些善良的俄罗斯人，他们相信语言的逻辑可以影响历史的逻辑。克里，完全由于友谊，我忠告你：谨防这种好俄罗斯人。他是非常有趣的人儿——是的！和他闲谈将来是顶开心的。但是他完全不了解现在，而且他不知道他所担任的这么一个幼儿角色的可悲；这幼儿梦梦地走在街市中央，就要被马踢倒，因为拉着历史这重大货车的马是由老练然而毫不客气的御者驾着的。在历史的事业中，我们的好人物是完全不必要的。顶好，他们不过是正在建造中的大厦前面的雕塑的装饰品而已。但是，因为这大厦还在建造过程之中，所以……"

克里的母亲反叛地截住伐拉夫加的演说：

"然而记住基督……"

"所以是一种过早的畸物，因此，是有害的，"伐拉夫加继续说，用他的粗实的手指敲桌子，打着他的言语的节拍，"所谓'基督教文化'是好像浑浊的广大河面上的一滴石油的虹彩似的东西。文化，目前，包括一些书籍，一小点绘画、一小点音乐和很小一点科学。自称为'地上之盐''精神骑士'等等的一小群人的文化状态不过是表现在他们不高声臭骂他们的母亲，和说到抽水马桶的时候不带嘲讽意味而已。按照我的文化的观念，那些生活于'基督之中'的人们全是反文化的。我的亲爱的，文化是对于工作的一种爱情，而且这种爱情正如对女人的爱情一样不能抑制。"

伐拉夫加匆忙点燃一支烟，一面喷出青色烟雾，一面高谈阔论。他的前额上的柔皮似的皮肤在烟里现出红光，他的尖利的小眼睛在浓密的烟幕后面兴奋地闪烁着，他的狐尾似的胡子朦胧显露在烟里，甚至他的言语也似乎是从烟里出来的。对于克里，伐拉夫加的这些雄辩的攻击是熟悉透了的；它们时常来，在他的业务使他特别疲乏的时候。克里觉察人们在街上对伐拉夫加鞠躬的态度越来越恭敬，虽然他知道他们在家里议论他的话是越来越恶毒。他也曾注意到这种奇特的偶合现象：这城里的人们议论伐拉夫加越多和越坏，伐拉夫加在家里的哲学讲话就越放荡和越流利。

今天这攻击是难堪的冗长。伐拉夫加甚至解开他的背心下部的纽扣，像他在晚餐之后有时解开那样。一种健康的微笑闪烁在他的胡子里面。在他下面的椅子发出碾轧的声音。克里的母亲注意静听，这样过于俯就桌子，以致她的少女般的奶包躺在桌边。这光景是克里所不喜欢的。

"听我说，听我说，"伐拉夫加对她叫喊，"所以，这种对于人类的爱——这纯然是我们偶然的发明，是违反我们的天性的，这天性并不想要爱人，而是想要和人斗争——这种不幸的爱是无意义的、无价值的，倘若对于人所居的臭世界并不仇恨、并不厌恶。总之,人必不可忘记精神生活是只有在物质安宁的基础上才能顺利地发展。"

克里觉得胸部里和头部里有一种近于痛苦的烦闷无聊。这在他是一种新感觉。他坐在他的母亲旁边,懒怠地吃着西瓜,同时惊疑道:"为什么每个人都多少有些哲学化了呢?"他以为近来人们似乎比以前更广泛地和匆促地开始哲学化了。那年春天他是高兴的,当作家卡丁,在厢房必须修理的托词之下,被要求搬出去的时候。现在,当他走过庭院的时候,他欣欣然看着厢房的关闭着的窗户。

他屡屡觉得他被别人的言辞所淹没,不能为自己而思想。每个人,好像害怕什么,好像要在他那面寻求联盟,努力把他自己的某物刺刺不休地灌入他的耳朵里。每个人都把他看作意见接受器似的东西,把他埋在言语的沙堆里。这时常使克里气馁和懊恼,今天他觉得更甚。

菲尼亚进来通报包工者已经到了。

"啊哈!"伐拉夫加突然怒吼地跳起,出去,走着一种沉重然而敏速的步伐,好像一只熊似的。克里也站起,但是他的母亲拉着他的手,把他引到她的房间里,问他:

"你显然很被里狄的这事件所激动了吧?"

她在房间里走来走去,低声重复着她对于里狄和马加洛夫的评判,这是克里所熟悉的。她的儿子静听着她说,她的声调使人觉得她自信凡她所说的都是恰当的和必要的,并无不合或多余的话。他忽然想到:"但是她的爱和伐拉夫加的爱与马格里它所知道的和宣传的爱有什么差别呢?"他立刻觉得这是比较玩世不恭的,觉得他不应该这样看待他的母亲,他吻她的手,而且,并不看着她的眼睛,说道:

"母亲,不要惊异!而且——原恕我,我是这样疲乏。"

她感激地吻了他的前额,说道:

"我知道,十分理解,你的地位是很不容易的。"

在他自己的房间里他脱掉他的外衣,想着顶好是他也能够同样脱掉那些侵入的事象，一切纠纷的情绪和思想，跟别人一样简单地生活着，随口说出各种愚昧的陈词滥调，忘却托米林和伐拉夫加的一切过当的箴言警句——而且忘却杜洛诺夫。

五

他睡得不好，一早就起来，觉得怅惘。当他走进餐室去喝咖啡的时候，他看见伐拉夫加正在咬嚼面包夹火腿，用葡萄酒冲下去，准备当日的斗争。

"听着。"他平静地说，皱起眉头，以一种预示不祥的紧张拉着克里的手。

"昨天我不告诉你杜洛诺夫的事，因为我不愿使维拉烦恼，而且我没有时间。科士敏，调解庭的法官，不知道杜洛诺夫已经不被我雇用，所以警告我说这流氓曾经侵占某个女子的银行存款折子，被人控告。其间有些古怪的纠缠。法官客气地说是'侵占'，其实那显然是盗窃，甚且更坏，那是不在调解庭审理之内的，因为数目在三百卢布以上。这就是说应由刑事庭审理。你和这少年的关系怎样？啊哈！你和他分离了吗？我很喜欢。"

克里也感觉喜欢，因为要隐藏这感情，他低下头去。他怕他听见他内部的第二个"啊哈"这胜利之声。琐碎的思想丛集在他心里，其中闪现了对于马格里它的温情。

伐拉夫加误认他的喜欢为惶恐，说了几句安慰的套话：

"好，不算什么。谁也不能保证别人的品行。我们选择我们的朋友，更比我们选择我们的鞋子还不小心。听着：没有朋友的男人更是一个男人。"

他自鸣得意地结论道：

"我没有朋友。"

为了感谢伐拉夫加给予他这种喜欢而生的一种感情，迫使克里告诉他里狄常在马加洛夫住处。可怪的是伐拉夫加并不恼怒。他有所顾虑地望着克里的母亲的房间方向，低声说道：

"是的，是的。我知道。浪漫主义——鬼惹它！但是在这种事上，浪漫主义，你知道，更好，比较……"

用右手做了一个迟疑的姿势，他把一只胀鼓鼓的公文皮包夹在手臂下面，很温柔地问道：

"你没有对你的母亲说过这个吧？没有吗？好，不要说，我请求你。即使没有这种事，她们彼此也已经太不相好的了。我要走了。"

但是他才一走掉，克里的喜欢也就走掉了。这欢情的消失是由于他觉得，他告诉伐拉夫加他的女儿的事这行为是不光荣的。虽然照常不能迅速有所决定，但他慌忙跑上楼去，一步跨过两步楼梯。

里狄披着一件橙色便服，赤脚穿着拖鞋，坐在长沙发的一角上，手里捧着乐谱的纸夹。她悠优地用便服的前襟掩住她的两腿，睁大眼睛瞅着克里。

"什么事？这样一副表情？"她不和气地问。

他坐在长沙发边上，害怕他不能说出他想要说的话，除非立刻就说，于是突然说道：

"原谅我，我一不小心就泄露了……"

里狄把乐谱抛在怀里，喝住他：

"我知道。我料定你会告诉我的父亲的。因此我嘱咐你不要说什么，因为要试试你，看你会不会说什么。但是昨天我已经亲自告诉过他。你太迟了。"

她的声调和眼光都是轻蔑的。克里保守缄默，觉得怒从心起，同时那女子惊异地继续说：

"我不了解你。你似乎是端正的，但是你总是跳到错误方面。这是什么意思？"

克里被她的声调中的轻蔑所激动，从沙发上跳起来，立刻开始了一场争吵。克里用一种长辈的腔调说道：

"这就是说在你的行为中我看不见什么好……"

"你真可笑。"那女子回答，移入沙发的角里，盘腿坐着。

"你和马加洛夫的故事……"

里狄震惊地怒目圆睁：

"我的行为？故事？你竟敢，你小学生？你想象……"

她停住，显然没有力气说完她的话。她的微黑的面色变为深紫。她的眼里流泪。她把她的细弱的身体倾伏在她的膝上，喘息道：

"你以为……"

然后一阵几乎不相连贯的话像潮水似的浇在他上，克里忽然害怕她的暴怒。他并不很明白她正在说些什么，他只希望一件事：停住她的言语的奔流，这些言语是越来越嗄哑而且纷乱了的。她用一个手指戳了他的前额一下，迫使他抬起头来，然后看定他的眼睛问道：

"或许你真以为我——马加洛夫和我有这种关系吗？你不了解我并不想要这个——就为这理由他才自杀的吗？你不了解吗？"

克里觉得他的前额被那女子的手指所戳痛，这似乎是他从未受过的侮辱。里狄正在说着很孩子气的傻话，但是她作出好像她自以为她是成年妇人的样子。他望着她的痛苦的面孔和忧愁的眼睛。他想要说些斩截的话。但是一句也想不起来。他默默地走出去，走到他的房间里，觉得口干舌燥，头里面有一阵不相连属的急言怒语的声音，他立定脚跟在窗子前面，看着风撕落树上的叶子。在窗玻璃上他看见他的面孔的反映，虽然轮廓模糊，却也使他想起他的母亲庄严华贵的脸相。

克里下了决心，集中全力，想要明白在他自己对于里狄的情感之中哪些是真挚的和哪些是矫揉造作的。经过一些困难之后他才解开他的情感的牢固的纠结，其中有：曾经失去某种很重要的事物的惨淡感觉；对于自己的深刻不满；对于里狄的侮辱的报复欲望；对于她的性的好奇心；在这一切之上，还有想要使那女子认识他的重要性的紧张欲望。他到底达到了这无可避免的结论：他爱里狄；一种真爱，就是诗歌和散文中所描写的那种爱，其中并无轻薄、嬉戏和矫饰。

他放心地叹了一口气，继续推论：倘若里狄爱马加洛夫，那么，由于感谢之情，她应该改变她对于曾经挽救她的爱人生命的人的傲慢态度。可是他从未听到她说过一句感谢的话。这是奇怪的。今天她说了一些莫名其妙的话：马加洛夫自杀是由于害怕恋爱——这是从她的全部言语中他所能够认出来的唯一意义。但是，更正确地说，这害怕却存在于里狄自身。克里敏速地回想出使他相信事态确是如此的一连串征候。里狄害怕恋爱。她把这害怕注入马加洛夫心里，所以她应该担负使人企图自杀的罪责。这推论是舒服的。又把他的思想检讨了一遍之后，克里抬起头，甚至微笑了，觉得他是一个坚强的人，能够迅速克服种种不愉快。

他决定以宽宏态度对付里狄，像那些小说里面的豪爽角色一样，为了爱而宽容一切。这是第二次他被迫而采取这种态度。但是这一次他觉得这种表演使他在里狄眼中更减色。在镜子里仔细观察着他自己，他看见一种情思缠绵的姿态使他的面孔猥琐了。他不满意他的面孔；它的规模太小，不足以反映他的灵魂的全部复杂性。他的近视使他的眼睛细小；在眼镜片之中眼瞳似乎不愉地扩大。他的嘴唇是薄的，他的下巴太尖，他的上髭只在嘴角上长着轻淡的两小丛。当蹙额的时候，他的稀疏的眉毛就皱拢来，使他的面孔变为更有趣和聪明。他不能不否定他的抒情姿态。

六

他开始读莱蒙托夫的诗。那些诗的强烈的苦味似乎有助于他。他越来越爱引用这忧郁的诗人的最辛辣的句子。

和里狄谈话的时候,他想要保持从前对一个小姑娘说话的声调——那时她的蛊惑还未被他理解,甚至连当作有趣加以研究都不曾有过。在伐拉夫加和他的母亲面前他成功地保持着这种腔调,但是,当他单独和她在一处的时候,他就立刻失掉它。

里狄要到莫斯科去,但是她准备得并不很急切或热心。听着伐拉夫加和克里的母亲谈话,她用一种吹求的眼光仔细观察他们,好像他们是陌生的人似的,而且显然不赞同她所听见的话,摇摇她的戴着小帽的鬈毛头。

马加洛夫痊愈了,已经准备到大学去,匆促得颇为可疑。他来和克里告别,使劲握着他的手,但是只说了五个字:

"谢谢你,兄弟。"

马加洛夫走了之后,萨木金觉得里狄比以前更加显然避开和他面对面。现在,她的眼睛是冷的,带着一种恼怒而凄凉的光芒;但是她似乎比几个星期以前更像一个小孩。克里注意到她和他的母亲说话不像以前那样疏远,而他的母亲对待里狄也较为温和。有时她去到他的母亲的房里,她们坐在那里,静悠悠地谈话,这事实是有些尴尬的。有一夜,大约半夜的时候,跟伐拉夫加和他的母亲玩厌了"优先权"纸牌之后,克里已经回到他自己的卧室。几分钟之后他的母亲进来了,穿着淡紫色寝衣、拖鞋。她坐在沙发上,玩弄着她的腰带的流苏,关切地说道:

"在这一夏季你有些憔悴,越来越没有精神,完全不像你自己了。"

他默默地站着,摸着他的上髭的一小撮毛,想到这是一番严肃会谈的开头。他没有想错。他的母亲,以一种近于粗率的爽直,看着他,告诉他她已经觉察他迷恋里狄。克里觉得羞愧,微笑着问道:

"你不会错吗?"

好像不曾听见他的问话似的,她继续说道:

"在你的年龄的爱,并不是那种爱——还不真是爱。不。"

沉默了一会儿之后,她叹息道:

"我和你的父亲结婚的时候,我才十八岁,两年之后才知道这是一种错误。"

她又沉默了,显然是觉得难以说出她所要说的话。克里漫不经心地听着,偶然听到一句半句,因为他正在要解答他的心里的这问题:为什么他的母亲的话使他恼怒呢?

"我和她的父亲的关系。"他听见她说,这时他正在研究着最好用什么话提醒她现在他已经是一个成人了。

他皱起眉头,忽然说道:

"我对于里狄的态度是友谊的,所以她和马加洛夫的纠缠自然使我惊恐——他,当然,是配不上她的。或许我和她说话有些热心,太少节制。我以为不过如此,别的一切都是想象。"

当他说的时候,他确信他并未撒谎,而且觉得措辞妥善。想到还必须加添一点别的话,深奥的话,他说:

"你所知道的不过是一个人的存在。此外一切都发生于人的想象。这,我相信,是普罗泰戈拉[1]说的。"

他的母亲眯起她的眼睛,答道:

"这并不完全正确,但是说得聪明。你有好记性。而且,当然,你是对的;女孩们往往慌忙,想象那是必然的。你已经使我心安。提莫菲和我曾经证明那已发生而且逐渐加强的我们之间的关系大有价值。"

克里点点头,被他的母亲的坦然自私的个人主义所扰乱,恍然悟到她不过是一个诚惶诚恐地挂念着她的幸福的妇人。他问:

"我觉得你对待里狄似乎越来越温和了?"

"你早已知道我的观点,那是不能改变的。"他的母亲回答,站起来吻他,"去睡吧!"

她出去了,留下一阵甜香的恼人的遗迹。一个轻微的嘲笑停在她的

---

[1] Protagoras(481 B.C.?—411 B.C.),希腊哲学家。

儿子的嘴唇上。

和她谈话往往增强克里对于他自己的意见。这些意见的增强并不是由于她的言辞，而是由于她的坚决自信的声调。听了她的话之后，他觉得各种事情其实都简单，而且人能够自得其乐地生活下去。他的母亲只生活在她自己之内，而她生活得并不坏。她并不"想出"任何事物。

想象出某些事物是自然而然的：因为要加盐在生活上，当它太乏味的时候；因为要加糖在它上，当它太苦的时候。但是人必须认识那正确的意义。有些情绪，倘若加以煽动，就会变为危险。爱女人这种情绪当然也如此，譬如在马加洛夫的丢脸的失败中，它就变为开放了瞄准不确的一枪的原因。人都知道爱是一种本能，甚至像饿一样；但是有谁为了饥或渴，或赤身裸体而自杀呢？

每当克里有着这些观念，面对着自己的时候，他觉得他比他所知道的任何人都更智慧，更坚强，更个人的。而且他的心里逐渐产生一种对别人谦下的态度，这态度并不缺乏一种暗自得意的微笑的反讽，甚至伐拉夫加有时也引起他的这种优越感；虽然他是一个企业家，他到底仍然是一个怪僻的话匣子。

七

克里终于接到他的毕业文凭，正在准备到彼得堡去，又在路上遇见马格里它一次。一个蒙雾的晚间，他去托米林那里向他告别。当他经过一座毫无装饰的商人家宅的时候，一个女人从它的门口走下步道。他立刻认出马格里它。这遭遇并未使他惊惶。他早已感觉他是命运注定要和这女缝工再会的，而且早已预见到这样一次偶然相逢；现在忽然实现，他对她隐藏着他的喜悦。

他们矜持地谈了一些不关紧要的事。马格里它提醒他他曾经对她没有礼貌。他们慢慢地走着。她从眼角里斜看他，噘着嘴唇，皱着眉头。

他尽力对她装出宽宏的、和蔼的气象。他一面说着闲话，欣欣然瞅着她的眼睛，一面在想：他要怎样暗示她，才能使她邀请他到她的住处呢？

他被她所牵引，由于想要再经验一次她的抚爱。况且，一个重要念头恰好来到。他询问她杜洛诺夫的盗窃案。

"并没有这种事，"她反驳，"全不是他偷那折子。"

然后她平静地、简略地告诉他：

"他自己不好意思去存他的钱，所以他用我的折子把它存在银行里。但是当我们吵架的时候……"

"为什么？"

"嗯，男人为什么和女人吵吗？为男人们，或为女人们，当然。他就问我要他的钱，但是我跟他闹着玩，我不给他。后来，他偷了那折子，所以我作了一个报告给调解庭。后来凡卡还我折子。不过这样罢了。"

当他们来到一个窄小的巷道的转角上的时候，在昏暗的蒙雾之中，她提出：

"要进来吗？我现在住在一个新地方。我们可以喝茶。"

在和克里所知道的她的老住处很相像的一个拥挤的小房间里，他和她度过了大约四小时。她的接吻似乎比从前更热诚，更贪馋。但是她的抚爱不能使克里陶醉到忘却他所要发现的事情。他想用间接的方法，趁着她疲乏的时候，达到那真正的问题，所以他先问她一些他并不真实关心的事。

"你从前是怎样生活的？"

这问题使她惊愕了。

"何消说，我正和别的每个人一样活过来呀！"

后来，当克里固执地追问着的时候，她稍微离开他一点，打了一个哈欠，在嘴上画了十字，说道：

"我过去的生活，和一切女子一样：当初我什么也不明白，后来才知道要爱你们男人。所以，就爱上了一个。他想要娶我，但又变了心。"

她平静地说了，毫无怨恨的迹象，而且闭着眼睛。克里摸摸她的脸、她的颈项和肩头，这才很温柔地提出他的问题：

"那么你怎样变成妇人呢？"

"和别的每个人一样。"这妇人回答，耸动她的肩头，仍然闭着眼睛。

"那时你——害怕吗？"

"怕什么？"

"第一次——第一夜？"

想了一会儿，好像尽力在回忆似的，马格里它舔舔嘴唇：

"那是在白天，不在夜里；在全灵节，在墓地里。"

她睁开眼睛，把拖在耳上和脸上的发缕推向后面。克里以为她的动作异样匆忙。他恼恨她不愿或不能告诉他寻常的挑动姿态，虽然他确信他的问题是足够显明的。

"那是很平常的事！你们一翻身，然后——再会吧，小姑娘？"

关于技术方面她不肯多说，但是她愿意讲理论。她甚至坐起来，因为要更便于讲演。

"有人告诉我你的一个朋友用手枪自杀。许多男人为女子和妇人自杀。妇女是下贱而且靠不住的。她们有些顽固——我无法详细说明给你。男人一切都不错而且投合她所好了吧，但是——他并不是那一个。他不是那一个，并不因为他穷，或因为他丑。他是一切都好的，但是——他偏不是那一个！"

她一面打理着头发，一面更深思地说：

"当你决定结婚的时候，要选择一个贤德女子。那些最贤德的是愚蠢的。你没有方法不看透她们，她们只要一开口就把她们自己全部暴露出来。但是那些从容和顺的呢——你要谨防，这种女人随时随地都想要愚弄你。"

她的表情忽然改变：眼瞳缩小得好像猫眼瞳似的，她的集中注意的凝视是固执而且茫然的，好像正在愤恨地回忆着过去。克里觉得她从前谈论妇女并没有这般恶意，而是好像谈论疏远的亲戚，无所期望，不好也不坏，并无兴趣而半已遗忘似的。他一面听她说，一面又感觉他所知道的人们似乎全都一致努力要抢在他先头；他们想要比他更聪明，变得更不可理解。他们凭借着狡黠的托词，隐藏在他们的言语后面。是的，他们确是想要变为不可理解，恐怕克里·萨木金会窥破他们的自身之谜。

但是马格里它正在说：

"我甚至不能相信世上有过圣女——除非她们是老处女。圣贤，不错，但是或许是从未经人事的处女。"

当马格里它的唠叨和他的思想相混合的时候，克里还在热心地期待着她告诉他当她交结她的第一个爱人的时候她的处女的畏惧怎样被克服。他忽然觉悟马格里它的话和伐拉夫加的花言巧语，甚至和托米林的至理名言，有某种共同之点。

听得讨厌了，克里倦怠地说道：

"今晚你有哲学气氛。"

马格里它赶快看看她自己，问道：

"什么气味？"

当他解释了他的文辞之后，她说：

"哦，我还以为你看见血了呢——现在是我的月经来的时期。"

嫌恶地耸动了一下，克里就从床上跳起来。这女子的简陋从前就已屡次使他觉得无耻和可厌，但是他都已对付过去。现在他却感觉深恶痛绝而离去了她，并且谴责他自己不该有这一次无益的访问。他欣喜他明天就要到彼得堡去。伐拉夫加曾经劝他进工学院，而且为克里的入学手续做了一切必要的准备。

这一夜是凄凉阴暗的。街灯惨淡地燃着，好像没有穿透那浓厚的黑暗的希望。克里感觉意气沮丧，思想空虚。但是忽然来了这激发心绪的观念：在伐拉夫加、托米林和马格里它之间有一种同类的关系。他们各个都教训、警告、恐吓，而在他们的大言壮语后面却潜藏着害怕。害怕什么？害怕谁？难道害怕他吗——他，孤独地和无所畏惧地，走在夜的黑暗之中的人？

第七章

一

在萨木金心中已经逐渐地和微妙地对彼得堡发生一切外省人对于它所同有的不友好印象。但是彼得堡并不像大多数俄罗斯城市。它是冷酷的、多疑的,和很精敏的人们的城市;它是俄罗斯这庞大躯体的头部,里面装着一副阴险刻薄的脑筋。在夜间,在铁道上的车厢里,他记起了果戈理和陀思妥耶夫斯基。

他怀着必须防备人们的决意到了首都,相信他们立刻就要来试验他,研究他,用他们的信念来感化他了。

一片浓雾包裹着这城市,而且还不到下午三点钟,那些晕光的胰子泡似的灯球已经在努力照明尼夫斯基大街,朦胧现出在昏暗中,好像蒲公英花似的。黏腻的空气使他的面皮濡湿,一种辛辣的烟味搔痒他的鼻孔。克里耸起肩头,弯着颈子,向左边和右边观望,从潮湿的窗玻璃里窥看那些商店，那里面明亮得好像在夏季阳光之中做交易似的。他听不惯那窒钝的市声。在木板镶成的道路上马蹄的踏声太轻柔而沉闷，马车的铁轮或橡皮轮的转动几乎是无声息的。人们的声音也是窒闷而单调的。可怪的是听不见马蹄踏在圆石上的嘚嘚嗒嗒，轻马车的噼里啪啦，小贩们的大声叫卖。也没有教堂钟响。

在满是烂泥的人行道上，人们异常慌忙地走过，而且他们全都似乎是同样的。那些灰色石房子也几乎彼此毫无差别。它们并不由围墙隔开，而是紧密地连接着，好像一片无穷大的建筑物。各个房子的下层都灯光辉煌，都紧压着地皮，和深入它里面；上层却插入昏暗的雾里，甚至使人不能意识到那上面有天。

在这些高大房屋之中，游行的人们、马们、警察们都比在省会里的那些更矮小、更无意义；他们是更安静、更驯服的。克里把这城市想象为一个广大的水草池塘，居民就好像一些鱼淹没在它里面，努力要从填塞着腐烂渣滓的深处浮起来到清净的水面上。

人们一小群一小群地在灯下停留一小会儿。灯光暂时照明了在黑帽之下和黑伞之下的他们的黄脸蛋。

群众的躁急使人得到枉费心力的印象：这几千百个小我，忽聚忽散，正在追求各自的目的——或许是毫无价值的，但在各个追求者却认为十分重要。人会把这苦闷的雾想象为人们呼出的热气，而且把这城里各样都潮湿看作人们狂奔而流汗的结果。克里恐怕他自己的个性会消失在这沸腾的蚂蚁似的人们的广大群众里面，而且他记起了伐拉夫加的许多名言警句之一，特别威胁的：

"大多数人必定要恭顺地服从于他们所以被创造出来的那目的——来作制造历史的原料。对于他们——好像对于粗麻一样，譬如说——不必研究由这材料所织成的绳子的厚实和牢固，或这绳子到底要作什么用。"

"我是愚昧的，听从母亲和伐拉夫加的催促；到这急急惶惶的城市来对于我是无益的。"克里默想，恼怒着他自己，"或许母亲的劝勉后面潜藏着使我远离里狄的计谋吧。倘若真是如此，那就可笑了。他们已经把里狄交给马加洛夫了吧。"

他的思想被折断了，因为他忽然看见那些灯的周围全都抖动着一些好像就要破裂似的晶莹的水泡，这些水泡起因于飘浮在雾里的细微尘埃，当尘埃不停地移近灯的时候，正是雾不停地跳开灯的时候。这些尘埃的古怪行为是不可忍耐地刺激着眼睛的。克里困惑了，对于这现象想要找出一种明显的比喻，等到有了适当的比喻，就把它完全排除他的心思之外。

他脱掉他的潮湿的眼镜。那些晶莹水泡立刻失色，变为朦胧，但是更加恼人，而灯光都深深退入中心点，伐拉夫加所谓"一个城市就好像一个蜂窝"这陈腐的比喻是无用的。那通俗科学书籍的皱紧眉头的编纂者的话是更适宜于消灭这些魔惑的幻象的。有一次，在那厢房里，在卡丁的家里，他曾经兴奋地努力说明人的思想和意志是电气机械的现象，而且集中于一个观念的意志能够创造奇迹；只有用这种集中才能解释那些轰轰烈烈的历史事件：十字军、文艺复兴、法兰西大革命，以及同类的意志力的暴发。

在参议院广场里那猛烈的沙皇[1]的湿淋淋的铜像也焕发着同样晶莹的水泡。沙皇用一只铜手指着到西方去的路。在他所指着的那广大河面上的雾是更浓密而寒冷的。克里觉得这应该使他记起《黄铜骑士》里的诗句，但是他发见他自己却在回忆《坡尔太伐》：

> 他惶恐地顾盼着
> 他的军队进攻瑞典人。

---

[1] 彼得大帝。

后来，由于记忆的拨弄，哥德的小诗《伊尔金》来到他的心里：

谁在马上奔驰，冲过寒冷的阴霾：
一个迟到的骑士……

马蹄踏过架在流动不息的暗色河面上的桥的木板。马车夫已经把他的马停在伐西里夫斯基岛的一排建筑物的一座房子前面的空地上，用阴沉的音调说道：

"你应该再加一点，少爷！"

"为什么'少爷'呢？"克里想，他并未给那车夫酒钱。一个矮小的老看门人，有着中国人似的胡子，瘪胸膛上悬着几面勋章，秃头上戴着黑小帽，郑重其事地说道：

"普里米洛伐公寓在二楼第四号。"

他指着一个转角，角上有一个圆胖的女侍，系着白围裙，站在铺着红边的灰地毡的赤色石楼梯脚下。这楼梯使克里想起高等学校，这女侍使他想起得列斯登牧羊女。

她高兴地说：

"你的房间在走廊右面——有一道门。你的哥哥的房间也在右面——转角上。"

"我的哥哥的？"克里惊异地问。

"狄米徒里·伊凡诺维奇的。"女侍说，好像道歉似的。她抓着两个手提包，站在它们中间，"你是萨木金先生吗？"

"是的。"克里带怒地回答，惊疑为什么他的母亲不告诉他他要和他的哥哥同住在一个公寓里。在去到他自己的房间之前，他断然敲了狄米徒里的门。门里面有喜悦的声音回答道：

"请进来！"

狄米徒里躺在小床上。他的左脚上扎着绷带。穿着蓝裤子和绣花长

衫,他就好像乌克兰剧团的演员。用手撑着床,扬起头,他惊异地吃吃说道:

"是——是克里?你?"

他伸出双手给他的弟弟,欢喜地大叫:

"哈,真是意外!"

克里·萨木金看着这陌生者。只有狄米徒里的眼睛还使人记起那已经四年不相见的青年,这眼睛还闪着克里时常以为是女性的微笑。狄米徒里的圆圆的软脸上现在点缀着稀薄的上髭,他的长发的尾端是鬈曲的。他高兴而且急促地告诉克里他因为跌坏了脚,在五天之前由马利娜把他搬到这里。

"她早就恐吓我说,'等待着意外的事吧!'谁是马利娜吗?她是普里米洛伐的侄女。她的姑母也是可爱的人,自由主义者。她是伐拉夫加的远亲。"

二

狄米徒里的兴奋消失了,当他开始询问到他们的母亲、伐拉夫加和里狄的时候。克里觉得口舌苦涩,头脑重浊;回答他的哥哥的言不由衷的客套询问乃是一种麻烦。窗外的黄雾,以及通过其中的电报线,使人想起褪色纸片上画着的乐谱。这三层楼房的深灰墙壁,厚重地涂饰着许多图案,朦胧出现在雾中。

"哦,甲可夫伯父呢?病?嗯……在一个晚会里,有一个民粹派的作家对我们谈论他,很有趣。他是怎样一种存在呀!真的,一种存在,并不是一种生活。你当然知道他又在萨拉托夫被捕了?"

克里并不知道,但是他肯定地点点头。

"民粹派又在活动。"狄米徒里说得这样称赞的,以致克里想要冷笑。他反感地研究着他的哥哥,好像研究陌生者似的;同时他的哥哥谈论他们的父亲,好像谈论一个无论如何总算有趣的陌生者似的。

"你或许会不认识他的。他现在庄重起来了,尽力说着低音调。他正在跟法国人和西班牙人做着橡树桶板之类的交易,在欧洲滚来滚去而且吃得很多。春天他在这里,而此刻却在若望。"

他用一只脚在房里跳来跳去,扶着椅子背。他的柔软的厚嘴唇带着一种和蔼可亲的微笑。把一根拐杖挟在腋下,他说:

"我们喝茶去。你要换衣服吗?不必——你现在穿着的正好。"

克里终于去到他的房间里。他的哥哥,用拐杖蹭蹬着,陪伴着他,滔滔不绝地谈着话,那样欢喜是克里所不能理解而且扰乱着他的。

"好,够了。你正在入迷——我们去吧!"

在一个不大的房间的温暖愉快的薄暗之中,在挨近茶炊的桌子前面,坐着一个瘦小的老妇人,头发向后平梳,尖细的红鼻子上架着眼镜。她向克里伸来一只猴子爪似的灰色手,腕上系着一片红绒布,而且,发音含糊得像小女孩似的,说道:

"很喜欢。"

她喊痛了,当克里握她的手的时候,她有风湿症,她解释。她急忙询问他伐拉夫加的近况,但是被一个堂皇壮丽的女子的进来所遮断,这女子用她的厚重的金色发辫的尾端扇着她的脸。

"马利娜·普里米洛伐。"她介绍她自己给克里。她的声音是一种深沉的中音调。

在狄米徒里旁边坐下,她宣布:

"街上烂得一塌糊涂!"

克里觉得房间忽然缩小。马利娜以一种鲁莽姿态从他的鼻子之下的盘子里抓起一片饼干。她大量地抹了奶油和果酱在饼干上,开始咀嚼,因为怕玷污她的草莓色嘴唇,她大张着嘴。整齐紧密的大牙齿恶兆地在她的嘴里发出闪光。她的面色通红,好像刚从热水浴盆出来而不是从街上回来;她非常魁伟——几乎近于奇怪。克里觉得他自己被压制于这紧紧地箍在黄短衫里的庞大肉体，使他记起托尔斯泰的《克鲁采奏鸣曲》。在五分钟之内，克里知道马利娜曾经学过一年产科医学，而现在正在学习唱歌；她的父亲是植物学家，曾经被派到加那列群岛[1]去，死在那里；他曾经写过一个很滑稽的小歌剧《加那列群岛的神秘》，可惜久已不曾上演。

"那里面有一个改变信仰的将军；巴太克们，彭般杜们……"

她忽然中止，转而向狄米徒里说：

"古图索夫今天要来，还有跟他，这……"

她仰望着天花板。她的琥珀色的眼睛是大而且突出的，它们的表情是不愉快的、径直的。

"你就要会见你的一个熟人。"狄米徒里警告克里，眲眲眼睛。

"谁？"

"我不告诉你。"

那老妇人的猴子似的小手爪在桌面上摇来荡去，灵巧地移动着杯盘和倒着茶。她的发音含糊的谈话不停地叽咕着，但是谁也不理她。穿着鼠灰色的外衣，她使人觉得更完全像一只猴子。一种清淡的微笑急速地闪过她的小黑脸的皱纹。克里以为她微笑是狡猾的，而这老妇人是不自然的。她的细声音被狄米徒里的单调的粗声音所淹没。

"民族性是由妇女的血统而决定的，这是已经证明的事实。譬如，智利或玻利维亚的土生者……"

普里米洛伐姑娘忽然恼怒：

"什么意思——土生者？你为什么说出这谁也不懂的名词？"

和高大的马利娜并肩坐着，狄米徒里似乎不相称而且可笑地矮小，但是他显然是在第七重天上似的。马利娜用一种不愉快的眼光固执地研究着克里。

---

[1] Canary Islands，在非洲西北。

"她是腐化的和任性的。"克里判定。

"我的姑母说得不错,"马利娜宣言,用一种村姑似的粗野声音,"这城市是腐朽的,其中的居民们都干枯掉了。所以他们是吝啬的。喝茶的柠檬要切细成二十片!"

选择了一个适当机会,克里声言疲乏,离开他们。他的哥哥护送着他,固执地问他:

"可爱的人们,呃?"

"是的。"

"好——休息吧!"

气恼地脱着外衣和鞋子,克里卧倒在他的小床上;决定不常住在这里,或许为了礼貌,住在这里一星期,再搬到别处去。决定之后他睡着了。

三

大约三小时之后,他的哥哥来叫醒他,强迫他去洗脸,又引他去到普里米洛伐家里。克里本来不愿去,但是小心地掩饰着他的气恼。餐室是拥挤的。有人在弹钢琴。马利娜正在顿着脚,叫喊似的唱着:

"可怜的骏马已经倒在战场上……"

克里的注意被牵引到一个青年男人上,他显然是一个大学生,穿着好像是农民外套似的一件长上衣。这青年灰眼睛,留着小百姓式的方形胡子,站在房间中央,面对着一个脸色苍白、穿着颇为纨绔气的黑色服装的俊俏男子。这男子用手捏着一把椅子的后背,摇动着它,正在谈话,那过度彬彬有礼的神气使克里立刻感觉其中有反讽的意味。

"我不能想象那不愿有权力支配别人的自由人。"

"是的,但是当私有财产被废除之后那权力有什么鬼用处?"那有胡子的学生叫喊。他偶然瞥见克里,不耐烦地向他伸出一只很大的手,同时介绍他自己：

"古图索夫。"

那黑色服装的男子微笑着，说道：

"你不认识我吗，萨木金？"

狄米徒里爆发了大笑，同时宣布：

"这是图洛波伊夫呀！你不惊异吗？"

克里还来不及惊异，马利娜已经拉着他的手，开始使他在房间里旋转了一周，毫不小心地拨弄着他，好像他是一个小孩似的。

"这是另一个萨木金，一位严肃得可怕的人物。"她对一个有着猫脸似的脸的高妇人说。她对克里解释：

"他们叫她伊立沙弗它·勒乎夫娜，那是她的丈夫。"

那是一个肩头很圆的小男人，坐在钢琴旁边翻检乐谱。他的黑鬓发有一种蓝色光辉，好像一顶瓜皮帽似的；他的脸是灰色的，但是双颊带着肺病征候的红晕。

"斯庇伐克。"他介绍他自己，用一种低抑的声音，"你要唱吗？"

克里的否定的回答似乎使他惊异。他摘掉他的夹鼻眼镜，咳嗽而眨眨眼睛，看着克里，那表情似乎在质问：

"那么，你为什么到这里来呢？"

马利娜拉开克里：

"我们走吧——他除了音乐而外对于任何事体都不关心。"

在长沙发上，斜靠着一个细瘦弱的女子，穿着"改造"式的黑色服装，好像修女的衣服似的。狄米徒里正在弯腰对她说：

"厄西拉·伊桑尼格是西万提斯的朋友，《阿鲁干尼亚的女人》这诗的作者……"

"说是西班牙人就够了。"马利娜插嘴，"萨木金，这在舍拉菲马·尼卡叶伐这就完了！"

她离开克里，跑到钢琴前面。舍拉菲马·尼卡叶伐点点头，提起她的瘦小的双脚，用衣裙盖住它们。克里认为这是邀请他坐在她旁边。他正在恼怒。他讨厌马利娜的吵闹，而且为了某种理由，和图洛波伊夫的会晤也是不合意的。他难以相信，这有着贫血的面孔和似乎有所申辩的眼睛的男子，就是从前长久站在伐拉夫加前面用响亮的声音宣言他爱里狄的那少年。那有胡子的学生也是使人不愉快的。

这学生和伊立沙弗它·斯庇伐克开始合唱一支克里所不熟知的二声曲。那小音乐家熟练地伴奏着。音乐时常使克里心平气和；更正确地说，使他的心怀空闲，排除了一切思想和感触；当他听着的时候他只感觉到一种温柔的思乡病。妇人唱得很好，她唱的是最高音，声音虽然不大，却很圆满，当她唱歌的时候，她的脸并不像猫脸，由于悲凉而变为高雅，她的长身段也变为苗条和俊秀。古图索夫唱的是一种美好的低音调，自然而且熟练。他们痛切地唱了那尾声：

夜啊！灵魂匆促投到你的怀里，
贴近你的透明外衣的褶缝，
要冲淡奴隶的悲哀；
你的"忘却即幸福"的药瓶
将要抚慰它，你的可怜的幼儿，
使他安眠！

克里觉得他们所歌唱的那悲哀是他久已熟知的，但是现在他才感觉它充满他的内心，梗塞在咽喉里，几乎流泪了。

歌一唱完，那妇人走到桌子面前，从盘里拿起一只苹果。她沉思地用她的纤手摸摸它，又把它安放在盘里。

"你注意了吗？"和克里并坐的那女子对他小声私语。

"什么？"他问，一瞥她的头，那是光滑得像穴鸟的头似的，而那孩子气的小脸也正像鸟脸。

"你注意到她怎样摸那苹果吗?"

"是,我看见了。"

"真优雅——不是吗?"

克里肯定地点点头,想道:"她或许是正在女子学校读书。"但是,奇怪,她的细长的灰绿眼睛似乎有所希求地顾盼流连在他的记忆之中。

狄米徒里笨重地动了一下,把他的拐杖当作武器似的拿起来,用嘲笑的声音说道:

"你的魏尔伦[1]比乎伐诺夫更恶劣。"

古图索夫站在钢琴面前正在谈论:

"知道灵魂的位置在脑髓里的是加仑……"

"你唱得那样灵妙,是用脑髓唱的吗?"图洛波伊夫问。

"不论在什么地方都一样,"克里想,"没有一件事他们不争辩的。"

马利娜抓住古图索夫的袖子,拉他到钢琴面前。他们开始歌唱《莫诱惑我》。克里以为那有胡子的家伙唱得太过动感情,这是跟他的方形体格和扁平的小百姓面孔不相配合——甚至有些可笑的。马利娜的强盛的声音是震聋耳朵的。她并不善用它,喉音响得粗粝而嘈杂。克里觉得高兴了,当他们唱完之后,古图索夫毫不客气地对她说:

"不,姑娘,这曲子不是为你而作的。"

马利娜和拿着拐杖的狄米徒里在这房间里比别的每个人占据了更多地方。狄米徒里追随着那女子,好像大汽船后面的一只小舟似的。在马利娜的不停的活动之中有着某种扰乱的气氛。她显出使克里畏缩的过盛的动物精力,引起他对这女子全无善意的种种不端思想。甚至在远处她也使他期待着她要用她的鼓胀的奶包来挤他,或用她的屁股来撞他。她的身体似乎不但觉得受她的衣服的拘束,甚且受房间的拘束。愤怒地看着她,克里以为她或许有汗臭气、厨房气和浴室气。这时,她正在挺胸

---

[1] P. Verlaine (1844—1896),法国抒情诗人。

逼近古图索夫，用挑战的音调对他尖叫：

"好，是的。我穿黄短衫是因为我不能忍耐列夫·托尔斯泰的说教。"

"哟！"古图索夫叫喊，而且紧紧闭起他的眼睛，以致全个面孔皱得好像老人的脸似的。

那钢琴家的妻正在房里无目的地游荡着。她的摇曳的步态，她的淡蓝眼睛的突然顾盼，和她的轻轻接触事物的姿态都使克里想到一只猫，偶然发见自己初次走到不熟悉的地方。她的美好的双唇的微笑似乎是勉强的，她的沉默是可疑的。"她是狡猾的"，克里想。

尼卡叶伐并不是动人的。她难看地缩腰坐着，身上发出过于强烈的香水气味。人们容易相信她的眼窝的暗影是人工制造的，正如她的颊上的红晕和她的唇上的艳光一样。她的头发，披在耳朵上，使她的脸窄而且尖。但是萨木金觉得现在她似乎比初看的时候好看些。她的眼睛凄然观看着人们，好像她觉得她比这房里的别的任何人都更老成和更智慧似的。

克里忽然记起从前里狄到莫斯科去的时候她怎样凶狠地向他告别。

"我相信你带着一只盾牌，而并不防卫什么。"她曾经说过，把嘴唇缩成一种轻蔑的微笑。

他的哥哥走过来坐在尼卡叶伐旁边。过了一会儿之后，克里听见她滔滔说出一串人名，好像她正在宣读教堂日历似的：

"马拉米、罗林纳提、里尼、吉乐、庇拉登[1]……"

"马克士·诺尔道[2]曾经很好地奉事过他们。"狄米徒里用开玩笑的声音说。

古图索夫嘘嘘，而且威骇地指指他们——因为斯庇伐克已经开始弹

---

[1] 都是法国象征派诗人。
[2] Max Nordau（1849—1923），德国批评家，指摘现代文化的虚伪和堕落。

莫扎特的曲子。图洛波伊夫轻轻地走过来,对克里微笑着,坐在长沙发的扶手上。挨近一看,他似乎比他的真年龄更老,他的奇白的面皮似乎敷着薄粉似的,眼睛下面有着淡蓝暗影,他的嘴角倦怠地向下弯曲。当斯庇伐克弹完之后,图洛波伊夫说:

"你已经改变得很多了,萨木金。我记得你是一个喜欢教训人的小先生。"

克里咬紧牙关,尽力想法反驳这家伙,在这家伙的逼人的注视之下他觉得难堪。狄米徒里正在笨拙地和太过大声地讨论各省会的保守主义。图洛波伊夫看着他;皱起眼睛,他冷淡地说道:

"至于我呢,我倒喜欢他们的趣味和意见的坚定。"

"乡村人们的趣味和意见更坚定。"克里说了。

"我不相信这是坏事,"图洛波伊夫说,点燃一支纸烟,"现在这里的一切事象和人们自己似乎比别的任何地方都更为轻浮——甚至我要说更庸俗。"

"这是真的。"尼卡叶伐赞同。

图洛波伊夫微笑了。他的两唇并不匀称,下唇比上唇更厚得多;他的黑眼睛是位置得宜的,但是在他的顾盼中有一种不愉快的闪烁。萨木金认定这种眼睛是努力掩饰痛苦的病人眼睛,而图洛波伊夫是未老先衰的了。他的哥哥正在和尼卡叶伐辩论象征主义。她试行说服他,带怒地说道:

"你混淆事理。象征主义是必须从柏拉图的观点上来研究的。"

"你记得里狄·伐拉夫加吗?"克里问。图洛波伊夫并不立刻回答。他研究着他的纸烟,然后说道:

"当然。一个很活泼的小吉卜赛,对不对?嗯——她正在干什么?她曾经想要演戏吧?这是真正的女性行业。"他用一个微笑完结了他的话,眼睛望着伊立沙弗它·斯庇伐克,后者伏在她的丈夫的肩上,按着琴键,问马利娜道:

"你听见了吗？咪长音……"

"这就完了吗？"克里想。当人想到里狄的时候，人是想要感觉恶意的；可是想来想去到底是哀伤的。

他们又开始歌唱，克里又几乎不能相信这面貌粗野的有胡子的男人会唱得这样熟练和美妙。马利娜热烈地唱着，大张开嘴而且皱着金色眉毛，她的丰满的胸部动人色情地紧张着。

四

将近半夜的时候，克里设法在无人觉察中悄然溜到他自己的房里。他立刻脱衣躺下，觉得聋哑而且疲乏。但是他忘记锁门，几分钟之后狄米徒里撞进来了，坐在床边上，幸福地微笑着，开始谈话：

"他们每个星期六都有这种集会。看古图索夫——一个卓越的聪明人！图洛波伊夫也是杰出的人物，但是在另一种道路上。他从法政学校转入大学，但是他并不上课，也不穿制服。"

"他喝酒？"

"他也喝酒。这里的人们大多数都在一种不安定的状态中。这是一种灵魂的不安定！"狄米徒里继续说，仍然幸福地。

"但是我在变为像杜洛诺夫似的人了；我想要知道各样事，而在任何事上都没有成就。我现在研究着自然史和语言学。"

克里想要询问关于伊立沙弗它·斯庇伐克的事，但是嘴里却谈起尼卡叶伐。

"尼卡叶伐？她是有些可笑的，然而到底也像别人一样有趣。她正在埋头于法国颓废派文学。但是斯庇伐克，现在——这，兄弟，好人物啊！要说明她是困难的。图洛波伊夫追求她，而且，似乎，并非没有成功。但是我不知道……"

"我要睡了。"克里烦恼地说。而且当他的哥哥走了之后，他提示他自己,"明天我要去寻找别的寓所"。

但是他不能这样做。早晨的第一件事就是他落在马利娜的强横的手里。

"嗯,我们出去游览城市!"她的话是命令,而不是邀请。克里以为拒绝是失礼的,于是跟她去游了三小时,在雾中踏着滑溜的步道,道上都是特别讨厌的黏泥,完全和外省的稀泥不同。马利娜引导着他们的步调。她的步伐,迅速而稳定,好像兵士似的,和她的言辞一样不可抑制,但是克里发见她的心地单纯可喜。

"彼得堡是一个有多种面貌的城市。你看,今天它有它的神秘而恐惧的面貌。在白色的夜间它是蛊惑而微妙的。它是活的城市,感情深厚的城市。"

克里说:

"昨天我以为你不喜欢它咧。"

"昨天我和它争吵了,争吵并不就是不爱。"

萨木金以为她的回答伶俐。

从雾里面,克里看见水的铅青光泽、码头的铁栏杆,以及深入黑水中的沉重货船,好像猪躺在泥塘里似的。那些货船似乎万不该停泊在那些堂皇宏丽的建筑物旁边。无数窗户中的朦胧玻璃给人一种离奇印象,好像那些房屋里面全塞满了暗淡冰块似的。湿淋淋的、可怜的、光秃秃的树木是不能相信的丑陋的。麻雀们凄然跳跃着,几乎是喑哑的。偶然有教堂钟楼寂然升入天空。在这城市里甚至这少数钟楼也是似乎多余的。涅瓦河上从汽船冒出的黑烟懒悠悠地混入雾中,雾里突立着工厂烟囱的石手指。这奇异的城市的压抑的声响使克里感觉悲哀。灰色的人群在这些庞大房屋之中似乎渺小而卑陋。全部光景都是降低个人生存价值的。克里在一种忘却自己的状态中机械地走着,空无所思。马利娜用低音调说道:

"疯狂的鲍尔[1]想要建立比神鹰纪念像更好的纪念碑,但是并未成功。不过一堆废物。"

这女子走得这样快,使人以为她故意要使她自己疲乏。克里觉得有一种欲望,想要蜷伏在某种干净舒适的隐僻处所,在那里他就能够安逸地思索这些展开在他面前的景象,这些闪耀着铅色和金色、黄铜白铁的景象。

"你为什么不说话?"马利娜严厉地问。当克里回答说这城市使他惊异了的时候,她胜利地叫道:

"啊哈!"

一连几天,她都带着他去逛那些博物馆;克里看见这使她喜欢得好像主妇炫耀她家的家具似的。

有一晚上,萨木金走进他的哥哥的房里,发现古图索夫和图洛波伊夫在那里。他们隔着桌子面对面坐着,好像要下棋似的。图洛波伊夫点燃一支烟,说道:

"倘若一旦证明这种偶然表征不过是魔鬼的雅号呢?"

"我不相信有鬼。"古图索夫严肃地说,握着克里的手。

图洛波伊夫用刚吸完的纸烟烟头点燃另一支烟,把烟头放在一堆已经熄灭的别的六个烟头里。图洛波伊夫是不清醒的。他的稀薄的头发是纷乱的;他的额上流汗;他的苍白的脸已经变为深红;他的眼睛,望着正在冒烟的烟头,有一种锐利的闪光。古图索夫不赞同地注视着他,狄米徒里支撑着小床,开始讲学:

"科学对于道德有坏影响这种观念是陈腐了。早在一七五〇年卢梭在回答若安学院的信里就已能够充分辩明了。你的托尔斯泰,很可能地,曾经在让・雅克[2]的《演讲集》中读过它。况且,你算是哪一类

---

[1] 彼得大帝之名。
[2] Jean Jacqueo,卢梭之名。

托尔斯泰主义者呢,图洛波伊夫?你不过是一个任性使气的青年而已。"

图洛波伊夫微笑,并不回答。古图索夫问克里:

"你对于托尔斯泰主义怎样看法呢?"

"它是想要回到愚人生活状况的一种企图。"萨木金勇敢地回答,觉得图洛波伊夫的脸上和眼里有马加洛夫在企图自杀之前的某种表情。

古图索夫爆发了大笑,搓着他的双手。图洛波伊夫用平淡的声音顽强地答道:

"回到愚人生活状况——这说得不坏。我以为这对于我们是必不可免的,无论我们从列夫·托尔斯泰出发或从尼戈拉·米海洛夫斯基[1]出发。"

"倘若我从马克思出发呢?"古图索夫欢喜地问。

"我不相信俄国要经由工厂汽锅而得救。"

克里惊奇地望着古图索夫。难道这打扮得像一个学生似的小百姓是一个马克思主义者吗?古图索夫的美好的声音并不适合于讨论那些可厌的言辞和数字的讲学腔调。狄米徒里阻止了克里的倾听。

"我有一张歌剧的特别入场券。你要用它吗?我自己打算去,可是不能去。马利娜和古图索夫要去。"

然后他愤愤地说道那些检举官曾经禁止歌剧《商人卡拉希尼可夫》的上演。

图洛波伊夫站起来,把前额贴在窗玻璃上,看看窗外,忽然走掉,并不向他们告别。

"聪明的小伙子。"古图索夫说,几乎是惋惜的,然后叹息道:

"他是有毒的。"

他把桌上那堆熄灭的烟头一个跟一个推落在地板上,然后详细询问

---

[1] Nikolai Constantinovich Mikhailovski(1842—1904),俄国杰出的批评家,注重政治自由。

克里他的城市里的人民生活情形；然后，摸摸他的胡须里的下巴，皱着前额，说道：

"正和我们的家乡伏洛达一样。"

萨木金觉得他的回答越谨慎，他对他就越温良和注意。他决定要向这有胡子的马克思主义者炫耀自己一下子，谦虚地说道：

"其实，关于人们的生活我们不应该提出这样固定的结论。几万人之中我们最多不过知道一百人的生活情形而已，而我们说起来好像我们已经研究过他们全体的生活情形似的。"

他的哥哥赞成：

"这是很对的。"

"真的吗？"古图索夫问。

他又开始讨论阶级分化过程和经济因素的决定作用。他对他说话并不像他对图洛波伊夫那样粗野，但是显出一种使克里感动的循循善诱之才。萨木金注意倾听他说，而且伶俐地小心插入几句迎合古图索夫的结论的话。克里欣然自得，觉得他对于这马克思主义者逐渐增加友情。

五

他回到他的房里，怀着慰安的心情，觉得他，萨木金，已经奠下纪念碑的基础，时机一到就要卓然起立了。他的房里有一股油泥的气味，因为早晨装配玻璃的工人曾经装好御冬的窗架。克里吸吸鼻子，打开通气管，而且谦逊地低声说道：

"或许，甚至这地方人也可以住下去的。"

在两星期之内他确信住在普里米洛伐家是有趣的。在这里他的真价值似乎被赏识了，甚至他对于这成功费力之少觉得有些惭愧。他把从伐拉夫加的警句和托米林的名言中提炼得来的光辉思想编成圆通的词语，带着并不过于相信文辞的人的轻笑，把它们谈吐出来。他曾经觉得颇为粗野的马利娜敬重地看待他。伊立沙弗它·斯庇伐克以一种亲切的好奇心研究着他。而尼卡叶伐对他谈话的态度比之对别人更为自然。甚至总是埋头在厚重的书籍里的狄米徒里显然夸耀他的聪明的弟弟。克里也准备夸耀狄米徒里的博学多闻,简直就要夸耀了,倘若他不觉得他的哥哥是超越过他,每个人都把他当作各种知识的辞典似的。他正在教老太婆普里米洛伐依照比石保的方法做鸡蛋羹,他对斯庇伐克解释真正民歌与兹干诺夫、维尔台曼之流所仿造的恶劣作品之间的差别。甚至古图索夫也问他:

"萨木金,揭破雅各·托尔斯泰是暗探的是谁呀?"

狄米徒里详细说明了伊凡·戈洛文于一八四六年所著的一本书,这是他们全不知道的。他喜欢冗长地讨论事情,用一种教授腔调,但是好像对他自己讲故事似的。

在普里米洛伐家里最有势力的人是古图索夫,不但因为他谈政治流利而深切,也因为他歌唱得这样好。他的颇为粗野的滑稽辞令是滔滔不竭的,而且在他和图洛波伊夫的无穷的辩论中从来不生气。克里屡次看见这身材笨重而体质结实的汉子用他的淡灰色的眼睛以一种异常悲哀而近于怜悯的表情观看着每一个人。他惊异于古图索夫对待马利娜的淡漠,有时甚至粗鲁;他好像把这女子看作比自己低一等似的。有一晚上喝茶的时候,她恼怒地说道:

"古图索夫,当你唱歌的时候,你似乎是能有感情的,而当你……"

古图索夫并不让她说完。

"当我唱歌的时候我可以算是诚恳的,而当我和小姐们说话的时候,我唯恐我太简单,就因为这恐怕,我的声调不确定。这是你想要说的吧?"

马利娜默默地转身离开他。

古图索夫难得而且少和伊立沙弗它·斯庇伐克说话,但是他以一种友好的态度看待她,客套地称呼她"您"。有时他称她"利沙姑姑",

虽然她不过比他长两三岁。他并不注意尼卡叶伐，但是时常在远处留心倾听她和狄米徒里的争论，后者是不倦地调侃着那古怪女子的。

克里把古图索夫的粗野看作缺少教育的人的心志简单；觉得其中并无谋略或矫饰，原谅了他。可喜的是看着这学生听音乐时候他的胡子脸上的变化表情；也可喜的是他的怜悯的微笑，他的悲哀的注视，固定在一点上，似乎要看穿人们，甚至要看穿墙壁。狄米徒里曾经告诉他，古图索夫是一个破产的乡间大磨坊主的儿子。古图索夫做过两年的小学教员。在那一时期中他准备进加然大学，而进了一年之后，因为参加学生运动，他被开除学籍；但是又一年之后，得到斯庇伐克的父亲——那一省的政治领袖——的援助，他再进大学。

一般人对于图洛波伊夫的态度是难以决定的。有时他被看待作好像一个病人似的，有时却受着一种愤怒的待遇。克里不能理解为什么图洛波伊夫要来普里米洛伐家。马利娜并不隐藏她对于他的不高兴。尼卡叶伐很轻忽而且勉强地应承着他所说的话。伊立沙弗它很少和他说话，而说的时候用一种低声。这一切都是有趣的，人想要理解它。把这些很不相同的人吸引在一处的是什么呢？为什么粗野而且太肉感的马利娜需要几乎无肉的尼卡叶伐呢，为什么马利娜那样亲切有趣地看着她呢？

"你尽管吃——再吃呀！"她督促她，"即使不想吃你也必须吃。你忧郁是因为你吃不够。你，大萨木金——有一句拉丁语格言是怎么说的？你听见了吗？'健全的精神寓于健全的身体。'"

马利娜的关切使尼卡叶伐惶惑地微笑；这感动了她，因为克里看见那瘦得可怜的女子的眼睛里突然放光。尼卡叶伐用她的无色的手摸摸她的朋友的通红的腮巴，那苍白的手背上并没有充血的脉络。

克里以为尼卡叶伐和图洛波伊夫是这家宅里最为恍惚迷离的人。或许，在任何家宅之中，在任何人群之中，他们都会给人失魂落魄的印象的。他觉得他对于图洛波伊夫的反感逐渐增加。这人有些可疑而且很冷；他的敏锐的顾盼是一种侦探的眼色，想要看出什么隐秘的事物。有时他的眼睛显出刻毒的恶意表情。克里屡屡觉得图洛波伊夫用这种表情看着他——一种挑衅的顽强表情。图洛波伊夫的言语增强了克里的疑惑。无疑的,这人被某种事情所苦恼。虽然他尽力把他的恶意掩藏在一种嘲弄的冷淡音调之下,他说话的唯一目的显然是激怒和他说话的人。有时图洛波伊夫使萨木金完全不能忍耐。这种情形屡次遇见在他对古图索夫和狄米徒里说话的时候。克里不能理解为什么古图索夫对于这纨绔子弟的怀疑一切的言辞会好性情地大笑起来:

"萨木金,你这预言家。照我看来,预言家谈论将来不过是为要叱责现在。"

古图索夫大笑了,而狄米徒里提示图洛波伊夫一些社会先知曾经实现的事例。

图洛波伊夫和马利娜谈话的时候,他总是戏弄她。

"这是不真实的!"有一次她叫喊,有些恼怒他。他严肃地答道:

"这是或然的。但是我并不是提示者,提示者才必须说真理咧。"

"什么提示者?"马利娜问,大睁着她的已经够大的大眼睛。

"还会是别的吗?倘若提示者提错了你的戏就要演砸。"

"胡说?"那女子困恼地说,离开他。

是的,这一切都是很有趣的,而且克里觉得他的心里增加着想要了解男人们和女人们的欲望。

六

大学在任何方面都不曾感动他或使他惊异。历史教授的初次讲演使他记起高等学校的第一天。大群的人们使他茫然失措;在群众中他失掉了为自己思想清楚的能力;在学生群中,全都穿着制服而且态度一致相同,他感觉他已经失掉他自己的个性。

精瘦的教授的上半身出现在讲桌之上,单调地摇着一只手臂;他点点他的秃头,而且机械地摸摸胡子;他的眼镜的玻璃和金丝闪闪有光,他热心地高声说出那些庄严之词。

"本国的土地……人民……文化——光荣。"克里听见,"科学的成绩……企业的发展,在和自然斗争中创造了比从前更舒适的生活条件……人道的胜利。"

克里的邻人,一个麻子脸上有一管大鼻子的瘦学生,口吃地咕噜道:

"并——并不肥胖。"

从此以后他的突出的灰眼睛就长久注视着墙上时钟。教授走了之后,这结巴像一头得意的公牛似的摇摇头,把他的长手臂举起了三次,温和地拍拍手掌,重复道:

"并——并不,不肥胖。可是据说他还是急进派咧。同学,你是从诺弗戈洛得来的吗?不是吗?好,这没有关系。让我们做朋友吧!我的名字是波坡夫·尼戈拉。"

他和萨木金握手之后,匆匆走了。

科学并不很使克里感觉兴趣。他想要知道人,而且不久就发现小说所给他的关于人的知识比科学书籍和演讲更大。他甚至对马利娜泄露他的信念:经由艺术而得的知识比经由科学而得的更大。

"当然,"马利娜赞成,"人们已经开始明白这一点。来,听尼卡叶伐说话。"

那一晚上狄米徒里回来得迟,不高兴而且疲倦。摸摸他喉咙,他用已经变为嗄哑的声音问道:

"那么,怎么样?你的印象如何?"

但是当克里供认他在科学的庙堂中并不感觉什么神圣敬畏的时候,他的哥哥扫清喉咙,说道:

"我第一次听讲的时候,我觉得很激动。"

然后,显然是在想着他所说的话以外的别的事情,他凭空又说道:

"现在我才明白古图索夫说得不错：学生运动真是白费力气。"

克里微笑，但是并不回答。他早已觉得这里的学生们，他的哥哥的和古图索夫的熟人们，谈论大学校和教授们几乎是仇视的，好像从前高等学校的孩子们谈论他们的学校和教师一样。他研究这种态度的理由，觉得这种情调是图洛波伊夫和古图索夫这样不相同的人们所共有的。图洛波伊夫，用他平常缓慢无力的讽喻，曾经说过：

"大学生的大多数是德国人、波兰人和犹太人。其中只有教士的孩子们是俄罗斯人。别的俄罗斯人是不研究学问的，他们太过醉心于不负责任的行动的诗情。于是他们害了西班牙的骄傲病。昨日才被爸爸揪住头发的青年，今日就以受了教授的不理会或斜视作为要求决斗的口实。当然，这种任性负气的行为可以算是人格迅速长成，但是我却另有一种想法。"

"是的，"古图索夫说，点点他的大头，"人觉得好像小牛向天竖起尾巴。但是也必须说明青年正在被欺骗，十分笨拙地努力要从空想中挤出什么液汁……"

"从虚荣中。"图洛波伊夫改正他。

克里热切地想要理解：什么是这两个人之间的共同联系呢？有一次，他们坐在长沙发上等候普里米洛伐家常开的那种音乐会，古图索夫斥责图洛波伊夫：

"你尽量散播讽刺的尘灰，这是便宜的事！"

"并无利益。"图洛波伊夫回答，"我知道更有利益的是在顺风方面的生活中替自己造成一个位置；但是，唉，我不能如此。"

古图索夫感动地大笑了，叫道：

"但是你已经把你自己安排在顺风方面了呀！"

在同一晚上克里问他：

"你赞成图洛波伊夫的是什么呢？"

这有胡子的家伙作出父亲似的样子答道：

"在某种药方中,酸素对于身体是和盐一样必要的。我喜欢卡达阿夫[1]的情调甚过某些文学名家的甜腻的高调。"

这是在狄米徒里面前说的,他敏捷地解释道:

"作为正在灭亡的阶级的一个代表图洛波伊夫是有趣的。"

古图索夫微笑地看着他,说道:

"你说得好,米提亚!"

萨木金并不把古图索夫的微笑当作十分赞赏他的哥哥,他曾经时常看见这种谦逊而精悍的微笑出现在古图索夫的胡子脸上。这并未使他不信任这学生,而只是增强他对于他的趣味。尼卡叶伐是越来越有趣起来了,但是她坦然急切地追求克里的同情使他惶惑不安。

她列举着他所不知道的法国诗人的名字,谈论着,好像她正在传授只有他克里·萨木金才配共享的种种神秘。

"你读过詹拉洪斯作的《幻想》吗?"她问他。而且全知的狄米徒里解释道:

"这是卡塞尔博士的假名。"

"他是一个佛教徒,詹拉洪斯,但是这样尖刻、这样悲苦的一个人。"

狄米徒里振起精神回想,仰望着天花板。

"那是卡梭提,《鬼恋》这无聊小说的作者。"

"可惜,你记得这样多的于你无益的事。"尼卡叶伐对他说,然后转向小萨木金,赞赏洛斯坦的《公主的梦》。

"这是新浪漫派的一部杰作。洛斯坦在最近的将来就会被认为天才的。"

克里看见只有尼卡叶伐和狄米徒里才知道的这些书名和人名使每个人都讨厌了。他也看见他们并不重视尼卡叶伐的文学意见,而且这是她

---

[1] P. l. Chadaaev (1793—1856),俄国批评家,对于俄国国粹主义曾加以辛辣的讥评。

所懊恼的。他觉得替她难过。图洛波伊夫,这预言者之敌,残酷地故意扫她的兴头:

"这必须看作资产阶级以浅薄的浪漫主义为满足的征候,这是一个很没有才能的时代的终结的开始。"

克里已经把尼卡叶伐看作一种狂人。她已经跳到现实的先头什么地方,或跑到偏僻的方面,生活于狄米徒里所谓"有坟场气味"的思想之中。不知为了什么,她紧张到濒于绝望。有时她似乎要从窗里跳下去。克里特别觉得她缺乏女性,缺乏任何生理的引诱。她引不起他平常男人对于女人所感觉的种种情绪。

她吃和喝都好像出于不得已,好像近于厌恶;这显然不是装模作样,因为这和女人的卖弄风情并无关系。她的瘦手指笨拙地捏着刀叉。她十分挑剔地撕裂小片面包,她的鸟似的眼睛迟疑地看着那绵软的面包心,好像在思想:这是苦的或许有毒吧?

克里更加时常以为尼卡叶伐比这集会中的其他任何人都更为智慧。但是这,并未使他更接近这女子,却驱使他远离她。他恐怕尼卡叶伐会了解他心里并不愿她了解的事,而且开始谦虚地、轻忽地和烦恼地对他谈话,像她对狄米徒里那样。

七

躺在床上,萨木金微笑了,想着他怎样容易地一下子就博得了每个人的好感。他绝不怀疑他在这一点上的充分成功。但是,虽然他觉得他的同伴信任他,但他并未放松一个人自知其演技困难而危险的所有的小心。有时他的任务,使他疲乏,使他朦胧意识到他依附在敌对他的一种权威上;有时他觉得他自己是一个未知的主人的仆役。托米林的无数名言之一来到他的心里:

"对于大多数人,纷繁的印象是有毁坏的影响的,搅乱了他们的道德的意识。但是同样繁多的印象也往往造成异常有趣的人。试看著名的罪犯们、冒险家们和诗人们的传记。经验过多的人们往往是超道德的。"

在这红发教师的言辞中克里感觉既恐惧而又诱惑的某物。他觉得他似乎已经经验过多,而有时却觉得他所储藏着的一切印象、一切思想对于他全是不必要的。在它们之中并没有一件变为他的一部分,可以称为他自己的结论、他的信念的。这一切自有生命,几乎违反他的意志地生存在他内面;并不深入他的内心,就只在皮肤下面的某处,而再下去便是等待别种事物来填塞的一片空虚。克里时常感觉他——储藏者——与他内面的被储藏者之间的不合和敌对,越大和越多,使他惊异。他妒羡古图索夫,这人已经学会信仰,而且沉静着宣传着他的信念。但是他也妒羡图洛波伊夫。后者显然不相信任何事物,具有敢于嘲笑别人的信念的胆量。当图洛波伊夫对古图索夫和狄米徒里谈话的时候,克里回忆起那老石匠:那样狡猾地和恶意地教唆那老实的强健的汉子打碎还可以再用的砖块。

萨木金以为一切人都是虚荣的,每个人都想要出人头地,只为要更受注意;一切不合和争论都由此而起。但是他开始怀疑人们心里还有他所不了解的别种东西。于是发生一种固执的欲望,想要分析人们,明了什么动力迫使人这样做这样说,而不那样做那样说。

他选择了舍拉菲马·尼卡叶伐做他的最初实验品,她似乎是最方便的,因为她并没有妇女所常有的魔力,人可以研究她,暴露她,在某种情形之中检查她,并不必害怕会陷入蒲石的轰动一时的小说《门徒》中的主角格里洛斯的愚昧境地。马利娜以她的动物的精力使他退避,而且她并没有什么难解之谜。当克里单独和她在房里的时候,他觉得他自己处于在她的尖利的眼光注视之下的危险之中;她的注视是挑战的和无耻的。

有一晚上他的好奇心热切地被吸动了,当尼卡叶伐几乎歇斯底里地对着狄米徒里的脸叫喊的时候：

"现在，明白了吧——我是不能忍耐正常的人们的！我不能忍耐那些快活的人们。快活的人们是愚蠢和庸俗到近于可怕的。"

又有一次，她曾经愤怒地说道：

"尼采是一个呆子，但是竭力要表演悲剧的角色，以致因此发狂。"

当她愤怒的时候，她的腮上的红斑消褪，她的面孔变为死白色，她的眼睛似乎闪出绿光。

八

一个晴明的冬日，当萨木金沿着涅瓦河码头缓缓散步，注意回想一次讲演的某些重要部分的时候，他从远处瞭见尼卡叶伐。这女子从艺术学院的门道出来，横过马路，停在一座狮身人面石像旁边，注视着被炫目的白雪所掩盖的河面。有些地方雪已经被风吹掉，露出蓝色的冰的秃块。

尼卡叶伐以一种友好的微笑招呼克里，然后用她的软弱的声音开始谈话：

"我刚才从展览会出来，那些绘画是颜色平淡的——毫无生趣。你要到街市去吧？我也正要去。"

她穿着黄昏天色的短皮上衣，头上偏戴着一顶青灰鼠的奇特小帽。双手插在和上衣同样皮毛的暖手筒里。她确是别致的。她的步伐是不规则的，要和她同一步骤是困难的。明朗的青色空气刺激她的鼻孔了吧，所以她把鼻子埋在暖手筒里面。

"但愿全部生活能够像这冻结的河似的停住，使人们有时间从容深思他们自己。"她含糊地对暖手筒说。

"在冰下面河水依然流着的。"克里想要说，但是觉得这意思太平常，把它抛弃了，然后望着她的鸟似的脸说道：

"那著名的保守主义者里昂提夫主张俄罗斯必须冻结一下。"

"岂但只是俄罗斯呢？全个宇宙都应该冻结、寂默一下，休息片刻。"

她的眼睛斜视而且眯眯，闪避刺眼的白雪的光芒，同时尽力抑制住一阵干咳。她说话急切得好像长久沉默的人，好像刚从监狱的独居间里释放出来似的。克里用一种确信他所听的话并不新颖的人的腔调回答着她；但是他注意倾听。从一个话题转到另一个话题，她问他：

"你喜欢图洛波伊夫吗？"

而她自己回答道：

"我不理解他。他是虚无主义一类人，生得太迟了，漠视各样事物，甚至漠视他自己。真稀奇，那冷静的、浅薄的女人斯庇伐克迷恋他。"

"真的吗？"

"真的呀！"

沉默了一会儿之后，她问克里他以为马利娜怎样，而又不等回答，继续说道：

"在某种女性的幸福观念上她可以算是很幸福的。她是多情的；而当她倦于情爱的时候，她会以爱我之情爱狗爱猫。她是这样好吃好喝，这样俄罗斯气质。但是我并不把我自己看作俄罗斯人，我是彼得堡人。莫斯科使我迷失我的个性。关于俄罗斯，我知道得不多，真的，所以我不理解它。我觉得它似乎是充满了对于谁——甚至对于他们自己——都不必要的人们的一个国度。但是我觉得法国人或英国人——他们是必要的，对于全宇宙。甚至德国人也是的，虽然我不喜欢德国人。"

她说呀说呀，以她的离奇的意见搅乱萨木金的心思。他并不感觉在她的可惊的坦白后面有什么一致的意念，于是他更加谨慎发言。当他们到了尼夫斯基大街的时候，她提议去喝咖啡。在饭店里，以一个女子而论，克里以为她的行为未免太过随便了。

"我请客。"她说，一面就要咖啡，要酒水和饼干。当她解开她的短皮上衣的时候,一种异样的香水气味扑到克里的鼻孔。他们坐在窗子旁边;外面,凝结着霜花的窗玻璃上流过一阵黑色人影。轻轻地咬嚼饼干,尼卡叶伐继续说道:

"在俄国他们并不谈论重要事情。他们并不读要求真正知识所必读的书。他们不做他们所应该做的事:他们所做的,对于自己并无益处,不过是夸耀而已。"

"这是真的,"克里说,"这其中有大部真理。他们永远用种种问题互相轰击。"

"古图索夫几乎是一个成熟的歌剧的歌人,可是他正在研究政治经济。你的哥哥具有渊博得可惊的知识,但是还是——你可以原谅我吗?——他还是没头没脑。"

"这也是真的。"他赞同,虽然他觉得已经到了反驳的时候,但是尼卡叶伐忽然变为疲倦,只是两块冻红的斑点依然留在她的颊上;她的眼睛已经暗淡。她开始梦梦地说道,完满的精神生活只有在巴黎才可能;她本来要去瑞士过冬,但是关于一小点遗产的讨厌事务迫使她来到彼得堡。她吃了饼干而且喝了两杯酒。当她喝完咖啡的时候,她赶快以一种几乎不能觉察的手势,在她的平坦的胸膛上画十字。

"在两三个星期之内我或许要离开此地。"

当她戴起手套的时候,她咬着嘴唇,叹息道:

"或许永远。"

"你知道梅特林克[1]吗?噢,你必须,不能不读《唐太吉之死》,和《盲人》。他是一位天才!他还年轻,但是可惊地深奥……"

她忽然停住在步道上,好像遭遇着一堵墙壁似的,而且伸手给他:

"再见。请来看我!"

给了她的住址之后,她坐上街头的一辆雪车。当那受冻的马往前一

---

[1] M. Maeterlink(1862—1949),比利时象征派诗人,剧作家。

冲的时候,克里看见她向后一倒,这样猛烈,几乎摔了出来。克里也雇了雪车,在驰去的时候,他堕入深思之中,思索这和他的一切熟人全不相似的女子。有时,他觉得她似乎和里狄有些相同;但是他立刻抛弃这种类似的观念,觉得这对于他自己不十分有利,因为他记起伐拉夫加的一句话:

"当人们不明白的时候,他们想象事物,以致造成错误。"

伐拉夫加这样谈论他的女儿。

九

这次和尼卡叶伐的会晤并未增加一点对她于克里的引力,但是她在饭店里的随便态度,好像一个常来的顾客似的,这事实蛊惑着他。

有一天,克里·萨木金去访问她,那时大雪正在降落在这惨淡的城市里;雪迅速地、垂直地落下;雪片异常之大,而且发出撕碎纸片的声音。

尼卡叶伐住在一个公寓里;她的房间是在一道长走廊的末端的最后的门里面;走廊是薄明的,由被一只橱柜遮去一半的窗子透进一点光明;窗子正对着一面深灰的平滑的墙。墙和窗中间正下着大雪。雪似乎是灰色的,好像灰尘一样。

"她住在怎样肮脏的洞里呀。"克里想,在阴暗的小门道里脱掉外套。但是一进了门他就觉得被魔法提出大雪纷纷的惨淡天宇之下似的。房间被橘黄罩子的灯的温和光辉所照明,其中装饰着晚晴颜色的东方物品。小型的法国黄皮书散置在桌上和沙发上,好像某种奇异植物的落叶。尼卡叶伐穿着黄色寝衣,系着绿色宽带,恳切欢迎他:

"对不起——我穿着室内的便服。"

"你这里好地方。"克里说。

"你喜欢它?"

她急忙点起一盏酒精灯，把一只样式稀奇的铜壶放在它上，说道：
"我不能忍耐茶炊！"

她用穿着绿色摩洛哥皮拖鞋的一只脚，钩出桌下落在地板上的书籍，把桌上的东西理在向窗子这一边，窗上蒙着质料丰厚的黑色帷幕。这一切她都做得很敏速。克里坐在沙发上，向四方看看。房间的角落都遮着软软的帷幕。其中的三分之一由中国屏风隔开；屏风后面有一张床。床脚的窗子上挂着一种暗红厚毡，地板上也铺着同样的毡子。房里暖气由于香料气味而更加浓厚。

"我不喜欢鲜亮颜色、高调乐曲，以及直线条。这一切都太现实，因此也就荒谬。"克里听见。

这女子的行动急促使她的便服的长袖飘扬得好像两个翅膀似的。她的两只浮游的手使克里记起托米林的瞎摸的手。当尼卡叶伐说话的时候，她的轻飘的声音就好像里狄十三四岁时候的声音。克里觉得尼卡叶伐似乎被某种事情所扰乱，她的神气好像受了什么意外袭击似的。她忘记了换衣服；她的寝衣脱出她的肩头，露出瘦削的肩骨和胸部的皮肤，被灯光染成一种不自然的颜色。

当他们喝茶的时候，克里听见说一切真实的和永恒的都隐藏在灵魂深处，灵魂之外的各样东西，全世界，都是过失、错误和愚昧的行为的纠结，而要表现这宇宙的理想之美的种种微弱的努力都关闭在仅有的少数优秀人物的意念之中。

"哦，我忘记了！"她叫喊，忽然从沙发上跳起来，从一个小柜子里取出一瓶酒、一盒朱古力糖和一些饼干。她把它们分布在桌上；然后，把她的裸露的瘦手臂支在桌上，她问：
"你能够忍耐着思索生活的无聊吗？"

克里想要微笑，但是他抵制着他自己，庄严地答道：
"有时那是很烦恼的。"

注意到尼卡叶伐的眼里的怒火，他说道：

"有时,早晨一醒来就想到醒着的徒劳。"

尼卡叶伐肯定地点点头:

"是的,当然,你一定会这样感觉的。我知道这个,是从你的谨慎,从你的微笑,总是严肃地微笑,从你的保守沉默;当别的每个人都叫嚣的时候。他们叫嚣些什么呀?"

她把她的双手交叠在她的胸前,把手掌伏在骨瘦的肩头上,愤愤地继续说:

"平民呀,工人阶级呀,社会主义者呀,倍倍尔呀——我读过他的《妇人》——我的上帝,真讨厌!在巴黎和日内瓦我见过一些社会主义者,这些人故意限制他们自己。他们并非完全不像修道士,同样摆不脱假道学。他们全都多少有些类似古图索夫,但是不像他那样可笑的小百姓似的谦恭,对待他既不愿也不能理解的男人们和女人们。古图索夫自己是不蠢的;而他似乎真心相信他所谈论的事;但这一切暧昧事物都只是古图索夫式的;平民呀,群众呀,领袖呀——真荒唐!"

她耸动肩头,她的手就飘然从肩上落下。把一只像是长茎上的一朵花似的小玻璃杯高举到灯光之中,她赞美那杯里的绿色毒酒,喝了它,开始咳呛得全身抖颤。她用手巾蒙着嘴。

"这对于你是坏的。"克里说,用他的手指甲敲敲那杯子。尼卡叶伐一面咳一面摇头否认,然后沉重地喘着,在咳呛的间歇中告诉他魏尔伦[1]的事,这诗人曾经被毁灭于艾酒——"绿妖精"。

"爱与死,"克里听见她说,"在这一对神秘之中隐藏着我们生存的全部重大意义。其他一切——连古图索夫的在内——都不过是无益的、卑鄙的努力,以猥琐自欺而已。"

克里问:

"那么,人道主义是猥琐的吗?"

---

[1] P. Verlaine (1844—1896),法国颓废派抒情诗人。

他采取防御姿势，准备着她要讨论爱情。听这女子讲恋爱或许是有趣的吧。但是，尼卡叶伐称人道主义为"有产者幻想共同温饱的一种梦"，"这梦的不能实现是由马尔萨斯[1]证明了的"之后，就泛论死这问题。最初克里听出她的声音中有教堂意味，她甚至背诵了几节追悼歌词；但是这些忧郁的诗句响得含糊不明。克里用一块羚羊皮使劲揩着他的眼镜片，心里想着尼卡叶伐谈话好像一个老妇人似的。他低着头，避免面对着那女子，恐怕她会看出他的厌烦。她似乎已经明白了这个，或者她已经疲乏了吧。她的话来得更平静些。克里抬头，想要戴上眼镜，但是他的两手却缓缓地落在桌子边上。

"不，试想想看。"尼卡叶伐用一种半私语的低声说，弯腰向他，举着一只抖颤的手。她的眼睛不自然地大睁着，而且她的脸比平常更尖。他向后靠在椅背上，听着她的隐秘的低声：

"某种神秘势力毫不讲理地把人抛置在宇宙上，并无保障。然后，在他的青年时代，把他的灵魂从他的肉体上撕开去，使那灵魂成为无力的旁观者，看着肉体的热情受苦。之后，这鬼魔势力使人感染疾病和罪恶，而且，已经在拷问架上摧残了他之后，还要他长久生活于老年羞辱之中——但是甚至那时也不消灭他内面的爱欲，也不使他忘记过去和曾经暂时闪现在他面前的幸福的火花——并不许他摆脱在生活中所经历的哀愁，使他活受妒羡青年欢乐之苦。最后，好像要报复人给他自己种种麻烦似的，这无情的势力把他弄死。它的意义何在呢？我们称为灵魂的那种奇怪东西消失到哪里去了呢？"

她已经不是低声私语，她的声音中响着一种悲愤。她的脸已经苦恼地歪扭着；这使克里记起安徒生的童话里的一个女巫的画像，他觉得她的顾盼中似乎燃着一种恶毒和仇恨的情绪。他又低下头，期待着这奇怪

---

[1] T. R. Malthus（1760—1834），英国经济学者，著《人口论》，说明食物照数学级数增加，而人口则照几何级数增加。

的生物随时会发出绝望的叫喊,好像梭莫夫医生的疯女人似的:

"不,不,不!"

平常克里读以爱与死为主题的书籍和诗词的时候,它们并未激动他。但是现在,当爱与死的思想由一个近于丑陋的小女子愤愤地说出来的时候,克里忽然感觉这些思想残酷地打动着他的心胸和头脑。他已经变为十分惑乱,他的思想像一阵烟雾似的开始旋转。他已经不再听见尼卡叶伐的激昂演说,只是惊疑地呆看着她。为什么这平胸的不好看的女子害着危险的病——为什么她命应该怀抱这些思想,这些只有老年人才受其苦的思想?其间有着某种可怕的非理无道。他怜悯她,因为她的肉体和灵魂都在患病。他初次经验到很深刻的怜悯之情。从前他对于这种情绪不过有薄弱的认识。

他从桌上举起他的酒杯。那杯子好像一朵已经褪色的残花。把它的细柄捏在手指中间,他叹息道:

"怀着这样的思想来生活,你必定是很消沉的。"

"但是你也是的?你也?"她离奇地说,好像并不是询问而是请求。她的脸,曾经热得通红,逐渐苍白而又苍白;她似乎减少了苦恼。

克里想要对她说一句温良的话,但是恰在这时他捏断了那杯子的细柄。

"你割伤了吗?"那女子叫喊,跳起来冲到他面前。

"不过一小点。"他负疚地回答,用手巾包起他的手指。尼卡叶伐用她的手摸摸他的手,她的手是异常之热的,赞赏地低声说道:

"你感动得这样深!"

她开始奔忙,撕裂一条毛巾,而且倒一点烧酒在伤口上。扎好了他的手指之后,她催他:

"喝一点酒。"

替她自己酌了一杯酒,她又坐在桌子旁边。

他们默默地坐了一两分钟,并不互相看看。克里觉得这沉默尴尬,希望尼卡叶伐继续说下去。他问：

"你喜欢叔本华吗？"

"我读过他的书，"她歇了一会儿才回答，"但是，你知道，太过裸露的话是不能触动我的灵魂的。你知道图切夫说过：'思想一出口就错了。'在我看来，梅特林克比这粗暴的德国人更是一个哲学家。歌词比词语更深切、更有意义。你总可以赞成只有一切艺术中的最大艺术——音乐——能够接触灵魂的深处。"

带着一声叹息，她捻低了灯的光焰。这使房间似乎更拥挤。其中的一切东西，以及尼卡叶伐自身，都似乎更挤近萨木金。他点头赞成：

"梅特林克也并非不同意于慈悲的伦理，而且他或许是从叔本华借得来的。但是慈悲对于定规要死的人们有什么必要呢？"

注意看着那女子头上的橘色光辉，克里问他自己：

"她为什么捻低那灯呢？"

尼卡叶伐俯伏着，用脚去钩出桌子下面的那些黄色小书，同时说道：

"我们生活在一种残酷的氛围之中。这使我们有权以残酷为正当，对于一切事情：在仇恨中，在恋爱中。"

在萨木金觉得他应该帮忙她之前，她已经从地板上捡起一本书，翻开它，而且严厉地说：

"听着！"

用一种低音，拖长母音，她开始读诗。她紧张地读着，屡次突然停顿，而且挥着裸露到肘节的手臂。这些诗是很有音乐性的，但是意义模糊：叙述被金色障布蒙住眼睛的少女们，三个瞎眼姐妹。其中的两行：

   可怜我吧，
   因为我踌躇在我的情欲的边缘上……

克里捉住某种半可理解的意义，好像是挑逗或暗示。他疑惑地看着那女子，但是她正在看书。她的右手飘浮在空中。尼卡叶伐，用在暗影中成为青色而且似乎无肉的手，摸摸她的脸，她的胸部，她的肩头，好像她正在画十字，或是试行使她自己确信她确有一个肉体。克里知道那酒，那香水气，和那诗正在他上发生陶醉的效力。他逐渐降服于一种从未经验过的瞌睡状况，这状况剥失了各样东西的颜色，使人不愿动作，不愿听话，不愿思想。所以他并不思想。

当她读完了的时候，她把书抛在沙发上然后用抖颤的手再倒一些酒给她自己。萨木金揩揩他的前额。他好像刚从沉睡中醒来似的看看周围。他惊异他自己还能够再听这音节明朗而难以理解的外国诗一个长久时间。

"魏尔伦，魏尔伦，"尼卡叶伐连声赞叹，"他好像是下凡的天使。"
而且她从椅子上一跳就异常轻快地躺在沙发上。

"你疲倦了吗？"克里问。

他站起来，看定那女子的面孔。它是灰的，额角上有些红斑。

"谢谢你，"她敏捷地说，"不平凡的一晚。请坐呀！"

"不久再来呀，"她请求他，用她的骨瘦的热手握着他的手，"因为我快要走了。"

她用另一只手给他一本书：
"务必读完它！"

第八章

一

　　街上雪还在下着,下得这样紧密,以致呼吸困难。这城市已经变为寂静无声。它已经消失在白雪之下。街灯都穿戴着厚厚的衣帽,站在锥形的光内。竖起外套的领子,把手插在衣袋里,克里缓缓踏过压制着一切声响的雪上,同时估量着他今晚所有的印象。雪花落在他的脸上,立刻溶解,但是清新了他的皮肤。克里恼怒地揩掉他的唇上和鼻上的水滴,觉得他内面运载着一种沉重的抑郁,一种永不能忘的噩梦。那瘦小的老女巫的面貌似乎恍惚闪现在他前面的错落的雪花之中。当他闭住眼睛不看它的时候,它就变为更分明;它的黑眼光固执地有所要求,但是雪和他的精练的自卫本能敏速地在克里心中唤起抗拒的思想。一想到那女子的外貌、她的冗长的言辞,以及她所读的诗的美好,人就觉得她具有怪不相合的某物。人可以以为她的可怜的肉体怀抱着别人的灵魂。尼卡叶伐喝了太多酒水,萨木金回想,而且她吃了太多包着甜酒的糖。

"一个病人——所以,当然,她思想和谈论死。别种性质的思想——关于生存的目的,等等——并不合于她,只合于健康的人们。譬如,古图索夫,或托米林。"

想到古图索夫的可恼的言辞,克里微笑了:"'古图索夫式的'——并不十分坏!"

在走近他的寓所的时候,他已经设法使他自己相信关于尼卡叶伐的实验是完成了的;那在她内面的原动力是病。听着她因为怕死而发的种种歇斯底里议论是无聊的。"这一切其实都很简单!"他要他自己相信。

那一夜他读完了梅特林克的《盲人》。这剧本的单调的言辞,缺乏任何动作,催眠了他。它使他充满了一个渺茫的悲哀,但是他不能捉住这作品的意义。烦恼地,他把书抛在地板上,想要睡觉,但是不能。他的思想回转到尼卡叶伐,但是现在更为温和地。他记起她所说的男女在恋爱中有权以残忍为正当的话,他问他自己:

"她说这话是什么意思呢?"

这时他同情地叹息了。

"这并不像是她想要找男人和她恋爱。"

他的疲乏的眼睛看见房间的黑暗中有一群灰色的幻影,其中回翔着一个鸟头鸟脸的小女子。

"她被恐惧所迷瞎。"他固执着。

那些影子波动得好像黑色河水面上反映着的秋云似的刚刚可以觉察。他的悲哀情调由于黑暗的密集而加深。想象,阻碍着睡眠和思想,使黑暗中充满着单调的声音:远方的钟的回声,和乐止之后的小提琴的哀鸣。暗黑的窗玻璃缓缓地褪为铅青色。

二

克里在中午之后醒来，觉得昨天曾经经过某种重要事故，不能理解他究竟是已有所得或已有所失。平常他思维他自己的心事是轻易而流畅的，现在却迟重而困难了。他的思想是糊涂的，这激怒着他。他的记忆里杂乱地混合着一些离奇的言语、诗词、《盲人》的哀诉，以及一些窃窃私语和尼卡叶伐的恼怒的叫喊。穿好衣服，他愤愤地从地板上拾起那本书。他读了一页，站起来，把书抛在床上，耸耸肩头。窗外还在下着雪，但是天气是明朗而干燥的。

克里·萨木金决定不离开他的房间，但是，女侍送咖啡进来的时候，她说在一分钟之内工人就要来涂蜡在地板上。他拾起书，走到他的哥哥的房里。狄米徒里不在。图洛波伊夫站在窗子前面，穿着学生制服外套，用手指敲鼓似的敲着窗玻璃。他正在仰望着一阵懒悠悠地爬上天去的乱毛似的烟云。

"火灾。"他说，在照常那样轻率无力地握了萨木金的手之后。在许多屋顶的平行线中央——它们厚厚地盖着雪毯——有一个屋顶上冒出流动的灰色烟云。戴着铜盔的人们艰难地爬在积雪上，也是灰色的，像烟云一样。

克里以为这光景是非常可厌的。

"它并不想要燃烧。"图洛波伊夫说，而且离开窗子。克里在他后面听见他的轻声叫喊：

"啊，梅特林克！"

克里想要讥刺他所不喜欢的这人，就在他的记忆中搜索尖刻的言辞，但是不能发现，不过含糊说道：

"废话。"

图洛波伊夫并不生气。他走到克里旁边，一面似乎在倾听什么声

音,一面安详地悠悠说道:

"不,为什么是废话呢?这是做得十分技巧的,像是一部教训年纪大的孩子们的寓言。那些盲目者是当代的人群,那些领导者——凭着一厢情愿——可以被理解为理性或信仰。但是,我不曾把这东西读完。"

克里离开窗子,恼恨着他自己。他为什么不能捉住这作品的意义呢?图洛波伊夫坐在桌子旁边,点燃一支烟,但是立刻又敏感地把它压熄在烟灰碟里。

"这是尼卡叶伐启发你的吗?她也试行指导过我。"他说,沉思地翻转着那书的几页,"她是喜欢刺激的。她显然以为她的脑筋好像是插针的毡垫似的——你知道吗,那些小垫子里是填塞着沙土的。"

"她极好读书。"克里说,只为敷衍而说。图洛波伊夫很沉静地继续说他自己的话:

"一只秋天的苍蝇。"

天花板上面沉重地响了三次,好像是椅子脚的声音。图洛波伊夫站起来,并不看他,出去了。

"他必定是去看斯庇伐克太太,那响声当然是她敲的。"克里猜想,遥望着救火队员正在爬着的屋顶,那里的雪几乎被浓烟所蒙蔽。

"他自己是一只秋天的苍蝇——这图洛波伊夫。"

马利娜并不敲门就进来,好像这是她自己的房间似的。

"要喝茶吗?"

"要的,谢谢你。"

恼怒地看着克里的脸,她问:

"你的哥哥呢?"

"我不知道。"

她转到门前,但是,打开门之后,她又转向萨木金,走近一步。

"昨夜他不在家睡觉。"她严厉地说。

克里微笑了:

"这是青年男人偶然会有的。"

马利娜的脸红了。

"你似乎是随意胡说,或许你简直就不知道他和工人们常在一起,因为这些事情……"

她并未说完话就突然走掉,以致萨木金,被她的声调所激怒,来不及严正地告诉她他并不是狄米徒里的监护人。

"好一个蠢货,"他诅咒,在房里走来走去,"不过是一个粗俗的女蠢货。"

这时他想起来了,有一次,当他走进餐室的时候,他看见马利娜站在她自己的房间里面对着古图索夫,用她的右手的拳头打击着她的左手掌,逼近那有胡子的学生的脸面前说道:

"我不过是一个女——人!一个女——人!"

当初克里觉得她的话似乎是惊愕或嫌厌的叫喊。她背对着他,所以他不曾看见她的脸。但是她的后来的话显然是愤怒的,而且虽然她的声音不高,克里以为她就要开始大嚷或顿脚了。

"你不明白吗?"她固执着,每说一个字用她的拳头打一下她的软手掌,"他有他自己的前途。他将要成为一个学者——是的,一个教授!"

"不要吵嚷。"古图索夫说。

他比马利娜高出半个头,人能够看见他的灰眼睛正在好奇地研究着那女子的面孔。他用一只手摸着他的胡子;另一只手,搁在他的腹部,捏着一支正在燃烧的纸烟。马利娜的愤怒并未减弱:

"他是心思单纯而正直的,但是他没有自己的意志……"

"噢——我怕我会在你的裙子上烧一个洞!"古图索夫大声说,离开了她。马利娜转身,看见克里,就走进餐室来,她的脸几乎是紫的。

克里对于他的哥哥的生活并不留心,自从看了这种光景之后他才很注意研究狄米徒里。不久他就觉得他的哥哥顺从古图索夫的影响,在他面前表演着服役于古图索夫的利益和目的的奴隶的卑下角色。有一次克里集中他所能有的亲爱之情十分严肃地把这些话告诉狄米徒里；但是他的哥哥惊异地大睁着眼睛，爆发了大笑：

"为什么——你疯了！"

然后他亲切地拍拍克里的膝头，说道：

"反正都一样，应该谢谢你！你想得好，你奇特的小伙子。"

克里沉默着：狄米徒里的惊异、大笑和手势全似乎是愚昧的。克里曾经两次看见非法文件在他的哥哥的桌子上。一件是《工人须知》，另一件是《关于罚金》。两件都是揉皱了的，玷污着指印。

"他显然和工人们厮混着。倘若他被捕，甚至要连累我的。我们是兄弟，又同住在一处。"

心烦意乱，他开始在房里加快地走来走去，在克里所遇见的一切人之中，这磨工的儿子似乎最为特殊，因为他的完整状态。萨木金在他身上找不出任何多余的事物、任何"想出来的"事物、任何可以使人以为"他表里不一致"的事物。他的直率的言辞、他的粗鲁的姿态，他的谦虚而善良的微笑、他的好声音——这一切全都配合得宜，各个都是必需的，好像一架机器的各部分必须互相成全。克里甚至记起一位年轻而早已知名的诗人的一句诗："机关车里有美。"

但是古图索夫的说教越来越粗鲁逼人。克里觉得古图索夫能够在精神上克服他自己，不但狄米徒里而已。当古图索夫的两眼直视着你的时候，你就难于反驳他了。他会凝定眼光，说道：

"你的理论是浅薄的，萨木金。你的头脑里全是糨糊。我不明白——你到底是什么？理想主义者吗？不是。怀疑论者吗？你的行为并不像。况且，青年人，在现实生活中你哪里会有成为怀疑论者的经历呢？至于图洛波伊夫，他的怀疑论是彻底的。那是某种人的世界观，这种人分明知道他们的阶级已经尽完了它的任务，正在从一个倾斜面上滑下去，归于毫无生趣。"

古图索夫动辄就冗长地探讨农业政策，或市立银行，或工业发展。

克里觉得古图索夫十分容易地摇动他的——克里的——自信心；这人逼迫他赞成种种论断，若要反对，克里·萨木金只能有一个抗议：

"我不需要。"

但是他甚至没有说出这几个字的勇气。

他忽然停住在房间中央。双手交叉在胸前，他集中注意在他心里正在展开着的这慰情的观念上：尼卡叶伐所说过的全都可以作为他的自卫的好武器。那是很坚强地抗拒着"古图索夫式的"。种种社会问题比起个人生存的悲剧来是不重要的。

"这正确地说明了我对于古图索夫的说教的反感。"克里判定，又继续在房里走来走去，"这并不是任何人教我的。我自己早已就认识这个了。"

三

他走进餐室，喝了茶，单独坐了一小会儿，庆幸他自己很容易地就得到这新思。然后他出去散步，并不意识到要去什么地方，忽然发现他自己已经走近尼卡叶伐住所的大门。

"和她谈谈是有益的。"他想，好像对谁辩解似的。那女子欣喜地接待他。她像前一次一样慌忙地从这一角跑到那一角，诉说昨夜她不能睡眠；警察曾经来捕人，一个醉女人曾经吵嚷；走廊里有顿脚和跑来跑去的声响。

"宪兵吗？"克里忧郁地问。

"不，警察他们捕去了一个窃贼。"

在喝茶的时间，克里谈论梅特林克，但是审慎发言，好像自有主见而不愿强使同伴受其影响似的。他容许他自己说明《盲人》的寓意太过明显，而梅特林克对于理智的见解并非不像列夫·托尔斯泰的。当尼卡叶伐赞同他的时候，他高兴了。

"是的。"她说,"但是托尔斯泰较为粗一点,因为他大多半是根据于理智——一种混乱之源。我觉得他似乎生理地害怕内心自由的感觉,托尔斯泰的无政府主义是一种附会,他的崇拜者所慷慨加给他的种种好性格之一。"

这一天她的生理的贫弱特别使克里厌憎,一件厚重的暗色羊毛衣服似乎压抑着她的举动而且增多她的年纪。她的头发,显然刚才洗过,打成一个紧结,使她的头显得大而且丑。他觉得对于这女子动了一小点怜悯之情:她躲在这龌龊公寓的暗角里,不顾一切,想尽方法为自己布置了一个舒适的窝。

她谈论与前次相同的题目——生之神秘和死之神秘——不过言辞不同;而且更审慎些,好像她以为他会反驳她似的。她的平静的言辞轻轻地落在克里的心里,好像微尘落在漆过的板面上。

"她还不能使她谈论到爱。"他想,"她或许喜欢谈,但是不敢。"

他觉得他自己并不想转变话题到这一方面。那灯罩下面刚才捻低了的灯使房间里的空气成为橘黄的雾。暗的天花板,有些纵横交错的裂纹;墙壁蒙着一些布幕;地板上的暗色毡子——这一切使克里发生一种离奇的感觉,好像他是坐在一只封口的袋子里面。它是很温暖而且不自然的安静的。并没有轰隆的车声传来;但是有时整个房间发抖,似乎要沉下去,当载重货车经过街道的时候。

并不注意听着尼卡叶伐的软语,克里想道:

"生活的目的并不是要我来决定那洛得尼派[1]或马克思派谁是对的。"

他不知道为什么或在什么时候尼卡叶伐谈起她自己来了:

"我的父亲是大学教授、生理学家。他过了四十岁才结婚,我是他的第一个孩子。我觉得我好像有两个父亲似的。一个是在我七岁之前

---

[1] 或译为"民粹派""民意党"。

他有慈祥的剃光的脸、大胡子和快活的亮眼睛。他十分善于拉大提琴。后来他变为另一个人。他的脸变为满是灰毛；他渐渐衣冠不整，脾气越来越坏。他把眼睛隐藏在烟灰色眼镜下面，而且时常烂醉得要死。他这样改变是因为我的母亲产后病死。我记得她时常穿着白的或淡青的衣服，有栗色的厚发辫拖在她的胸前或背上。她从来不曾有过长大成人的状貌。一直到她死那一天她还是像一个年轻姑娘一样——小小的，胸部丰满的，而且很活泼。她死在夏天，当我住在乡下别墅里的时候。那时我正是七岁。我记得那是何等奇怪呀：我回家的时候，我的母亲并不在，而我的父亲已经不是同一个人了。"

尼卡叶伐缓缓地低声说着她的故事，但是毫无悲哀。这是奇怪的，克里想。他看了她一下。当她说的时候，她总是眯起她的眼睛，而她的画过的眉毛搐动着。她不适当地在语句中间停一停，舔舔嘴唇；而更不适当的是那嘴唇上显出微笑。克里第一次注意到她有一张美好的嘴，而且他发生一种顽童的好奇心：

"她的裸体是什么样子？有趣吧，或许。"

接着他就谴责他自己不该如此好奇，皱起眉头。开始更加注意静听：

"我小时候往往发问——天是什么做成的？人为什么活着？人为什么死掉？我的父亲答道，'那，还没有人知道。你是为找出这个而生的，菲马'。他把我抱在他的膝上，对着我的脸呼出啤酒气，他的粗糙的胡子刺着我的颈项和耳朵。他喝了多得可怕的啤酒，害了浮肿病。他的两腮鼓胀，变为青色；他的眼睛上蒙着油汪汪的东西。他使我十分不高兴，而更加引起我的反感的是他不能——那时我以为他不愿——回答我的任何问题。我以为他似乎故意不使我知道他已经窥测出来的非常神秘。想要强迫我用他曾经要我解决数学问题那样的方法去解决那些神秘。他从来不帮助我研究学校功课，也禁阻别人帮助我，必须由我自己处理各样事情。但是我特别恼怒他的是他时常说，'那是不可知的。你自己想法解决吧'。他屡屡重复着这些话。"

"我的父亲解答我的一切问题。"克里忽然宣布。他自己的话使他意外吃惊。

"是吗——他解答？"尼卡叶伐问，"但是……"

她截断她的话，坐着沉默了几秒钟，然后她继续说着她的柔软单调的言语。克里沉思地听着她说，觉得今天他不是用他自己的眼光看她。不，她一点也不像里狄；但是她略微有点和他自己的相同之处。他不能断定这到底是使他高兴或不高兴。

"我的父亲几乎每夜都酒醉，拉提琴。那嗡嗡之声使我终夜醒着。我觉得他似乎专拉低音弦，而拉得不如他从前拉得那么好。夜是黑暗、寂静的，而在黑暗中那声音的长条纹甚至比黑暗更黑。我并不害怕这黑暗的嗡嗡，可是讨厌，以致我哭泣。忽然我的父亲死了，一共病了四天。真可怕的日子！因为在这四天之内他躺着哮喘，面容青白而肿胀，从湿淋淋的眼睛缝里望着天花板；但是他保持沉默。在他死的那一天他努力——仅有的一次——要告诉我什么；但是他说的不过是：'这，克洛提亚，你自己会……'他不能说完，但是我知道他想要说什么。我并不特别忧愁，虽然我哭得很多——或许因为害怕吧。他在棺材里的样子是骇人的，这样膨大而且——瞎眼。"

尼卡叶伐沉默了。她低着头，用手摩平她的膝上的裙子。她的故事使克里处于一种抒情诗的情调之中。他说：

"是的，我们的父亲们！……"

"'父亲吃了酸葡萄，儿子的牙酸倒了。'这是哪一位先知说的？我已经忘记了。[1]"

"我也不记得了。"克里说，虽然他从未读过《旧约》。

尼卡叶伐迟疑地举起双手，开始整理她的随便挽着的头发，但是头

---

[1]《旧约·以西结书》，第十八章第二节。

发忽然散开，披在她的肩上。克里惊异地看着它是何等丰盛，何等壮观。那女子微笑着：

"对不起。"

克里鞠躬，看着她很笨拙地整理那些头发。他不能想出一句适当的话来说。常说的客套话是不适用于这女子的。他由于一种狼狈之感和朦胧意识到危险而慌乱起来。

"现在我要走了。"

"为什么？"

"晚了。"

"真的吗？"

她放下她的手。她的头发又落在她的肩上和脸上，使那脸显得更小。

"能来就赶快再来。"她说着一种奇特的腔调，好像命令他似的。

四

克里到家的时候已经将近半夜。他的哥哥的鞋子搁在门外，狄米徒里显然已经睡了。克里叩叩门，并无应声，虽然狄米徒里的房里还点着灯。一道细小的黄色光带从钥匙孔里流入走廊的薄暗之中。克里觉得饥饿。他轻轻走去偷看餐室里面。马利娜和古图索夫正在那里并肩踱步。马利娜把双手交叉抱在她的胸前，低着头。古图索夫摇摆着他的纸烟在他的脸面前，低声说道：

"我们只具有一种力量，确实能够改变我们自己。这就是科学知识的力量。"

马利娜的深沉的声音凄婉地说：

"但是艺术呢？"

"它安慰，但是不教育。"

克里冷嘲地皱起面皮，走去睡觉，想着尼卡叶伐比这些人有趣得多了！

两天之后，在一个晚间，他又坐在她的房里。时间还早，他约她出去散步，但是在街上这女子保持着可厌的沉默。后来她诉说她觉得冷。

"我们坐车到我住处。"她提议。

"在车里你会更觉得冷。"

"不，那快得多。"她说。

在她的家里她似乎焦躁而且懊恼。她歪扭着颈项，好像把头藏在翼下的鸟似的，然后，并不看着萨木金，她说：

"我不能忍受繁华的街道和出来度过节日的人们！为什么男男女女一定要在每星期的第七天打扮起来，戴上幸福的假面具呢？"

克里嘲笑地把古图索夫所说科学的力量的话转告她。尼卡叶伐耸动肩头，愤愤说道：

"即使各处都燃起无人情的电灯，像他这种人也不会变得更好一点！"

克里比平常多喝了一点酒，觉得更心安理得，自信地说道：

"我认为生活是极复杂的，而古图索夫并不去简单化它，却使它加倍复杂。"

他正在玩弄着一把裁纸刀，刀柄是雕花的青铜的，柄端是镀金的羊山神[1]的头像。小刀从他的手里滑脱，堕落在那女子的脚面前。当他弯腰去拾它的时候，他的椅子偏倾了，因为要维持他的平衡，他急忙抓住尼卡叶伐的手。那女子缩回她的手，克里失去支持，跪倒在地板上。这以后所发生的各样事情他就不十分明白了。他只记得一双温暖的手捧着他的面颊，他的嘴被迅速地接吻，和一阵嗄哑的低语：

"是，是！噢，我的上帝……"

---

[1] 色情狂者、好色者之神（希腊神话）。

他吃惊更甚于高兴；尼卡叶伐躺在身旁，呜咽着，私语道：

"爱呀，爱呀！生活是这样可怕——倘若不爱，它是一种苦刑！"

克里抬起她的头，把它放在他的胸前，紧紧抱住它。他想要看她的眼睛。和这样异常温暖的身体躺在一处，他觉得不安、负疚。她侧身躺着，她的细小的奶包难看地拖下来。

"我的最亲爱的！"她小声说，她的热泪落在他的裸露的胸上，"这样单纯，这样亲爱。这样庄严，这样亲近。"

他默默地抚摩她的头发。从绣着银色鸟雀的绸幕里，他不安地呆看着橘黄的灯影。她现在要干什么呢？她可能留住彼得堡吗？她不去疗养了吗？因为他并不需要、并不寻求她的抚爱。他不过是可怜她而已。

但是他觉得有一种骄傲之情伴随着他的不安。她在她所认识的一切男子之中只选择了他。更增强了这骄傲的是她的问长问短的抚爱，温言软语，天真而近于无耻。

"噢，我知道我是不漂亮的，但是我是这样需要爱。我自己早已准备着，好像虔诚的信徒准备着与神交通一样。而且我能够爱——我能够，是吗？"

"是的，"克里很诚恳地说，"你是怪有趣的。但是这于你却是不好的，你应该离开。"

她并不听他的话。喘着而且咳嗽，伏在他上，用流着热泪的眼睛注视着他的惶惑的眼睛，她小声说：

"我的最亲爱的！你一定要。"

她的眼睛是不适当的。有什么哭的呢？他并不曾惹恼她，并不曾拒绝爱她。这种情绪——使她流泪——是克里所不能理解的，使他惊惶了。他吻她的嘴唇，要使她不谈话，而且不自禁地把她和马格里它相比较，后者，更漂亮些，使他疲倦不过是生理的。这姑娘正在私语着：

"试想，在这几分钟之中全世界有半数男女正在互相爱着咧，甚至正和你跟我一样。千百个人为爱而诞生，千百个人死亡，不能爱了。我的最亲爱的,我的意外的人儿……"

"意外的?真正的?"

橘黄的帷幕好像是固执地不肯隐藏在云后面的夕阳。时间似乎停顿着。

"我们驯服地和热忱地牺牲我们自己,献给曾经创造我们的尊严的神秘吧。"

克里拥抱着她,使劲用温柔的接吻蒙住那女子的嘴。后来她忽然睡熟了,她的眉头十分疲劳地竖起,她的嘴张着。她的瘦小的脸上有一种想要叫喊而不能的被打的哑子的表情。克里轻轻地爬起来,穿好衣服。

五

他离开她的房间的时候已经很晚。月亮照耀得这样分明,显出世上许多多余的东西。干雪在他的脚下发出碎玻璃的响声。那些巨大的家宅用它们的凝霜的窗户的白障眼互相呆看着。它们的大门附近躺着守夜人的黑影。在天宇浩渺之中,一些小星好像已经迷失它们的道路。各样都是分明的。

因为身体的疲乏,克里慢慢地走去,这时夜的透彻的寒冷澄清了他的混浊的心。在精神上他开始用小调吟哦着这些话:

"但是真有过这孩子吗?或许根本就没有这孩子。"

他搓搓他的冻木了的双手,放心地叹了一口气。那么,尼卡叶伐不过是假装悲观主义,这样假装起来,使她自己身上放出一种异乎平常的色彩,引诱男人。某种昆虫的雌的引诱雄的就曾显示过这种本能的技巧,克里回想。除了欣喜这发明之外,克里还感觉到一种模糊的恶意,反对某人。这是难以理解的:这是反对尼卡叶伐或是反对他自己?或是反对不许他认清它或发见任何动机的某种玄妙莫测的东西呢?

后来他记起他的衣袋里有他的母亲的一封信。他在那一天接到它。

这信,很简略,告诉他说文化人务必要有所作为;她想要在她的城市里开办一个音乐学校;伐拉夫加筹备发行一种报纸,打算由此取得市长地位。

里狄要做市长小姐了。或许,到适当的时候,他要告诉她关于他和尼卡叶伐的事,告诉的方法最好是用一种表演趣剧的态度,他决定。

他强制他自己再思索尼卡叶伐。现在他的恶意已经消失,所以他思索她是客观的和温良的。他所做过的事确乎不算不平常。每个女子都想要成为妇人。克里开始加快地走。曙色已现,但是天宇,东方变为灰色,是冷酷无情的。克里·萨木金做了一个鬼脸,这么清早回去是不好看的。那女侍,自然,要传播他不曾在家过夜的消息。

六

他在一种健旺的情绪中醒来。他和尼卡叶伐的关系的意外转折鼓舞了他,增强了他的信念:人们不论高谈些什么,那些言辞后面所掩藏着的总是十分简单的东西,这是由尼卡叶伐事件而证明了的。在晚间他觉得不想去看她,但是他断定倘若他不去她就会来看他的,那么她就会使他降低在他的哥哥的眼睛里,在马利娜的眼睛里,以及在住宿在这家宅中的一切人的眼睛里。为了某种理由他尤其不愿马利娜知道他和尼卡叶伐的私情;但是伊立沙弗它·斯庖伐克知道与否,他却不介意。

躺在床上,克里回想着尼卡叶伐的热切的抚爱,约略带着某种顾虑。现在他觉得其间似乎有些不康健的某物,完全失望的某物。她这样紧密地贴在他上,好像要陷进他里面去似的。但是其间她也有孩子气的温柔。在瞬息即逝的几个时间中她甚至唤起他内心的柔情。

"我必须去看她。"他决定,所以到晚间他去了。告诉他的哥哥说他去看马戏。

尼卡叶伐的房里有一个圆胖的矮小的老妇人正在默默地收拾东西,

把那些书从地板上捡起来，用一块布揩拭它们。她每拾起一件东西就彬彬有礼地点点头，而且小心翼翼地揩拭。这好像她的手里的瓶或书是活的而且脆弱得像刚才出蛋壳的小鸡似的。当克里走进房里的时候，她扬起一个警告的指头，悄声说：

"嘘，嘘——她正在睡觉！"

这老妇人是古怪得好像这房间和它的女主人一样的。

"告诉她萨木金来了。"

从围屏后面响出一种微弱的声音：

"是你吗？噢，请进来！"

克里进了围屏后面的黄色阴影之中，只怀着一种愿望，要隐瞒尼卡叶伐这件事：他已经看透了她——她对于他已经不是一种神秘了。但是他立刻觉得他的前额和颤颤发冷。被盖是这样平铺在床上，好像它下面没有人似的，只见一只头搁在枕上，两只眼睛在前额的灰色皱纹下面不自然地发光。

"表演。"他对他自己说，约略想了一想，因为记忆中的话并不立刻出来。

"我的温度是三十八度六。"她用抱歉的腔调小声说，"坐下。我很喜欢。台色亚婶婶，弄点茶来，可以吗？"

"可以。"一种吱吱的玩具声音回答。

尼卡叶伐又把被盖拉到她的下巴，从它下面伸出一只手臂。当克里握那手的时候他耸动了一下，那手是潮热而且轻飘的。但是她的脸，已经变为深红，笼在疏松的头发里面，燃着一个幸福的微笑，忽然使克里觉得很亲爱，而且她的灼灼的眼光使他满心哀怜和骄傲。

这一晚上尼卡叶伐并不背诵诗词，也不谈论诗人，更不提到她对于生与死的畏惧。她只讲爱，而她的言辞是克里从来不曾听过或读过的。微笑着，玩弄着他的手指，急促地喘着，她悄声私语着她的动听的情话；克里，并不怀疑它们的诚恳，想道：并不是人人都能成为这种爱的对象的！同时她是这样孩子气的动人怜爱，以致他也想要对她诚恳。在她的言语中他感觉到许多被幸福所陶醉的音调，以致那些言语陶醉了他，引起他想要抱吻她的身体的欲望。一种奇特观念来到他的心上：他可以任性地扭她，咬她，或用任何方法使她受苦，她都会把它当作恩爱来接受的。她低声问他：

"我使你快活，不是吗？你有点爱我吗？"

"是的。"克里回答，相信他说的是真话，"是的！"

他注视着她的半狂的眼睛的扩大的瞳孔，瞳孔的深处显出某物使他不自禁地想道：

"那么这就是爱了吧？"

而且他立刻记起了里狄的眼睛，以及伊立沙弗它·斯庇伐克的哑然凝视。他朦胧觉得他正在向一个真爱过的人学习恋爱，而这课程对于他是重要的。他知道这女子正在对他做着一种好事，帮助他，加添某物在他的品格的高度上。当他单独和她相处的时候，他并不感觉惶惑、陌生和莫名其妙的情形。在她面前他并不掩藏，并不把别人的观念张扬为他自己的。尼卡叶伐正在对他说：

"比起别人们来你是高贵得多了。你是何等郑重自持！看着你这样的人真是可喜，不矜才炫学，不像别的每个人那样在别的每个人面前装腔作势。你，你珍重你的灵魂中的神秘——这是难得的事。我不能忍耐叫嚣的人们，他们像那些迷路在森林里的盲人一样。他们叫嚷着，'我，我，我'。"

克里赞同她：

"不论他们叫嚷些什么，归根结底，他们不过是叫嚷他们自己的'我'而已。"

"这是因为他们的'我'是平淡无色的，他们看不见它。"她热切地响应他的话。

尼卡叶伐的特别优点是她能够从某种远处和从某种高处观看人们，

好像奥林匹克山上的神观看人类似的。在她的心中，甚至那些被言语称颂和被文字赞美的人们——著名的人们——在她所感悟的某种神秘之前也变为渺小不足道了。这一种神秘并不很感动萨木金，但是他的确喜欢，因为这女子，把大人物们看得这样简单，引起他自觉和他们平等的感想。

七

他开始每天晚上去访她，于是，饱餐了她的言论，觉得他自己精神和心理长大起来了。他和她的事情，当然，已经被发觉，而克里以为这给予他一种资望。伊立沙弗它·斯庇伐克以新的好奇心和赞许态度研究着他。马利娜和他说话采取更为友好的声调。他的哥哥显然嫉妒他；狄米徒里·萨木金变为更忧郁，更静默，而且望着马利娜眨眨眼睛，好像他被讨厌似的。

克里觉得他自己正在对每个人都想要表示欣然谦恭，而且心痒痒地想要拍拍古图索夫的肩头，当后者照常固执地努力要证明研究马克思和莫梭格斯基的必要的时候。他勉强他自己走近那永远坐在钢琴前面的沉默无言的斯庇伐克旁边，说道：

"里姆斯基-科萨科夫的最坏的歌剧也比樊狄的最好作品更有才能。"

"不要对着我的耳朵叫喊。"斯庇伐克回答他。

在家里是厌烦的；各个人都唱着同样陈旧的舞曲，二声合唱和三声合唱；古图索夫照常怒责马利娜，因为她唱错了音节，也照常联合狄米徒里对图洛波伊夫辩论，使克里想要嘲笑他们。

尼卡叶伐又来了。她的双颊上的红斑比以前更鲜艳；眼睛下面有暗影，使她的颧骨突出得更尖锐，加强她的眼睛的亮光。马利娜，无论何时遇见她，都要对她怒吼：

"你的精神恍惚！你的医生的眼睛到哪里去了？当然，这是自杀！"

尼卡叶伐对她微笑，舔舔干嘴唇，然后坐在长沙发上；不久她的细声音就在努力说服狄米徒里：

"科学家努力分析自然现象，那价值不过和小孩撕裂偶人，看出它内面有什么东西一样。"

"但是这不是近于滥调了吗，小姐？"古图索夫问，拉着他的胡子，把眉毛皱成一副愁容。她不理他，但是图洛波伊夫却懒懒地说道：

"而且那内面，往往证明不是完全徒劳便是某种废料，在生存竞争上完全无用的东西。"

只在那里一点钟，或一点半钟，尼卡叶伐就准备回家。克里作为护卫跟着去——并不时常是不愿意的。

她喜欢送给他书和翻印的名画。她曾经赠他一个桌垫，垫皮上浮雕着牧神像。她也给过他一个样式奇特的墨池。她有许多古怪的小迷信，而又似乎以它们为羞耻。她也显然羞于她的信仰上帝。在一次复活节弥撒的时候，她和克里同站在加然天主堂里，一听见唱诗班歌唱"基督起来了"她就抖颤、摇动，而且开始低声啜泣。

但是他们走到街上的时候——在黑暗的天宇之下，寒风怒吼，吹起街上的干雪，传播着教堂的钟的稀薄的轰声——她开始咳呛，负疚地说道：

"我哭得无理吗？不过，我那是被某种情绪所震动——俄国教堂音乐确是动人的。"

模糊的人形从石造的教堂里出来，向各方面疾走。在太过微弱的光线里这些形影似乎比平常更黑暗；衬裙的白色条纹闪现在妇女的裙下，强调了这阴郁。

克里一面听尼卡叶伐说话，一面想到省会比这寒冷的都市更严肃也更欢乐。这都市两次被割裂，一次被夹在花岗岩中间的河流所划分，另一次被好像穿过石块滔滔而来的尼夫斯基运河所划分。在街上行动着的人们就好像一些活石头似的,来往的车辆都由机器似的马拉着。铜钟的声音,在这些石壁之间,并不像在木造的省城中那样歌韵悠扬。

尼卡叶伐,挽着克里的手臂,谈论为死人祈祷的哀词,使他不如意地回想到一篇童话:一个傻子在婚礼中唱了挽歌。他们迎风走着。这使她难以谈话;风阻碍着她的呼吸。克里用兄长的腔调说道:

"不要谈话;闭住嘴,用鼻孔呼吸。"

但是雇了车向普里米洛伐家驰去之后,她又开始谈话,用暖手筒蒙在嘴上。

"你当然以为我所说的全是偏见,但是我喜欢偏见的诗词。有人说过'偏见是旧真理的断片'。这是很明智的。我相信旧真理将要复活,甚至更显赫,更美丽。"

克里听着她说,觉得这女子想要反驳他,想要挑拨他来争论。他注意到这并不是第一次,他勉强隐瞒住这事实:她是使他厌烦的了。她的歇斯底里的抚爱已经变为一种单调的陈套,她的言辞是重复的。而且他屡屡被她的充满疑惑的异样沉默所扰乱。人对于黯然研究着他——好像鉴定什么东西似的——的人是觉得难堪的。尼卡叶伐的干咳使他想起肺痨病怎样会传染。

八

普里米洛伐的房里是灯光辉煌的。在装饰着花朵的桌上,一只浅盘里放着一些各样色彩的瓶子和杯子。钢制的刀叉正在发光;灯光欣然照耀着一只瓷盘的蓝色阔边,也照耀着一小堆多样颜色的鸡蛋。在桌子中央,在另一只盘子里,一只烤乳猪安卧在红生菜和奶油的可喜的浮泡之中,三面围绕着一只金褐色的鹅、一只火鸡和一只大火腿[1]。

---

[1] 复活节宴会。

"请入席!"瘦小的老普里米洛伐发言含糊地说。她穿着绸衣服,戴着一顶镶珠的小帽在她的灰头发上。她首先坐下,俨然得意地说:

"我按照老方法安排各样。"

马利娜坐在她旁边,穿着华贵的淡紫色衣服,肩上耸起,裙上有许多褶叠,使她的大身材显得更宽阔。在她的心口上,像一个十字勋章似的,扣着一只珐琅的小表。狄米徒里·萨木金坐在老妇人的另一边。他穿着白短衫,他的头发梳成这样式,使他好像面粉店的店员。图洛波伊夫,这花花公子,是在远离克里的一角上。古图索夫坐在马利娜和伊立沙弗它·斯庇伐克之间。穿着窄小而陈旧的燕尾服,古图索夫缩肩坐着,好像一个驼背似的,这地位完全不适合于他的阔大身体。他立刻对马利娜说:

"你就像一座'天保城'。"

"这是什么意思?"她恼怒地问。

古图索夫欣然解释道:

"这是一种活动堡垒,古代用来攻城的机器。"

马利娜倒竖起她的浓眉,想了一想,似乎回忆起什么,然后面孔深沉泛红,答道:

"这很粗野。"

狄米徒里·萨木金用他的汤匙敲敲桌边,张开嘴,但是不说什么,不过咂咂嘴唇。古图索夫,自己微笑了,对着伊立沙弗它的耳朵小声说话。她穿着淡蓝衣服,并没有任何装饰或气泡似的愚蠢的肩饰。她的俭素和她的分梳的栗色头发增强了她的面孔的尖锐和她的澄静的眼睛的冷光。当她对古图索夫同意地点点头的时候,克里看见图洛波伊夫歪扭地一笑。

尼卡叶伐,穿着有些古怪的孩子气的白衣服,皱起鼻子,呆看着大量的食品,然后小心地咳嗽在手巾里,她使人想到因为慈善的缘故而被邀请来的一位穷亲戚。这意念激怒了克里。他的情人是应该更鲜艳动人的。而且她吃得比平常更苛细。人会以为她正在以此自夸。

他们都贪馋地填塞他们自己,一会儿就吃完了他们能吃的一切。然后有些人就开始断续地交谈着克里自童年以来就熟悉了的话题。有些人埋怨天气冷,而使克里立刻惊异的是静默的伊立沙弗它·斯庇伐克忽然热烈赞颂高加索风景。图洛波伊夫静听她说了一两分钟之后,皱起眉头,懒懒地说道:

"但是在高加索最有趣的是驴子们的悲鸣。显然的,只有它们才明白那些山峰、溪谷、冰河以及那一切著名的山景的不调合。"

他敏感地说了,一面喷烟一面研究着他的纸烟的顶端。伊立沙弗它·斯庇伐克并不回答他。老普里米洛伐叹气说道:

"我的父亲是被杀在高加索的。"

她也不曾得到任何人的回答,于是她赶快又说:

"他好像莱蒙托夫[1]。"

但是甚至这话也无人注意地过去了。这看惯了一切的小老女人,用她的餐巾揩揩她饮过的银杯,画了十字,默默地离开房间。

克里知道图洛波伊夫正在和伊立沙弗它·斯庇伐克恋爱,而且成功地恋爱着她——倘若以那一夜在他的哥哥的房里听见的那三下敲打而论——现在却惊疑了。图洛波伊夫对于这女人的态度已经变为冷嘲和恼怒。图洛波伊夫讥笑她的意见,他似乎不愿意她在他面前和任何人谈话。

"他们显然已经争吵过了。"萨木金猜想,觉得这意念给他一种快感。

他的头脑里嘤嘤作响,而且他觉得他想要人注意他。他通过房间,听听,看看人们,发见他们几乎全都有些可笑。马利娜把一个淡色头发、大鼻子的青年几乎逼迫到墙上。她正在对他说:

---

[1] 俄国诗人,决斗而死。

"你应该写散文——写散文赚钱更多,成名更快。"

"但是,倘若我是一个诗人呢?"那青年惊异地问,摸摸他的前额。

"不要摸你的前额;倘若时常摩挲,你的眼睛会红的。"马利娜说。

图洛波伊夫对一个犹太面貌的高汉子解释道:

"不,我并没有著作历史的野心。我完全满意格鲁乞夫斯基教授的著作。他写得好。我听说他的容貌好像沙皇伐西里·休斯基——他写的历史也就好像这狡猾的沙皇写的一样……"

他的话被狄米徒里的怒声所淹没:

"这并不是新闻。狄俄尼索斯[1]与基督的类似是自古以来的传说。"

像往常一样,尼卡叶伐的细声音挑拨地响着:

"在俄国,人们只知道抒情主义和破坏狂。"

"对于俄国你并不知道多少,小姐。"

"雪样的爱情,冰样的慈悲。"

"这是什么话!"

"'想出来'的灵魂!"

尼卡叶伐叫得太高。克里觉得她已经喝酒过量,于是有意对她保持着距离。伊立沙弗它·斯庇伐克坐在长沙发上,问他:

"在你的家乡还有另一些萨木金吗?"

"有的——我的母亲。"

"那么,我想,邀请我的丈夫到那里去办音乐学校的必定是她了吧?"

狄米徒里有些醉意,面孔很红,大笑着说道:

"哈哈,你已经问过了呀!"

"真的吗?"她惊异地叫喊,"我的记性不好。"

她轻轻地从长沙发上站起来,徘徊着,走进马利娜的房间里,从那

---

[1] Dionysos,酒神,见希腊神话。

里流进来尼卡叶伐的叫喊。克里循声看去,微笑着。他觉得她的肩头和屁股似乎都想要脱离掩藏住它们的纺织品。克里忽然记起她洒很强烈的香水在她身上,这是在两星期之前他初次注意到的,那时她走过他面前,唱着《在乔治亚的山丘上》这小曲。他特别记得扰人的一句:"伴着你,伴着你一个人!"她为什么不唱:

"……伴着你一人,我的人?"

他走进马利娜的房间,在那里,古图索夫已经敞开燕尾服的衣襟,双手插在衣袋里,像一座纪念碑似的站在房间中央,高竖着眉毛。他正在听图洛波伊夫说话。克里第一次看见图洛波伊夫说话不做往往歪曲了他的漂亮面孔的嘲笑鬼脸。

"文化衰落是十分明白了,因为人们都习惯于依靠别人的劳力而生活,而这习惯已经透彻一切人间关系和行为。我以为这习惯起源于人想要减轻劳动,但是现在它变为人的第二天性。它不但已经具备丑陋的形式,而且它的根正在摧毁劳动的意义和韵律。"

古图索夫欣然微笑。

"你是唯心论者,图洛波伊夫,而且是浪漫主义者;这是完全过时了的。"

马利娜正在急扯通气管和绳子。伊立沙弗它·斯庇伐克走到她面前,想要帮助她;但是马利娜扯断了绳子,把它抛在地板上。

"男人都出去!"她命令,"舍拉菲马,你跟我睡。他们全都醉了——没有人送你回家。"

"我并不醉!"克里宣告。

伊立沙弗它站在一把椅子上,固执地用力去打开通气管。古图索夫走过去,把她像一个小孩似的举起,放在地板上,然后自己去打开那管子,说道:

"我们到大萨木金房里去。我们走吧,利沙姑姑?"

他们去了。

九

在餐室里，图洛波伊夫从桌上拿起一瓶酒；但是伊立沙弗它把它从他的手里拿过来，放在地板上。克里忽然觉察一个恶毒的问题燃烧在他的心里：为什么生活安排在他的脚下这样的女人们，像娼妓的马格里它——或尼卡叶伐？他跟着人们最后走进他的哥哥的房间，几分钟之后，他打断了古图索夫和图洛波伊夫的谈话，忽然说出他久已想要说的话。

"自童年以来我就听过许多议论，关于平民，关于革命的必然性，关于人们因为要卖弄聪明而互相炫耀的各种言辞，说这些话的是谁——谁？知识分子。"

恍惚觉得他一开始就用太过挑战的音调，而且他向来爱好的那些词句难以记起，以致舌头不够灵便，萨木金沉默了一分钟，研究着各个人。伊立沙弗它，站在窗子面前，像一个蓝色斑点似的展开她自己在窗玻璃上。他的哥哥站近桌子，拿着一张报纸在眼前，却从报纸上端看着古图索夫，后者正在微笑着对他说话。

"他们都不理我。"克里想，恼怒起来。

图洛波伊夫坐在一个角落，身子向前倾着。他正在吸烟，喷烟圈进房间中央。他沉静地说道：

"你的伯父，因为我听见过……"

克里开始大叫：

"你听见过什么？我的伯父正和你一样是上层社会衰落的破片。像一切知识分子一样，他不能替他自己在生活中找到一个地位，因此……"

图洛波伊夫从他的角落说道：

"你，萨木金，显然已经变为马克思主义者了。但是我以为这是因为你在餐桌上把红酒混在白酒里面。"

狄米徒里爆发了高声大笑。古图索夫对他说：

"不要吵。"

克里想要他们和他争论；他采取了伐拉夫加的意见，更加挑战地说：

"人民自己从来不制造任何革命，引起革命的是那些领袖们。人民顺从他们一时之后，不久就开始反对那些强加在人民上的外来的观念。人民知道而且感觉进化才是代表他们的唯一法则。那些领袖们却努力用各种方法破坏这法则。这是历史的教训。"

"好奇怪的历史。"图洛波伊夫说。

"而且颇为陈旧，"古图索夫站起来，补充说，"好，到我走的时候了。"

克里的一切思想突然终止，他的言辞也没有了。他觉得斯庇伐克、古图索夫、图洛波伊夫似乎已经长得更高更胖。只有他的哥哥依然还是原来的样子。他站在房间中央，竖着耳朵而且摇摇头。

"古图索夫站立的样子是难看的，总是伸出左脚。这就是说你已经以为你自己是一个领袖，而且把自己当作一座纪念碑。"

"因为要站立在大雨大雪之下。"狄米徒里・萨木金含糊说，用手抱着他的弟弟的腰部。克里用肩头推开他，凶猛地继续说道：

"但是，以你的信仰而论，古图索夫，你不可以装作领袖。马克思不许可。没有领袖。历史是由群众造成的。列夫・托尔斯泰发挥这错误观念比马克思更可理解，更简洁。你应该读《战争与和平》。"

克里・萨木金又推开他的哥哥：

"读一读吧！恰巧，你的姓正和那位被部队所指挥的指挥官相同。"

确实觉得他已经说了某种辛辣的话，某种机智的话，克里爆发了大笑，闭住眼睛；但是，当他睁开它们的时候，房里并没有人，除了他的哥哥而外，后者正在从玻璃瓶里倒水进无脚大杯里面。

此外的事克里就完全不记得了。

第九章

一

他醒来的时候,觉得头脑重浊,朦胧记得他昨天做了某种错事、蠢事。房里照耀着窗外藏在无色的虚空中的太阳的不愉快的淡光。狄米徒里进来了。他的刚梳过的润滑的头发好像涂着奶油似的,他的红嘴唇和他的有些浮肿的女性面孔都是难看的。克里一看他的蹙额注视就知道要听讨厌的话了。

"嗯,你昨天到底是怎么回事呀?"他的哥哥开口,低下眼睛,用手缩短他的吊裤带,"你肃肃穆穆——肃肃穆穆。大家都把你当作严肃的人。而你忽然放出这样孩子气的屁话。叫人不知如何是好。当然,你喝了一些酒。但是他们说:'清醒的人藏在心里的,醉人放在舌尖上的。'"

狄米徒里沉思地勉强说了。整理好他的吊裤带,他坐下在一把发出碾轧声音的椅子上。

"你知道,那就好像一个古怪的乐师忽然跳进乐队里,胡奏一阵与众不同的曲子。"

"真是无才能的蠢材,"克里想着,"蠢得好像台尼亚·古里科伐一样。"

然后他忽然说道:

"嗯,够了!你并不是我的教师。你顶好不要费力说双关谐语。把'肃肃穆穆'说成'区区摸摸',这是并不机智的。甚至比把'蠢材'说成'春菜'更无机智。"

在恼怒中,他甚至说出他本来不打算告诉他的哥哥的话来了。他说,有一夜,当他从戏院回来的时候,他轻轻走上楼梯,忽然听见古图索夫和马利娜在楼上低声说话:

"但是你要在什么时候告诉萨木金呢?"

"我不能鼓起勇气。可惜,他是这样……"

"我也是这样。"

后来有接吻的声音,马利娜说:

"你不敢!"

古图索夫说到别的事,这时克里毫无声息地又走到楼下,重新大声走上来,但当他到楼上的时候,那里并没有人。当时他立刻就想要把对话告诉他的哥哥,但是,想了一想之后,决定不必太急,克里预料这戏是一定有趣的,两个主角都是这样肥大、这样肉感的。古图索夫和克里的哥哥或许会因此争吵起来的,这对于他的哥哥是有益的,因为他的哥哥太过顺从古图索夫。

把这对话告诉了狄米徒里之后,克里挑拨地说道:

"当然,她更喜欢他!"

当他说的时候他仰望着天花板,不知道狄米徒里做着什么;但是忽然两声大响,骇得他在床上一跳。他的哥哥用手掌拍打着一本书,采取古图索夫似的姿态站在房间中央。他用不是他自己的声音似的声音吃吃说道：

"这——这种事是侍女之类的说的。这在醉后的第二天早晨才可以原谅。"

把书嘭地抛在桌上，他出去了，使克里目瞪口呆了好几分钟，然后才有所决定：

"狄米徒里从来不敢这样对待我。必定要他说个明白。"

他决定去找他的哥哥，要他相信他告诉关于马利娜的这故事是出于同情，因为他觉得他的哥哥正在被人欺骗。但是，在他梳洗完毕之后，他发觉他的哥哥和古图索夫已经到克龙斯达得去了。

伊立沙弗它·斯庇伐克曾经受凉，躺在床上，马利娜很忙碌，在楼梯上跑上跑下。她时常窥看窗子外面，荒唐地挥动手臂，好像要捉拿除了她而外谁也看不见的蚊虫似的。当克里表示想要探望病人的时候，马利娜说：

"我要问她。"

但是克里相信她并不曾问过，他并未被邀请上楼。他懊恼着。早餐之后，小男人斯庇伐克照常下来到餐室里：

"我不会搅扰任何人吧，我？"他问，就走到钢琴面前。好像即使房里并无别人他也会问他是否搅扰了任何人的。而且倘若有人答应他"是的，你搅扰了"，他也要去弄那乐器。克里就无法想象他会离开钢琴，他系牢在它上是好像一名囚犯系牢在囚车上一样不能分离的。用手指摸索着褪色的白键，他使黑键发出种种低音，异常的种种谐音；头偏在一面，深陷在两肩之间，他闭着眼睛，专心静听那些声音。他很少说话，说也只谈两个话题。带着神秘的气氛和宁静的喜悦，他谈论中国的音阶；或忧郁地，几乎痛苦地，他叹息欧洲人的听觉的不完备。

"我们的耳朵是被这些石造的城市中的喧嚣所扰害了的——是的，是的！只有完全的沉默才能产生真纯的音乐。贝多芬是聋子，但是瓦格纳的能听的耳朵远不如贝多芬的不能听的耳朵。因此他的音乐不过是一堆杂乱的音乐素材。莫梭格斯基因为要倾听他的灵魂深处的真声音，故意用酒灌聋他自己的耳朵——你懂吗？"

克里·萨木金以为这人是天真的，这粘在黑钢琴上的音乐家的瘦小形体并非不常给他一种墓碑的阴森印象：一大块黑石头，脚底下有一个人悠悠地诉说着他的忧愁。

二

克里的一个困难时期开始了。一般人对他的态度已经显然改变，而且谁也不耐烦隐藏这事实。古图索夫不再倾听他的措辞审慎的言语，漠然看待着他，并不微笑。他的哥哥自从早晨出去之后，一直到深夜才回来。狄米徒里形容憔悴，不多说话。每当他偶然遇见克里的时候，他就惶惑地微笑。克里曾经想法对他解释，狄米徒里却沉静而坚决地说道：

"不要提了。"

图洛波伊夫比以前更装鬼脸，总是仰望着天花板，不看克里。

"你时常仰望着什么呀？"老妇人普里米洛伐有一天问他。

"我正在等待苍蝇出世。"

尼卡叶伐并未离开城市。克里觉得她的健康改善了。她减少咳嗽，甚且显然增加了体重。这事实使他大为烦恼。他曾经听说过怀胎不但阻止肺病发展，而且有时治好了它。他会和这女子有一个孩子这意念惊骇着克里。

她已经变为比较缄默，不再像从前那样温柔地或风趣地谈话。她的爱抚已经变为使人饱闷，她的传情的眉目之中有着缺少天真的某物。这种眼色使克里想要用一句冷嘲消灭其中的半狂的闪光，但是他找不到适当机会。每当他准备着要对她说些尖锐的刻薄话的时候，尼卡叶伐的眼睛就立刻改变它们的依赖的表情，侦察地注视着他：

"你笑什么？"她问他。

"我并没有笑呀。"克里抗议，失掉他的勇气。

"但是我看见你笑了。"她固执着。

因此他变为神经性的畏怯，随时恐怕她会问他关于他们将来的关系的他的计划。

彼得堡对于他已经逐渐变为更加可憎，因为尼卡叶伐住在它里面。

三

春天缓缓地来临。太阳从每天黯然撒雨在地上的慢悠悠地移动着的云里出来一小会儿。它勉强照照街上的污泥、人家窗上的煤炱，然后又不见了。一阵冷风从海上吹来。河水汹涌，黑暗而膨胀，它的重浊的波浪贪馋地舔着它的花岗石岸。从他的住室的窗子里克里望见耸立于许多房顶之上的几个工厂烟囱，威胁地戟指着天空。它们使他想起古图索夫所谓历史的规律和先见；使他想起那斧子面孔的工人，这人常在休假日悄悄地从后楼梯爬进狄米徒里的房间，以及那有着鞑靼面孔的神秘女子，她不时来看他的哥哥。这女子沉默得好像一个聋哑子，而且她的漆黑的细眼睛眯着，好像一个瞎子。

有时那从工厂烟囱出来的浓烟似乎有一种奇特的化学作用：高升而散布在城市上，它似乎要腐蚀它。家宅的屋顶因此融解、消失、飘浮，然后又从烟里下降。幻影似的城市在不安定的状态中摇荡着。这印象异常烦扰萨木金。它使他记起那些不喜欢彼得的斯拉夫主义者们，它使他记起果戈理的痛切的故事《黄铜骑士》。

他不喜欢彼得——保禄堡[1]的方尖塔和待在它上的天使。人们一谈到这堡就带着一种正直的愤恨；但是在愤恨之中也有点羡慕，大学生

---

[1] 彼得堡著名大监狱，囚禁政治犯。

波坡夫欢喜地称这堡为"百——灵堂"。

他说"百"字响得好像放玩具手枪似的,以下的字温和地跟在后面。

"巴——枯宁,"他说,握响他的手指,"克——鲁包特金王子……"[1]

庞大的花岗石造的伊萨克教堂有些不伦不类,而且在固结在它上的灰色木建筑架上面,克里就从未见过一个工人。一队异常高大的兵士用机械的步伐踏过街道。其中的一个尖声尖气地吹着一支细小的横笛,另一个使劲敲着一面铜鼓。在小横笛的恶意嘲弄声中,在扰乱他的清早睡眠的几百声工厂汽笛声中,克里觉得某种东西正在驱逐他出这城市。

他觉得他内面正在涌出与他的性质不合的种种观念、想象、比喻。当他走过或绕过皇宫广场的时候,他注意到仅有极少数人曾经通过这广场,它应该是聚焦过欢欣嘈杂的群众的吧。亚历山大的圆柱像使克里想到一个工厂烟囱,其中飞出一个青铜天使,凝固似的停在空中,在那里迟疑着,好像无法决定要把他的十字架抛在什么地方。皇宫,时常是寂默的,带着空虚的窗户,给人以从来无人住过的家宅的印象。由一些阴寒的、铁锈色的建筑物造成一个半圆形,围绕着那荒凉的广场,皇宫是一种凄惨的东西。克里以为倘若这俄国人主的家由隐逸院的那种可怕的女像柱支持着,也许更好一点。

眼望着这广场,克里回想着那吵闹的大学校和他的同班学生们——都正在研究着控诉和辩护罪犯。目前他们正在控诉教授们、大臣们和沙皇。替沙皇权力辩护的不过五个人,而且正在淹没于他们的敌人之下。

克里早已讨厌那些民意派和马克思派的永远不完的争论,而且他恼怒,因为他不能决定哪一派错得更厉害些。他坚信两派都是错误的。按照逐渐发展的生活法则哪一派更为强勉呢?他怀疑。有时他觉得马克思理解进化法则的无可争论比较民意派更为透彻,但是他到底把两派都认

---

[1] 这两位都是俄国著名的无政府主义者,都曾经因在这座监狱中。

为是他早已厌憎的"古图索夫式"的。看着那些唠叨的小家伙们,由于年轻愚昧,鲁莽灭裂,妄想破坏历代相传的成规,真是不能忍耐的事。

他尤其激励于这些议论:领袖把握住群众的意志呢;或是群众创造一个领袖,使他成为它的工具和它的牺牲呢?他,萨木金,是不能成为任何人的意志的工具的,这意念使他烦恼而惶恐。他想到他的父亲解释亚伯拉罕牺牲儿子的《圣经》故事,想到尼卡叶伐的愤愤断言:

"群众是个人之敌!差不多一切伟大的男人和女人的传记都对你说明这一点。"

克里觉得这是真实的。某种奇大无伦的东西正在吞噬世间最好的男女,一个跟一个地吃下去,然后从它的胃里呕吐出一些文化的敌人,如波洛特尼科夫、拉辛和普加乔夫之类[1]。

学生波坡夫逐渐变为克里的一种厌物。这性急的家伙不倦地跑过走廊和教室,抽搐着他的肩膀,好像摔脱了手臂似的。他会呼地忽然扑来,从破衣袋里抓出一些信件和复写的纸片,吃吃说道:

"萨——萨木金,你听:从奥得赛——学生们是前卫。大学是组织文化势力的据点……地方组织是全俄联合……的胚胎……喀山方面通知我们……"

有好几个人像波坡夫一样郑重其事地奔忙着。克里特别不喜欢他们。他也有一小点害怕他们,而且他看见他们不但使他惶恐,而且确是使一切专心读书的学生都惶惑了。

他们时常硬塞种种晚会的入场券给同学们,为了地方组织运动咧,或为了某种神秘目的而开的音乐会咧。

演讲、讨论和私语——几百个陶醉于热爱生活和活动的青年们吵嚷成一片——闹得萨木金头昏耳聋,甚至他不能够听见他自己的思想。这些人似乎全部具有竞技的狂热,越是危险就越更入迷。他忽然却也断然

---

[1] 十七及十八世纪中叶俄国农民叛乱的领袖们。

地决定要转学到省会的大学去,那里的人们大概是更安静和更简单地生活着的。和尼卡叶伐折断联系是必要的。在她面前他觉得他自己是克洛修斯——慷慨赏赐一个女乞丐,而同时又轻蔑她。他的突然离开的借口是说他的母亲来信告诉他她害病。

四

走在去向尼卡叶伐告别的路上他凄然预想着眼泪和哀求。他自己几乎感动到流泪了,当那女子,用她的细手抱着他的颈项,开始低诉的时候:

"我知道你并不很——你并不很爱我。是的!我知道,但是我无限地——全心地——感谢你,为了我们相处的那些时光。"

她竭尽她的纤弱的身体所有的力气紧抱住他,温柔地哭诉着:

"上帝保佑你永远不知道孤独,像我所知道的那样。"

并拢她的骨瘦的手指,她摸摸克里的前额、肩膀和胸膛。她发抖,几乎站不稳,赶快揩掉脸上的泪水。

"我恐怕我对于上帝的微弱的信心不值得注意,但是我还是要为你祈祷——我还是要!我想要你的生活是善良的和舒适的。"

看着她哭泣并不难过;而几乎是愉快,纵然有些悲凉。当克里离开她的时候,他相信他已经和她永别了,而这事件已经大为丰富了他自己。那一夜,在火车里,他回想:

"那么里狄·提莫菲夫娜,我现在带着盾回来了。"

因为要看里狄,决定在莫斯科停留一两天,他暗自好笑:

"大学校的考试可以延缓,但是我要立刻去应这考试。"

在瞌睡中他回忆着他写给里狄的几封信,那是努力使它们有趣了的,但是只接到两封回信,两封都是简单而淡漠的。她的一封信上说:

"我不喜欢你叫你所认识的那女子死啦活啦,这并不滑稽。"

"她是无才能的。在高等学校的时候,她的功课时常由鲁巴·梭莫伐改正。"他提醒他自己,因此得到安慰,睡熟了。

春的早晨盎然照耀着莫斯科。马蹄嘚嗒,车轮辚辚在街道的不平的圆石路上;在淡蓝的、温和的空气中欣然轰响着教堂的铜钟;快活的人们高兴地走在狭窄而弯曲的破旧旁道上;他们的步态是活泼的;他们的杂沓的足音是分明可听的;他们并不拖着脚走路,像彼得堡人那样。这里更喧哗,而音调不同,不像彼得堡那样低抑而沉闷。

"在莫斯科的声响中人更分明地听见人的声音。"克里想到。这思想使他喜欢,它响得好像一句格言似的。摇摆在吱吱作响的街车里,他观望着各样事物,好像久住在外国的人又回到故乡似的。

"或者我可以转学到这里的大学校吧?"他问他自己。

在旅馆里他领会了莫斯科的技巧而亲切的素朴性质,这是克里所不熟悉的,坚强了他对于简易和平淡的倾向,中午的时候他出去访问里狄。

"今天是星期日,她必定在家。"

他缓缓走过夹缠的巷道,默想着他要对里狄说些什么,怎样说法,怎样表情。他仔细观察那些杂色的、舒适的小家宅和它们的和蔼可亲的窗户,窗台上都陈列着花卉,篱围上面树木都向着太阳伸展它们的枝叶,在空气中人闻到花苞初放的清香。

两个学生,从转角走出来,手挽着手,一同用口哨吹着进行曲。其中的一个忽然停在旁道上,对着一个正在洗刷窗玻璃的乡下妇人说话。他的同伴尽力拉他走开:

"算了吧,弗拉得卡!走呀!"

克里·萨木金走出旁道,绕过学生们,但是他的肩头立刻被一只强手抓住。他愤然转身,就面对马加洛夫,后者欢呼:

"克里希卡?从哪里来?让我介绍给你们,这是萨木金——刘托夫。"

"一个商人的儿子,正在滑稽科第三级。"那斜视眼的、半醉的学生,把头偏在一面,诙谐地介绍他自己。

"弗拉得卡!这就是阻止我自杀的人。"

"你应该得一个金质奖章,朋友!保全了这青年的性命,你是大有功于推翻俄国胡说的。"

他俩都大声嚷嚷,好像街道是空的似的。马加洛夫的欣喜似乎是假装的。他清醒,但是大叫大喊,激动得好像要掩饰他会见克里的真实感情似的。他的同伴不自然地扭着颈项,尽力集中他的歪斜的眼光在克里上。他们慢慢地走着,肩头连肩头,不让路给迎面而来的任何人。审慎地回答着马加洛夫的急速发射的问话,克里终于问到里狄。

"但是难道她不写信给你吗?"马加洛夫叫喊,"她现在不想在那戏剧学校里做正式学生,不过想要选习几种科目。两个星期之前她回家去了。"

当他说的时候他惊奇地望着克里。

"她断定她不能演戏。"

"真的,她不能!"刘托夫用愤激的声音说,摇摆着他的头,以致他的小帽低移到他的前额上。

"阿连娜·提里卜尼伐也离开了那学校,她要结婚。这就是她的未婚夫!"

刘托夫用食指指着他的自己的心,而且转动那指头在他的胸膛上,好像它是一个螺旋钉似的。他的眼睛是无法形容的,有着难以辨认的色泽,但是很亮。他以一种不愉快的紧张神气研究着克里,一只眼睛潜藏在鼻梁旁边,另一只向着额颅往上翻起。两只都抖颤了,当克里说这话的时候:

"恭喜你。一位非常美丽的女子。"

"足够使人忧伤的。"刘托夫改正,把小帽推向脑后。

马加洛夫邀约早餐。

"当然，"刘托夫说，哗地抓住克里的手臂，"这是莫斯科生活的唯一目的——吃！"

五

几分钟之后他们坐在一家小饭店的一个幽暗然而舒适的角落里。刘托夫好像诵祈祷文似的，对一个作为侍者的老人说了他所要的菜的名目：

"我的伯伯，请您给我们麦酒、委斯伐仑火腿、西班牙葱，都切成厚片。"

"我知道。"

"我并不怀疑，不过我要提醒您。"

"会见你是一件快活的事！"马加洛夫说，在点燃一支纸烟之后，在烟云中对克里微笑，"这是可怪的，兄弟，我们彼此不通信——呃？好，你现在是什么——一位马克思主义者吧？"

马加洛夫提出问题的急促态度使克里朦胧觉得可疑。

"一位马克思主义者？"刘托夫叫喊，"我尊重他们。"

把他的两只手肘都放在桌子上，开始用一种粗哑的声音谈起来，这声音中时常有一种尖叫的性质，使人想起杜洛诺夫。

"我尊重他们，并不因为他们是马克思曾经对它透彻说明资本的动力学和它的文化能力的那一阶级的代表，而是因为他们是最诚心祈求'各种冗长可厌的胡说归于消灭'的俄国人。有了马克思，我们终于找到一种信仰的一个领导者，而且'九十分可信'。这并不是在灵魂上引起一种抒情诗的酥痒的俄国麦芽糖水；这并不是克鲁包特金王子、托尔斯泰伯爵、拉夫洛夫上校和皈依社会主义宗教的神学学生们所酿造的酒类，不是的，的确。一点也不是！和这一切人闲谈一会儿必定是快活的。和马克思却不能闲谈。我们的行为确是这样：我们选择米恺尔·欧格拉孚维奇·萨尔提可夫[1]阁下的偏僻执拗的心肠为模范，然后用牙斯那亚·波里亚那[2]爵爷工厂制造的爱的神灯油排除那心肠的苦味，这就完全满足了！我们最关心的是要有唠叨的材料。至于生活——当然，那是在任何条件之下都可以的。纵然你把我们抛在火坑里，我们也还要生活下去。"

刘托夫流利地说着，毫不迟疑。虽然他的言语表现痛切的和讽刺的思想，克里并不能发现其中有恶意。这使他感动。而尤其使他惊异的是这样谈话的这人是完全清醒的。仔细地观察着他，克里想道：

"我不至于看错吧，在五分钟之前他是醉的。"

他觉得刘托夫有某种不诚实。他的斜眼睛的颜色有些脏相；不是混浊，而是脏——正是脏。它们似乎完完全全沾着一种黑灰。但是他的瞳孔里闪出机智的小火花，这使人莫测，有时使人恼怒。

"这种眼睛把人的脑筋翻开来看。"克里记起了某人说过的话。

刘托夫的黄头发梳成 à la capulet（女人的风帽）式，这样式是不适宜于他的长脸的，或许他故意这样做要使他自己形容古怪。他的脸上应该有一部方形的胡子，但是刘托夫却剃光两腮，留着凡·戴克[3]式的小尖须。在这尖须之下突出两片黑种人似的厚嘴唇，上唇约略被薄须所掩。他的手是红的，而且像他的颈项一样密集着筋腱；青筋显现在他的额颅上。他的服装的漫不经意的气派也好像出于预定计划。在一件很贵重的绒布的破旧而脱了纽扣的短上衣之下，他穿着一种绸衬衫。他或许是二十七，或者最多三十岁，完全不像一个学生。马加洛夫，已经变为惹人注意的漂亮，显然是恶意选择这人做密友，因为要加强他自己的品貌。但是美人阿连娜为什么要选择他呢？

---

[1] M. E. Saltikov (1826—1889)，俄国著作家，以讽刺苛烈著称。
[2] Yasnaya Polyana，托尔斯泰的家乡。
[3] Van Dyck，弗朗得画家。

一杯又一杯地吞饮着冷得冻木牙齿的麦酒，咬嚼着薄片火腿上的大葱，刘托夫问道：

"那被排斥的文学——就是说《伪经》[1]——你尊重它吗？"

"那是伟大的异端。"马加洛夫好兴致地微笑着说，而且友好地望着刘托夫。

"你读《亚当的忏悔》这一节吗？"

高举起拿着刀的那一只手，他朗诵：

"'于是魔鬼对亚当说：地是我的，而诸天是上帝的；倘若你可以是我的，你就能支配地！于是亚当说：无论地是谁的，我的子孙也就是他的。'这就是的！这就是我们的小百姓式的内心的唯物论的公式！"

克里·萨木金努力使这些不能理解的言语简单化，一小时之后他使他自己相信刘托夫其实是一个恍惚迷离的人，不成功地表演着快活的安得列一类专以戏谑娱人的角色。他的一切都是技巧的，在这一切之中都显出装作。尤其暴露了这一点的是他的言辞的诡异方式，其间渗透着斯拉夫主义、拉丁成语和海涅的恶毒的诗词；再装饰上各省戏院演员在余兴场面中说故事的那粗俗的滑稽。

刘托夫似乎又喝醉了，他的脸已经泛红。他对克里举起一杯香槟，叫道：

"祝我的鸟毛兽毛生意不好！让我们为美丽的处女阿连娜的健康饮一杯！"

他的声音是兴高采烈的。马加洛夫和刘托夫碰了杯，严厉地说道：

"好，那么，你已经喝够了。"

刘托夫吸干杯子，对着克里眨眨眼睛。

"他在教训我。应该的，因为我时常滥饮，恣意空谈，应该节制我

---

[1] Apocrypha，犹太宗教著作，存于希腊译本《圣经》及拉丁译本《圣经》中，但犹太人及新教徒皆不承认其为圣典。

的肉欲。我害怕地狱，那里的一切"——他用手在空中画了一个半圆形——"以及坟墓那边的情形。出于犹大似的恐惧我结交一些讲究精神的人们。呃，朋友，我要给你看看一位教会庶务……"

闭住眼睛，刘托夫摇摇头，然后从他的裤袋里扯出一条钢制的钥匙链，链端系着一只厚重的金表。

"哟，到我走的时候了！科士提亚，告诉他们用粉笔记下来。"

他伸手给萨木金：

"我喜欢已经和你认识。我听见过关于你的许多话。不要忘记：刘托夫，买卖鸟毛兽毛！"

"不要吹牛了。"马加洛夫劝告他，当这斜眼家伙拉着萨木金的手而且他的随便雕成的面孔上显出一种小小的微笑，说了下面的话的时候：

"你知道吗，有些约略有些小缺点的女子，本来无人注意那样的小缺点的，但是她自己却先发制人地警告道，'看——我的小鼻子并不十分好；不过，别的各样……'"

他悠悠地放下克里的手，走开，他的脚撞着一只椅子腿；他举起拳头威吓那椅子，然后转身出门。

"好一个——奇怪的家伙。"克里说。马加洛夫沉思地说：

"是的，他有点特别。"

"我不能了解阿连娜——她为什么……"

马加洛夫耸动肩头好像要表明他自己，他急忙说道：

"不——为什么吗？她的美丽需要荣誉。弗拉得卡是富的。他是有趣的。他善良到近于可笑。他已经在法律系毕业，现在正在历史语文系修业。然而，他并不研究。他正在恋爱，被它弄得糊里糊涂。"

六

马加洛夫点燃一支纸烟，让火柴烧到末尾，而又把纸烟抛在碟子里。显然的，他已经醉了；他的额角上冒出汗水。克里说他想要浏览莫斯科。

"我们坐车到麻雀山去。"马加洛夫热心地提议。

他们走出饭店，雇了街车。看着车夫的圆肩背紧箍在青色长外衣之下，马加洛夫说：

"莫斯科有些使人糊涂。我被它蛊惑、迷惘，而且我觉得我在这里变蠢了。你不觉得这样吗？你正在高兴咧。"

他脱掉小帽；一束头发已经变为贴在额上，而且只有它毫不移动，其余的却动荡着，耸立起来。克里感叹：马加洛夫是很漂亮的。应该和阿莲娜结婚的是他。天下事都是愚蠢的。在震聋耳朵的市声之中，克里听见他说：

"这里的人们是异常有才能的。或许这样的人们曾经经过文艺复兴时代。我不能明白其中哪些是圣人和哪些是骗子。几乎每个人都是这两者的混合体，而大多数人都装作纯朴无知。但是为什么呢？鬼才知道。你必须理解这一点。"

克里用他的眼角疑惑地看着他的同伴的脸：

"为什么我必须呢？"

"你是一位哲学家，你冷静地面对着各样事情。"

"他多么灵敏哪。"克里想着。"你有一副好面孔，"他说，暗自比较马加洛夫和图洛波伊夫，后者是用轻蔑一切文人的一位中尉军官的眼睛看待每一个人的，"而且你也是好青年，但是你好像要醉死你自己似的。"

"或许。"马加洛夫冷静地说，好像他们谈论别的另一个人似的。但是此后他就变为沉默，显然在深思之中。

在麻雀山上，他们走进一家冷落的小店，一个矮肥的侍者引导他们到露台上，台上有一个工人正在用白漆漆窗架。那侍者送茶来的时候，他用一种急促的低语命令那工人：

"不要跑来跑去,妨碍先生们欣赏美景!"

"不是乡下风光吗?"马加洛夫终于发问,看着远处朦胧的城市,好像一幅金色地毡,镶嵌着许多黄玉似的教堂塔顶。

"是的,这是美。"他温和地说。

萨木金点点头,但是立刻声明:

"美是一种附有条件的观念。"

并不回答,马加洛夫移开他的茶杯,杯里有一点阳光闪现在茶水上浮着的一片柠檬旁边。他把一只手肘支在桌上,手指都插在他的浓厚有纹的发丛里。

莫斯科并未激起克里·萨木金心中任何兴奋。对于他这城市好像是一块异样疏松的姜制饼干,上面涂着晶莹的粉末似的,当谈论着美的时候,克里情愿保持一种贤明的缄默,虽然他早已听见美被说了又说。作为话题,美是被谈得像论天气和问康健一样普通了的。他漠不关心一般承认的自然之美,觉得落日正和寒夜积云的天空同样单调无趣。但是,他一面觉得对于这一类美无所感应,另一面也知道这是他自己的缺点。近来,那些赞颂自然之美的言辞甚至已经开始使他烦恼,而也使他惊奇为什么他要烦恼。他有这种反感是由于受了仇恨自然的里狄的影响吗?

有一次,他曾经被图洛波伊夫弄得十分惶惑,那时后者嘲弄伊立沙弗它·斯庇伐克和古图索夫,含笑问道:

"倘若你们所夸耀的这一切忽然被证实不过是理性的孔雀尾巴,而孔雀自己本是一只呆鸟呢?"

克里曾经被这些话的奇突所震动,它们更加分明地铭记在他的记忆上是当图洛波伊夫继续辩论的时候:

"那鸟越鲜艳,越漂亮,它就越愚蠢;但是狗越丑陋就越聪明。关于人们也可以这样说:普希金好像一只猴子,托尔斯泰和陀思妥耶夫斯基都不是美男子。一般地说来,凡是智慧的人都是形体丑陋的。"

马加洛夫的陶然静默激怒了克里。他问:

"你记得普希金的诗吗?"

莫斯科!你的惨淡的容颜对于一个俄罗斯人是何等可怕呀。

马加洛夫用清醒的眼光看着他,并不回答。这是克里所不高兴的。他认为没有礼貌。喝着茶,他开始用要求注意的声调说道:

"当人们谈论美的时候,我时常觉得好像我正在被骗似的。"

马加洛夫把手指从头发里拉出来,把手肘从桌上放下来,然后惊奇地问道:

"你说什么?"

又重说了他的话,克里继续道:

"一大片水,毫无意义地从湖里流出几十里,流入海里,这有什么美呢。但是涅瓦河是被认为美的。而我只觉得她可厌。因此我以为她被称为美不过是要掩饰她的单调。"

马加洛夫赶快喝了凉茶,然后,皱起眼睛,开始注视克里的面孔。

"关于列维坦的风景,关于涅斯特洛夫的抒情诗意的小桦树,关于雪的生动的蓝影,我觉得人们也有同样欲望,想要使人们自己看不见自然的吝啬。雪里有掩埋着天真少男少女尸箱的迹象,雪光是刺眼的、炫目的,在自然中并没有微妙的蓝影。这一切都是为自欺而发明的,因为要使我们可以活得更舒服些。"

看见马加洛夫正在注意倾听,克里说了十多分钟,他背诵了尼卡叶伐的忧郁的牢骚,也不曾忘记复述图洛波伊夫的关于理性的孔雀尾巴的名句。他还能够更多说些,但是马加洛夫开口了。

"看你所说的多么和里狄的意见相合呀,这是有趣的。"摸摸他的前额,他问,"好,你要说明什么……"他停住不说下去,微笑着,"我不知道要问你什么……这一切是这样奇突……"

他忽然怒形于色,甚至耳根充血。他的眼睛里燃着愤火,他开始低声发表他的哲学：

"这些事并不感动我；我从另一方面看它们，而且我知道自然是无感觉的、凶恶的母猪！最近我解剖一个因生产而死的妇人尸体——我的亲爱的朋友，你知道她是怎样被摧残，怎样被破坏呀！试想想：鱼产卵，鸡下蛋，并不痛苦——而妇人生产就必须受穷凶极恶的苦刑。为什么？"

马加洛夫用拉丁名词说出那些器官，用手指在空中画出它们的轮廓，并且愤愤地和急促地为克里描写了这样恶心的一幅图像，以致萨木金请求他：

"停止！"

但是，马加洛夫越来越愤怒，用手指敲着桌子，继续说道：

"不！停住想一想。这是为什么？呃？"

克里觉得他的朋友的愤怒是愚骇的、可厌的，而且他觉得想要报复马加洛夫指责他窃取里狄的意见。带着轻蔑的微笑，他说：

"那么，你是正在研究妇科医学的喽。你要做一个太太们的医生。对于这你有一副好面貌。"

马加洛夫吃惊后退，茫然看着他的眼睛，沉默了一会儿之后，感叹地说：

"你说笑的方法是奇特的。"

"你似乎还是在哲学地思索妇女，而不去抱吻他们。"

"这有兵营小曲的意味。"马加洛夫沉静地说。他使劲用双手摸脸，而且摇摇头。一种惶惑的表情出现在他的眼睛里；他好像是正在打瞌睡而忽然被一撞醒来，很自惭这一迷惘似的。

"他是醒着的。"克里·萨木金想，而且想要报复他的同伴所谓兵营小曲的话。

在这一点上他得到两只苍蝇的帮助，它俩落在茶匙背上合演性行为。其中一只立刻消失在空中，而另一只却在两三秒钟之后飞去。

"你看见吗？总不过是这么回事！"克里说。

"但！"马加洛夫严厉地回答，"我不相信你，"他用抗议的声调继续说，皱着眉头翻起眼睛看着他，"你不能相信这个。在我看来，悲观主义和犬儒主义是同样的。"

喝了他的凉茶，他继续用低音调说：

"我必然有一点诗人的什么，或许我简直是一个傻子，但是我不能……我尊重妇女而且——你知道吗？——有时我以为我害怕她们。等一等，不要那么冷笑。第一，我觉得尊重——甚至那些出卖她们自己的妇女，而且我不能以一种超然的感情看待她们。这并不是害怕传染病或过于拘谨。关于这一点我曾经想过许多……"

"但是你表现得不好。"克里回答。

"是吗？"

"你说得不清楚。"

"你也许会理解的！"

马加洛夫又摇摇头，望着多样颜色的天空，把两只手掌捏成一个拳头，敲着他的膝头。

"引起我这种感情的是里狄——你知道吗？"

"原来你是从那里得来的呀？"克里含糊地说，采取了防卫姿势。

"里狄和我是朋友，"马加洛夫继续说，眼睛里现出满足的笑意，"现在我们并不是互相恋爱而是一向时常相很亲近。从前我曾经爱过她，但是那一切都已经烧完了。我曾经恋爱过的是她，这是一件非常之好的事，而它已经成为过去也是一件好事。"

他大笑起来，他的脸变为喜气扬扬。

"我啰唆了吧？"在大笑中他问，"那不过是在口头上，但是在我的灵魂上各样都是分明的。你要理解：她抑制我在那关头上……但是，自然，抑制住我的主要力量并不是她，但是也可以说是她！"

萨木金并非不得意地想道：

"我绝不许我自己对于我所不熟知的任何人谈得这样亲切。而他为什么说'她抑制住我'呢？"

"像平常妇女被爱似的去爱她是不可能的。"马加洛夫严厉地说。克里微笑着说：

"但是为什么呢？"

"不要笑。我觉得如此。那是不可能的。兄弟，她有一种使我们惊异的性格！"

他沉思着，闭起眼睛。

"她读过《圣经》上说的：'所以我要把敌意放在你和女人之间。'她相信这个，而且恐惧着敌意和错误。我想，因此她畏惧这些事情。你知道，刘托夫有一次对她说：'以性情而论，你的路是到修道院去的，你为什么要默默地在戏院里呢？'她对于他是和对于我一样友好的。"

克里仔细倾听，还是不能理解；况且他并不很信任马加洛夫。尼卡叶伐在她觉得她必须顺从那种行为之前也曾经高谈哲学的。里狄也必然是这种情形。关于马加洛夫所说的他对于妇女的态度，和他对于里狄的友谊，他很少相信。

"这也是孔雀尾巴。显然地他爱里狄。"

萨木金逐渐减少注意马加洛夫的不相连续的和暧昧的言语。莫斯科市变为更鲜明、更宏丽了：伊凡大帝教堂的钟塔伸在天空中，好像有着红指甲的手指似的。一种柔和的嗡嗡之声飘浮在空中；各个教堂的钟发出各样声音，正在号召晚祷。克里取出他的表，看着它：

"现在是我到车站去的时候了。你跟我去吗？"

"当然。"

"在我们开始谈话的时候，你所说的关于男人们和女人们装模作样的话是精彩的。这或许是应该如此的，因为这就是说苦心思虑人生的无目的使一种猥琐的事变甜……"

马加洛夫惊异地看着他而且站起来：

"好奇怪,你——你——说这个!我从来没有这种思想,甚至当我决定自杀的时候……"

"那时候你不是正常的。"克里沉静地提示他,"关于生存的无目的这思想是经常地惊扰着男人们和女人们的。"

"你觉得生活是这么困难的吗?"马加洛夫沉静而又活泼地问。

克里决定顶好是不置可否,于是闭住嘴唇,让那问话在寂默中过去。

七

他们慢慢地走下去。克里觉得马加洛夫用悲哀的眼睛斜看着他。他用手指把他的那一丛不服从的头发压在他的小帽下面。他温和地说道:

"考试之后我要回到省城去。我要到那里教书;教拉狄夫的继子——拉狄夫,那汽船船主,你知道吗?而且刘托夫也要去。"

"是这样的吗?鲁巴现在在哪里?"

"她现在在一个乡下做乡村学校教员。"

从晶莹的微尘的一阵云里钻出来一个有须的马车夫。两朋友坐上马车,几分钟之间就驰过石砌的街道。克里仔细观察人们;这里比彼得堡更多胖子——而且这些胖子,除去他们的胡须,很像乡下农妇。

"或许他们之中竟没有一个人被关于人生目的的任何思想所烦扰。"他半轻蔑地思想着,因此回忆到尼卡叶伐。

"不,她到底是可爱的。她甚至是一个非常的女子。里狄会怎样看待她呢?"

马加洛夫保持静默。他们的车到达车站;马加洛夫想到什么,匆忙起来;他拥抱了克里,走开:

"不久我们又要再会!"

目送着他,克里走进候车室的餐厅;他坐在角落里的桌子旁边。还要等一点多钟列车才开行。他并不愿思索马加洛夫。分析到最后,马加洛夫似乎,本来不很聪明,已经消退到完全无足轻重。克里对于他所认识的一切人们都有这种感情——他们消退了,他们正在失去他们曾经具有的任何色彩。他认为这是他自己的精神发展的一个表征。这印象被鼓励和加强,是由于人们全都急急忙忙地努力用尼采的马克思的孔雀毛装饰他们自己。回想到图洛波伊夫也觉察了这种急急忙忙,而且他知道怎样嘲笑这种情形,克里烦恼了。是的,这家伙从来不急急要到什么地方去,也不失去色彩。有一次,他曾经竖起他的眉毛——这似乎是镶上的——而且眼里闪出光芒,说道:

"每个人都努力为自己追求这样或那样可爱的观念,好像未婚男子寻求十分合意的终身伴侣似的,我认为这是完全合法的——但是我自己却宁愿长久做一个单身汉。"

克里妒羡图洛波伊夫的谈锋,妒羡到几乎近于仇恨。图洛波伊夫称各种观念为"精神界的少女们";他认定"人道的诸观念比之教会的诸观念要求人更多更大的信心,因为人道主义是变坏了的宗教"。萨木金觉得伤心——为什么他不能这样明快地解释他所读过的书呢?

图洛波伊夫似乎太过注意地看着他;他永远是默默地研究着他,把他夹在种种矛盾之中。有一次,他冥顽地看着克里的脸,轻浮地说道:

"萨木金,对于一切问题只有两种回答:是的或不是。你似乎是想要发明第三种吧?这是大多数人的欲望,但是一直到今天还是没有人成功地实现这欲望。"

听着这些话是羞辱的,而相信图洛波伊夫并不蠢是不愉快的。

一只小铃响了,而且站长通知列车就要开行,这打断了萨木金对于他所不愉快的一个人的思索。他看着周围:旅客们正在候车室里奔忙,互相挤轧,拥向通到月台的门口去。克里站起来,耸耸肩头,问他自己:

"好,我思索图洛波伊夫和古图索夫有什么必要吗?"

第十章

一

阳光从网状窗帘中透进来,这样柔和,使客厅里充满了春日的温馨。窗子是开着的,但是稀薄的窗帘并不激动,窗台上的花叶也是寂默的。克里·萨木金又已欣然觉得安于这里的宁静。这使他异样专心地倾听着他的母亲的话:

"你已经长得很……很有丈夫气概了,"维拉·彼得洛夫娜说,这显然是第三次,"甚至你的眼色也变为更浓了。"

她以一种她的儿子不曾想到的欢喜迎接他。克里自童年以来,就已习惯她的干燥的拘执;就已惯于用一种恭敬的冷淡应付他的母亲,但是现在却必须改换别种腔调了。

"好,狄米徒里怎样?"她问,"他正在研究劳动问题吗?噢,我的上帝!好,我早就想到他会使他自己注意这类事情的。提莫菲·斯蒂班诺维奇以为这种问题的兴趣是被矫揉造作地刺激起来了。德国，恐怕我们的工业发达，正在把工人的社会主义输入我国。似乎有些人受了影响。狄米徒里谈到他的父亲吗？大约八个多月——不，更多——伊凡·阿乞莫维奇不曾写信给我了。"

她穿着节日的盛装，好像正在迎候宾客，或她自己正在准备去访问。她的春花色的衣服，紧箍在她的胸上和身上，使她全体显出某种紧张和挑战。她吸着一支纸烟——这是有点新气的。当她说"我的上帝，时光飞得好快！"的时候，克里听出其中有怨声。这在她也是不自然的。

"你知道，在四旬斋时期你不能不旅行到萨拉托夫去，因为甲可夫伯父的事，"她继续说，"那是很困难的旅行：我并不认识那里的一个人，所以我被困在当地的……急进派手里。他们使事情对于我更加困难。我什么事都做不成——他们甚至不让我见甲可夫·阿乞莫维奇。老实说——我也并不很热心要见他。我对他能有什么话说呢？"

克里低头表示同意：

"是的——他是难对付的。"

他的母亲的谈话有些使他糊涂，但是趁此机会问她里狄在哪里。

"她和阿连娜·提里卜尼伐到女修道院去了。那院里的院长是阿连娜的姑母。一件好事，那是。但是她总会明白，一般地说，她是没有任何才能的。那时她就不会把她自己看作非常人物，或许因此懂得……尊重人们了。"

维拉·彼得洛夫娜叹气，看看她的表，而且倾听着什么。

"你听说提里卜尼伐已经找到一个富裕的未婚夫了吗？"

"我在莫斯科见过他。"

"是吗？他是怎样一个人？"

"小丑一类的人。"克里说，耸动肩头。

"我听见提莫菲·斯蒂班诺维奇已经回来了。"

克里的母亲站起去开门，但是门已经由伐拉夫加的强大的手推开。

"啊哈,我的法律学者——他已经到了吗?好,那么,让我看看你!"

他立刻使房里充满了他的新皮鞋的碾轧之声,和移动椅子的呼啦声音;同时街上有一匹马喘气,几个顽童在叫喊,而且他的响亮的中音飞腾起来。

"维拉——茶,请。会议是在八点半开的。听着,市政厅决定发给你的学校一笔补助费。"

但是她这时已经不在房里。伐拉夫加望着门,摸着胡子,笨重地把他自己塞进一把椅子里。

"好,那么,我的法律学者,怎样?从你的面孔看起来,科学并不很滋养了你。告诉我这个吧!"

但是,用他的熊似的小眼睛看了克里的眼睛之后,他拍拍克里的膝头,开始告诉他:

"我要办报——什么?一种报纸呀,兄弟。我们要设法用有组织的舆论来代替厨房里的闲话。"

几分钟之后,把他的圆形兽躯滚进餐室,他一面用小匙乱搅着杯里茶水,一面叫道:

"社会革命对于我们俄国人有什么意义?那简直是要用不一定适合的短裤来替换历代相传的裤子。"

克里觉得他的母亲以一种殉道者似的服从伺候伐拉夫加,带着她不能或者不愿完全掩饰的忧愁。吵闹了半点钟,喝了三杯茶之后,伐拉夫加不见了,好像一本戏里的插话的角色在使那场面活泼之后退出舞台似的。

"他干的工作多得可惊,"克里的母亲感叹,"我真不明白他。人们不喜欢他正如他们不喜欢一切文化工作者一样。"

维拉·彼得洛夫娜谈了许久,关于商人阶级的粗野不学和满怀恶意,关于知识阶级的浅薄短见。听她说话是沉闷无趣的,她似乎尽力用高谈阔论来震聋她自己。伐拉夫加走了之后,家宅里和街道上又归于平静。只有克里的母亲的干燥的声音单调地响着,忽高忽低。当她倦怠地说"你一定疲乏吧"的时候,克里是高兴的。

"我想出去散步,但是你呢——你要去吗?"

"不。"她说,用手指理着她的头发,想要掩藏她的鬓边灰发。

二

当克里走到街上的时候,天已经黑了。人家的墙壁和木栅上还有白天的温暖气息。月亮正在从右边升起,使步道的灰石头上映着树木的凉影。家宅的窗玻璃上似乎都涂着一点黄色的油光,少数星星好像油汗的点滴。家宅都俯伏在地上,不知不觉之间化为街上的暗影。围栏好像黑水似的从一家流到一家。在市公园里,人们缓缓地走在围绕池塘的路上;黑色池水的圆形光泽上悠悠地飘浮着他们的低语。克里回想到洛登巴赫的书。他记起尼卡叶伐;她确是应该住在这幽静的地方,在这些缓缓移动的人们之中的。

他坐在一只凳上,在一株灌木的浓荫之下。小径从这里直向右转,在转角那面坐着两个人。一个正在低声哼哼,另一个用手杖或鞋跟扒搔着那些还未踏平的碎石子。克里静听着那单调的咕噜,而且听出了他久已熟悉的思想的再现:

"他,像托尔斯泰一样,寻求的是信仰,而不是真理。只有当宇宙变为荒凉的时候才能自由思维真理。从宇宙中摄取各样事物吧——一切事物,一切现象,和你所需要的一切,但是不要推究思维的本质。人们思维人,思维上帝,思维善与恶,其实这一切都不过是追求那解决一切的永久真理的起点……"

"你偶尔有一整个卢布吗?"这是杜洛诺夫的颇为尖酸刻薄的声音。

克里·萨木金站起来,决定不使他们看见就走掉,但是他看见人影移动，知道杜洛诺夫和托米林也站起来了，而且正在向他这一面走来。他坐下而且低着头，隐藏住他的脸。

"我没有一整个卢布。"托米林说，用谈论永久真理的同样音调。

并不抬起头，克里目送着他们。杜洛诺夫的脚上穿着塌跟的旧鞋子，头上戴着破小帽。托米林穿着长到脚跟的黑外衣，戴着阔边呢帽。克里微笑了，想到这服装很特色地增加了这位土圣人的古怪模样。觉得自己早已听厌了托米林的哲学，他并没有去访问他的任何欲望，而且不愉快地想到无法避免和杜洛诺夫会见。

公园变得更幽静，更清朗了。人们都已不见。一道绿色月光反映在黑色池水上，使园里充满了催眠的薄明。一个穿黄衣服的男人走来，坐在克里旁边，沉重地叹气。脱下他的草帽，他用手掌揩揩他的前额，然后望着克里，恼怒地问道：

"你要打台球吗，学生？"

克里只说了一个"不"字，他就站起来，摇着帽子，赶快走了；但是走了十五步之后，他转身向后叫道：

"你好无聊的人，你的眼里有绿光！"

然后他爆发了凶恶的大笑，接着就毫无踪影。克里也想要大笑；他坐着，心里空空洞洞，然后回家去。

三

到第四天，里狄才出现。

"噢，你已经来了！"她说，惊奇地扬起眉毛。她的惊异、她的迟疑地伸出手，和她的滑过克里的脸上的急促眼光，全都推拒着他，使他蹙额后退。她已经圆满成熟，但是她的眼睛，周围有暗影，更为沉陷，而且脸上有病人的表情。她穿灰色衣服，束着皮带；草帽上系着一条白纱——打扮得好像游历埃及的英国太太似的。她轻忽地招呼维拉·彼得洛夫娜。在五分钟之间,她浮躁地埋怨着修道院的可厌、路上的尘垢和泥土,然后就去换衣服去了。她所说的每件事都增强了克里的不快印象。

"现在你以为她怎样?"克里的母亲问,对着一面小镜子整理她的头发。

"她已经有一小点装作,这是那学校的影响。"克里回答。

晚茶的时候,阿连娜来了。她以熟悉一切恭维辞令的干练妇人的从容态度听着萨木金的称赞。她的娇懒的眼睛带着嘲弄的浅笑看看克里的脸。

"他对我说话多么有礼貌哇!"她大声说,"这是有价值的。那么你见过我的未婚夫喽?他是使人恼杀的,是不是?"握响她的手指,好像品味什么好吃的东西似的,她说道:

"一个聪明人!斜眼睛,嫉妒。他是很可笑的。真的,他是一个混蛋。"

"而且他是富的。"

"当然,就是这么一点好处!"

她的明艳的嘴唇闪出一个微笑,她问:

"你以为我那样想法是可怕的吗?"

她唱歌似的演说着;夸张,但是温柔而又自信,带着分明的表情——事务家称这种行动自由为"态度雍容"。她灵敏地和骄傲地使她的身体的每一转动都加强了它的美的压倒的魔力。克里看见他的母亲正在欣赏阿连娜,她的眼里含着悲哀。

"我的朋友们责骂我——'这,现在,这姑娘被金钱诱惑了呀'。"提里卜尼伐说,用钳子从盒里取出几块蹦蹦糖,"里狄尤其疾首痛心。依照她的道理人是必须和如意的人儿共同生活的,纵然是住在阁楼里。但是我所表演的是平常的和容易的角色,对于我一座端正的小家宅和自备马车是必不可少的。我曾经被通知:'你,提里卜尼伐,对于戏剧完全缺乏理解力。'通知我的人并不是随随便便的任何人,而是一位剧作家。好,要和如意人儿共同生活是非演戏不可的,这是在韵文中和散文中都已证明了的。"

"那学校变坏了这姑娘比里狄更甚。"克里想到。

他的母亲喝了一杯茶之后,悄悄地出去了。里狄听着她的朋友的新鲜腔调,一种刚刚可以觉察的微笑出现在她的薄嘴唇上——这嘴唇或许是很热诚的,克里想。阿连娜正在讲述一个高等学校女学生的戏剧性的故事,那女子曾经恋爱着一个钉书工人——一个知识分子。

"一个真正的知识分子——戴眼镜,有小胡子。他的裤子像口袋似的;他崇拜纳特生的酸辣的小诗——噢,是的!里狄卡呀,这,你可以看出跟知识分子住在阁楼里的可怕了吧?现在我的刘托夫是旧派人物;不过一个小商人,崇拜普希金。读普希金的诗也是旧习气。现在时髦的是那——叫什么名字?——维提白斯基,维宁斯基?"

她用粉红的手指——指甲有母珠似的光泽——捡起一块蹦蹦糖,好洁地轻咬着,显露了她的牙齿净白。她的声音好性情地响着,她的眼睛有一种仁慈的光辉。

"刘托夫和我都不喜欢吓人的诗。

信仰,巴倭[1]又要起来

吞吃理想……"

"好,让他吃吧,饱餐一顿。"

她忽然兴奋,几乎从椅子上跳起来。

"噢,里狄沙!今天我接到从莫斯科寄来的什么诗呀!一位新诗人作的,勃留索夫,勃鲁索夫。它们是可惊的!它们有些——淫猥。但是何等佳妙,何等佳妙!"

她急忙搜索她的衣裙的褶缝,寻找袋子;找到它,抽出一封揉皱

---

[1] Baal,原为腓尼基人崇拜之日神,转为庸俗之神。

的信。

"这!"

圆胖的小鲁巴·梭莫伐哗地跑进餐室来。在她后面,一个高大的青年男人小心翼翼地走着,好像正在涉过滑石头上的流水似的,他穿着青布裤子、不曾漂白的土布上衣,而且他的不穿袜子的脚上穿着奇特的草鞋。

"我的亲爱的姑娘们!这是粗野的!"鲁巴叫喊,"你们回来都不告诉我一声,你们知道离开你们我是不能生活的。"

"也离不开我。"那装束奇特的青年喃喃地说。

"也离不开你,我的天赐的;也离不开你,是的!让我把你介绍给姑娘们:伊诺可夫,我的灵魂的孩子,一个流浪人;他要做一个作家。"

已经抱吻了她的朋友们,鲁巴坐在克里旁边,用手巾揩揩她的流汗的脸,她的欣喜的眼光停在萨木金上。

"你已经变为怎样的一个小玩意了呀!"

她立刻移到里狄面前,说道:

"我已经脱离那学校——你喜欢吗?"

伊诺可夫沉重地坐在她曾经离去的那椅子上。离开克里一点,他用手指抚摸着他的长长的红头发,默默地睁着他的蓝眼睛看定阿连娜。

克里已经三年多不见鲁巴·梭莫伐了。在这期间她已经从一个庸陋的少女变为穿着柳条花布衣服的村妇。她的头发被日光晒焦,出现在一幅白头帕下面。她的腮巴已经长圆,她的眼里有一种灵活的光辉。她高声说话,言辞里挥发着民间的简单语,微笑着,双颊鲜红。她有些暧昧之处,克里暗自做了一个鬼脸。伊诺可夫好像一个小村中朴野的牧人。他已经没有克里所记得的在高等学校时代的那少年气概。在他的雀斑脸的两腮之间蜷伏着一管愚钝的鼻子,那大鼻孔神经性地扩张着。在他的上唇上稀薄地萌生着一点鞑靼式髭须。他的蓝眼睛时常不适当地变换表情。那眼光最初是过分温柔,好像妇人的似的。后来是难以形容的严厉。他的突出的前额上随时都刻着皱纹。

"这里可以吸粗皮烟吗?"他很低声地问克里。萨木金提议他可以走到开向花园的那一面窗子旁边,于是他们同去到那里。伊诺可夫取出烟袋和纸片,卷了一支纸烟给他自己,点燃它,把火柴摇熄在空中,感叹道:

"这里有一个妖精!"

"你说谁?"

伊诺可夫用眼睛指出阿连娜。

"那一个好像一个梦。"

忍住微笑,克里问:

"你现在干什么?"

伊诺可夫耸动肩头。

"没有什么特别——工作。秋天我在里海捕鱼,有趣。我也给报纸作通信,偶尔。"

"都登出来了吗?"

"不多。似乎我也不常写。"

当伊诺可夫直立着的时候,他就好像一个楔子;他的肩膀宽大,但是臀部狭窄而两腿细瘦。

"我打算认真研究渔业——鱼类学。"

姑娘们在桌子面前吵闹得很厉害,但是鲁巴·梭莫伐,不顾这吵闹,听见了伊诺可夫的话,说道:

"你是正在从事写作呀!"

伊诺可夫把还未吸完的烟卷抛出窗外,从嘴里吹出辛辣的烟,走到桌子面前,说道:

"要写就要像弗洛贝尔一样地写,否则就完全不写。在我们的国度里他们并不写,而只是替灵魂织造草鞋。"

他双手抓住一把沉重的椅子的背面,很热心地谈起来,强调着他的喉音：

"在俄国我们有更多的鱼，多过欧洲别的任何国家。可是我们的渔业是野蛮的。我们买卖鱼好像狩猎得来的禽类兽类似的。有一位大学教授，格兰姆，鱼类学者，来到阿斯徒拉堪。我陪他游览过一些渔场。他是瞎的——有意做瞎子。"

"但是，那么，青鱼对于人是必要的吗？"鲁巴叫喊，用一块不愉快的黄色手巾揩揩她的肥脸。

阿连娜诚心地大笑，斜瞅着伊诺可夫。里狄眯起眼睛看着他，好像考察远处不容易看见的东西似的。但是伊诺可夫，一面说一面把那重椅子提起又放下，固执地、完全忘我地说下去了：

"阿拉尔海、里海、阿索夫海和黑海，北方各海，以及各大河流……"

"让它们全干涸掉吧！"鲁巴恼怒了，"我听着都不耐烦！"

里狄站起来，邀请每个人到楼上她的房里去。克里逗留在镜子前面，考察着他的唇上的一小个丘疹。他的母亲从餐室里走进来，她很伶俐地把伊诺可夫和梭莫伐比喻作表演着不成功的趣剧的业余演员之后，她把一只手搁在克里的肩上，问道：

"你觉得阿连娜怎样？"

"她是迷人的。"

"而且不蠢，虽然她刁诡，有些粗野。"

拍着他的肩头，她悠悠地问：

"她可以做你的未婚妻——呃？"

"但是，妈妈！——她是一个偶像！"她的儿子回答，微笑着，"一年必须十几万来供养她。"

"是啊！"他的母亲沉思地赞同，而且感叹：

"你是对的。"

四

克里去到里狄的房里。姑娘们都坐在那长沙发上，宛如她们童年时代常做的那样。这长沙发已经失掉原来的色相；它的弹簧因为年老而发出吱吱的响声，但是它依然像从前一样宽大和柔顺。小鲁巴整个趴在它上。当克里走近它的时候，她让出地位给他；但是克里坐下在一只椅子上。

"他还是那样——一个旁观者。"鲁巴对她的朋友们说，用脚蹬着那椅子，脚上穿着丑陋的鞋子。阿连娜要克里讲给他们彼得堡的事情。

"是的，讲呀！那里住着哪一类人？"伊诺可夫咕噜，坐在那长沙发的扶手上，咬着一支伐拉夫加所吸的那种粗大雪茄。

克里悠闲地讲着，审慎选择着字句，讲到博物院、戏院、文艺晚会和与会的名人们；但是不久他就气恼地觉得他讲得毫无趣味，而且他们都不注意听他。

"那里的人们并不比别的任何地方的人们更好和更聪明，"他继续说，"很难得遇见以爱与死为人生根本问题的人。"

里狄整理着拖到她的耳上和颊上的一些头发。伊诺可夫把雪茄从嘴里拔出来，把烟灰摇落在他的左手掌心里，捏起拳头，责难地说道：

"教导这一套的是托尔斯泰。"

"不如别人说得好。"

"还有别人？"

"你没有认真研究过这一类事情吗？"

伊诺可夫把左手插进衣袋里，揩掉烟灰在那里面。

"我不知道。"

克里恼怒这青年妨碍他，阻挠他得到姑娘们的注意。"他或许是一个宣传家，所以他必定是愚蠢的。"他想。

他开始应用更为刺激的言辞，但是尽力使它们响得柔和。他一面告诉她们梅特林克的《盲人》和洛登巴赫的《织雾者》，一面随时顾盼伊诺可夫，然后他严厉地谈起政治来了：

"我们的父辈浪费太多时间在解决物质性的问题的努力上，完全忽略了精神生活的奥妙。政治学是一种硬作主张的部门，窒息了人们的更为深邃的情绪。政治家是一种狭隘固执的人，他把精神的惊恐看作皮肤病一类小事。那些民意派，那些马克思主义者全都是些工匠；而生活所需要的是艺术家和创作者。"

伊诺可夫，直竖着他的雪茄，好像一支烛似的，用他的一个左手指穿入它的青烟的螺旋之中。

"现在已经出现了另一种思想的人们，他们向我们显示我们的内心生活的无限神秘，他们以情绪和想象丰富了这世界。他们使人超越于可厌的现实之上，甚至使现实更不足重视，更少可怕，比较人立于与现实平行的地位上所看见的。"

"人不能长久生活在空中啊。"伊诺可夫温和地说，把雪茄插进花盆的泥土里。

克里变为沉默。他觉得他说了不真实的事——甚至他所不认识的事。他并不信任偶然纯由他自己的内心而来——与某人或某书毫无联系——的随时感想。无论什么观念，只要来自别人，吻合他自己的基本情调而且便于记忆，他就觉得比之忽然萌生在他内面的游离意念更为可靠。这种意念是有些危险的，它们威胁他摆脱他所宝藏着的那些早已融化妥当的意见。克里·萨木金朦胧地猜疑，他对于这些忽然而来的意念的害怕是抵触着他内面的别的某物的，可是这抵触并不分明，而且被他认为必须抗拒那些危及他的全部性格的自觉所吞没。

有些缭乱，他看着他的听众。他们的留意的脸相使他心安，而里狄的注视尤其使他得意。鲁巴·梭莫伐，沉默地编起又解开她的发辫，说道：

"杜洛诺夫现在也讲哲学——这不幸的人呀！"

"是的，他是可怜的。"伊诺可夫赞同，点点他的鬈毛头，"但是在高等学校时候，他是一个活泼的顽童。我现在要劝他到乡村去做教师。"

鲁巴恼怒了：

"但是他是哪一类教师呀！他是一个心怀恶意的人！我不很知道他，但是我不喜欢他。"

伊诺可夫昂然走到窗前。从那里他说：

"当他们把我从高等学校驱逐出来的时候，我以为这是由于杜洛诺夫的能干——他密告我。有一天，我甚至问他，'密告我的是你吗？''不。'他说。'好，够了；倘若不是你，那就不是你。我问你不过是由于好奇心。'"

伊诺可夫一面说一面微笑，虽然那微笑并不适合于他的言辞。当他微笑的时候，他的高颧骨上的皮皱起折痕；雀斑都挤在一处，那整个脸是阴沉沉的。

"当然他是愚蠢的。"克里判定。

"是的，杜洛诺夫是恶毒的，"里狄沉思地说，"但是他的作恶是机械的，好像作恶是他的行业，而他早已厌倦了它似的。"

"你是一个聪明的小姑娘，里狄沙。"提里卜尼伐说。

"她是响亮的姑娘。"鲁巴说，拥抱里狄。

"听着！"伊诺可夫转向她，"这雪茄的气味好像粪臭。我可以吸粗皮烟吗？我把烟吹出窗子外面。"

克里忽然站起来，走到他面前，问道：

"你不记得我了吧？"

"不。"伊诺可夫回答，并不看他，因为他正在点燃他的卷烟。

"我们同学。"克里再说。

从嘴里吹出一长串烟流，伊诺可夫摇摇头。

"我不记得你。我们是不同级或什么的吧？"

"是的。"克里说,又走开。"我为什么要为这些人而烦恼呢?"他问他自己。

里狄已经离开房间,鲁巴和阿连娜正在长沙发上大声争论。

"每个女人都是为了养育孩子而被创造的,这是不真实的,"阿连娜愤愤地叫喊,"最丑的和最美的都一定不干这种事。"

鲁巴大笑着反驳:

"你小傻子!你要把我送到修道院去或做苦工,而你被当作一位神受人祈祷吗?"

克里沉思地在房里踱步。每个人都已经何等迅速地变为不能认识了!但是他依然还是——"一个旁观者",如鲁巴所说。

"这是值得骄傲的。"他提醒他自己。但是他总觉得悲凉。

台尼亚·古里科伐,静默而平淡得像一个影子,端着一盏点燃的灯进来。

"关起窗子,否则灰尘会落在各样东西上。"她说。然后听听姑娘们在长沙发上的辩论,皱眉看着伊诺可夫的宽脊背,她说:

"倘若你要吸这种东西,你应该到花园里去!"

谁也不理她,她用一个手指敲敲那乳白色灯罩,偏着头听听那玻璃的响声;然后她悄悄地离开房间,而为了某种理由克里的悲哀更加深了。

五

他走进花园,这时逐渐浓密的暮色散布着青色的暗影在白丁香花丛上。月亮还不曾上来,繁星朦胧闪现在天上。各种花卉混合的香气从丛林中腾起。绸面的叶片触着他的脖子和腮边好像凉的手指似的。克里沿着小径走去,沙在他的脚下发出碾轧的声音。咻咻的语声从窗里传达到他,干涉着他的思想;但是他并不真要思想什么。花的浓香是醉人的,所以克里感觉陶醉,当他沿着花园绕圈子的时候,他成功地超脱了他自己。里狄忽然出现,而且开始和他并肩同行,把她自己包裹在她的披肩里。

"你说得好——好像不是你说的。"

"谢谢。"他反讽地回答。

"今天我接到马加洛夫的一封信。他说你已经大改变了,所以他喜欢你。"

"真的?这是恭维话。"

"不要这样,克里。倘若你被人喜欢,你为什么不该喜欢?我知道你爱被人喜欢的。"

"我倒不觉得我自己有这种特性。"

"你为什么不高兴?为什么要走出来?"

"你又为什么出来呢?"

"他们使我厌烦。但是这总还是没有礼貌。让我们回去吧。"

里狄拉起他的手,沉思地说道:

"我自来相信我知道你,但是今天我觉得你似乎是一个陌生者了。"

克里·萨木金防备地和感谢地捏着她的手,觉得他又在她面前变为他自己了。

他们正在房里争吵着。阿连娜,站在钢琴前面,呵斥鲁巴·梭莫伐,后者像一只母鸡似的跳跃着,叫喊着:

"无耻!犬儒主义!"

伊诺可夫疑惑地微笑着,用他的重喉音粗声说话:

"老实说,比起伪道学来,我倒宁肯赞成犬儒主义。然而,你正在乱写一些头等的厕所诗词。"

"但是阿连娜,人一定不可以……"

"人一定可以!"提里卜尼伐叫喊,顿脚,"我要证明给你。里狄,听着——我要朗诵那些诗。克里,你也听着——然而,你——好,反正一样。"

她的脸发烧,她的娇懒的眼里有怒火,她的鼻孔颤动。但是克里觉得她的愤怒有些荒唐可笑。当她从她的衣袋拉出一小张纸,雄赳赳地摇摇它的时候,萨木金不由自主地微笑了。这姿势也是可笑的孩子气的。

"甚至没有这个我也记得的,"她宣言,态度逐渐平静,然后小心地装好那纸片,"现在,听着!"

闭起她的眼睛,她默默地站了几分钟,挺胸直腿,而且当她慢慢抬起她的浓密的睫毛的时候,克里觉得这姑娘似乎忽然长高了一个头。她低声一气念道:

"在幽暗的榻上的淫乐的形影

蜿蜒下堕,悄悄示意……"

她直立着,扬起眉毛,睁开眼睛望着窗外的青色黑暗。她的双手悬垂,张开着的粉红手掌约略离开她的腿部。

"在薄明中我注视那光滑的膝头,

白大理石似的臀部和朦朦的毛。"

尼卡叶伐曾经屡次对他低声说过这种不康健的、色情的诗词,而且它们时常充分引起克里心中的某种情绪。但是阿连娜并不引起这种情绪;她天真无邪地念着,解说着,好像描写或人的梦似的。在克里的记忆中闪出一个女子的形象:她在许久许久以前曾经羞怯地读她所珍爱的菲提的诗。但是她现在甚至朗诵淫词也毫不畏缩,在她的丰富而美好的声音中只有天真的惊奇之感。她的脸已经变为苍白,或许是由于羞惭或害怕。她的声音低下而又低下,被那些荒唐的诗句所抑压。慢悠悠地读着,好像正在用力理解那些不甚明白的词意,阿连娜忽然高声朗诵:

"在海波荡漾之上的广远的清晨哪,

羞怯的曙天的奇异的艳红色彩……"

她似乎难以记诵那诗词,而那诗人好像站在她旁边,为别人所不闻不见,鼓励她说出高妙的字句。

克里靠在墙上,并不用心去理解词意,只是倾听着她的声音的旋律的抑扬。里狄坐在椅子里悠悠摇晃着,望着阿连娜。

"……混沌!"阿连娜读出那诗的最后一个字,坐下在钢琴面前的座位上,用双手蒙着她的脸。

"这是怪华美的。"伊诺可夫含糊说。

鲁巴·梭莫伐悄悄地走近她的朋友,摸摸她的头,感叹道:

"你不要结婚,你是一个好演员!"

"不!鲁巴,不!"

伊诺可夫忙着要走,喃喃说道:

"鲁巴,我们应该走了!"

"我也要走。"阿连娜说,站起来。

她走到里狄面前,默默地吻她。然后她问伊诺可夫:

"那么,你以为怎样?"

"你胜利了,这是怪华美的!"他回答,热忱地握着她的手。

六

他们都去了,月亮从开着的窗里照进来。里狄把她的椅子移到窗前,坐下,把两肘搁在窗台上。克里站在她旁边。这女子的侧面轮廓凸现在幽暗之中。她的黑眼睛放光。

"她伶俐地谈恋爱,"里狄说,"但是我以为她对于它只是做着白昼梦,并不真懂得。马加洛夫也喜欢谈恋爱,也并不中肯。真懂得的是刘托夫。他是一个滑稽有趣的人物,但是他是被热情烧伤了的一类男孩子,害怕着某些事情。有时我觉得为他忧愁。"

她谈着,并不看克里,静悠悠地,好像在检阅她的思想。她直立起来,双手抱在脑后;她的突出的胸部高耸着她的薄衣服。克里维持着一种期待的沉默。

"这一切何等奇怪呀！你知道吗，在那学校里我比她更被许多人固执地追求着；可是在她旁边我几乎像一个怪物。而且我觉得很伤心——不为我自己，而是为她的美丽。一个——稀奇的男孩子，狄欧米多夫——说阿连娜是令人不敢亲近的美女。是的，他说得确切。但是他是一个异常的人；听他说是可喜的，但是难以相信他。"

在萨木金有机会说他不了解她的意思之前，里狄问：

"但是你觉得她读诗的时候她就像一条鱼吗——她的手掌像鱼翅似的张开着？"

克里赞同：

"是的，她的姿势是呆笨的。"

"在学校里他们打不破她的这种习惯。你以为我对她有恶意吗？我嫉妒她吗？不，克里，都不是的，"她叹息，"我以为有一类美人引不起淫荡思想的。有吗？"

"当然，"克里说，"你说得奇怪。为什么你以为美人一定会引起那种感情呢？"

"不要反驳我。我知道我所谈的话。倘若我是美的，我是会引起那样感情的。"

她果敢地说了，而立刻问道：

"你所说的《盲人》的作者叫什么名字？梅特林克？给我那本书看。真奇怪，你会忽然谈论到现今——一切时代——世界上最重要的事情！"

她的声音有一种亲切调子；它是温柔的，使克里记起半已遗忘了的日子。那时她还是一个小姑娘，玩厌了，就对他说，"让我们去坐一会儿吧"。

"这些问题扰乱我，"她说，仰望着天，"去年圣诞节，杜洛诺夫引我去看托米林。他现在是一位名人。他们邀请他到知识分子们的家里去讲演。但是我觉得他似乎把世间各样东西都化为文字。后来我自己又到他那里去了一回。他把我抛进他的冷酷的言辞的海里,好像人把小猫抛进河里那样。"

虽然她嘲笑地说着,毫无不平,克里还是觉得感动。他忽然想要摸她的手,和她诚恳地谈谈。

"跟我谈谈。"她请求。

他开始告诉她关于图洛波伊夫的事,想道:"我可以告诉她尼卡叶伐的事吗?"

听了他的讽刺言辞大约一分钟之后,里狄说道:

"这没有趣味。"

但是她几乎立刻冷淡地问道:

"他的病严重吗?"

"我不知道,"克里回答,惊疑着,"你为什么问?就是说——你怎么会想到他害病?"

"我听说他有肺病。"

"看样子好像没有。"

里狄变为沉默,用手巾揩揩她的嘴唇和面颊,然后叹息,说道:

"我们的学校里有图洛波伊夫的一个朋友,完全是一个不可忍耐的村夫,但是有非常的才能。而忽然……"

她神经过敏地抖颤了一下,就跳起来,走到长沙发面前,用披肩包裹着她自己。直立在那里,她愤愤地小声继续说:

"一想就觉得可怕——在二十岁上从一个女人那得了病。秽恶的病!讨厌的病!恋爱——然后这样!"

她避开克里,几乎是跌倒在长沙发上。

"好,那是哪一类的恋爱?"萨木金含糊说。里狄恼怒地截止他:

"噢,停止!你不懂。在恋爱中必须没有疾病,也没有痛苦——没有污秽!"

摇摆着她的弯下的身子,她用齿音说:

"而大概各样事情都是卑鄙的！你不知道。冬天我的父亲迷恋着一个音乐喜剧的女优，一个圆胖的小东西，红红的，而且平常得好像一个小贩。我和维拉·彼得洛夫娜本来不很好——我们彼此一个不喜欢一个。但是——天呀！她觉得不得了了！她的眼睛因为嫉妒而变为疯狂了。你看见她已经越来越衰老了吗？这一切是何等粗俗可怕呀！人们互相践踏。克里，我想要生活，但是我不知道怎样才好！"

她这样严厉地说出她的最后几个字，以致克里心烦意乱。但是她要求：

"好，告诉我：人应该怎样生活？"

"恋爱，"他悠悠地回答，"你达到恋爱，各样事情就会明白了。"

"你知道这个？你有这种经验吗？不！不会明白的。不会！我知道恋爱是必要的，但是我确实觉得我在恋爱上是不成功的。"

"为什么不呢？"

里狄保持沉默，咬着嘴唇，把两肘搁在膝头上。她的微黑的脸因为充血而更加黑了。她闭着眼睛，好像瞎了似的。克里很想要说些话安慰她，但是他得不到机会。

"我不愿住在家里，所以进了戏剧学校，而且也因为我不喜欢研究科学、显微镜这一类东西，"里狄沉思地低声说，"我有一个时常拿着显微镜的朋友。她相信它好像老太婆相信圣灵启示一样。但是从显微镜里人不能看见上帝，也不能看见魔鬼。"

"当然，人甚至于用望远镜也不能看见他们。"克里畏怯地说笑，而且斥责他自己的畏怯。

里狄缩起她的两条腿，盘脚坐在长沙发的一只角落。

"我觉得，"克里开始果敢，"放纵幻想的人们生活得更舒服些。是的，我体验了这个。甚至亚里士多德也说过观念比现实更真实。"

"不，"里狄坚决反驳，"并不如此。"

"但是，诗不是一种观念吗？"

"不,"这姑娘更直接地回答,"我不会辩论,但是我知道那是不确的。我并不是一个观念。"

而且,她用手轻拍克里的手肘,请求他:

"不要像托米林那样引经据典。"

这使克里十分困恼,以致惶惑地避开她,说道:

"随你的便!"

他们沉默了一两分钟。然后里狄温柔地提示他:

"夜深了。"

七

当他在他的房里脱去衣服的时候,克里感觉一种深切的不满足。为什么他会那样畏怯呢?这已经不是第一次。他早已注意到:单独和里狄在一处的时候,他就觉得他自己被克服;每次相会之后,这感觉就越加强。

"我现在并非学童,迷恋着她——像马加洛夫似的。"他反省。"我能够容易地看见她的种种缺点,可是实在不明白她的优点。"他尽力说服他自己,"她愚昧地谈论美。而且她照常感动地谈着,发表一些并不是她自己的思想;她这样年龄的女子,这样谈论是不自然的。"

努力要理解什么把他吸引到这女子,他不但能够觉得他自己内面并无迷惑,而且甚至没有生理的好奇心,像马格里它的职业的抚爱和尼卡叶伐的热昏所引起的那样。但是他却更强烈地被里狄所吸引,而且在他的向往中他朦胧怀疑到他自己的危险。有时他觉得里狄以一种固执的自尊心看待他,正如在孩童时代她对他的情形一样,那时他觉得除了里狄而外一切女子都是劣等生物。回想到他的这一位颇为纤弱的、乖僻的朋友历来是有支配欲的,克里就反复猜度现在这欲望发展得更古怪、更厚重了吧;而且里狄是以它的力量压倒他的吧。这欲望并不显现在她所说的话里；而是潜藏在她的言辞后面，断然要求克里·萨木金变为另一个人，想另外的思想和说另外的言语：要求一种异乎寻常的坦白。里狄曾经训示：

"你说话太教授的，而你对人的态度是一种负有特殊使命的官僚态度。你为什么那样勉强敷衍地微笑着？"

这一切在克里心中激起一种抗议之情，一种必须自卫的自觉，这种自觉使他想起马加洛夫指示着他：

"我以后再也不注意她，这就完了。因为我对于她无所企求。"

他想要超然自持，使里狄相信他对她的淡漠；但是他一到她面前他就显出他正在努力使她注意到他的独立。有一次，她偶然不经意地问道：

"你为什么闷闷不乐？"

然后她又使人无法抗拒地问他一个挑情的问题：

"你为什么喜欢《人心》[1]？这是不自然的，这样的书应该是不为男人所喜欢的。"

要回答她的这种问题时常是不容易的。克里觉得它后面隐藏着想要使他陷于矛盾的欲望；况且在她的固执的注视之中，她的黑眼瞳深处还藏着别的某物。

有一次，他情不自禁，恼怒地说：

"你考问我，好像我是一个顽童似的。"

"真的吗？"她的声音里有惊奇的调子。

而且，看着他的眼睛，带着莫名其妙的微笑，她温和地说：

"不，人不能称你为青年，你是这样……"思索着结语的字，她低弱地说，"特别。"

---

[1] （*Notre Coeur*）法国莫泊桑的长篇小说，描写富有经验的男女之间的钩心斗角的恋爱心理。

而且，依照她的习惯，她开始问他：

"在洛登巴赫的书里你发见些什么？在我看来，他的言语不过是坏肥皂的泡沫。"

八

有一晚上，当秋雨正在喧哗地拍打窗子的时候，当克里的房里被一阵一阵的蓝色闪电所照明，而且颤动的窗玻璃在霹雳轰隆之下吱吱咯咯的时候，克里，在一种牧歌的情调中，吻了这女子的手。她泰然自若地接受着这姿势，好像并不注意似的。但是当克里想要再吻她的手的时候，她平静地把它缩回来。

"你不相信我，但是我——"克里开始说，但是她拦住他。

"不要模仿格里育克的骑士[1]。你更不像他，比之我不像曼侬[2]！"

过了一会儿之后，她耸动肩头，说道：

"我以为戏剧演员们的恋爱最为可厌。"

克里恼了，问道：

"但是为什么说到演员们？"

她不答。

当她表现这样突如其来的观念的时候，克里时常觉得有些可疑，有些暗示笼络。或许她把他当作演员吧？他不明白里狄——无论说什么——随时都思索着恋爱，好像马加洛夫思索妇女的命运，好像古图索夫思索社会主义，好像尼卡叶伐一直到那强求的恋爱成功为止思索死一样。克里·萨木金越来越畏惧人们。他被一种简单的观念所迷恋：人们

---

[1] Chevalier deGrieux，未详。
[2] 疑系与[1]同出于法人 Abbe Prevost 所作的浪漫故事 *Ma no Lescaut*。

全是以掠夺为事的，他们全都渴望着奴役别人。

他屡屡觉得里狄玩弄他，这增强了他对她的不友好；也增强了他的畏怯。但是，奇怪，他注意到甚至这也并不曾迫使他离开这女子。

他觉得他自己最难堪，每当正在谈话之中她忽然沉迷在奇异的白昼梦里的时候。她紧闭着嘴唇，大睁着眼睛，看定一点，好像要看透它似的。在她的微黑的脸上显出那些未知的思想的暗影。这时她似乎更老练、更敏锐而严酷。克里就低下他的头，不能忍受她的注视，期待着她随时会发明什么异常的事，要他执行她的猜想。他恐怕他不能拒绝她。不过有一次，他鼓起足够的勇气问她：

"你是怎么回事？"

"没有什么。"她回答——这是她惯说的一句无意义的话。

但是，勉强她自己在她的脸上燃起一个微笑之后，她说：

"一个莫尔群[1]曾经把我捏在他的掌握中。宝拉——你记得她吗？那曾经偷了我们的一切东西，逃匿无踪的侍女？——她告诉过我这种怪物——莫尔群，'沉默的人'。我理解他；我几乎看见他，好像一朵云或一团雾。他包围你；他钻入人内面，使人空虚。他是有些使人心寒的。各种事物都消失在人内面——一切观念、言辞、记忆、理性——各样事物，一直到人心中只留下一件事：畏惧自己。你了解吗？"

"是的。"克里回答，看着她的强笑逐渐消散，暗自想道，"这是装模作样，当然是装模作样！"

"但是我不了解，"她继续说，带着一种轻蔑的眼光，"既不了解我自己也不了解一般人。我不了解。而且我似乎不知道怎样思想。否则我思想我自己的思想。在莫斯科我被介绍给一个分教派，傻子一类的人，有一张小狗似的面孔。他摇摇摆摆地咕噜着：

'我的腿唱"我要到哪里去？"

---

[1] Molchun，未详，看下文似乎是某种神话故事中的人物。

我的手唱"为什么我要拿?"

而且我的肉体唱"我为什么活着?"'

"奇怪,是不是? 这样一个傻子,而且这样瘦。在我看来,这是不需要的。"

克里赞同:

"这是不需要的。"

但是里狄忽然很严厉地问他:

"但是倘若有这种需要呢?你怎么知道需要或不需要呢?"

她时常这样:她迫使人赞同她,而又立刻反驳她的自己的话。克里只准备迎合她,并不想和她辩论,因为知道这是无结果的。她从来不听别人的辩驳。

九

他也知道他和里狄谈话是他的母亲所不喜欢的。伐拉夫加也皱眉头,烦恼地咬着胡子,说道鸟儿们要在学会飞之后才建筑它们的窠。人觉得他满怀着厌倦、疲乏和戾气。他回家来的时候,全身衣服都是皱的,好像曾经跟人撕打过。把他的肥蠢的躯体塞进皮手椅里,他就喝着矿泉加白兰地酒,大骂市政府、省政府和省长:

"俄罗斯住着两类人:一类只能思想和谈论过去;另一类只能思想和谈论将来,很远的将来。现在和明天的事几乎无人注意。"

克里的母亲坐在伐拉夫加对面,作出好像预备让画师画像似的姿势。里狄从前是和她的父亲很亲爱的,但是现在却轻忽地和他说话,毫不经意地对待他,好像连不喜欢他也不必要似的。一种压迫的烦闷时常把克里驱出家宅。有一天下午,他出来在街上,看见一个酒醉的市民正在向一个矮胖的、独眼的村妇买鸡蛋。他把鸡蛋从小篮子里拿出来,把每个都竖起来看看,然后塞进他的衣袋里,咕噜着鞑靼语:

"亚克希。卓克亚克希。"

他曾经跌落一个蛋在地上，就用脚踩碎它；在他的脏靴子底下毁弃了一个可能的软煎蛋饼。旅馆前面悬挂着一面破招牌，失去了一节文字，只剩下"莫斯科饭——"。鸽子们栖在它上，窥看着小窗子，窗子后面站着一个胡子男人，不曾穿上衣。他吹着口哨，皱着眉头考察而且拉紧他的青色吊裤带。一个面貌和蔼的小老太婆推着一辆摇篮车，车里动弹着一只粉红的、玩具似的小手，正在抓拿空气。车轮撞着克里，她就怒吼：

"你看不见吗？戴眼镜有什么用？"

她停下，取起一撮鼻烟，大声唠叨着不信神的学生们。克里继续走去，默想着那分教派的话：

"我的腿唱'我要到哪里去？'"

那酒醉的市民，那严厉的老太婆，那注意吊裤带的黑胡子男人——在这些人的生存中有什么意义呢？

在两行腐朽的栅栏之中的一条狭窄的死胡同里，有二十个顽童正在吵闹地玩着九柱戏。在一旁俯伏着的是伊诺可夫，赤着脚。他的揉乱的头发在阳光中闪出丝的光泽，他的杂色的脸皱起一种幸福的微笑。他用祈求的声音用力叫喊：

"彼它——不要慌。抓住他！抓住他！抓呀——噢，你输了！"

克里屡次撞见伊诺可夫。他大步走着，看着地面，双手交叉在后面，好像背着一种难以相信的重东西。或者，他坐在市公园里的长凳上，张着嘴，好像入迷似的看着小孩们玩耍。

从西尼夫商店的地下层，几千蛀虫爬到街上。它们蠕蠕爬上灰色础石，一条活的黑链子似的围绕着它。它们爬上步道，钻在人群脚下；人们都退避它们，有些人是畏怯的，有些人是厌恶的。前一些人认为不祥而喃喃怨言，后一些人却幸灾乐祸。

"这不是好事，它们不是好兆相。"

"胡说八道！"伊诺可夫叫喊而且大笑，露出他的不整齐的牙齿。然后他解释道：

"某种东西已经腐烂了。"

人们避开他好像避开蛀虫一样，他是这样瘦长。

有一次，克里和他面对面遇见在街上，想要招呼他，但是伊诺可夫咬着嘴唇过去了，他的眼珠突出好像盲人的眼睛似的。

十

有两次，伊诺可夫陪伴着鲁巴·梭莫伐来看里狄。克里觉得这楔形青年自知在里狄的家里不受欢迎。好像一尾鲈鱼茫然自失在水桶里似的，他悄悄地潜行，从这一角到那一角，摇着长毛头，皱着雀斑脸。他的眼睛以一种疑难的注视考察房里的东西。里狄显然不喜欢他和被他考察。他会忽然走近她，扬起眉毛，大睁着眼睛问道：

"你喜欢屠格涅夫吗？"

"我偶尔读他。"

"'我偶尔读他'是什么意思？你曾经读过他的书吗？"

"好，那就说——我曾经读过他。"里狄说了，微笑着，而伊诺可夫教训地提示她：

"《圣经》、普希金的诗和莎士比亚的戏剧是要读的；为对俄国文学表示礼貌起见，看看屠格涅夫就可以了。"

然后他就开始乱说了：

"屠格涅夫是一个糕饼匠。他的东西不是艺术，而是糖食。真正的艺术是不甜的，它时常有辛酸的烈味。"

他说完就走了。另一次，他出乎意料走到里狄后面，伏在她的肩上，问道：

"你读过契诃夫的《沉闷的故事》吗？有趣，呢？那位教授终身教人这样那样，而临终却推测：'并没有一贯之道。'那么他的一生是由什么连贯起来的呢？没有一贯之道，他教人什么呢？"

"平庸不是一贯之道吗？"里狄问。伊诺可夫惊异地看了她一眼，含糊说道：

"是这样的吗？是——是的。我不曾想到。我不知道。"

而且他继续说：

"那么，契诃夫也并不曾得到这一贯之道。人发现他对个人或群众都不信任。里斯可夫却相信个人，而不很相信群众。他说：'斯拉夫族的废物，我们的国家的肥料。'但是他，里斯可夫，看过俄罗斯全部。契诃夫在很广大的范围上是得力于他的。"

"我不知道这个。"里狄说，好奇地仔细看着伊诺可夫。

"你只要读了这个，再读那个，你就会知道了。"

他用手指触动这女子的肩头。她向后退开。

"但是听着，"他继续说，"你的那位朋友，那位美人在哪里？"

"或许在家里吧。你要看她吗？"里狄微笑着。

伊诺可夫张开嘴，像小孩似的，也微笑了，一种温和的大笑闪现在他的眼睛里。

"我问问好玩了吧。好，没有关系！当然，我不要看她，但是我对她有一种好奇心。她怎样生活呢？有那么许多美丽是一件苦事。而且，我时常以为我国在新沙皇统治之下是一定会出现洛拉·孟狄兹[1]之类的。"

"这就是说他会和她恋爱，"鲁巴·梭莫伐欣欣然看着她的朋友说，"我的这人儿是贪馋的，当他遇见漂亮东西的时候。"

"这是胡说，"他抗议，"我甚至于不知道怎样恋爱。但是那女子迫

---

[1] Lola Montez，英国舞蹈家 Marie Doloves Gillert（1818—1861）的艺名，波伐利亚王路德维之情妇，曾影响其政治。

使我深深思索。她在这里是不合适的。想到这点使我悲哀。"

"不要这样想。"里狄劝告他。

伊诺可夫吃惊,竖起眉毛:

"为什么,看而不想是可能的吗?"

当他和鲁巴走了之后,克里问里狄:

"你为什么用一种贵族老太太的声调对他说话呢?"

里狄很温和地笑起来,双手交叠在胸前,耸动肩头,解释道:

"我也想到这是不适当的,但是我不能发现别的声调。我觉得倘若我用别的任何方法对他说话,他就会拥抱我,把我放在他的膝上,以致问我:'你是什么呀?'"

克里回想了一下,说道:

"是的,人可以预想他会做出一切鲁莽灭裂的事来。"

第十一章

一

有一夜，鲁巴独自来了，疲乏而且惶恐。

"今晚我要和你睡，里狄沙，"她声明，"我的最亲爱的格里沙到外县什么地方去了，他一定要去看看那些小百姓怎样暴动。给我一点喝的，并不要牛奶。我可以喝酒吗？"

克里到地窖里去取来一瓶白酒。他们三个坐在长沙发上，里狄开始讯问她的朋友，"伊诺可夫是哪一类人"？

"我不知道怎样说才好。老实说，我不了解他。"鲁巴开始茫然失措地敞开双手。克里吃了一惊，觉得她说的是真话。

"我已经认识他六年。我已经和他同居几乎两年，但是我难得看见他，因为他时常离开我，跳到各处去。他会钻进来，像一只马蜂似的，绕几个圈，嘤嘤嗡嗡，忽然说道：'鲁巴，明天我要到卡逊去。'Merci

Monsieur! Mais Pourquoi?[1]我的亲爱的人们，在我们的乡间说法国话是十分可厌——甚至可耻的，然而人还是想要说！或许人因为要提示自己别样事情，别样生活，故意强调现实生活的荒谬吧。"

她开始用滑稽腔调，但是她的神气是忧郁的，不过间或有想要使她的啼笑皆非的心事表现为谐谑言辞的愿望。

"他说：'我们必须了解俄罗斯。'要了解各样事情——他东奔西走。他甚至用韵语说过：

> 但是我要解开那些纠结。
> 知识的狂信者——撒旦，
> 他提醒我的灵魂这种目的，
> 因此他给我以自由！

"好，现在他不在这里了。并没有信件，我显然并不算什么。他会忽然钻进门来，柔和的，绵羊似的。'告诉我，你到哪里去了？你看见些什么？'他就告诉我一些事情，不很奇异然而……"鲁巴的眼里现出泪水。她取出手巾，惶惑地揩着眼睛，然后，微笑着。

"神经性的。好吧，他说：'在马留坡尔有一个商人的寡妇嫁给一个黑种水手，这黑人信仰正教教会，他在唱诗班的左边唱中音。'"鲁巴大声哭泣，又用手巾蒙住眼睛。

"我不相信这黑人，他捏造出这黑人。而且捏造不可信的事是他的另一癖好。他和生活争辩，好像男人和一个反复无常的妻辩论一样。'啊，那么，你是这样的吗？好，我甚至比你更复杂。'噢，我的孩子，他这样恐吓我！在我们住的地方有一个凶恶的暴徒，米克希可——一个游民。谁也不敢惹他。这家伙妨碍着格里沙的眼睛，所以格里沙每一遇

---

[1] 法语：谢谢，先生！但是为什么呢？

见他就在他前面用手着地倒竖起来，两脚朝天。人人都笑：他什么都干得来。而且米克希可也笑了。但是有些坏女人和男人挑拨他：'米克希可，你就绝做不出来这种事的吧？'后者恼怒，要求格里沙打架。但是格里沙是更强的；他把他摔倒在地上，拉他的耳朵，把他当作小孩似的，而米克希可是将近四十岁的人了。格里沙拉着他的耳朵说道：'不要胡闹，不要胡闹！任何人都会胡闹，而且比你胡闹得更好！'"鲁巴做了一个鬼脸，叹气，用更沉静的声音继续说：

"告诉你们真实话，看着他跨坐在米克希可背上不是一件好事情。当格里沙愤怒的时候，他的脸是可怕的！后来米克希可哭了。倘若他单是挨一顿打，他是不会这样怨恨的；但是他被羞辱。人们耻笑他，他逃到乡间塞多夫斯奇农庄去做佣工。我是喜欢他走开的，因为他时常把各样垃圾从我们窗子里抛进房里——死耗子、鼹鼠、刺猬——而我最怕刺猬！"

鲁巴战栗了一下，喝了一点酒，舔舔嘴唇，好像回想什么辽远的事物似的说道：

"小百姓们喜欢格里沙。他告诉他们他所知道的各样事，而且他时常帮助他们工作。他是一个好木匠。他修车子。他能够做各样工作。"

在一阵凄然沉默之后，她又叹息着说：

"他喜欢工作。"

听完她的故事之后，克里认定伊诺可夫真是一个变态的和危险的人物。第二天他把这认定传授里狄，但是她很坚持地说：

"我喜欢这样的男人！"

"但是他似乎并不很注意你。"

里狄让他的话在沉默中过去，斜看了他一眼。

二

两天之后鲁巴跑来看他们，很激动地。

"省长命令伊诺可夫离开本城——省长被侮辱,因为报纸登载他的妻为火灾受难人发行慈善奖券的事。正在搜捕格里沙;警察们来要我说出他在什么地方,但是我不知道!而他们不相信我。"

坐在椅子上,她双手抱着头,前后摇摆着,继续说:

"因为我不能告诉他们!他到小百姓们正在暴动的地方去了!我甚至不知道那是什么地方——我不知道他们暴动的地方。"

里狄尽力安慰她,但是她仍然呜咽着:

"我不明白。我的这小男人是不顾自己的。他不知道有自己。他必须人照管他,而我是习惯于照看他这么久了的!里狄,请你的父亲——不,还是不请吧!"

她从椅子上跳起来,匆匆吻了她的朋友,就走。她停在门口,说道:

"杜洛诺夫关于这条新闻必定说了什么了,除了他而外无人知道它的。而且他们察觉得太过迅速。必定是杜洛诺夫干的。再见。"

克里坐在市公园的池塘旁,回想着这一切,研究着绿水里面的他的影子。鲁巴已经走了两个星期,现在是在乡下。他用他的手杖戳穿水上他的面孔的映影,使它破碎之后,看着水纹逐渐平静,他的头又出现在水里,他的肩膀和他的亮晶的眼镜也再现在那里。

"为什么要有鲁巴和伊诺可夫这一类人呢?生活是可惊地纠纷错乱起来了。"他说,觉得生活会更平易更简单些,倘若甚至里狄之类也没有。里狄似乎神秘莫测,不过是因为她的怯弱——比尼卡叶伐更怯弱——不过是紧张地等待着一种方便的机会来发泄她的性欲。人将要生活得更安静,用不着托米林,用不着古图索夫,甚至用不着伐拉夫加——一般地说来,用不着一切圣贤和玩弄思想与文字的魔术家。自以为生活应该如此如彼而勉力用自己的发明和自己的咒语来牢拢别人,这种人太多。图洛波伊夫曾经恰当地说过:

"我们每个人都系着一个小铃子在脖子上在地上走,好像瑞士的母牛似的。"

当这类思想来到萨木金心上的时候,他觉得它们是他自己的本质的、真实的思想,使他与众不同的思想。但是他也觉得在这些思想之中有些不稳当、不确定和暧昧。他不愿意大声说出它们。他知道怎样掩藏它们,甚至对于里狄。

池水面上,除了他的上衣的白色影子而外,忽然出现一道蓝色暗影,由此发出一种女性的声音不平地问道:

"怎么回事,萨木金——你假装不见吗?"

克里一惊,挥着手杖站起来。杜洛诺夫站在那里,他的揉皱的小帽松弛到前额上,使他的两只耳朵比以前更加突出,他的贼头贼脑的眼睛在帽檐之下放光。

"我曾经请你来看我的呀。梭莫伐告诉过你吗?"

"没有时间哪。"萨木金说,握着杜洛诺夫的粗糙的孩子气的手。

"但是你有时间坐在这积水塘旁边?"

擤鼻子而且咳嗽,杜洛诺夫吐痰在水池里。克里看见他的痰正落在一点上,或者很挨近这一点;这一点就是克里的白帽子映在水上的影子。他移开去,仔细注视伊凡·杜洛诺夫的脸,比以前瘦了许多。他的红肿的鼻子敏感地搐动着,他的眼睛闪出阴险的光。它们已经变为更淡、更冷,而且不再焦躁地转来转去,像克里记得的那样。杜洛诺夫用一种不熟识的鼻音随便发牢骚:正在穷困咧;没有工作咧;两星期以来都在啤酒店下层洗瓶子咧,现在受凉伤风咧。

"你有纸烟吗?"

"我不吸烟。"

"噢,是的。我忘记了。"

"你不打算吸烟吗?"

"我不知道。"克里回答,耸动肩头。

"当然你不打算的。"

杜洛诺夫叹息，咻咻地喘着，咳了一通之后，继续说道：

"那么你是在求学喽？我吗——好，他们整我，然后抛掉我。倘若他们不把我塞进那高等学校，那么现在我或许彩画招牌或神像，或修理钟表。做些轻便工作。但是现在我已经不上不下，半生半熟！"

克里看着他的凸起的耳朵，想道：

"好，从前你不该把禁书带进高等学校呀。"

他甚至想要对杜洛诺夫这样说，但是后者似乎已经猜到克里的心思，说道：

"当那些未开化的东西把我赶出高等学校的时候，只有第七班的三个学生读托尔斯泰的小册子，而现在……"

他做了一个丧气的手势。

"学生们的头脑更加痒痒。有一个先知者伊萨亚，像你的亲爱的伯伯那样的人，曾经出现在这一带地方。他努力说服人们：'孩子们，亲爱的孩子们，你们要做英雄；驱逐沙皇！'"

"你怎么样？你准备驱逐他吗？"

"我不玩这游戏。我不相信伯伯或婶婶，兄弟。"

他的歪脸上现出一种淡漠的冷笑，杜洛诺夫站了一会儿，用手指摸着他的下巴上的暗影，然后更加好性格地又说：

"我相信托米林。这家伙不要我做什么，也不把我推进任何处所。他在他的顶楼里已经发明某种裁判宇宙的计划，心满意足。他在他的书籍里和他的观念里摸索，很简单地证明了世界上各样事物都是用白线缝成的。他只教人一件事：不信。这就超然于利害之外了——呃？"

他看着克里的眼睛，重复说：

"这就是超然了，是不是？"

"是的。"

杜洛诺夫取下他的小帽，用它拍拍膝头，用更沉静的声音继续说：

"一个非常人物。他生活，并不做任何愁眉苦脸。几天之前，这里埋了一个人，抬棺者之一滑稽地说道：'三十九年以来，他一直做着愁眉苦脸；他再也支持不下去了，所以死掉。'托米林很能支持。

'强固的鞑靼人不会破坏！

顽梗的狗不会撕碎！'"

灰云升腾在树上的天空里。水面失去它的油光。一阵凉风叹息，吹皱池水，温柔地使树叶窸窣；然后复归宁静。

"他会这样长久下去吗？"克里忧虑，从眼角里研究着杜洛诺夫。

"他曾经作过一篇论文：《关于第三种本能》。我不知道它全是讲些什么，但是我看见那题词：'我不寻求安慰，但是纯粹的真理。'他把原稿寄给莫斯科的一位教授，教授寄还他，用绿墨水在那原稿的第一页上批道：'异端，通不过检查。'"

他高声地而且惶惑地大笑起来，用手指撑开他的小帽。

"当然，他会饿死的，但是那厨子的妻救了他。她相信他是一位圣人。她把她的丈夫的衣服给他穿，给他吃和喝，甚至和他睡。你以为如何？'无事可以无代价。命运要将补偿牺牲。'那厨子的妻是那哲学家的命运之女神。"

杜洛诺夫急促地谈着，尽其可能地在咳与咳之间多说话。听他讲话是困难而且可厌的。克里逐渐沉没在他的思想之中，他的眼睛呆看着杜洛诺夫的揉皱的帽子。

"文学家庇希木斯基的命运之女神也是一个厨娘，没有她他就不出街。但是，我的命运之女神现在还不来看我。"

萨木金忽然觉得想要问问马格里它的情形，但是他放弃了这念头，恐怕鼓励杜洛诺夫的唠叨。他回忆这青年嘲笑马加洛夫的苦恼，曾经谦卑地和无耻地说过：

"他是一个怪物。他害怕什么呢？第一次他可以闭起眼睛，好像喝蓖麻油似的——不过如此而已。"

"你的伯伯正在咆哮着爱……"

"他被捕了。"

"我知道,但是他有一种战斗热情。"

"你说得不错,我必须说。"克里想。

"但是托米林不但排斥爱,而且排斥其他各样于他的活动之外。这不是坏事,兄弟。他没有欺骗。为什么你不去看他呢?他知道你在这里的。他称赞你。'这是一个有独特的思想的人。'他说。"

"当然,我要去,"克里说,"虽然,我先要到乡下去一趟,做点事情。我明天就要走。"

他并没有事情要做,也不打算到乡下去,但是他不想要去看托米林。这时他正在越来越被杜洛诺夫的熟识的声音所扰乱。当杜洛诺夫怒责他的时候,他觉得他自己更为独立自主;现在杜洛诺夫的有意恭维却引起他的忧虑,恐怕后者时常来寻访他,以致影响他的一般生活。

"你不需要钱吗,伊凡?"

他认为这问题是迟早总要问的。

杜洛诺夫站起来,看看周围,慢慢地把小帽套在他的扁头上,又坐下,说道:

"我需要。"

克里给他钱,他默默地接着。他突然长伸出一只腿,把钱塞进他的揉皱的裤子的袋里,然后扣起他的上衣的只剩一个的纽扣,那上衣是已经露出两个手肘了的。

"我要修补我的靴子。"

他又吐痰在池塘的黑水里,而且说道:

"去年夏天,兄弟,当着闲游的众人眼前,这一县的县长——名字叫作谬辛-普希金——就在这里脱光他自己,下去洗澡。而且几天之后,在他的乡间,他开枪射击从牧场回来的牛羊。小百姓们绑起他,用大车把他送到城里,据医生诊断这县长早已——大约两三个月了吧——精神失常了,在疯狂状态中他居然办理公务,而且裁判人们。布龙斯基,也是一个县长，处罚每个小百姓半个卢布，倘若他们不对他的马脱帽，当他的马夫带它去游水的时候。"

三

克里和杜洛诺夫又坐了两三分钟，然后告别回家。到转角上，他回头望望。杜洛诺夫还坐在那凳上，弯着腰，好像准备跳进池塘的黑水里似的。克里烦恼地用手杖戳着地面，开始走得更快些。

他不满意这次会晤，不满意他自己的无色彩和他的无益的思想及言辞。他几乎机械地说了那些话，而他的真实的心思却在别处。最近三天以来里狄和阿连娜那样神秘地小声说些什么呢，他一直怀疑着，而且为什么她们今天忽然到乡间别墅去呢？提里卜尼伐是那样烦恼，她曾经哭过——她的眼睛是红的。里狄关切地照顾过她，曾经愤恨地咬着嘴唇。

他迎风走着，穿过大街，街灯已经亮起，商店明亮。碎纸片被风吹过他的脚下，使他记起里狄和阿连娜昨天曾经在花园里读一封信，他忽然想起阿连娜的叫喊：

"不！你以为他怎样？简直是村夫！"

"她说的或许是刘托夫吧？"克里猜想，"或许他有别的纠纷。"

风把雨点洒在他的脸上——湿润得好像尼卡叶伐的眼泪。克里雇了马车，躲在皮车篷下面，一面驰去一面想着里狄。她对他越来越变为一种魔惑和一种病痛，她是干涉着他的生活的。

他到家刚一脱去外衣，马加洛夫和刘托夫就出现在眼前。马加洛夫照常衣冠不整，脸上焕发着微笑。他走去考察客厅，好像它是他久已不到的一间他所喜欢的小旅店。刘托夫穿着法兰绒衣服和光亮的黄皮鞋，显得难以形容的荒谬。他已经剃掉他的凡·戴克式小胡子，留着稀薄的上髭，好像猫须似的。他的光脸上更加荒谬的是那厚唇皮的太大的嘴。他的歪扭的微笑露出他的小小的、鱼似的牙齿。

克里惊异于刘托夫吻他的母亲的手时的急促,以及用他的贼眼睛看她的形体的冷淡神气。

"他羞怯吗,或是莽撞呢?"克里问他自己,看着刘托夫迅速地投射眼光在伐拉夫加的紫红脸上。他惊异地看见伐拉夫加接待这莫斯科人的高兴,甚至尊重。

"我的叔叔拉狄夫已经告诉你……"

"当然,当然。"伐拉夫加叫喊,拉一把椅子给客人。

"你要买图洛波伊夫家的地产。"

"正是。"

"图洛波伊夫的土地所有权正在争论中,由于我的未婚妻的姑母。我的未婚妻就是阿连娜·希科洛夫娜·提里卜尼伐,你的女儿的朋友。"

克里知道刘托夫模仿《加县的旧时代》中的那小官吏的声音;他说话好像一个奸猾的律师,审慎地哼呼着。

"当然,阿连娜所谓村夫就是他。"

"……我祝她康健。"刘托夫用拖长的声音说,这是说里狄。

"很好。今天她到乡间别墅去了,和你的未婚妻一起。"

"今天?"刘托夫问。他吹出一声苦恼的口哨,站起来,但是立刻又坐下,说道:"并不顾虑坏天气吗?"

克里觉得刘托夫的举动有些古怪,所以更加注意看他。但是刘托夫已经改变腔调,以一种事务家的冷静态度和伐拉夫加谈论地产。

克里的母亲接待马加洛夫的那种假装惊异是可疑的,只有会见那些她不喜欢而又为某种理由必须会见的人们她才有这种态度。当伐拉夫加把刘托夫引到书房里去的时候,克里留心观察他的母亲。她坐在沙发上,玩弄着她的看戏的长柄眼镜,娇媚地微笑着。马加洛夫坐在她对面的长榻上。

"克里告诉我教授们都喜欢你。"

马加洛夫微笑:

"教科学比习科学更容易。"

"她为什么发明故事呢？"克里惊奇，"我并不曾说过这种话呀。"

婢女进来对维拉·彼得洛夫娜说：

"老爷请你过去。"

当她的母亲离开房间的时候，马加洛夫惊疑地问道：

"阿连娜是今天去的吗？奇怪。"

"为什么？"

"就因为奇怪。"

克里微笑。

"这是一种神秘吗？"

"不，没有什么。你不舒服吗，或者生了气吧？"

"我疲倦。"

克里望着窗外。细小的灰云飞驰过天空，消失在屋顶和树木后面。

"背对他站着是没有礼貌的。"克里懒怠地想着，但是并不转身就问道：

"他们争吵了吗？"

在马加洛夫还未能回答之前，克里的母亲从书房里打开门。她厉声问道：

"你不以为简易化是正常心理的一种真实征表吗？"

刘托夫、维拉·彼得洛夫娜和伐拉夫加都站在门道里，好像要进来似的。刘托夫把一支纸烟歪曲地插在琥珀烟嘴儿里，点燃它，眯眯眼睛，咂咂嘴唇，说道：

"混沌心理的，是的——混沌心理的。"

马加洛夫走过去，取下刘托夫的烟嘴儿上的纸烟，塞进他自己的嘴里，欣欣然对她说道：

"倘若他对您说了什么可怕的话，不要理他！那不过是夸张。"

刘托夫拉出他的表，用烟嘴儿敲敲它的玻璃面，问道：

"科士加，我们走吧?"他转身对伐拉夫加说，"那么，你要去催图洛波伊夫?"

站在庞大的伐拉夫加面前，他就像一个小孩。他垂手站着，好像发冷似的抖颤。他正在压制着某种激动。

<h2 style="text-align:center">四</h2>

当这突如其来的宾客走了之后，克里说道：

"奇异的访问。"

"事务的访问。"伐拉夫加改正他，而且立刻发出命令：

"明天早晨，坐车到乡间别墅去；布置楼下一个房间给这两位，楼上一间给图洛波伊夫。你去吗？好！……"

伐拉夫加走开，一步踏过两阶楼梯，到他的房里去了。克里的母亲目送了他，叹气而且做着鬼脸，说道：

"我的上帝，这刘托夫真叫人讨厌！阿连娜看中他的什么呀?"

"钱。"克里不愿意地说，坐下在桌子旁面。

"你不是一个苛刻的人，这是很好的。"克里的母亲沉默了一会儿之后说。克里也沉默着，找不出什么话对她说。她用一种淡漠的声音急促地谈起来，好像她心里想着别的事情似的：

"马加洛夫有一张可怕的面孔。倘若从侧面看，那是很讨厌的。但是从正面看，那又是另一个人的面孔。我并不是说他是什么可恶的两面人。不，他不幸在生理上有两面相。"

"要怎样才看得出?"克里出于礼貌才问，耸动肩头。维拉·彼得洛夫娜答道：

"这是一种印象。"

她开始谈论图洛波伊夫。克里并不倾听，心里想着：

"她老了，喜欢毫无目的地闲谈。"

五

当她离开了他的时候,他觉得他已经被压倒,由于一阵风,由于一种从未经验过的病的感情——一种被辛辣的烟气所浸透的郁闷,窒息了一切思想的欲望,几乎引起一种生理的呕吐。他的头里和胸里曾经忽然闪耀着——还未燃烧,但是慢慢地冒烟———人类的思想和言语和记忆的机能的火花。这时头里和胸里现出一种咉咉不休的反感,好像一种疼痛,反对他周围的各样东西:那些墙壁,那些杂色的姜片,那些堵截住暗夜的黑色窗玻璃,那桌子,和桌上的茶炊所冒起的热茶和木炭的毒气。

克里固执地呆看着他的空杯子,听着将近熄灭的茶炊的高声嘶嘘,机械地重复说着两个字:

"无聊。"

呆钝的心思既不要求也不复苏别的字。在这种内心聋哑的状态中,克里·萨木金走进他自己的房里,打开窗子,坐下,看着花园里的潮湿的黑暗,静听那两个字的嘤嘤。他朦胧想到,也许就是这样一种对于事物不感觉兴趣的颓唐心境迫使那县长发狂吧。杜洛诺夫为什么告诉他县长的这些故事呢?他为什么时常传说这样那样犷野的轶事呢?克里对于他的这些问题并不曾寻求任何解答。

新鲜的凉气逐渐使他脱出他的空虚无聊而达到自我遗忘。他觉得似乎已经过了好几点钟,但是当他懒悠悠地脱衣上床的时候,他听见远处教堂的钟声,响了十一下。

"完了吗?奇怪!"

他躺下去睡,觉得沮丧;而并不醒来,一直到婢女来敲他的门,告诉他必须迅速去赶火车的时候。他立刻从床上跳起来,闭着眼睛站了几分钟,因为被早晨太阳的可惊的光芒所眯瞎。窗外的湿漉的树叶也是辉煌夺目的,由于晶莹的露滴焕发着微细的虹彩。潮湿的地气和花香充满室内,清晨的爽气使他的皮肤凉快。克里·萨木金,耸动肩头,想道:

"昨天我曾经陷入一种荒谬反常的情绪之中。"

但是,顺从着一种自我检查,他发现那情绪的淡影还在跟随着他。"一种灵魂生长的烦恼。"他决定,赶快穿好衣服。

六

晚间,他坐在挨近一片小松树和桦树的一个沙丘上。前面,离他一百多步,河水悠悠地流着。在夕阳之下闪出种种色彩。一个黄色的磨坊屋顶,透过弯曲的柳枝,似乎正在燃烧;河对岸的田野中充满了谷禾。这好像是儿童读物里面的一幅彩色画,而且,虽然克里早已知道这地方是以它的美丽而著名的,它新异地使他销魂了。在形成和平法庭的法官的礼帽似的山丘的凸背上,伐拉夫加建立了一座两层的大房子。在倾斜到河边的山坡上有六座杂色的小家宅,都装饰着俄国式的涡卷形雕塑。在极右边的一座里,住着阿连娜的监护人,一个忧郁的老头子,巡回法庭的委员。别的几座都已经被城里的人们租定,但是还没有人居住。

静悠悠的,只有甲虫们在桦树的细叶之中嗡嗡;晚间的微风,温和而且悠扬,使针形的松叶塞塞窣窣。克里在暗处曾经一再听见阿连娜的柔和的笑声,但是他并不想要去找姑娘们。里狄和阿连娜必定知道有人来了吧,因为伐拉夫加的别墅的烟囱正在冒烟,而且仆役们正在开着的窗子前面奔忙。克里几次出去站在露台上,站了许久,希望姑娘们会注意到他而且跑来。他看见里狄的细身体穿着橘黄上衣和青裙子。阿连娜穿着红衣服,她们会不看见他是难以相信的。

最好是忽然出现在她们面前而且做出或说出某种非常的事,某种惊人的事,譬如:腾空而去,或踏过窄而深的河面如履平地之类。

"发痴的想头！"克里责备他自己，而且觉得近来这样孩子气的思想并非不时常像燕子似的倏然飞过他的心头。它们几乎时常由想到里狄而联想起，而且联想起之后他时常惊觉一种危险的朦胧预兆。

天不久就黑了。河上的青色天空中照耀着三颗星，反映在黑的河水上好像油滴似的。灯光显现在阿连娜家的两面窗子上。几分钟之后，姑娘们从门廊上出来，走下河岸。阿连娜凄然叫道：

"天呀，我很厌烦！这样我活不下去。"

"来吧。"里狄说，显然是烦恼的。

克里站起来，赶快向她们走去。

"你？"里狄惊讶，"为什么这样神秘？你什么时候来的？五点钟？"

克里觉得在她的话里除了惊异而外还有一种快慰。阿连娜似乎也高兴。

"很好！你可以替我们划船。不过，克里，请不必谈圣经贤传，我已经听过你的高论，从古代的鱼龙以至弗拉梅里安[1]。我的未婚夫告诉过我这一切。"

克里逆流划了半点钟。姑娘们沉默着，静听桨打黑水的噼啪声音。更多明星装点在天上。河岸上吹送来春的令人陶醉的温馨之气。阿连娜感叹说：

"里狄亚，你和我正是圣处女，而萨木金——算是白衣小天使——正想把我们活活地渡到天堂去。"

"卡龙[2]。"克里静静地说。

"什么？卡龙是灰色的，有大胡子，而你甚至要有小胡子也还须再活许久咧。你扫我的兴。"她忽然翻脸说，"我想要说些有趣的话，但是你——喜欢诘驳人到这种可惊的地步。现在全世界对于一个阿连娜·提

---

[1] Flammarion（1842—1925），法国天文学家。
[2] Charon，希腊神话：于斯提克河上渡亡魂往冥府之神。

里卜尼伐变成感化院一类东西了。里狄成天地讲梅特林金或梅特尔金的阴惨作品，使我气闷。而我的监护人又十分严肃地要我相信赫洛尔斯坦公爵夫人并非历史的人物，而不过是奥芬巴赫[1]为那轻歌剧而臆造出来的。我的可诅咒的未婚夫把我当作一种笔记本，随时把他的思想胡乱速记在它上。"

里狄开始温和地大笑。克里也微笑。

"不，真的。"这姑娘继续说，抱着她的朋友，"他快就要把我全部涂写完了！但是每当他在柔情之中的时候他说话就好像教堂助祭似的。"

她模仿刘托夫的腔调，用鼻音吟着：

"'最优美的姑娘！把我从沉默的束缚中解放出来吧，因为我愿意告诉您一些苏醒灵魂的语言。'你看，他相信这是有趣的——'因为我愿意'和'您'。"

里狄用一种沉思的声调说：

"你轻忽地看待他，他是羞怯的，你的眼睛使他觉得耻辱。"

"是吗？轻忽？"阿连娜挑剔地质问，"但是对于永远只是谈论唯物论、唯心论和生活中的别的种种恐怖的这种未婚夫，你有什么办法呢？克里，你有未婚妻吗？"

"还没有。"

"假使你已经有了。你要对她谈些什么呢？"

"谈各种事，当然。"萨木金说，觉得目前他就负着一种责任。维持着他的心搏的跳动的自然，拍合他的桨声，他审慎地说道，和女人相处只有在完全诚实的精神相通的状况之中才有快乐。但是阿连娜做了一个失望的姿势，讥诮地截住他的演说。

"我早就听说过喽。甚或青蛙也会呱啦这种议论的。"

---

[1] G. Offenbach（1819—1880），法国作曲家，他的轻歌剧《霍弗曼的故事》（Les Contes d'Hoffmann）最为有名。

克里并不羞愧失措，说道：

"但是每个女人每月一次以为她自己应该说一回谎话，掩饰她自己。"

"为什么只是一次呢？"阿连娜用同样讥刺的声调质问。但是里狄嗄声说：

"这是可怕的真实的。"

"什么真实？"阿连娜性急易怒地问：

"你自己不怕羞吗，萨木金？"

"不，我觉得悲哀，"克里回答，故意不看她们，"似乎有些……"他想要说"女子们"，但是抑止住他自己，改换说，"妇人们，满怀着虚伪的羞怯，轻蔑自己，因为自然创造她们的时候犯了粗鲁愚蠢的错误。而且有些女子们害怕恋爱，因为她们觉得恋爱似乎堕落，降低她们到动物的地位。"

他防备地说着，恐怕里狄会发觉他所说的是马加洛夫的观念的回声——那些观念或许是她很熟悉的。

"或许她们之中的某些人就为了这理由而品行这样——不纯洁，因为她们急于要完成恋爱，因为她们希望从速解决她们的女性——这，照她们的估价，是动物的——而且急于从本能的压迫中解放出来。"

"这是可惊的实在的，克里。"里狄沉静而又分明地说。

克里觉得在沉默中，在黑水的无声的流动中，他的话响得很有印象。

"你认识这样的女人们吗？至少一个吧？"阿连娜温和地问，为某种理由而恼怒着。

"我认识？或是我不认识？"克里问他自己，"不，我一个也不认识。但是我相信必定有这样的女人。"

"当然。"里狄说。

克里变为沉默。姑娘们也沉默着。她们把她们自己包裹在一条披巾里，互相紧紧地拥抱着。几分钟之后阿连娜问：

"不是回家的时候了吗？"

七

小舟开始摇荡，顺流而下。克里把着桨，并不划；他心满意足。他何等容易地一下子就使里狄显露了她自己！现在完全明白的是她害怕恋爱，而这害怕使她似乎这样难以理解。他对于她的畏怯是因为里狄以她自己的害怕感染了他。当人知道怎样观察事物的时候，各样事物都是异样简单的。正在这样默想着的时候，克里听见阿连娜的愤怒的怨言：

"无论怎样，我们是不讲理论就不能活下去的！噢，这种种理论都把我驱逐到某一地点，'在那里没有忧愁，也没有感叹，但是生活，'[1]——一种奔马性肺痨病。"

阿连娜突然大笑，摇摆着而且用她的两只手掌拍着她的两个膝头，同时叫喊着：

"天哪！天哪！"

克里以为她的笑和她的姿态都是粗粝的。

里狄用手捏着船边，开始用力摇船，这样猛烈，以致她的朋友被惊骇。

"停止！你疯了吗？"

里狄溅一些水在阿连娜的脸上，而且用她的湿手掌摸摸她自己的腮巴，然后说道：

"怯懦！"

黝黑的水路的一边岸上镶着一些棕色圆沙丘，另一边是寂然不动的小树丛的直挺挺的枝叶。阿连娜指着河岸说：

---

[1]《圣经·以赛亚书》第三十五节第十行俄文译语。

"看，里狄亚！地的头弯在水上饮水，而它的头发直立着。"

"那是一只猪头。"里狄说。

当他们互相告别的时候，里狄紧紧地握着克里的手，异常热切地问道：

"你要在此地过完夏天吗？"

阿连娜，仰望着星星，正在想着：

"那么，明天我的未婚夫就要出现了吗？"

她挽着里狄，慢慢地向她的家宅走去。克里攀缘着年轻的松树，爬上沙丘的斜坡。在松针的窸窣和沙的碾轧声音中，他听见提里卜尼伐的笑声和言语：

"图洛波伊夫！那么，怎样，你要生活在两面夹攻之中吗？"

"是的，"克里默想，"怎样呢？"

他停住静听，但是再也不能听清她的言语。他长久站着，呆看着河面，星星反映在寂然躺在黑暗中的朦胧水面上，一直到他的眼睛酸痛。

八

第二天早晨，刘托夫和马加洛夫来到了。跟在他们后面，从车站上来了一辆四轮运货马车，满装着箱子、匣子和各种包裹。克里还来不及递茶给他们，又来了伐拉夫加的朋友卢包莫多洛夫医生，一个瘦长的、秃头的、剃光脸的男人，有一对小黄眼睛隐藏在突立的黑眉毛丛下面。克里几乎陪伴了这位医生一整天，带着他去看那些出租的房子。这医生以一种不能不在一个熟悉到厌烦的地方住下去的人的惨淡眼光看着各样东西，当他们从一户走到另一户的时候，他咬着嘴唇，咕噜着：

"这样！有什么好处？走吧。"

最后他终于用一种低音调对克里说：

"好吧——就留这一间给我。"

然后，整理着他的头上的打皱的灰呢帽，他狐疑着：

"或者，还是这一间吧。"

克里疲倦极了，一方面由于这医生，另一方面由于他自己的腐蚀的好奇心：里狄和马加洛夫怎样相会？他们现在正在做些什么？他们正在谈论些什么？这些问题终日苦恼着他。他立刻决定去追寻里狄；但是当他走近他的家宅的时候，他听到刘托夫的声音：

"不，等一等，科士加。让我们再坐一会儿。"

刘托夫就在附近，就在克里所走的小路下面的一个浓密的桦树丛后面，但是他并未被看见；他或许是躺着的吧。克里能够看见马加洛夫的小帽。一阵青烟从它下面冒起来。

"我觉得想要咒骂人，想要和人争吵。"刘托夫的声音，好像一种号角，分明地响着，"和你吵吗，科士加，那是不可能的。人怎么能够和一个抒情诗人吵架呢？"

"好，你暂且试试。"

"不，我不耐烦。"

"据说菲提是坏脾气的。可是他还是一个抒情诗人。"

克里停住。他没有会见刘托夫或马加洛夫的欲望。但是这小路是向下通到桦树丛那面的，沿着走去人就不免要被觉察。克里是疲乏的，他不想往上爬上山丘去。况且，上去也一样；他们总会听见他的脚步声，或许以为他已经躲着偷听了吧。当克里正在站着发愁的时候，他听见马加洛夫的声音：

"你为什么在她面前退缩呢？"

"她也许看出来了。我要正直。"

"你是歇斯底里的。你想象过多。倘若你爱，那么，勇往直前地去爱，'不迟疑，不怕麻烦，无所顾虑'。"

"你要我敲掉我的头里的脑筋啊。"

"那就和她拉倒。"

"这必须有意志力。"

马加洛夫低声谈了几分钟，谈得这样快，以致克里只听清几个不相连贯的词语：

"性的唯我论……装模作样……"

然后刘托夫又说起来，也是低声，可是十分清楚：

"很成熟而且很有趣。但是你忘记了我是一个商人的儿子。这使我必须用一切可能的精确方法加以估量。阿连娜也不是缺少世故的。她看见她的生活的初步的将来伴侣比不上——甚至绝不能相比——阿多尼斯[1]。但是她知道，而且放在心上，他是经营鸟毛兽毛的'刘托夫兄弟公司'的唯一合法继承人。"

马加洛夫喃喃答辩了几秒钟。刘托夫又继续说道：

"我的朋友，你是一个尖利的针头！我并不是买一张图画；我自己颠覆一个女人之前，不但我的可鄙的肉体，甚且我的饥饿的灵魂也渴望和她结合的。有一次，当抚摸着这女人的美丽的手的时候，我说'武器中的武器'。她问，'这是什么话？'我说：'这是希腊古圣人称赞人的手的话。'她说：'但是你应该说你自己的话——那结果或许会更开心些。'想想看，科士加——'更开心些！'不过如此。我怀疑：难道我是为开心而被创造的吗？"

"好，得了，弗拉得米。走去睡一睡吧，"马加洛夫烦恼地大声说，"我已经告诉过你我不能了解这些——奥妙。但是我知道一件事：女人为女人而生产男人。"

"十足的异端邪说！"

"母系社会……"

刘托夫用一种高声口哨表示他的不相信。当他们又交谈的时候，他俩的声音都变为模糊不明，因为他们逐渐走远了。

---

[1] Adonis，女神维纳斯所爱之美少年。

九

克里放心地抽了一口气。一只小虫曾经爬进他的领子下面，游行在他的背上，引起一种难堪的痒痒。有好几次，他小心地，怕他们听见他，用背部去擦桦树干，但是那树总是发响而且震摇，枝叶窸窣。当他站着倾听的时候，他忽然焦急得出汗。想象到马加洛夫随时会站起，转过来，发现他躲着偷听。

他曾经有趣味地听着刘托夫的怨言，甚至微笑了一次或两次。他觉得，倘若他处于马加洛夫的地位，他就会说得更伶俐。对于刘托夫所谓"我是为开心而被创造的吗"这问题，他将要答道：

"倘若不为这个，那么为什么呢？"

在马加洛夫曾经坐过的地方上面还缭绕着一道青烟。克里走下到那里，从一个小沙坑里冒出正在燃烧着的赭色松针和一片缎面桦皮的金蓝火舌。

"真孩子气。"克里·萨木金回想。他用沙灭火，而且小心地用脚踏沙。当他走近别墅的时候，他看见马加洛夫，后者招呼他：

"你要到哪里去？"

马加洛夫逍遥地倚在一棵树上，嘴里衔着必不可少的纸烟，手里拿着一些纸片。

"姑娘们都不高兴咧。"他通知克里，"阿连娜恐怕她已经受凉，正在吹毛求疵。里狄是在一种残酷的情调中。她已经骂了刘托夫一顿，因为他不称赞马利·巴希克克伐的《日记》。"

恐怕倘若他找到姑娘马加洛夫会跟着去，萨木金决定等一等再去看她们，于是带领马加洛夫到他的房里。后者坐在椅子上，解开他的衬衣的紧箍的领子。他把他带着的那本薄薄的小书放在窗台上，又搁一只烟灰缸在它上。

"兄弟，现在每个人都很苦闷。"他说，皱着眉头，手抓抓头发，"文学并未表明前代人民经验过这样一种奇异的无聊。或许这并不是很无聊吧？"

"我不知道。"克里无趣地回答，"某种兴奋正在显现……"

"学究气味吧。"马加洛夫抗议。

克里让这话在沉默中过去。他的眼睛注视在几只褪色的古怪苍蝇飞翔在一道赤色阳光里面，它们，好像觉得空中有不能移动的一点似的，仅在它上面颤动着。迟疑着要落下去，然后它们几乎跌倒在地板上，于是又飞起到这看不见的一点。克里转移视线到那小书上。

"这是什么？"

"社会主义同盟纲领。它断言公社制度使我们的小百姓比西欧的农民更接近社会主义。一个老故事。刘托夫现在对于它有兴趣。"

"由于苦闷吗？"

马加洛夫耸动他的肩头。

"不——不。他有他自己的政治意见。关于这一点我不明白。"

"除了这一点而外，他是什么呢？"

扬起眉毛，马加洛夫点燃一支纸烟。他把燃着的火柴向烟灰缸抛去，但是它落进牛奶杯里面。

"啊，真糟！"

他把牛奶泼在窗外，而他一看那白色的奔流之后，烦恼地说道：

"它落在花上了。你有钢琴吗？"

他显然忘记了克里的问题，或者不愿回答。

"你问钢琴干什么？你要弹吗？"萨木金问。

"想想看——我要弹。"马加洛夫说，张着他的手指，"当初我静听，后来学习。那时我还在高等学校里。到了莫斯科，我的教师劝我进音乐学校。是的，对于它我有一点才能，他说我不相信他。我完全没有才能。但是，没有音乐是难以生活的，这是真的，兄弟！"

"钢琴在那里,在那房间里——我的母亲的。"克里说。马加洛夫站起,随便把那小书塞进手袋里,搓搓手,出去了。

十

琴声才一响,克里就走去到阳台上。他站在那里观看河流,河岸的一边沿着黑色森林的半圆形,另一边依傍着灰云似的山峦,太阳已经落在这山后面。一阵轻风悠悠地把灰绿麦浪吹向河流。他听见一支不熟识的小曲的凄凉音调。他忽然转身出去,向着阿连娜·提里卜尼伐的家宅走去。一个有一只木脚的胡须蓬松的小百姓拦住他的道路:

"或者你喜欢去捕猫鱼吧,先生?"

克里默默地挥开他。

"这里的小猫鱼大约有六十磅重。"那小百姓在他后面谄媚地叫唤。

阿连娜的婢女通知克里,姑娘有点小毛病。里狄已经出去散步,她说。萨木金走到河边,向四面观望。里狄并未被看见。马加洛夫的音乐在远处轰响。克里转回家去,又遇着那小百姓。后者站在路中间,手里拿着小松枝,正在用木脚划着沙地,尽力要画一个圆圈。大有深意地仰望着克里的脸,他让路给他,很温和地对着他的耳朵说道:

"这附近也有一个荡妇——很迷人的!"

当克里走到别墅的阳台上的时候,马加洛夫的琴声已经消歇,而刘托夫的尖锐的声音从里面飘出来了:

"我的亲爱的里狄·提莫菲夫娜,人们都已想过了各样事情——关于愚昧的乐园和智慧的地狱。"

房间里并没有灯光。黄昏模糊了刘托夫的形体的轮廓。里狄穿着白衣服坐在窗前,只有她的黑鬈发反衬着透光的窗帘分明可见。克里停留在刘托夫背后的门道里,静听着。

"亚当被逐出伊甸园之后,又回去看看那智慧之树,他看见上帝已经砍掉了树。它干枯了。这时魔鬼走近亚当，说道：'你抛弃子孙，你没有方法不受世间苦刑。'于是他把亚当拉进地狱，给他看一切美好和一切丑恶，这全都是亚当的种子所作的。匈牙利诗人爱默里乞·马达赫[1]曾经用这题材写过一部很有意义的作品。这里，这就教我们必须怎样理解事情。而你，里狄卡还是……"

"我并不讨论这个，"里狄说，"我不相信——那是谁呀？"

"我。"克里答应。

"你为什么这样神出鬼没？"

她的问话里的一种厌憎腔调激怒了克里。他走到桌子面前去点燃灯。马加洛夫进来，头发散乱，斜瞅着灯。他靠近刘托夫，把他推进椅子里，说道：

"你自己不能睡——这就是你催眠别人的理由吗？"

里狄转向克里：

"你为什么点灯？没有雷声的闪电多么辉煌呀。"

"这不是闪电这是风暴。"克里改正她。他想要去吹灭灯，但是里狄命令：

"让它去吧。"

马加洛夫轻轻地吹着口哨，走出去到阳台上。他在窗外走来走去，他的形体屡屡被闪电所照明。

里狄站起来。

"你愿送我回去吗？"她问刘托夫。

"高兴的。"

当他们走到阳台上的时候，马加洛夫声明：

"我愿陪送。"

---

[1] Emerich Madach（1832—1864），所作《人间悲剧》（*Az Enber Tragediaja*）诗剧最为知名。

但是里狄说:

"不,那是不必要的。"

马加洛夫双手抱着头后部,站着观看刘托夫拉开那松树的树枝,帮助里狄前进。然后他对克里微笑:

"你听见了吗?'那是不必要的。'这比任何别的话都更有意义。这几个字表明了她对于世界和人群的态度,'那是不必要的'。"

燃起一支纸烟,马加洛夫让火柴烧尽,然后,把肩头靠在门柱上,用医生告诉同事某种有趣的病的历史的声调继续说道:

"当她和任何人谈话的时候,她都时常唯恐另一个人听见或知道所谈的话。她似乎害怕人们因为有别人在而谈得不诚恳,但是,纵然辩驳使她发生兴趣,她自己却不喜欢引起争论。或许她以为每个男人都有一种神秘,而他只愿把它传授给里狄·伐拉夫加小姐吧?"

克里以为马加洛夫正说中那要点,懊恼起来了:为什么说出这话的是马加洛夫而不是他自己呢?从他的眼镜里看着他的同伴,他想起他的母亲说得对:马加洛夫的脸是两面的。倘若他没有这一双孩子气的、颇为傻气的眼睛,这脸就好像是邪恶人的脸了。克里微笑着说道:

"那么,你到底是恋爱着她的喽。"

"我已经告诉过你并不是的。"

马加洛夫用力吹他的纸烟头,以致火星飞溅。

"然而,她没有自爱心。她似乎不知道她自己的充分价值,她觉得生活是一件严肃的事,并不打算寻求娱乐。有时似乎有一个她自己的敌人沸腾在她内面——她自己的昨日的鬼今日起而反对她。"

马加洛夫沉默了;然后很温和地笑起来,说道:

"一个自然主义者,我的一个朋友,一个很有才能的青年,但是一个兽欲派,一个阿尔方朔[1]——他公然和一个富有的老妇人同居——

---

[1]（Alphonso）未详,英译者注:"由女人养活的男人。"

曾经说过：'我们全都保持着几个女人，由那过去维系着。'有一天，当我责备他的时候他说这有些意思——呃？"

"我不能不说这是犬儒主义。"萨木金说。

风暴逐渐逼近。黑云已经以不能穿透的暗影，掩盖了各种事物，河水全部消失在黑暗之中，只有一点灯光从提里卜尼伐家的窗里落在混浊的水面上。

马加洛夫已经不像当年血满衣襟的青年了，那时克里曾经在惊骇中扶着他走过街道。这不相同引起了克里的好奇和烦恼。

"你已经改变了，科士坦丁。"萨木金不如意地说。马加洛夫微笑着问道：

"更好了吗？"

"我不知道。"

马加洛夫点点头，用手摩平他的散乱的头发。

"我似乎变得更平静些。你知道吗，从前我常有一种荒谬的感情，觉得我总是好像持续在寻猎一匹猛兽似的逡巡着；那一天被射击的不是我自己，而是它。还有别的事：我常在转角上东瞻西顾。"

沉默了一会儿之后，他继续深思和平静地说道：

"在幼年时代我无所畏惧：不怕黑暗，不怕霹雳，不怕打架，不怕夜间火灾的光焰——我们所在的街上是时常有人烂醉，时常发生火灾的。但是对于转角——我害怕它们，甚至在白天当我走过街道，必须转弯的时候，那转角上似乎埋伏着什么——并非能够痛打我的强盗，也绝不是什么实有或可以感觉的东西，而是比这些更可怕、更可疑的东西。我以为这是我害怕我所未知的某物，其中并非不混合着急于想要忽然遭遇异乎我生平所见所闻的事物的某物的渴望。兄弟，我在十岁之前就知道很多事情——几乎是在那样年龄的孩子所不应该知道的各样事。或许我是在期待着我还不知悉的某事吧，是好是坏都没有关系，只要是异样的事就好。"

用一种笑嘻嘻的眼光看着克里,他深深叹息:

"但是现在我镇静地看着一切转角,因为我知道即使人以为是最可怕的转角上也没有什么。"

"我以为人生最可怕的事是错误!"克里·萨木金戏剧性地说。

"是的。还有愚蠢。据我知道,人们都很愚蠢地生活着。"

两个人都沉默着。

"我还要去弹一支曲子。"马加洛夫说。

在桌子上面,灯的周围,飞翔着一些灰色小虫。它们烧毁自己;跌落在桌布上,使上面满是尸灰。克里锁上通到阳台的门,熄灭了灯,上床睡了。

十一

听着雷声隆隆,克里坠入毫无目的的思想之中,这思想本身并不适合于言语或形象。他觉得好像是在一种恍惚的激流里,构成这激流的是:他自己的朦胧的思想和感情,沉闷的雷声,屋顶上不时像打鼓似的重落着的雨点,和马加洛夫所弹的格里格的曲子。落了几点大雨之后,黑云散去;雷声隐约而遥远;月亮灿然照在窗上。它的光明似乎把这暧昧情绪分布在周围一切事物上,家具动荡,墙壁蹒跚。磨坊那面有一条狗惶恐地吠吠。马加洛夫不弹了;有一道门砰地关了;而且来了刘托夫的低调声音,然后一切平静,在这冻结的寂默之中克里更为分明地觉得那些不成形的思想在他心里推撞。

这并不是他近来所感觉的那种烦闷无聊,这是一种梦中所见的幻象。他似乎落在一个无底洞里,追逐着他自己平常的思想达到某种新思想,而后者是敌对前者的。他的旧的、惯常的思想存在他心里的某处,但是没有言辞,没有力量,好像影子似的。克里·萨木金恍惚觉得他必须在他自己之前供认某事,但是不能说出它是什么。而且他确也害怕考察出它。

　　风正在变为更加喧闹，以一种窒闷的声调一阵一阵间歇吹过屋梁，而且飕飕地吹过松林。月光忽然射进房里，不久就消失了。全世界又充满了黑暗的窸窣和呓嘘。克里，不觉得时间的经过，还醒着躺在床上，毫无目的地呆看着他的烟云似的思想：风迅速地吹散了这短短的春夜，天宇放出黎明的淡淡的绿色。克里把他的头包裹在他的绒被里，忽然想道：

　　"的确，我没有才能。"

　　但是这思想并未烦恼他。它去得快正和来得快一样，于是他又沉没在流通于他的全身的不明不白的思想和感情的毁伤的激流里。

第十二章

一

早晨他起来,觉得他的头里好像装满尘灰似的。
"为什么我陷入这些情绪之中呢?它们从何而来呢?"他问他自己。
当他独自喝茶的时候,图洛波伊夫和伐拉夫加走进来,都穿着防御尘垢的轻外衣。伐拉夫加好像一只桶,而图洛波伊夫穿着膨胀如袋的外衣也不失掉他的陌生神气。当他脱掉那外衣的时候,克里觉得他比以前更挺直和庄严。他的冷眼更深陷蓝影之内,克里觉得在他的固执的凝视之中有某种阴郁和愁苦。
抖掉胡须上的尘灰,伐拉夫加告诉克里他的母亲要他在明晚之前回到城里。
"音乐家们来看她——你认识他们,所以……"
他暧昧地摇摇他的红手。克里懊恼了。

"伐拉夫加和我的母亲都故意摆布我。他们想要我尽其可能地少接近里狄。"他暗自愤怒。

他也觉得他被推来推去的快得可疑。这样急促只有在戏台上或在发生意外变故的街上才是自然的。他没有回到城里的欲望。他被好奇心所激动：里狄怎样会见图洛波伊夫呢？

伐拉夫加从他的鼓胀的公事皮包里取出一些平面图和文件，然后开始讨论自由主义的绅士们所寄托于新沙皇的种种希望。图洛波伊夫听着他说，脸上毫无表情，悠悠地喝着无脚大杯里的牛奶，在阳台的门道里出现了刘托夫，红面孔，湿头发。他眨眨他的斜眼睛，宣布：

"好，我已经在河里洗了一个澡！"

"还早一点，有些冒险。"伐拉夫加责难地说，"这，让我来——啊——介绍你们。"

克里看见图洛波伊夫很冷淡地握了刘托夫的手。他立刻把他自己的手插进他的衣袋里，俯伏在桌上，把一些面包屑搓成小丸子。伐拉夫加赶快移开桌上的杯盘，展开他的平面图，用茶匙指示图上的绿点，开始谈论森林、沼泽和沙地。克里站起，走出去，觉得对于这些人的憎恨燃烧在他心里。

二

他选择了一个小丘，从这上面他可以观赏一切房屋、桦树和河流、磨坊和道路，以及离伐拉夫加的别墅不远的尼戈诺伐的小庵堂。他坐在桦树下的沙地上，打开布鲁尼台尔[1]的书，《象征主义者与颓废主义者》。但是阳光妨碍他读书，而且他不能专心在这书上，因为他的好奇心想要知道他下面有什么走过。

---

[1] F. Brunetiere（1849—1906），法国批评家、文学史家。

挨近磨坊旁边，一个有胡子的小百姓，小得像玩偶一样，穿着红衣服，正在用麻絮堵塞船底的缝隙。他挥动木槌的打击分明地回响在寂静之中。一个村妇，也小得像玩偶似的，正在赶鹅下河，摇着她的围裙喝逐它们。两个顽童，肩上抬着钓竿，正在沿岸奔跑；一个穿黄的，另一个穿蓝的。马加洛夫出现了，摇摆着他的毛巾。他走上洗澡的台阶，把一只赤脚浸在水里，提起来，摇摇它，像狗玩水那样。然后他俯卧在木跳板上，洗他的头和脸，站起来，走回住宅。他一面走一面用毛巾揩头发，撕拉着他的头，好像他已经讨厌它，要把它拉脱似的。

被太阳所温热，被树林的强烈薰味所陶醉，克里昏昏睡去了，当他睁开眼睛的时候，他看见图洛波伊夫站在河岸上，脱掉他的帽子，他慢慢转身，好像立在旋轴台上似的，他的眼睛追随着正在向磨坊走去的阿连娜。在左边远处，在到住宅去的大路上，里狄的苗条的白色形体飘然走过，好像飞过地面似的。

"他看见她吗？"他疑问，"他们彼此交谈了吗？"

他站起来走下河边，但是对于他们全都不友好的一种感情拘束着他。图洛波伊夫、刘托夫、阿连娜——出卖她自己，以及马加洛夫和里狄——这两个都不能向阿连娜指出她的无耻——他对于他们全都感觉不信任和怨恨。

"倘若我像他们那样和她亲密呀！但是鬼惹他们！"

三

他懒悠悠地走下河岸，已经被太阳晒热，而且揩揩他的眼镜，遥望图洛波伊夫，后者还站在那里，用两个手指捻着他的小胡子，用他的灰色帽子扇着他的脸。马加洛夫走去到他面前，他俩优游地向磨坊方面走去。

"的确，这些似乎很聪明的人全都讨厌而且无诚意。"萨木金想，觉得他又被昨夜情绪所迷惑，"在他们各自的灵魂之中，在他们的言语之下，或许不过是十分简单的东西。他们和我自己的不同只在于他们有表示信仰或不信的才能，而我还没有一种坚定的信念或稳固的不信。"

克里·萨木金——这并非第一次——在他的心眼之前描画出种种思想，同样痛切而价值不同，机械地从外面侵入他内心。它们是互相矛盾的，所以人必须从它们之中分析出最适宜于他的那些。但是，当他把他所读过听过的加以整理，想要创造一种中心观念，以作为抵御那些聪明人的猛攻的盾牌，同时加强他的人格的时候，他不能成功。他觉得他内心旋转着种种观念、意见和理论的一道缓慢的旋风。这旋风只是使他神经衰弱，并未被他的灵魂所镇定和被他的理性所控制。有时他被他自己这观念所惊骇：他自己就像一个空洞，其中不停地翻腾着种种激动他的言辞和思想，但是它们并没有力量给予他温暖和活力。

他屡次问他自己："我简直是愚蠢吗？"

在这热天，坐在沙上，当他看见图洛波伊夫和马加洛夫从磨坊回来，阿连娜走在他俩中间的时候，一种慰情的观念来到他的心里。

"我枉然激动着我自己。其实，事情很简单：我有所信仰的时间还未到来。但是，在我的灵魂深处，真实信仰的种子已经正在成熟——我的信仰！它还不分明；但是这神秘的力量正在驱逐外来的各种东西，不许我采取它。有些观念是合于我的，有些是不合于我的。第一类必定为我的情绪所感觉，第二类则为我的理性所认识。我还不曾遇见对于我有'化学的亲合力'的诸观念。古图索夫说得对：每一社会单元都有化学的亲和于它的种种观点和意见的一个体系。"

这一记起古图索夫就使克里有些混乱；他从内心感觉失足跌倒在某种矛盾上，但是他赶快绕路过去，对他自己说道：

"这里有绊脚石，但是这就证明利用别人的观念是危险的。在我心里有一个校对员，勘察这些错误。"

然后萨木金又回到他的最初的猜想：

"这就是有时我觉得我的思想翻腾在空虚之中的理由吧,而昨夜我所感觉的当然是我的信仰正在成熟。"

他审慎地微笑了,欣喜这一发现,但是还不十分相信它的价值。然而,要使他自己相信并不困难。又想了几分钟之后,他站起来,愉快地伸了一个懒腰,舒展他的疲乏的筋肉,于是高兴地回家去。

四

伐拉夫加和刘托夫坐在桌子旁边,刘托夫背对着门。克里走进房间,就听见他说:

"这些报纸的交响乐中的主要乐器并不是那社论的作者,而是那小品栏的炫学的作者。"

伐拉夫加用一种怨声迎接克里:

"你到哪里去了?我们找你吃早饭,找不到。但是图洛波伊夫在哪里呢?跟姑娘们在一起吗?嗯——是的!告诉你吧,克里,做点好事,誊写两份小文件。誊写。"

刘托夫迟疑地翻起眼睛看着克里;然后低头看一张文件,用铅笔画横线在它上,他说:

"或许我的叔父不会同意你的条件。"

然后,敏捷地从桌上抓起一只瓶子,他倒啤酒在他的杯子里。那里已经有三只空瓶。克里走出去誊写文件,一面誊写一面努力听取伐拉夫加和刘托夫的不分明的声音。他们的声音几乎是相等的高调,而有时他们叫嚣得这样奇怪,好像两条小狗,被锁在一个房间里,由于苦恼而互相哼呼着似的。

图洛波伊夫、马加洛夫和姑娘们一直到晚间茶会的时候才出现。克里立刻注意到里狄的心绪并不好,只是默默沉思着。她或许疲倦了吧,他想。马加洛夫似乎瞌睡,好像一个刚才醒起来的人。一种无心的微笑偶然歪扯了他的美好的弯嘴皮，他照常不停地吸烟；一支纸烟正在他的嘴角上冒烟，这烟迫使马加洛夫时常半闭着左眼睛。阿连娜注意观察图洛波伊夫，她的冷眼睛的平常的轻蔑表情已经改变为诚恳惊奇的神气。他们来到的时间正是克里倾听着伐拉夫加和刘托夫言语冲突的时候。

在他俩的争论的凶猛之中有着某种渴望的、敏感的，甚至滑稽可笑的意味。他们似乎久已想找一个机会见面，因为在互相抛置苛酷的评论，装出嘲笑的鬼脸，用尽方法表明彼此互不尊重。伐拉夫加横躺在椅子上，直伸着他的短粗的双脚，双手深深塞在他的裤子的袋里，好像插入他的肚子里似的。当他听话的时候，他鼓起他的暗紫色的腮巴，皱缩他的猪似的眼睛。当他说话的时候，他的大胡子在他的绸衬衫上前后摆动，好像一片庞大的舌头正要舐起各样东西。

"让我说，让我说。"他响亮地叫喊，"他承认这国家的工业正在发育初期的状态中；而又不顾这一点，承认鼓动工人敌视工业领袖是可以的，甚至必须的吗？"

"嘻，嘻，嘻！"刘托夫吹鼻子，轻蔑地笑了。

"况且，阶级间的敌对必然阻碍着文化发展，这是由欧洲的例子证明了的。"

克里被刘托夫的笑声所惊骇，这笑声之中并没有滑稽，而只有公然侮辱的决意。

刘托夫坐在椅子边缘上，弯着腰，双手搁在膝头上。克里看着他的斜眼睛抖颤，因为要集中视线在伐拉夫加的脸上，但是不能集中，刘托夫终于转动他的头。克里也看见这家伙激怒了这房间里的每一个人，除了里狄而外，她正在倒茶。马加洛夫皱眉看着门外，这门是通到阳台的。他默默不乐地坐着，茫然用茶匙敲着他的左手指甲。

"但是动机呢？你的动机呢？"伐拉夫加叫喊，"什么原因使你承认这种敌对呢？"

"我的姓名[1]，"刘托夫大叫，"我凶猛憎恨生活的苦闷无聊！"

图洛波伊夫作了一个鬼脸。阿连娜，注意这个，倾身对着里狄的耳朵私语，而且把她的羞得通红的脸藏在里狄的肩头后面。里狄并不看她，推开她自己的茶杯而且皱着眉头。

"弗拉得米·伊凡诺维奇！"伐拉夫加叫喊，"我们严正地说呀。那不是真的吧？"

"完全是真的。"刘托夫激动地叫。

"那么，你所要求的是什么呢？"

"自由。"

"无政府主义吗？"

"随你说吧。倘若我们的公爵伯爵顽梗地宣传无政府主义[2]，那么请允许一个商人的儿子也畅谈这问题吧。请允许去经验自由行动的一切欢乐和一切恐怖——是的，恐怖。毫无限制地允许它。"

"然后呢？"图洛波伊夫高声问。

刘托夫把椅子旋转向图洛波伊夫，伸出他的手给他。

"然后人就会以他的意志限制他自己。人是怯懦的，人是贪得的。人聪明伶俐是因为怯懦，确是因为这理由。让他害怕他自己，容许他这样，那么，那些最灵敏、怯懦而切实的人们就会毫不迟误地灭损他们自己，互相约束他们自己，顺从——自愿顺从于'这日子就够好的了'的神，达到一种和平生活。"

伐拉夫加愤愤地把他的手从他的裤袋里拉出来，做了一个失望的手势。

"原谅我，这可不是严正的说法呀！"

"我可以说几句话吗？"图洛波伊夫问。并不等待允许，他就说了，

---

[1] 俄语"刘托"，意为残酷、凶猛。
[2] 克鲁包特金公爵、巴枯宁公爵和托尔斯泰伯爵。

并不看刘托夫:

"当我听这些辩论的时候,我心里有一种反感:我们俄国人并不知道怎样做理智的主人。不是他指导他的思想,而是他的思想奴使他。萨木金,你记得吗,古图索夫常说我们的辩论是炫耀奇谈僻论?"

"好吧?那是什么意思呢?"刘托夫恼怒地叫。

"在我们之中,这种人多得可惊,他们采取别人的思想,并不能,甚至不敢加以检查,加以纠正;只想引申它,使它更切近自己,把它带到逻辑的疆界之外,超出可能的限度。一般地说来,我觉得俄国人似乎把思想当作不习惯的甚或可怕的东西,虽然感觉诱惑。这样无才能做理性的主人使某些人战栗于理性之前,敌视它,同时使另一些人奴隶地服从它的拨弄——时常使人腐化的一种拨弄。"

刘托夫使劲搓搓手,轻蔑地微笑着。此刻克里又想到,像从前屡屡想到一样,他被逼迫着从不愉快的人们的嘴里听取智慧的言辞。他赞赏刘托夫谈论自由的必要。图洛波伊夫所谓俄国人没有主导理性的才能似乎是真实的。陷于深思冥想之中,他不曾听见图洛波伊夫又说了些什么,忽然被刘托夫的叫喊所惊醒:

"虚荣的虚荣!"

"对于思想我们有一种野蛮的贪欲,尤其是对于有亮光的,这使人想起野人对于小玻璃珠的贪得。"图洛波伊夫说,并不看刘托夫,却考察着他的右手指,"我以为这才可以说明那些奇人:弗洛特尔派却信仰农奴制度,教士的子女却是达尔文主义者,出身于头等商人阶级的理想主义者,以及出身于这一阶级的马克思主义者。"

"这是摔砖头进我的篱围里来喽?"刘托夫高声质问。

"不,我并不想碰任何人脚上的鸡眼;因为我并不想说服谁,不过是谈谈而已。"图洛波伊夫回答,看着窗外。克里很被这回答的温柔语调所惊奇。刘托夫辗转不安,在椅子里一跳。准备着反驳,他仔细观察房里的每一个人;但是,觉得图洛波伊夫正在被人倾心静听,他就强勉保守缄默。

"我不知道这种对于别人所有物的贪欲是否能够解释为必须组织我国所有的观念。"图洛波伊夫说,站起来了。

刘托夫也跳起来:

"斯拉夫主义吗?民粹派吗?"

"'第一类此地没有,而第二类很远'——远离现实。"图洛波伊夫回答,在这谈论中第一次微笑。

刘托夫逼近他,叫道:

"但是甚至于你——甚至于你——不也是有你的独立的思想的吗?噢,不!卡亚狄夫……"

"以一种爱慕欧洲的知识分子的眼光看俄罗斯。"

"不,等一等——不要提示我!"

再跳近图洛波伊夫,刘托夫把他推出去到阳台上,在那里他开始嚷道:

"党派思想……"

"他们断言别的任何事都不可能……"

"一种奇怪的类型。"伐拉夫加含糊说。因为他斜看着阿连娜方面,克里知道这是说刘托夫。

约有两分钟之间,房里的四个人都沉默着,静听阳台上的辩论。第五个,马加洛夫,无耻地睡觉在角落里的一只无背的长沙发上。里狄和阿连娜并肩坐在一处。里狄的头转向侧面,人不能够看见她的脸。她的朋友正在对着她的耳朵私语。伐拉夫加闭着眼睛吸雪茄。

"那么,已经互相表示各自所独创的旗帜喽……那是什么呢?"

第三个声音,粗哑而无力地说道:

"你们或许喜欢去捕猫鱼吧,先生们?这附近有一种猫鱼,大约九十磅重。这是一种有趣的好消遣呀。"

克里出去到阳台上,看见有一只木脚的小百姓站在他面前。他焦急地抬起他的满是茸毛的面孔，奋力说道：

"大约二十五个卢布，我就可以布置好一次游猎。它是一种最危险的鱼。将来你可以夸耀给你的亲戚朋友。"

图洛波伊夫走开到一边。刘托夫，弯起颈项，注意研究那小百姓，那有着一只巨大的棕毛头的阔肩壮汉。他穿着无带的红衬衣，他的一只半脚上穿着青裤子。他一只手拿着一柄小刀，另一只拿着一个木瓢。他一面说话一面用小刀削平木瓢边缘，而且随时翻起白眼仰望这些上等人们。他的脸色是忧郁而又正经的。他的声音有一种失望的调子。而且他的话一停止他就皱着眉头。

刘托夫急忙走下到他面前，说道：

"我们去吧？"

他向河边走去。那小百姓难看地跛行在他后面。阿连娜在房里开始大笑。

"你喜欢刘托夫吗？"克里问图洛波伊夫。后者已经坐在阳台的栏杆上，"他不是见解新颖的吗？"

"他并不是引起我尊敬的那种人，但是他是奇怪动人的。"图洛波伊夫回答，又回想了一小会儿之后，低声说道，"他很恶毒地说到克鲁包特金、巴枯宁、托尔斯泰，以及商人的儿子畅谈一切的权利。这是他所说的最伶俐的话。"

五

里狄和阿连娜一个跟一个走出房间。里狄坐在阳台上。阿连娜用一只手掌遮在眼睛上，观看落日；然后悄然滑行到图洛波伊夫面前，她说：

"我想不到你也喜欢辩论！"

"这是一种缺点吗？"

"是的,当然。这使人衰老。"

"我们这一代人不知道青春。"图洛波伊夫说。

"哟,纳特生![1]"阿连娜做了一个轻蔑的鬼脸,"我觉得对于辩论的爱好只存在于无成就的和不幸福的人们之中。快活的人们默默地生活着。"

"是这样的吗?"

"是的,但是不幸的人们难以自认他们不知道怎样生活;所以他们叫嚣而且演讲,总是不必要的外部的,绝不谈论他们自己,却谈论对于人民的爱,谁也不相信的爱情。"

"哦呵!你是一个勇敢的女子。"图洛波伊夫说。他温和地大笑着。

他的笑的温和声调激怒了萨木金。他讥讽地问道:

"这叫作勇敢吗?但是你怎样称呼那些民意派、革命党呢?"

"他们也是勇敢的;尤其是那些毫无私欲地,由于好奇心而发动革命的人们。"

"你说那些冒险家呀。"

"我?我说的是那些觉得生活条件艰苦而企图促成事变的人们。戈尔提兹[2]和哥伦布[3]现在也是人民意志的代表者。门捷列夫教授[4]是革命家,并不亚于卡尔·马克思。因为好奇心真是勇敢性。而且当好奇心转变为热情的时候,它就成为爱了。"

里狄回头看着图洛波伊夫,问道:

"你是认真说的吗?"

"是的。"他回答她,但是并非即刻地。

克里觉得这男人越来越激怒他。他想要驳斥他所谓好奇心和勇敢性

---

[1] Nadson,十九世纪末俄国诗人。图洛波伊夫所说的正是他的诗。
[2] Cortez(1485—1547),西班牙人,征服墨西哥。
[3] Columbus(1446—1506),意大利人,发现美洲。
[4] Mendeleev(1834—1907),俄国化学家及物理学家。

是同意的,但是他不能想出任何好辞令。照常,当俏皮话当作真理说出来的时候,他就妒羡能够这样说的人。

六

刘托夫来了,一面挥着手巾一面嚷嚷:
"天亮的时候我们要去捕猫鱼!我办好了十三个卢布的交易。"
跑到阳台上,他问阿连娜:
"我的未婚妻!你从来不曾去捕过猫鱼吧?"
她走过他前面,说道:
"在天上既没有鱼也没有鹤。"
"我懂得!"刘托夫叫喊,"你喜欢手里的鸟!我赞成。"

克里看见阿连娜猛一转身,走向她的未婚夫一步;但是她却走到里狄面前。坐下在她旁边,抖擞她自己好像被雨淋的母鸡似的。刘托夫站住,搓搓手,舔舔嘴唇,用贼头贼脑的眼睛急切地窥看每一个人;他的脸似乎有些醉态。

"我们为遂行罪恶而生活。"他含糊说,"但是你看那小百姓——是的,先生!"

显然每个人都已注意到他回来是在一种甚至更粗暴的心情之中的,萨木金这样对他自己说明了在刘托夫说话之后的无礼的沉默。图洛波伊夫背靠在阳台的石柱上;把双手交叉在胸前,他注视着刘托夫的转动着的眼睛,好像期待打击似的。

"我同意!"刘托夫说,用细步走到图洛波伊夫面前站住,"这是真的!我们不是在我们的理性的荒野的道路上绕圈子便是像骇坏了的傻子那样逃避它。"

他用右手做了这样突然的手势,以致图洛波伊夫仓惶,退开,闪避那期待的打击。刘托夫显然不曾注意他的行动和他的愤怒脸色。他像波里士·伐拉夫加淹没在水里的时候那样摇着手,继续说下去。

"但是这是因为我们是一种玄学的人民。对于我们,在每个县统计学者之中都隐藏着一位巴太戈拉斯[1],而这统计学者接受马克思就和接受瑞典堡[2]或雅各·波伊木[3]一样。除了当作玄学而外我们不能理解科学;譬如说我吧,数学就是数字的神秘论,或,更简直说,魔术。"

"这并不是新闻。"图洛波伊夫沉默地说。

"所谓德国人是天生的哲学家,这是毫无价值的闲话,就简直是胡说!"刘托夫说得很快而且放低声音,"德国人机械地谈哲学,依照着休假日的传统,好像一种习惯似的。而我们谈哲学却是拼命的、热烈的,日日夜夜。不但在我们的梦中,也在我们的爱人的怀里、在我们临死的床上,老实说,我们谈哲学因为这一切,你知道,并不来自理性,而是来自想象。我们不应用我们的理性,但是用尽我们天然的野蛮力做梦。'野蛮'必须在客观测度的意义上加以理解,并无谴责的意思。"

把手一挥,他在空中画了一个大圆圈。

"这样理解。无限性和不知足性。智慧不是在我们之中的普通产品,我们有疯狂的才能。而且我们全是窒息着的——每个人,从头顶到脚跟。我们正在飞升和降落。一个小百姓高升为科学院院长,贵族们下降在民间。而且你能找出在别的任何国度中有像我国这样多的各式教派吗?而且——最古怪:卡斯徒拉蒂派、弗拉吉朗派、红死派。我们是自焚在火刑柱上的人们——我们燃烧在梦中——自暴君伊凡和阿弗伐康主教,以至巴枯宁、米凯尔拉,以至尼卡也夫和加尔洵。不可以撇弃尼卡也夫,不可以的!他是一个辉煌的俄罗斯人!在精神上他和里昂提夫及波比多诺兹次夫是亲兄弟——也都叫孔士坦丁。"

---

[1] Pythagoras (582B.C.—507B.C.),希腊神秘主义哲学家、数学家。
[2] Swedenborg (1688—1772),瑞典神秘主义者、物理学家、生理学家、政治家。
[3] Jacob Boehm (1575—1624),德国神秘主义者。

刘托夫跳跃着，挥舞着手臂，好像要爆炸似的；但是他说话更沉静，有时几乎是小声私语。看样子，他似乎怪异、陶醉，而且真动感情，通体紧张的。显然的，图洛波伊夫已经怕听他的私语和低吟，怕看他的激动的红脸和突出的眼睛。

"阿连娜，到底怎样能够和他生活呀？"克里想着，看一看她。她坐着，把她的头靠在里狄的膝上。里狄玩弄着阿连娜的发辫，注意静听着。

"关于许多事情你显然是同意于陀思妥耶夫斯基的吧？"图洛波伊夫问。

刘托夫踉跄后退。

"不！关于什么！并不负疚！并不喜欢他。"

马加洛夫出现在门道里，恼怒地问道：

"弗拉得米，你要牛奶吗？它是凉的。"

"陀思妥耶夫斯基被罪犯生活所蛊惑。什么是他的罪犯生活呢？一种示众行列。他是这种罪犯生活的示众行列中的检阅者，而且他终身除了罪犯生活而外什么也不能写；在他看来，正常的人是那'白痴'。他绝不知道人民，他绝不曾给人民一种思想。"

马加洛夫进来。递一杯牛奶给里狄，然后坐在她旁边，高声埋怨道：

"这谈话快就要完了吧？"

刘托夫用拳头威吓他。

"我们的人民是世间最自由的人民。任何事物都约束不住这种人民的内心。他不爱现实，他爱一切奇方和魔法、巫师和术士。有点傻气。他自身正是傻子一类。明天他能够改宗伊斯兰教——试练。是的，试练！他能够烧掉它的家宅，到处流浪，割掉睾丸，跑到荒野中、沙漠中，寻求普里士特·约翰[1]的王国。"

---

[1]（Prest John）神话，中古亚洲之国王，由佛教改宗耶教。

图洛波伊夫把双手插在衣袋里，冷冷地问道：

"好，到底什么是什么呢？"

刘托夫向四面看看，显然想要引起更大注意到他自己，然后，摇摆着，答道：

"这就是说：人民并不想要政治家们所高唱的那种自由，却想要只有教士才能许给他们的那种自由——犯可怕的罪的自由，因为要变为不怕，就犯各种罪，然后才在他们自己之内发见下三百年的和平。他们就是这样！什么都干。一切罪都已遂行。一切完事！"

"奇怪的议论。"图洛波伊夫说，耸耸他的肩头。他走下阳台，进入夜的暗影之中，但是走得不远他就高声说道：

"这到底还是陀思妥耶夫斯基的。倘若不是依照着他的思想，那就是依照着他的精神。"

刘托夫细起他的斜眼睛，咕噜道：

"我们生活在遂行罪恶之中，而且为争取诱惑物而生活。'没有罪就没有悔，没有悔就不能得救。'"

他们全都沉默着，看着河水。在黑色河面上一只小木船悄悄地移动着，船头上一个火盆正在燃烧和冒烟。一个黑色的人摇着桨，另一个站在船中间，拿着长竿，用竿瞄准反映在水上的火光。那反映奇异地变化着它的形式。最初它是一条多翅的金鱼；后来是一个红色的深坑，深到河底，那拿长竿的人好像要跳下坑去而没有勇气似的。

刘托夫仰观天空，星光灿烂，然后取出他的表。

"还不迟，你愿意去散步吗，阿连娜·马尔可夫娜？"

"倘若默默地去我就去。"

"完全沉默吗？"

"我允许讲亚美尼亚的故事。"

"哦，好！这就应该很谢谢了！"刘托夫说，扶助他的未婚妻站起来。她挽着他的手臂。

当他们走去了三十多步之后，里狄沉静地说道：

"我觉得替他难过。"

马加洛夫说了几句含糊不明的话，克里问道：

"为什么难过？"

里狄不回答，但是马加洛夫低声说：

"你看见他怎样叫嚣吗？那是因为他要呵责他自己。"

"我不懂。"

"嗯，那有什么不懂？"里狄说，站起，"送我回家，科士坦丁。"

他们也走了。沙声碾轧。在伐拉夫加的房里算盘的小珠嘀嗒可以听见，分明而且急促。船上的红火已经燃在远处，挨近磨坊水闸。克里坐在阳台的台阶上，看着那女子的白色形体消失在黑暗之中，而且正在说服他自己：

"我并不恋爱她。我恋爱吗？"

因为不愿思索，他去看伐拉夫加。问他是否需要帮忙。那是需要的。有两小时之久，他坐着抄写伐拉夫加和市政府为建立一座新戏院而订立的合同草案。他一面写一面注意倾听。但是周围各种事物都保持着崖石的沉静。并没有语声，也没有步声。

七

在日出的时候克里站在磨坊水闸附近的柳树下，静听那有一只木脚的小百姓用一种低抑的兴奋声音讲故事：

"这猫鱼，它喜欢杂煮的食物；苞米粥，现在，或者说荞麦粥，这是它最最爱的。用粥贿赂猫鱼，你要它怎样都可以的。"

小百姓的假脚已经沉陷在沙里面；他倾斜在一面，用强健多节的手抓住一条破折的柳枝。他耸动双肩，把木脚从沙里拔出来；他转移它到另一点上，而它又陷入松软的地面，于是小百姓的身体又倾斜在一方面。

"我们已经施粥给这里的这畜生。"他说，放低他的声音。他的毛脸上有一种得意的表情；庄严和喜悦闪现在他的眼睛里，"我们在这里把这粥尽管煮热，放在一只钵里；现在，这钵里有一个洞——你们明白这意思吧？"

他看看刘托夫，又转眼看看伐拉夫加，后者穿着樱桃色浴衣，显得近于堂皇了；头戴镶金边的绿色瓜皮帽；足登两色摩洛哥皮靴。

"好，后来，它就会吞掉这钵；这里的这钵就在它的肚子里，呼地破了，这里的这粥就烫伤它的肠胃——你们懂这意思吗，老爷？它觉得痛，它就乱撞。它就跳起，那时我们就去……"

太阳光投射在伐拉夫加的脸上；他用手遮掩眼睛，而且摸摸他的铜色胡子。

刘托夫穿着揉皱的旧衣服，衣服上满是棕色松针，好像是刚才从一种通宵豪饮的秘密野宴中跑来似的。他的脸色更加黄，他的半狂的眼睛的眼白是充血的。微笑着，他温柔地对他的未婚妻说：

"当然他说谎！但是，除了俄罗斯的小百姓而外，鬼也不能发明这种胡说！"

姑娘们不曾充分睡眠，并排站着，交互打哈欠，而且在清晨的凉爽中瑟缩着。一道粉红朝雾弥漫在河上，朦胧透露河面的水光，因此克里看着姑娘们的熟识的面孔也同样朦胧。马加洛夫穿着翻领白衬衫，露着胸颈，头发蓬乱，坐在姑娘们脚下的沙上。他好像《尼伐》[1]所赠送的廉价翻印画片上的一个意大利小孩。萨木金第一次看到马加洛夫的阔胸的身体也是楔子形的，像流浪人伊诺可夫的一样。

图洛波伊夫很挺直地站在一边，固执地看着刘托夫的傲昂的颈子，慢慢地把他的纸烟从这嘴角移动到那嘴角，好像他正在对他自己说什么

---

[1] 英译者注：俄文《休耕地》，盛行于当时的一种家庭杂志。

私语似的。

"好，怎么回事——快就可以去了吧?"刘托夫不耐烦地问。

"说话小声些，老爷，"小百姓用一种严厉的小声说，"那是一种狡猾的畜生——它会听见你的!"然后，转向磨坊方面，他叫喊：

"米可卡！怎么回事呀？"

两个声音同时回答，一男一女：

"阿荷伊！你要干什么？"

"看看——它吞吃了它了吗？"

"我看过了。"

"怎样？"

"它吞吃了它了。"

刘托夫愤怒地推推那小百姓的肩头。

"你是什么意思？我不可以谈话，而你可以用尽力气怪叫？"

小百姓惊异地望着他，而且这样微笑，以致他的整个面孔似乎都毛松松的。

"大人——何消说，这里这猫鱼是认识我的，而你对于它却是一个陌生的人。各种生物都留心它的生命。"

小百姓用小声说了这些话。然后，用一只手遮在眼睛上，看着河流，他很沉静地说：

"看着吧！这就要烫着它了，一烫着它就要跳。去看呀。"

他说得这样动听，脸色这样兴奋，以致每个人都走向河岸，甚至赤金色的河水也似乎停住了它的缓缓流动。因为每一步他的假脚都深陷在沙里，小百姓跳跃着向磨坊走去。

阿连娜一惊，叫道：

"看！看那边岸上——树丛下面有一种小黑东西！"

克里并未看见什么黑东西。他不相信有什么喜欢荞麦粥的猫鱼。但是他觉得别的每个人都相信，甚至图洛波伊夫也相信，刘托夫显然相信。他们注视着发光的水面，眼睛都看酸了吧，可是依然固执地看着。好像要看通河底似的。有一分钟之久，这使萨木金迷惑了：倘若那猫鱼真跳起来呢？

"它在那里——游呢！"阿连娜又小声说。但是图洛波伊夫大声说：

"那是云彩呀。"

"嘘——嘘！"伐拉夫加呵斥。

每个人都看着天空。浩大的天空中只浮着一小片白云，并不比一撮羊毛更大。从水闸附近的繁密的芦苇和树丛里悄悄地驶出来一只小船。跛脚的小百姓站在它里面，拿着一把鱼叉，而且向众人摇摇手。一个碧眼金发的阔肩少年，穿着灰色上衣默默地摇桨，划船前进。他寂然不动地坐着，好像化为石像似的。只有他的手腕活动，而那些桨的运动好像是自动的，在水面上划出猫爪抓过的纹路，那跛脚汉子忽然停住摇手，把这手举在头上，眼睛并不离开水面，也变为凝固的了。那船从这岸到那岸走了一个三角形，又一个三角形。那小百姓慢慢地放下左手，而且同样慢慢地举起拿着鱼叉的右手。

"戳它！"他怪叫，就竭全力把鱼叉猛戳进水里。

克里站在别人后面。他看见那跛脚汉子已经戳在空处；而且，当那小百姓踉跄地趴下，抓住船边的时候，克里确实觉得："这是故意装作的！"

但是跛脚汉子立刻摇动了他的信念。

"戳不中它！"他说，而且发出悲哀的狼嚎，同时他滚进河里，他的红上衣在他的背上鼓胀成一个奇怪的气泡；他的有一只铁环在顶端的假脚拍着水面；他哮喘而摇头。他用一只手攀住船尾，用另一只拳头打着船的腹部，失望地叫喊：

"啊——啊，我失败了！米可卡，你鬼东西，你为什么不用桨重打它一下呢，呢？现在用桨，傻子！打你的头呀！你使我丢脸，你混蛋兔子！"

少年悠悠地抬起鱼叉，把它放在船舷上。然后他默默地扶助跛脚汉子爬进船里，用力摇桨，把船划到岸上。那小百姓，湿淋淋的，张脚张手地躺在沙上，懊丧得要死了：

"我失败了，先生们！我丢脸了。饶恕我，为基督的缘故！我只差一小点。我瞄准它的头，但是戳在它旁边！你们明白吗？噢，天父，这怎么好呢？"

他的忧愁已经改变了他的声音；它是高调的、可怜的。他的浮肿的脸已经变为长形，现在表现着最诚恳的悲哀。在他的额上、鬓上以及眼睛下面，水滴奔流在他的整个面孔上演成汗泪合流的景象。他的惨淡的眼睛有一种惶恐负疚的闪光。他从他的头发和胡须上抓起一些水滴，撒在沙上和姑娘们的裙子上，同时沮丧地叫道：

"它是大的——四磅多重！它是一只公牛鱼，不是猫鱼——真的，上帝在上！它的髭须这样长！"

这跛脚汉子用手比出一尺长的样子。

"我错了，"克里想，"他曾经看见猫鱼。"

"它停在河底上，河底上；我能够看见它，它正在深思默想，它的髭须一动一动的。"跛脚汉子庄严而忧郁地诉说。

"你以为他怎么样——呃？"刘托夫叫喊，高兴地。

"他表演得很好。"图洛波伊夫认真地说，微笑着，然后取出一个小黄皮钱包。

刘托夫拦住他的手：

"原谅我——这是我的交易！"

里狄闭紧嘴唇，皱着眉头，注视那小百姓。伐拉夫加好奇地看着他。阿连娜迷惑了，询问每个人：

"但是这里真有猫鱼吗？有吗或没有吗？"

克里走开到一边去，觉得他自己被双重欺骗。

"我们走吧。"里狄对她的朋友说，但是刘托夫叫道：

"等一等！"而且他坦直地问那小百姓：

"愚弄我们，对吧？"

"对的，它愚弄我们，那鬼东西。"跛脚汉子承认，悲凉地敞开他的双手。

"不，不是鬼，而是你。你愚弄了我们。"

"你是什么意思？愚弄了谁？"那小百姓，惊异，退避刘托夫。

"不要害怕！我照样给你钱，还要加给酒钱。不过老实告诉我：你愚弄我们了吗？"

"让他去吧。"图洛波伊夫请求；而跛脚汉子，用他的莫名其妙的眼睛观测了每一个人之后，俨然率真地问道：

"我怎么能够愚弄上流人们呢？"

刘托夫拍拍那小百姓的湿肩头，爆发了女性的颤声大笑。图洛波伊夫也开始笑，沉静而且脸红地。甚至克里也微笑，因为在那有胡子的小百姓的惶恐的眨着的眼睛里有着那样可笑的孩子气的恐惧。

"一个人可以愚弄上流人吗？"他咕噜着，又研究着各个人，这时他的眼里的恐惧改变为侦察了；他的下巴发抖。

"鬼东西！"伐拉夫加叫，做了一个失望的手势，而且微笑。刘托夫仍然禁不住大笑。闭着眼睛，头向后仰着；那声音好像有一种玻璃器在他的喉咙里继续发响似的。

那小百姓，一瞥伐拉夫加之后，宽阔地露齿而笑，但是立刻用手掩住他的嘴。这并不成功；咯咯咯的鼻音高响在他的手掌心里，他也做了一个手势，好像表明事情太过什么，而且用假声音高叫：

"这都是我们的罪过！"

他也开始笑了，初而有些迟疑不定，继而减少羞怯，逐渐放胆，终于大声哄笑，完全压倒了刘托夫的吃吃痴笑。大张着他的毛嘴，他用他的假脚戳着沙地；他摆动他的胸腹，摇着他的头：

"噢，天哪！……呵——呵——呵，这都是我们的罪过，上帝在上！"当他站着大笑的时候,他的身上的湿淋淋的水光似乎使他的健康的笑声也有光泽,以致它具有一种油滑的调子。

"你欺骗。"刘托夫叫喊,"在哪里——猫鱼在哪里？"

"我这样瞄准它……"

"猫鱼呢？"

"我失败了……"

"猫鱼在哪里？"

"它还活着咧。"

他们彼此互相看看,又爆发了突然的大笑。泪水从小百姓的眼里流出来。

"好,这是有些古怪的。"图洛波伊夫说,耸动他的肩头,然后走开,追随姑娘们和马加洛夫去了。萨木金也跟踪着他们,跟在他后面的是小百姓的哄笑：

"噢,天哪——这么回事！"

阿连娜走在他们先头,恼怒地叫道：

"为了欺骗人们他应该受惩罚！"

"这是傻气,阿连娜。"里狄严厉地制止她。

他们都默默走去,但是刘托夫立刻赶上他们。"你们明白这回事吗？"他问,用手巾揩掉他的脸上的泪水和汗水,同时他跳跃和盘旋在他们面前,尽力要捉住他们的眼睛,和妨碍着他们走路。图洛波伊夫斜看着他而且后退了两步。

"他巧妙地使我们相信,呃？"他说,"他有才能。这是艺术！真切常使人相信。"

"那说得完全不蠢,"图洛波伊夫说,对克里微笑,"总之,他是不蠢的——而且他何等热烈呀！"

"够了,弗拉得亚,"马加洛夫恼怒地叫喊,"你为什么要撒尘灰在我们的眼睛里呢？等到他们使你成为某种雄辩的教授之后,你再撒尘灰迷惑我们吧。"

"科士提亚,你是一只轻浮的鸟!用心理会这回事吧!"

"不,严肃地,停止吧。"

"你叫嚣太过。"阿连娜埋怨。

"好——我就不叫。"

"像一个疯子!"

"我就沉默!"

他确实沉默了,一直到里狄挽着他的手臂问道:

"为什么那小百姓引不起你的愤怒呢?"

"我?为什么呢?"刘托夫惊奇地叫喊,"恰恰相反,里狄亚,我多给他三个卢布,而且谢谢他。他伶俐。我们的小百姓是异常聪明的!他教导人!使我愤怒吗?绝不!"

站住,他轻拍着放在他的手臂弯处的里狄的手,幸福地微笑着:

"但是,当然,你不会相信这猫鱼,你会吗?这小河里是不会有猫鱼的,我的最亲爱的姑娘!"

他又爆发了大笑。

马加洛夫和阿连娜加快脚步走去。克里落在后面,看着图洛波伊夫和伐拉夫加缓缓地走向别墅,然后他坐在挨近沐场上陆处的一只凳上冥想。

他回忆昨天马加洛夫随便说过的话:

"你的心理是健全的,克里!你生活得好像广场里的纪念碑似的;在你周围全是喧哗、吵闹和唠叨,但是你观看着各样,毫不为所动。"

"但是他的话不过是证明我知道怎样不显露我自己。"克里仔细思维,"然而,在一方面,从一个角落后面来打听和观察的人的任务是不再值得我做的了。现在我应该更积极有为才对。倘若我开始拔掉人们的孔雀毛,那对于他们是有很多益处的。是的。某一节圣诗中所谓:'为求得救而至错误。'这是可能的,但是犯错误的机会很少,而且只'为求得救'，并不全为彼此争胜的机会更少！"

他的思想向这方面进展了一会儿，一直到觉得他自己在一种雄赳赳的情绪中，准备战斗，这才决定到阿连娜家去。各个人都已去到那里，除了伐拉夫加而外。但是他忽然记起现在是他转回城里去的时候了。在到车站去的路上，走在装点着歪扭的小松树的丘陵之间的步履艰难的沙地上，克里的雄赳赳的情绪不知不觉地遗失了。他一面跋涉，追逐着长伸在他前面的他的影子，一面想着要确定自己在别人们的思想的混乱中的地位是何等困难，这些思想后面是潜藏着种种不可思议的情绪。

八

他到家之后半点钟，斯庇伐克夫妇就来了。

他的母亲庄严地接见他们，好像他们是被派来受她指挥的属员似的。她昂然谈着，用鼻音吟哦着法兰西成语，而且随时都在她的脂粉浓厚的面孔前面使用一只长柄眼镜。在邀请宾客坐下之前，她自己先舒服地坐好。克里觉得他母亲的虚骄而拘泥的态度正在使斯庇伐克夫人觉得有趣，后者的眼睛有一种嘲笑的表情。伊立沙弗它·勒孚夫娜，披着一件异样的黑斗篷，似乎变为更老了些，而且有修道院的简素意味；她并不像在彼得堡时候那样有趣。但是克里的鼻孔欣然嗅到一种熟悉的香味，而且在他的记忆中响着这美丽的歌词："伴着你，伴着你一个人。"

那瘦小的钢琴家，穿着山东绸的夏季上衣，默默地紧贴在椅子上，好像一只蝙蝠似的；点头应和着妇人们的言辞。萨木金谦恭地握了他的手。可喜的是看着这好像由黄色象牙拙劣地雕成的男人是完全不配合坐在他旁边的俊俏女人的。当克里的母亲和伊立沙弗它·勒孚夫娜交换了几句客气话之后，后者叹息说道：

"维拉·彼得洛夫娜，我觉得很抱歉，因为在我们初次相会的时候我就必须告诉你某种不幸的事：狄米徒里·伊凡诺维奇已经被捕了。"

"噢，我的上帝！"维拉·彼得洛夫娜叫喊，向后倒在椅背上。她的眼睫毛发抖，而且她的鼻尖变红了。

"是的！"斯庇伐克高声说，"他们夜间来把他带走了。"

"古图索夫怎样了呢？"克里恼怒地问。

斯庇伐克答道，在狄米徒里被捕之前三个星期，古图索夫就已回家去安埋他的父亲去了。

克里的母亲——小心地，因为怕损坏脸上的粉——用一张极小的手巾揩揩她的眼睛；但是克里看见手巾并没有湿，她的眼睛完全是干的。

"我的上帝！那是为什么呢？"她演戏似的询问。

"我相信那并不严重。"伊立沙弗它·斯庇伐克说，安慰地。"狄米徒里·伊凡诺维奇的一个熟人被捕——一个工厂学校的教师——还有他的兄弟，一个叫作波坡夫的学生。他好像也是你的熟人吧？"她问克里。

"不！"克里断然否认。

九

一刻钟之后，克里的母亲显然以为她的忧愁已经充分表示明白，于是邀请客人们到花园里去喝茶。

雀鸟们正在快活地吱吱喁喁，花卉盛开着，丝绒的天宇使园里充满了蔚蓝的春光；在这时候讨论不幸的事是不相宜的。维拉·彼得洛夫娜开始询问斯庇伐克关于音乐的事。他立刻活泼起来了：拉出他的蓝色领带，用手指在空中点点画画，他告诉她在西方并没有音乐这东西。

"这里所有的不过是机器。从'梅吕哀'[1]和'加孚提'[2]，他们

---

[1] Minuet，十八世纪法国宫廷舞曲，迂徐婉转。
[2] Cavotte，法国乡农舞曲，轻快活泼。

只达到这种东西。"

他用口哨吹了一个流行的陈腐滥调。

"不要扯拉你的领带。"他的妻子命令。

他顺从地把双手放在桌面上,好像放在键盘上似的,而他的领带尖顶却落在他的茶杯里。这使他惶恐了。当他用手巾揩干领带的时候,他说:

"挪威有一个格里格[1]。很有趣。据说他是一个漫不经心的人。"

然后他又陷入沉默。妇人们都微笑着,谈得越来越兴奋,但是克里觉得她们并不彼此相好。这时斯庇伐克颇为唐突地询问克里:

"你的健康怎样?"

但是当克里献给他一些草莓的时候,他拒绝了:

"它们使我发疹子。"

"带伊立沙弗它·勒孚夫娜去看看厢房。"克里的母亲提示。

"这是一个古怪的城市。"勒孚夫娜说,拉着克里的手沿着花园的路径走去,"这样蒙昧的嚷嚷的城市。它第一件刺激我的是我才一走出车站就觉得它昏昏欲睡。它必定惨淡得好像在'净罪界'里似的吧。这里时常有火灾吗?我是害怕火的。"

厢房里堆积着的破纸片使克里想起作家卡丁。伊立沙弗它·斯庇伐克看着它们,说道:

"人很能够在这里造成一个安乐窠,而且这里有一道窗子,正对着花园,或许苹果树上的小毛毛虫会蠕蠕地爬进房里来的吧?那些小鸟们会在早晨——很早的早晨——唱歌的!"她感叹。

"你不喜欢这些房间吗?"克里抱歉地问,走出去到花园里。她优雅地偏起她的颈项,微笑着回头对他说:

"不——为什么呢?这对于两姐妹,两个老处女,是很方便的,或

---

[1] E. Grieg(1843—1903),挪威钢琴家、作曲家。

者对于新婚者们。让我们在这里坐坐，"她邀请，站在樱桃树下的一只凳子旁边，"让他们在那里谈生意。"

看看周围她沉思地继续说道：

"美好的花园。厢房也好。正合于新婚夫妇。在这种幽静之中充分享受爱情，然后——然而，年轻人，你不会懂的。"她忽然用微笑结束她的话，这微笑使克里惶惑了：其中潜藏着轻蔑，或是勾引呢？

看看天色，从樱桃树枝上摘下一片叶子，她问：

"他们在这里怎样过冬呢？戏院，纸牌，无聊的恋爱，闲谈——是不是？我喜欢住在莫斯科，或许人不会很快就习惯在这里。你还不曾习惯吧，习惯了吗？"

克里惊异。他想不到这女人能够谈得这样简单而明快。简单是他以为她所没有性质。在彼得堡，她似乎被种种严肃的思想所封闭、束缚。可喜的是她对他谈话好像对一个亲密的老朋友似的。后来，她问到这厢房的出租是否连带燃料在内。她问了几个这种实际的问题，但是都说得轻松、随便。

"在钢琴上面的那画像——是你的养父的吗？他有一部很富的人的胡须。"

注意看看她的脸，克里说图洛波伊夫就要来了。

"是吗？"

"他正在卖他的土地。"

"是这样的？"

克里因为她的镇静的语调而感觉喜悦；当她的手肘撞着他而她并不道歉的时候，他也是喜欢的。

克里的母亲带着斯庇伐克向他们走来。斯庇伐克的肩头向上翻动，好像要从地面上跳起来似的。他正在说：

"这应该写作虚线，很低：哆——哆……"

他的妻不顾情面地阻止了他的歌吟。她开始和维拉·彼得洛夫娜讨

论厢房,而且走进那里去了。斯庇伐克坐下在克里旁边,用文法书上的句子彬彬有礼地说道:

"你的母亲是一个很可爱的人。她懂音乐。此地离墓地远吗?我爱各种挽歌。我们俄罗斯人所有的最好的东西是墓地。俄罗斯人善于办理丧事。"

妇人们的声音打破了他的惊疑。

"不是这样的吧?"斯庇伐克夫人质问。

"我会替你们办好的。"

"供给我们家具?"

"是的。"

十

几分钟之后,当克里送斯庇伐克夫妇回来的时候,他看见他的母亲还坐在花园里,在同一樱花树下。她的头颊丧地低垂在胸口上,她的手臂向后搭在凳子靠背上。

"我的上帝,她是不很使人喜欢的一位太太。"她用一种疲乏的声音说,"犹太女人?真奇怪——她是这样切实。她讲生意好像在市场里似的。然而,她并不像一个犹太人。你似乎没有注意她谈到狄米徒里的时候有喜欢的影子吧?有些人是很高兴传播坏消息的。"

她烦恼地用她的小拳头拍着她的膝头。

"啊,狄米徒里,狄米徒里!现在我必须到彼得堡去了。"

艳丽的暮色弥漫在花园里,染红了白色的花朵。它们的香气更加醉人。一片寂静。她说:"我要去换衣服,你在这里等一等。在房间里是窒闷的。"

克里皱起眉头目送着她。他的母亲谈论伊立沙弗它·斯庇伐克的话是完全和他自己的印象不同的。但是他对于人们的猜疑,越来越容易引起，已经咬着他的母亲的话，于是克里陷入思索中，迅速地检点着那使他喜悦的妇人的言笑和姿态。温柔的寂静使他情绪绵软，不容许他发见伊立沙弗它·斯庇伐克的行为中有可以证实他的母亲的议论的任何迹象。另一些思想却源源而来：伊立沙弗它将要搬入厢房；他将要献殷勤给她，因此他将要疗治他自己对于里狄的异常迫切的系恋。

他的母亲转来了，穿着黄色便服，用银带扣扣着，踏着软的拖鞋。她显得非常年轻。

"你不以为你的哥哥被捕会使你受什么影响吗？"

"为什么会呢？"

"你们住在一处。"

"这不就是说我们意见相同。"

"是的，但是……"

她变为沉默，用手摸摸她的额上的小皱纹，而且她忽然感叹：

"这斯庇伐克有不坏的身段——甚至怀胎也不难看。"

克里忽然惊动，悠悠地问道：

"她怀胎？她告诉你了吗？"

"我的上帝，我自己能够看见的！你和她很熟吗？"

"不。"克里说，脱下他的眼镜，低着头揩拭它们。他知道他的脸上的表情是恼怒的，而他不愿意他的母亲看见它。他觉得被欺骗。各个人都在欺骗他：那卖身的马格里它，肺痨病的尼卡叶伐；里狄也在欺骗他，对他装出她并不真是如此的样子；最后，甚至斯庇伐克也已经骗了他，他不再能够那样喜悦地想着她，像一点钟以前那样。

"人必须毫无怜悯，必须有何等冷酷的心肠，才可以欺骗一个害病的丈夫。"萨木金愤恨地想，"至于我的母亲呢——她何等鲁莽灭裂地闯入我的生活里面。"

"噢，我的上帝！"克里的母亲叹息。克里看看她。她直挺挺地坐着；她的脸，皱起许多阴惨的条纹，是一张老太婆的脸。她的眼睛大睁着，她咬着嘴皮好像忍住一场痛哭似的。克里觉得讨厌她，但是对于这妇人有一丝怜悯之情通过他的内心。他很沉静地问：

"你觉得感伤吗？"

耸动肩头，她闭住她的眼睛。

"在我的年纪没有什么欢娱。"

然后，用抖颤的手拉着她的便服的领子，她小声说：

"在附近，已经有一个女人——一个姑娘——在等待着你；你要和她恋爱。"

在她的小声和私语中克里觉得有些异常；他想到她，时常是这样骄傲矜持，就要流泪了吧。他不能想象她的哭泣。

"我们不要谈这个吧，妈妈。"

她搔搦地把她的面颊靠在他的肩上摩擦了几下，而且哮喘着，由于干咳，或由于想要大笑而不成功，小声说道：

"我不知道怎样谈才好，但是必须谈谈。总之，对于妇人要宽大、同情。是的！由于同情。宇宙间最孤独的生物是妇人、母亲。她孤寂得几乎发疯。这我不但是说我自己——不！"

"你要我去取茶水来给你吗？"克里问，而立刻就觉得这问题愚蠢。他想要拥抱她，但是她摆脱他，抖颤着，尽力抑制着她的呜咽。她的话越来越感伤了：

"只有几小时报酬孤寂岁月的日日夜夜。"

"这是尼卡叶伐说过的。"克里记得。

"自尊心，被残酷地践踏了。别人方面惯常——注意这点——惯常无意于亲切理解你的灵魂。我说得不对，但是我不能用言语把它表示出来。"

"这是不必要的。"克里觉得想要说，"这是不必要的，这降低了你。这些话早已由一个肺痨病的丑女子告诉过我了。"

他想要安慰她的企图是无法表现的；他的母亲正在喘息，私语：

"倘若哭泣，就会被称为歇斯底里的女人，送给医生，药呀，水呀。"

儿子，在惶惑中，拍拍他的母亲的手，沉默着，找不出安慰的话；他总是想着她告诉他这一切是无用的。但是她真是歇斯底里地笑起来了。

"你必须明白这个，一切女人都是害着无药可救的孤寂病。这是你们男人觉得不能理解她的大原因——意外的不贞，和各种事体。你们并不像我们似的渴望、追求和人亲近。"

觉得他必须使她清醒，克里说：

"你知道吗，马加洛夫谈论女人们，谈得十分新颖……"

"我们的自私不是一种罪过。"他的母亲继续说，并不听他的话。"这种自私发源于生活的冷酷，因为人内部的各样都窒闷地觉得疼痛：灵魂、身体、骨骼……"

她突然停止，看着她的儿子，然后离开他一点，默默地仰望着树的绿色顶盖。一分钟之后，她理好已经拖到脸上的一股头发，从凳子上站起来，走掉了，留下给她的儿子一种颓丧之气。

"当然，她说这一切是因为她逐渐衰老，变为嫉妒的了。"他回想，皱着眉头，然后看看他的表。他的母亲和他同坐在这里不过半点钟，可是好像已经过了两点多钟似的。在半点钟之间她就已降低在他的眼前，这一觉得是不愉快的，于是克里·萨木金又想到各个人内部都能显露出一根旗杆，在杆上悬起自出心裁的旗子。

第十三章

一

第二天早晨,伐拉夫加忽然出现。他是头发蓬松的。他的小眼睛兴奋地放光。维拉·彼得洛夫娜对他说的第一句话是:

"那么,那位小姐——或太太——已经租定那房子了吗?"

"什么小姐?"伐拉夫加问。

"刘托夫的熟人呢?"

"我不曾见过这样一个人。有两位:里狄和阿连娜。还有三个侍从——鬼惹他们!"

肥大的伐拉夫加就好像荒唐地加以放大的中国"乞丐之神"[1];那可畏的小神像就摆在客厅里的一个镜台上,他的形态的漫画性质莫名其

---

[1] 大约是"财神"吧。

妙地有一种特异之美。伐拉夫加饿馋馋地急促吞吃了几片火腿，含糊说道：

"图洛波伊夫是一个怪物。他们是叫作什么——颓废派，Fin de Siécle[1]，总是这一类。不懂得做买卖。我买了他的乡间住宅，我们要在那里办工艺学校。卖得真便宜，好像原来是偷来的。总而言之，他是出身高贵的白痴。刘托夫向他买地给阿连娜，尽力剥削他；他会剥光他的，但是我不容许。顶好是由我自己去剥。"

"你说的什么话呀？"维拉·彼得洛夫娜温和地责备他。

"说的老实话，人必须会掠夺，尤其是从傻子手里。塞吉·维特[2]就这样剥削他们。"

伐拉夫加心满意足。他叹气，快活地闭起眼睛，喝了一杯酒。然后用餐巾扇着他的脸，又说：

"这刘托夫确是一个狡猾的贱民；克里，你要小心！"

这时维拉·彼得洛夫娜直竖着头，呆得好像一个瞎子，告诉他说狄米徒里被捕了。伐拉夫加抓起他的胡子，看着它，吹了一口气。

"呵，这是怎么回事，想坐监狱，从萨木金氏先辈遗传下来的吗？"

"我要到彼得堡去一趟。"

"当然。"伐拉夫加咕噜。他抓住克里的肩头，摇摆着他。

"你，兄弟，真应该进土木工程学院。律师太多了，但是现在还不需要甘比大[3]之流。每个报馆差不多有二十五个检察官。但是要找建筑师呢——没有，我们都不懂得建筑。学习做一个建筑师吧。这才可以得到某种平衡：哥哥破坏，弟弟建设；而我，包揽工程，从中取利。"

他突然大笑，震摇着肚皮。然后他要克里到乡间别墅去：

---

[1] 法语，世纪末。
[2] Sergei Witte（1849—1915），当时俄国财政大臣。
[3] Gambetta（1838—1882），法国著名律师、政治家。

"我们应该有人在那里。我想要杜洛诺夫到那里去做经理人。好,我现在要去找公证人。"

看着他走出家宅,克里的母亲感叹道:

"真能干,真聪明啊!"

"是呀。"克里恭敬地附和,但是想道,"他把我当作皮球似的玩弄!"

二

黄昏他到了乡间别墅,他是从车站取道松林边缘的小径走去的,因为不愿走那沙土的大路。最近有几座教堂铜钟被搬运进这小村里,路被人群和车马犁成许多深沟。在寂静的小径上走着是惬意的。那些烛似的圆锥形小松发散着树脂香味,两列原始森林之间的晴空隙中紧张着一片阳光的虹彩,老松树皮闪着紫铜和锦缎似的光辉。

忽然,在林边从一个小山丘后面现出一顶鲜红的遮日伞,好像一朵巨大的毒菌似的。这伞并不像里狄或阿连娜所有的。克里看见在它下面有一个穿黄衣服的女人的狭窄的脊背,和刘托夫的光头上的乱发。

"那就是我的母亲所说的那女人了吧?刘托夫的情妇?最后幽会吗?"

他移近他们,听见那女人的平和的小声音,和刘托夫简短的问话。然后他转入树林里,但是刘托夫在他后面叫道:

"我看见你了!不要躲藏。"

他的叫喊响着嘲讽的音调,而且当克里走来会他的时候,他苦笑着露出牙齿。

"你为什么以为我躲藏?"他恼怒地问了,故意脱下帽子招呼那女人。

"因为精明。让我介绍你们。"

那女人伸手给他，这手掌是很硬的。她的面貌没有特点，使人难以记忆。她注视克里，低声说出她的名字，而他立刻就忘记了她。

"请帮我忙。"刘托夫说，转身做了一个嘴脸，"她迟误了她的火车；请你找一个寄宿的地方给她，但是不要让人知道。如果有人看见她，就说她来租房子，但是不必看见第二次。尤其是那跛脚鬼，那精灵的小百姓。"

"或许这些警诫是多余的吧？"那女人低声说。

"我不这样想。"刘托夫突然厉声说。

女人微笑，用她的伞刺探着沙地。她的微笑是特别的：在张开那紧闭的嘴唇之前先把它们闭得更紧，以致嘴角上现出一些细条纹。它是一种紧张的、胜利的微笑，而且完全改变了她的面部表情。

"好，走吧。"刘托夫命令，并不帮助她从地上站起来。他挽着克里的手臂，他们向别墅走去。

"你对她太少礼貌。"克里埋怨。

"没有关系。"刘托夫说。

"我必须警告你我的哥哥已经在彼得堡被捕了。"

"民意派吗？"

"马克思主义者。什么民意派？"

刘托夫脱下他的帽子，用它扇着他的发红的脸。

"'革命势力再起的集团'，"他模拟或人的声调，"'集结'——这些鬼！"

萨木金恼怒刘托夫把他引进某种不愉快而且似乎危险的事故里，他也恼怒他自己这样轻易顺从他，但是惊异和好奇压制着他的恼怒。他默默听着刘托夫的可厌的唠叨，而且屡次回头看看。那拿红伞的女人已经不见了。

"'再起！'这人曾经来通知我，我的一个朋友已经在斯摩伦斯克被捕。他有一个印刷厂在那里——那些鬼要重罚他的吧！卡尔可夫、彼得堡、奥来尔都在捕人。'集团！'"

他发牢骚，好像伐拉夫加埋怨他的木匠、石匠和职员一样。克里惊异这种新腔调，而更惊异刘托夫认识这些革命党。静听了他一两分钟之后，他再也忍不住了。

"但是你和这一切——和革命——有什么关系呢？"

"问得好。"刘托夫回答，微笑着，"我忧虑他们忽然抓住你的哥哥。他，现在，或许已经解答给你了吧。"

"蠢东西。"萨木金心想咒骂。他把他的手臂从他的同伴的手里撤回来，但是后者似乎并不留意，仍然低头沉思地走着，用脚踢开那些圆锥形小松树。克里加快脚步。

"你忙什么？"刘托夫望着别墅方面点点头。"没有人在那里；他们都出去划船，或到市集去了。"

他又挽起萨木金的手臂，而且，当他们走到一个柴堆前面的时候，他提示：

"让我们坐一下。"

才一坐下他就低声嘲骂：

"知识分子有什么鬼用处呀，当我们的小百姓依然是这样的时候？真好像用珠玉装饰乡村茅屋。性灵呀，精诚呀，浪漫主义呀，以及一切薄荷油；有特种资格坐监牢，住在不能生存的流放地，写些感伤的短篇小说和小品文章。伟大的殉道者呀，很有价值呀，如是等等。总之，不邀请而来的宾客。"

他发出麦酒气味，而且一面谈一面切齿，好像正在咬断某种线索。

"以民意派为例吧。当然，不过是从墨西哥文翻译来的东西：加斯塔夫·阿麦[1]和梅尼·里得[2]。他们的手枪不准，他们的地雷不炸，

---

[1] 未详。
[2] Mayne Reid（1818—1883），英国儿童读物作者，移居美洲，任美军队长，攻墨西哥。

他们的炸弹不响——过时才响。"

抓起一段弯曲歪扭的木柴，刘托夫尽力要使它直站在沙地上，但是不成功；木柴总是往下倒。

"明明白白，俄罗斯必须被斧子砍，不可能用削笔刀削尖。你以为如何？"

萨木金，被这意外的问题愣住，并不立刻回答。

"上次你谈俄国人民说得完全和这次不同。"

"关于谈论人民的话我始终是一致的：它是优良的人民！无比的！"

他意外有力地把那木柴抛起很高，而且，当它向他的脚面落下的时候，他抓住它，硬栽在沙上。

"人能够把一件莫名其妙的东西造成许多不同的东西。艺术家会把它制造成魔鬼或天使。但是，你看，这木柴已经躺在那里开始腐化，可是放在火炉里还是会燃烧的。腐化是无益而可耻的，燃烧就给人某种分量的温热。我的比喻是可以理解的吧？我要尽力发出生活的光和热，尽力使它烧红。"

"你说谎。"克里想。

刘托夫挥舞双手，他的右手指颤动得好像聋哑人的手指。他的全身抽搐得好像被拉动引线的傀儡。他激起克里心里的愤慨的抗议。

"但是我可以说他是演戏、装鬼、发痴，而且他的一切言辞都是丑陋、错误、胡说的吗？问题是这家伙这样富有，又是一位美女的未婚夫，他为何、为谁作戏说谎呢？"

"想想看！"刘托夫的兴奋的声音冲破克里的冥想，"想想看：从一万万俄罗斯的心胸和头脑中只有十个——或五个——竭尽全力来工作吧？"

"是的，当然。"克里勉强地说。

黑天上已经有星星；空气中有浓厚的潮热味；森林似乎正在溶解，化为雾气；露水正在滴沥。在河水之外的黝黑之中燃着一点黄火。它迅速延烧为祝火,照明了一个人的白色小形体。河上有节奏的桨声打破沉寂。

"我们的人们来了。"克里说明。

刘托夫保持沉默一个长久时间才回答。

"到时候了。"他站起,注意向四面察看,"有一个小百姓在这里闲逛。我要拦住他,但是你先走,去安置那位太太。"

当萨木金向别墅走去的时候,他听见刘托夫的鲜明的声音:

"你又在这里捕猫鱼吗?"

"你说笑,老爷;但是猫鱼是真有的。"

"真的?"

"真的呀!"

"在什么地方?"

"除了在河里而外还会在别处吗?"

"这河里吗?"

"嗯,为什么不?这是一条好河。"

"他是一个演员。"克里回想,竖起耳朵静听。

"你,老爷,要女人吗?附近有一个军人的妻。"

"像猫鱼一样真有吗?"

"她很寂寞。"

"伐拉夫加说得不错——他是一个危险人物。"萨木金认定。

三

在家里,萨木金吩咐仆役们伺候晚餐后各自去睡之后,就走出去到露台上。他站着观看河流,望见提里卜尼伐家的窗上模糊的灯光。他想要到那里去,但又提醒他自己不可以去,必须等那神秘的女人到来。

"我没有意志力。我早该拒绝他。"

克里一面等待着脚步走在沙上的声音，一面尽力设想里狄正在与图洛波伊夫和马加洛夫谈话的情形。刘托夫或许已经到那里去了吧。远方雷声隆隆。断续传来钢琴的声音。月亮躲藏在河上的云层里。它间或放光在那些草地上。一直等候那不欢迎的客人到半夜，他才砰地关门睡觉，想着刘托夫或许并未去看他的未婚妻，而在森林中和那不会笑的女人寻欢作乐了吧。甚或什么民意派，什么印刷厂，什么搜捕都全是他捏造出来的。"或许一切都很简单，"他刻毒地思索，"不过是一次最后幽会而已。"

然后他入睡，早晨被风声所唤醒。窗外松涛汹涌，白杨萧萧，河面绿油油的轻波规律地漾起。河上高空中浮游着一段深蓝的云；风撕破云边，断片急速飞奔河上，以它的烟霭遮暗河面。阿连娜正在浴房里叫唤。萨木金去洗了之后，穿好衣服坐下吃早餐，忽然一阵大雨倾盆而来，一分钟之后马加洛夫进来，摇掉他的发上的雨水。

"但是弗拉得米呢？"他问，"他并不曾来睡。他的床被并不曾翻动过。"

克里微笑，想说一句讥刺刘托夫的话；但是还没有机会说出，阿连娜已经进来了。

"克里，快点——咖啡！"

她的湿衣服贴在她的肉上，显出她的裸体的轮廓。她拧干头发，叫道：

"那发疯的里狄曾经跑到我那里取卧具，她会被雷打死的！"

"昨夜刘托夫到你们那里了吗？"马加洛夫埋怨地问。

阿连娜站在镜子前面，敞开双手。

"哦呵！那么我的未婚夫似乎失踪了，而我正在受凉，要害支气管炎咧。克里，你竟敢这样无耻地望着我！"

"昨天那跛脚小百姓邀请刘托夫到磨坊去。"克里对这姑娘说。她已经坐在餐桌上，喝着咖啡，因为急促烫着嘴。马加洛夫放下半空的杯子走到通到露台的门边。他站着轻轻地吹口哨。

"我会受凉吗?"阿连娜问。

图洛波伊夫进来,仔细看了她一眼,出去了,又拿着他的薄外衣出现,他把它披在她的肩上。

"好雨,"他说,"有益于农事。"

电光闪烁,雷声隆隆,窗玻璃震颤作响;可是河对面已经逐渐晴朗。

"我要到磨坊去。"马加洛夫声明。

"去吧,那里有你的一个朋友!"阿连娜解释。

"难道他不怕受凉吗?"克里问。

"当然,即使受凉也该去。"

那外衣从这姑娘的肩上落下,露出被湿的绸衣紧箍着的胸部。这并未扰乱她,但是图洛波伊夫又把外衣披在她的美好的肩头上。萨木金看见这使她高兴了。她闭起眼睛,欢喜地抖动她的肩头,说道:

"不要紧,我觉得热。"

"我就不敢像这花花公子一样动作。"萨木金妒羡地想着。他转向图洛波伊夫,问道:

"你喜欢刘托夫吗?"

他觉得图洛波伊夫的面皮颤动,好像被苍蝇叮着似的。他取出他的烟盒,很有礼貌地答道:

"一位有趣的朋友。"

"我觉得有趣的人最不诚恳。"克里说。他忽然觉得控制不住他自己,尽力维持心气和平,"有趣的人们好像穿着战袍的印第安人一样——全身涂着纹彩,带着羽毛。我时常想要洗掉那些纹彩,拔掉那些羽毛,为的是要看清在这一切装饰之下的人的真相"。

阿连娜走到镜子前面,感叹道:

"噢,好一个吓乌鸦的草人!"

图洛波伊夫正在点燃纸烟，疑问地看着克里，而萨木金觉得他费那么多时间点烟是因为不愿说话。

"克里，听着，"阿连娜说，"今天你可以不发高论吗？这日子即使没有你也已经够糟的了。"

她说着这样天真动人的一种声调，以致图洛波伊夫温和地微笑。但是这惹恼了她。她立刻转向图洛波伊夫，皱起眉头。

"你笑什么？因为克里说了真理呀，不过我不要听它。"她用一个指头威吓着他，"你或许也爱那一切——战袍、羽毛的吧？"

"Mea Culpa[1]，"图洛波伊夫说，鞠躬，"你看，萨木金时常不适当地、几乎近于无聊地赏给人正直的铜币。但是，这是很正直的吗？现有一种古风俗：在鸣钟号召人们赴上帝住宅之前，先散布一些谎话。他们说，因此那钟声更好听。"

"那么你是掩护谬误的吗？"萨木金严厉地问。

图洛波伊夫耸动肩头。

"完全不是，但是……"

"阿连娜，来换衣服。"里狄叫唤，出现在门道里。穿着灰衣服，用一幅毛巾作头帕，她就好像某种图画上的土耳其宫女。

阿连娜低吟着出去，克里起来打开通到露台的门。一阵新鲜空气和阳光涌入室内。图洛波伊夫的温婉讽刺的声调苏醒了一种旧感情，重复经验多次的感情：深刻地厌憎这留着 a la Espagnoe（西班牙风）小胡子的男人，没有别人的胡子是这样的。萨木金知道辩论不过他，还是想说尽能说的话。看着窗子，他说：

"斯威夫特[2]、伏尔泰[3]，以及别的一些人都不怕真实。"

---

[1] 拉丁文"罪在我"。
[2] Swift（1667—1745），英国小说家，以讽刺著称。
[3] Uoltaire（1694—1778），法国哲学家、戏剧家。

"当代德国的一位社会主义者——倍倍尔[1]，例如——甚至更勇敢。我觉得你似乎把纯朴的意义理解得很肤浅。有阿西西的圣弗朗西斯[2]的纯朴，有村妇的纯朴，有中非洲黑人的纯朴。还有无政府主义尼卡也夫的纯朴，这是倍倍尔所不取的。"

克里走出去到露台上。他的脚下的地板被阳光晒热，正在冒起蒸汽。他觉得他的声音里也冒着怒气。

"你，你自己，曾经说过关于理性的孔雀毛的话——你记得吗？"他问，背对图洛波伊夫站着，而且听见这平静的回答：

"这不是同一件事。"

图洛波伊夫把双臂垫在脑后，握紧手指，以致发出碾轧的声音。然后，伸长两腿，他在椅子上打盹。克里转身走开。但是一分钟之后，他回顾室内，看见图洛波伊夫的面孔变为不自然的苍白，扩大，好像咬着什么顽梗不化的东西；他的嘴唇苦痛地移动着。他竖起眉毛，仰望着天花板，而且克里第一次看见他的冷静的眼睛显出厌倦的忍从。好像一个敌人压住了这人，后者无论如何都可以推倒前者的，但是提不起勇气来斗争。

马加洛夫走上露台恼怒地说：

"弗拉得卡显然是和那跛子喝了一通夜的酒，现在像死尸一样睡在那里。"

克里用眼睛指示他看图洛波伊夫；但是图洛波伊夫站起，走了，肩背弯拱得像老人似的。

"他害病。"克里悠悠地说，并非没有恶意。但是马加洛夫并不看图洛波伊夫，请求克里：

"不要对阿连娜说什么。"

---

[1] Bebel（1840—1913），德国马克思主义者，属于修正派。
[2] St Francis（1182—1226），弗朗西斯教派创立者。

萨木金欣喜有机会发泄怒气。

"应该对她说的是你呀。请原谅。但是我觉得你在这恋爱事件中的任务似乎古怪。"他背对着马加洛夫说话，"我不理解你和那醉汉有什么结合。他不过是一个草人，头脑里游动着一些牵强的矛盾的言辞和观念。他正和图洛波伊夫同样堕落。"

他说了好一会儿，而且欣喜他的言辞有一种明朗镇定的声调。回头一看他的同伴，他看见马加洛夫架腿坐着，嘴里照常衔着一支烟。他撕破一个火柴盒，放一些火柴棒在烟灰碟里，点燃它们，燃成一小堆祝火，注视着那火焰。

当克里停止说话之后，他说，眼睛并不离开火焰：

"要做一位道德家是很简便的事。"

火光已灭，那些烧不尽的火柴棒正在冒烟。它们已经没有发火的质料。马加洛夫倒几滴咖啡在它们上，显然很抱歉地，淹灭了那余烬。

"告诉你吧，克里，阿连娜并不比我更傻气。我在她的恋爱事件中毫无任务。我不爱刘托夫。我喜欢图洛波伊夫。老实说，我不愿意我对人的态度受你或任何人的纠正。"

马加洛夫沉静地说着，但是声调很诚恳。克里惊异地看着他，他的同伴已经忽然显现为和一分钟以前萨木金所熟知的人不相同了。前几天，伊立沙弗它·斯庇伐克也似乎对他有些异样。这是什么意义呢？马加洛夫曾经糊涂到企图自杀，原是一个专心读书的好学生呀，一个害怕妇女的有趣青年呀。

"不要生气。"马加洛夫说，站起来要走，一双脚撞在椅子上。克里远望着河面，沉入深思之中：他更加屡次觉察人们的这一切变化，这是什么意义呢？他立刻得到一种解答，简单而又明白：人们试行戴上各种不同的面具，以便择取其中最方便而有利的一个。他们迟疑，他们奔忙，他们互相争论，都无非是为研究那些面具，努力要掩饰他们的缺乏色彩，他们的空虚。

四

当姑娘们出来到露台上的时候,他以一种高超的微笑迎接她们。

"你看,里狄,"阿连娜说,用手肘推推她的朋友,"他是安稳的。而你还责备我硬心肠。不,受脱皮蜕变之苦的不是他,而是我;驱使我受最智慧的深刻剥皮的却是他。马加洛夫,我们走吧——到学习的时间了!"

"她是何等桀骜不驯哪,"里狄说,沉思地目送着她的朋友和马加洛夫,"可是,她还是觉得生活艰苦。"

里狄坐在开着窗子的窗台上,背对房间而面向露台;好像她是嵌在窗子的白色框子里的。她的吉卜赛型的头发是散着的;披在脸上、肩上和手上,双手交叠在胸上。从她的颜色鲜艳的宽裙子下面,人能够看她的棕色大腿。她咬咬嘴唇,说道:

"刘托夫是一个很难缠的人。他也在逃避什么事物;你知道,他好像逃难一样生活着。他甚至似乎逃奔在阿连娜,或什么东西的周围。"

"他在磨坊里通夜喝酒,现在还睡在那里。"克里严厉地说。

里狄仔细看着他问道:

"你为什么生气?他喝酒,但是那是他的不幸。你知道,我觉得我们全是不幸的,这样不可救药。当一群人在我周围的时候我特别感觉如此。"

她用脚跟敲着墙,微笑着:

"昨天,在市集里,刘托夫对那些小百姓们诵读涅克拉索夫的诗。他读得非常之好;并不如阿连娜读得那样美,但是很好!他们很注意地听他,但是后来一个秃头老人问:'但是你会跳舞吗?我以为你们全是戏院里作戏的咧。'马加洛夫说:'不,我们都只是些平常人。''你说——平常?没有只是平常人这种东西。'"

"小百姓一点不蠢。"萨木金说。

"他说'没有'。为什么呢?"

克里不答。他听着,并不思索那姑娘所说的话,只是想着他的心事。她所谓'我们全是不幸的'已经激动了他,使他记起他也是没有幸福的、孤独的,没有人想要理解他。

"昨夜我们在家里,谈论我们的幼年时代。"

"你和图洛波伊夫?"

"是的,还有阿连娜。我们全体。马加洛夫告诉我们关于他的母亲,关于他自己小时候的许多可怕的事。那是很奇怪的,个人记起他或她自己就像是记起别人一样。人们经历过那么多无聊的事!"

她温和地谈着,欣喜地望着克里,他觉得她的黑眼睛在期待着什么,她们在要求他什么。他忽然感觉某种欢情一涌而来,异样感觉忘记自己。他跪下一只脚,抱起那姑娘的腿,把脸贴在它上。

"你敢!"里狄严厉地叫喊,推开他的头。

克里·萨木金简直地高声说:

"我爱你!"

她摆脱他的手,从窗台上跳下,膝头猛撞在他的胸上,他几乎翻倒。

"我发誓,里狄。"

她愤愤地走开。

"这是因为我几乎是裸体的。"

停住在露台的台阶上,她用一种苦恼的声音叫道:

"你自己不羞吗?我从来……"

并未说完,她就跑下台阶去了。

克里靠在墙上,激动于这突然而来迫使他下跪的力量。他从来不曾有过这样的经验——活力满身的大悦。他害怕他会因为欢喜和骄傲而叫喊起来,因为他终于发现他内心有一种可惊的强烈情绪,或许在他不过是自然而然，而别的人们却不能了解的。

他在由于这一发见而产生的情绪之下过了一整天，彷徨在森林里，不愿见任何人，随时都看见他自己跪在里狄前面，抱着她的肢体，他的嘴唇、他的面颊感觉那肢体的缎面似的皮肤，而且听见他的声音：

"我爱你！"

"我说得好而且简明。那时我的仪容或许很动人吧。"

这时他只是专心想着他自己，好像唯恐忘记他初次听见而感触很深的一支歌曲的主题。

五

第二天早晨他遇见里狄。她正在到浴房去，而他刚洗完回来。这姑娘忽然出现在他前面，好像从天而降似的。交谈了几句关于早晨的天气和水的温度之后，她问：

"你恼了吗？"

"不。"克里诚恳地回答。

"你不必烦恼。因为，这不是儿戏。"里狄平静地说。

"我知道。"他说，也同样诚恳。

她的和蔼的声调并未使他惊异，也未使他欢喜；她是必须说几句好话。她甚至可以说得更亲切些。思想着她，克里分明觉得现在，倘若他坚持，里狄就会顺从他的。但是他应该不慌不忙。他必须等待到她感觉、赞赏她所遭逢的那非常事故。

马加洛夫已经和刘托夫在磨坊里过了一夜，走近他们，他问克里是否愿意到教区去——那里人们正在悬挂一座教堂的铜钟。

"当然我要去！"萨木金欣然回答，而且半小时之后，在阳光照耀之下，他沿着河岸走去了。这太阳，和阿连娜的土布做的简单衣服，挑动色情地加强了她的肉体的完美。和图洛波伊夫一致步伐。她和马加洛夫同唱着马斯可提所作的一支二声曲,由图洛波伊夫提示着词句。刘托夫和里狄手挽手走着,正在对她低声絮说什么有趣的事。克里·萨木金觉得他自己比走在他先头的五个人更为成熟,但是有些被他的个性所压抑。他以为倘若他像刘托夫一样和里狄手挽手,那是一件好事——挽着她,肩并肩,闭着眼睛走去。看着里狄的苗条身体,包在绸衣里面,他觉得惶惑,因为他并未经验到类似他所读过的诗里的那样感觉。

"我不是浪漫派。"他提醒他自己。

他有些惊异于这姑娘今天引起他的情绪的复杂性,这是和他昨天所经验的不谐合的。昨天,甚至一小时之前,他并不曾意识到依靠她,而某些朦胧希望也不曾显现。这些希望是特别使人扰乱的。当然,里狄可能做他的妻;当然,她的爱并不像尼卡叶伐的歇斯底里的兴奋;这是他确实觉得的。但是,此外,他的心里还酝酿着别的一些难以说明的期待、愿望和要求。

"她已经引起这些,她会满足它们的。"他安抚他自己。

当他们走进那建立在河岸高坡的中斜线上的教区小村的时候,他得到结论:

"人不可以计较这么多。"

六

教区的阳光泛滥的街上聚集着从周围各村镇来的各色小百姓。小百姓们默默地站着,都光着头——光秃的、蓬松的和油滑的;从村妇们的各色印花布头巾之下,浮起喃喃祈祷的声音,好像看不见的烟雾。几百种声音,呢呢喃喃,嘶嘘沙哑,连合着土气、汗气,和茅屋顶上被太阳蒸发出来的霉臭——这一切似乎使空气温馨,把它变为眼睛看不见的气流,变为在其中难以呼吸的浓雾。人们踮起脚尖,人们伸长颈子,他们的头忽上忽下地波动着。几百双大睁着的眼睛都向着同一方向;在建筑粗陋的钟楼的青色上层，有几个空洞，从空洞里现出一块远方的天。克里觉得这些洞里的天似乎比教区上空的天更蓝更有趣。群众的低抑的咻咻，随时增强，使人满心紧张地期待着忽然爆发的霹雳怒吼。

图洛波伊夫走在先头，走进让路给他的密集的群众之中。别的人们成单行跟在他后面。当他们更走近钟楼的时候，祈祷的妇人们的原来的喃喃之声已经低落，教士宣读弥撒文的庄严声音已经听得见了。在由穿着各色衣服的一群人围成的小圆圈中央立着二百普特重的一座大钟。它前面有别的三座钟，排成一行，一座更比一座小。大钟摆在粗壮的桁构上，桁构深陷入泥土里，这使克里想起《罗斯拉娜》这童话里的荒唐的巨人：这方块形的教士，灰胡子，紫铜色面孔，穿着复活节的轻袈裟，就好像那妖异的芬兰人。教士绕着那些钟行走，唱着清朗的中音调，把圣水撒在它们上。三圈粗麻绳躺在地上。教士的一只脚绊着一圈绳子，他愤愤地摇动圣水盂，几滴晶莹的水洒落在绳子上。

图洛波伊夫把他们领到教区学校的门廊上，这学校刚才完工，窗子还不曾装好。在门廊的台阶上汇集着、哭叫着一堆两三岁的小孩子。一个驼背的、灰眼睛的小姑娘正在管理着这些满身瘰疬的、肮脏的小东西。她指挥他们，低声咒骂，而且动脚动手。在台阶上层，躺着一个面孔红肿的、瞎的老妇人，张开的青色腿子上暴出成团的筋络，正在喘气，咻咻地呼吸着。

"用树条抽他们，加式卡！抽他们。"她吩咐，摇着她的大头。阳光照着她的铅灰的瞎眼睛，这些眼睛闪出啤酒瓶碎片的反光。一个警察官出现在门道里，摸着他的灰上髭和剪齐的下须。他的尖利的红眼睛仔细审察着这些游客。一看见图洛波伊夫，他就赶快举手敬礼，摸摸他的新式制帽，而且严厉命令他背后的某人：

"驱逐这些小鱼子。"

"那不必。"

"对不起，但是毫无办法，哀戈·阿里克山得洛维奇；他们弄脏了这房子。"

"我说不必。"图洛波伊夫温和地提示他，看着他的皱脸。警官立正，挺起胸部，以致徽章叮当作响，又敬礼，好像回声似的重复说：

"那不必。"

他走下台阶，跨过那些孩子们。在他站过的门道里出现了从磨坊里来的跛脚小百姓，裂开嘴唇笑着说：

"请安！"

"你懂吗？"刘托夫小声对克里说，用眼睛指出那跛子。克里什么也不懂。他和姑娘们站着，好像拴在那里似的，呆看着那驼背小姑娘敏捷地把那些小孩拖下台阶，用鹰爪似的手抓起他们，抛置这些半裸的身体在满是碎石片的地上。

"随他们去吧！"阿连娜叫喊，顿脚，"他们全都会被碎石片刮伤的。"

"噢，圣母，圣处女！"那瞎女人说，喘咻咻的，"加式卡，现在这些新来者是什么人呀？"她用抖颤的双手向周围摸索，"这是谁的声音？你母狗，你把我的东西弄到哪里去了？"

既不听阿连娜的话也不理瞎女人的话，这小驼背继续拖拉那些小孩，好像狗拖小狗仔一样。里狄耸动肩头，把脸转开不看。阿连娜和马加洛夫动手把那些小人儿安放在台阶上；但是小驼背横暴地看着他们，破口大骂：

"你们为什么这样做？这些小东西并不是你们的呀！"她仍然把那些小孩拖下台阶。跛子看着她，冷笑道：

"你们看看！这小怪物多么蛮横，呢？"

这小姑娘的暴言搅扰了马加洛夫。他微笑，对阿连娜说：

"由她去吧。"

萨木金觉得他们全都似乎被这驼背小姑娘所威慑，他们全都似乎顺从了她。刘托夫安慰地对里狄说话。图洛波伊夫脱掉手套，点燃一支

烟。阿连娜恼怒地拉拉他的袖子,问他:

"这是怎么回事呀?"

他望着她微笑。

七

穿着好像淡红锡箔制成的特硬的新上衣的两个青年男人,好像两只公羊似的,走来站在门廊近处。其中的一个看着这些游客们,走近那瞎女人,拉起她,说:

"安弗沙奶奶,让路给老爷们。"

"老天爷呀!他们把钟升起来了吗?"

"他正要去,正在去。快动手了。"

"这日子我活够了,光荣归您圣母!"

"就好像我们有传染病似的。"阿连娜用鼻音说。

刘托夫问那跛子:

"那么,你是属于什么信仰的呢?"

跛子微笑着,摇摇头。

"不,我们的是另一种信仰。"

"基督教?"

"绝对的。不过——更严格。"

"那么,你这鬼,告诉我们:怎么更严格呢?"

跛子大声叹息:

"那我不能告诉。这只能对同宗的人说。我们使用钟,和别的一切教堂法物,可是……"

克里·萨木金,看着而且听着,觉得怒从心起。他周围的各样东西都是新奇而且有趣的,但是他被迫入某种黑暗的角落里,被逼迫着思索那驼背姑娘、阿连娜的言语,和那瞎女人所谓"这些新来者是些什么人呀"。

在他的头里还嗡嗡响着乡下妇女们的悄声祈祷，使他心乱，但是并未模糊了他所见所闻的各种事物的记忆。弥撒已经礼毕。一个瘦高得可怕的老人，灰须子，黄面孔，南瓜形的秃头，脱掉他的背心，在他自己身上画了三次十字，仰望着天堂。然后他跪在钟前面，吻它的边缘，而且膝行绕过它周围，画十字，把前额贴在刻在钟上的圣像上。

"对了！"跛子称赞，"这是潘诺夫，伐西里乞。他是这座钟的施主。他是著名的玻璃器制造家——制造啤酒瓶，销行各省。"

广场上更加肃静。各人都密切观看潘诺夫跪在地上吻钟。他甚至跪着也是高的。有人叫道：

"各位！分为三队！"

另一个声音问：

"但是那铁匠在哪里呢？"

潘诺夫站起来，默默察看了人们一会儿。然后他用深沉的声音说：

"基督徒们，分队！"

群众一声叫喊，慢慢地自行分为三队。两队排成椭圆形，分列钟楼左右；第三队从钟楼排成一直线；三队全都小心地俯身在那些绳子上，好像一串珠子似的穿在它们上。绳子从大钟的耳里伸出来，但是好像不愿放松他们，把他们拉得更紧。

"停住！停住，你们全体！"

"他在这里！"

"那么好了，尼戈拉·巴弗里乞，来服侍上帝。"潘诺夫高声说。

一个阔肩的、方形的小百姓，穿着皮围裙，两腿向外弯地向他走来。他的红头发是直竖着的；他的乱胡子翘起在条子花衬衣的领子上，他用黑手把袖子卷到肘上，对着教堂画上十字，向那些钟鞠躬，并不弯腰，而是好像要把全身平铺在地上似的，把双手向后面长伸着来维持他的身体的平衡。然后，用同一姿态，他向四面的人们鞠躬，脱掉他的围裙，小心地把它折好，交给一个打扮漂亮的巨大农妇手里，这一切都做得肃静、缓慢,有一种庄严气概。

有些人递几顶小帽给他。他取了两顶,安放在他的前额上,用一只手按住它们,跪下一只膝头。五个小百姓,抬起一座小钟,罩在铁匠的头上,钟的周边就停在那些小帽上和他的双肩上,双肩上曾经由那农妇放好折叠的围裙。铁匠挣扎着慢慢地站起来,大步走到钟楼门前,五个小百姓陪同他并排走着。

"他走得稳当,这偶像!"跛子赞叹,摸着他的下巴,"这虽然不过是小钟,你听我说,也有七十普特重;而且还必须抬上楼去。在这一区里,没有一个人能够反抗这铁匠。他打他们全体。有一次他们想要打他,全体一齐动手;也没有效果。"

广场上的群众逐渐更加肃静和紧张。一切头全都向上仰望;一切眼睛全都注意着钟楼的半毁的耳孔,从孔里伸出三根粗实的木楔,梁上装着滑车。绳子系着地上的钟耳,穿过那些滑车。警官走向大钟,拍拍它,好像拍马似的,而且脱下帽子,用另一只手掌遮在眼睛上面,也开始向上仰望。

紧张更加深刻。甚至那些小顽童也停止奔跑,伸头瞻望,好像已经生根在地上。

在钟楼的青色耳孔里某种无形的东西开始动荡;从它里飞出一顶小帽,然后又一顶;然后,像一个人体一样,飞出那折叠的围裙。地上的人群自行激动,爆发了疯狂的叫喊。那些儿童开始好像橡皮球似的蹦跳着。一个灰胡子的百姓的高声尖叫超于这骚动之上而被听见了:

"尼戈拉·巴弗里乞,我的好朋友!应该做皇帝!"

警官戴上帽子,整理胸前的勋章,打了那百姓的颈后一拳。那百姓跳开,站在远处,摸摸头,望着学校门廊,悲哀地说道:

"他们甚至于不许开玩笑!"

铁匠从钟楼上下来,对着教堂画十字。潘诺夫弯下身子抱他而且吻他:

"你大力士!"

然后他叫喊:

"你们基督徒们!动手,万众一心!上帝佑汝!"

三队人们就俯身拿起绳子,立定脚跟,又倾身向后,好像渔夫拉网似的。三条灰色绳子在空中紧绷绷的,钟开始动荡。它迟疑地从地上升起。

"更一致些,更一致些,上帝的孩子们。"啤酒瓶制造家用一种深沉的声调说,庄严而且很热切。

沉重的铜钟在阳光中闪出钝滞的光,缓缓向上移动,而旁观的人们也向上紧张,好像他们想要跟着铜钟上升。里狄觉察了这个。

"看人们怎样一致伸长着他们自己呀,好像他们都正在长高似的。"她温柔地说。马加洛夫附和:

"是的。我也正在上升。"

"你说谎。"克里·萨木金想。

广场里还是肃静的,不过有一个小孩偶然叫了一声,和怀抱中的婴儿的呜咽。

"更一致些,基督徒们!"潘诺夫呼唤,同时警官也重复说,声音并不那么高但是更为威风:

"更一致些,在右边的你们呀!"

正在拉起钟的三队人们哼着、喘着、咆哮着。一只滑车发出尖叫,钟楼里有什么东西碎裂了,但是一切声音似乎正在消逝,而且一种严肃的沉默就要降临。克里觉得此刻更为合宜的是一种幸灾乐祸的欢呼、暴躁地叫嚣、有些可笑的事体。

他看见里狄正在看广场里的人们,并不看钟。她咬着嘴唇,恼怒地皱着眉头。孩子气的好奇心显示在阿连娜的眼睛里。图洛波伊夫是厌倦的,他垂头站着,轻轻地吹掉他的袖子上的烟灰。马加洛夫的脸显出蠢相,好像他平常深思默想的时候一样。刘托夫伸长脖子偏向一面;他的脖子是长而且强劲的，皮肤上鼓起粗粟，好像鲛鱼皮似的。他偏头在一只肩头上，为的是集注他的斜眼光在一点上。

忽然，钟在上楼去的三分之二的路上抖颤不定；空中有碎裂的声音，一条绳子破了，还在蜿蜒上升。左面的那一队人摇摇摆摆，那后部的人们跌成一堆。一阵惊惧地叫唤：

"在天之父呀！"

钟在空中摇荡，它的边缘缓缓地撞着钟楼的砖墙；板条的碎片和涂垩的灰尘纷纷落下。萨木金眨眨眼睛，他觉得他似乎被灰尘眯瞎了。阿连娜正在顿足叫喊。

"呃，魔鬼！"刘托夫咕噜，咂嘴。

"坚持呀，基督徒们！"潘诺夫怒吼，向后跳跃，举着两手。

那两腿向外弯的铁匠跑到正在力竭的那一队人后面，把绳子头拴在一株粗大的柳树根上；穿粉红上衣的青年之一走去帮助他。那绳子紧绷绷的，抖颤得好像一股琴弦。人们跳脱它，铁匠咆哮：

"坚持呀！我杀你们！"

克里闭住眼睛，随时期待着那钟就要跌落在地上。他听见人们咆哮，尖叫；铁匠的咆哮和潘诺夫的鼓励。

"拉起来呀！"

"不要怕，基督徒们！镇静！一致努力！拉呀！"

钟又几乎不能觉察地缓缓升高。钟楼上的百姓们从窗里伸头出来观望。

"回家！"里狄忽然说。她的脸是灰白的，她的眼睛显出恐怖和厌憎。阿连娜在学校门廊的什么处所高声哭泣，刘托夫正在咕噜。两个村妇的怨声从广场里传来。克里·萨木金猜想某种重要关头已经滑出他的生活之外，并未重压着他的意识。

跛子已经从门廊走下去，抓住一个惶恐的青年的肩头，问道：

"那么——他是活的吗？"

"我不知道。让我去吧,米海洛叔叔!"

"白痴,你看,你还不明白。"

图洛波伊夫站在柳树底下,正在对警官理论什么,对着后者的鼻子摇着他的一个白手指头。一个教士,手里拿着十字架,急促走过广场,走向柳树。十字架发光,发闪,照耀着他的黑脸。柳树周围有十多个农妇聚集成密密的一圈。当那教士走来的时候,警官就推开她们,因此萨木金望见柳树下躺着那穿粉红上衣的青年,而且马加洛夫跪在他前面。

"这意外是怎样发生的?"克里沉静地问,看看周围。

里狄已经不在门廊上。

她已经走出学校,拉着阿连娜走;在她们后面的是刘托夫。阿连娜正在呜咽:

"我原来很不想到这里,可是你们……"

八

他们急忙走过教区的街道,并不回顾。过了放马场他们撞见那跛子。他立刻以见证的确信告诉他们:

"他的颈项被绳子扣住。好,脊骨断了。"

刘托夫对跛子摇着拳头,小声说道:

"不要吵!"

跛子猜疑地看看他,看看克里,继续说道:

"也许那铁匠开玩笑,故意把绳子压在他上;也许他甚至弄错了,总是这样回事。"

刘托夫拉着他的袖子,走得更缓慢;但是姑娘们,已经走到河堤上,也放缓脚步。刘托夫又询问那跛子的信仰。蟋蟀的大声嚷嚷充满空间,以致那炙热的天空本身似乎也发出唧唧之声。克里·萨木金觉得好

像刚才从一个噩梦中醒过来,疲乏而且对于一切都漠不关心。跛子蹒跚在他前面,对刘托夫说着简洁的话:

"譬如:我们的信仰不承认由人手造成的任何事物。斯巴索夫地方的神像,人手造的,我们承认,但是除此而外我们都不能承认,因为这斯巴索夫神像——是由什么造成的呢?它是由基督的血和汗造成的。耶稣基督在各各他被钉死在十字架上,后来复活,使徒多马怀疑,用手巾去揩他的脸[1];他要亲自鉴定那是不是基督。因此他的亲爱的脸相留在巾上——那是他!但是别的各种神像都不过是伪造的,正如你的相片的那种性质……"

刘托夫插嘴:

"等一等,为什么我的相片是伪造的呢?"

"当然,还会是别的吗?小百姓制造什么呢?茶杯、羹匙、雪车,这一类东西;而你们制造相片和缝衣机器。"

"啊哈,是这样的吗?"

在刘托夫的大笑中,克里听出有一种快乐的音调,好像一条娇养的小狗被人搔着它的耳后根所发出的鸣声。

"例如,面包,它也不是人手造的;它是神赐的,而土地也是的。"

"但是生面团是用什么揉成的呢?"

"那是女人的事。女人是远离上帝的;对于上帝,女人是次等的。神首先创造的并不是她。"

里狄回头看看跛子,加快步伐。克里回顾刘托夫,想道:"倘若他以这样胡说为消遣,他必定是很无聊的了。"

"你从哪里听来的?从哪里?因为你自己并不思想,思想吗?"刘托夫兴奋地、固执地问那跛脚小百姓,一直到后者又用斟酌的语调郑重

---

[1]《新约》,《约翰福音》第二十章所载与此不同。跛子的话本是胡凑,但并非无可理解。

说道：

"不是我自己想出来的，这是真的。我们全都互相传习。去年这里有一位有解释事理的习惯的先生。"

克里想道："'一位有解释事理的习惯的先生？'很好！"

"在晚间和在休假日他常和周围的人们谈论。他是一位有信心的人！他常说：'根源在哪里呢？根源在人民，'他说，'所以，应该用一切方法来……'"

"你应该已经把他的话写下来作弥撒文了吧。写了吗？"

"你说笑话。我们甚至亲人死了也忘记读弥撒文。"

"那么，他死了吗？"

"那我不知道。"

回到家里，萨木金就躺下。他的头开始疼起来；他什么也不能想，只有一个欲望：赶快忘记掉这愚蠢的一天，赶快忘却这一天的种种不合宜的印象。一种沉重的瞌睡压制着他，但是他不能入睡，他的额颅震颤。这一天的一切声音穿过他的心里：农妇的小声祈祷和她们的叹息；命令的呼喊，恐惧的绝叫，追悼的怨叹。他记得那驼背小姑娘曾经怎样庄严地问道："你们为什么这样做呀？"

九

已经是黄昏时候，图洛波伊夫和刘托夫才到来，坐在露台上，继续谈论显然久已开始的话题。萨木金躺在房里。静听两个声音的起落。可怪的是刘托夫谈话并没有他平常特有的叫嚣和厉声，而图洛波伊夫也没有反讽的言辞。有羹匙撞着玻璃杯的叮叮之声、倒水的声音和茶炊嘴管喷气的吹息。克里记起他的童年时代，在冬季晚间，他往往在晚茶之前就睡熟了，而后被杯匙的叮当所惊醒。

外面露台上他们正在讨论着斯拉夫主义与邓尼里夫斯基[1]、赫生[2]，和拉夫洛夫。克里·萨木金对于这些著作家是熟悉的，但是他们的思想和他自己的思想是完全疏远的。他发现他们全都把个人看作只不过是历史的原料；在他们看来人都是以撒亚克，注定要作血的牺牲。

"人须有特殊的头脑和心胸才能承认把人作为牺牲献给将来的未知的神明。"他想，同时留心倾听着图洛波伊夫的镇静的言辞。

"在这些主导的观念之中我找不出一个我自己可能接受的。"

刘托夫开始咕噜：当初无法听出他说些什么，但是后来的一些话却变为分明的了。

"民粹派有一个优点。乡村比城市是更为康健的和实际的，它能够创造更为结实的人们。对吗？"

"这是可能的。"图洛波伊夫说。

克里想着：在他回答的时候他或许耸起他的左肩了吧，当他避免直接答复的时候他总是那样的。

"可是，它还是中庸的！"刘托夫叫喊，"这些人还是愚人的子孙，那些愚人曾经把神佑的南方让给游牧民族，逃到北方的森林和沼地。"

"显然的，你自相矛盾。"

"不，让我说完！现在，你怎么能够说这种话？因为那是你的祖先……"

婢女开始脚步沉重地奔走，茶具叮当。克里起来，悄然无声地打开通到露台的窗子，而且听见这缓慢的冷话。

"当然，我并不以为我的祖先把这国家的历史搅乱到那样程度，如某些——急进派的真理制造家所宣传。我并不把我的祖先当作天使，也

---

[1] N. I. Danilevsky（1822—1885），科学家、著作家，曾著《达尔文主义与俄罗斯及欧洲》。

[2] I. A. Hertzen（1812—1870），著作家，严厉批评西欧文化，在俄国思想界颇有影响。

并不把他们当作英雄。他们都不过是历史的命令的或多或少地服从的执行者,历史,如你所说,是自始就走错了路的。我以为现在我是在这样一种状态中,我有权拒绝继承我的祖先所走的路线,那路线要求人我所不具备的某些性格。"

"什么!那是什么?"刘托夫高呼,"那是什么——多愁善感吗?托尔斯泰主义吗?"

"我记得我曾经告诉你我把我自己看作精神的失去阶级立场的人。"

露台上有脚步杂沓的声响。

"那么,他死了吗?"图洛波伊夫问。

马加洛夫的声音回答他:

"当然。弗拉得米,倒茶给我。图洛波伊夫,你顶好再和那警官谈一谈。现在,他控告那铁匠,说是并非偶然,而是预谋杀人。"

萨木金离开窗子,梳好头发,走出去到露台上,认定姑娘们或许就要到来了。

灯光好像被茶炊的铜色所吞没,投射不明的光在被闷热的黑暗所包裹的三个人身上。刘托夫在椅子里摇来摇去,默默地动着嘴唇,同时观望着图洛波伊夫,后者伏在桌上,正在写字在一个打皱的信封上。

"你为什么赤脚?"克里问马加洛夫。后者端着一杯茶在露台上走来走去,答道:

"我的鞋子全是血污。那青年是这样——"

"好,就这么办!"刘托夫说,皱眉而且叹息,"但是那些次等生物哪里去了呢?"

他停止摇摆,用一种开玩笑的声音对马加洛夫复述那跛子对于女人的意见。

"那跛子说得更简单。"克里暗自思想。刘托夫看了看他,马加洛夫却沉默着,这样急促地把茶杯放在桌上,以致它落在茶碟之外,而且兴奋地说道:

"这！你知道吗？因为这正是我所说的：那是生理的！关于从男人的肋骨创造女人的神话显然是粗鄙地和恶意地捏造出来的。因为，在捏造这谎话的时候，他们分明知道女人生育男人，而她生育他只是为了女人。"

图洛波伊夫抬头望着马加洛夫的急切的脸微笑。刘托夫望着他，说：

"这是俄罗斯人解释伪造典故的最有趣的学说！"

"你说关于敌视女人的学说吗？"克里用一种反讽的惊奇声调质问。

"是的，我。"马加洛夫说，用一个指头指指他的胸膛。他转向图洛波伊夫：

"同样的恶意也潜藏在因为女人的错误而致第一对夫妇被逐出无知的天堂这神话里。"

克里·萨木金微笑。他想要图洛波伊夫看见他的反讽的微笑。但是后者用手肘支在桌上，正在注视马加洛夫的脸，他的优雅的眉毛显然惊异地高扬着。

"你是一个幸福的婴儿，科士提亚。"刘托夫说，摇摇头，而且用手指蘸水洒在铜烟碟里。但是马加洛夫仍然谈着，放低声音，在激动中有些口吃：

"敌视女人开始于男人觉得女人所创造的文化压迫着他的本能的时候。"

"他胡说些什么呀？"萨木金暗自惊奇，而且准备防卫。

马加洛夫立正站着，双脚靠紧，这姿态更加强了他的体格的楔子形。他摇摇头，他的几缕头发散落在额上和腮上。他敏捷地用手把它理向后面。他的脸甚至变为更壮丽了，当他兴奋地谈着的时候。

"女人首创安居的生活——因此才有文化生活。"他说，"她必须防卫她自己和她的幼小者被野兽和风雨所侵袭。她发明可食的草木，她驯养动物。对于曾经做过她的配偶的流荡的半兽类，她逐渐显现为更神秘和更智慧。在女人之前惊异和畏怯一直保存到我们的时代,自从野蛮的氏族时代以来。她使他们畏惧,由她的智慧、她的先见,特别由于她的生育幼小的神秘行为。她曾经是女巫、圣母,她曾经创造法律。文化发源于母系社会。"

一些灰色的小蛾飞翔在灯的周围;它们飘忽的影子闪现在马加洛夫的白背心上;影子的黑点散布在他的脚上和脸上,好像它们是他的急促的言语的暗影。

克里·萨木金以为马加洛夫谈得愚蠢:"他正在应考,为要考得'一个有解释事物的习惯的先生'的地位。"

马加洛夫恢复了他的老习惯,一面说话一面站着用手指扭住他的上衣的第一个纽扣。同时他用另一只手挥开那些小蛾。

"图洛波伊夫,你知道吗,偶然地,许久以来,我厌憎一句犬儒主义的詈骂[1]。为什么吗?我觉得在远古时代这似乎是一句欢迎的话,借此建立血族关系。也许是一种自卫的方策。古老的猎人也许会说:让更少壮的男人用你的母亲。记得伊里亚莫洛米兹和那献媚者的会晤[2]吗?"

刘托夫微笑而且哼哼。

"你是从什么书上看来的?"克里问,也微笑着。

"这是我的臆说,否则我不能理解它。"马加洛夫不耐烦地说。图洛波伊夫站起,注意倾听什么声音,同时很温和地说道:

"一个聪明的臆说。"

"我使你厌烦了吗?"马加洛夫问。

"噢,不——这是什么话!"图洛波伊夫友好地安慰他,"我以为我

---

[1] 据说俄国民间有"用你的娘"这骂人的话,见阿尔志跋绥夫的《工人绥惠略夫》(鲁迅译本)。
[2] 这好像是俄国民间故事,但无法考察。

听见两位小姐来了，但是我错了。"

"那跛子正在走动。"刘托夫沉静地说。他从椅子上跳起来，小心地走下露台，走进暗夜之中。

克里已经不喜欢图洛波伊夫称马加洛夫的臆说为聪明。现在，他俩在露台上踱步，马加洛夫继续低声谈话，扭住纽扣而且挥着手。

"当半开化的野人亚当逞强剥夺夏娃的权利的时候，他宣言凡属于女人的事物都是恶的。很显明的，这种情形发生于东方，东方是一切宗教的发源地。从东方来了这种话：男人是阳（日）、天、强和善，女人是阴（夜）、地、弱和恶。希伯来人祷告：'神呀，我感谢你不曾把我创造成一个女人。'现行的产后净罪的祈祷文中的卑污——那无疑地是男性的和教士气的；但是，已经征服女人之后，男人并不能征服他心里的由她所培养成的对于爱和慈的渴望。"

"但是更具体地说吧，你所要说明的是什么呀？"萨木金严厉地问。

"我？"

"你要达到什么结论？"

马加洛夫停在他前面，眨着眼睛，好像被眯瞎了似的。

"我想要正当地理解当代的女人是什么：易卜生的戏剧里的女人——抛弃恋爱和她的家庭——是什么？她感觉为她自己她有重新取得像往昔一样作为人类的母亲这重要地位的必要和权利吗？这是文化的动力——一种新文化，"他向黑暗方面摇摇手，"因为现在这种文化已经衰老，活过了能活的时间了呀。其间有些疯邪。我不能相信我们的生活之中布尔乔亚[1]的庸俗性已经确实歪曲了女人，虽然她已经被造成偶人，在她上披挂奢华的衣服、好看的玩具和诗歌。但是有些女人并不想要——懂吧！——并不想要恋爱，或则把它当作无结果的事物撕毁掉。

---

[1]（Bourgeois）法语，或译为中等阶层，原为介于贵族与农民间的市民，有产者。或译为资产阶级。

克里对着他微笑。

"噢,你浪漫派!"他说。伸直他自己而且抖动他的筋肉,他越过图洛波伊夫走向台阶,后者正在沉思地看着他的表面。萨木金忽然完全明白了那冗长的议论的意义。

"这小傻子。"他想着,走下去到沙土路上。一片薄明的月光闪现在两块流云中间,它的银辉照耀着那些穗形的松针;树影躺在树脚下的黑斑里。萨木金走向河岸,自慰地想到他正直地厌恶了言辞的浮华,而且他是很知道什么是言辞的虚饰之美的。

"他们全是这样生活着的,这些刘托夫之流、马加洛夫之流和古图索夫之流。他们抓住一点小意思,就敲锣打鼓,闹嚷嚷地围绕着它。"

十

早晨起了一阵热风,摇动松林,扬起沙尘,而且激荡灰色河水。当伐拉夫加光着头从车站走来的时候,风扯拉他的胡须,把它飘在他的肩上。这胡须使伐拉夫加的红脸毛头好像某种通俗天文学书上画着的彗星。

在喝茶的时候,伐拉夫加坐着,只穿着长到脚跟的寝衣,光脚踏着拖鞋,因为热正在喘气,揩掉脸上的油汗,一面喘一面说:

"夏季是个鬼东西!Afrikanisch Feierlich[1]!那边女音乐家正在反叛。她要杂物室,要分隔房间,鬼才知道她还要别的什么!兄弟,你回去安抚安抚她。她是有趣的。"

他沉重地叹气,用胡子揩揩正在出汗的脸:"关于狄米徒里,维拉·彼得洛夫娜在彼得堡进行得并不顺利。他显然是紧挟在窘境里。这是时代所征收的一种贡税!"

在伐拉夫加背后,克里不尊敬地和讥讽地想着他;但是当他和他说

---

[1] 德语,非洲的祭日。

话的时候他常常觉得这人的精明强悍使他销魂夺魄。他觉得他的精明是犬儒主义的,但是他记得第欧根尼[1]到底是正直的人。

"你知道,"他说,"刘托夫同情革命党。"

伐拉夫加扬起眉毛,想了一下。

"哦。这不是商人阶级应有的事,人可以想。但是现在这似乎已经成为时髦。他们表同情。"他的话变为急雨似的浇下来:

"革命党也是有用的,倘若他不蠢。即使他蠢,也是有用的,因为俄国生活状况太别扭。现在我们正在继续生产更多更多的商品,但是没有购买者,虽然购买者的人数可能达到一万万以上。一人一个铁钉就要一万万个。"

他把他的胡须捏作一把,塞在他的寝衣的衣领里面,然后吸干他的牛奶。他哼哼,摇摇头,继续说:

"倘若革命党正在劝告农民:'蠢货,请你夺取地主的土地,请你学习做人,用理性来生活和工作。'那么革命党是有用的人物。刘托夫是什么?民粹派?嗯!——民意派。我听说这些家伙已经完全失败了。"

"他正在捐钱给你办报吗?"

"那是他的叔父拉狄夫。这样一个忠厚的小老人。"

沉默了一会儿之后,他眯起眼睛问道:

"那么,这刘托夫——他是一个悔悟的人?"

"我不知道。他是这样——不可捉摸。"

"他们会捉住他的。"伐拉夫加预言,站起来,"我要去洗澡,你赶快进城去吧。"

"你要去洗澡?"克里用惊疑的声调说,"你已经喝了那么多牛奶了呀……"

"我还要喝。"伐拉夫加说,从一只瓶里倒冷牛奶进他的杯子里。

---

[1] Diogenes(408B. C.—323B. C.),希腊哲人,犬儒派最重要的思想家。

第十四章

一

回到城里,当走进庭院的时候,克里看见伊立沙弗它·斯庇伐克坐在走廊上,穿着灰色印花布的长围裙。她举起裸露着肘部的手臂表示欢迎,叫道:

"啊,小东家!回来了!"

使劲握着他的手,她发牢骚:

"人总不可以出租房门吱喳、窗架不严、炉子冒烟的房子。"

"有一位作家曾经在这里住过。"克里说了,立刻被这话的愚蠢所惊骇。斯庇伐克太太惊异地望了他一眼,使他更加惶惑,邀请他进房里。那麻脸而眼光逼人的姑娘正在那里奔忙。在房间中央,斯庇伐克先生双手捧着一把锤子,正在站着深思默想;他的上衣已脱掉,他的胸前的吊裤带的扣子亮得好像两枚勋章。

"我们正在收拾。"他解释,把拿着锤子的一只手伸给克里。

他脱了眼镜,显出他的动人的孩儿面上茫然突出于青眼皮之上的红眼睛。他的妻引着克里走过几个堆满家具的房间。她要求几个木匠和一个修理炉子的工人。穿着布围裙和露着手臂,她似乎减少了威仪。克里厌烦,斜瞅着她的圆肚皮。

但是几分钟以后,他就已脱去上衣,用锤钉钉子在墙上,挂起那些画片,而且把书籍摆在书架上。斯庇伐克正在弹钢琴。伊立沙弗它说:

"他常常自己调音。这是他的圣坛。他甚至不许我走近这乐器。"

低音弦嗡嗡,婢女把碗碟弄得叮叮当当,锡匠正在厨房里刮磨什么。

"你觉得生活中的某些事物是多余的吗?"斯庇伐克太太突然发问。但是当克里附和她的时候,她细起眼睛,并不看他,说道:

"好,我欢喜的确是多余的。必要的是可厌的。它奴役我。一切这些箱子、柜子——全是可怕的!"

然后她宣言她喜欢古瓷器,装订精致的书籍,拉莫[1]的和莫扎特[2]的音乐,以及暴风雨之前的宁静:"那时你觉得你心里和你周围的各样事物都是紧张的,期待着一种大崩溃。"

克里从来不曾看见过她这样兴奋而且轩昂。自满之气闪现在她的眼睛里。但是她已经失去了她的美的某物,黄色雀斑玷污了她的脸。她引起他内心混合着审慎与好奇的感情,当然,也激起某些希望,当一个美妇人亲切地望着一个青年男子随便谈话的时候。

"我告诉过你古图索夫也被捕了吗?是的,在萨马拉,在一个汽船码头上。他有顶好的声音,他没有吗?"

"他应该表演大歌剧,不该制造革命。"克里郑重宣言,注意到她的

---

[1] Rameau (1683—1764),法国作曲家、音乐理论家。
[2] Mozart (1756—1791),奥地利作曲家。

唇上的嘲弄的微笑。

"他想要制造。而且人有时或许应该集中力量在一个单纯的志愿上，因而撤弃其他一切，你以为如何？"

"我不知道。"克里说。

显然地，她是在用她的问题来试验他。她似乎用她的眼睛测量他，那眼色是这样坦然得意，以致使他惶惑了。她站着，突出她的不雅观的肚皮，翻检着一本断线脱页的破书。

"你不知道吗？你不曾想过吗？"她又问他，"你是一个不受感化的畸人！这是因为你的平庸，还是你的怪吝呢？我想要知道——你对于人民的态度，怎样？"

"不。她完全不像我在彼得堡曾见她时那样一个妇人了。"萨木金回想，艰苦地闪避着她的固执的盘问。

二

工作了一点多钟之后他才走开，带着一种扰乱的印象，觉得这女人心怀叵测，有些危险，好像一切好问的人们一样，他们好问，因为他们急于要对于某人构成某种观念，而又因为凭空赶造，他们牵强附会某人的人格。克里从他自己的经验中提炼出这种学说。他自己就时常努力简单化人们，所以他疑心人们也要简单化他——他并不觉得他的人格受什么拘束。

"必须防备这女人。"他决定。

但是第二天早晨他又去帮忙她布置房间。他和斯庇伐克夫妇到市公园饭店里吃午饭，晚间他陪他们喝茶。随后来了一个留须的波兰人，有一双傲然突出的鲤鱼眼睛，拿着一把小提琴。他显然曾经来看过斯庇伐克，这回又是专程来访，因此音乐家的贤妻暗示要克里带她去看看市面。但是当走过庭院到他的房里去换衣服的时候，她从窗里对他叫道：

"我已经改变主意,我不去了。我们到花园里去坐坐吧。你要去吗?"

克里不愿去,但是他不能断然拒绝。大约有半小时之久他们在花园里缓缓踱步,谈着一些小事情。克里感觉一种异样紧张,好像他正在一条水深的小河边,寻找一个最方便的地点跳过去。钢琴的铮铮,提琴的呜咽,和那小音乐家的尖叫,从厢房的开着的窗子里传达到他们。风在叹息,散播似乎从树上筛下来的一些温暾的暗色尘埃,使空气染着黄昏暮色。

斯庇伐克太太慢慢地移动着,她的重点从一只脚转移到另一只脚。但是在她的不雅观的步态中有某种夸耀的神气,因此克里又想到她是自满自得的。可怪的是从前在彼得堡并不觉得她的这种特点。当她随便询问一些关于伐拉夫加和维拉·彼得洛夫娜的简单问题的时候,克里并不觉得有什么不适当的殷勤。但是现在她身上焕发着一种莫名其妙的优越感,使克里在她面前有些畏怯。她的猫眼似的圆眼睛威严地看着他。它们的恼人的注视使他觉得她知道他想些什么和要说什么。而且,她迫使他忘记了里狄。

"坐坐吧。"她提示,然后漠然告诉他三天以前她和她的丈夫曾经去访问他的一个老朋友,一个律师。

"他显然是本地的艺术和科学的保护人。有一个红头发男人在他那里宣读一篇论文——《关于知的本能》,我想大概是吧。不——《关于第三种本能》——但是确是讲知的本能。关于哲学我是一无所知的,但是它使我觉得有趣。他说明知是和爱与饿同样伟大的一种力量。我从来不曾听见过这种说法。"

当她说的时候她似乎注意倾听她自己的言语,她的眼睛俯视着她的臃肿的身体。人觉得她说着一件事而想着另一件事。

"一个非常懒散可厌的家伙。但是当这种无可取的人们讨论恋爱的时候,我相信他们的诚意和深刻。谈恋爱和女人,我所听见过的谈得最好的是一个驼背男人。"她叹气。"越是漂亮的男人,越是靠不住的丈夫和父亲。"她断定,微笑着,"美是恶毒的。这或许是自然法则之一。自然吝惜美,而一旦创造它,就尽其可能地巧妙。你为什么这样沉默?"

萨木金保持沉默是因为有所期待。她的话惊动了他。他赶快说:

"那红头发哲学家是我的先生。"

"是吗?你为什么不说?"她好奇地看着克里的脸。

他继续说,好像这是无关紧要似的:

"大约十五年前他恋爱我的母亲。"

他立刻觉得他自己好像一个饶舌的顽童,以一种近于畏惧之情等待着这妇人的第二个问题。但是,沉默了一会儿之后,她说:

"这外面阴冷。让我们进去吧。"

在回到厢房的路上,她低声说:

"你必定是一个很孤寂的人。"

她的话说得并不像一句问话。萨木金立刻觉得感激,然后变成警戒。

有须的波兰人走了,留下他的小提琴靠近那钢琴旁边。斯庇伐克正在奏巴赫的一支曲子。他从他的眼镜的黑边里仰望他们,咳嗽,而且说:

"他不是一个音乐家,而是一个铜匠。"

"你说那提琴家吗?"

"一个十足的无赖。"音乐家坚定地说。

他又开始弹奏,但是弹得很怪,以致克里惊奇地望着他。他弹一种缓慢的调子,迟重地一声又一声;他举起伸着食指的左手,仔细倾听着逐渐消逝的琴音。他似乎精细地分析那乐音,寻求这曲子——克里所熟悉的曲子——里所深藏着的某物。

"弹一支拉莫的曲子。"他的妻请求。

他顺从地弹出纯朴庄严的谐音。这乐声使这已经布置优雅的房间更加安乐了。

以暗色墙壁为背景那些瓷像分明地挺立着。萨木金以为伊立沙弗它·斯庇伐克是不适合于这地方的,这房间里应该住着一个春梦正好的美女,有抒情诗性格,恋慕着丈夫和诗歌。后来这妇人,放某种乐谱在她的丈夫面前,唱着一支香艳的法国小曲,结句是欢呼:

"A toi, mon enfant!"(你呀,我的小孩!)

他喜欢了,这时婢女进来,微笑着,而且为了某种理由也欢呼似的通知他说:

"你的亲爱的母亲回来了!"

克里以为他的母亲是疲劳而烦恼地回来了,所以他愉快地吃了一惊,当他看见她神清气爽而且似乎变为更年轻了的时候。她立刻就谈论狄米徒里。他们快要释放他了,她说,但是他不能在大学里继续求学了。

"我并不把这当作不幸,我时常觉得他已经被造就成一个可怜的博士了。在性质上他是一个教师或银行出纳员。办理这案件的那军官——一个很和蔼的人——对我诉苦说:在审问的时候狄米徒里没有礼貌,拒绝说出是谁把他拖进这种冒险行为里面。因此他吃了许多苦头。那位军官对于青年是循循善诱的,但是他说:'试替我们设身处地一想。当然,我们不能教育革命党呀!'而且他提醒我一八八一年摧毁宪法的就是革命党。"

他的母亲的眼睛很明亮,可以说是她曾经修饰过它们,就是说用过一点阿图洛宾[1]。穿着剪裁时髦的新衣服,嘴里衔着一支纸烟,她好像一个表演成功之后到后台休息的女优。她断续提到狄米徒里,用不完全的字句,好像要淡忘掉他似的。

"他们准许我去看他,他拘留在叫作十字架的监牢里。他是健康的,

---

[1] (At opin) 白色有毒之植物,有镇静及放大瞳孔之效。

已经留起胡须,很安静——甚至快活——显然把他自己看作英雄。"

她又一次改变话题。

"彼得堡使人神清气爽。你知道,我在那里从九岁住到十七岁,因此我回想起许多可爱的事物。"

以她平常少有的热忱她继续描写她对于彼得堡初期的回忆,约有两三分钟之久。她的儿子一面听她一面想道,在今晚以前的二十四年前彼得堡必定不过是一个愚蠢的小城市。

"老普里米洛伐和我有些同感。她是一个温和的老太太。但是她的侄女是可怕的!她时常是那么粗鲁而且沉闷的吗?她不说话,但是开口就放炮。啊,这使我想起——她给你一封信。"

然后她宣布她要去洗澡,起身就走,但是又停在房间中央。

"噢,我的上帝,你能够想得到吗?马利亚·罗曼诺夫娜——你记得她吗?——她也被捕了。她曾经坐监好久了,刚才被警察押解到什么地方去!想想看!她比我大六岁,而她还是——真是,我觉得在这种反政府的斗争之中,像马利亚这种人,那主要的仇恨是想要报复他们的生活的残破。"

"这是可能的。"克里附和。

三

他的母亲说的话丝毫不曾感动他,好像他坐在窗前,窗外飘过一阵毛毛雨似的。他清醒过来,打开信封,那信封上的地址和姓名是由马利娜的大手笔写的。信封里却是尼卡叶伐的来信。那厚实的蓝信纸上装饰着一朵异样的花,她说她的健康已经改善,或许夏季中她将要回到俄罗斯。

"回来怎样呢?"萨木金烦恼地想着。

尼卡叶伐的信写得十分文艺气派,以至使人觉得她曾经仔细斟字酌句。

"她必定自以为她是马利亚·巴奇克兹伐。"克里嘲笑地对他自己说。他撕掉这信,爬上床去睡,想着人们到底不过使人厌弃而已。他们各个投射暗影在记忆上,迫使人想着他或她,加以评价,为他或她在人的灵魂中找出一个位置。而有什么必要,有什么意义呢?

"这都是从外面袭来的干涉我确实建立我自己的人格的扰乱,"他判定,反驳着他自己,"所以,我的引人注意不过是因为和每一个人都不相投合,而且保持沉默。择取某种观念,加以发挥广大,像托米林、马加洛夫和古图索夫那样,这是必要的。人必须在他的灵魂里竖立一根旗杆,在它周围集结起一切使他与众不同的东西,一切划出界线在他周围的东西。人格的确定性的获得是由于常常说同样的事——这是显然的。个性是种种融化良好的意见的一个集合体,它不过是成语体系。"

但是当他研究他所熟知的一切观念的时候,克里·萨木金不能发见一个适合他采取的;他也不曾采取一个。这不是把别人的东西据为己有的事,而是要自己发明的。一切观念都是坏的,就只因为它们是别人的;且不说它们之中的多数是牵强附会的,而少数是近于可笑的愚昧的——譬如,马加洛夫的那些观念。

这思想,以及他的床上的棋盘花帐子外面的蚊虻的刺耳的嗡嗡,使他不能入睡。克里·萨木金力求宁静,提示他自己其实他已经有一根旗杆了:他对于他自我的忠实。外在的事物从未被吸收在他内心,有助于他的长成,而是飘浮过去,并未扰动他的情绪,只是积压在他的记忆上,这都是因为他对于任何克制自己的事情有一种反感。但是这已经不能自慰。追求一套方便法衣已经使他疲乏而绝望,他转而思索伊立沙弗它·斯庇伐克和里狄。她俩几乎同样使人不快,因为她们都要寻求他心里的某物,搜查他的全身。在这一点上她们对他的态度是相同的。但是她俩都吸引他。那力量是相等的吗?他不能回答这问题。这似乎是以她们的空间位置而定,以她们接近他的物理的距离而定。在伊立沙弗它·

斯庇伐克面前，里狄的印象就黯然消逝；而当里狄在他眼前的时候那年长的妇人就幻灭了。而最坏的是克里不能明确想象他所要求于这怀孕妇人的是什么，要求于那似乎还未经人事的姑娘的又是什么。他不曾忘记他抱着里狄的腿的时候的情绪，但是那就好像是在梦中见过的事情似的。在抱腿之后的那几天之中他一再盘问他自己迫使他跪在她前面而不在别人前面的是什么呀。那些问题引起他怀疑他确有强烈的情绪，因此他昂然自得了好几天。

过去的事故在他的心里更加屡屡具有梦的性质。为什么曾有捉捕捏造的猫鱼的愚蠢场面呢？刘托夫和跛脚小百姓的莫名其妙的大笑有什么意义呢？去看教堂挂钟的难堪的动乱是不必要的，况且毫无意义，只是重累记忆。

"你们为什么这样做？"——那驼背小姑娘的责问轰响在他的记忆里，而且村妇们的呜咽的祈祷响彻他的头脑，"真的，我似乎因为这一切而害病了"。

天光逐渐明亮；地板上的月影已经不见，窗玻璃失去了它们的暗蓝色，似乎已经融化。克里瞌睡，但是一下就被脚步杂沓和铁链铿锵的声音所惊醒。他跳起，走到窗前。街上正在通过大群寻常囚犯的行列，由一队兵士押解到什么地方去。一个尖胡子的门房正在扫石阶，迎着这衣衫褴褛的人群扬起尘雾。兵士们都是矮小的。他们的制服上装饰着蓝条纹；他们的刺刀也有蓝色闪光，像冰一样。在行列的先头的是一群穿灰衣服的高大男人，每一对用手铐联在一处，锁链叮当地走着。他们的最大多数是有胡子的，头都剃光了，全都高大得好像特别挑选出来似的。其中一个的脸上被一片黑布蒙蔽了半边，遮着一只眼睛。他用另一只眼睛仰望克里所在的窗子，对他的同伴，一个和他确实相像的胡子男人，说：

"拉萨留斯[1]复活了！"

---

[1] 患癫病之乞丐，耶稣使之复活者。

但是他的同伴望着远处，并不理会，却转眼往下看，故意吐口水在卫兵的鞋子上。克里就只听见这么一句话，在几百只人脚杂沓和铁锁锒铛声中，这声音打破了这熟睡的城市的黎明的寂静。

在这一群穿着囚衣的犯人后面，噼噼啪啪来了一队穿着各式各样衣服的人，都夹着包袱，背着行囊。一个高大的老人穿着短袈裟，艰难地走来，他的腰带上系着的茶壶叮当作响。他的用具铿锵，拍合他的脚镣的响声。

这些"政治犯"密集着一路走去。他们大约是二十个。有两个戴眼镜的：一个红头发，满脸胡须；另一个灰头发，好像圣尼戈拉·麦乞斯基的神像。在他们后面蹒跚着一个长须的红鼻子老人。他微笑着，用手指指点着那些熟睡的家宅的窗子，对走在他旁边的一个青年说话。四个女人走在一处。一个是矮胖的，有一张修女似的松软的脸；另一个，颇为年轻、漂亮、细腿子。别的两个手挽手走着。其中的一个，跛行，歪来歪去。她后面是一个塌鼻子兵士，瞌睡地移动着沉重的脚步。他的蓝光闪烁的刺刀几乎碰着她的耳朵。

当这兵士经过那门房前面的时候，门房停止工作。但是兵士才一过去他就赶快用扫帚在这些政治犯周围扫起尘灰。

"等一等，蠢货！"兵士回头呵斥。他蹭蹬，打喷嚏。

当囚犯们转入一条街上，走下河去的时候，门房又在他们后面扫起灰尘的云雾。克里知道这些囚犯要到河上去搭船，那里有一条陈腐的老货船，烟囱上漆着白条纹，甲板上摆着一只好像巨大的捕鼠机似的铁笼子。也许他的哥哥狄米徒里也要被装进这种捕鼠机里面的吧。他的这哥哥，为什么会变成一个革命党呢？在他的童年时代他是不出色的。当他和别的儿童们玩游戏的时候，他显出一条看家狗似的好性格，虽然后来逐渐长大他有时表示一种沉静的、不屈的顽强。尼卡叶伐说得对，他是一个书呆子。而且他的身体也是笨重的———一点也不灵敏。一个革命家必须是伶俐的、精敏的，而且恶毒的。

远处人还能够听见铁锁锒铛的凄厉声音。那门房已经扫完了他的地段,用帚柄敲敲石路,然后仰望着太阳已经升起的天空,画十字在他身上。一片寂静。人可以想到这尖胡子门房已经把那些囚犯扫出街道,扫出市外。而这也好像是在梦中看见的一种凄惨景象。

四

将近黄昏的时候,在一家卖旧书的昏暗的铺子里,克里撞在一个穿秋外衣的人身上。

"对不起!"

"啊呀,你是萨木金。"那人说。

在书籍拥挤的昏暗之中克里并未立刻认出托米林。这哲学家坐在一只很矮的椅子上,椅腿曾经锯短的,伸出一只手给萨木金。用另一只手他捡起地板上的一顶帽子。

"到我那里去,萨木金。"他站起,对一个看不见的人说:

"一卢布三十戈比够了!"克里被这意外遭遇所扰乱,来不及设法辞谢这邀请。托米林显出他平常所没有的匆忙。

"人在书籍中摸索的时候,时间不知不觉地飞过了。我要赶回去喝茶。"他说,在阳光明亮之中眨着眼睛,当他们出来到街上的时候。戴着一顶皱帽子和穿着太过宽大的外衣,他就好像一个长久被监禁刚才释放出来的破产商人。他自尊自大地傲然走着,好像一只鹅似的,双手插在衣袋里。他的外衣的长袖子上皱起深深的皱纹。他的憔悴的面颊已经具有一种丰腴之象。他的声音是镇定的。当他说话的时候克里听出一种教训者的严酷腔调。当他们走上他的住宅的台阶的时候,他怀疑地微笑着转面对克里说:

"好,那么,你觉得大学的功课满意了吧?"

克里还来不及回答,托米林已经介绍那厨子的妻,瓦尔瓦拉·塞吉夫娜,她曾经来到门道里,恭敬地帮助他脱去外衣。

外衣一脱去,这就看见他穿着上衣和浆硬的衬衫,胸襟上有些黄斑点。一只鲜亮的紫色蝶形领结从他的剪短的胡子之下挺然突出。他的头发也剪短了。那是从中央分开,好像一顶睡帽似的躺在头上。托米林的脸已经失去和基督圣像的类似。但是他的瓷的似的眼睛依然呆滞,而且照常耸立的红眉毛皱紧成一副愁容。

"请吃点心。"那妇人殷勤邀请,声音甜腻得好像糖浆。她推给克里一杯茶、一瓶蜜和一碟铁锈色的糕。

"好极了的糕,"托米林保证,"她亲自用麦芽和蜂蜜制造的。"

克里为了避免谈话,就继续吃糕。不知不觉之中,他仔细考察这整洁的房间,有些花摆在窗台上,右角里有些塑像,墙上有一幅翻印的油画。画上是一个健康的女人,站在一根圆柱近旁,手里拿着一只羊皮鼓。这活女人坐在桌子旁边,似乎满足于她的全部生活。她的吃得太饱的大躯体栽在那椅子里,稳当得好像一座纪念牌;她的草莓色嘴唇不停地活动着;她一呼吸她的紫脸就一紧一松;她的双下巴抖颤,她的胸部起伏,她的水汪汪的眼睛有一种好性格的满足神气,而且每当她停止咀嚼的时候,她的小嘴就紧缩成一颗星的形式。她的粉红色双手慈惠地在桌上往来,毫无声息地移动着那些茶具。壮丽的手掌,有着像香肠似的指头,似乎具有一种磁性引力;只要它们一伸向糖碗或奶瓶,啊,那些东西就会好像受过训练的动物似的移向她的软指头;黄铜茶炊以一种会心的微笑望着她;这房里的各种东西似乎都期待地注意着她,听候她的抚摩。其中有着某种不能调和,不愉快,甚至荒谬,因为在这妇人面前,在这充满天竺葵香气和好食物的房间里,人听见一种心高气傲的大声讲演:

"唯物论者断言精神是有机物体的一种属性,而思想是一种化学反应。但是这跟'物活论''活物论'不过是名词的区别。"托米林宣言,手里拿着一块糕,把它当作乐队的指挥棍似的挥舞着,"在一切不可容忍的粗浅之中,唯物论是最可厌的。十分显然,它是由于无知和追求信仰的徒劳而致失望所产生的。"

他把糕放在盘子里，一面摇着一个恫吓的指头一面庄重地说道："我再说一遍，他们所寻求的是信仰，和安慰，而不是真理！我主张：不但要超脱一切信仰，甚至要弃绝求信的欲望！"

"你的茶要冷了。"那妇人声明。

托米林看看墙上的时钟，急忙走出房间。妇人安慰克里：

"他就要回来的，他去找猫。你知道，他的研究工作必须安静。我甚至用砒霜毒死我的丈夫的狗，那畜生在月明的夜间太过吵嚷。现在我们养着一只猫，我们叫它尼乞塔。我喜欢家里有一只四只脚的动物。"

她默默地整理她的隆重的黑头发上的发针。

"他的研究工作是辛苦的！一个人必须认识那么多的字！他坐在这里抄写，抄写各式各样的各种书——多得数不清，真多书呀！"

一只养驯了的金翅雀，灰黄色，在房里飞来飞去，好像这家宅的精灵似的。它栖止在花枝上，啄啄花瓣；在枝上摇晃着，摆动着叶子。忽然被一只撞在窗玻璃上嗡嗡怒鸣的黄蜂所惊骇，它飞进它的笼里，开始喝水，每咽一回就高举起它的奇突的小嘴壳一回。

托米林进来，抱着一只绿眼睛的黑猫。他把它放在妇人的丰满的怀抱里，问道：

"我们要给它牛奶吗，或许？"

"太早。"妇人说，仰望时钟。一分钟之后，克里又听见：

"自由思想的宇宙是我所追随的。信仰——从思想的立场上看来，是一种罪恶。"

当他谈着的时候，托米林用双手做了一个扫荡的姿势，好像划分什么东西。他的声音有命令的调子，他的眼睛闪出严厉的光芒。克里惊异而且妒羡地看着他。人们变得怎样迅速和分明呀！而他克里还是表演着人人都把他当作他们自己意见的垃圾箱的卑贱角色。当克里辞出的时候，托米林固执地对他说：

"再来再来——来!"

妇人用一只手温和地握着他的手,用另一只手摸索了他的上衣一下,并且把它缩回到她背后,笑嘻嘻地说道:

"这回他一定要来了。我放猫毛在他上。"

克里问他"放猫毛在他上"是什么意思,她解释:

"好,你看,雄猫是很恋家的,因此它们有吸引力。所以喜欢谁常到家里来,只要他带一点猫毛去,就一定会把他引回来的。"

"胡说!"克里想,走过街道,但是他仔细考察袖子和裤子——猫毛粘在哪里呢?"鄙陋。"他对他自己重复说,朦胧意识到必须使他自己相信这种舒服状况是鄙陋的,不过是鄙陋而已。"真的,托米林正在宣传一种和他所反对的唯物论同样粗浅的思想。"克里断定,甚至想要找出这哲学家和那绿眼睛的黑雄猫之间的类似,"这雄猫会吃掉那金翅雀的。"他微笑。他头昏目眩,"我似乎中了那些铁锈色糕饼的毒了!"

五

在家里,他发现他的母亲正在和伊立沙弗它·斯庇伐克恳切谈话。她坐在餐室里挨近开向花园的窗子前面。他的母亲交给克里一份电报,急促说道:

"甲可夫伯伯死了。"把纸烟抛出窗外,她说道,"他到死不曾离开监狱,真可怕!"她停了一下,又说:"这在官厅方面是残酷的。他们不当一回事,拘禁要死的人——他们一样把他关在牢里。"

克里觉得他的母亲谈得很勉强,好像在她的客人之前惶恐不安似的。斯庇伐克太太同情地望着她,但是显然以为说安慰的话是不适当的。过了一小会儿她走了。克里的母亲,看她出门之后,爱护地说道:

"她是一个有趣的女人。而且切实。平易近人。她把她的房间布置得多么好哇。"

克里以为她对于甲可夫伯伯太过唐突。想要对于死者表示更多感情，他问：

"他们埋了他了吗？"

他的母亲惊异地看着他。

"当然，电报上说：'十三号死，昨日下葬！'"

她转面对着镜子，斜起眼睛考察着她的耳朵旁边的一个小丘疹，她说：

"我必须立刻写信把这件事告诉伊凡·阿乞莫维奇。你知道他在什么地方吗？在汉堡吗？"

"我不知道。"

"你长久不写信给他了吗？"

克里感到一种朦胧的恼怒，为什么理由连他自己也不明白。

"长久了。"他说，"老实说，我很少写信给他。他的回信总是一些格言，教人怎样生活、思想和信仰。他介绍我一些书——没有名气的著作，如普鲁加文的《论人民的要求和知识分子的任务》之类。在我看来，他的信似乎是最无聊的文章，和他的买卖麻绳的行业毫不相干。他要我继承他自己或许早已放弃的精神。"

"是的。"克里的母亲说，扑粉在那小丘疹上，"他时常喜欢咬文嚼字。修辞学，总不过是修辞学。但是——今天你为什么这样焦躁不安？甚至耳朵都红了！"

"我觉得不舒服。"克里说。

那一晚上他躺在床上，头上包着冷布，听见医生安慰地说：

"胃热病。明天再看。"

六

在五个星期之间卢包莫多洛夫医生不能确定患者的病情，克里也不能判明他是生理的疾病或者不过是由于厌恶生活和人群而致精神颓丧的明显征候。他并不害忧郁症，而是有时觉得他的身体内部有某种苛烈的酸素，使他的筋肉发热，四肢无力。一层浓雾充塞在他的头里面；他想要熟睡，但是被失眠症和神经不宁所苦恼。他的记忆中奔驰着一些不相连续的事情、人物和言辞：

"但是真有过这么一个孩子吗？或许根本就不会有过什么孩子吧。"

"你们为什么这样做？"

"对于上帝，女人是次等的……"

这些话继续飘浮在他的眼前，好像写在空气里似的。它们有一种死气而且恼人的性质。它们并未激励他的心情，却增加他的病状。

有时克里·萨木金会忽然想象他自己几乎好了，旅行到别墅去；但是在中途，或已到之后，他会又陷入全体虚脱状况。他不想看见人们，听见他们的声音就讨厌。他在事前就确已预知人们要说些什么，譬如，他的母亲、伐拉夫加、那犹豫的医生、那在火车里和他同坐在一处的穿法兰绒衣服的黄脸青年人，以及那拿着长柄锤的油业工人等等，人们激怒他，不为别的，就只为他们存在、活动、观望和谈话。他们每个人都破坏他的想象，强迫他思索：他或她为什么必须生活呢？种种不伦不类的问题突然发生：那高颧骨的家伙为什么剃掉胡子呢？另一个人为什么拿着手杖呢，他的脚是健全的呀？有一个妇人，嘴唇涂得鲜红，眼睛下面染着暗影，因此她的鼻子似乎是死灰色的，完全和那脸不相称，但是没有人告诉她她已经损坏了她的面貌了。他诚恳地和热切地注意到男人女人的各种丑处、短处，以及各种可笑可厌之处，因此他能够轻蔑和厌憎每一个人。但是，同时，他朦胧觉得这些，他的最聪明的发明，全是猥琐的、不健康的和无聊的，而且觉得它们的重复的同一性质使他越来越疲乏。

有时萨木金以为他的一切印象的仓库——叫作"心"的东西——里杂乱地堆积着许多肤浅的知识以及他所知道、所说过的各种事情，堆积得够他终身受用,以致不留余地。他觉得他已经不能从外界学习了,但是必须解开那些记忆的纠结,于是失望地观察着他的已往的生活。解开这些纠结就会得到幸福的吧。但是立刻随这感想而来的一种相反的欲望——想要把这些纠结增加到最大限度,以致各样东西充满他的内部,填满一切空虚——终于产生某种强烈的、恣肆的情绪,使克里·萨木金有力向一切宣布:

"我说!我什么都不知道,什么都不理解,什么都不相信;现在我老实告诉你们吧!但是你们装作有信仰的全都是说谎者,你们其实都是这最简单的真理的奴仆:世间根本没有这么些真理,只有废物、垃圾、破旧家具和坐烂的椅子之类。"

当他想象他自己说出他真没有勇气说出的这些话的时候,克里记起在童年时代,他曾经无意中打开过乱七八糟地堆积着废物的储藏室的门。

七

在克里害着不明不白的病症的最初几天,刘托夫带着他的未婚妻,和图洛波伊夫、里狄已经搭汽船沿伏尔加河到高加索去了,计划游了克里米亚之后在秋季回到莫斯科。克里对于这一次旅行并不重视,他想:

"我不妒忌。我不怕图洛波伊夫。里狄不会是他的。"

伐拉夫加的避暑木屋都已租给一些陌生的人,这些带来一群还在爬行的小孩。早晨河水被沐浴者扰乱,噼噼啪啪地泼在岸上和浴室墙上;人头起伏在清水里好像一些软木塞似的;水光闪闪的手臂挥舞在空中。晚间,中学男孩女孩在森林里唱歌。每天下午三点钟有一个平胸的瘦姑娘,穿粉红衣裳,戴着圆圆的黑眼镜,在钢琴上弹《少女的祈祷》;四点钟时候就看见她走在河岸上到磨坊去喝牛奶,粉红衣裳在水上的映影偏斜地跟踪着她。她去到哪里,哪里就有夜来香的沉闷香气。一个师范学校的长脚教师到处乱跑,疯狂地挥着一只捕蝴蝶的网子。那跛脚小百姓跳来跳去,似乎有同时出现在几个不同地方的奇妙能力。那些衣服鲜艳的妇女游来游去,要人算命,同时偷窃衣物、小鸡和儿童玩具。

卢包莫多洛夫医生住在伐拉夫加的别墅下面的一座木屋里。在休假日子,一吃了晚餐他就带着他的矮胖的妻,和两个男人——那教师和阿连娜的监护人——同坐在外面的一张桌子周围。三个男人都是静默的生物。但是医生的妻却不断地怪声大叫:

"红心赢了,我说!可是还抱定宝石!不……红心二点!"

人偶尔听见医生的迟疑的声音,有时他会严厉地说道:

"只有英国人已经达到政治自由的理想。"用同样声调他吩咐:

"多吃蔬菜,尤其是含有硝质的,例如葱、蒜、萝卜之类。甜菜也有益,虽然不含硝质。你说二点吗?"

在休假日,教区的小孩们成群出现。像一些稀奇的小鸟似的栖息在河岸上,他们静静地观察着游客们的闲散生活。有一个少年人,眼睛透亮,一顶黑鬃发,名叫拉弗路式加。他是孤儿,据仆役们传说,他的出名是因为他生吃小鸡。

伐拉夫加总是谈呀谈呀,用照常乖僻的议论搅扰宁静的空气。克里的母亲偶尔来游,带着伊立沙弗它·斯庇伐克。伐拉夫加很注意这音乐家的妻,公开加以赞扬。她欣然对他微笑,但是她和克里的母亲的友谊正在继续增厚,这是克里所能看见的。

伐拉夫加发牢骚。

"她太过好问。她想要知道各样事情,甚至航船和森林管理之类。一个书虫。书损坏了女人。这一冬我遇见一个音乐喜剧的女优,她曾忽然问我:'易卜生借重尼采到什么程度?'唉,鬼才知谁借谁多少?我要避开蠢人。有一天省长说我不顾体面,引用在警察监视之下的人们。我对他说:'阁下!他们真正做工作呀!'他说,'难道我们俄国真正做工作的人没有一个不是有嫌疑的吗?'"

伐拉夫加的脚疼,走路开始用手杖。伊凡·杜洛诺夫弯着腿在沙地上游走,东瞻西顾,好像一个以实玛利[1]望着成人们和儿童们。他和侍女们及厨子们交换口角,互相咒骂。伐拉夫加给他一种繁重任务,要他耐心听候游客们的无穷的牢骚和要求。杜洛诺夫静听到的,每天下晚来报告他。后者诚恳地听完各式各样不舒服之后,胡子里显出微笑,问道:

"好,那么,你都答应他们完全照办了吗?"

"都答应了。"

"好,他们都满意了吧。记住,这些人全都不过在这里住一个短期:顶多五六个星期就走了。各样事情可以答应他们,但是他们仍然要并无变化地过下去!"

伐拉夫加爆发了哄堂大笑,肚皮都震摇起来。杜洛诺夫出去到磨坊里,和那些寻欢的村姑村妇喝啤酒喝到半夜。有时他设法和克里攀谈,但是萨木金加以冷遇。

在这一个期间,伊诺可夫不过来了两次。他的脸上有饥饿之色,以及严酷之气。整晚他都气势汹汹地谈论修道院,咒骂那些修道士。

"天主教给我康培尼拉[2]、孟德尔[3],以及许多学者和历史家。但是我们的修道士是一些冥顽不灵的蠢材,他们甚至不能写出一部平庸的俄国宗教派别史。"

他问伊立沙弗它·斯庇伐克:

"为什么公开信仰犹太教义的宗派只在我们和麦阳人之中这样分歧呢?"

---

[1] Ishmaelite,见《旧约》《创世记》十六章十二节。为人好像野驴,他的手反对每一个人,每一个人的手反对他。
[2] Campanella (1568—1639),意大利哲学家,诗人。
[3] Mende (1822—1884),奥地利修道士,生物学家。

"一个有才能的人。"她称赞他,而且伐拉夫加请他在他的公事房里工作。但是伊诺可夫并不感谢,拒绝道:

"不,我要研究。"

"但是你正在研究什么呢?"

伊诺可夫毫无笑意地说出这可笑的回答:

"研究人怎样过生活。"

当天晚上他就忽然完全无影无踪,好像一块石头落进河里面似的。

八

克里·萨木金完全不能理解他自己对于伊立沙弗它·斯庇伐克的态度,这使他恼怒。有时他相信她正在使他的混乱的心境更加纷扰,增强他的病势。他被她所牵引和推拒。在她的猫眼睛深处,在各个眼瞳中央,他曾经看出一种针尖似的寒光。它刺着他,嘲笑地,甚或恶毒地。他确实觉得这大肚皮妇人正在寻求他内心的什么东西,想要从他处得到什么东西。"

"你的心是一种批评的心。"她和蔼地说,"你是善于读书的。你为什么不写呢,呃?先写书评,那么,你就会抓住那妙诀。——或许,你的养父要办一种报纸,年初发行。"

"她为什么,有什么必要,要我写书评呢?"克里问他自己,漠然嘲笑着他自己的吹毛求疵。

这些日子,一种无法排解的厌倦迫使他离开别墅,回到城里。晚上他坐在厢房里静听斯庇伐克弹钢琴——这古怪的小斯庇伐克,伐拉夫加说,"他是来自音乐喜剧中的一个人物"。

这小音乐家的弹琴的手指说出贝多芬[1]的仁慈灵魂中的悲壮激昂,

---

[1] Beethoven (1770—1827),德国人,作曲家。

巴赫[1]的虔诚祈祷，莫扎特[2]的异样哀艳。伊立沙弗它·斯庇伐克专心致志，缝着那未生的孩子的小衣服和衬尿布。音乐陶醉了克里，但是不能淹没他的无益的想象：倘若他周围的各样事物是不同的，那将会是何光景呢？

有时他愿意处于斯庇伐克的地位，而以里狄为妻。伊立沙弗它仍然可以和他们在一处，倘若她不怀孕，倘若她改掉好问的危险习惯。

"你怎样解释这个呢？"她时常这样问他，而他的解释总是显然不对的，依他看来，有时她的问话是谴责的。克里第一次觉察这一点是在她这样问的时候：

"你不跟你的兄弟通信吧，通吗？"

"你怎么知道呢？"

"我是问呀。"

"但是，你问得好像你已经知道我们彼此不通信似的。"

"但是，你为什么不通呢？"

克里说：

"我们有很多不相似。我们的趣味也不同。"

她望着他微笑，在这一笑里他觉得有些对他自己不利。她问：

"你的兴趣是什么呢？"

克里被她的那一笑刺伤了心；想要掩饰这创伤，他用一种颇为浮夸的高调答道：

"我想，第一，必须忠实于我自己，必须以一切可能的正确建立我的人格的境界。然后这才能理解我的'我'的真正要求。"

"好志愿。"斯庇伐克太太说，把一根线咬成两段，"尽够你研究一辈子，或大半生。"

---

[1] Bach（1685—1750），德国作曲家。
[2] Mozart（1756—1791），奥国作曲家。

反省了一会儿之后克里问：

"这是可笑的吗？"

"不。为什么呢？"

恼了，他默默走开，并不回答。但是在庭院里，在回到他自己的房间的路上，他觉得恼怒是愚蠢的，不过使他自己更加可笑而已。

克里并不能使他自己对她开始争论——而只是时常避免争论。她的朴质的心和博学多闻使他惊异而且困恼。他知道她的心的一般构造是近似"古图索夫式"的，而且同时她所说的一切好像是超然批评一个陌生者漠不关心生活现象似的。萨木金怀疑她的疏远态度后面潜藏着某种坚定的决意。但是他无法捉摸，而其中他也没有发见在图洛波伊夫心里的那样冷血的好奇心。虽然听她说话是有些用处，萨木金欣喜每当伊诺可夫一到来就引去她对他的一半注意。

伊诺可夫走进房间，默默地对每个人点头，然后自行就座。但是无论坐在哪里，他似乎总不自在。他站起，把座椅移到房间中央，静听音乐，而他的眼睛却庄严地从房里的这件东西游到那件东西，好像正在计算它们似的。他穿着用面袋制成的上衣。每当他举手抹平他的乱头发的时候，克里就看见那上衣侧面有一个洗刷未净的商标："头等。巴希乞洛夫面粉厂。"当斯庇伐克弹琴的时候，伊诺可夫不吸烟，但是那音乐家一歇手他就点燃一支贱价的纸烟，而且用一种沉闷的单调声音问道：

"奏鸣曲（Sonata）和组曲（Suite）是怎样分别的？"

斯庇伐克斜起眼睛从眼镜上面瞅着他，说道：

"你用不着知道这个，你并不是音乐家。"

伊立沙弗它·斯庇伐克，放下针线，坐在钢琴前面，解释了奏鸣曲与组曲之间构造的差异之后，问起他的"人生观"。他随意地细谈他自己，但是有些惶恐，好像他是在谈论一个他不十分了解的朋友似的。克里觉得伊诺可夫似乎一面谈一面问："这不是真的吧？"

伊诺可夫似乎正在滚过地面，好像一个胡桃滚过由动摇的手端着的盘子里似的。在各种观点上这青年对于克里都是可厌的。他似乎张扬他的粗鄙，好像故意使人不快似的。每当他开始谈论他的生活的时候，克里听两三分钟之后就走开。

里狄曾经写信给他的父亲说她要从克里米亚到莫斯科去，而且她已决定再进戏剧艺术学校。在写给克里的一封很简短的信里她通知他，阿连娜已经和刘托夫解除婚约，要嫁图洛波伊夫。

"这是意料中的事。"克里想。而且，想象到刘托夫的歇斯底里的叫喊和搐动，他微笑了。

第十五章

一

克里的病和随病而来的懒曾经阻止着他转学到莫斯科大学。一切都考虑过了，他决定休息，今年不上学。但是他发觉家里的生活很惨淡，就不顾一切，移动到莫斯科去了。九月末的一个吹风的早晨，他走过各式各样街巷，寻访里狄的住所。

被风吹落的树叶像一些蝙蝠似的飘荡在空中；正在下着轻盈的细雨；从屋顶落下来的沉重的水滴，像打鼓似的敲着他的雨伞的绸面；流水恼怒地在生锈的水管里发牢骚。湿漉漉的、满面愁容的小家宅用它们含泪的眼睛似的窗孔看着克里。他想这些家宅是必然适宜于伪造钱币者、收买赃物者和不幸的人们的居住的。在这些家宅之中这里那里都有极小的被遗忘的教堂。

"不是神庙。而是小狗窝。"克里想，他喜欢这观念。

里狄住在这样一个家宅里,在厢房的二楼上。墙壁上没有装饰,窗子没有框架,粉饰的泥灰都已经脱落了。这厢房有一种被打和被抢了的人的面貌。

里狄很兴奋而且欢喜地会见克里。她的脸上有一种激动的表情,那眼睛使人误会她要大笑起来。在这种天气之下她似乎缩小了。

"萨木金,我的幼年时代的朋友。"她叫喊,把克里引进一个光秃的房间,那油漆地板奇异地倾斜向窗子方面。一个矮男人站起来,立刻抓住克里的手。他一面握着它摇上摇下,一面用一种道歉的声音介绍他自己:

"西敏安·狄欧米多夫。"

一个尖鼻子姑娘,梳着丰盛而蓬松的发式,说出她的名字:

"发尔发拉·安托洛坡伐。"

"斯提班·马拉可夫。"一个鬈发的男学生说,那面孔好像是旅行剧团歌舞家似的。

一个秃头男人从挨近青色壁炉的地方站起来。他有一小点瘸。他穿着长到膝下的中国府绸上衣,系着一条肥大的、有穗的丝带。他用鼻音吞吐地说道:

"乞里沙斯叔叔。发尔发拉呀,留心些!招待客人!"

他抱住克里,而且轻轻地把克里当作残废人似的放在长沙发上。

五分钟之后,萨木金情不自禁地想道乞里沙斯好像是早已不耐烦地期待着他,因为克里的终于出现而喜欢过度了的。叔叔的圆脸,就好像新生婴儿的脸,继续波动着热心的微笑。这些微笑,当初显现在他的厚嘴唇上,扩大他的肥鼻孔和鼓起他的腮巴,然后皱缩他的小孩似的颜色含糊的眼睛周围的皮肤,终于支配了他的整个面孔,使他的前额上荡漾着粉红的波光。这脸是稀奇的。

"好，我们正在这里仔细研究《伪君子》[1]。"乞里沙斯叔叔说，坐下在克里旁边。当他谈话的时候，他的穿着彩色拖鞋的双脚把搔着地板。两盏灯照明着这房间。一盏立在窗与窗之间的空隙里的镜台上，另一盏由铁链悬挂在天花板上。挂灯下面站着狄欧米多夫，看来就像一个吊死了的人，他的双手沿着身体下垂，他的头偏向一只肩膀。克里感觉在这人注视之下的难堪，希望他不要看他。另一方面，乞里沙斯叔叔正在以一种兴奋的颂词震聋他的耳朵。

"我崇拜莫斯科！我为莫斯科人而骄傲！虔诚地——是的，先生——我与我们的著名艺术家和学者走过同一街道！我幸福地脱帽致敬伐西里·阿西波维奇·克鲁乞夫斯基；我遇见过列夫·托尔斯泰两次。而且倘若遇见马利亚·厄莫洛伐去排戏，何消说，我真预备下跪在街心里！"

二

里狄，穿着红衣黑裙，和发尔发拉，穿着深绿衣服，都在邻接的房间里奔忙着。学生马拉可夫，处于克里的视野之外，正在大笑。里狄似乎矮了一点，而比以前更像吉卜赛人。她变为更胖些，她往日的纤细形体已经失去了它的幽灵似的、闪烁的风度。这扰乱着克里。并不留心去听乞里沙斯的热心的滔滔言辞，他研究着狄欧米多夫，后者正在毫无声息地从这一角踱到那一角。

最初一看，狄欧米多夫的脸给克里一种华美的印象。但是他立刻就想道这正是被人讥诮为天使似的那种可厌之美。这柔软的圆脸，被一双稚气的蓝眼睛所照耀，似乎是受过人工渲染的；他的厚嘴唇大红；黄眉毛太宽太浓；一般地说来，这脸是一种瓷偶人的不活动的面孔。淡麻色

---

[1] *Tartuffe*，法国剧作家莫里哀的喜剧。

鬈发,瀑布似的披到肩上,使克里想要窥看狄欧米多夫的背上是否有白的双翼。当他在房里踱来踱去的时候,这青年往往小心地把他的发缕理在他的薄明的小耳朵后面,而且按住他的额颅,好像摸索他的头是否还在那里似的。

狄欧米多夫中等高度,很漂亮。他穿着黑上衣,系着宽皮带,踏着光滑的软的皮靴。克里觉得这青年看了他两三次,咬咬嘴唇,好像要问他什么而又迟疑着似的。

"我有过亲自认识尼戈拉·尼戈拉维奇·萨拉托夫拉斯基[1]的光荣。"乞里沙斯叔叔欣然庄重地说。

甚至在里狄招呼他们喝茶之后,他也还在长谈莫斯科和走过它的街上的名人们。

"俄罗斯的头脑和它的伟大心胸是在莫斯科。"他大叫,指着窗子,窗玻璃上紧压着秋夜的潮湿的黑暗。

尖鼻子的发尔发拉傲然昂头坐着。她的绿眼睛含笑望着学生马拉可夫,后者正在小声对着她的耳朵私语,可笑地鼓着他的嘴巴。里狄皱着眉头,正在倒茶。

"这些赞颂是她所不喜欢的。"克里以为,观察着伏在茶杯上的狄欧米多夫。乞里沙斯叔叔到底谈得疲乏了,用手掌向后一抹,揩掉他的脸上和秃头上的汗水,这动作就像猫脚爪的动作,他又把手掌上的湿汗揩在他的肩头上,问克里道:

"彼得堡更投合你的好尚吗?"

克里觉得这问话有讥刺的音调。由于礼貌,他不愿对这莫斯科人在评论这古城的价值上表示异见,但是在他准备附和乞里沙斯之前,狄欧米多夫并不抬起头,就断然高声说道:

"在彼得堡人睡得更熟。在潮湿的地方睡眠总是沉重的。而且在彼

---

[1] 一八四五年间俄国民意派批评家。

得堡种种梦是自成一类的,在那里人所梦见的那些可怕的事就绝不会出现在人在奥来尔的睡眠中。"

一看克里之后他又说:

"我是从奥来尔来的。"

里狄有所期待地看着狄欧米多夫。但是他又俯首,藏起他的脸。克里迎合乞里沙斯叔叔,以同样颂扬的意兴谈论莫斯科。

"坡克隆那亚山上看起来,它好像是乱七八糟的一堆颜色鲜艳的垃圾,从全个俄罗斯扫拢来的。但是它的许多教堂的金顶雄辩地说明了这事实:那不是垃圾而是最珍贵的宝石。"

"说得好!"乞里沙斯叔叔称赞,闪出幸福的微笑。

"那些小教堂是动人的,埋没在人世的家宅之中。神的小窠!"

"这是良心话!说得最好!"乞里沙斯叔叔叫喊,从椅子上跳起来。而且由于这一喜欢他又议论滔滔。

"对了!俄罗斯的,莫斯科的,各民族的神的小窠!我们的神是特殊的——真纯!不穿十字褡,不穿斗篷,而穿着平常人的工作衣服,先生。是的,是的!我们的神,甚至好像我们的人民一样,是全宇宙的一个谜!"

"你是一个信仰者吗?"狄欧米多夫沉静地问克里,但是发尔发拉嘘止了他。乞里沙斯叔叔正在高谈阔论,挥舞双手,尽力要睁大他的小眼睛,但是这不过使他的灰眉毛抖颤而已;他的眼睛发出钝滞的闪光,就好像两只锡纽扣嵌在红边扣洞里一样。

三

好像被刺激或忽然记起某种惊心动魄的事似的,狄欧米多夫从椅子上跳起来,伸手和每一个人握手,并不说话。克里断定里狄握着那太白的手比她应该握着的时间超过了几秒钟。学生马拉可夫也向他告别。他早已经把他的小帽戴在头上，戴成一种浪荡的三角式，甚至当他还在房间里的时候。

"你要看看我怎样布置我的房间吗？"里狄邀请克里。

一个狭长形的房间里摆着一张笨重的床，约有这房间的三分之二的宽度。高大的弯曲的床头和小山似的一堆枕头使克里想道：

"这是老妇人的床。"

一只大肚皮的抽屉桌，桌上摆着一面古希腊七弦琴式的镜子；三把笨重的椅子；一把脚很短的旧式靠椅搁在窗子前面的桌子旁边——这就是这房间的全部陈设。墙壁是用白纸裱糊的，显出贫瘠和荒凉。只有一个地方——床的对面——有一点活气，因为有一张黑色方框里的小照片：一平如镜的海景，里狄和阿连娜站在一叶扁舟上，互相手挽着手。

"唯美派。"克里宣言，回想着尼卡叶伐的舒适的窠。

"我不喜欢任何多余的东西。"

里狄坐在靠椅里，把一只脚架在另一只上，双手交叠在胸前。她立刻就笨拙地告诉他，她在伏尔加河上的旅行，经过高加索从巴统渡海到克里米亚。她说得好像匆促要作一篇印象报告似的。她屡屡说些陈言套语，使他想到汽船公司号召游客的那些广告。她所说的克里认为只有很少数是她自己的。

"你试想几百万青鱼盲动地团集着产卵，那是何等可怕呀！愚蠢得这样骇人。"

她说到高加索：

"一种狰狞的风景，人烟稀微。铁似的山峦，山上的可怜的草好像绿锈似的。你知道吗，我越来越不喜欢自然了。"她结束了她的印象报告，微笑着，而且轻蔑地皱起鼻子来强调"自然"这个词。"山呀，水呀，鱼呀——全是异常令人沮丧和发呆的。它使人怜悯人们。而我是不知道怜悯的。"

"你好像是一个老女圣人。"克里说笑，觉得她的意见和他自己的那些胡思乱想相符合是最为惬意的。

雨在窗外窸窣。街上的一盏瓦斯灯燃起来。它的贫血的光照明了灰色细雨珠。里狄变为沉默，双臂交叠在胸前，茫然望着窗子。克里问：

"乞里沙斯叔叔怎样？"

"第一，他是一个很慈祥的人。你知道，有这样一种无限慈善的人——这样无可救药，我要说。"

而且，她的黑眼睛显出微笑，她开始这样兴奋地和温和地说话，以至克里惊异地看着她。她似乎是另一个人，完全不是几分钟以前背诵那干燥无味的报告的人了。

"我相信他真诚爱好莫斯科、人民，以及和他谈话的人们。然而，世上的东西没有一件是他不爱的。我从来不曾见过这种人。他是令人难堪的。他具有一种以狂喜之情述说平庸事物的异常才能。但是，人终于要妒羡这些赞美生活的人。"

她告诉他乞里沙斯在青年时代曾经混入政治斗争之中。这使他和他的父亲，一个富裕的地主，不和。因此，他做过校对、剧团的提示，到他的父亲死后，他曾经在各省从事戏剧业务。他破产，甚至因为负债被判处徒刑。后来他加入业余剧团，而且娶了一个有钱的寡妇。她死了，把她的全部财产遗留给她的女儿发尔发拉。现在乞里沙斯叔叔和他的继女共同生活，在一个私立戏剧学校里教授对话表情。

"发尔发拉又是怎样的呢？"

"发尔发拉是有才能的。"里狄回答，这时她的眼睛疑问地停在克里的脸上。

"你为什么这样看着我？"他惶惑地问她。

"我怀疑：你是有才能的吗？"

"我不知道。"克里谦逊地回答。

"你必定是有某种才能的。"她说，仔细地研究着他。

趁她沉默的机会，克里询问了他最关心的事——关于狄欧米多夫的事。

"怪人,是不是?"里狄又大声说,兴奋起来了。她告诉他狄欧米多夫是一个孤儿,一个弃儿。他由一个老处女,一位历史教员的妹妹,教养到九岁。后来她死了。那教员曾经喝酒摧毁他自己,两年之后也死了,于是狄欧米多夫被一个雕刻神像架子的木匠收去做学徒。和他工作了五年之后,狄欧米多夫去找他的兄弟,一个独身者,一个醉人,而且和他同住一直到现在。

"乞里沙斯主张他演剧。但是我不能想象谁比西敏安更少戏剧性的了。噢,他是一个何等纯洁的青年呀!"

"而且他正在恋爱你。"克里说,微笑着。

"而且他正在恋爱我。"里狄自动唱和。

"你呢?"

她不答。但是克里看见她的黑脸激动地发红了。叠脚盘坐在椅子里,她交叉着双臂,紧抱着两肩,缩成一个小皮球。

"我看人们何等古怪,"她说,叹气,"很古怪。而且,一般地说来,要了解人们是何等困难!"

克里赞同地点点头。每当他不能立刻为他自己确定他对于某人的意见的时候,他就觉得这人对于他是危险的。这种危险人物正在增多,而在其中,里狄是最接近他的一个。他立刻特别分明地感觉这种接近。他忽然想要把他自己的一切毫不掩饰地告诉她;再一次告诉她他爱她,但是他不了解她,有些害怕她。被这欲望所惊动,他站起来告别。

"不久再来呀。"她说,"明天来——明天是假期。"

在街上,细水滴像秋雨绵密似的纷落着。水单调地潺潺流着。家宅都互相紧挤着,好像它们害怕,倘若它们一分开,它们就会融解掉似的。甚至街灯的光也似乎是流质的。克里雇了一辆马车,车夫是一个面容愁惨的人。他的湿漉漉的小马,摇摆着它的头,蹭蹬在圆石路上。他瑟缩在阴寒的潮湿中。他的烦恼的思想正在搏击着两个问题:能够兴奋地说出非常愚蠢的话的人们的问题，和他自己的问题——他还不能创造他自己的成语体系。

"人的智识不多不少只是一种成语体系。真愚蠢——什么神的小窝。蠢话！而尤其蠢的是什么穿着工作衣服的莫斯科之神。而且为什么在奥来尔做的梦比在彼得堡做的梦更好呢？这一切陈言滥调显然只有对那些自命不凡的人才成为必要。其实，这是小偷的盗窃物。"

四

在乞里沙斯叔叔家里的几个晚间已经使萨木金充分相信里狄生活于一些怪人之中。他每次看见狄欧米多夫，他的心里都引起一种复杂感情：好奇、莫名其妙和疑惑的妒忌。学生马拉可夫似乎是被狄欧米多夫所厌憎的。发尔发拉是谦虚而又审慎的，而里狄却是任性的。有时，整个晚间她都不注意狄欧米多夫。她和马拉可夫谈话，打趣马拉可夫的"爱人民"。但是，有几晚上她就只和狄欧米多夫小声私语，或者静听他的低音咕噜。狄欧米多夫时常微笑着说话，说得这样慢，好像难以出口似的。

"有些人是驯的，有些人是野的。我就是野的。"他抱歉地说，"我理解那些驯的，但是和他们在一起我觉得不舒服。我时常觉得有人会走到我面前对我说：'跟我来！'我就会跟着去，去到无人知的地方。"

"引导你的当然是我喽！"乞里沙斯叔叔大叫，"我要使你成为头等演员。你就会表现给人们这样一个罗米欧，这样一个哈姆雷特……"

狄欧米多夫抹平他的头发，惶惑地微笑着。他的缺乏自信是这样明显，以致克里想道："里狄说得对：这家伙绝不能做演员，要装假他确是太笨。"

但是，有几次乞里沙斯叔叔使狄欧米多夫和他的继女排演了几段罗密欧和朱丽叶。克里，漠然于这戏剧，却被那淡色头发的青年所演说的热爱词句的夸大力量所激动。他确有一种柔婉的中音,即使不算丰润,到底是嘹亮的。萨木金,听着罗密欧的美词,问他自己道:"这家伙为什么装作一个平庸的人呢,他为什么自命为野呢?为什么里狄要隐藏他有才能这事实呢?"这时她正在睁大眼睛看着他。一片红晕闪现在她的微黑的两颊上,而且放在膝上的她的手指也抖颤了。

乞里沙斯叔叔,跨坐在椅子上,仰着头,翻起上唇和眉毛,缩紧他的颇短的脚的肥小腿,继续向上伸长他的胖躯干。他的脸和他的声音都是喜气洋溢的,在黄昏中他眯着眼睛。

"好!"他叫,拍了三下掌之后,"妙!但是表情不对。这不是一个意大利人说的,而成为一个莫狄文人说的了。这是思维,而不是热情;是悔,而不是爱!爱要求一种姿态。你的姿态在哪里呢?你的脸是没有活气的!你的灵魂只在你的眼睛里。这是不够的。观众不全都带着望远镜来看戏"。

里狄走近窗前,用手指在湿漉漉的窗玻璃上画图,以一种颇为沉闷的声音说道:

"我觉得这似乎太——柔。"

"他并不煽动人。"发尔发拉赞同,用她的绿眼睛怒视着狄欧米多夫,从头到脚。这时克里正在回忆她对答狄欧米多夫的朱丽叶的剧词是没有精彩的,而且每当她说话的时候她的颈项就变为难看地紧张。

狄欧米多夫低下他的头,他把手拇指插在腰带里,负疚地说道:

"我不相信戏剧。"

"这是因为你不知道一件大事!"乞里沙斯叔叔发狂地叫喊,"你应该读那本书:《法国戏剧的政治任务》,这是——什么名字——波波里金作的!"

跳到狄欧米多夫身边,他把他逼进挨近火炉的一个角落里,开始说服他。

"你应该被人把一种福音硬塞进你的厚脑壳里面——一种启发才能

的书！"

"我也不相信什么启发。"克里听见这低语。

"他当然是蠢材。"克里判定；而且当里狄爆发了大笑的时候，他认为她的笑是他的判断确实的明证。

后来，坐在她的房间里，他说：

"你记得吗？——你的父亲说过一切人都是被束缚着的，每个人都被他自己的小绳子束缚着，而那小绳子是比他们更坚强的。"

"他自己现在就是被拴在一条绳子上的。"里狄不明不白地说，并不看着他。

"倘若你说的是西敏安·狄欧米多夫，那是不确的。"她继续说，"他是自由的。他的心里有飞翔的某物。"

她勉强地谈着，好像觉得和丈夫说话有些厌烦的妻子似的。在这特别的一晚她似乎比实际更老了五岁。她坐着，双肩紧紧裹在一条围巾里面，缩在一把靠椅里，好像受凉似的。克里觉得她是远离着他的。但是这并未阻碍他想道现在这姑娘是不好看的。而且当她还是高傲地坐在那里的时候，他觉得他自己想要走到她面前，把头放在她的怀里，再经验一次从前所感受过的那种非常状态。在他的记忆中响着罗密欧的话和乞里沙斯的叫喊："爱要求一种姿态！"

但是他不能使他自己做出一种姿态。颓唐着，他向她告别出去了，第十次努力寻出为什么他被这女子所吸引？——为什么？

"我正在臆造她。因为她并不是能够为我打开通到某种神奇的乐园之门的人！"

而他还是觉得在他的心里深处有着一种坚定信念：里狄是为了一种特殊生活和爱情而被创造出来的。仔细分析他对于她的感情这件事很受制于一道印象的潮流，在这潮流里萨木金不能自主地旋转得更加急促。

五

在星期日的下晚，他的朋友们都聚集在乞里沙斯叔叔家里。那些成年的和心情相同的人们全都觉得他们曾经错误，而且他们每个人都带来一些谣言和事实，增强着他们的错误。他们全都喜欢吃喝，因为乞里沙斯叔叔有一个庞大的女厨子，安弗梅夫娜，烤出来的鱼肉包子非常之好。在这些人们之中有两个男演员，据说他俩曾经演过谁也不曾演过而以后谁也不会再演的戏剧。

他们之中的一个是庄严的灰发蓬松的家伙，有一个大头，严厉的眼睛，显出倦于声名的人看不起一切的神气。

他穿着华丽的短的绒上衣、软羚羊皮鞋，他的猛狗下巴之下系着一条鲜亮的蓝色蝶形领带。他害着痛风病，审慎地走着，好像连地面也看不起似的。他吃喝得多，而谈话却少。不论在他面前提到什么人的名字，他都挥起他的肥大的蓝手，做出轻蔑的姿态，咕噜道：

"我知道他。"

他不再说什么，显然相信这四个字已经足够使那人受到致命的批评。他是一个醉心于英格兰的人——或许因为他只喝英国酒吧。他喝的时候紧闭住眼睛，仰头向后，好像要使那威士忌酒浸透他的后脑似的。

另一个演员较为平常，是秃头的，有一张没牙齿的嘴，夹鼻眼镜高架在鹰似的钩鼻子上，耳朵好像兔子似的，大而且灵敏。他缩在灰色上衣里面，灰裤子飘浮在瘦腿外面，显出尖膝头，讲着无穷尽的逸闻轶事。他津津有味地喝着伏特加酒，用裸麦面包把它咽下去，弯起嘴唇，用五个字补充那更为重要的演员的批评：

"他？一个醉鬼。"

他说他正在写《一只夜莺的回忆》，而且解释道：

"夜莺就是我自己———一个演员。演员只在夜里才和女人在一处我爱各种历史的东西,爱到忘记我自己。"

作为他爱历史的明证,他告诉他们那最有才能的安得里夫-波拉克在上演之前怎样穿着扮演留都希卡·戈洛弗里夫的服装醉倒了;徐斯基怎样常常喝酒;里娜希洛伐洛伐在沉醉里,怎样在三个男人之中分辨不出谁是她的丈夫。他讲这些故事大半用一种低语,涎沫飞溅,而且震摇着他的左腿。他以为他的腿的这样抖颤是有重大意义的。

"在拿破仑的极盛时代,他就时常有这样抽搐的抖颤。"

克里·萨木金久已惯于用他所最明了的尺度来衡量人们,所以他以为这两个演员的色调渲染着乞里沙斯的一切朋友。

六

克里把他在那里遇见的一个著名作家——一个大胡子、小眼睛的矮胖老人——看作一个已经演完他的戏的人物。在七十年代中他曾经为他自己创造了声名。由于把农民理想化,虽然他并没有什么才华,这种文学也曾引起他的读者们的最热忱的喜悦,说到他的对于人民的爱和信的抒情诗体。他的声名已经过时,但是这种爱依然活跃。纵然他的读者们已经不再重视它。因此恼怒,这老人叽里咕噜地谴责文艺青年们,骂他们背弃人民。

他们全是些林京[1]。他们为消遣而写作。科洛连科,现在,或许如此,而且还是——他写了一些关于蟑螂的故事。在城市里蟑螂是小事情,但是你去到乡间看它,就应该把它写下来了。譬如契诃夫;他们何等赞扬他,可是他总不过是一个无灵魂的技巧者。他用淡墨水乱涂。读了他的作品,但是一无所得。这些新作家似乎全是不成熟的。

他特别恼恨马克思主义者,以致他的眼睛里闪出恶毒的光芒。他扯

---

[1] N. A. Liekin(1843—1906),写过许多关于商人们的故事,有趣然而浅薄。

着胡子大叫：

"最近一个波兰人正对着我的脸直说，'你所谓人民已经被驳倒；并没有人民，只有阶级'。他是二年级的法律学生，一个犹太人。阶级，真的！他显然该急了，因为他的族人经历过'坡格隆'[1]。"

然后，满足于他的牵强含糊的双关谐语，他微笑了。

他迟重地走着，好像跟在犁耙之后的农民似的。而且一般地说来，他的体格、姿态和言语都有小百姓气味。回想到那些把自己打扮得好像小百姓一样的托尔斯泰主义者，萨木金对马加洛夫说：

"他是一个熟练的演员。"

马加洛夫做了一个鬼脸，答道：

"我不觉得他正在表演。或者他有时是装模作样的，但是现在这一切都是他自己的。你看，他有时谈得很天真，毫不灵巧。而且人绝不能笑他——不！好老人！有品格！"

喝了一些麦酒，那老作家谈论着过去，谈论着他开始写作时候的朋友。青年们听着那些陌生的作家们的名字，惊奇了，互相交换惶惑的眼光。

"纳莫夫、巴辛、萨梭丁斯基、里夫托夫……"

"你读过这些人的任何作品吗？"克里问马加洛夫。

"不。两个乌斯班斯基之中，我读过格里布。但是还有一个尼古拉，我今天第一次听见。格里布是一个神经病的作家。然而，我不很理解美文学家、长篇小说家，总之，一切什么家。照例，我抵抗'主义者'。"

他微笑了，但是立刻凄然说道：

"我恐怕他们要把里狄推进政治里面。"

马加洛夫时常到里狄那里，但是绝不停留长久。他用一种兄长的沉闷声调对她说话。对于发尔发拉他轻忽地说话，有时甚至是嘲弄地。他

---

[1] 沙皇的犹太屠杀政策。

称马拉可夫和坡阿可夫为"唱诗班"。而且他封赠乞里沙斯叔叔为"莫斯科圣人"。这一切使克里喜欢了。他不再回想马加洛夫在别墅的露台上赤脚、疲乏,和胡说的情景。

七

还有另一个作家,叙述受苦于小不幸的小人物们的生活的短篇小说作者。马加洛夫称那些故事为"给予奇异工人尼古拉的新闻节目"。这位作家并不高,有点胖,脸是被皮肤病损坏了的。他有一部小黑胡子,和一双不仁慈的眼睛。因为要缓和那残酷的注视,他勉强地和暧昧地微笑着。这种笑,皱缩着他的黑面孔,使它老了。在清醒的时候,他很少谈话,谨慎地专心考察着他的蓝色指甲,而且用衣袖蒙着嘴干咳。但是一喝了酒他就说出大有深意的古怪言辞:

"'我是奴隶,我是国主;我是虫豸,我是上帝!'本质总是一样的,无论是虫或是神。"

他杜造谚语,而且也把它们突然插入谈话之中:

"果戈理,果戈理——有这么些各个理?"

他被称为尼可丁·伊凡诺维奇,而有一次克里听见他对狄欧米多夫说:

"不要走,我们等一等,听尼可丁会说些什么。"

已经谈论了某些人们及其存在之后,他用袖子蒙着嘴干咳,五分钟之后他异样地谈着,而且好像他正在用手指推敲他的言辞似的:

"即使这样吧,各种事物并不如我们所见,甚至希腊人也早已知道这个。人们确是和七十年代所想的不同了。"

这人始终是这样暧昧,这样别有所思,以致萨木金以为这些特性使人丧气。他往往说到一句话的半中间突然截住,而且,从他的黑上衣袋里取出一小本皮装本子之后,他把它藏在桌子下面的他的膝头上,用铅笔记录些什么在它上面。那神气使人想到尼可丁·伊凡诺维奇时常在一种不可抑制的创作状态之中。狄欧米多夫并不喜欢这作家,也终于被这神气所感动:"他又在记录了——你看见了吗?"他问里狄,平静而有些敬畏地。

尼可丁·伊凡诺维奇吃得很多,毫不文雅,而且,他显然明白这个,尽力使人不觉察。他迅速吞下食物,并不咀嚼;结果,他害胃病,打嗝。饱足之后,他羞愧地眯眯眼睛,用手掌蒙住嘴;然后,用袖子揩揩鼻子而且咳嗽,他走到窗子前面,背对众人站着,秘密按摩他的肚皮。

有一次,正在这种情形之中,顽皮的学生马拉可夫,目示发尔发拉,走到他面前问道:

"你在这里这样注意看什么,尼可丁·伊凡诺维奇?"

作家扭捏不安,说道:

"好,你看,那里有一颗星在发亮,对于你和对于我都没有用。在世上有我们之前它就已在那里亮了几万年了,而且它还要毫无结果地继续再亮几万年,而我们这些人甚至活不过半世纪!"

狄欧米多夫喝了乌梅酒,略有醉意,用抗议腔调大声说道:

"这是你从一本天文学书上看得来的。但是全宇宙现在也许就由这颗星维持着——它的最后的联系物。而你想要——你想要干什么?"

"这不关你的事,年轻人。"作家恼怒地说。

八

一位教授,红脸而且头顶上有红秃块,十年前写过一篇社会纲领的论文,时常来访乞里沙斯叔叔。在那论文里他证明在俄国不能实行革命,而必须把这国家的一切反对派逐渐组合为一个改革的政党。这政党必定会逐渐从沙皇那得到召开农民代表会议之权。为了这论文,他被大学开除。从此之后，归入"为自由而受苦"的人们之列，他就不再努力于改变历史的趋势了；他自满自足，饶舌多言，特别喜欢红酒，像每个俄国人一样滥喝，毫无限制。

马拉可夫有些轻佻，和另一个学生坡阿可夫，一个出色的六弦琴家——雀斑脸，瘦长，有些像教会执事——都热烈地追求着发尔发拉。她悲哀地向他们转动着她的绿眼睛，而且摇摇她的红头发，用沙哑的声音努力谈论爱洛莫娃；但是，有时忘其所以，用鼻音谈到沙弗维娜。

马加洛夫和狄欧米多夫固执地包围里狄。他们并不互相妨碍。马加洛夫看待这舞台道具管理人的助手甚至亲热，虽然在他背后他烦恼地议论他。

"鬼才知道他——是一个神秘主义者或什么？他是半狂一类的。而里狄，似乎，也有这一类的倾向。总之，这些朋友不很高明。"

沉没在这些光景之中，克里·萨木金看见他自己远离着每一个人，但是他已经不再留意这许多。他觉得旁观者的中庸的任务是有用的、可喜的，而且这正在使他和里狄更加接近。在这些晚会中她的行为是一个外国人的行为：不容易明白她周围的人们的言语，紧张地倾听着他们的纠缠的词句，分解它们，没有时间说明她自己。她的黑眼光闪过人们的面孔，一会儿停在这个上，一会儿停在那个上，但是总是急促地和猜疑地，好像不过在这一分钟之间她刚刚才注意到这些脸似的。克里不止一次地想要发现：她对于这些人们有什么感想？但是她只是默默地耸耸肩头，并不回答，不过有一次，当克里强求地盘问她的时候，她厌烦地说道：

"我不知道。或许我就不知道怎样感想。"

有时苏伊夫，一个不相干的矮小男人，来到那里。他的头发梳得平平滑滑的。他有一副皱缩的小面孔，从这中央突起一管软兮兮的塌鼻子。总之，苏伊夫——扁平，穿着揉皱的衣服——完全好像践踏烂了似的。他大约四十岁，但是每个人都叫他米霞。

"哦,有什么新闻,米霞?"那老作家问他。用一种低声,好像为死去的亲戚读祈祷文似的,他回答:

"他们被捕了,在马林诺伐森林。在提弗。在尼忌尼·诺弗戈洛得。"

有时,他说出被捕者们的姓名,而这些被捉者的详情是被静听了的。然后老文学家凄然说道:

"他们全是错的。他不能拘捕每一个人。呃,可怜!他们捕了那台生。他是一个能干的组织者。各人都只顾自己,所以他们才时常落网。领袖是必需的——老成的人们。老成的人们维持着这世界——农民世界。"

"必须一切势力总联盟。"教授提醒他们,"必须韧性和忍耐。"

尼可丁·伊凡诺维奇赞同它们,念了一句格言:

"急促造成浪费。"

"而且,总之,倘若他们正在抓人,那就是说余烬还在燃烧!"那不重要的演员安慰他们。

九

乞里沙斯叔叔,全身发烧发红,兴奋,流汗,不倦地奔走于客堂与厨房之间,而且,当监狱里的囚徒和西伯利亚的流犯们的故事讲到最悲哀的时候,他往往大声欢呼:

"喝一点麦酒吧,我请求!"

勉力保持着他们的脸上的愁容,他们全都走到角落里的桌子旁边,桌上的各色麦酒诱惑地发光,大盘子里的各种佳肴勾引着他们。那重要演员,叹息,自白:

"严格地说,饮酒对于我是坏事。"

然后,倒出某种麦酒,他说道:

"我始终信仰英国的苦酒。而且,无论如何,我甚至不能理解别的任何酒类。"

庞大的安弗梅夫娜进来了,抬着半普特重的一块鱼肉面饼,而且,在她的伟大的创造品得到皆大欢喜的一片喧哗之后,她向每个人致谢,双手搁在肚皮上,恳切地说道:

"尽量吃呀!"

乞里沙斯叔叔和发尔发拉把酒瓶从临时设置的桌子上转移到餐桌上。那不重要的演员时常叫喊:

"迦太基必须毁灭!"

有一次,他才吞吃了他的第一片,就放下刀叉,而且,双手按着额角,欣然问道:

"注意!这是什么?"

每个人都看着他,以为他已经烫着他自己的嘴。他的眼睛变为潮湿的了。但是,他摇摇头,说道:

"这真是神仙食品!天呀!俄国妇女是何等多才多艺呀!"

他提议召请安弗梅夫娜进来,为她的健康祝饮。这是一致通过和实行了的。

未曾忘记彼得堡的复活节之夜,审慎地喝着,等待着最有趣的时间,就是,当酒酣饭饱而尚未大醉的时候,每个人就要同时说话了。果然来了一阵言语的风暴,一阵可笑的空谈滥调:

"在英国甚至犹太人也可以做贵族的!"

"炸山鹬须要透彻到它的肉汁……"

"普列汉诺夫[1]主义!"老作家叫喊,而学生坡阿可夫用惨淡的声音固执地反驳他:

"德国社会民主党经由合法的手段取得权力。"

---

[1] G. V. Plekhanov (1857—1918),俄国马克思主义理论家,后来是孟什维克的领袖。

马拉可夫认定德国国会的议员三分之二是教士，而乞里沙斯叔叔宣言：

"基督已经进入俄罗斯民族的血肉！"

"把基督让给托尔斯泰去讲吧！"

"绝不！无论如何都不！"

"莫里哀[1]——这已经是一种偏见！"

"你喜欢萨尔多[2]，是吗？"

"胡说！"

"他们现在是由于习惯而进戏院，好像由于习惯进教堂，并不相信进教堂是义务。"

"这是不对的，狄欧米多夫！"

"你，我的亲爱的人，赶快尽量吃荞麦粥吧，它就要完了！"

"我们全是依赖为基督的缘故才布施的赈济物而生活的。"

"妙哉！这可悲但是真实！"

"而我还是认定欧洲必须由英国人统治。"

"为什么，甚至在阿斯特列夫[3]事件中他也被控告呢！"

"季士里夫斯基的才能全在他的声音，但是他的灵魂里并无才能的一粒芥子。"

"请你把醋拿过来，可以吗？"

"不，真的，我请求原谅！在尼忌尼·诺弗戈洛得，在坡得诺维，有刺的小黄瓜比尼青腌渍的更好！"

"让土耳其滚出欧洲去！去！"

"陀思妥耶夫斯基已经被忘却了！"

---

[1] Moliere（1622—1673），法国戏剧家。
[2] Sardou（1831—1908），法国剧作家。
[3] Astirev（1857—1894），俄国作家。余不详。

"但是萨尔提可夫·休得林[1]呢?"

"那一季他有科洛多伐次米娃做他的情妇——所以——好,这种事情是不好高声说的。"

"现在,维特要玩弄俄罗斯于他的手掌心里了。"

"你已经得到你的政府的麦酒专卖权,那么你就以此为生喽!"

正在全都大笑之中,尼可丁·伊凡诺维奇忽然开始高唱:

> 作家,倘若真是波浪,
> 以俄罗斯为大海,
> 就不能不动荡,不激昂,
> 在狂潮中显示他的身手。

"而最重要的是维持你的脚的温暖。"

"俄罗斯要沸腾了!她又在沸腾着!"

"学生团体……苏维埃……"

"不,马克思主义者不必定打倒民粹派。"

"好,倘若任何人都懂得艺术是什么,那我也懂得。我是舞台道具管理员。"

克里随时把伐拉夫加的小词令抛入这言辞的旋涡里。这些辞令毫无痕迹地消失了,连同别的言辞。那教授起立,端着一杯红酒。高举着手,他宣布:

"先生们!我提议斟满你的杯子!让我们祝饮——为她干杯!"

于是全体起立,默默饮酒,彼此心照着所谓她就是宪法。教授干杯之后,说道:

"她会来的!"

---

[1] Saltykov(1826—1889),俄国讽刺诗人,笔名休得林。

他几乎时常毫无错误地选择祝饮的时间,每当壮年人们心绪低沉,陷入忧郁,而青年人们变为焦躁的时候。坡阿可夫像名家一样弹着六弦琴。然后,大家合唱陶醉的俄罗斯歌曲,使人心昏迷,凡有生之伦都似乎悲泣了。

狄欧米多夫得意忘形,优雅地唱着一种高调的男中音。其间他显出某种意想不到的性格,引起克里的同情。在那些驯良的人们之前这青年的舞台道具管理员羞怯地谈论着,显然是伪装的。有一次,马拉可夫兴奋地斥责那年轻的沙皇,因为沙皇,在听完学生们拒绝宣誓效忠于他的报告之后,说道:"没有他们我也一样干下去。"

几乎每个人都承认这是既无谋而又不智的。但是软心肠的乞里沙斯叔叔,惶惑地,想要替这国家的新领袖辩护:

"他年轻。自负。"

那不重要的演员迎合他,展开他的历史知识:

"他们在年轻时代全是自负的,譬如,亨利四世……"

狄欧米多夫,带着一种并未使他的月形脸起皱纹的微笑,欣欣然说道:

"一位很有魄力的沙皇!"

而且带着同一微笑他转向马拉可夫:

"你们这些人,正在组织某种学生同盟,可是他并不害怕你们。因为他知道人民并不太喜欢学生们。"

"最有价值的青年,西敏安!不要胡说。"马拉可夫突然截住他。发尔发拉爆发了大笑。坡阿可夫也开始笑,发出一种金属的声音,好像一把理发匠的剪刀在他的喉咙里啪嗒作响似的。

但是,当谈论到沙皇宣布一切企图限制他的权力的愿望都是无意义的时候,甚至乞里沙斯叔叔也曾经怅然说过:

"他听信骗子们的话,这是坏事!"

但是那道具管理员,用一种成人照顾孩子们的眼光看着每一个人,顽强地称赞道：

"不。他是一个正直的人，他敢于行其所信。一个人反对全体！"

马拉可夫、坡阿可夫，以及他们的同志犹太人普里士都吆喝：

"你是什么意思——一个人？他的军警呢？他的文武百官呢？"

"那些不过是奴仆！"狄欧米多夫说，"谁也不曾询问奴仆生活之道的。"

他们开始用顶高的声音说服他，但是他变为坚固的沉默，低头看着桌子下面。

克里·萨木金知道狄欧米多夫是粗鄙的，但是这只足以增强他对于那青年的同情。里狄绝不会爱这种人的。充其量，她对于他有些豁达大度，怜悯他。好像她对于一只长得好的流离失所的小猫似的。他甚至有些羡慕狄欧米多夫对于那些学生们的顽强和嘲弄态度。他们更多出现在乞里沙斯叔叔的舒适的家宅里，聚集在那庭院里。他们郑重其事地坐在发尔发拉的房间里开会，那房间里装饰着很多舞台明星的照片和塑像。她有一些稀奇的画像：何瓦兹、阿尔特里奇、拉乞尔、莫斯小姐和台尔马等。这些学生的集会很惊骇着马加洛夫，而且感动了乞里沙斯叔叔，后者觉得他自己是正在萌动中的伟大事件的一个同谋者。他确信尼古拉二世登极之后伟大事件必然继续而来。

"这——你瞧着吧，你瞧着吧！"他神秘地对那些激昂的青年人们说，半闭着他的红边眼皮，"他愚弄每一个人，只要给他一个机会看看他周围！你不要注意他的眼睛——灵魂的镜子。仔细研究他的面孔！"

然后他开玩笑：

"呃，狄欧米多夫！倘若你长起一片小胡子，把鬈发剪短，你就正好扮演一位皇帝——正好！"

第十六章

一

克里·萨木金很欣喜这一冬不上学的决定。那大学正在惊慌状态之中。学生们曾经嘲笑历史家克立乞夫斯基。他们也侮辱过别的几位教授。警察来驱散集会。四十二个自由主义的教授噘嘴愤怒,而八十二个教授宣言必须采取严厉步骤,确定规章。

发尔发拉去古玩店和收藏家处搜购罗兰夫人[1]的画像,而且很以找不到托尔宛·狄米立孔[2]的画像为憾事。

一般地说,生活具有一种颇为可厌的面容,以致克里·萨木金准备承认乞里沙斯叔叔的预言的正确。这一冬他所会见的一些人物特别牢固

---

[1] Marie Gaanue Roland (1754—1793),法国革命女英雄。
[2] 未详。

地插入他的记忆里面。

有一次,克里站在克里姆林宫里,正在研究这城市的乱七八糟的成堆的家宅,它们被冬日正午的阳光所照明,显出欣欣然的喜色。微霜鬼祟地轻咬着他的耳朵;雪花的闪光眯着他的眼睛。房顶,压在银砖之下,使城市有安乐气象。这是容易想象的:在这些房顶之下,在焕发的温暖之中,幸福的人们正在亲爱地安居着。

"好呀,"狄欧米多夫说,拉起克里的手肘,"何等可厌的城市。"他继续说,带着叹息:"在冬天看看并不怎么坏,但是在夏天就十分不堪了。当你走过街道的时候你觉得有什么沉重的东西从后面趴在你身上,几乎压倒你。而这里的人们是残酷的,他们也是些夸大者!"

他又叹气说道:

"我一听见他们赞叹'啊呀,莫斯科!'我就讨厌它。"

狄欧米多夫的脸冻得通红,比以前更俊美。他的便帽,豹皮的,是颇旧的,而且在他的鬈毛头上也显得太小。他的外套是朽掉的,纽扣不全,而且袋子都破烂了。

"你要到哪里去?"克里问。

"我要去吃晚饭。"他扭头向着圣灵修道院的小教堂方面。

"我到那面去装修一尊神像。"

"你是这样的吗!你在戏院和教堂两处做工!"

"怎样?都是做工,都一样。一个木雕工和我认识的一个装金匠邀我去。一个能干人。"狄欧米多夫皱起眉头,沉默了一会儿,然后提议:

"我们到一个小店去。在你看来,它是不好的,但是那里有好茶喝。"

克里很想要和狄欧米多夫谈谈,但是十分不喜欢和这样褴褛的人走在一起。一个学生伴随着一个工匠——这是可疑的一对。克里拒绝到那小店去,而狄欧米多夫无情地摸摸他的冻耳朵,说道:

"我永远做工。我要积蓄一笔款。"

而且他忽然问道：

"你赞成里狄·提莫菲夫娜准备去演戏吗？"并不等待回答，他立刻显示他的问题的意义："是的，这就好像裸体上街。"

"里狄·提莫菲夫娜是充分长成的了。"克里干巴巴地提醒他。

狄欧米多夫肯定地点头。

"在我看来，聪明人是对自己最常犯错误的人。"

"你为什么这样想？"

"那么，人应该怎样想呢？我读书，我观察。"

这使萨木金觉得鲁莽。这是一个村夫，不会把话说恰当，不过他也自有主张。

"好，你读些什么书？"

"一切种类的书，现在每个人都写错误的事。"他顿脚，问道，"你参加革命吗？"

"不。"克里回答，直看着狄欧米多夫的眼睛，觉得它们的蓝色今天特别浓。

"嗯，你好像是的，你是这样隐秘。"

"为什么你对于这发生兴味呢？"

"当人们对我这样说的时候，我以为他们说真话。"狄欧米多夫沉思地含糊说，"当然这是真话，否则那是什么呢？"

他挥手向街市方面。

"可是，纵然我以为，我并不信。我常有一种矛盾的感情。"

"在街上不可以谈革命。"克里声明，敏感地环顾左右。

"这不是街上。那么，你愿意我介绍给你一个有趣的小伙子吗？"他提议。

"哪一类小伙子？"

"你瞧着吧。一个出色的人。他每星期六发表意见。"

"讨论革命吗？"

"按照我的想法,那是讨论比革命更恶劣的事。"狄欧米多夫回答,但是并非立刻。克里微笑。

"你是一个好玩的人!"

"我们走吧!"狄欧米多夫说,很温和但是固执地,想要说服他,"今天是星期六。不过你应该穿更随便的衣服。虽然反正都一样,甚至穿得像你一样的人们也出面的。警察区长自己就在那里。还有一位教会庶务。"

从这好玩的人的爱抚的眼光看来,他显然很想要萨木金和他同去,而且他已经认定萨木金要去。

"那是怪有趣的。人必须知道某些事。"他说,"至于眼镜,摘掉它吧。戴眼镜的人不受欢迎。"

克里想要拒绝和一个警察区长在某种比革命更恶劣的集会上共同听讲,但是好奇心战胜了他的谨慎。他的心里立刻发生另一些顾虑不十分明白,而且他听见他自己说:

"把地址告诉我,或许我会来的。"

"我为你才去,更好是我带你去。"

"不,不要耽误你自己。"

二

晚间,克里不能确定他的路,彷徨于萨哈里伐牙塔周围的巷道里。月亮慨然大放光明,寒气已经增加。颜色惨淡的人们急促地掠过他前面,都把双手拢在袖里和插在袋里;他们的歪曲可厌的影子跳跃在雪堆上。空气由于无数号召晚祷的钟声而抖颤得好像水晶体似的。

"我是好奇的:这小聪明的人的生活是以什么为中心的呢?"克里思索,"倘若出了什么变故,我想最坏也不过是被逐出莫斯科。好,算什么呢?我要做殉道者。这是盛行一时的事。"

终于来到破门面前，门上有一块招牌，弯曲得好像牛轭：苹果酒厂。萨木金进了庭院，院里密密地堆集着许多篮子，被雪掩盖着。这里那里，从雪里伸出来瓶颈和瓶底。月光照着这些黑色玻璃，反映成许多稀奇古怪的眼睛。

在庭院深处立着一长列砖的建筑，好像陷落在地里面似的。它是——或将要是——两层屋。这两层屋的三分之二已经倒塌，或是永不完工。一道宽得像大门似的后门使那下层好像一个谷仓；在上层的残余中两面窗子闪出暗淡的光；在这底下在下层里，一面方窗辉煌得好像它的玻璃后面正在燃烧着火炬似的。

克里·萨木金用脚敲敲那门，急于想要脱离这庭院。一道不曾察觉的小侧门闪开在那门里面，一个看不见的人发出鼻音，故意强调着母音：

"小心，这里有四级。"

然后萨木金发现他自己在另一道门的门槛上，被熊熊的炉火所眩迷。那炉灶是庞大的，它的泥体里安置着两只大锅。

"好，过去吧。"一个矮胖妇人说，她的上唇和下巴上有浓密的黑毛，正在用围裙揩她的手。

在拱形屋顶之下的地窖似的地方，一片阴暗，有一种潮腻的温气，充满了腐肉和肥料的恶味。挨近炉灶旁边，在一只洗衣木钵里，泡着一些血淋淋的某种肝和肺。沿墙摆着六张床，在这一列床的末端，一只箱子的角上，坐着一个穿着灰教士长袍的人。他的项背都靠在墙上，把两只瘦长腿像骆驼脚似的长伸在他前面。当他看见克里的时候，他伸长他的脖子，用沉重的低音问道：

"卖药的吗？"

"你为什么把我当作卖药的？"克里烦恼地问。

"看你的外表，当然。坐下——这里。"

克里坐在他对面的床上，这是用四块木板胡乱拼凑成的。床的一角上堆着一些东西——或人的卧具。床前面的大桌子发出油腻的腐臭。一面板壁作为间隔,并未漆过而且全是孔和节,这后面显露灯光。有人在那里面咳嗽,翻弄纸片。那毛嘴妇人点燃一盏小灯,放在桌上,而且,看看克里,对那教会庶务说道:

"一个陌生的人。"

教会庶务沉默了一会儿。然后他问萨木金:

"谁叫你到这里来?"

"狄欧米多夫。"

"啊——啊!西敏安。他是狄——米多夫。"

她走向炉灶,闻闻她的手。然后,站住,她问:

"他不是说要来的人是戴眼镜的吗?"

"我有眼镜。"

"那就很好。"

克里从衣袋里取出他的眼镜,戴上,看见那教会庶务已过四十岁,他的面孔就好像隐居的圣人的神像。这一类面孔甚至更常出现于旧货商群中、小讼棍群中和不幸者群中。其实,记忆正在从各式各类面孔之中创造一种可以不朽的俄罗斯人的讨厌相貌。

有两个人进来。一个是阔肩头,毛茸茸的,有一部鬈胡子,胡子上冻结着一种暧昧的微笑,可以说是表示陶醉,也可以说是表示冷嘲。另一个高人,有着黑须和翘起的尖髭,停在炉灶旁边取暖。立刻,一个年轻女人,小头巾一直包到眉毛,悄悄地走进来。然后,一个跟一个,进来了四个。他们聚集在炉灶近旁,并不走到桌子面前。在朦胧灯影里很难看清他们。他们一致保持沉默,用脚蹬或擦砖地。只有那微笑的人私语似的对人说:

"甚至一位绅士也来了——An antiligend!"

三

克里觉得窒息在这腥臭气之中,在这梦魇似的光景之中。他想要走了。狄欧米多夫终于跑进来,看看每一个人,然后招呼克里:

"啊哈,你已经来了吗?"同时他就跨进板壁后面。

一分钟之后一个矮小男人从板壁后面庄重地走出来。他有一丛散乱的小胡子,他的脸是灰黄色而且毫无表情的。他穿着女人的短棉袄,长筒皮靴高齐膝头。他的灰头发是平滑的,油光光的。他的一只手里拿着一本窄长形的簿子,这种簿子照例是店铺老板记账用的。他走到桌子前面对教会庶务说:

"你不要和我辩论。"

他坐下,打开簿子,看看萨木金,问狄欧米多夫:

"这就是那人吗?"

"是的。"

"好,你好!"那小男人说,转面向他。他的声音是响亮的。他有一种意想不到的权威腔调。他的左手掌的一半已经失掉,只残留着三个手指,拇指、食指和中指。这些手指紧挤成一团,作出尼戈安[1]画十字的形式。他的右手翻着那密密写着字的簿子的窄页,同时他的左手在空中画出错综杂乱的图样。他的姿态中的一种神经性使人不信他的声音的澄静。

"今晚我想要对你们讲我的教义,但是来了一个新人,对他简单说明我的结论是必要的。"他声明,用他的昏暗的水眼睛仔细观察他的听众。

"烧起来!我们要听。"那微笑的人说,坐下在克里旁边。

---

[1] Nikon(1605—1681),全俄大主教,实行多项改革。

说教者注视着他的簿子，很镇静地继续说，好像讲人人早已知悉的家常事似的：

"我的教义，先生，是十分符合于科学和托尔斯泰的著作的。在我的教义中并没有损害人的事。各样事物都很简单：我们的宇宙完全是我们的手的作品。我们的手是灵巧的，而我们的头脑是愚蠢的。所以，一切生活中的愁苦确是由此而来。"

克里一瞥那些人们。他们全都静坐着。他的邻人，弯着腰，正在卷一支烟。狄欧米多夫已经不见了。大锅里的水正在沸腾，咕噜咕噜。毛嘴女人正在洗那些肺和肝。炉里的湿柴发出嘶嘘之声。灯焰抖颤，往上跳，熏黑了那破灯罩。在阴暗中人们似乎都并非实有而且不自然地大。

"倘若人正确地观察宇宙，这宇宙有什么意义呢？"那小男人问，用他的三个手指在空中画了一个圆圈。"这宇宙是地、水、风、石、树。没有人，这一切都是不必要的。"

克里的邻人，已经点燃他的烟，问道：

"亚可夫·普拉东伊奇，你怎么知道什么是必要，什么是不必要呢？"

"倘若我不知道其如此，我就什么也不说。至于你，不要插嘴。倘若你们在座的全都起来教训我，那是很无谓的事，而且可笑。你们这些人，只是一个门徒。不，你顶好是学习。至于教义，我会留心。"

"他不好吗？"那微笑的邻人小声对克里说，喷温暖的烟气在克里的脸上。

教师用有节度的声音镇定地继续说：

"石头是冥顽的，树是冥顽的。各种生物都失其意义，倘若人不存在。但是只要我们的手触动这些无感觉的物质，我们就有便于居住的房屋；就有道路、桥梁，以及一切东西——机器，和玩具，如棋盘，或纸牌，和铜乐器。就是这样。我，从前，是一个分教派——一个苏台伊夫兹派；但是后来我开始钻入真正的人生哲学，彻彻底底，在一个无名氏的帮助之下。"

"一个有解释事物的习惯的先生。"克里回想。

通过房里的昏雾，克里看见一张满是麻子的脸，好像受过葡萄弹的重伤似的，而且有一种因冷而沙的声音，问道：

"现在，你可否讲一点关于上帝的事？"

亚可夫·普拉东伊奇用他的三个手指那一只手掌抬起灯，斜起眼睛瞅着发问者，说道：

"我在这里说教。我知道什么时候该讲上帝的。"

然后他又转向萨木金：

"学者们已经证明上帝是以天气，以气候而定。气候温和的地方上帝也是仁慈的，而在炎热的或寒冷的地方上帝是残酷的。这是必须明白的。今天并不教授这个。"

哲学家断然沉入他的簿子里面，一页一页地翻检着。

"他怕你。"克里的邻人小声对着他的耳朵说，而且吐掉他的烟头。

萨木金觉得害病，被剥失了理性，被抛入噩梦中。倘若在这以前有谁告诉他现在他所见所闻的这一切，他是不会相信的。水在锅里沸腾，窒闷的蒸汽充满了这地窖。那毛嘴女人正在拍打木钵里的肝和肺，洗濯那些内脏。她翻开它们，好像一些脏短袜似的。当她弯着腰，忙碌着的时候，她使克里想起母熊。有人在炉灶旁边打鼾，腿在地板上蹭蹬，而且头嘭地撞在板壁上。说教者用手掌遮在眼睛上面，看了他一会儿，既不笑也不怒地说道：

"爱惜你的头颅，它还可以有些用处的。"

他的三指手，好像龙虾爪，在桌上乱爬。它给人一种怪诞而不快的感想。也使人看着难过的是他的一半藏在暗影中的平脸，上面有皱纹，烂眼睛在其中隐约发光。克里的恼怒是由于他的自命不凡的腔调，由于他对听众的公然藐视，而且由于他们的卑屈的缄默。

"我们必须从天国之王下降到俗世的……"沉默了一会儿，教师摸摸他的胡子，才补足道："物质。"

克里的饶舌的邻人欣然私语：

"他就要讲到饥饿之王了。"

"我们全都是依照着彼此互相竞争的法则而生活的。在其中，的确地，暴露了我们的愚不可及。"

他的话，单刀直入，使克里反讽地回想道：

"要是古图索夫来听他讲呢？"

然而，看着这地窖里的小矮人竟敢发表这平常然而有害的古图索夫的思想，到底是可恶的。

"为要使看得清和想得通，我们举一个例吧，譬如：某种心思简单的人们去对青年沙皇建议：'陛下，你应该从人民之中选择贤士，和他们讨论怎样改良我们的生活。'但是他回答他们：'这是无益的事。'而酒税全在他的手里。一切捐税也全在他的手里。这是我们必须思维的事。"

"他不好吗？"克里的邻人又说。使劲搓搓他的手，他说：

"他好得好像一位宰相，这炮儿子！"

"你相信他吗？"

"嗯，为什么不信？他负责任，说真话。"

那教师又谈了十分钟之后，从袋里取出一只黑表，躺在手上，关了簿子，砰地抛在桌上，站起来。

"今天就讲这些！多想一想。"

谈话嗡嗡起来。麻子高声说道：

"谢谢你，亚可夫·普拉东伊奇。"

亚可夫，对他点了两下头，吸吸鼻子，然后皱着脸，埋怨道：

"格拉伐娜！我早就告诉过你，不要把肺脏泡在热水里。这没有好处——只是腥臭。"

当萨木金走到门口的时候，那主人赶来抓住他的手肘说：

"喂,我的亲爱的先生,我的妹妹正在为穷人发明一种食品——滋补的食品,呢?你到这里,同时也就到了提斯可夫的吃饭处[1]……"

"原谅我,这是我走的时候了。"克里抢着说了。

四

投身在街头的苦寒之中,他尽其可能地深深吸了一口气。他的头开始发昏,眼前的各样东西都变为绿色。蜷伏在地上的矮小的旧家宅和雪堆,在它们之上的荒凉的天和冰冷的月——顷刻之间各样都现出惨绿之色,盖着一层霉灰和尘垢。萨木金急忙往前走,因为要摆脱腐肉的恶臭,摇摇他自己的身子。时间还不迟,晚祷刚才过去。克里决定到里狄住处,告诉她他所见所闻的一切,要她分享他的懊恼。她必定知道狄欧米多夫生活在一种什么状况之中,想得到和他做朋友对于她是不无危险的。但是,当他坐在她的房里,冷嘲地叙述着他的印象的时候,那女子,有些古怪,突然截止他的话:

"但是我知道这一切的。我去过那里。似乎我曾经告诉过你我去过亚可夫家。狄欧米多夫就和他同住,在那上面。你记得吗?'因为肉体叫喊——我为什么活着?'"

她把一根发针弯起又拉直,深思地继续说:

"当然,这一切都是很原始的、矛盾的。但是,依我看来,当代各样事物都是你在那里所见的种种矛盾的反映,一切似乎是同一来源。"

当发针折断的时候,她很沉静地说:

"他们仰天叫喊,他们低头静听而且依照他们自己的方式加以解释。我不能明白你为什么这样苦心焦思。"

她的沉静的声调大为冷却了克里的懊恼。

---

[1] 典故,未详。

"至于我，我不能明白你迷恋狄欧米多夫的什么。"他小声咕噜。

里狄看看他，皱紧眉头。

"我喜欢他。"

克里沉默着，倾听着他的内心。等待嫉妒在他之内发言。

"有时我嫌他比我大两岁：我愿意他比我自己年轻五岁。我不知道为什么如此。你看，我时常是缄默的。"他听见她的大有深意的镇定的声音，"我觉得倘若我想什么就说什么，那是可怕的！而且可笑的。我将要被驱逐。驱逐，一定的。对于狄欧米多夫我却能够爱说什么就说什么。"

"对于我就不能吗？"克里问。

里狄闭起她的眼睛，叹息道：

"你是有智识的，但是你什么都不明白。不明白的人们比之明白的人们更为我所好，但是你——以你而论，又并不如此。你善于批评，而且这已经变成你的行业。和你在一处人觉得厌烦。我想你也快要变为讨厌的了。"

嫉妒不肯出现，但是萨木金觉得他对于里狄的羞怯之情和依从之情正在消失。他以兄长的声调俨然说道：

"这是可以充分理解的：现在是你恋爱的时候，但是恋爱是一种真实情绪，而你所说的那青年纯然是你臆造的。"

"你有小学教师的性格，"里狄显然烦恼地说，甚至有些辱骂，如萨木金所想，"从前当你说'我爱你'的时候听着就好像说'我爱教训你'似的。"

"是这样的吗？"克里含糊地说，勉强他自己微笑，"我觉得你对于狄欧米多夫也是好像教师似的。"

里狄不回答。萨木金静坐了几分钟，然后匆匆告别，走了。他是被激怒了。但是他以为倘若这激怒更剧烈些他也许更快意些。

五

在家里，克里发见桌子上有一封厚重的信，不贴邮票，不写地址，信封上只写着"克·伊·萨木金"。狄米徒里哥哥通知克里他已经被转移到乌斯图去，他要求寄一些书给他。这信很简短，书目却是冗长的，详细地写出书名、出版者姓名、发行年月和地址。而这些书大多数是德文的。

"他是一个会计师。"克里嘲讽地想。他照照镜子，立刻抹去脸上的嘲笑，然后看见他的面孔更为敏感而且好看。他喝了一杯牛奶，伶俐地脱掉衣服，躺在床上，忽然觉得自怨自艾。他的眼前现出那"容貌美好"的青年的形象，记忆提起那青年的讨厌的话："我有一种不同的感情。"

"我或许也有'另一种情绪'。"萨木金反省，设法安慰他自己。"我并不是浪漫派。"他朦胧地继续想，觉得就要达到自慰之道了，"因为一个女子不能正当地领会他的爱情就恼恨她，这是傻气的。她为她的浪漫史找到一个卑下的主角。她从他那得不到任何好处。十分可能，她将要为她的热昏而受残酷的惩罚；所以，我……"

他并不曾想出结论，只觉得心里有些轻蔑里狄。这大为安慰了他。他想要睡，欣喜把他缚在里狄上的纠结已经解开。克里甚至在瞌睡朦胧中想道：

"但是真有一个孩子吗？或许根本就没有什么孩子！"

但是早起一醒来他就明白并不是这么一回事。窗外阳光灿烂，钟声悠扬。这一切都因为真有这"孩子"而同样烦恼。这一点是十分清楚地感觉到的。以一种压倒的力量，而且好像被阳光所照明似的，鲜活的记忆回来了：里狄·伐拉夫加坐在窗台上；他跪在她面前，吻她的脚。那时她的面孔何等严酷，她的眼睛何等惊异地放光。在这种时机她应该是容光焕发、美丽夺目的。想到狄欧米多夫……就觉得羞辱。

带着这羞辱之念他活到晚间,这时马加洛夫突然到来,面孔浮肿,眼睛发红,衣履不整,而且须发蓬松。克里觉得甚至马加洛夫的好看的、强健的耳朵也已经变为软瘪瘪的了,恰像卷毛狗的耳朵似的低垂着。

他满身酒气,但是神气清醒。

"刘托夫从卡邦那来了,而且喝了三天酒,现在醉得好像一条鱼。"他告诉克里,用手指摸摸他的额角而且理好他的披着的发缕,"我怜悯他,但是我支持不下去了!昨天一个教会庶务,他的朋友,来看他,我才离开。但是现在我又要去那里。弗拉得米惊骇了我,他是异常冲动的人。你想要跟我去吗?他会喜欢的。他说你就好像一个冒号(:),因为你后面总有某种下文——谁也不知道那是什么,但是可以确信那是独出心裁的。你可以认识那教会庶务——有趣的人物!或许你能够使弗拉得米冷静一点。一同去吧?"

克里好奇,想去看看他所不喜欢的人受苦。

"我也许会喝醉的,"他反省,"而且马加洛夫将要告诉里狄。"

六

一点钟之后他走过一个空虚的房间的光滑地板,五面窗子之间的空处有几面镜子,沿墙摆着几把舒适的空椅子。两张面孔从墙上不高兴地俯视着他:一张是恼怒的男面孔,颈上有红领章,须下有黄奖牌;另一张是女人的红脸,浓厚眉毛,下唇突出。

他和马加洛夫立刻被引进一道狭窄的楼梯,到了幽暗的房间,这里有低下的天花板和两面窗子。一个角落里通气筒里小风扇吱吱作响,把寒风扇入房里。

弗拉得米·刘托夫站在房间中央,穿着长到脚跟的寝衣。他捏着一只六弦琴的颈项顶端,斜倚在它上,好像倚在伞上似的。他仔细观察他的客人们,当他们进来的时候。他沉重地喘气。裸在他的寝衣之下的他的肋骨,因为那深呼吸而起伏着。看着他这样瘦是奇怪的。

"萨木金?"他疑问地喊,闭起眼睛,张开两手。六弦琴跌在地上,嗡嗡长鸣;通气筒里的吱吱吱也应和着。

克里来不及闪避他的拥抱。刘托夫蹂躏了他,把他举起,用湿热的嘴唇吻他。

"谢谢!我很——很……"

他把他推到杯盘狼藉的桌子前面,用抖颤的手倒麦酒在玻璃杯里,叫道:

"教会庶务,到这里来呀!这是我们的自己人。"

房角里的一道不曾看见的门闪开,进来了克里昨天见过的那灰衣教会庶务,带着惨淡的微笑。在两盏大灯的光辉中,萨木金才看清这庶务有三绺胡须,一长二短。长的生在下巴上,短的从耳朵下面蔓延在两腮上。它们在他的灰色教士袍上并不惹人注意。

"伊伯提夫斯基。"教会庶务迟疑地报名,用骨瘦的手捏住萨木金的手,一直到后者觉得疼痛。这老人慢慢地弯腰下去捡起那六弦琴。

马加洛夫关闭通气筒,对着主人叫道:

"你正在想法子害肺炎吗?"

"科士提亚,我气闷呀。"

刘托夫的乏力的眼光游移在萨木金的脸上,不停地寻求着什么,忽然急遽转向庶务,后者正在慢慢地竖直起来,好像恐怕他的瘦长身躯竖得太快就会折断似的。刘托夫焦躁地在桌子周围乱动,拖鞋滑脱了他的赤脚。他随后坐下,低头到膝上,摇摆着,穿上那拖鞋。他的举动是这样不定,以致克里不能了解为什么他不倒下,头撞在地板上。刘托夫,用手指揉着庶务头上的灰毛,尖声说道:

"萨木金,这是一个人物呀!当然,不仅是人物,而是全灵呀!感谢创造这等人物的神吧!"

庶务弹琴。一面弹着,一面站起,抱着琴走到房间角落。克里看见他前面站着一个巨人,阔肩,平胸,猴爪,那骨瘦的脸是一种类似耶稣的铁面孔。脸上的两个黑洞里的大的水眼睛茫然注视着。

当刘托夫倒了四大杯麦酒之后,他宣言:

"老波兰的废物!它绝不失败地打倒你!我提议祝饮阿连娜小姐的健康,祝饮我的前任新娘子。她——她拒绝我,萨木金!她拒绝她的灵魂和肉体一同躺下。我尊敬她,深深地、诚恳地——乌拉!"

"乌拉!"庶务用深沉的低音附和。

七

克里喝了两杯异常可口的麦酒之后,觉得那庶务和刘托夫并不那么可厌。刘托夫也不真醉。他是激昂,情绪兴奋到近于愤怒。某种狂气闪现在他的斜眼睛里。他猜疑地环顾左右。有时他的高亢的声音忽然低沉,好像由于恐惧,变为私语。

"科士提亚!我问你:人必不可以为保持善良的灵魂而抛弃巨大财富吗?"

马加洛夫,微笑着,把他推向长沙发,试行安慰他:

"你坐下,安静地坐在那里。"

"住口!我代表巨大财富,不过如此而已!而我也是一个牺牲者,历史为我们的前辈的罪恶而杀以献给她自己的祭品。"

他停住在房间中央,摇摆两手,把它举到头上,好像游泳家要跳水似的。

"将来会有一种正直的人类生活在这世间。那时,城市的广场上将要建立起奇美的纪念碑,碑上铭记着……"

他喘气,急促眨眨眼睛,尖叫道:

"……铭记着：'献给我们的先驱者们，为他们的前辈的罪恶和错误而死的人们。'就是这样的！"

克里察觉刘托夫的两腿在寝衣之下发抖，期待着眼泪就要从他的悲苦的眼睛里流出来。但是这情景并未出现。爆发了这些愤懑之后，刘托夫似乎忽然清醒了。他变为宁静，听从马加洛夫的劝告，坐在长沙发上，用袖子揩脸。他的脸上已经流汗。克里觉得这商人之子的受苦十分有趣。他既不喜欢他也不怜悯他，只觉得想要逗恼他，看看这人能够跳跃和转向到别的什么方面。他挨着刘托夫坐下。

"你说得很好，关于那纪念碑。"

刘托夫摇摇头，用冒火的眼光研究着他，然后他动弹着，用手掌摸摸他的膝头。

"他们将要建立纪念碑，"他认真地说，"并不由于仁慈，那时用不着仁慈，因为已经没有苦难。纪念碑的建立是由于爱，爱过去的真理的异常之美，他们将要领会和欣赏这美。"

那庶务，在桌子前面，教马加洛夫弹六弦琴，用低沉的声音说：

"手指再弯一小点，手指再多弯一弯。"

"你要原谅我，"克里说，"但是我看阿连娜完全不是一个聪明的女子。"

刘托夫停止动弹，拱起脊背，低着头，答道：

"在她内心里的女性是聪明的。"

"我觉得她似乎不能理解人为什么必须被爱。"克里固执地说。

"这和'为什么'有什么关系？"刘托夫问，突然倒身靠在沙发背上，而且用侦察的眼光看着克里的脸，"'为什么'是理智的。理智反对爱，反对任何种类的爱。当它被爱所克服的时候它就辩解：'我爱她因为她美，因为她的可爱的眼睛；我爱那愚人因为她愚。'人能够用别的名字称呼愚蠢。愚蠢有很多名字。"

他跳起，走到庶务面前，抓住他的肩头，请求道：

"伊戈，朗诵给我们《用不完的卢布》。现在就——请！"

"在一个陌生人面前？"庶务问，看看克里，"虽然，我相信我们曾经会过。"

克里欣然微笑。

"自幼年以来我就喜欢作诗。但是自知鄙陋，在高明人士之前觉得羞怯。"

庶务做事缓慢，带着深思的审慎。涂了一些盐在一片面包上之后，他放一小圈葱在它上，然后以举起两普特重的哑铃似的吃力态度举起一瓶麦酒。当他倒酒在玻璃杯里的时候他眯起一只大眼睛，另一只鼓起来，好像鸽蛋。喝了麦酒，他张开嘴。发出一种回响的余韵：

"呵——呵！"

在把面包和葱放进嘴里之前，他延展着他的长鼻孔，闻闻那面包，好像人们闻花似的。

八

刘托夫站着，举起右手示警，要人们静听，用左手摸着他的不整齐的小胡子。马加洛夫坐在桌子旁边，正在把鱼子酱涂在一片白面包上，专心致志。克里·萨木金坐在沙发上，微笑着，期待着某种不端而可笑的事。

"好吧。"那庶务说，深思地，慢慢拖出他的诗词：

    耶稣爷总是睡不着，
    就到群星上去散步，
    天堂里有黄金路，
    从这星到那星只一步，
    陪伴我主耶稣的是

> 马拉的圣僧尼可莱
> 和使徒佐马——
> 只是这两位,并无别人。

不容易听明白。他的声音有一种钝重的教会腔调。他喃喃拉长词儿,使它们含糊了。刘托夫弯着两肘指挥他,好像催眠婴儿似的。

> 我主想着大心事;
> 向下俯视——地正在转,
> 一个小黑球,旋转得好像陀螺,
> 这是鬼用铁绳抽转它。

"嗯?"刘托夫问,对克里目语。
"不要打岔。"马加洛夫说。
克里还是欣然微笑着,期待着滑稽的事。那庶务大睁着眼睛,看定墙上金色框子里一幅黑色版画,同时咕噜着:

> "我曾经到过那里。"基督悲哀地说。
> 但是使徒佐马提醒他:
> "我猜想我们全都是从那里来的。"
> 基督看了一会儿世间黑暗,
> 然后向圣尼可莱提出问题:
> "躺在下界大路边的是谁呀?——
> 喝醉了吗,睡着了吗,或是被杀了吗?"
> "都不是。"圣尼可莱回答,
> "那不过是简单的凡士卡·加鲁山宁
> 沉迷在某种好生活的梦中。"

刘托夫闭起眼睛,摇摇他的蓬头而且悠悠地笑着。马加洛夫倒出两杯麦酒。他自己喝干一杯,另一杯他递给克里。

  于是亲爱的基督以圣灵的形式
  降临人世。
  他站在凡士卡前面,问凡士卡:
  "我是基督,你知道我吗,凡士卡?"
  凡士卡下跪在神圣之前。
  他精神感动,几乎哭了。
  "主呀!"他咕噜,"忽然降临!
  唉,我们甚至不曾想过今天你会显灵!
  你为什么不早一点儿告诉我呢?
  要是早知道,我会召集群众来欢迎,
  我们要敲钟,
  支得林斯基全县人民列队游行!"
  耶稣微微笑,虽然他的小胡子掩住它,
  带着对于小百姓的博爱,他说:
  "嗯,我只来一小会儿,
  因为要知道你需要什么。"

刘托夫把左手伸向萨木金,用右手指挥庶务,嗞嘘地小声说:"听!"

  我们的凡士卡被喜欢骇呆了,
  简直张不开嘴;
  后来,咽下一口吐沫,才小声告诉:
  "请您,主呀,只要给我一整块银币,

您知道——这样永远用不完的卢布：
无论怎样花用，还是用不尽，
无论怎样兑换——总是兑不尽！"

"天才！"刘托夫叫喊，挥动两手，好像抛掉什么东西在庶务的脚下。庶务惨然皱起眉毛，移动着他的三绺胡须，继续道：

"现在我不带钱在身上，
钱都在佐马那里，他现在是司库，
继任从前犹大执掌的公务……"

刘托夫不再能够静听。他蹦呀跳呀，失掉他的拖鞋，赤脚顿足，叫着：

"这是怎么的，呃？这是怎么的？"

他向天花板仰起脸，高举着拳头，用沉闷的声音像一个教堂司务似的唱道：

"'给我一个用不完的卢布，主呀！'不——但是你以为佐马怎样？佐马这怀疑家接替了犹大的任务——呃？"

"停止你的神经病，刘托夫。"马加洛夫粗鲁地高声说，倒出一些麦酒，"这就够癫狂的了！"

刘托夫摆脱正在拥抱着他的教会庶务，跳到马加洛夫面前，向他挥舞着双手。

"你还要侵犯我的尊严？这是不必要的，科士提亚。我知道这是不必要的。什么鬼需要我的尊严呢？我应该怎么办呢？'你不可以钳住踏毁谷物的牛的嘴。'[1]科士提亚！"

---

[1] 见《新约·哥林多前书》第九章第九节。

萨木金无可奈何。他看见马加洛夫的俊美的脸是阴沉的,咬紧牙齿,眼睛潮湿。

"你似乎哭了?"他带着迟疑的微笑问。

"好,我怎么办呢?笑吗?兄弟,这完全不是有趣的事。"马加洛夫粗粝地说。"这,这是有趣的吗!是——喝酒!你这疑问者。什么鬼。我们俄国人,似乎,只能喝麦酒,然后用狂妄的言辞破坏、歪曲各样事物,及狞笑我们自己和一般事物。"

他做了一个失望的姿势。

九

克里觉得狼狈不堪。由于他所喝的麦酒和庶务的奇诗,他经验着一种悲哀的涌起,明朗而轻快,好像晚秋晴天的蓝气,并无抑郁,它使人想要以欣喜之词祝贺每一个人。于是他说了,举着一杯酒,站在庶务对面,后者正在弯腰看着他的脚下。

"你的那个是很新颖的,而且意想不到的。老实说,我原本期待着什么滑稽的事。"

庶务挺直身体。他的脸变为青灰色,而又由于他的几乎无色的眼睛的微露笑意而亮起来。

"其中也有滑稽的成分,因为那是一篇八十六节的长诗。没有滑稽是作不成的,那就要不合事实。譬如我吧。我曾经埋葬过一千多人,可是我不记得哪一次没有滑稽事故的。正确地说,我记得的只是滑稽事故。因为甚至在最悲恸的道路上我们也失足撞在滑稽上——我们是这样一种人!"

刘托夫颓然倒在沙发上,请求:

"不要管我的,科士提亚!让我们疯狂,科士提亚。"

"这是农妇的疯狂,"庶务解释,"歇斯底里。出去把你的头浸在冷水里，刘托夫。"

马加洛夫轻易地拉起他的朋友，带他出去了。然后，克里询问凡士卡·加鲁山宁和那用不完的卢布的事，庶务沉思地答道：

"基督回到天堂里，设法向佐马讨得一整块银币，把它抛下去给凡士卡。凡士卡就去沽酒，开始豪饮——当然，还有别的什么好干呢？——

> 于是凡士卡牛饮烂醉，玩女人，
> 把手风琴[1]赠给一切年轻男人；
> 他拉老人的胡须，
> 他咆哮乡里：
> '我看不起你们一切世间人。
> 我要犯罪就犯罪，我要得救就得救！
> 都一样。因为天堂的门是为我而开着，
> 基督是我的知心朋友！'"

"后来尼卡太，这伏尔加的大强盗，知道了凡士卡的用不完的卢布的来源，去偷了他的这银币，而且以偷儿的方法爬上天堂，对基督说：'基督呀，你做了不正当的事。我，为了卢布，每周犯大罪，而你把用不完的卢布给了一个无价值的坏蛋，作威作福。这是不对的，完全不对，完全不对！'"

刘托夫进来，头发濡湿而光滑，他已经穿起长裤和"科索弗洛卡"上衣。

"讲完，讲完——对他讲完！"他叫喊。

庶务微笑。

---

[1] 喻淫乐之风。

"当然,我正在讲咧!基督赞同尼卡太。他说:'你说得对,我因为头脑简单做了一件错事。谢谢你已经把事情改正,纵然你是一个强盗。世上万事都变为一塌糊涂,以致分辨不出头尾,不过,你说的也许是真话。撒旦正在拨弄一切,心存善良而头脑简单是会做出比盗窃更坏的事的。'但是基督向尼卡太告别的时候,终于发牢骚:'你过着坏生活。'他说:'你已经完全忘记了我。'但是尼卡太正色说道:

'基督!不要恼怒我们贫苦人,
我们并未忘记你的甜美的本身,耶稣,
甚至当我们恨你的时候,也还不过是因为爱你呀!
甚至在我们的恨中我们也不过是你的仆役。'"

庶务用鼻音长叹,说道:
"讲完了。"
"没有一个人能了解这个!"刘托夫叫喊,"没有一个人!那些冷血的欧洲的外国人全都永远不会了解俄罗斯的神学者伊戈·伊伯提夫斯基,他曾经因为爱上帝而受了毁谤神明的裁判!他们永远不会了解的!"
"这是真的。我很爱上帝。"庶务自信而简短地说,"不过我对于他的要求是严格的。他不是人,对于他无所谓怜悯。"
"停住!但是倘若他并不存在呢?"
"他们将要承认这错误。"
马加洛夫插言。
"上帝并不存在,神父。"他说,也很自信地,"并没有上帝,因为各样都是愚昧的!"
刘托夫呻吟叫号,鼓励争论者们,而且对萨木金说道:
"你知道他为什么受审判吗?他有一首诗里说圣母私通灵鬼,前者责备后者说：'你为什么把我出卖给弱者亚当，当我是夏娃的时候——为什么？因为倘若我和你同居，我就会繁殖天使在地上！'如何？"

克里听见他的激昂的高声，也听到庶务的朦胧的低音：

"当然，当弱小的人类称宇宙为愚昧的时候，这好像是铜乐发出的雷声。但是，同时这是可笑的。"

"女人被创造成很愚蠢的。"

"这我同意你。一般而论，肉体似乎是建立在种种矛盾之上的，但是这或许是因为它和精神结合为一的道路还未被我们知道。"

"你们教会的人轻蔑女人。"

刘托夫用手肘推推克里，狂放地叫道：

"谁敢像我们这样谈论上帝？"

克里·萨木金从来不曾认真地思索过上帝的存在，也不曾感觉这种必要。现在他只是欣欣然觉得陶醉，他需要音乐、跳舞和欢笑。

"我们应该到什么地方去玩玩。"他提出。

刘托夫突然跌坐在沙发上，盘脚坐着，然后微笑着问道：

"找姑娘们？你似乎有什么约会？呢？"

"我？不。"萨木金说，而且出乎他自己的意料，又说，"和你的情形一样，同样的历史。"

话才一出口，他就觉得它的绝对真实。他的心里的某物忽然爆发，使他满心弥漫着一种热辣的愁苦之味。他开始哭泣。刘托夫拥抱他，很温和地安慰他，婉转地提到里狄的名字。房间摇荡得好像一只小船，它的壁上的毛瑟挂钟的表面光辉得好像冬季的月亮。

"我很不喜欢你。"克里呜咽着说。

"每一个人都不喜欢我。"

"你是革命党！"

"我们全是革命党。"

"这就是说里昂提夫说得好：俄罗斯应该冻结一下。"

"你蠢材。"刘托夫说，在惊异之中，"在那种情形之下她（俄国）应该像一只瓶似的爆炸。"一会儿之后，他叫喊：

"但是，然而，鬼惹她！让她炸吧，炸了才得安静！"

后来四个人全都挤在长沙发上。房间似乎狭窄了。马加洛夫已经用纸烟的云雾充满了它，庶务的紧密的低音也弥漫着。在房里是难以呼吸的。

"一切灵魂都充满耻辱，而理智完全陷于混乱。"

"停止在这里吧，庶务！"

"生活既不是原野，也不是沙漠，没有停止的余地。"

这些话刺击着克里的额颅，冲撞着他的心身。

"我不许诽谤科学！"马加洛夫叫喊。

庶务惊动，伸开他自己。克里恍恍惚惚，看着庶务的黑色长影横过房间。他荒唐地以为那就是庶务本身。它爬上墙壁，而且当那头达到天花板上的时候，破折为二。

"但是你曾经听见过这个吗？"头在上面叫喊。

头像一只钟铎似的挂在天花板上摇摆着，发出轰隆之声：

"对于他们那怀疑——上帝的存在——是被诅咒的！"

"被诅咒的！被诅咒的！"刘托夫兴奋地、刺耳地高唱起来。庶务庄严地和阴惨地应和着。

"安静！"马加洛夫叫骂。

庶务的轰响已经震聋克里，已经把他推入一片黑暗的空虚之中。他被马加洛夫惊醒：

"起来！已经五点钟了！"

十

萨木金慢慢地爬起来，坐在长沙发上。他的衣服穿在身上。不过他的上衣和靴子已经被脱掉。房里的凌乱和气味立刻在他的记忆中再现出已过的夜景。它是昏暗的。在桌上的那些瓶子中间燃着一支烛,发出两色火焰。这焰的反映离奇地被幽囚在一只白色空玻璃瓶之内。马加洛夫正在擦火柴。火柴燃起又熄掉。他把纸烟凑拢烛焰,使它灭了,咒骂道:

"噢,见鬼!"

然后他问:

"那么,你以为怎样,里狄已经和那白痴恋爱喽?"

"是的。"克里说。但是,两三秒钟之后,他又说:"最最可能。"

"好,去吧——洗脸。"

他居然点燃了烛。克里注意到他的手发抖。走出去,他站在门槛上,悠悠地说道:

"那边,庶务正在宣讲圣母、圣鬼和亚当,以及心志萎弱的人。讲得好!他是一匹聪明的野兽,那庶务。"

用他的燃着的烟头在空中画横线,他朗诵:

"穷人需要的并非基督或亚伯,

人在立待普罗米修斯[1]——反基督。

这说得顶妙!"

他把他的纸烟抛在地板上,出去了。

一个前额上有瘤的秃头老人帮助克里去洗沐,一言不发地引他下去。下面一个小房间里,一张桌上有一只茶饮,周围坐着三个人正在吃早点。庶务已经比昨夜更瘦,好像一个妖怪。克里觉得他的眼睛现在并不像昨天那么大。不,它们是一种年老的醉汉的混浊不清的平常眼睛。而且,认真地说,他的脸也是毫无异常之处的,这种面孔太过常见了。

---

[1] (希腊神话)普罗米修斯偷天火以给人类,天帝罚令压于高加索山下,日命一鹫食其肠脏以苦之。

倘若他剃掉那三绺胡须，剪光头上的起伏不定的羊毛，他就像一名工匠了。这是一种笑柄。不消说，他甚至说着戈班诺夫[2]的故事里的言语。

"六弦琴要求一种梦幻的性质。"

"科士提亚，停止为六弦琴担忧。"刘托夫说，那声调是命令的而不是请求的。

克里急切地喝了浓咖啡，猜想道：马加洛夫在刘托夫面前并不表演阿谀者的讨好任务。这粗野吵闹的话匣子很不可能以诚恳的友情感动任何人。他又在那里拨弄他的舌头：

"呃，庶务，我们怎么了解呢，我们怎么了解这事实，你——一个生长在俄罗斯的人，那灵魂极其像疯狂的棉絮——厌烦了呢？"

庶务撒盐在一片裸麦面包上，哑声咳嗽，答道：

"厌烦原本不是俄罗斯的。一切人都怀着厌烦。"

"但是哪一类厌烦呢？"

"甚至伏尔泰[3]也是厌烦的。"

一场辩论立刻爆发。刘托夫在他的椅子里一跳，拍拍桌子，尖声叫喊。庶务十分从容地硬挤出他的笨重言语。用刀涂盐在面包上，他问：

"是的——但是现在有一个俄罗斯吗？我以为像你所见的一个俄罗斯并不存在，弗拉得米。"

"哟，你们已经使我讨厌了！"马加洛夫说，然后抱着六弦琴走到窗前。庶务顽强地继续抨击。

"我们有神殿，但是没有教堂。一切天主教徒都遵从罗马系统，而我们遵从圣总会，遵从乌拉，遵从托留斯，以及别的鬼才知道的东西。"

"但是这是为什么呢？这是为什么呢？萨木金？"

克里把双手放在衣袋里，说道：

---

[2] I. P. Gorbunov（？—1895），著名演员，曾著《贫贱生活的故事》。
[3] Voltarie（1694—1778），法国哲学家、历史学家、诗人。

"像各种意识形态一样,宗教意见也……"

"我们早已听见过了。"庶务颇为鲁莽地说,"我有一个儿子,也是马克思主义者。他是有希望成为一位诗人,一位涅克拉索夫的。但是现在他断言无地的农民不能信仰有钱的百姓的上帝。不,事情的要点不在这里。归根结底,这是哲学的贫困。至于真正的贫困的哲学,三天以前我和萨木金曾经听过。那位哲学家并不重要,但是必须说他最为技巧地暴露了各样各式关系的本质,显示了现存的庞大的吸血机构的奥秘。我曾经听他讲过三次,也和他辩论过,然而我不能克服他的心的顽固。我能够使我的儿子推究到那不通之点,但是对于这汉子——我却不能。"

庶务笑了一个宽展的和欣赏的微笑。

"我不善于谈话。我是一个好问的人。我和一个相信简单生活而心志不定的人争论的时候,我只是推撞他两三下,在我的儿子所喜欢的方向——马克思主义者的方向。而且这时常证明那主义的基本原则已经在这样相信简单生活的人的皮肤之下。"

"那么马克思主义是一种皮肤病吗?"刘托夫欣然叫喊。

庶务微笑。

"不。你看,我说'在皮肤之下'。你能够想象我的儿子的志愿吗?为了他所需要的大量的精神享受,因此他被剥失了物质享受的权能。他害肺病,脚不能走路。他为阿斯特列夫事件被拘捕,在狱中损坏了他的健康。完全坏了,快死了。"

高声叹息之后,庶务以威吓的声调提议:

"弗拉得米,你对我们说过要以熊的方式大喝一次,怎样?"

刘托夫跳起,跑出去,叫道:

"我知道,庶务,但是为什么我们全都是精神破碎的和孤独的人呢?"

庶务用双手摸平他的头发,捏着胡子,然后低声说道:

"春正在敲门,学生先生们。"

一块融解的冰已经从屋顶上落下来,"砰"地打在窗架上。

刘托夫拿着一瓶香槟酒跑进来。跟着他来的是一个玫瑰色面孔的壮丽的侍女,也拿着几只酒瓶。

"来吧。"他对庶务说。但是关于为什么俄罗斯人是世间最孤独的人的理由,他忘记了有所说明,也没有人问他。三个人全都注视着庶务的行为,后者正在卷起他的袖子,露出不太干净的内衣和异常之白的手臂,光滑得好像妇人似的。他把白兰地和香槟混合在四只大茶杯里,然后撒胡椒粉在起泡的酒上,提议道:

"吃圣餐!"

克里勇敢地喝干一杯,虽然最初一咽是勉强的。但是,无论如何,他不愿顺从那些这样不成功地"自作聪明"的人们,他们已经这样烦恼地纠缠在思想和文学里面。当他为烧嘴的酒浆耸动肩头的时候,他的心里第二次闪现这一信念:马加洛夫是不谨慎的,将要告诉里狄他克里怎样喝醉。里狄必然觉得她自己是那原因。让她这样觉得去吧!

一刻钟之后,坐在椅子里,他觉得他自己像一只燕子似的飞过房间,听见他的声音对那有一只大眼睛的三绺胡须的面孔说:

"你似乎觉得你的那些观念是辉煌的吧,但是它们是最陈腐的。"

"闭嘴,萨木金!"刘托夫叫喊,"那么整个俄罗斯都是陈腐的。整个都是。"

"基督似乎可爱也可恨。你是一个很狡诈的人。其实你是头脑简单的,庶务。我不相信你。我不相信任何人。"

克里觉得焦躁。他想要说些不讨人喜欢而又无可反驳的真实话,他想要迫使那些人沉默。已经被恼怒所疲倦,他甚至请求他们:

"我们全都是很简单的人。让我们十分素朴地、十分简单地生活——像鸽子一样。十分驯良!"

十一

他们大笑,他们大叫。刘托夫把克里拖到街上,坐在雪车里,由一匹马拉着飞跑,那时克里看见电报柱腾跳入天空,搅乱了星辰,而星辰就好像一碗果汁酒里的橘子皮。这样过了四天,然后萨木金躺在他的家里的床上,回想那绵长的噩梦中的各个情节。

在他的记忆中比别的各样更为深切的是庶务的印象。萨木金觉得他自己被他的言辞所涂抹,好像沾满土沥青似的。庶务曾经抱着六弦琴站在房间中央,谈论刘托夫,而刘托夫忽然倒在长沙发上,睡着了,大张着嘴,好像喊叫着无声的叫喊,就在这无声的叫喊之中听见庶务的言语:

"他自杀似的喝酒。马克思对于他是不好的。我的儿子也在强迫他自己信仰马克思。在他这是可以原谅的。他信仰是因为他仇恨人们,因为他的生活被毁坏。另一些人信仰是因为一种愚骏的、孩子气的勇敢。小孩害怕黑暗,但是为了不羞惭于他的同伴们之前他爬进它里面,被迫着硬要表示给他们看,'我并不是懦夫哇'!某些人由于轻率而信仰,但是大多数人是由于恐惧。我不很尊重这些大多数人。"

已经停止教马加洛夫弹六弦琴,他又问克里:

"但是你不喜欢音乐吗?"

然后,并不等待回答,他进入梦境,用手指敲着膝头:

"倘若他们排除我,我要到玻璃厂里做工。我要专心发明一种玻璃器。七年以来我一直怀疑着,为什么不应用玻璃在音乐上呢?在冬季大风雪的夜里,睡不成眠,你听见过窗玻璃的吟唱吗?我大概听见过这种歌唱一千夜,我认为必定给我们完全的音乐的不是铜或木,而是玻璃。一切乐器必须由玻璃造或。然后我们才能得到神妙的声音。我决定要做这件事。"

庶务的骨瘦的面孔由于一种梦的微笑而柔和起来了，克里·萨木金觉得庶务似乎是偶然想到这一点。

以后和庶务会了两三次之后，克里把这三绺胡须的传教士归类于那捕猫鱼的跛脚汉，那故意把尘灰扫在囚犯们的脸上的门房，和那做石匠的刁诡的小老人。

克里以为顶好是有人很威严地，甚至恐吓地对这些人喝道："使你们如此作为的是什么呀？"

必须一种权威加以呵斥的不单是这些人，刘托夫也是的。而且许多学生都应该受这种呵斥。但是这些街道上的、地下室的和噩梦里的人们特别引起萨木金愤恨他们的乖张性质。在乞里沙斯叔叔家里，那快活的学生马拉可夫附和坡阿可夫跟他们的朋友普里士，一个面目姣好的小犹太人，辩论民粹派和马克思派的理论的真实性，萨木金几乎时常厌憎地听着他们吵闹，偶尔加以讥诮。比之古图索夫——不喜欢长篇演说，说话简单而无可反驳——这些人似乎是学童，他们的辩论似乎是游戏。他们的热诚和大胆似乎是企图引动发尔发拉和里狄。

"各个民族各有各的精神的特殊性！"马拉可夫叫喊，他的淡红褐色的眼睛闪出激昂的怒火，"甚至拉丁语系的各民族都是显然各不相同的。他们各是一个特殊的心理的单元！"

坡阿可夫，勉力要说得清楚有力，黄眼白里闪闪有光，挺身进逼普里士，把后者迫进一只角落里，说出粗暴的言辞：

"国际主义是那些失了国籍、失了阶级的人们所发明的。贯通宇宙的进化法则否定混合不可混合者。美国社会主义者不承认黑人为同志。丝杉不会生长在北方。中国不可能有贝多芬。植物界和动物界不会有革命。"

十二

这一切言论多少是惯熟的。它们既不骇人也不恼人，而普里士的答辩甚至有些令人宽心。他正经地用统计数字回答，而萨木金知道计算准确是科学的基本规则。一般地说来，犹太人引不起萨木金的友情，但是普里士使他喜欢。这小伙子从容静听马拉可夫的和坡阿可夫的言论。他显然认为它们是必不可免的，好像绵长的秋雨一样。他说着最纯粹的俄语，用一种已经倦于讲演的教授的腔调，颇为枯燥的。在他的谨严的措辞之中完全没有俄罗斯人所爱好的那种浮泛字句。没有文采，没有才华，只有似乎比他的年龄更老的东西，并不配合他的响亮音调和明眸流盼。马拉可夫，放完花爆，已经没有火气，而坡阿可夫也已经说尽短兵突击的词句，用他的杂色眼睛直视着普里士，这时普里士才说道：

"这一切可能都是很好的，但是不是真理。无可争辩的真理并不要求任何文饰。它是简单的，人类的全部历史是阶级斗争史。"

克里·萨木金并不觉得有检讨普里士所说的真理的必要。他并不思维他应否承认或拒绝它们。但是，感觉自己处于防卫地位，匆促要把他所听见的各样作出一个结论，克里早已在他所不喜欢的"古图索夫式"之中发见一种有价值的性质。"古图索夫式"使生活大为简单化，按照可以充分理解的利害关系，把人们分为一些利害相同的集团。倘若每个人都是依照着他的集团或他的阶级的意志而行动的，那么无论他怎样狡猾地把他的真正的欲求和目的掩饰在花言巧语之下，人也时常能够暴露他的真实意义、企图的。的确——而且只有——"古图索夫式"才能使人更明了那些荒唐怪诞的人们，如那庶务、刘托夫、狄欧米多夫之类。但想到这里，他的心里来了一连串的混乱问题和回忆：

"这整洁的普里士是和什么阶级或集团的利益联盟的呢？"

他回想到图洛波伊夫曾经有些恶意地问过古图索夫：

"但是倘若这阶级哲学并不证明它是启开生活之谜的钥匙，而不过是破坏锁的一种撬锁具呢？"

那庶务的威胁的声音轰响在他的心里：

"人不能不承认我的跛脚的儿子的话，他说：因此，革命已经把西班牙的强盗式艳事——一种危险然而有趣的娱乐,好像猎熊一样,但是现在已经算是十分严重的事——同类化为小民大众的蚁的劳作。自然,这是一种预言。然而,并非没有意义。真的,我们呼吸着一种传染的空气,而且我们并不孤独,这些醉汉便是这种传染的证据。"

这样的回忆和问题的次数正在增加,而且它们正在变为更加矛盾和复杂。觉得要弄清这些混乱的头尾是超乎他的能力的,克里愤愤地想道:

"但是,难道我是愚昧的吗?"

他自信他不是愚昧的,因为他能够在人们之中辨别什么是错误的,或无价值的,或可笑的。他觉得他的感知是真切无误的。他已经由他自己达到许多可信的结论:莫斯科学生比彼得堡学生更多酒醉的,更迷恋戏院。最大多数革命党产生于伏尔加流域。坡阿可夫必然是很恶毒的,但是,想要掩饰这事实,不自然地微笑着,强勉做出温和的样子。普里士看俄罗斯人正如图洛波伊夫看小百姓一样。倘若马拉可夫不是那样兴高采烈,那么他就显然是一个蠢材了。发尔发拉甚至喝茶也有悲剧气氛。乞里沙斯叔叔分明是愚昧的。他自己知道它,曾经宣言过:"我是一个好人,但是没有幸运。你不要疑惑!谁会比一个好人更有才能呢?——可是事情还不承认我。"

当克里的观感正在增加的时候,他不再怀疑它们的正确性。他觉得它们使他在这些人们之中立足更为稳定。他的唯一困难是别人们固执地说着早已应该由萨木金他自己说过的话,每个人都盗窃着他的怀中物。狄欧米多夫就曾经说过:"宇宙是个人的仇敌。"

在这八个字里面,克里听见他自己应得的结论被技巧地表现出来了。他曾经恼怒地建议:

"进修道院去吧。"

"你不懂。"里狄曾经说过。狄欧米多夫,用双手蒙着脸,从指缝里咕噜道:

"修道院也是囚笼。"

克里开始注意到里狄看待舞台道具管理员好像他是一个小孩似的。她照顾他吃、喝和要他穿得更暖。在克里看来这种殷勤降低了她。

因为狄欧米多夫显然不是正常的。萨木金有此信念是由于一次古怪的遭遇:有一夜,当这管理员要离开里狄的房间的时候,他披上他的破旧外套。他伸左手进袖子里,但是右手找不到袖子。他微笑着,和外套斗争,摇摆着它。克里自愿去帮助他。

"不,不必要。"狄欧米多夫反对。他把外套从肩上滑下来,欣然拍拍那顽梗的袖子,然后并不困难地穿好了。当他扣着那些没有两个相同的纽扣的时候,他解释:

"它不喜欢陌生人的手。你知道,无生物也有它们自己的个性。"他用双手搓揉着他的帽子,继续说道:

"它们有个性,很明显。尤其是小东西,一个人常拿在手上的那些小东西。譬如,工具。有些爱你的手,另一些不爱。这就助成或抵消你的工作。例如,我不喜欢一个女演员,但是她要我修理一只奇异的小首饰匣——修理最细微的一点毛病。你不会相信的,但是我费了许久工夫,都弄不好。那首饰匣不肯将就。它割伤我的手指,或则划破我的皮肤,甚至胶水烫伤我自己。这样,我终于不修了,因为我知道那首饰匣知道我不喜欢它的主人。"

当他走了之后,克里问里狄对于这作何感想。

"他是一位诗人。"那姑娘说,用一种不容争辩的声调。

狄欧米多夫屡次谈到事物对于人的抵抗。

"小东西比大东西更为顽强。你可以绕过一块石头,或移开它。但是你不能逃避街上的灰尘,你必须走过它里面。我不喜欢弄小东西。"他叹息,羞怯地微笑,而且人可以想到这微笑并非燃自眼睛里面,而是从外面投射到那里的,他也有可笑的发明:

"倘若人在夜间离开灯柱,人的影子越变越短,而终于完全消失。

这时我也似乎不存在了。"

当狄欧米多夫和里狄同在一处的时候,萨木金就觉得忧愁和烦恼。但是嫉妒还是不肯爆发。虽然克里还是相信他爱里狄。有一次,他鼓起勇气对她说:

"你的浪漫行为不会给你任何好处。"

"什么好处?"她镇静地问,皱起她的眼皮。克里耸耸肩头,刚要回答,她已经说了:

"我想男女之间的种种关系大概不会有什么好处。它们是不得不,但是并无益处。孩子吗?你和我都是孩子,但是我还不能理解:对于我们两个这有什么必要?"

分析到最后,萨木金以为他明了各样事和各个人——除了他自己的我而外。而且现在他往往迫使他自己陷于监视他自己的我的行为之中,好像一个人监视一个来历不明的危险人物似的。

第十七章

一

准备着迎接新的沙皇,莫斯科正在以亚洲式的俗艳盛装她自己。她正在粉饰她的太难看的皱纹,好像一个年纪很大的寡妇在新婚的前夕似的。人们正在努力涂饰他们的住所的污点,颇有狂热,好像莫斯科人一旦觉醒,看见那些肮脏破烂,以及他们的家宅墙壁上的别的古旧藏垢的表征,忽然惊恐起来似的。千百个泥水匠用长刷涂抹门面,以走索卖艺者的大胆高悬在凌空的绳子上,从远处看来那绳子很细很细的。在露台上和窗子里,布贩正在布置各色粗绒和绦带,装饰沙皇画像的相框,用花枝点缀他的石膏胸像。人的眼睛在各处都被人造蔷薇、花环和花字所包围,"上帝保佑沙皇"和"光荣归于我们俄国沙皇"这些标语发出金色闪光。千百幅国旗悬挂在屋顶上或从各种缝隙里伸出来,只要可能插旗杆的地方。

到处都有一种鲜艳夺目的红色。这红色的热闹由于粉刷的白墙而更加炽烈,同时一些蓝色的布缘并不能减轻那炫目的刺激。当街的窗里都飘出长条印花布,这些窗子使人得到奇怪的印象,好像一些四方形的嘴用它们的红舌头互相舔着玩。某些家宅是装饰得如此富丽,具有把内部所有都翻出来的现象,在爱国的夸耀中暴露它们的心肝五脏。从日出直到半夜人们都在街上奔忙。而鸟雀们甚至更不安静。白嘴鸦和鸽子们终日翱翔在莫斯科上空,从城中心飞到郊外,又飞回来。它们好像黑色的小梭子似的在空中穿来穿去,织成一种无形的网。警察们勤快地押送着嫌疑人等出城去,而且检查着沙皇要通过的街上的人家屋顶。马拉可夫,以一种引人疑惑的口气,告诉他们说粉饰克里姆林宫的工程是由可波次夫承包的,这人曾经伪装为贩棋者,在彼得堡的萨多伐街上开了一个铺子,轰炸亚历山大二世的马车的炸弹就是从那铺子里炸起来的。可波次夫已经到莫斯科,装作外面焰火制造厂的经理,就要在登基大典的日子炸掉克里姆林宫。

"当然这好像是神仙故事。"马拉可夫说,微笑着。但是他看看每个人,那眼光好像是要人相信神话可能变为事实似的。里狄恼怒地警告他说:

"你竟敢在乞里沙斯叔叔面前这样胡说!"

乞里沙斯叔叔真是有一种喜庆之相的。他的秃顶上有一种庄严之光,正如他的光洁的有漆皮覆壁的靴子一样透亮。他的平脸上的兴奋的微笑和惶惑的微笑交换出现。他的明亮的小眼睛闪出温热的光辉,好像两盏神灯的细焰点燃在乞里沙斯叔叔的广阔的灵魂里面。

"莫斯科正在高兴。"他咕噜,玩弄着他的腰带的流苏,"她把她自己打扮成一个贵妇人。莫斯科知道怎样享乐!想想看:用了一百多万匹印花布!"然后,好像忽然觉得不宜太过热心,他退而研究数学:

"这数目代表二十五万套内衣,可以装备一军人!"

他尽力表明给青年们,他嘲笑这些仪式。但是他随时忘记了他要嘲笑而变为先庄后谐。

"这是第二次,我看见一个伟大国家怎样欢迎它的新领导者。"他说,揩揩他的眼泪;然后忽然勉强噘起嘴唇,做出一种冷嘲的微笑。

"偶像崇拜,自然。'来,让我们都鞠躬和俯伏于我们的沙皇和我们的上帝之前。'是的,老爷。但是人终于应该注意这些事。人民对于沙皇并无兴趣,他们把他作为他们的一切恐惧和希望的象征。"

他时常邀约狄欧米多夫出去散步,但是后者固执地辞谢。

"你知道我不喜欢任何群众集会。"

"唉,兄弟,这是愚蠢的!"乞里沙斯大为恼怒了,"你说'我不喜欢',这是什么意思?"

"你看,我心里并没有这种对于民众的爱。"狄欧米多夫负疚地供认,"老实说,我何所求于民众呢?我,在另一方面……"

"你迷失了你的心了!"乞里沙斯叔叔急叫,"你是什么呀,你水鸟?这是怎么的?'没有!''这种'又是什么意义?"而且他坚决地拖着那青年经过热闹街道。克里也跟着去,马拉可夫也跟着去,有些迷惘地微笑着。

二

在窗子里,在露台上,闪耀着石膏塑的沙皇的呆面孔。马拉可夫看出沙皇是狮子鼻的。

"他好像年轻时候的苏格拉底[1]。"乞里沙斯叔叔说。

崭新服装的警察官们昂然走过街道,呵斥着那些泥水匠和守门人们。异常高大的骑兵们戴着钢盔和穿着胸铠,策马而过。他们的一致的圆脸似乎是石造的。从头到脚,他们使人想到茶炊,而他们的腿在马背

---

[1] Socrates,古希腊哲学家。

上似乎是多余的。一群一群的流浪儿童追随着这些半人半马的怪物，不倦地尖声欢呼。成人们也大声叫喊，当他们看见这些壮丽的骑巡的时候——骑巡们都是育郎人、胡桑人，服装鲜艳得好像塞奇伐农庄所制造的木偶玩具。

群众也喝彩那四个昂然驰过的蒙古人，穿着金色制服，毫不动弹，宛如傀儡。端坐在四轮马车里，他们用他们的小眼睛互相侧目而视。其中的一个，翻卷鼻子，半张着嘴，笑着一种露出白牙的死相的微笑。他的黄脸好像是铜造的。

"看哪，"乞里沙斯叔叔想要感化狄欧米多夫，好像后者是一个小孩似的，"他们的祖先曾经放火打劫莫斯科，现在他们的子孙却俯伏在她面前了。"

"我并不看见他们俯伏，他们像白天的猫头鹰似的屹然端坐着。"狄欧米多夫咕噜。他的头发是蓬乱的，他的脸是脏的，他的手上沾着黄铜粉。就在今天早晨他刚才完结了修饰克里姆林宫的工作。

一阵特别欢呼迎接法兰西大使，当后者由他的富丽堂皇的侍从们护卫着，坐马车走过莫斯科，向坡克隆那亚山驰去的时候。

"看见吗？"乞里沙斯叔叔开始教训，"法兰西人。他们也毁过莫斯科，烧过它；而，现在——我们不念旧恶。"

他们遇见一群英国军官。领头的是一位异常之高的人，那脸似乎是由三根骨头造成的。他的狭长形的头上包着白头帕，扁平的胸前悬着许多徽章。

"对于不列颠人我没有爱情。"乞里沙斯叔叔说。

警察首长弗拉梭斯基坐在车里，拉着他的御者的腰带，飞驰而过，同时，跟在他后面，由卫队围绕着，皇叔塞吉大公凯旋似的驰过。乞里沙斯和狄欧米多夫脱帽鞠躬。萨木金也不由自主地举手到帽檐上。但是马拉可夫却转身走到一旁，斥责乞里沙斯：

"你鞠躬敬礼一个同性者，你不羞吗？"

"乌拉——拉!"莫斯科人叫喊,"乌拉!"

弗拉梭斯基的流汗的两匹马又急奔回来。御者勒令它们站住。警察首长直立在车上。挥舞双手,对着窗上的工人们,对着警察和流浪儿童狂呼大叫,发号施令,叫到声嘶力竭,他才颓然落座,拍了御者的脊背一下,马车又跑开了。他的长胡须凶恶地抖动着,倒飘在他的耳朵上。

"乌拉!"人们在他后面喝彩。狄欧米多夫惶恐地眨眨眼睛,低声对克里说:

"他的行为就好像一个疯人。他们已经全都发狂了。好像正在等待世界末日似的。而这城市好像正在遭遇抢劫,各样东西都被从窗里抛出来,倒挂着。到底他吵嚷些什么呀?这算是什么佳节良辰?简直是疯狂。"

"一种仙气的、魔惑的疯狂,你这怪物。"乞里沙斯叔叔,已经沾染着油漆,改正他,而且快活笑了。

"这应该是庄严肃穆的。"狄欧米多夫含糊地说。

萨木金默默同意他。虚荣的莫斯科的夸大的喧闹之中的某些音调是完全不可理解的。人们吼了太多毫无意义的乌拉。他们太过奔忙。而且在这表面之下人看见许多滑稽和可笑。马拉可夫仔细观察着各种趣事和蠢事,这样喜悦地要克里留意,好像它们是由他自己创造出来的。

"看!"他指着一面旧招牌上新贴着金字的祝词"俄国光荣与幸福之路"。接着是旧招牌上的原来的同样字体的金字"公司"。

在最近几天之内,马拉可夫总是讲着关于市政府和商会之类的陈腐故事,使他们都厌烦了。人怀疑它们全是他自己捏造的,它们全是些使人丧气的事。

"哦,是的。"他对里狄说,"人们高兴了。但是这些人是哪一类人呀?人们都在那一面!"

他挥手指着北方,又莫名其妙地摸摸他的鬓发。

但是,克里·萨木金纵然看见在这骚动中有许多他所厌恶的事,他究竟被那激昂之情所感动了,随时期待着某种非常惊人的故事会从这些挤满了人的街道上的某处突然出现。他羞于对他自己承认他想要看看沙皇,但是这欲望好像和他为难似的逐渐增强被几万人的工作和几百万的大开支所煽动。这种劳作和这种豪举鼓励了这信念:一个非常人物必然要出现——非常,不但因为他是沙皇,而且因为莫斯科预示他有特殊权力和性格。

"加它林大帝死于一七九六年。"乞里沙斯叔叔回忆。这明示给萨木金这莫斯科人相信可能发生大事件,而且这显然是几万人的信念。他觉得他自己也可以相信明天就会有一个非常的和也许凶恶的人物出现,这人物是俄罗斯期待了一整个世纪的,而且,这人物或许确是坚强到足够对这些精神破败的人民说道:"使你们如此作为的是什么呀?"

三

在沙皇从彼得洛夫斯基宫移到克里姆林宫来这一天,莫斯科陷落在一种紧张的平静之中。它的居民被挤逼靠在家宅的墙上,由两行兵士和两列侍卫,这些都是精选的忠顺的臣民。兵士们有效地、机械地执行职务,好像他们是铁铸的。侍卫们大部分是阔背和美髯的汉子。比肩而立,他们弯起脖子向各方窥看,怀疑地留意着他们后面的人们。

"肃静呀,那边!"他们说。

常有不安静的人,被别的手肘所推挤,以致发见自己被挤进人家庭院里面。这种情形有一次遭遇到克里。一个黑须侍卫向他皱眉怒视,一分钟之后就用脚踵踏着他的脚尖。克里一缩腿,膝头就撞着一个小侍卫的脊背。那家伙转面看着他,气势汹汹地说道:

"好先生,你是怎么回事?你还戴眼镜咧!"

不听任何解释。他和别的两个侍卫就把克里送进一个圈禁地,那里坐着三个宪兵。挨近门道的地方躺着一个褴褛的男人正在打鼾,显然已

经醉了。几分钟之后,一个衣服单薄的青年,满脸雀斑,被推进来。有人叫喊:

"关起这家伙,他是扒手!"

两个警察把那雀斑汉子带到院子后面,这时第三个警察对克里说:

"这些窃贼今天正好做地政局的业务!"

然后他们赶进来一个抱着一本画册的男人。男人顿脚,用他的铅笔刺击警察的胸部,破声大叫:

"你没有理由这样做!"

他用德国话、法国话和罗马尼亚话乱骂,但是那警察,推开他,撕脱他的右手的手套,然后燃起一支烟,走掉了。

一个卖气球的人跑进来,一大丛红气球飘摇在他的头上。然后又来了一个衣服整洁的人,用黑手巾蒙着他的脸。并不看任何人,他慌忙躲进一个角落里。克里了解他的感想。他也觉得狼狈和呆钝。他站在一堆箱子背后的阴暗处,静听警察们和扒手的无聊会话。

"波多尔斯基离我们很远。"扒手告诉他们,叹气。

麻雀们在院子里跳跃;鸽子们歇在窗子上面,用鱼眼似的眼睛,初而用这一只,后来用那一只,以一种厌烦的方式向下窥看。

克里这样站着,一直到无数教堂钟声轰响起来的时候。几千喉咙的雷似的乌拉破空而来。他听见喇叭的尖刺的曲调。军乐队的古式大号呜呜,铜鼓咚咚。

当这一切喧嚷沉静下去的时候,来了一个文雅的警察巡官,陪伴他的是一个剃光了脸的戴黑眼镜的汉子。巡官向克里要了证明文件,而且把它们交给黑眼镜。后者察看那些纸片,然后望着门口点点头,冷冷地说道:

"你可以出去。"

"我不明白。"萨木金开始愤怒,但是黑眼镜转背对着他,说道:

"并没有谁要你明白。"

四

克里走出,羞辱了,进了街心。群众推着他和引着他跟他走。他突然发见他自己面对刘托夫。

弗拉得米·彼得洛维奇·刘托夫是半醉的。他挺直地走着,昂然像一名兵士;但是摇摆不定,撞着行人,呆头呆脑地看着妇女们。抓着克里的手臂,他把他挟紧他旁边,同时大声催促:

"到我那里去吃饭。让我们喝酒。我们必须喝酒,兄弟。我们是严肃的人,我们必须用酒浸没我们的灵魂的五分之四。在俄国要以全个灵魂生活下去是被禁的,由于每一个人。由于每一个人:警察、教士、诗人和散文作家。但是当我们沉醉了我们的五分之四的时候,我们往往开始收集春画,而且互相诉说俄国历史上的黑暗故事。这是我们的生活景象。"

刘托夫显然怀着要吵闹的情绪,而这惊骇着克里。他无法解脱他的手臂,就把刘托夫拖进提弗斯卡亚街的一个巷道里。在那里他坐上一辆头等街马车。但是当他们在车里看着穿了假日衣服的热闹的人们的时候,刘托夫更加大声嚷嚷,对着车夫的青色背部演说。

"我们庆欣,庆欣吗?我们欢迎那行涂油礼以尊崇之的一位神。涂过油就列为偶像,但是这算什么呢!我们庆欣值得吗?使你的心欢喜,以赛亚[1]!"

"不要说了。"克里沉静而严厉地告诫。

"真讨厌,兄弟!看哪,虔敬的俄国狂奔去享用由沙皇付账的小糖果。这样感奋。那些小糖果将那游荡的俄国人民的子孙所吸食,这种人民曾经游荡在波洛特尼可夫后面,在奥托里匹夫后面,在杜希那的贼后

---

[1] 耶稣以前的犹太教主。涂油礼即当时风俗。

面,在可士马·敏尼——然后游荡在米海尔·罗曼诺夫[1]后面。然后他游荡在斯提班·拉辛[2]后面,在普加乔夫[3]后面,而甚至准备追随拿破仑之后。一种游荡民族!他们只不追随三月一号的党人[4]。"

克里呆看着车夫的石样的背部,揣想道:这车夫会听见这些醉话吗?但是这头等车夫,稳稳定定地坐着,大声警告拦着他的去路的行人们:

"看路呀——喂!看你们要到哪里去呀,兄弟。"

五

有几个客人在刘托夫家里等他:一个是曾经在别墅里访问过他的女人,另一个是碧眼金发的漂亮男人,旧式服装,戴眼镜,有一撮小胡子。

"克拉弗提是我的名字。"他说,温和地捏着克里的手。那女人,笑着一种勉强的微笑,说出她的第一名和第二名,这是无数俄国妇女的名:

"马利亚·伊凡诺夫娜。"

"我相信我们曾经会过。"克里提醒她,但是她不回答。

刘托夫似乎忽然清醒起来。他装作地皱起眉头,不很礼貌地招待他的客人们午餐。

揣测了他们是些什么人之后,他隐秘地研究那漂亮男人。这人过分有礼而且和顺。微笑几乎不曾离开过他的苍白的、颇有些冷气的脸,无论对着刘托夫、对着婢女或对着烟碟。他的轻淡的髭须之下的很红的嘴

---

[1] 一六一三年以后统治俄国的罗曼诺夫帝室的创立者。
[2] 十八世纪俄国农民叛乱的领袖。
[3] 十八世纪俄国农民叛乱的领袖。
[4] 一八八一年三月一号民粹派以炸弹炸死亚历山大二世。

唇开合都很有讲究，以致须尖的每一根毛都似乎动得十分协调。在这种讨好的微笑中有一种万物有神谕的性质，使他的手里的面包和小刀都有灵感似的。然而，萨木金怀疑这笑底下隐藏着对于每一件事和每一个人的轻蔑。这人吃得少，喝得小心，说着最通常的话，绝对不留一点印象在记忆里。他说街上有很多人，国旗装缀市面，附近乡村的小百姓和农家妇女都成群地到科登加广场来了，云云。他显然使他的主人十分困惑了。刘托夫简短而冷淡地回答他的微笑的言辞。在这一餐的全部时间之中那女人就只说过两次"谢谢"，一次"多谢"。

倘若说这些字的时候不带着她的特别的微笑，人就甚至不可以说她，像一切活人一样，有一张面孔。

他们一吃完，刘托夫从椅子上跳起来，问道：

"好，你们有什么要说？"

"倘若你喜欢。"漂亮男人谦恭地说。

他们鱼贯而出，主人在前，漂亮男人随后，再就是那女人，悄然而行，好像走在冰上似的。

"我就来。"刘托夫向克里预约，于是留下他在那里猜疑刘托夫何以一下子就清醒起来呢？或许他原来是装醉吧？而且为什么，由于什么动机，他结交革命党呢？

二十分钟之后，刘托夫回来了。他的双手都插在衣袋里，急走入室，他的苍白的脸是搐搦的。

"民意党？"克里问。

"大概是那一类。"

"嗯，现在，你帮助他们？"

"必须。父辈捐助教堂，儿辈捐助革命。危险的一跳，但是有什么办法，兄弟？叫作俄罗斯这不能吃的大面包的上层硬壳的生活可以称为：'俄罗斯知识分子冒险跳跃的历史。'只有特许的历史学者、专家，才务必证明淘汰、适应和别的种种噩梦。但是我们的淘汰是哪一类呢？

跳呀，倘若你不愿意窒息！"

他停在房间中央，爆发了大笑，把双手从衣袋里抽出来，摸着他的头。

"我们确已败坏了那氛围！那庶务是对的——鬼惹它。然而，我们喝酒吧。我要款待你波尔多酒，使你发抖。邓尼亚沙！"他唤侍女。

他坐在桌子旁边，搓搓手，咬着嘴唇。他告诉侍女拿好酒来，然后摸摸他的颊上的青色须痕，开始了敏感性的喃喃急语：

"我爱那庶务，他是光明人物，而且勇敢。人觉得为他忧愁。三天以前他把他的儿子送到医院里，而且他知道他出了医院就要到墓地去。可是他还是爱他，他爱他。我看见那儿子——一个热诚的人。最可能圣恰斯提[1]是这样的人。"

克里惊异地静听着，不相信他的耳朵，觉得对刘托夫发生了一涌而来的友情。

"大概因为我曾经受辱吧？"克里问他自己，回忆着那庭院和那特务的简短的诺言：

"你可以出去。"

六

马加洛夫来到了，疲乏而且忧郁。他坐下在桌子面前，一口就饮干一杯酒。

"我解剖了一个少女，一个婢女，"他开始告诉他们，眼望着桌面，'她装饰房屋，从窗子上跌下来。重伤腰骨——成为碎片。"

"这里没有谈死人的必要。"刘托夫说。他望着窗外。

---

[1] St. Juste（1767—1794），法国大革命中恐怖时代的三巨头之一。

"昨夜我在梦中看奥德赛[1]。好像格尼得奇翻译的《伊里亚特》初版插图里所画的那样。奥德赛曾经耕过沙田,撒盐在它上。萨木金,我的父亲是一个军人。他曾经在西伐斯托坡尔做过,而现在恋爱着一个法国人。他时常赞美《伊里亚特》。'看啊,古时候他们打得何等豪侠呀!'是的。"

站在房间中央,他举起一只手,似乎要说别的什么,但是就在这时庶务进来了,穿着破旧的无袖上衣,对于他太过短了,显得可笑。它的种种缺点似乎使他局促不安。当马加洛夫嘲笑他的时候,他愁苦地微笑,然后恼怒地诉说:

"我被逼迫着脱去教堂制服。人必须逐渐习惯别的种种生活方法。请我们喝茶,主人。"

他们喝白兰地酒。庶务和马加洛夫坐下来下棋。刘托夫又开始在房里徘徊,抽紧肩头,不能停止。他偶或去到窗前,仔细窥看街道,含糊说道:

"他们正在去。每个人都在去。"

他终于坐下在桌子前面,拨下灯芯,闭住眼睛。萨木金觉得被刘托夫的情绪所感染,想要离去,但是刘托夫坚留,要他在那里过夜。

"明天早晨我们全都到科登加去。那到底是有趣的。虽然到屋顶上也可以看见。科士提亚,我们的望远镜在哪里?"

克里留下了。他们开始喝红酒,而刘托夫和庶务在不知不觉之中不见。马加洛夫动手练习六弦琴;克里觉得陶醉,上楼去睡了。到早晨,马加洛夫,拿着一只黄铜望远镜,叫醒他。

"科登加已经发生事故。人们都从那里跑开。我要到屋顶上去。你愿跟上去吗?"

---

[1] Odysseus,古希腊诗(传为荷马所作)中人物,史诗历叙伊萨卡国王奥德修斯自特洛伊战争后十年流浪的冒险故事。

萨木金还想睡，勉强起来，爬到屋顶上。从那里瞭望，即使单用眼睛，他们也能看见广场上弥漫着一阵灰黄的云雾。马加洛夫用望远镜看了之后，把它交给克里，揩揩他的睡眼，说道：

"鱼子。"

是的，广场上蒙着朦胧的雾，似乎涂着一层浓厚的鱼子酱。在一片乌黑里面，在圆形颗粒之中，这里那里闪出白的和红的斑点，好像小小的丝缕一样。

"红色使我想到创伤。"马加洛夫含糊说，打哈欠。"一切也许是谎话——其实并无其事。"他继续说，在沉默了一会儿之后，"看着愚蠢集中在一处是可厌的。"

摸平他的蓬乱的头发，他坐下在烟囱近旁，说道：

"好，弗拉得米并未在家过夜。他刚刚才出现。可是，清醒。"

七

这庞大的、碎布做成坐褥似的城市正在咻咻、嚷嚷。成百的教堂的钟不断地轰响。车轮隆隆地疾走过圆石路上，一切音声混合为一——有组织的、强大的，一张网似的鸟群哗然飞过城市，但是没有一只飞向科登加方面。那里，远远的广场上，在雾的脏帽子之下，生根似的站着鱼子酱似的密集的群众。群众似乎是一个单一体。人的眼睛，要紧张起来，才能辨出那些细微的颗粒的仅能觉察的波动。偶尔一阵波动似乎波及各处，而又只是消沉在黏性的集体里。从那里也飘来一阵闹声到屋顶上——不是城市的欢呼，而是一种肃杀之声，好像雪风的怒吼。有一个时间，它是分明可以听见的，后来就淹没在钟声之中，在街市的喧哗之中。

萨木金的眼睛胶黏在望远镜上，他魔惑地瞭望着。无数的人群使他想到十字军，这种故事是曾经在他幼年惊骇过他的；也想到为奥朗斯卡牙圣母像而举行的数千人的大弥撒。在这喧哗的浪潮中他的记忆里响起了乞里沙斯叔叔的呼唤：

"你们全都来鞠躬，俯伏在地上。"

他觉得在人群的重压之下地正在抖动，摇荡；那些圆圆的渺小的人头正在跳跃，好像热锅里的咖啡豆似的。在这种种搐动之中有一种预示天命的性质，而且远来的声音似乎是无数唱诗班的哀伤而又惨厉的歌声。

一幅景象来到他的心里：这大众突然像一阵波澜似的涌入市内，街道都挡不住这滔滔人潮的压力。人们冲倒房屋，踏碎墙垣，扫荡全市，好像扫帚扫掉垃圾一样。

克里沉入默想，看着莫斯科堆集着各式建筑物，深透到眼光不能见的处所。城市上面的空气是明朗的。教堂的金色十字架，反映着太阳，光芒四射，照耀着棕色的和绿色的方形屋顶。这城市使人想到一只肮脏破烂的花洋布坐褥。微细的人形聚集在它的狭长的破洞里，他们的活动越来越可厌，越来越无意义。他们会合，停顿，聚集成团，然后全都走在一方面，或急剧分散，好像受惊似的。在这城市的一个破片里出现一道蓝色的骑兵阵线。大路上人马奔腾，好像许多橡皮玩偶似的。像钓鱼竿似的细棍摇荡在他们的头上，而且他们的刀锋像鱼似的闪过空间。

"其实，这城市是没有防备的。"克里说。但是马加洛夫已经不在房顶了。他已经在不知不觉之中走掉了。黑马拉着绿色大车轰隆走过灰色圆石路。消防队员们的帽头闪光而过。克里觉得这一切似乎都不是真实的，好像是在梦中所见的光景一样。他从屋顶上下来，走进家宅的冷静之中。马加洛夫坐在桌子旁边，读报纸，喝浓茶。

"嗯，出了什么事了？"他问，并不抬头看看。

"我不知道，但是似乎……"

"或许是一场斗殴。"马加洛夫说，他拍拍报纸，"他们写得何等庸俗暧昧呀！"

他们默默地喝茶,约有五分钟之久。克里听着街上的人马杂沓,和骚乱的喧哗。声浪忽然消沉,好像一阵烈风把街上的人全吹跑了,只剩下大车隆隆,和钟声当当。马加洛夫站起来走到窗前。

"嗯,解决了。看!"他喊。

一匹灰斑的白乞龙马,鬃毛丰厚,蹄上也有长毛,正在缓缓重步走过悬旗的街上,每走一步就凄然点一点头。在马的旁边,低头慢步着一个阔肩多须的车夫,肩上搭着一条缰绳。他的秃头是暴露着的,他的眼睛看定地面。在他走过的时候人们都停住而且脱帽。从大车上盖着的油布下面伸出一只手臂。它伸得好像乞丐要钱似的,一直露出肩膊,涂着青色和红色。一只金戒指在一个手指上发光。手臂旁边是一条毛松松的黄色辫子,摆来摆去;而且大车尾端悬垂着一条穿着泥靴子的脚。

"大约六个人,"马加洛夫含糊地说,"显然,一场斗殴。"

他还说了一些别的话,但是,虽然室内和街都是静的,克里目送着大车,并未听见。车子缓缓进行迫使人群聚集在旁道上站着,露着他们的头顶。他们的脸上现出惶恐的灰色暗影,使他们好像是一模一样似的。

又一辆较小的大车走过,满载残破的形体,并无掩蔽。他们的衣服都是破烂的,他们的身体的露着的部分都是泥污的。然后来了大群乞丐似的人们,衣服破烂,头发蓬松,面目浮肿。他们静静地走着,简短地回答着路人的问话。他们有些是跛脚的。一个男人,有一副吊死者的青脸,正在走来,举着右手,很像车夫持着缰绳似的;同时用左手抬着右手,他似乎正在说什么,因为他的胡须抖动。受伤而来的群众都集在街道的暗影的一面,好像他们害怕,或羞见太阳似的。他们似乎浸透了泥水,全身稀软。克里随时期待着他们立刻就要倒地融解,流在街上。但是他们并不倒下,他们全都走着路。而且当他们走着的时候,克里看见走过他们旁边的人们都转身跟在他们后面走去。

"说是一场斗殴吗,这人数未免太多,"马加洛夫说,声音并不是他平常的声音,"我要出去调查。"

八

萨木金跟他走了。当他们出去到街上的时候,一个凸肚大汉,穿铁锈色背心,裤子撕破到膝头,正在蹒跚走过。他的手里捧着一顶揉皱的帽子,他正在用抖颤的手指压平它。马加洛夫拉住那人的手肘,问道:

"出了什么事?"

那人张着他的多毛的嘴,用红眼睛看看马加洛夫和克里,然后,做了一个绝望的姿态,走了。但是走了几步之后,他转身,怒视他们,叫道:

"人人有罪!人人!"

"罪人的回答。"马加洛夫怨愤地说,像工人似的咬牙吐口水。

激动而且有感染性的人群像潮水似的流过,但是人不能分辨他们所说的话的头尾。他们叫嚣,他们咆哮,但是那是难以理解的。他们之中有些人甚至隐秘地好笑。

一辆绿色救火车驰过,用帆布掩盖着它所装载着的成块的东西,马的颈上的小铃子欣欣然叮铃叮铃,驭者的铜帽闪闪发光。小铃和铜帽在萨木金心里引起一种奇异的印象,想到佳节的喜气。一辆之后又来一辆,第三辆和第四辆,各辆都由庄严的铜盔骑士驾驶着。

"托洛江[1]。"马加洛夫咕噜。

克里悯然目送着最后一辆。一个异常的男人被装载在长躺着的尸体的顶上。他几乎是被随意抛置,歪斜地横卧在它们之上,从油布下面伸出两只不一样长的手。短的一只僵直地突出着,甚至那些手指也是挺直地张着的。另一只手长长地悬挂着,显然是肘部折断了的。它跟着车的

---

[1] 希腊神话中的勇士族。

运动而摇摆。这手缺少两个指头,使克里想到龙虾的爪。

"石头是傻子。树木是傻子。"他回忆。

"我再也不能忍受这个。"他忽然说,而且跑回庭院。在门道之内,他停住了,摘掉眼镜,揩揩他的眼镜上的灰尘,回想道:"什么使我——我为什么出去?我不该去呀。"

马加洛夫在门道外面叫唤他:

"喂——你要到哪里去?"

然后他旁边现出马拉可夫,后者冲入庭院,马拉可夫不戴帽子,神气沮丧,头发蓬乱。他的黑脸上有一条血痕,从耳根延到鼻子。他不自然地振作他自己,同时大睁着充血的眼睛看定马加洛夫,咬牙询问:

"你——你那时在什么地方?你看见了吗?"

在他的僵直的身体和不动的眼睛之中有着某种可怕的、疯狂的东西。他的肩上挂着一件宽大的、皱乱的灰色上衣,衣袋已经破烂,显然是从别人背后剥来的。他的漂亮的花洋布衬衫破裂,露出胸口;他的廉价丝织品的长裤上沾着绿色油漆。克里觉得比其他一切更为可怕的是马拉可夫的不动性。他直挺挺地站着,好像害怕倘若他把手从衣袋里抽出来,或低头或弯腰,他的身体就会折断和破碎似的。他站在那里,用同一不变的话问道:

"那时你在什么地方?"

马加洛夫几乎是把他抬进房里去。

他把他推进更衣室里,敏捷地脱掉他的衣服,开始洗擦他。但是很难使马拉可夫的头颈俯就洗脸盆。这素性快活的学生,用肩头推开马加洛夫,顽强地拒绝低头。他终于完全挺直,牛叫似的说:

"等一等。我要自己来。我不要那样!"

他好像是怕水,好像被疯狗咬着的人似的。

"找侍女来,问她要内衣。"马加洛夫命令。

克里遵命。他喜欢不看这受伤的人。当他在那些房间里寻找侍女的时候，他看见刘托夫穿着睡衣，赤脚站在窗前，双手捧着他的头。听见有人来，他转身，莫名其妙地眨眨眼睛，双手做了一个荒谬的姿势，指着街上问道：

"什么——这是什么？"

"发生了某种不幸的事了。"克里回答。"不幸"这个字被他说得缓慢，摇惑不定，意识到他应该说别的字，但是他的心乱，别的字不来到他的舌头上。

当他和刘托夫走进餐室的时候，马拉可夫裸体躺在长沙发上。马加洛夫，卷起袖子，正在一面呻吟一面按摩马拉可夫的胸部、腹部和四肢。马拉可夫转动着他的潮湿的头，在皮垫褥上滚来滚去，用沉重的声音胡乱说话，好像发昏似的：

"他们互相践踏。真可怕。你看见吗？见鬼！人们从广场爬出来，留下死尸在后面。你注意了吧？消防队员带着铃子骑马过去，他们叮叮当当！我说：'你们应该压住那诅咒的声音。它是不对的。'有一个队员说：'办不到。'白痴们和那些叮叮当当的铃子！总之，我一定要说……"

他的声音消失，他闭了一会儿眼睛。然后他又说：

"这印象是他们还正在践踏你们。他们踏倒一个人，踏过去，并不回头看看他。这样——过去。真怪！他们好像踏过圆石头似的——踏过我上面。"

马拉可夫抬起头，双手撑着沙发，小心地伸直他自己。他微笑，做出一种难以相信的怪相。他的嘴弯成一个镰刀形，延展了他的脸上的破皮，以致他的耳朵似乎向后移动。

"踏过我上面——你懂吗？不懂的。这必须亲身经验。一个人倒下，众人把脚放在他身上，好像踏在沼地里一丛草上！他们践踏你。怎么会有这样的事呀？一个活的身体。这是不可想象的。"

"穿衣服。"马加洛夫说，把内衣递给他。

把头伸进白内衣里,好像穿过雪风似的,马拉可夫继续说:

"尸体——成百成千。有些好像钉死在十字架上似的趴在地上。一个女人的头曾经被踏进一个小坑里。"

"你为什么去到那里?"克里严厉地问,忽然怀疑为什么马拉可夫穿工匠的衣服伪装到科登加广场去。

"我去闲谈——看个明白。"那学生回答,咳嗽,越来越清醒了。

"我吃饱了尘灰!"

他站起来,注意看看地板,又把嘴弯成一种无趣的微笑。马加洛夫把他引到桌子面前坐下。刘托夫倒了半杯酒,递给他:

"喝呀。"他劝告。

这是他初次发言。他曾经默默坐着,双肘支在桌上,双手捧着头,茫然呆看着马拉可夫,好像看着一道亮光。

马拉可夫举起酒杯,看看它里面,然后漫不经心地把它放在桌上,说道:

"那女人躺在一根木柱旁边。她的头伸在它的顶端之外。他们把它踏入地面。给我一点茶。"

他说下去了,逐渐减少努力。

"我大约在半夜时候到那里,被吸引进去了。很深。有些已经站着发昏,好像死了似的。这样密集——一个沙堆,你知道。而且空气窒闷,喘不过气来。将近早晨的时候有些人已经失掉理性,我想。他们叫喊。很怪诞,可怕。有一个男人站在我旁边,随时想要咬我。他们互相撞击,前额碰后脑,后脑碰前额。而且用膝头。他们踮起脚尖。自然,这是没有用的。没有用!我知道,我自己要冲出去。"他说,惊奇地眨眨眼睛,指指他的胸部,"到哪里去呢?各方面的人们胶黏作一团。我要冲出去。"

九

那教会庶务来到了。他刚洗过脸,胡须还是湿的。他张嘴要说话,但是刘托夫,用眼睛指示给他马拉可夫,阻止了他。马拉可夫默默地伏在桌上,搅动他的茶。克里想到就高声说:

"沙皇必定会感觉十分难堪的!"

"你已经引起一个怪人觉得抱歉了。"刘托夫反讽地截住他。别的三个人并不注意克里的话。马加洛夫皱起眉头,把庶务拉到一边去,低声谈论这灾祸。

"我终于替他难过,我觉得为全人类难过。"克里继续说,转向刘托夫,"倘若在你结婚的时候发生什么不幸事件,你会觉得怎样呢?"

这说得更加无聊。克里觉得耳根发烧,默默诅咒他自己,恐怕刘托夫会说出什么话来。但是说话的是马拉可夫:

"只有少数人愤怒,"他说,摇摇头,"我并不曾看见任何人愤怒。不曾。但是有一个戴白帽的怪人正在征集志愿队去掘墓穴。他也邀请我。一个很正经的人。他邀请我,好像他早已预见到掘墓穴这件事。而且是一件大事,为了大众。"

他喝茶,吃了一点东西,和饮了一点酒。他的栗色头发已经干了,披在他的脸上。他的眼睛已经更加清亮。

"有人显出非凡的力量,"他回想,集中注意看着他的空杯子,"用手撕脱人的头皮是不可能的,是不是,马加洛夫?我不是说头发,而是说皮肤。"

"绝对不可能。"马加洛夫极力赞同。

"可是我看见一个人真正做了这样的事:他把他的指甲挖入在他旁边的一个胖人的后颈里面,撕脱了一块肉皮。露出骨头。他也是首先打我的人。"

"你应该去睡了,"马加洛夫说,"来吧,就走!"

"他们显出惊人的能力。"那学生重复,同时欣然跟随马加洛夫走去。

"嗯,这是怎么发生的?"庶务问。

无人回答他。克里正在推测沙皇将要采取什么行动。他觉得他第一次把沙皇当作一个真实的人来加以思索。

"我们要干什么呢?"庶务又问,说得很响。

"我们要挖坟坑。"刘托夫怨愤地说。

庶务看看他,看看克里,捏着他的三绺须,说道:

"上帝是记仇的,而且要报复;神报复,很凶猛,神将要向他的仇敌施报,而且对敌人保持着愤怒。"

克里惊异地看着他。这庶务能够,和想要,为各个人申冤,这是可能的吗?

但是庶务,摇摇头,继续说:

"先知那鸿[1]曾经说过残酷的、凶猛的话。看呀,青年们,无论什么地方,都为我们准备好了惩罚和报复。但是有什么奖赏呢?关于奖赏我们一无所知。但丁[2]、弥尔顿[2]和别的人们,以致我们这一辈人,都曾经把地狱描写得最详细、最可怕。但是天堂怎么样呢?关于天堂就不得而知。我们只知道一件事:那里天使们唱歌赞美造物主。"

他忽然用拳击桌面,震动了杯盘。他的眼睛更加明亮,他开始用沉醉的声音叫喊:

"但是为什么赞美?现在,为什么赞美?我要问。青年们,这是你们的问题:为什么赞美?倘若高声赞美地狱的设计者,那么谁该受诅咒

---

[1]《旧约·那鸿书》第一章第二节。
[2] Dante (1265—1321),意大利诗人,作《神曲》。
[2] Milton (1608—1674),英国诗人,作《失乐园》《得乐园》。

呢——呃？"

"停止。"刘托夫请求，伸手做了一个绝望的姿势。

"不，等一等。我们现有两种批评：一种是因为渴求真理，另一种是因为虚荣。基督是由渴求真理而生的，但是造物主？倘若，在客西马尼[1]，出示苦杯给基督的不是造物主，而是撒旦，因为要嘲弄他，这是怎么的呢？而且，这甚至不是杯，而是轻蔑的表示呢？青年人们，现在要你解决这个！"

马加洛夫跑进来，对克里说：

"他说他看见乞里沙斯叔叔在那里，还有那狄欧米多夫——你懂吗？"

马加洛夫用拳击掌。他的脸是惨白的。

"我们必须察看——我们必须去……"

"找里狄！"克里完成他的话。

"我们全都去。弗拉得米，派人去请医生。马拉可夫吐血。"

当他走出去的时候，马加洛夫毫不相干地说道：

"他们叫他彼得。"

十

街上拥挤而且喧哗。但是当他们走到提弗斯卡亚街的时候情形甚至更坏。衣服破烂、污垢的人群纷纷不绝地走来。他们的言辞，不高然而不歇，弥漫空间，偶然发出妇女的歇斯底里的声音。人们的眼睛都倦怠地闪避阳光，好像自觉有罪似的低着头。但是当有人抬起头来的时候，萨木金往往看见那疲乏的脸上显出平静的喜悦。

萨木金被种种印象所疲劳。群众中的忧急的、惶恐的脸，好奇的脸

---

[1] 耶稣受难之地，故事见《新约·马太福音》第二十六章第三十六节。

和自觉有福的脸,都已不像以前那样激动他。这种种印象的多样性和鲜活性是曾经使他强烈地感觉到自身的实在的。他并不研究这灾祸的原因。真的,那是可以由马拉可夫的故事推想而知的:人们争抢"糖果",互相践踏。这使克里从他所坐的车的高度上漠然轻蔑地俯视他们。

马加洛夫,背对克里坐着,一只脚放在踏台上,好像准备跳到路上似的。他喃喃说道:

"见鬼!这些发疯的旗子使人目眩!"

"沙皇或许要慷慨抚恤那些被害者的家属。"克里推测。马加洛夫催促车夫赶快。他提示克里:在安东尼蒂[1]结婚的日子发生过不幸事件。

"他就是这样想。"克里想,"照常,一想就先想到女人;好像连路易也不存在似的。"

乞里沙斯叔叔的寓所是锁着的。通到厨房的门上也悬着一把挂锁。马加洛夫拉拉它,然后揩揩流汗的前额。寓所的锁闭对于他似乎是一种恶兆。当他们从阴暗的厅堂走进街心的时候,克里看见马加洛夫的脸紧张而且苍白。

"我们必须找出他们把受伤者抬到什么地方去。我们必须巡察各个医院。去吧。"

"你以为……"

但是马加洛夫不让克里说完。

"去呀!"他粗鲁地说。

下晚,他们曾经步行或坐车去巡察过一些医院。他们曾经被防卫乞里沙斯的厨房的小铁拳挡回了两次。天已经黑了,克里低声提议他们到墓地去看看。

"呸!"马加洛夫粗声说,"你安静些。"过了一会儿之后,他愤然说道:

---

[1] Marie Antoinette(1755—1793),法王路易十六之后。

"这是不能够的。"

他的颧骨突出在他的憔悴的脸上。他移动着下颚,好像咬牙似的,而且随时转面向各处,窥看群众的脸相。街上的人们变为更安静。他们的高声叫嚣已经消沉为低语喃喃,暮色使它们暗淡了。马加洛夫的情调确是要使里狄惊恐的,克里想,他自己变为更沮丧。他是生理的疲乏。他目瞪口呆,看厌了这许多残破苦恼的人物,觉得他自己中毒了,僵死了。

他们走近家宅的时候,巷道里驶出一辆马车。发尔发拉蓬头垢面坐在它里面,身子向前倾着,她的小帽和阳伞夹在她的两膝之间。

"他们把继父踏死了。"她叫喊,拍着车夫的脊背。她的声音里有夸耀的调子,萨木金想。

"里狄在哪里?"马加洛夫立刻问。

这姑娘跳在旁道上,塞钱在车夫手里,向家宅走去。现在她并不得意扬扬地一只手摇着阳伞,另一只手拿捏着她的帽子。她用一种歇斯底里的高音告诉他们:

"他已经是不能辨认的了。我由他的靴子和戒指认出他。你记得吗?那红白条纹的玛瑙戒指。那是可怕的,他没有脸。"

她自己的脸上沾着泪痕,她的下巴抖颤,但是克里觉得她的绿眼睛似乎潜伏着一种恶意的闪烁。

"里狄在哪里?"马加洛夫固执地问,这又抢先说了克里要说的话。

"她寻找狄欧米多夫。有一个演员看见他在亚历山大洛夫斯基营部附近,而且说他已经不省人事,这狄欧米多夫。"

发尔发拉的高声招引了一群人在他们周围。一个戴草帽的男人,拿着一根小手杖,推开萨木金,正对着这姑娘的脸问道:

"真有一万人受伤吗?还有许多人发狂吗?"

他脱了帽子,几乎是兴奋地,大叫:

"好奇怪的灾难呀!"

克里回头去看，为什么马加洛夫不驱逐这白痴。但是马加洛夫已经不见了。

在她的房里，发尔发拉以一种突变的姿态，把她的帽子、钱包、阳伞和手巾散布在桌上和床上。她突然说道：

"他的脸被撕成碎片——他的舌头拖在一个伤口外面。我看见不下三百尸体。更多吧！这是怎么回事，萨木金？他们不能这样毁灭他们自己呀！"

她在房里摇来摆去，好像被一阵狂风所推荡似的。她似乎继续在寻求什么。她用湿手巾揩脸，从镜台上捡起梳子和刷子，而又立刻抛下它们。她敏感地舔嘴唇和咬嘴唇。

"我要喝酒，萨木金。我要痛饮！"

她的眼瞳呆钝而且茫然。她的肿眼皮倦怠地眨着，变为红而又红。她流泪，叫喊，扭着浸透泪水的手巾：

"他比一个母亲更亲近我——这样有趣的、亲爱的人。他的博爱是难能可贵的。在墓地上他们说学生们已经在挖坑，要人民起来反对沙皇。噢，我的上帝呀！"

萨木金越发困惑不安。他无法应付一个哭泣的女人，况且，他觉得发尔发拉的哀愁太过离奇，不像是真的。但是她已澄清她的情调，当女管家安弗梅夫娜回来以温和而认真的声调告诉他们她的故事的时候：

"他被抬到一个小教堂里，但是他们不肯放他回家。他们很恳切地请求乞里沙斯·伐西里里奇可以被送回家。'你们自己想想看，'他们说，'你们现在怎么能够举行一个葬仪呢，正在庆祝的时候。'"

忧郁起来了，这厨娘说：

"这是真的，发尔发拉。激怒沙皇有什么用呢？上帝保佑他们全体。这是他们的罪——而且这是他们的账。"

发尔发拉默默点头。要了茶，她走进她自己的房里，几分钟之后穿着黑衣服出来，头发也梳好了。她的脸，虽有悲色，到底较为镇静了。

喝茶的时候，克里看看他的表，惶惑地问道：

"但是你以为怎样——里狄会找到狄欧米多夫那家伙吗？"

"我怎么会知道呢？"她冷淡地回答，然后以一种久经世故的人的预言声调：

"我不赞成她对于他的态度。她不分开恋爱与怜悯，所以有一种可怕的大错误在等待她。狄欧米多夫使人惊异，人觉得为他忧愁。但是——爱这样的人是可能的吗？女人们爱强壮而勇敢的人——她们诚心爱这种人，爱得长久。她们当然也爱有特性的人。有一个德国学者说道：'要引起注意人必须变为偏执。'"

好像忘记了她的继父的惨死似的，她谈了里狄五分钟，苛刻地，因此克里猜想她并不爱她的朋友。他惊异的是她这样从容地一直掩藏着她对于里狄的反感，而他的惊异也使这绿眼姑娘在他的眼里高升了。然后她记起谈她的继父才是正经，而且她说他这一类人是过时了的，然而，这一类人究竟有某种美云云。

克里觉得他自己更惶惑不安。他分明以为：倘若他走到街上去寻找里狄，而不坐在这里喝茶，那对于里狄才算是聪明而有礼。但是即使现在就走也已经不合时宜了。

十一

天已经黑了，当里狄跑进来的时候，接着是马加洛夫扶着狄欧米多夫进来。萨木金觉得房里的各样东西似乎都发抖。而且天花板向下陷落。狄欧米多夫跛行着，一只手由一条破吊带悬挂在脖子上，包在马加洛夫的小帽里。他开始喘息，用并非他自己的声音说道：

"我早就知道……我本来不想……"

他的淡色头发纠结成团，好像羊毛似的，一只眼闭着在青色肿块里，另一只水汪汪地大睁着。他的衣服是破的，一条裤子中间裂开——

露出一个光膝头,而且这包在脏皮肤里的圆骨头正在抖颤,十分难看。

马加洛夫大为费力地使他就坐在挨近门口的一把椅子上——狄欧米多夫常坐的地位。这舞台道具管理员使他的摇动的脚稳定在地板上,然后用一只手刷刷他的头上的尘灰,开始咆哮:

"我说——他们全都应该被刺刀戳成碎片,他们才不会互相践踏。噢,天啊!"

"好,现在,我们怎么办呢?"马加洛夫突然问里狄,"要热水——要内衣。应该把他送进医院,不要到这里来……"

"安静些!否则出去。"里狄叫喊,跑进厨房去了。她的怒吼使发尔发拉一惊,好像乡下女人似的,迷惘地哼呼道:

"我们必须裁判,诅咒,惩罚……"

她看着狄欧米多夫,摸着她的头发,坐在椅子里摇来摇去,而顿着她的脚。狄欧米多夫也圆睁着一只眼睛看着她,而且叫道:

"各人有各人的本位!不可擅自越出!不动诱饵!不要糖果!不要纪念品!"

他的腿又开始跳动,地板上发出一种急促的嗒嗒之声——那膝头时时跳出他的裤子的破洞之外,他的身上散出大粪的恶臭。马加洛夫按着他的肩头使他坐下,然后对发尔发拉高声说出含糊的话:

"给我们内衣、手巾……叫喊有什么用!他们要受罚的,不要害怕。"

"各干各的。"狄欧米多夫叫喊。两行眼泪从眼里奔流下来。

里狄跑进来,推开马加洛夫,而且轻易地就把狄欧米多夫扶起来站着,引导他进厨房去。

"她亲自洗濯他,这是可能的吗?"克里问,厌恶地皱着脸,耸耸肩头。

发尔发拉摇摇头,把她的丰盛的红头发打散,披在肩上,哗地走进她的继父的房里去了。萨木金目送着她,想道,她早应该散开头发,而不是这时候。马加洛夫打开窗子，自言自语：

"我发现他们在大路上。这样站在那里怪叫，宣传：'他们全都应该被驱逐，被分散。'里狄劝他跟她走，他还是怪叫：'我恨你们一切人……'"

这城里有一种哗啦哗啦的声音，好像潮湿的木柴在最大的火炉里猛烈地爆出火光似的。

"今晚街上要放焰火吗？"克里问。

"当然不放，这一节取消了——你怎么能够想到要放呢？"马加洛夫愤愤地问。

"但是为什么呢？"克里回答，"这是祝典。倘若他们取消了这一节，那是愚蠢的。"

马加洛夫不说话；坐在窗上，他拔着他的髭须。

"狄欧米多夫疯癫了吧？"萨木金问，希望得到肯定的回答。马加洛夫并不立刻回答，后来他的回答也不安慰人心：

"不见得。有某几种人是终生住在疯狂的边界上，他是其中之一。"

里狄出现在门道里。她在他们面前跟跟跄跄，好像她曾经撞倒在门限上似的，一只手抓着门柱，另一只手掩住眼睛。

"我不能。"她说，摇摇荡荡，好像选择地方倒下去似的。她的上衣袖子一直卷起到肘部。水滴从她的湿衬衣上淋落到地板上。

"我不能。"她又说，声音很奇怪，有罪似的，而且显然惊奇的。

"去——洗他。"她乞求，双手掩着脸。

"来——你要帮助我。"马加洛夫对克里说。

裸体的狄欧米多夫坐在厨房里的地板上，前面是一只大盆。他用左手按着他的胸部。水从他的湿头发上淋下来，他似乎正在融化，分解。他的极白的皮肤上沾着粪秽，而且有青的和黑的伤痕与裂口，他用动摇不定的右手掬起水来泼在脸上和肿眼睛上。水奔流在胸上，并未洗去那污点。

"各个应该有他的余地。"他咕噜着,"彼此有一个距离,我并不是玩具……"

"他好像以撒[1]。"克里·萨木金想,但是立刻纠正他自己,"献给白痴们的祭品。"

厨娘安弗梅夫娜站在炉子旁边,观看着水怎样从一只水龙头里流出来,喷洒在一只锅里。

"这小伙子完全发疯喽,"她不赞成地说,斜眼看着狄欧米多夫,"他是简单的人,可是很软弱。任性使气。他乱浇水在里狄卡身上……"

萨木金听见一种怪声,好像马加洛夫磨牙齿似的。马加洛夫脱掉小帽,跪在狄欧米多夫前面,小心而且敏捷地洗着他,好像妇女洗婴儿似的。

萨木金忽然觉得怒火中烧:在这里,里狄也许会抱住这肮脏身体——或许已经抱过了吧?这念头迫使他离开厨房。他立刻向发尔发拉的房间走去,准备说几句话压倒里狄。

里狄坐在床上,一只手搂着发尔发拉,她正在使她闻着一只玻璃的小药瓶,灯光使它闪出虹彩。

"怎样?"她问。

"他正在洗他。"克里冷淡地回答。

"他觉得痛吗?"

"不,我不这样想。"

"发利亚,"里狄说,"我不知道怎样安慰任何人,总之,有安慰的必要吗?我不知道……"

"出去,萨木金。"发尔发拉叫喊,横倒在床上。

克里出去了,并未对里狄说话。

"她有这样苦痛的脸相。或许现在……她会好起来的。"

---

[1] Isaac,亚伯拉罕之独生子,曾被作为牺牲,奉祀上帝。(见《旧约》)

第十八章

一

路灯亮起来了,从短粗的铁柱上头的装着脂油的大浅盘里放光,冒烟。萨木金断定这些街上的光明是微弱的,而且甚至那灯焰也有某种迟疑之相。甚至这城市的喧嚣也并非喜庆的——它是郁怒的和怨愤的。沿着提夫斯基林荫道上聚集着几小群人。其中一群正在辩论:要放焰火吗?有人认定要放。

一个戴灰草帽的高男人自信地说:

"皇帝不会做胡闹的事。"

第三个声音尽力调解这些相反的意见,说道:

"焰火要延期到明天才放。"

"这皇帝……"

从树后面来了一声响亮的叫喊:

"他正在市政厅跳舞咧——这皇帝,这皇帝!"

每个人都看那一面。有两个断然向那声音走去。这使克里决定走开。他想:

"倘若沙皇已经去赴舞会,那就是说他有胆量——他是一个勇敢的人。狄欧米多夫说得不错……"

他走向斯推拉斯诺亚广场,经过一阵人言嘈杂,听见一些片断的言辞。有人大声说:

"呃,我嘛,我不愿死呀!"

"这家伙或许踏过别人的身上。甚至就是马拉可夫的身上。"克里想,但是,一般而论,他已经不能思想。他被太多印象所拖累。它们的沉重压坏了思想。他饿,他渴。

普希金纪念像附近有人在对集为一团的人们说话:

"……不,你们试想想我们的生活的整个秩序——例如,我们是被怎样管理着的呀?"

萨木金看看那演说家。由那鬈发,由那毛脸上的微笑,他认出他是睡在亚可夫·普拉东伊奇家的地下层的那唠叨角色。

"石头才是傻子……"

在广场里他遇见坡阿可夫,像一只鹭鸶似的走过去。萨木金勉强地在他后面叫道:

"你要到哪里去?"

坡阿可夫退后和他并行,用一种冷淡的低声谈着:

"我从早就走着——观察、倾听。我想要解释事情。但是这些人什么也不懂。可是事实是简单的——只要全体一致从(科登加)广场移动到克里姆林宫,那就好了!好像在布鲁尔斯,公众听了那先觉者的话,就从戏院移动去——去接受宪法……这是被允许给他们的。"

停止在一个小饭店门前,他提示:

"我们进这'避愁所'去吧。马拉可夫和我常来这里……"

当克里告诉他关于马拉可夫的事的时候,坡阿可夫叹息:

"事情或许更坏。他们说死了五千人。一旅人。"

坡阿可夫用一种窒闷的声音说话,他的脸似乎不自然的长。克里第一次注意到他的红上髭。"可惜他剃光了他的下巴。"克里想。

"就在前天,"坡阿可夫说,"一个商人,我是他的家庭教师,对我说:'我爱吃薄饼,可是我的熟人一个也不去世。'我问他:'为什么你必须他们死掉呢?'——他说:'为什么,因为丧仪中的薄饼滋味格外好。'现在他或许可以饱吃薄饼了……"

二

克里吃冷肉,用啤酒冲下咽,同时不注意地听着坡阿可夫的冷静的言语,这是几乎被这小店里的喧哗淹没了的。他听见了零碎的几句。一个穿黑衣服的男人,肥短而有须,正在叫:

"谁也不会利用国家的灾难来混用假钱……"

"这说得巧,"坡阿可夫赞赏,"我们说得好,但是活得坏。最近我读到台蒂亚那·巴西克的一本东西:'祝那些在生活中永不会做过任何或善或恶的事体的逝者们的尸灰安息。'你喜欢这个吗?"

"这是奇特的。"克里回答,嘴里塞得满满的。

坡阿可夫沉默了一会儿。他喝了一些啤酒,然后说道:

"在这里你有一种平静的失望……"

马拉可夫出现在桌子前面。他的面颊上包着一条白手巾,两个结子突出在他的鬓发之下的两只小耳朵上。

"我料定你会在这里。"他对坡阿可夫说,就坐在桌子前面。

他们交头接耳,交换私语。

"我妨碍你们吗?"萨木金问。坡阿可夫用眼角看着他,咕噜道:

"不要傻,你怎么能够妨碍呢?"然后,叹了一口气,他继续说,

"我告诉他马克思主义者们想要发传单,而我们……"

马拉可夫截断他的咕噜:

"萨木金,你熟识刘托夫吗?他是一个有趣的人。那庶务也是的。但是——他们喝酒何等野蛮呀。我一直睡到下午五点钟,但是以后他们把我扶起来,灌我酒!我逃跑,现在我漫游莫斯科。我已到过这里两次……"

他大咳了一通,蒙着脸,捧着肚子。

"我吞吃了满肚子灰尘——足够一生消受。"他说。

正和坡阿可夫相反,这家伙是随时都保持着唠叨情绪的。看看周围,好像刚才醒来不知身在何处似的,马拉可夫摘取这酒店闲谈中的片言只语,嘲弄地和默想地,说了一个关于他所听到的各个话题的故事。他有点伤风病,但是克里以为他的异常的,甚至有些惶恐的情绪不能单由这事实加以解释。

"倘若他因为被留存在活人之中而喜欢,那么,他所表现的欢乐是滑稽可笑的……或许他谈话只是因为要避免思想吗?"

"此地是闷人的,朋友们——我们到街上去吧。"马拉可夫提议。

"我要回家。"坡阿可夫不高兴地说,"我已经够了。"

三

克里并不想睡,甚且他宁愿从这一天的惨淡的动乱中移入别样境界。他向马拉可夫提示他们坐车到麻雀山去。马拉可夫默默点头。

"但是,你知道吗,"他说,一跳就坐在马车上,"那些闷死的,踏死的,最大多数是所谓白领阶层的市民和青年……是的,这是一个警察巡官,我的亲戚,告诉我的。我的同学,一个医生,也这样说。而且,我亲自看见。在生死斗争中,那些比较更简单的人们、朴质的人们顶能干……"

他咕噜了一些别的事,这是克里在那摇摆的旧马车的震荡和撞击声中不能听见的。他咳嗽,擤鼻子,把脸转向一面,而且当他们出了城的时候,他提议:

"我们步行吧。"

前面,在黑色的丘陵上,闪耀着那些小旅店的灯光,超过它们之外,在俯伏于不见的大地上的都市上空中,波动着火灾的红黄光辉。克里忽然记起他还不曾告诉马拉可夫关于乞里沙斯和关于狄欧米多夫的事。这使他大吃一惊。他怎么会忘记掉它呢?但是他立刻想到马拉可夫并不曾问过乞里沙斯,虽然他自己说过他曾经看见他在群众中。寻求着某种深情的言语,找不出,萨木金就说:

"乞里沙斯叔叔已经被踏死了。狄欧米多夫曾经受重伤,现在昏迷着。"

"不!"马拉可夫大叫,很镇静。他停住,默默地细看克里的脸,惶恐地眨眨眼睛:

"是吗——完了吗?"

克里点点头。马拉可夫,忽然身体衰弱而且面色惨白,踉跄走到路旁的一株树下。他倚靠着它,喘气:

"我不能走了。"

"你病了吗?"克里问。

"唉,你会笑我的,我觉得,"马拉可夫叫号,"但是我看见这样多!事情为什么会闹到这样呢?这是无法解释的呀!何等恶毒呀!人是怎样的野兽哇!"他似乎被踏倒和被打毁了。

恐怕这学生的两腿瘫软,克里抬着他的两肘,这时,马拉可夫敏捷地用手从脸上撕脱绷带,用它揩揩前额和两腮,而且擦擦眼睛。

"他哭咧。他哭咧。"克里对他自己说,"糟呀!他和坡阿可夫都是小娃娃!"这是出乎意料的,不能理解的。这使他愕然失措。这激昂的话匣子,这不倦的争论家,这时常大笑的家伙;这倔强的、漂亮的青年,这好像敏捷的乡下风琴手似的人,现在靠着一株歪扭的树哭泣得好像一个女人,在连续不断的一串嘴衔纸烟的蹙眉怒视的人们之前。一个容貌粗鲁的男人,站住小便了一分钟,同时仔细看看马拉可夫,欣喜地叫道:

"我说呀,学生,你必定吞吃了大量热水来制造眼泪!我希望我能够有这么多……"

"我知道叫骂是荒唐的。"马拉可夫含糊说。

不远的地方飞出一支火花,嘘地上升,噼地爆炸,引起儿童们高声欢呼。然后燃着一道蓝焰——光芒四射。马拉可夫的脸上染着一种不自然的白,水银似的,而又变为深绿,终于青紫,好像它被打肿了。

"那当然是荒唐的。"他重复,以敏捷得像兔子似的动作擦干他的面颊,"但是看着焰火,和人们的庆祝。他们全是些孩子,我告诉你!没有一个明白事理。没有一个明白任何事理……"

一个褴褛的汉子从克里旁边的地面上跳起来。

"不,他们很明白人民是傻子。"他低声说,髭胡子里露出微笑,这是克里熟知的,"他们对于人民是药剂师——他们知道怎样用小东西使人民安分。"

马拉可夫走向他,急促地,好像想要打他。

"他们使我们安分吗?谁使我们安分?"他高声谈起来,好像他从前在乞里沙斯叔叔的餐室里一样,而且,不过两三分钟,他被七八个模糊的人物所包围。他们站在那里,默默一致,一会儿转头看着猛烈的旋风,这风使那些小旅店似乎忽升忽降,忽明忽灭,一会儿又转头看着马拉可夫和克里。

"他说得勇敢。"有人在克里背后说。另一个声音漠然说道:

"一个学生——为什么烦恼呢?我们走吧。"

克里·萨木金让在一旁,恐怕马拉可夫的听众之一会揪住他的衣领,把他拉到警察局去。

他逐渐觉得安心。在马拉可夫的眼泪之中有着深深感动了他的某物。他看见那些泪是真实的，而且这些泪透彻地说明了坡阿可夫的沮丧，失掉他的斩截的词锋；也说明了里狄的惊惶和负疚的脸孔，当她用手掩藏她的难看的怪相的时候；也说明了马加洛夫的磨牙齿——克里不再怀疑马加洛夫曾经磨牙齿：他是必然要磨的。

这一切，都意外地明显，不论有关人们的意向如何，是真真实实的，而知道了这真实是增长见识的，好像看见过狄欧米多夫的裸露的、打伤的、肮脏的身体一样。

四

克里开始急步走回市内，热切的思想鼓舞着他和催促他：

"我是更为坚强的，我永远不许我自己为了这种事情在路上或别的什么地方哭泣。我绝不会流泪，因为我有太多自尊心。别人咬牙齿就因为没有自尊心。也的确因为这理由他们做怪相。他们全是些弱者。他们各个人心中都潜藏着尼卡也夫主义——对了，尼卡也夫主义！"

焰火飞升照明了教堂的金色圆顶。它们闪亮得好像消防队员的铜盔。家宅都好像一些土块，由一只巨大的犁头耕起来的，这犁头在地上掘出深沟，已经暴露了地里的金火。萨木金觉得一只正直的犁头也深入他的内心，掘起黑暗的疑难和恐惧。一个拿着手杖的男人冲撞着他，叫道：

"你瞎了吗？你要到哪里见鬼去……"

这冲突和这叫喊并未骇跑，或扰乱萨木金的思想进程。

"马拉可夫最可能想要结交那鬈发工人。何等愚蠢呀，梦想一次革命，在这为了争夺一小包最贱的糖果成千成万的人就互相践踏的国家里。他们自杀。"

这句话十分圆满地对萨木金说明了他并不曾愿想想的那灾难。

"他们互相踏毁了——而现在他们嚷叫着,赞赏焰火。马加洛夫说得对:人民不过是鱼子。为什么说这话的不是我而是他呢?……而且狄欧米多夫是对的,虽然他向来是愚蠢的。人们应该保持距离——然后他们更能互相了解。而且每一个应该各自单身奋斗的地位……而且,在一个对一个的战斗中,人们比较更容易被征服……"

克里咀嚼着最后这几个字的特殊风味。他低声重复了它们一遍:

"更容易被征服……"

一种不愉快的景象窜入他的记忆之中。在他的心里他看见一个酒醉的渔夫跪在厨房中央地板上,几只龙虾在地板上莫名其妙地乱爬,同时幼年的克里害怕得紧贴在墙上。

"龙虾就是刘托夫之流,庶务之流,总之,那些不正常的人们……图洛波伊夫之流,伊诺可夫之流。当然,他们在等待着那下等人亚可夫·普拉东伊奇的命运。所以他们定规是要灭亡的……怎么能够会是别的呢?"

萨木金觉得这一类人今天特别可恶。他必须把他们弄个明白。他们各个都要求特别看待,各个心里都怀着不适宜的、不分明的某物。好像弯曲多节的木柴似的,他们不肯一个挨紧一个平躺在一处,这是必要的,因为要使他超越他们。是的,一定要用某种粗绳子把他们捆在一处。这必要好像要明白棋局中每个棋子的运动一样。因此,萨木金的思想正在滑进古图索夫式里面。他开始走得更敏活,心里记着他想到这一点已经不是第一次了——除此而外他并未想到什么。

"那些捣乱的、失常的人们都各行其心之所安,各自表演着他所担任的小角色。我也有权在生活中得到安居之地……"凭了这点信心,克里觉得他自己是立场稳固的。

他保持着这种独立的坚定之感在他心里,一直到第二天下晚。这时他坐在里狄的房里,用一种轻薄俏皮的腔调告诉她前夜他所遇见的各种事情。里狄身体欠安。她发热,而且,虽然她的暗色的额上汗珠莹莹,她还是把她自己紧紧地裹在一幅朋塞斯基工厂出品的柔毛围巾里面。她的黑眼睛里充满了惊奇和惶恐。她往往好像勉强她自己似的回顾她的卧榻，榻上仰卧着狄欧米多夫，双眉倒竖，正在呆看着天花板。他是沉默的，然而张着嘴，而且他的烂脸做出正在大叫的样子。他穿着寝衣——两只大袖子爬在肩头上，好像折叠着的翅膀，披开的衣领暴露出他的胸膛。他的身体有着鱼似的冷气。他的颈上的深的伤痕就像鱼鳃。

发尔发拉，穿着拖鞋，披着揉皱的长衣，忽然出现。她的眼光惨淡。她听了一会儿克里的故事，又不见了，不过一会儿之后又转回来。

"我不知道要怎么办！"她说，"我没有足够的钱办丧事……"

狄欧米多夫稍稍仰起头，叫出一种咻咻之声："我要死了吗？"然后他挥开一只手，怒吼："我不会死的！滚出去……滚出去，你们全体！"

发尔发拉和克里离开了他。里狄留着，尽力安抚他。甚至克里到了餐室之后也还能听见那受伤者叫喊："把我送进医院……"

"我不相信他是昏迷的。"发尔发拉高声，"我不喜欢他，我不相信……"

里狄来了，双手捧着头。她默默地坐在窗前。克里问她医生说过些什么。里狄莫名其妙地看了他一眼，她的眼睛在暗影的眼窠里显得更亮些。克里重复他的问题。

"肋骨伤。手臂脱节。但是，严重的是神经错乱……他胡言乱语了一整夜，'不要践踏我！'他要求把人们赶开，互相隔离。为上帝的缘故，告诉我呀，这一切是什么意义？"

"一种固定的成见？"克里说。

这姑娘又看了他一眼，并不理解地，然后说道：

"我并不是说那个。不是说他。然而，我不知道我要怎样说。"

"甚至以前他就已不是正常的。"萨木金固执地说。

"有任何东西是正常的吗？互相践踏之后，又拉着手风琴，这算是正常的吗？我们的家宅外面，有人拉手风琴一直到天亮。"

马加洛夫进来，满身挂着包裹。他皱眉看着里狄：

"他睡着了吗？"

并不看他，也不回答，她继续低声说：

"'正常'是说使各样安静，是吗？但是生活变得更不安静了——更加动乱了。"

"正常的机体要求排除有害的和不快的激动。"马加洛夫开始怒骂，一面解开那些绷带和棉花，"这是生物学的定律。但是，因为无聊和无事可做，我们欣赏有害的激动，好像把它们作为消遣似的。而且真有些半白痴的……"

里狄跳起来，气闷地叫道：

"你竟敢在我面前这样说！"

"不在你面前——我可以说吗？"

她跑进发尔发拉的房里去了。

"歇斯底里的倾向。"马加洛夫说，"来呀，克里，帮助我装上冷布包。"

狄欧米多夫默默地和顺从地在他的手下转侧着。但是萨木金注意到这病人的空洞的眼睛避免看见马加洛夫的脸。而且当马加洛夫要他喝溴化物的时候，狄欧米多夫转面向墙。

"我不要。滚出去。"

马加洛夫并不很急地催促着他，眼睛望着窗外，不知道药汁从匙里淋落在狄欧米多夫的肩上。因此狄欧米多夫抬起头，歪扭着他的肿脸，问道：

"你为什么苦恼我呀？"

"你必须喝这个。"马加洛夫不耐烦地说。

小小的怒火闪现在受伤者的眼里。他吞掉药汁，吐在墙上。

马加洛夫站了一分钟，完全不像他自己，缩起肩头，拱着脊背，握响手指。然后，叹气，他对克里说：

"告诉里狄今晚我要守夜……"

五

马加洛夫走掉了。狄欧米多夫闭眼躺着，但是张着嘴，而且他的脸又在毫无声息地叫喊。人可以想到他故意张着嘴，因为要使他的脸有一种魔惑的、要死的气象。街上鼓声喧喧，震聋耳朵。几百个兵士的整齐步伐摇动地面。一只受惊的狗歇斯底里地吠叫。在这房里很不舒适，它也不整饬，空气被酒精气味化为窒闷。而且有一个半白痴的人躺在里狄的床上。

"甚或他身体康健的时候也在这里躺过的。"克里想。

他一惊，想象着里狄的肉体在这奇白的凉的怀抱中。他站起来，走来走去，毫无顾忌地大踏步。他开始更用力顿脚，这时他看见狄欧米多夫已经把青肿的鼻子转向他，已经睁开眼睛，说道：

"我不要他守夜——叫里狄来……我不喜欢他……"

克里·萨木金走近他，伸长颈项，用拳头恐吓他，很低声地说道：

"安静些，你这有福的虱子！……"

克里，在他一生之中，第一次经验到爆发怨恨的快意。他注视狄欧米多夫的惶恐的脸，他的圆睁的眼睛，以及他的手的摇动，那手正在移动枕头，同时他把头更用力靠在枕上。

"安静些，听见吗？"克里重复，然后走出去。

里狄坐在餐室里的长沙发上，双手捧着报纸，但是眼光从它上面望着地板。

"他怎样？"

"他发昏胡说。"克里活泼地说，"他害怕人。他胡说到虱子和臭虫……"

已经使人害怕，这人纵然卑微，也总还是一个人，萨木金觉他自己

坚强了。他挨着里狄坐下,勇敢地说道:

"里狄,我的最亲爱的,你必须放下这一切:这一切都不过是'想出来的'不必要的,而且会完结了你的。"

"嘘——嘘。"她悄声说,惶恐地扬起一只手,同时望望门口,于是克里,放低声音,看着她的疲乏的脸,继续说:

"离开那些无出息的,那些演戏的,那些污秽的人们吧,为了一种单纯的生活,为了一种单纯的爱……"

他说了一个长时间,并不完全明白他所说的话。由里狄的眼睛看来,克里知道她信任地和注意地听着他说。她甚至好像情不自禁地点点头。一道红晕闪现而又消失在她的颊上,好几次她负疚地垂下她的眼睛,而这一切都是增强他的胆力的。

"是的,是的。"她悄声说,"但是安静些!我觉他似乎是这样——异乎常流。但是,昨天,在污秽……而且我不知道他是一个懦夫。因为他是一个懦夫。因为他是一个懦夫。我觉得可怜他但是……那是另一回事。忽然证明了另一回事。我觉得很羞愧。我,自然,有错处……我知道那个!"

她迟疑不决地把手放在他的肩上:

"我总是犯错误。甚至你也并不是如我所想象的那样。"

克里想要拥抱她,但是她,闪避他,站起来,踢开报纸,走到通到发尔发拉的房间的那门口,静听着。

经过开着的窗子,从院子里爬进来一阵绞弦琴的吹管的咻咻的惨厉之声。或人的妒羡的和嘲笑的叫嚣也飘然而来:

"噢,但是承办葬事的人们吃着它的甜头了!"

"睡着了吧,或许。"里狄轻轻地说,从门口走开。

克里以事务家的腔调说道,狄欧米多夫应该被打发进医院去。

"至于你,里狄,你应该进学校。因你现在什么都不研究。你顶好是学习几种经常的功课。我们不需要演员,而需要文化人。你看我们的国家何等野蛮呀。"

于是他用手指着窗外绞弦琴懒悠悠地吹奏着一支新歌的地方。里狄若有所思地沉默着。向她告别,萨木金说:

"总之,记住我爱你。这并不使你负担什么义务,但是这是深刻而严肃的事。"

六

克里·萨木金飘飘然走在街上,并不让路给迎面而来的任何人。他的帽子偶尔被悬着的三色旗所轻弹。街上的人们有一种佳节气象。他们已经学会怎样一下就忘记亲朋的不幸。萨木金偶然瞥见他们的高兴面孔,这就增强了他对于他们的轻蔑。

"狄欧米多夫的畜生式地害怕人类是有些道理的……"

在一条荒凉的窄巷里,克里想到人可以抱着普里士的意见,带着里狄,很平静而简易地过生活的。

但是不久之后,普里士告诉克里关于彼得堡织工罢工的事——说得十分得意,好像这次罢工是他组织的,而且欢喜得好像谈论他自己的私人幸福似的。

"你听见过关于'抵抗同盟'的事吗?好,这就是它的工作。一个新时代开始了,萨木金——你瞧着吧!"

然后,用他的柔和的眼睛欣欣然看着克里的脸,他问:

"但是你正在思索达到理想的目的还有多少路程,是不是?那么相信我:工人阶级的路是任何道路中的最短的路。更为艰苦,但是更短。倘若我理解你,那么你不是唯心论者,你的路是这一条——艰苦,但是直接!"

萨木金觉得普里士这时常说着正确的纯粹俄语的人这回说出异样的语调,而且在他的高兴之中人听出异族的敌意,这异族之人受了伤害,想要对俄罗斯加以报复。

这是时常如此的,普里士之后马拉可夫就会接着出现。这两个人显然生活在两个邻接的圆圈里。各自循环在各人的成语圈子里,可是,在两个圈的接合点上,他们时常不期而遇。他俩共同在思想上造成一个8字。这是可疑的,引人猜想到马拉可夫和普里士的言辞的遭遇战有一种示威性质,这游戏是要表示给别人看他俩自以为是何等优越呀。至于坡阿可夫,他已经变为更缄默;他少辩论,也不那样时常弹大弦琴,而且,全身有些憔悴之相,干枯了。这或许是因为马拉可夫显然和发尔发拉变为更加亲热。

在她的继父的葬仪中,马拉可夫挽着她的手,引她走在坟墓之间,而且偏头向着她的肩颈,小声私语。她向周围看看,像一匹饿马似的摇摇头,而且有一种暗淡的、惶恐的怪相展开在她的脸上。

在发尔发拉的家里,在茶桌前面,马拉可夫坐在她身旁。她吃她所爱好的果酱,用手掌拍着一本破书,斯蒂卜尼牙克-克拉弗秦斯基作的《地下的俄罗斯》,慷慨说道:

"我们需要千百个英雄来唤起人民为自由而战斗。"

萨木金妒羡马拉可夫的热烈的辩才,虽然他觉得这人是在用散文复述拙劣的、单调的诗词。发尔发拉默默听着,噘着嘴,她的绿眼睛看着铜茶炊,好像那茶具内面有人坐在那里赏鉴她似的。

使人很不愉快的是里狄对于马拉可夫的言辞的注意。她的两肘支在桌上,她的额颅夹在两手之间,她用一种读书的眼光看着那学生的圆脸,好像他是一本书似的。克里恐怕这书使她觉得太有趣,超过它所应得之分。有时里狄听着苏非亚·庇洛夫斯卡牙[1]或维拉·菲妮[2]的故

---

[1] Sophia Losovna Perovskaya(1853—1881),人民自由党女领袖,恐怖活动的主持者,曾暗杀亚历山大二世,后被处绞刑。
[2] Vera Nikolaevna Figner(1852—?),人民自由党女领袖,颇为著名,于一八八四年判处死刑,旋改流放。

事，就会微微张开嘴，露出一行细牙齿。当她这样做的时候，克里觉得她的神气是不可理解的——有时甚至是十分犷野的，好像她是森林中的一只半人的不驯的畜生似的。

"教育女英雄。"他想，随时被迫着想要插几句冷话在马拉可夫的发热的言辞里。

"这些麦克比们[1]毫无成就地死掉了。而我们需要的是有所成就……"

但是这丝毫不曾冷却马拉可夫；恰恰相反，他甚至更加燃烧起来。

"是的——有所成就！"他大叫，"但是在哪一类斗争之中呢？在为了五个戈比克而斗争之中吗？或者是为了吃得更好而斗争之中呢——哪一类呀？"

做出报仇的姿态，他当着姑娘们指责克里，而且像花炮似的炸了。

"他以为天下是单由饥饿统治着的，只有为面包而斗争的法则支配一切，其间没有爱的地位。在唯物论者看来，一种不顾利害的伟业之美是不可思议的；吉诃德先生[2]的圣洁的狂热是可笑的；普罗米修斯[3]的照耀万古的博大坚忍也是可笑的。"

马拉可夫的抒情诗的声调有一种可厌的低诉的音节，当他说出弗拉杜西诺、襄胡斯和马桑尼洛这些殉道者的姓名的时候。

"不要忘记赫洛斯托拉土[4]。"萨木金恼怒地说。他往往惊异地听着他自己所说的话，在惊异之中听不见对方的咆哮。

"但是倘若那些著名的狂人全是有意发挥赫洛斯托拉土主义的呢？"

---

[1] 古犹太领导宗教叛乱之一族。
[2] 西万提斯的小说的主人公，迷信游侠主义，至死不悟。
[3] 见希腊神话，曾盗天火给人类，触怒大神宙斯，被压于高加索山下，日命一鹫啄食其内脏以苦之。
[4] Herostratos （356B. C.），曾放火烧伊菲苏士的狄安娜神庙，因为要使他的名字不朽，因此，许多跑差跑遍希腊，宣布"把赫洛斯托拉土之名永远从人的记忆中抹去……"

他开始考虑，"或许许多人毁坏神庙都只为要建立声名在那些残灰之上吧。当然，也有些人毁坏神庙是为——像基督似的——要在三天之内重建它们。但是他们并未重建它们。"

"你应该听见过我们所遇见的那工人所说的话——你记得吗？……以及他是怎样说的。"

"我记得。"克里说，"那就是当你……"

马拉可夫的耳根都红了，他在椅子里一跳：

"是的，的确的！当我正在哭的时候——是的！或许你以为我是羞惭那些眼泪的吧？倘若你这样想，你就错了。"

"好，那算什么呢？"克里反驳，耸起肩头，"你以为我怎样想都没有关系。我并不打算开我的思想的展览会……"

七

交换了六七个回合的反驳，好像互相抛置岩盐和铅块似的，然后他们沉默了，由于姑娘们的劝解。马拉可夫和发尔发拉出去之后，克里问里狄：

"那么，现在，她要表演庇洛夫斯卡牙的角色喽？"

"不要发狠。"里狄说，沉思地望着窗外，"马拉可夫是对的。因为要活，英雄是必需的。这是连马加洛夫也懂得的，他说：'没有可以承受结晶的基地就没有结晶的东西！'"

"他还在和你恋爱呀。"克里说，斥责她。

"我不明白为什么，他是这样……他有道理……不，不要动我。"她说，当克里想要抱她的时候。"不要动我。我为马加洛夫发愁，有时我恨他，因为他只引起我的怜悯。"

里狄走到镜子前面，以克里所不能理解的一种态度仔细研究她的面孔，沉静地继续说：

"爱也需要英雄性格。可是我不能够是一个女英雄。发尔发拉能够。对于她,爱正是另一戏剧。某人,某一无形的观客,以明澈的鉴赏力注视着人与人怎样酷烈地相爱,怎样渴望相爱。马拉可夫说这观客是自然。我不明白……马拉可夫也似乎除了人必须爱这事实而外并不明白什么。"

克里已经不再想动她。这使他大为惊骇了。

时候还不晚,太阳刚落下,它反映在教堂圆顶上的红光还不曾消褪。一阵云雾正从北方冉冉而来,他听见雷声——好像有一只熊用它的软脚爪悠悠踏过铁皮屋顶似的。

"你知道吗,"克里听见,"我早已不信上帝,但是每当我觉得某种羞辱,看见某种罪恶的时候——我就想起他,奇怪吧? 真的,我不知道我的将来怎样!"

克里对于这种论题完全不能交谈。但是他尽其所能地说道:

"为了丰富国家文化,时代要求坚忍地专心劳作……"

他停住,因为这姑娘把双手放在脑后,看着他,她的黑眼睛里闪出一种微笑——这种笑又使他胆怯,而它原是久已没有这样效力了的。

"你为什么这样看着我?"他问。里狄很澄静地答道:

"我以为你并不相信你所说的话。"

"但是为什么呢?"

并不回答,一分钟之后她说:

"要下雨了。要下大雨。"

克里认定她要他走。

两天之后,当他又去访里狄的时候,他遇见发尔发拉在林荫道上,穿着白衬衫和窄小的粉红外衣,帽子上有一根红羽毛。

"你要到我们那里去吗?"她问,同时克里注意到她的眼里的嘲弄的笑意,"嗯,我现在要去梭科尼契区。想要跟我去吗? 里狄吗? 怎么,昨天她就回家去了呀——你不知道吗?"

"去了?"萨木金问。机警地隐藏起他的恐慌和烦恼,"她原来打算明天才去的"。

"我不相信她有去的任何打算,她突然走掉只是因为狄欧米多夫写了一封短信给她,发牢骚。"

克里听着她的鸟叫似的唠叨,沉没在车轮马蹄的骚乱之中。

"你自己也快要回去了吧?"

"是的——后天。"

"你正是去告别吗?"

"当然。"克里说,同时想到,"我要对你永远告别,你这衣冠华丽的蠢货"。

八

真该回家了。他的母亲写了几封信给他,写得异乎平常地长。她含蓄其词地赞扬斯庇伐克这妇人的事业精神。她通知他说伐拉夫加正在忙于筹备一家报纸。在信的末段上她又发牢骚:

"家务的麻烦也已增多,自从台尼亚·古里科伐死后。这死来得出乎意料,也不可解。有时,谁也不明白为什么某种玻璃会破裂,甚至当并没有人去触动它的时候。她拒绝忏悔,也不肯吃临终圣餐。种种偏见很深地生根在像她这一类人的心里。我认为不信上帝是一种偏见。"

克里的记忆里出现了一个毫无色彩的小人影像,这人不怨恨任何事物,不要求任何事物,终身服役于比她更强的人们。想起古里科伐是有些悲凉的。这奇异的生物,没有哲学化,没有装饰自己的言辞,也没有自利的贪欲,对于任何事物——人可以赖以安生的事物。

"这是基督的性质。"克里想,"一个理想的基督徒。"

但是他立刻推想到他必不可以停止在这墓志铭之前。因为甚至于动物——譬如狗吧——也能服役于人们,忠心耿耿的。自然,像台尼亚这种人是更有用的，比之在污秽的地下层宣讲木石之蠢的人们。也更必要的，比之狄欧米多夫，但是……

他没时间追究到底，因为，从走廊里传来了他的邻居沉重的步声和鸽鸣似的言语。这邻人是一个三十多岁的胖子，时常穿着黑衣服，黑眼睛、青下巴，他的浓黑的上髭是剪短了的。而为鲜红的厚嘴唇所加强。他自称为"木制乐器演奏专家"，但是萨木金从来不曾听见过这人吹过箫、笛，或筚篥之类。这一身黑衣的汉子过着一种神秘的夜生活。他睡到中午，起来就打牌，一直到晚间，用一种单调的低音唱着这永远不变的俗曲：

他为什么跟着我，
去到各处寻找我？

到了下晚他就出去了，手里拿着一根短粗的手杖，他的圆顶高帽低压在他的眼睛上，而且，不论何时，只要在走廊里或街道上遇见这人，萨木金就想到特务和牌骗子必然有这样外貌。

现在，经由微开的他的房门空隙里，窥看走廊里面，克里望见那黑汉把房东太太的美丽的小妹妹塞进他的房里，好像塞一个枕头进箱子里似的，而且用鼻音咕噜着：

"你怎么能逃避我呢，呃？你为什么逃避我呢，呃？"

克里·萨木金砰地关上门，算是抗议，坐下在床上，轻吹鼻子；忽然心开意活，由于一种幸运的猜想：

"你怎么能逃避呢？"他重复了那"木制乐器演奏专家"的劝诱之词。一天之后，他坐火车回家，坚信他曾经愚蠢地对待里狄——好像一个学童似的。

"'爱需要一种姿态。'"

无疑地，里狄逃避他——只有这，他认定，才能解释她的忽然走掉。

"有时生活提示我们巧合的意见。"

九

他的母亲用一些急促的抚爱迎接了他,立刻就和盛装的斯庇伐克太太坐车走了,据说她要去邀请省长参加开学典礼。

在餐室里吃早饭,伐拉夫加坐着,穿着镶金边的中国蓝袍,戴着紫丁香色的鞑靼小帽,他玩弄着他的胡子,有意地哼了一声,说道:

"我们生活在几种极端的三角关系里。"

在他对面稳坐着一个秃头老人,两肘摆开在桌面上,一张大脸,软鼻子上架着很威势的眼镜;穿着灰色燕尾服,"幻象"式的有色衬衣,用一条黑绳代替了领结。他默默地专心吃着。伐拉夫加对克里说了一个暧昧的长名字,说道:

"我们的主笔。"

然后他照常毫不费力地发议论:

"三角的各边是官僚、再生的民粹派和马克思主义者——在处理劳工问题上……"

"我完全同意你。"主笔说,把头向前一伸;那黑绳的小璎珞就从他的背心里跳出来,拖在他的盘子上。主笔急忙用他的笨重的红手指把它们塞回原处。

他吃得津津有味而且谨慎之至。他仔细察看冷肉和火腿是否切得均匀。他苦心切去略长的部分,用叉子叉起两片,而且,在送进嘴去,放在钝重的大牙齿之间以前,他把它们抬高到和他的眼镜平行,研究着这些两种颜色的肉片。他甚至吃黄瓜也十分小心,好像它是鱼似的——好像预防黄瓜里面有骨头似的。他慢慢地嚼着。他的颧骨上的灰毛都直立起来。他的下巴上有一撮紧密的胡子,修剪整齐,一上一下地移动着,当他嚼的时候。他给人一种坚实可靠的印象，这种人不论做什么事都是和他吃东西时候同样谨慎和准备的。

伐拉夫加的紫脸上的快活的熊似的小眼睛亲切地考察着那平滑的高前额，那发光的秃块，以及那浓密的、丝毫不动的灰眉毛。克里觉得主笔的庞大的脸上的最显著的东西是他的下嘴唇，紫颜色，向下悬垂着，好像它的所有者的感情受了伤似的。这奇特的嘴唇使他有任性的表情——小孩坐在成人群中，自信受了不公的惩罚，就常把嘴唇噘成这种讨厌样子。

主笔说话不慌不忙，很分明，略微口吃；这好像在各个母音之前加上省略符号似的。

"这就是说：《俄罗斯新闻》，毫无学院气，而且，如你所说，以注重当地文化的真实需要为宗旨，是吗？"

"是的。是的！"伐拉夫加说，而且吸了一口气。

什么处所，就在身边，一声霹雳破空而来，好像一颗加农炮弹打在木房子上。主笔不赞成地看着窗外，告知他们：

"一个极其多雨的夏季。"

克里起来，关好窗子。一阵倾盆大雨就暴乱地猛打着窗玻璃。在雨水喧闹声中，克里听见这断片言辞：

"我们要请一个有经验的短评作家——那就是鲁滨生，一位名家。我们需要一位文艺批评家——一位平正通达的人。我们必须批评当代文学的恶劣倾向。但是我目前没有这样一位撰稿人。"

伐拉夫加注视克里，而且问道：

"呃？你以为如何，克里？"

克里默默耸动肩头。他觉得主笔的嘴唇似乎悬垂得比以前更严重。

咖啡来了。在雷声殷殷和豪雨怒打声中，钢琴的音韵从楼上飘然下降。

"来吧，现在，试试看吧？"

"我要考虑一下。"克里平静地回答。

各样事物对于克里都似乎已经是无趣的和多余的。伐拉夫加、主笔、雨和雷。某种力量把他提起来,正在引他上楼去。当他走去到楼口的时候,那里的镜面显示给他一张苍白面孔,严酷而恼怒。他摘掉眼镜,用手掌使劲擦擦面孔之后,他发见他的脸已经变为更柔和、更有诗意了。

十

里狄坐在钢琴前面,正在弹《索尔雅之歌》。

"噢,你来了?"她说,伸出一只手。全身穿着异常窄小的白衣服,她微笑着。萨木金觉得她的手不自然地温暖,而且抖颤。她的灰眼睛有一种亲切的表情。她的上衣的领子是披开的,露出大部分她的微黑的胸膛。

"在雷雨之中音乐异常激动人。"里狄说,并不缩回她的手。她也说了别的几句话,但是克里并不听她。他非常容易地把她抱起来,迟钝而严厉地问她:

"你为什么走得那样突然?"

他曾经想要问她跟这完全不同的事,但是他不曾找到那言辞。他动作得好像在漆黑的暗夜之中。里狄向后退却。他更用力抱住她,而且吻她的肩头,她的胸部。

"你好大胆。"她说,用双手双膝推开他,"你好大胆,现在……"

她挣脱她自己。克里,跟跄了一下,坐在钢琴前面,伏在琴键上。战栗之波震摇着他,发抖了,他期待着颓然倒下。里狄远立在他后面;他听见她的怒声,她拍桌子。

"我疯狂地爱她,"他劝勉他自己,"疯狂地。"他坚持,好像他正在和某人辩论似的。

然后，他觉得她的手轻摩着他的头——听见她惊惶地问：

"你是怎么一回事呀？"

"我不知道。"他回答，双手搂住她的腰，把脸贴在她的腰上。

"噢，我的上帝。"里狄温柔地说，不再试行摆脱她自己。她似乎更靠紧他，虽然她已经是不能更紧的了。

"我们做点什么事呢，里狄？"克里问。

她小心地从她身上解开他的手臂，她出去了。萨木金在醉眼蒙眬中追随着她。在他的母亲的房里，她站住，两手下垂，头向前倾，好像做祷告似的。雨更凶猛地拍打窗子。人听见滔滔滚滚，好像水从槽里往下奔流。

"出去，请。"里狄说。萨木金起来，走近她。看情形，她好像是要另外一个人出去似的："我请求你——出去！"

说了几句话之后，实行的事情是顺利的、简单的，而且时间异常之短——好像不过几秒钟。萨木金站在窗前，惊异地回忆着他怎样抱起这姑娘，她怎样仰卧在床上，怎样用她的手掌摸着他的耳朵和前额，说了几句什么话，以及怎样用一种茫然的注视望着他的眼睛。

现在，她站在镜子前面，整理她的衣服、她的头发。她的手抖颤，她的眼睛，以及它们在镜面上的映影，都是大睁着的，没有爱怜，充满惶恐。她咬着双唇，好像她正在忍住痛苦或眼泪。

"我的最亲爱的。"克里对着镜子小声说，觉得他自己心里既没有欢乐也没有骄傲，也不感觉里狄已经更接近他，而且不知道他自己必须如何行动，应该说些什么。他现在看见他是错误的——里狄望着他的神气并不是惶恐的，而是疑问的，略带惊奇。他走去抱着她。

"放手。"她说，然后去整理揉皱的枕头。这时，他又走到窗前，向外瞻望，透过浓厚的雨幕，望着叶子在树上发抖，望着灰色的小水球在屋顶的铁皮上跳跃。

"我有毅力，我想要，以至我得到。"他回想，觉得必须安慰自己。

"去吧。"里狄说，用同样惊疑的眼光看看那张床。萨木金走了，在默默地吻了她的手之后。

一切事情都出乎她的想象。他觉得他已经被欺骗。

"但是，那么，我所期待它的是什么呢？"他问，"这应该是和我跟马格里它或尼卡叶伐所经验的纯然不同的呀？"

他终于得到自慰之道：

"或许它总是这么一回事……"

但是这安慰并不长久，接着就来了一种恼人的思想：

"她真好像给我一种布施似的……"

第十九章

一

到了他自己的房里，他锁门，躺下，一直到晚茶的时候。当他走进餐室的时候，他发见斯庇伐克太太像一个哨兵似的在那里踱步——分娩之后清瘦了，漂亮了，奶包比以前更大，她以一种老相识的亲切的平静之气迎接他，说道克里已经失掉许多体重，然后转身去对维拉·彼得洛夫娜说话，后者坐在茶炊面前：

"有十七个女孩和九个男孩，而我们需要三十个学生……"

从她的肩上，经由手臂到手腕，飘流着一种珍珠色的轻纱。她的手臂的皮肤，透露过它，似乎油光光的。她比里狄更美到不能比较的程度，这激怒了克里。她的医生似的和事务家似的言辞也是可恼的，况且她比维拉·彼得洛夫娜更年轻十五六岁，而她和后者说话好像她是长辈似的。

当他的母亲问克里是否伐拉夫加曾经要他编辑文人评传的时候,斯庇伐克太太不等克里开口,立刻说道:

"你记得吗?这也是我的意见。他有担任这种任务的一切必要条件:被谨慎所制约的批评的心眼和良好的鉴赏力。"

她说得很亲切而严肃,但是在她的措辞之中克里想象着他觉得某种轻蔑。

"是的,是的。"克里的母亲响应,点头,而且用她的舌尖舔舔她的瘪嘴唇,同时克里仔细审察着斯庇伐克太太的回春的面孔,正在想:

"她想要从我这得到什么呢?母亲为什么变为她的这样亲密的朋友呢?"

一道金色阳光射入窗内。斯庇伐克太太闭住眼睛,仰头向后,变为静默,微笑着。里狄的琴声分明可听。克里也保持沉默,从窗里望着红色烟云。各样都朦胧了,除了一件事而外:必须娶里狄。

"我似乎太过急躁。"他忽然对他自己说,觉得在决定结婚之中有些勉强。他几乎说出口来:

"我弄错了。"

这可以说是对的,因为他已经不再觉得那长久激动着他的对于里狄的迷惑,那是并不热烈然而绵长的。

里狄不来喝茶。晚餐时候她也不出现。有两天之久,萨木金坐在家里,专心等待着里狄随时会来看他,或者叫他去看她。他没有自动去看她的决意,而不去是有所借口的。里狄曾经宣布她有点小病——茶饭都要人送到楼上给她。

"这健康病,或许,她仇视人群的老毛病又发了吧。"克里的母亲说,叹气。

"在这时代的青年中我看见一些怪人。"她继续说,撒糖在她的草莓上,"我们这辈人生活得更简单,更欢乐,当我们更年轻的时候。那时闹革命的人是带着诗歌去的,并不带数学去……"

"得了,太太,数学并不比诗歌低下。"伐拉夫加嚷嚷,"你不能用歌唱去使沼地干燥……"

吸了一点酒,他皱起脸,做出漱嘴的样子,咽下酒,然后,稍一思索,说道:

"但是我们的后辈也真……有些古怪!厢房里,住着音乐家的地方,有一个常来的青年是你的熟人,克里。他叫什么名字?"

"伊诺可夫。"

"对了!一个奇怪的小伙子。我从来不曾见过这样的人,对于每件事和每个人都觉得他自己是陌生者,到这样程度。简直是外国人。"

然后,仔细观看克里,眼里现出颇为亲切的微笑,他问:

"但是你——你不觉得你自己也是一个外国人吗?"

"在可能发生科登加事件的帝国里。"克里恼怒地说,因为他的妈和伐拉夫加都变为他所讨厌的人了。

恰恰在这时候,里狄出现了,穿着奇特的黄色小长袍,使克里想起洛斯蒂[1]所画的女人的祭服。

她在一种异常兴奋的情态之中,嘲笑着她自己的健康病,她靠紧她的父亲,很高兴地告诉维拉·彼得洛夫娜说这小长袍是阿连娜从巴黎寄给她的。在克里看来,她的兴奋是可疑的,增强了这两天以来的他的紧张心理。他期待着里狄说出或做出什么非常的事——或可耻的丑事。但是,她照常毫不注意他,只有在她临要上楼之前,才小声对他说:

"不要锁你的门。"

承认这小声私语惊骇着他,这是在克里的尊严之下的。但是他害怕到双脚发抖,他甚至跟跄了一下,好像挨了一拳。他确信到了夜里他和里狄之间就要发生某种戏剧性的事,伤害他的危险事。怀着这种信念,他走进他的房间,好像犯人被押上拷问台似的。

---

[1] Gabriel Rosseti (1783—1854),意大利诗人、画家。

二

里狄使他等了一个长久时间,几乎一直到黎明。当初夜色轻淡,但是窒闷。经过开着的窗子,从花园里来了泥土、花和草的潮湿气味。然后月亮消失,而空气变为更加潮湿,深染着暗蓝的混浊之色。克里·萨木金,半裸着,坐在窗前,倾听着那寂静,偶尔因为夜间的某些莫名其妙的声响,一耸肩头,好几次他自信地告诉他自己:

"她不会来了。她已经改变心思。"

但是里狄来了。当房门悄然打开,一个白色人影出现在门道里的时候,他站起,走去会她——听见了恼怒的私语:

"关窗子——关起!"

房间里满是一片漆黑,而里狄已经消失在它里面。萨木金伸开双手,去寻找她——但是找不到她,就擦燃一支火柴:

"不要呀!你敢!不要亮光。"他听见。

他刚好借这闪光看见里狄坐在床上,正在急忙解开她的衣服——她的手飘忽地乱动着;他挨近她,跪下去。

"快点!快点!"她小声说。

在一无所见的黑暗之中,她无耻地发狂了。她咬他的肩头,她呻吟,而且喘息着要求:

"我要经验……经验……"

她像一个富有经验的妇人似的挑起他的性欲。她比营业式的和机械的马格里它更为生动;比饥饿的、无力的尼卡叶伐更有浪劲。有几次他觉得他就要昏迷过去,心搏就要停止跳动。有时以为她正在哭泣。她的热得不自然的肉体好像因为抽噎而抖颤着,默默无言。可是他并不信这真是哭泣,虽然从此之后她不再哑声私语:

"……经验……经验……"

他不知道什么时候她走掉。他睡熟了，好像被杀死了似的。第二天他整天好像在一个梦中，相信而又不相信昨夜所做过的事。但只明白一件事：昨夜他经历了非常的事，不曾经验过的事，而且不是她所期待的，不是他所想象的。过了这样疯狂的几夜之后他才确信这是事实。

甚至在那回事的时候，里狄也从来不曾在他的怀中失掉她的自我意识。她从来不告诉他尼卡叶伐说得那样流利的亲热话。就说马格里它吧，纵然她的抚爱是粗俗的，其中也还有些柔情，有些感激。里狄闭着眼睛蛮干，孜孜不倦，但是没有欢情，而且皱着眉头。一道恼怒的皱纹把她的高前额分为两半。她避免接吻，紧闭着嘴，把脸转向一边。当她张开她的长睫毛的时候，克里就看见她的眼里闪出不快的光芒。这一切不再使他胆怯，不再冷却他的色欲，但是每一幽会都使他更加炽烈。然而他觉得里狄的固执问话日益成为扰乱和妨碍。当初她的问话不过是幼稚可笑，克里一笑了之，想到中古情史里的那种粗陋的香料。后来，这幼稚逐渐具有犬儒主义的性质，而且克里开始觉得这姑娘的言辞后面潜伏着一种顽强的企图，努力想要探索他所不知不问的某物。他随意想到里狄的这种渴望是由于读了一些法国小说，而且她不久就会厌弃它的，会安静的。但是里狄并不厌弃，恳切地看着他的眼睛，她用干燥的私语问他：

"你感觉到什么？没有想要这种感觉的欲望你就不能活下去——你就不能——是不是？"

他劝勉她：

"人恋爱不必讲话。"

"因为不要说谎吗？"她问。

"沉默并不是虚伪。"

"那就必定是怯懦。"里狄说，而且重新又问他：

"当你觉得快活的时候——这使你特别了解我吗？你心里有什么变化，在念着我的时候？"

"当然。"克里回答，还是不行，因为她又问：

"但是怎么样？什么路道？"

他不能回答这些问题，于是，有些烦恼，觉得这不能使他在这姑娘的眼里更小了，他又一想：

"或许她的盘问只是因为要使我降低到她的水准吧？"

"算了吧，请。"他说，不再温和了，"这些问题是不合时宜的——它们是孩子气的。"

"好，孩子气怎样？你和我从前都是孩子呀。"

三

克里开始注意到她心中有些类似贤明的空想，这种思想他也曾在某一时期身受其苦。有时她忽然陷入半迷状态，寂然不动地躺着，一分钟或两分钟，或五分钟。在这种时候，他休息着，更加固执地以为里狄不是正常的，她的一阵疯狂不过是作为交谈的序幕。她胡乱地爱抚他。有时，甚至好像她是在凌辱她自己，刑苦她自己。但是，这样闹了一阵之后，克里看见她的眼睛敌对地或疑惑地望着他；他注意到她的眼瞳发射凶焰的次数越来越多。于是，因为要熄灭这火花，克里又抚爱她，勉强地和自觉地。但是有时他也想要使她痛苦，报复那凶焰。有一次他觉得她似乎是幽灵的、不可思议的。这想起来就很难为情。他开始想到这确是他曾经想要根据深挚的友谊创立特殊关系的那女子呀。确是她，只有她，她应该能够帮助他发现他自己，使他站稳在某种立场上。是的，他所寻求的不是她的情爱，稀奇古怪，而是她的友谊。所以现在他又被欺骗了。他企图引起她对于他的性的经验，对于他的思想发生兴趣，而他所得到的答复是沉默，有时是激怒他的一种冷笑或轻蔑，消灭了他的言辞的萌芽。

他觉得里狄自己也害怕她的冷笑，害怕她的眼里的凶焰。每当他点

起灯的时候,她就要求:

"灭掉它!"

于是,在黑暗中,他听见她小声说:

"那么——这便是一切了吗?对于任何人都是同样的事吗:对于诗人,对于车夫,对于狗?"

"听着,"克里说,"你是颓废派。这一切,以你的情形而论,全是丑陋的……你不记得《孤寂之夜的祈祷》了吗?……"于是克里背诵:

> 我们是可怜的生灵,
> 心烦意乱于深不可测的死渊之上,
> 孤立于渺渺茫茫的夜里,
> 风波的玩物正在喃喃怨语。
> 我们的呼声沉入死寂;
> 荒凉之夜,一切神灵都是聋哑的;
> 可知的结局总不过是:
> 风吹烛焰,闪烁而灭……
> 无限空虚;虽然意冷心灰,
> 还是必须振奋;
> 我们所渴求的不是安息也不是仁慈,
> 只是一件:
> 要感觉在黑暗中有翼[1]在我近旁鼓励,
> 要感觉一个心窝贴紧在我的胸膛,
> 而且知道它的搏动谐和于我自己的……

"但是,克里,难道这不能满足你吗?难道罗密欧、朱丽叶、怀色、

---

[1] 传说,天使和爱神都有翅膀。

阿比拉、曼农之流不全都是为这而死的吗?"

"我不是浪漫派。"萨木金声辩,并且对她重复说,"以你的情形而论,这是堕落的。"

于是,她问:

"我是可怜的——是吗?我缺乏某种东西吗?告诉我我所没有的是什么?"

"单纯。"萨木金回答,不能有别的回答。

"在猫群里所发现的那种单纯吗?"

他不能断然对她说:

"你把你所有的那种猫所有的东西过度发展了。"

激烈的,甚至凶狠地玩弄她,他默想着要她:

"流泪吧!流泪吧!"

她呻吟然而不哭,而克里又一次几乎忍不住要羞辱她、欺侮她,使她流泪。

有一次,在黑暗中,她开始盘问他第一次占有女人的时候的经验。想了一下之后,他回答:

"害怕。而且——害羞。你呢?这里,上面?"

"疼痛而且退缩。"她立刻回答他,"在这里我经验到害怕,当我自动来找你的时候。"

保持着沉默,而且离开他一点,然后她说:

"那甚至不是害怕,而是比害怕更严重的事。那是和死一样的。或许人在生存的最后一分钟才会感觉如此的,那时不再有什么痛苦,而只是往下沉没。逃入不可知,逃入不可思议。"

然后,又一度沉默,她小声说:

"而且有一个时间,某种东西死了,我的心里的某种东西毁灭了。某种希望之类。我——不知道。然后——看不起我自己。不是怜悯。不——那是轻蔑。那是我哭的理由——你记得我哭吗?"

可惜他不能看见她的脸,克里也保持沉默了一个长时间,在他能够发见这些不算愚蠢的话之前:

"以你的情形而论,这不是恋爱,而是一种恋爱的研究。"

她灵敏而顺从地小声答道:

"抱着我。更紧些!"

有几天之久,她是驯服的,并不问什么,而且甚至似乎对于性爱也有节制。但是此后萨木金又在黑暗中听见她的可怜的盘问:

"现在,你可承认了吧,这在男人是不满足的!"

"那么,你要求的是什么呢?"克里想要问,但是忍住他的恼怒,不曾问。

他觉得"这"对于他是充分满足的了,只要里狄不说话就万事如意。他的爱抚并不乏味。他自己惊异地发觉在这样疯狂生活中的他的体力,而且认识这力是由里狄给予的,由于她的奇热的和不会疲乏的身体。他现在开始得意于他的生理的耐久力,设想到,倘若他把这几夜的事告诉马拉可夫,这奇怪的家伙是绝不会相信他的。这几夜完全淹没了他。因为要驯服里狄的言辞的暴乱,要使她更简单,更容易对付,他除了她而外什么也不想,而对于她也只向往一件事:她曾忘却她的种种不相宜的问题,她不至于以可恼的和腐蚀的毒药投入他的蜜月之内。

她是不会驯服的,虽然她的眼里的怒焰现在减少了冒火的次数。而且当她对他发问的时候,那问题也并不烦琐——而且好像她的心里已经兴起一种新情调。这是分明显露了的。在半夜里,她会跳下床,跑到窗前,打开它,而且半裸着坐在窗台上。

"你会受寒的——外面有些冷。"克里警告她。

"真厌烦!"她颇为大声地说,"这几夜真有些厌烦,不论是在沉睡的大地上和在空寂的天堂里;我总觉得我自己在一个洞里……在地狱里。"

"正在堕落——现在她自以为是下凡的天使。"克里心里想。

四

　　由于一种严重不快的预感,他是不安宁的。有时怕里狄会厌弃他的恐惧忽然炽烈起来——而有时又觉得但愿如此。他已经——不是初次——注意到在里狄面前的怯懦情态又回到他的身上。而这之后接踵而来的几乎时常是愿意和她突然破裂,以报在她面前自觉怯懦之仇。他看见他自己愚钝了,理解力很弱,不大明白他周围正在进行着的故事。要了解伐拉夫加不倦地燃着和煽着的大作为的意义也是不容易的。差不多每天下晚,餐室里都塞满了克里认为新异的人们,而且伐拉夫加挥着他的短手,玩弄着灰胡须,对那些人说:

　　"维特[1]对于织工罢工的最无谋的干涉已经使那罢工具有政治性质。政府似乎要使工人相信阶级斗争的理论是真确的,并不是社会主义者们所捏造的——你们懂吗?"

　　那主笔默默肯定地点点他的秃头,他的紫色下唇更加严重地悬垂了。

　　一个穿着绒上衣,打着温沙式的鲜艳领结的男人,一管啄木鸟嘴似的大鼻子赫然镇压着他的发烧发红的面孔,低声诉说:

　　"阶级斗争并不是一种空想,倘若一些人有自己的住宅而另一些人除了肺病而外一无所有。"

　　当他被介绍给克里的时候,他伸出一只汗津津的手,用热病的眼睛注视着他的脸,问道:

　　"那拉可夫——'鲁滨生'——你或许听见过我的名字?"

　　他是不安静的,往往忽然跳起,皱着眉头,看看他的黑表,把他的稀胡子扭成锥形,放进嘴里咬着;闭住眼睛,不容易地缩起面皮构成一

---

[1] S. J. Witte (1849—1915),一九〇五年间曾任帝俄首相。

种讥刺的微笑，扭着鼻孔，好像抵抗某种臭气。第二次会见克里的时候，他通知克里为了"鲁滨生"的一篇论文一个报馆被封闭了；另一个报馆停刊三个月；好几个报馆受警告，而且他每到一处工作那一处的长官就变为他的敌人；云云。

"我的一个同志，一个统计学家——最近害伤寒病死在牢里——给我一个诨名'长官们的磨难'。"

他到底是开玩笑或是认真说的呢，这是难明白的。克里立刻觉察他有一种使人不快的姿态。这人细起眼睛，嘲弄地和敌对地，考察着一切人。

深深坐在椅子里的是和伐拉夫加共同发行这报纸的负责人——巴维林·塞夫里维奇·拉狄夫——两个机器面粉厂的业主——一个圆形的小男人，一张鞑靼形的脸上有一道修剪齐整的小胡子，突出的前额下有一双恳切的聪明眼睛。伐拉夫加显然很尊重他，疑问地和期待地看着那鞑靼脸。在回答伐拉夫加反对波比多诺兹次夫[1]的政治的犬儒主义的时候，拉狄夫说：

"臭虫的幸运全靠它的恶臭。"

这是克里听见拉狄夫嘴里说出来的第一句话。这十分激动克里，因为它说得这样离奇，完全不配合于这面粉厂主的端重的小形体和他的蜡似的脸——更确切地说——黄铜色的结实面孔。他的小声音是平淡的，微弱的；他说话加重齿音，带着某种紧张，好像久病之后的人似的。

"你不是画家波波里金所画的《近代苏格拉底》的模特儿吧？"鲁滨生毫无礼貌地问他。

"一件不高明的作品——然而，并非没有真实性。"拉狄夫回答，用胖胖的双手捧着他的肚皮，而且旋转着两个拇指，"不，我当然不是模特儿，但是总还是自然的作品。我认为甚至在商人阶层之中也已经有了

---

[1] C. Pobedonostzev（1827—1907），俄皇尼古拉二世的权臣。

觉悟的人们。"

当初克里·萨木金以为这商人或许是狡猾而残酷的。当他们谈论圣徒舍拉菲·沙洛夫斯基的遗迹的时候,拉狄夫叹息道:

"噢,死圣人的作为对于我们并无益处——而活人们的作为还要更无益处。而且,你看见吗,我们所作所为全不是由于我们自己的自由意志,也不是由于必要,而是由于习惯——这不过是风俗!顶好是我们承认我们全是罪人,我们全是被注定生活于同样罪恶的、凡俗的道路之内的。"

他喜欢说话,显然炫耀着他能够用他自己的言辞随意谈论任何问题的才干。萨木金仔细倾听他的平淡的小声音,和他的庄严而圆熟的言辞之后,发觉拉狄夫心里有某种可喜可慰的东西。

"你,提莫菲·斯蒂班诺维奇,正确地说过:重要的是在比我更年轻的一代中所养成的那种党派精神。我们必须愤恨这种事实吗?"他问。他的琥珀色小眼睛里闪出微笑——而且转面对着那主笔,他自己回答道:

"好,这可以不必。我觉得我们的政府似乎想要充分利用这两个党派的冲突:一派信从赫生和斯拉夫主义,根据于由小百姓把他人格化了的奇迹制造者尼古拉;另一派信从黑格尔和马克思,根据于达尔文的学说。"

他深深呼吸,开始把他的小拇指旋转得更快,而且以微笑抚慰着那主笔。主笔垂下他的下嘴皮,把上嘴唇缩成一条横线,使他的脸更短更广,而且他似乎微笑——在他的眼镜片后面移动着含糊不明的黑点。

"这自然是党派的主要路线。"拉狄夫继续说,更加明朗和温和,"但是还有另一路线也是有益的。有许多青年不但研究人民的疾苦,也研究俄国政府的命运,研究通达太平洋的西伯利亚大铁道,以及其他同类事项。"

停了一停,或许不过是要使他的听众考虑他所说的话的意义,这面

粉厂主在地板上移动着他的肥短的脚,继续说:

"某些人们的个人主义情调也并不是没有它的用处;或许这下面潜藏着一种苏格拉底的集中自我意识,反抗那些诡辩家。不,我们的青年正在欣欣向荣,显示伟大前程。十分显然的,列夫·托尔斯泰的说教并未在我们的青年中得到多少信徒或使徒——并未得到,以我们能够看见的而论。"

"是的。"主笔说,而且,摘掉他的眼镜,露出那柔和的小眼睛,眼瞳并不清明。

拉狄夫常常被人们注意倾听。伐拉夫加尤其把他的深切的注视凝固在那面粉厂主的黄铜脸上,在那谨严的嘴唇上。

"这厂主是能言善辩的。"他说,热忱地微笑着,"一个有朴野的童心的人。"

克里·萨木金注意到伐拉夫加与拉狄夫之间有某种共同点。伐拉夫加的手臂是短的——面粉厂主有短得可笑的小腿。

后来,伊诺可夫谈论拉狄夫:

"看他洗澡一定有趣,裸体的他或许好像一只茶炊。"

伊诺可夫刚才出现不久,来自奥伦堡,或土加斯卡牙地区。他曾经到过克拉斯诺孚斯克——以及波斯。穿着古怪的灰色帆布衣服,好像他满身是尘灰一直浸透骨髓似的,赤脚草鞋,阔边草帽,长头发,简直好像《鲁滨孙漂流记》廉价本封面上画着的那不可征服者的肖像活了起来似的。他用一种鹭鸶步伐在餐室里踱来踱去,一面用指甲剥去他的晒焦了的鼻子上的白皮壳,然后断然说道:

"那些巴希吉里人,那些卡尔莫克人,现在世上白费土地。他们不知道怎样工作,他们没有学习的兴趣。波斯人也是一种活过时了的民族。"

拉狄夫津津有味地看着他,移动着那平滑的眉毛,同时伐拉夫加激怒他:

"好，倘若你有权力，你要怎样处置他们呢？大屠杀他们？饿死他们？"

"他们是秋天的树叶。"伊诺可夫驳斥，从鼻子里吹了一口气，好像吹出那大草原的热灰。

"他们是秋天的树叶。"克里心里默想，观察着这些他所不能理解的人们，觉得他们已经从他们的天然位置上移开了。他们每一个人都在号召着要增加些什么，改正些什么。这种人闪现在他前面的数目日益加多。在过度用心的疲劳的人群所排成的圆舞里时常被人踏着脚是十分难堪的事。

五

里狄从楼上下来了。她坐在角落里，在钢琴前面，用陌生者的眼光从那里观看着，由于习惯，用一根纱围巾裹着她的胸膛。围巾是蓝的——它投射一种不愉快的暗影在她的面孔的下部。克里觉得满足，因为她是沉默的，他确信倘若她说话，他就要觉得他自己反对她。在白天，在别人面前，他不爱她。

他的母亲庄重地对待宾客们。她谦逊地微笑着，她的行为有些不自然，有些装作和感伤。

"好哇。"她款待主笔、伊诺可夫和鲁滨生，而且用一个指头把面包、奶油、果酱和吉士的盘子推向他们。她称呼斯庇伐克太太"利沙"，而且时常和她交换眼光，好像她们的思想是相同的。至于斯庇伐克，她兴奋地和各个人辩论——和伊诺可夫辩论的次数尤其多，或许因为他围绕着她好像一匹小牛被拴在木桩上似的吧。

斯庇伐克自觉是主人而不是宾客，所以克里猜疑地观察着她。

当陌生者们都不见了的时候，斯庇伐克和里狄去到花园里散步，或上楼去坐谈。她们亲热地谈着，以致克里时常想要悄悄地去偷听，发现她们谈些什么。

"看看这个——这是有趣的!"她对克里说,同时塞几本黄色小书在他的手里,法文的 Rèué Dounric, Pellissier[1]。

"她是什么意思——教育我吗?"克里猜想,回忆着尼卡叶伐也曾经送过他拉斐尔前派的、洛乞格娄的、斯徒克的绘画的翻印本,和颓废派作家的诗集。

"各个人都想要把他自己的某种东西系牢在你上,使你会和他相似,因而为他所更能了解。而我并不想把任何事物系牢在任何人上。"他骄傲地反省着,可是他还是很注意倾听斯庇伐克对于文学的意见,觉得每当她谈论俄国新诗的时候,他就赞同她。

"这些年轻人们很急于要摆脱俄国文学的人道主义的传统。其实他们还不过是翻译和抄袭巴黎的诗人们;他们也客气地互相批评,把偶然的盗袭当作俄国文学上的大事件。我觉得自从柴乞夫以后,对于蒙提马太派颓废主义作家的狂热是不可理解的。"

偶尔的,伊凡·杜洛诺夫有时会以一种受了惩罚的猫的小心的步伐走进伐拉夫加的房间,夹着一只公事皮包,衣冠很整齐,穿着一双异常之响的皮鞋。他对克里交互问好,好像一个属员伺候严厉的上司的儿子,一种虚伪的谦恭表现在他的塌鼻子脸上。

"一向都好吗?"萨木金问。

"不坏,谢谢您。"杜洛诺夫说,特别强调那代名词。从此之后他俩就更加客气地互相称呼"您",代替了平常的"你",而且当他们彼此告别的时候,杜洛诺夫通知克里:

"马格里它要我致意您,她现在教会学校教授缝纫。"

"是吗?"萨木金说。

"是的。我常遇见她。"

---

[1] 未详,或系某种丛书。

"他为什么要对我讲这些话呢?"萨木金不安地回想,目送着他。

他立刻忘记了杜洛诺夫,因为里狄席卷了他的全部思想,鼓动着他内心的一种日益严重的惊恐。她显然不同于他所想象的她。不——不同。生理地越迷惑,她就越以一种屈就的神气看待他,而且他不止一次地听出她的声音中的反讽腔调。

"好。那么告诉我在我的内心里有什么变化了吗?"

他想要说:

"没有。"

他可以说:

"现在我才明白我错了。"

但是他没有足够的勇气说真话——况且不能保证这是真实的,这是必须说的。他答道:

"要讲这个还太早。"

"我的内心没有什么变化。"里狄在一阵私语中提示他——在夜的闷热的黑暗中她的私语变为他的梦魇。

有些特别令人丧气的某物存在这事实之中。她小声询问一些不适宜的问题——好像她自己也觉得羞愧似的——同时却坦然说出越加可耻的话。有一次,当他对她说着某种抚慰的话的时候,她制止他:

"等一等——这是从哪里来的?"她皱起眉头想一想,"这是司汤达的《论爱情》里的话。"

她跳下床,在房里急速地踱来踱去,踏着映在地板上的浓密的树影。她的腿上的黑长袜离奇地和树影混合着。暗影也滑过被月光染蓝的她的小衣。她好像没有脚似的,飞腾着。向窗外望望之后,她停住在镜子前面,严厉地皱着眉毛。她这样屡次和这样仔细对镜考察她自己,使克里觉得既奇怪而又可笑。她会停在那里,咬着嘴唇,竖起眉毛,而且拍拍她的胸部、她的肚皮和她的屁股。反映在镜面上的除了她的裸体而外就只有裱糊成暗色的墙壁。看着里狄变为两个是最不愉快的:一个活的形体在地板上动荡着,另一个在镜面的虚空中滑过。

克里粗糙地问她:

"你以为你已经怀孕了吗?"

她的双手下垂。她急忙转身,惊惶地问:

"什——什么?"

然后,坐在椅子里,她郑重地说:

"但是,现在,不一定会有小孩的吧?现在,还不过六个星期……"

"那么,你为什么烦恼呢?你害怕生育吗?"克里问,正在以逗恼她为乐,"这和几个星期有什么关系呢?"

并不回答,她赶快穿起衣服。

"可是,你记得吗,你想要一个男孩和一个女孩?"

她急忙地穿着衣服,好像要尽其可能地赶快掩藏她自己。

"我说过吗?"她含糊说,"我不记得了。"

"大约你十岁的时候说过。"

"现在男孩女孩都引不起我的注意。"

然后,弯腰下去穿起拖鞋,她说:

"并不是每个人都有权利生孩子的。"

"唷,这是什么哲学?"

"是的。"她说,走到床前,"并不是每个人都有。倘若创作一些卑劣的书籍和绘画,那不是很坏的事吗?而且应该受一种惩罚,当生出卑劣孩子的时候。"

克里恼怒了。

"你从哪里得来这些腐旧思想?听你说得真可笑。这些话全是斯庇伐克说的吧?"

她用轻轻的脚步,小心地踮起脚尖走出去了。就只缺少稍稍提起她的裙子——否则就完全好像她正在走在一条污泥路上。

六

克里觉得里狄和他自己之间不愉快的争论莫名其妙地迅速增多——而且他无法避免。

有一夜,被她的继续盘问所厌倦,他冷淡地劝告她:

"读《结婚卫生》——有这样一本书,或者找一本产科读本吧。"

里狄踞坐在床上,她双手抱她的两个膝头,把下巴搁在它们上,问道:

"照你说,一切都归结到产科吗?那么,哪里需要诗呢?什么引起诗歌呢?"

"好,你去问马加洛夫吧,关于这些事。"

微笑着,他说道:

"马加洛夫很恰当地封他为'来自羊肠小径的乡下浪漫诗人'。"

里狄转面向他,而且用她的小手指的尖指甲梳理他的眉毛,说道:

"你说得不好。而且你时常都好像在应对一种考试似的。"

"正是应考。"克里回答,"因为你永远都在考问我。"

她的声音开始有两种腔调,和她在幼年时代一样。

"我总是同意你,但是那不过是因为不想和你争论。对于每一件事人都可以和你争论,但是我知道那是无用的。你是狡猾的……而你也没有值得我珍重的言语。"

"我不了解你为什么说这个。"萨木金喃喃怨语,猜疑某种重要关头就要到来。

"我为什么说这个?"她歇了一会儿之后,重复他的问题,"某一歌剧里的一首歌:'爱?什么是爱?'我从十三岁起就思索这问题,就是从我觉得我自己是女人的时候起——而且我怨恨它!除了恋爱之外我什么也不能思想。"

萨木金以为她茫然负疚地说了,很想要看看她的脸。他擦燃一支火柴,但是里狄照常发脾气,用手掌蒙着脸,说道:

"不要亮光。"

"你喜欢在暗中瞎玩。"克里说笑——忽然恼怒,"这是愚蠢的"。

风在花园里吵闹,树叶猛扑着窗玻璃,枝条拍打着百叶窗,发出急促的军号之声,此外人能够听见一种不可理解的唏嘘,好像小狗在睡梦中悠悠地哼呼。这些声音混合着里狄的低诉,加添一种悲调在她的言辞上:

"我们彼此必不可说谎。"萨木金听见,"人们说谎是因为想要多占便宜,而我并不想找什么便宜——懂吗!我不知道我想要什么。或许你说得对:我的心里有些腐朽的东西——这确是因为我对于任何事物都没有爱心,而且各样事物对于我都是不真实的,并不如它所当然。"

自从和她私通以来,克里第一次听见她的言语里面有为他所理解而亲切的某物。

"是的。"他说,"有许多东西是硬想出来的废料——我知道。"

而且他第一次觉得他想要以一种特殊姿态爱抚里狄,使她感动到流泪,作出非常坦白的忏悔,因而她会好像惯于暴露她的肉体一样轻易地暴露她的灵魂。他分明觉得他就要随时面对某种异常简明的超凡入圣的事,因而他就能从他的全部经验之中为他自己和为她提炼出一种苦口然而良好的药汁。

"我觉得现在幸福的人们并不是年轻人们,而是那些有所陶醉的人们。"她继续小声说,"你们全都不了解狄欧米多夫,以为他是疯人,但是他曾经说过奇妙的话:'或许神是虚构的,可是教堂是实有的;然而人所需要的只是神——并不是石造的教堂。现实拘束着人。'"

"这是半白痴的无政府主义。"克里仓促说出,"我知道这个。我听见过:'树木是傻子,石头是傻子。'如是等等……呸!"

他觉得十分重要的种种思想正在萌生在他的心里。但是,要表现它们，他的记忆却偏执地提示了别人的言辞，这些言辞或许是里狄早已熟悉了的。寻觅着他自己的言辞，而且想要制止里狄的唠叨，萨木金把一只手放在她的肩上，但是她闪避得这样敏捷，以致他的手滑落在她的肘上，而且当他抓住它的时候，她要求：

"放手。"

"为什么？"

"我要走了。"

她走了，照常把他留在黑暗中，在哑默中。这并不是不常遇见的事——她会忽然走掉，好像被他的言辞骇跑了似的。但是这一次她的惊逃特别讨厌——她把他想要对她说的话全部拖带去了，像一道影子似的跟在她后面。克里从床上跳下来，打开窗子，一阵风冲入室内。它带来一种尘灰气味，开始恼怒地乱翻桌上书籍的纸页，煽动克里的愤慨。

"明天我要和她弄个清楚。"他决定，关了窗子，去躺在床上，"我已经受够了她的任性胡闹和她的啰唆！"

他觉得里狄的心情正在变为恍惚迷离，而且他已经称它为两副面孔。第二次他又注意到甚至生理方面里狄也正在改变，从熟悉的她的面容后面逐渐显现出来另一面容——他觉得新奇的面容。她会忽然亲热她的父亲，亲热维拉·彼得洛夫娜，也以一种小女学生所谓"撞倒"的姿态亲热伊立沙弗它·斯庇伐克。有些日子，她注视着一切人，那眼光是异乎平常的——温柔的，怜悯的，而且这样悲凉，以致克里惊异地想到她就要忏悔了，就要毫无道理地把他和她的事情告诉别人了，就要流出黑色的泪。他很得意于这"黑色的泪"，他认为这是他的优良的想象力的出品之一。

他看见里狄怎样讨好地伺候他的母亲，后者对她的态度是客气而又冷淡的。她从来不正视这姑娘的脸，总是望着她的前额，或头发以上。有一晚，在餐室里喝茶，维拉·彼得洛夫娜谦和地指教里狄：

"批评权是建立在坚定的信仰或正确的知识上的。我不同意你的信仰,而你的知识,我认为,是不足的……"

里狄并不等她说完,就大有深意地说道:

"我们的马车夫米开尔呵责人们不看路,可是他自己就看不清路,我时常害怕他会撞倒人。现在,他的眼力太差了。为什么不请医生来看看他?"

维拉·彼得洛夫娜,疑问地看看伐拉夫加之后,耸动肩头,而伐拉夫加却含糊说道:

"医治?他六十四岁……无药可医。"

里狄走掉了,几分钟之后出现在花园里,兴奋地和斯庇伐克谈话。克里听见她说:

"但是为什么我必须纠正别人的错误呢?"

有时克里觉得里狄对待他冷淡而又矜持,好像他曾经在她面前犯过什么错误,虽然他已经被原谅,而这原谅是很勉强似的。

回忆着这一切,他又想道:

"是的,我要她解释清楚,不过明天。"

七

在早晨,伐拉夫加抹掉他的胡须上的面包屑,通知克里说:

"今天我要介绍编辑部职员给本地文化人士。在七万居民之中,找来找去,只有十四位这样人士——是的,兄弟!三位人士在警察公开监视之下,其余的几乎全都在秘密监视之下。……"

他陷入深思之中,挤柠檬汁在他的茶杯里,叹息道:"我们的政府——真的,兄弟,是最原始的政府。它的头小得不近情理。不配合它的身干。我派里狄到乡下去邀请作家卡丁。嗯,你要作评论吗——呃?"

"我要试一试。"克里答应。

十四位人士的晚会使他记起在乞里沙斯叔叔家里的围绕着鱼肉饺子

的集会。

加塞夫这律师，已经很老，有一个大肚皮，撞着男的斯庇伐克的脆弱身体，正在发出无味的牢骚，反对巴拉拉卡[1]流行在军队里。

"牧笛、角笛、风笛——这些是真正的人民的乐器。我们的人民是抒情诗人——巴拉拉卡不适应她的精神……"

斯庇伐克从他的墨青眼镜里看着他的胸部，畏怯地说道：

"我以为这是不确的，这只不过是用'人民的'代替'低级的'。"

他转身对他的妻说：

"我要去看他哭了没有。"

他跑出去了，这时加塞夫正在高声演讲，对着戈斯丁这统计学家——一个有一张乡间妇人似的胖脸的男人：

"我当然承认亚历山大三世是一个愚昧的沙皇，但是，他到底曾经对我们指出浸入民族性里去的正路。"

统计学家，由于常进监狱而名闻全城，列举道：

"开办教区学校、麦酒专卖……"

鲁滨生横插进来，说道：

"倘若我们真要淹在民族性里，那也就不必排斥巴拉拉卡。"

戈斯丁打断鲁滨生的话，叫道：

"这一切全是把草叶当作制动具塞在历史的车轮里的政治学……"

伊诺可夫阴郁地微笑着，对克里说：

"这惯于坐牢的囚徒谈论历史，就好像忠实的奴隶谈论他的女主人似的……"

伊诺可夫穿着不吉祥的服装，黑上衣上系着一条阔皮带，黑长裤的裤脚塞在长靴里。他变得很瘦。用恼怒的眼光考察着每一个人，他和鲁滨生屡屡走到桌前去添酒。而时常跟着他们去，像一只蟹似的横行着的

---

[1] 吉卜赛人的二弦琴。

是那主笔。克里两次听见他对那小品文作家低声说:

"对于那老家伙随便一点,那拉可夫——这对于你是不好的……"

作家卡丁霸占着桌子旁边。他并不老——不过鬓角上有些灰毛,而且他的肥腮上散布着一种精细的红色络纹。他从这一角滚到那一角,好像一只小皮球似的。他抓住人们,拉他们去喝酒,兴奋地和主笔开玩笑:

"那么我们就要振摇居民喽,马克西敏奇?激起波涛吧?但是你不可以给他们什么马克思主义啊。你不给吗?不给更好!我是旧派,还信仰……"

这时他咬着一种冷菜,觉得滋味好了吧,欣喜地皱着嘴唇,说道:

"不,这到底不过是工厂制出的菌子——并不令人神往!但是我的妻妹现在学会腌菌子,很有名气。"

加塞夫的同伴,年轻的律师普拉夫丁,穿着合身的燕尾服,头发光滑而且满身香气,就好像一个理发匠似的,正在对托米林和戈斯丁演讲:

"不容争辩的正当标准……"

托米林微笑着他的铁面皮的冷笑,同时戈斯丁,轻轻地拍拍他自己的发展得不自然的屁股,用中音的小声音反驳道:

"社会的保守主义的一切根基都潜伏在你的那些标准之内。"

著名的寡妇,科萨科伐,自幼就学教育,现在正在做普及教育的工作,一个戴夹鼻眼镜的女人,有一张紧张的红脸,正在对主笔说明俄国不能采用庇斯台洛兹[1]和弗洛比尔[2]的学说。

"我们有白洛戈夫[3]——我们有……"

---

[1] J. H. Pestalozzi (1746—1827),瑞士教育改革家,主张尊重儿童个性,使其全面发展。
[2] F. Froebel (1782—1852),德国教育家,幼稚园创始人。
[3] 未详,当系俄国对于教育有所主张的名人。

鲁滨生打断了她的话，提醒她白洛戈夫主张用桦树条鞭打儿童，而且念了杜布洛留斯基的诗：

  但是桦条不是粗野的呆子，
  超然生在高树上——
  桦条有礼貌
  不撞白洛戈夫先生……

"这诗是极无理的。都一样，鞭打儿童，通行于全欧洲。"科萨科伐断然宣布。

卢包莫多洛夫医生声明他的怀疑：

"什么？通行全欧洲？我以为他们并不真用鞭子打儿童，不过用戒尺敲手心。"

"也用鞭子打的。"科萨科伐固执地说，"在英国，他们也鞭打他们。"

托米林，穿着厚重的青色毛织上衣，宽大的裤子一直拖到他的突头靴子上，在餐室里走来走去，好像在小菜场里似的。他用手巾揩着他的汗津津的红毛脸。他仔细观察着，留心倾听着，很难得放出他的简洁的辞令。有一次，普拉夫丁，这偏爱戏院的热心家，正在对或人宣讲：

"对不起，但是戏院是一种学校，戏院是一种展览会，这是一种偏见吗？"——托米林微笑着说：

"全部生活都是一种展览会。"

戈台洛夫上尉，前任军事学校教官，现已被革除小学教师职务，一位饮食品评家，养花专家兼园艺专家，有些瘦，颇为强健，有一双热辣的眼睛，正在对主笔说明太阳的红焰显然是某种固体跌落在太阳上激起火花的结果……这时茶桌旁边，拉狄夫紧夹在两位太太之间，正在要她们相信：

"有点——有点——书呆子气,认识欧洲,我觉得俄国知识分子已经创造十分卓异而大有价值的某种事物。我们的乡下医生,我们的统计学家,我们的村学教师,我们的作家,总之,一切从事于文化事业的人们,都是非常宝贵的……"

"他开玩笑吗?他说反话吗?"克里·萨木金惊疑,静听着那平滑无力的小声音。

戈台洛夫上尉,开正步走到拉狄夫前面,伸出瘦长的手给他。

"一种正当的赞美。一个漂亮的意见。我的意见。所以,俄国知识阶层必须了解它自己,为了要确定,要划一,要整齐。真的……知识阶层,作为一个整体,必须变为一个党,不可分裂为若干派!这是由近代史的全部过程指示我们的。这也是由自我保存的本能指示我们的。我们没有朋友,我们都是来自奇异之国的陌生者。是的,官僚和资本家正在奴役我们。对于人民我们是一些陌生者。"

"你说得对——我们是陌生者!"作家卡丁悠然感伤地叫喊,现在已经有些醉了。

上尉的声音是震耳欲聋的。拉狄夫,摇摇头,小心地移开去,连带着他的椅子,然后咕噜道:

"这必须纠正一下……"

斯庇伐克来了,弯腰对他的妻说:

"他睡了。睡熟了。"

八

对于这些人克里毫无兴趣——他的记忆里又复苏了幼年时代对于龙虾的印象,那是一个酒醉的渔夫拿来的,横七竖八地在厨房地板上乱爬——厌憎地听着他们说话,无意参加他们的争论,他仔细观察伊诺可夫。他曾经不喜欢伊诺可夫和里狄同去乡间邀请作家卡丁。他早就不喜欢这粗野男子那样泰然自若地坐在里狄与伊立沙弗它·斯庇伐克之间，而且周旋着，一会儿对这一个笑笑，一会儿对那一个笑笑。在黄昏开始的时候，伊诺可夫带着这种可鄙的笑脸走到他面前，问道：

"他们把你从大学里开革出来了吗？"

这出乎意料的问题压倒了克里，他哑然吃惊地呆看着问话人。

"你造反了吗？"问话人又问，而且当克里告诉他这一学期他不曾上学的时候，伊诺可夫毫无礼貌地提出第三个问题：

"你不上学是由于谨慎吧？"

"谨慎和这有什么关系？"克里干硬地质问。

"因为，使你不至于缠在什么纠纷里面。"伊诺可夫解释，转背对着他。

几分钟之后，他告诉维拉·彼得洛夫娜、里狄和伊立沙弗它·斯庇伐克：

"两个月过去了，他曾经从巴黎回来，在街上遇见我，招呼我：'来呀，我的妻和我买的一件奇妙的东西！'我去了，寻找坐的地方，他就向我推来一把模样稀奇的小椅子，四只最细的金色细腿，上面有一个天鹅绒座垫：'请坐下！'我拒绝，恐怕我坐坏了这样精巧的东西——但是，不！'坐下！'他请求我。我坐下——忽然，从我下面，奏起乐来了——很生动的音乐。我坐在那里，觉得我面红耳热，同时他和他的妻用快活的眼睛望着我，以至大笑。他喜欢得好像小孩似的。我站起——音乐歇止。'不，'我说，'我不喜欢这样；我是惯于用我的耳朵听音乐的。'他们恼怒了。"

这故事使克里的母亲和伊立沙弗它·斯庇伐克都大笑，迫使里狄也微笑，而萨木金却想道伊诺可夫是善于表演一种老实人的；其实，他必定是狡诈而且狠毒的。这时他的冷眼睛闪闪有光，他正在说：

"是的，这些人到欧洲最繁华的都市去游了一趟，发见这最无聊的东西，买了它，得意扬扬。但是这个，"他递给斯庇伐克一只纸烟盒，

"这是一个害肺病的木匠送我的——他结了婚,有四个孩子。"

烟盒引起一阵激赏。克里把它拿在手里。这是杜松木制的,那木刻巨匠在它的盖上刻出一个小顽童——顽童坐在一丛草上,正在用一支细嫩的芦苗逗引一只鹤。

"两天两夜,他刻好了这。"伊诺可夫说,疑问地看着各个人,而且摸摸他的前额,"这里,在那小乐器与这物品之间有着某种我所不能捉摸的比较关系。总之,其间很有些我不能把握的关系。"

他现出一个宽大的微笑,摇摇头,然后点燃一支纸烟——至于那正在燃烧的火柴,他用两个指头把它捏熄了,抛在茶碟上。

"当初你观看事物——然后事物观看你。你有趣地看着它们,而它们质问地看着你:'猜想我们有什么价值?不在钱上,而在精神。'我要喝酒……"

萨木金跟随了他。桌子周围只有一小点空位,而且伐拉夫加正在那里演说,一只手举着一杯酒,另一只手捏着胡子放在肩上。

"学生们的吵闹——都是情绪的反对的一种表现。人在年轻时代都似乎是有才能,而这种似乎容许他们想道他们是被一些蠢材管理着的。"

他一口喝完一杯酒,扬高声音,继续说道:

"因为那些权势者真是些蠢材,所以我们的青年们的情绪的反对是十分合理的。倘若政府的首脑人物是有才能的,我们就会更和平,更聪明,好像英国那样。但是我们没有政治人才。所以我们甚至把维特那种人也捧上台去。"

伊诺可夫用手肘推开别人,开路到桌子前面,倒麦酒给他自己,他低声对克里说:

"你的继父是很有劲的。但是那红毛汉子是谁?"

"我从前的教师——一位哲学家。"

"一个愚人,或许。"

萨木金想要发怒,但是看见伊诺可夫吃吉士好像公羊嚼草似的,他觉得生气是无益的。

"但是鲁巴在什么地方呢?"克里问。

"我不知道。"伊诺可夫淡漠地回答,"她似乎是在加然,学习产科。我已经和她分离,你知道的。她总是关心宪法,关心革命。但是我还不知道革命是不是必要的……"

"好一个厚脸的村夫。"萨木金想,听着那粗野的声音。

"倘若他们为了饱肚子的缘故而革命,我反对,因为我饱的时候比饿的时候更可恶。"

克里正在设计怎样才能扰乱、揭破这狡猾的流浪汉,这技巧地装傻的青年人。但是在他还没有想出办法之前,伊诺可夫轻轻拍着他的肩头,说道:

"我倒想要知道,萨木金,当你装出矛尖似的面孔的时候你在想些什么呀?"

克里皱着眉头,让开一点,这时伊诺可夫,擦奶油在裸麦面包上,大有深意地说道:

"大约一星期之前,我和一个可爱的姑娘同坐在市立公园里,时候已经晚了。一片寂静;月亮滚过天空;云层疾走,树叶落在地面上的暗处和亮处。那少女,我幼年时代的同伴,一个寂寞的娼女,正在叹息,怨恨,懊悔——总之,一种浪漫故事的全部详细情节。我安慰她:'不要说了。'我说,'停止!'——懊悔的门是容易开的,但是这一切有什么意义呢?——想要喝酒吗?好,我要去喝。"

他皱着左眼喝酒,而且塞一小片奶油面包进他的嘴里——这并不妨碍他说话。

"忽然——你来了,走过去,装着矛尖似的面孔,正和现在一样。'呃,'我想,'或许我对安妮达说了不对的话了吧,而这位朋友是知道应该说些什么的。'你说你会告诉那少女一些什么呢,萨木金——呃?"

"或许和你所告诉她的同样的话。"克里欣然回答,觉得他已经失去想要揭破伊诺可夫的狡诈这意愿。

"同样的话?"伊诺可夫疑问地重复,"我不相信。不,你或许有所隐瞒吧——必定有的……"

克里微笑,想到在这种情形之中微笑比言辞更有意义,同时伊诺可夫又伸手向酒瓶,但是立刻做了一个弃绝的姿态,就走到太太小姐们坐着的地方去了。

"一个狂徒。"克里想,但是这回带着一种自卑之情。

在今天之前他曾经屡次遇见伊诺可夫,或在街上,或在河边码头夫群中,或离开每一个人独自站着。他会站到积沙没胫,衔着一根草,轻咬着它,吐出碎片;或者他吸着烟,深思地皱起眼睛,注视着人们蚁一样的劳苦。他时常灰尘满身,戴着阔边皱帽,为了某种理由,就好像出殡时候被雇来步行执绋的人似的。克里曾经看见他和杜洛诺夫并肩同行,从一条巷里出来。杜洛诺夫痴笑着用右手画了一个圆圈,好像他抓住一个看不见的人的头发用力旋转似的,而伊诺可夫却在说:

"这是的确的。或许我们以为我们似乎前进了,而其实不过绕了一个圈子。"

在街上他毫无顾忌地大声说话,就好像在房间里那样,睁大眼睛直看着他所遇见的人们,好像迷路的人要寻找谁问路似的。

人不能了解:为什么伊立沙弗它·斯庇伐克时常格外照顾伊诺可夫呢,为什么克里的母亲和伐拉夫加分明对他表示好意呢,而且为什么里狄会和他谈话那么久,嬉笑地看着他呢?这里,甚至现在——她也站在窗子前面笑嘻嘻地望着伊诺可夫——后者坐在窗台上,手里拿着一支烟。

"是的,我必须对她达到一种了解……"

九

第二天他做这件事。才一吃完早餐他就上楼到她的房间里,发现她打扮好了要出门，穿着顶好的上衣，戴着小帽子，手里拿着一把伞——一阵轻盈细雨正在舐着窗玻璃。

"你要到哪里去？"

"到省公署去，领护照。"

她微笑。

"你为什么这样惊奇？我告诉过你阿连娜要我到巴黎去，我的父亲已经允许我去。"

"这是不确实的。"克里愤怒地反驳，觉得他的两腿发抖，"你一个字也不曾对我讲过……现在我才第一次听见你说！你在干些什么呀？"他义正词严地问她。

里狄坐在椅子上，把她的伞抛置在长沙发上。一个茫然的微笑闪过她的粗野的黑脸上。克里看见她的眼睛里有真诚的惊异之色。

"真奇怪！"她平静地说，看着他的脸而且眨眨眼睛，"我的确觉得我告诉过你的……我读过阿连娜的信……你自信你不会忘记吗？"

克里否定地摇摇头，于是她站起，在房里踱来踱去，说道：

"你知道吗，这是怎么一回事——我总是和你谈论，争辩得这么多——甚至当我一个人独自在一处的时候——我觉得你似乎知道各样事了……似乎明白一切了。"

"我也跟你去。"克里含糊说，不相信她。

"那么大学呢？现在是你去莫斯科的时候了……不——这一切事情越来越奇怪！我要告诉你——我确是觉得……"

"但是那么，我们什么时候结婚呢？"克里恼怒地问，并不看她。

"什——什么？"她问，停住了，"难道，你一定要……我们一定要这样做吗？"他听见她的惊异的私语。

她大睁着眼睛站在他面前。她的嘴皮抖颤而且满脸通红。

"为什么结婚？我并未怀孕……"

她的话响得离奇，好像不是她说的似的。她出去了，遗留他在空虚而凌乱的房间里，在一种沉寂之中，这沉寂几乎不受那怯弱的细雨窸窣的扰动。里狄的突然决定走开，尤其是她回答他的求婚的惶恐之情，使克里十分沮丧，以致他甚至于不能立刻恼怒。在一种颓唐的情境中坐了一两分钟之后，他才断然从鼻梁上摘下他的眼镜，而且把他的小胡子扯拉到疼痛的程度，然后在房里踱步，愤愤问道：

"这就完了吗？"

他立刻提醒他自己，甚至他自己也曾研究这关系破裂的可能的。

"是的，我曾经研究过它！但是那只是在她用那些荒谬的问题来苦恼我的时候。我研究它，但是我并不想要它——我不想要失去她。"

站在镜子前面他叫喊：

"倘若真是破裂，那应该是由我发动，而不是由她的呀。"

他环顾周围，他觉得他已经大声说了——很大声。侍女正在那里悠闲地揩桌面，这才使他相信他的叫喊是在心里面的。在镜面上他看见他的苍白的脸——他的近视眼正在惶惑地乱眨。他急忙戴上眼镜，跳到他的房里，躺下，用手掌按住额角，咬着嘴唇。

十

半小时之后他已经说服他自己。他特别感觉羞辱是因为他不能使里狄感激涕零，或吻他的手，或低诉柔情蜜意，像尼卡叶伐曾经做过的那样。里狄，一次都不曾，一分钟也不曾，容许他得到那给幸福与女人的男子所夸耀的满足。倘若他曾经经验过这种欢情，那么他对于这一次破裂就会感觉得更容易些。

"她不曾给予过我一次真诚的抚爱。"克里气愤地想，回忆里狄的抚爱是把他作为研究抚爱的材料的。

"尼采说得对：人接近女人的时候一只手里必须拿着一条鞭子。还得加添半句：另一只手里拿着糖果。"

逐渐心平气和，他想道，他和她的关系，甚至现在也是扰乱着的，到后来终于要变为不能忍耐的、怨恨的。或许里狄，荒谬地寻求着似乎隐藏在性的生理之下的某物，已经在他上有所揭发了吧。

"马加洛夫说唐璜[1]并不是浪漫主义者，而是一个寻求未知的、未验的性感的人，或者许多女人也具有寻求这种未知的经验的同样热情——例如，乔治·桑[2]，"萨木金默想，"然而，马加洛夫并不以这种热情为病态，而图洛波伊夫却称它为'精神的吸血鬼'。马加洛夫说女人半意识地努力要发掘男人的最后的蕴，因为要明了他胜过她的那力量的根源，要明了自古以来他征服她的那本领。"

克里·萨木金闭紧眼睛，辱骂马加洛夫。

"一个白痴。还有比这研究妇科医学的浪漫主义者更愚蠢的人吗？更为简单而自然得多的是古图索夫，他很容易地一下子就把马利娜从狄米徒里手里拿过来；伊诺可夫，一感觉讨厌小鲁巴就立刻弃绝了她……"

萨木金的思想越来越具有一种雄赳赳的性质。他专心努力要使这些思想更为深入，因为在它们背后浮着一种感觉严重损失的朦胧意识。损失的不但是里狄，那曾经争取到手，而又失去，以致无可挽回的人，而且还有更重要的某物。但是他不愿思维这一点，所以他才一听见她回来，立刻断然走去问她要一种解释。倘若她真要此刻分离，就要她自己承认这破裂的罪责，就要她乞求原谅……

里狄坐在她的小房间的桌子前面。正在写信。她回头默默看着克里，扬起她的浓密而细长的眉毛。

"我们应该把事情讲清楚。"克里说，拉一把椅子到桌子前面。

她放下笔，举起双手，伸长她自己，问道：

---

[1] 西班牙传说中的风流荡子，生平有情妇数千人云。
[2] George Sand（1804—1876），法国著名女作家。

"什么事？"

"这是绝对必要的。"克里说，试行用一种严厉的注视看定她的眼睛。

今天她特别像一个吉卜赛人：她的永远梳不平滑的丰富的鬈发，她的瘦削的黑脸，闪亮的眼睛和翘起的长睫毛，和尖鼻子；葡萄色衣服里的蜿蜒的身体；裹在有蓝花的橘黄围巾里的窄肩头。

萨木金还没有发见足够重量的言辞在开始谈判之前，里狄沉静而严肃地说道：

"我们已经说过那样多……"

"原谅我！人不能够用你待我的法子待人。"萨木金郑重开始，"这样忽然决定到巴黎去是什么意义？"

但是她并不听他的话，用好像她有三十岁那样老的腔调继续说：

"况且，甚至我离开你独自在一处的时候我也和你交谈了。我也正直地对你说过……比你说明你自己更正直——是的，相信我！至于你，真的，你并不很……勇敢。这就是你说'人必须默默地恋爱'的理由。而我要说，要叫——我要了解。你劝我读《产科概论》……"

"并无恶意呀。"萨木金说。

里狄微笑，问他：

"当然，难道你劝我读《结婚卫生》是出于恶意的吗？但是我不要读这书——它一定不会解释明白为什么为了你的爱情我对于你是必要的。这是一个愚问吗？我还有比这更愚的一个问题咧。或许你是对的：一个堕落的、颓废的人，而且我是不配合于一个平平稳稳的男人的。我曾经觉得我似乎发见你是能够援助我……的男子……然而我不知道我所期待于你的是什么。"

他回头看着窗外流云，云有污秽的冰的颜色，这时萨木金恼怒地说道：

"我也……想过你将要是我的好朋友……"

她沉思地看着他，继续低声说道：

"你看这一切多么快……就好像打火石一样……一闪——就没有了。"

她的黑脸变为更黑；她的眼睛避开克里的脸，她站起，挺直她自己。

萨木金也站起，等待着伤害他的言语。

"这是没有乐趣的，什么也不明白，在一种昏雾里，其中只有一两分钟之间会闪出某种焦灼的火花。"

"你知道得很少。"她叹息着说，她的手指敲着书桌。不，人不能憎恨里狄，人不能对她说粗鲁的话。

"人必须知道些什么呢？"她问。

"人必须学习。"

"是吗？觉得自己一辈子是一个女学生吗？"她微笑，从窗里望着漫画似的杂色的天。

"我觉得我似乎已经知道人并不必须知道的各样事。但是，我终于还是要努力学习。"他听见她的沉静的言语，"不在莫斯科，那繁忙的城市，而是或许在彼得堡。至于巴黎，我真的一定要去，因为阿连娜在那里。她现在并不十分快活，而你知道我是怎样爱她……"

"为什么？"萨木金觉得想要问，但是侍女进来请里狄到楼下去见伐拉夫加。

她们默默地并肩走下楼去。克里在楼口上站了一会儿，默默看着各色外衣挂在墙边衣架上——使人想到站在教堂门口的一群乞丐——无头的乞丐。

"不，这不算完的——还有话要说。"他决定，而且，到了他自己的房里之后，坐下来写信给里狄。他写得很长，但是重读了几页之后，他觉得他的大函是由两个人写成的，而这两个人同样不像他自己：一个是粗鲁地胡乱嘲笑里狄，而另一个是可怜地和拙劣地辩护他自己。

"但是我的确没有错。"他严正地安慰他自己。他撕掉那封信,立刻决定他要到尼忌尼·诺弗戈洛得去,去看全俄博览会。他要突然离开,在里狄将要离开之前——在她要到外国去之前。这就会使她了解他对于这破裂并不很愁苦。另一方面——或许她会以为他伤心了,因而心回意转,跟他去的吧?

但是当他告诉她说后天他就要走了的时候,她不动声色地说道:

"好运气,我们的事情从此完结,平静无事,并没有戏剧场面。当初我还害怕会有什么麻烦咧。"

她拉拢他,使劲吻了他的嘴唇一下。

"我们像朋友似的分别了吧!将来,我们再会的时候,我俩都更聪明起来——是吗?而且,或许,那时我们彼此要另眼相看了吧?"

克里大为感动,由于她的出乎意料的温柔言辞,也由于她的眼角上的一小点泪水;他很温柔地请求她:

"你跟我去不更好吗?"

"不。"她断然说了,"不——不要这样!你又搅扰我。"

她赶快揩干眼泪。克里恐怕他自己又说出什么不适当的话,也赶快吻了她的燥热的手。后来,他独自在他的房里踱步,想道:

"其实她是不幸福的——就是这么回事。一朵不结果的花。她是没有灵魂的。会思索而没有情意。"

他停在房间中央,摘下他的眼镜旋转着它,看看周围,几乎高声说出来地想道:

"但是这戏闭幕得好快呀!真的,就好像打火石似的一闪。"

他觉得他自己失败了,但是同时又觉得正好借此休息一些日子,他是早就必须休息的了。

第二十章

一

几天之后克里·萨木金的列车正在驶进尼忌尼·诺弗戈洛得。离车站还有三四俄里,挤满乘客的列车开始缓缓前进,好像司机要使乘客更为从容地观察在这阴郁的原野上,在一些黄沙秃块和沼地绿洲之间,新建筑的各色各样的密集成群的异样房屋。

和轨道平行,约略在地平面之下,在阳光中辉煌夺目的是"机器陈列馆"——一座金属和玻璃的建筑物,那形式就好像一只巨大水槽翻扑着。透过玻璃间隔人能够瞥见一群金属怪物在建筑物内缓缓移动,能够瞥见那些被捕的铁兽互相冲撞。单层的农业厅,装饰着德国人洛庇所设计的俄式浮雕木架,弯曲成一个半圆形。厅后面竖立着许多更为散乱的异样建筑物,互相交错着,其中的一些使人想到糕饼店的技巧。突出在那错杂的一群中,恰好像一大块糖似的是孤立的白色"艺术陈列馆"。

一只金色双头鹰在阳光中炫目地闪现在"沙皇厅"的尖顶上,这厅是按照古代俄国大厦"特里米"式建筑的——像童话插图中所画的那样。金鹰上面的蔚蓝天空中飘着一只胀鼓鼓的灰色气球,系在一条长绳子上。

  列车从容行动,缓缓地绕了这小城市一个圆圈。它的一切异样建筑物全都好像环绕着一个看不见的中心点旋转着似的,变换地位,互相追逐,滑行在那些沙石路和小方场之间。这种混乱的圆式舞蹈——无味而可惊的乱撞——的印象由于玩偶似的小人们而增强了,那些人们正在小心地踱步于建筑物中间的蜿蜒小路上。少数人,只有其中的少数个人向各不相同的方向急忙奔路,而大多数人却使人觉得他们迷失道路,正在寻觅什么。那些人们似乎比那些建筑物更少活动力——建筑物一会儿显露他们,一会儿把他们隐藏在它们的角落后面。

  这悠悠然而又茫茫然的圆形舞蹈的非真非幻的印象一直留在萨木金的心里,几乎在他停住在这奇异城市的全部时间之内:这城市建立在阴郁的原野的边缘上,远处被一列毛茸茸的青色松林——"塞弗洛夫的马鬃"——所封闭,而另一面是看不见的俄加河,傍着"啄木鸟山岭"尼忌尼·诺弗戈洛得的小家宅和教堂就潜伏在其间的那些草木葱翠的园圃之中。

二

  驻在一个临时搭成的木房子客栈里,其中各样东西都吱吱喳喳,而每一声响都使人心神不安,萨木金赶快梳洗,换衣服,喝了一杯微温的茶,立刻到博览会去了。那相距不过三百步远。

  在傍晚的时候他回来了——目眩耳聋,感觉到从远方未知的国度回来的旅客所有的感觉。但是这种饱餍的感觉并不压迫他,而是似乎使克里心胸开阔,要求他提纲挈领,预约给他一种他已朦胧觉得的大欢乐作为奖赏。

这是仓促间做不出来的——在这不太温和的夏季的一个不快的日子。克里躺在床上,用一条薄被掩盖着他自己,再把一件外衣加在被上。一阵怒雨打击着有反响的屋顶。雷声殷殷,震摇旅舍。窗子的缝隙之间咝嘘着湿风。有三个地方沉重的水滴按照规定时间从顶棚落到地板上——水挥发着一种油漆加潮粪的气味。

克里·萨木金看见他前面展开一片富丽的大地,这地的存在他从不怀疑。最为仪态万方的土地——啊,她曾经收集这土上的物产,好像摆在她的手掌上夸耀它们给她自己。人可以想到那些异样好看的建筑物是故意建立在这荒凉的原野上,和一个贫穷而龌龊的市区连接着,作为对比的,市区的丑陋可怕的房屋惨然分散在由伏尔加河和俄加河冲积而成的沙地上,而且由此飞扬起刺鼻的尘灰,在这样凄苦的日子,当一阵闷热的"西风"从伏尔加河下吹来的时候。

丰饶的大地和她的褴褛小民的关系之间,人似乎可以看见某种夸张的暗示:

"我们生活得坏——但是一旦工作起来——看我们做得多么好呀!"

并不这样夸张而更为可信的是那市场所显示的国土之富。一行一行蹲伏着的单调的黄色石造店铺,它们的开着的门里的广大肚肠,显出各种金属品、棉织品、丝织品、毛织品的堆集如山丘。彩色瓷器在那里闪耀,镜子发光,反映着经过它们前面的各种东西。陈列着装置在玻璃橱里的各种教堂法物,而橱对面就密布着各式酒杯,以及厕所和浴室的陶制用具。在这神物法宝与家常用具的混合之中,克里·萨木金欣然觉得商人谋利的不分皂白。

三

在市场里的人们比在博览会里的人们更多。他们的行动更随便、更喧哗,而且全都似乎得意于他们的交易。惹人注意的是人的典型之各式各样,大批外国人,别种别族人,穿戴温厚的东方人。耳朵听见奇异的言语,眼睛看见奇异的形体和容貌。在俄罗斯人之中人并不是不常遇见大胡子的瘦男人,以及怪模怪样的人,像教堂庶务那样的人,于是克里·萨木金不愉快地想起庶务一类人,而且在几分钟之间,惊异地想到那些只有三个手指的、被革职除名的、歇斯底里的醉汉、嬉皮笑脸的学生——如马拉可夫——以及别的人们,居然自有主张,想要按照他们自己的方式,改造这样庞大的国家。坡阿可夫,克里认为毫无精彩,和那漂亮而精致的普里士,将来一定要做大学教授——这两位并未使克里惊异。那自信的古图索夫,致力于事实和数字的人,已经在他的记忆中消褪了——况且,克里自来不喜欢思索他。

仰望着用船甲板造成的顶棚,克里看见水在裂缝里奔跑,集结为亮晶晶的水球,大滴落在地板上,形成一些池沼。

这时来到他的记忆里的是萨拉托斯提所制造的兵器的闪闪寒光。巴夫洛弗、凡卡和孚士马的小刀、叉子、剪子、锁。在海军厅里,装饰着炮弹、大刀和刺刀,还陈列着一尊长管炮,小巧精致,是莫托维里卡的出品,光滑而冷静,好像一条鱼。一个扁平的水兵,似乎是铜铸的,扬着他的青下巴,扭着他的翘起的上髭,谦恭而滑稽地对众人解释:

"这里这军器是把这里这子弹从这里这地方装进去,然后瞄准——当然,就是说打敌人。不要动手杖,先生——这是不许可的!"

七月夕阳中的麦田灿烂得好像黄金铺地,冬夜明月的清光使人想到镶珠的锦缎,秋林的多姿——色彩纷呈。这些诗意的比喻来到克里的心里,在他参观了艺术陈列馆之后,那里有一位"教学先生",高眉长发,瘦削而关节松弛的身体,曾经热心地对观众谈论涅士特洛夫的和利维坦的风景画,称赞俄罗斯为锦绣山河,而且终于描写道:

"以各色绫罗奇妙地镶嵌在这天鹅绒大地之上,由于最伟大的艺术家之手——由于上帝之手。"

克里曾经有过爱国的豪情,那时他在中亚细亚厅里看着德国人所要侵略的基伐和波卡拉的出品,看着莫洛索夫公司的鲜艳的花布,和库兹尼索夫公司的五彩瓷器。

玩具和机器,教堂的钟和马车,珠玉雕刻品和大钢琴;加然的彩色熟皮——摸着这样柔滑;糖堆成山,麻绳和漆缆堆成岗丘;油烛造成钟楼;奇美的皮衣,和乌拉尔的铁矿;香皂的水槽;精制的硝皮;各种毛织品——在这些难以数计的财富的山丘之前聚集着一小群一小群的人,他们全都凝眸注视着他们的本国的显赫动人的生产品。而由于他们的沉默,低抑了克里的高亢的豪情。

偶尔他听见热情的赞叹,但是,倘若真有赞赏,那往往是来自妇女的唇边,她们都站在纤维品、厨房用品、化妆品、珠玉和毛皮的陈列橱柜之前。然而,人可以说大多数人是被印象繁多惊呆了的。但是有时萨木金觉得似乎只有妇女的赞赏才有真实欢乐的音调,而在男人们的评判中却有嫉妒的恶声。他甚至回想到或许马加洛夫是对的:女人比男人更能理解宇宙间的各样东西都是对于她有意义的。

四

他的爱国热情特别高扬,每当他遇见成群的别种民族的人们的时候,这些人们来祝贺统治他们的这民族的庆典——来自白海以及里海和黑海,来自赫尔辛基以及海参崴。缓缓踱着的基伐人、波卡拉人和肥胖的沙兹人,他们的庄重步伐在不懂得急促是魔鬼的特性的人们看来似乎是怯弱的。几个虚弱的波斯人,有着青灰色的胡须,站在一列花床附近。一个黄须紫爪的高个子,用他的保养甚好的手的一个长指头指着那些花,用好像读诗似的声调对肃然伺候着他的侍从们说话。一个镶着红宝石的大得可怕的金指环辉耀在他的指头上,这召引来一个歪戴野猫皮帽的瘦小男人的迷魂凝视。这人的有些水气的红眼睛并不脱离那红宝石,他移动着他的厚嘴唇,好像他害怕那宝石会跳出它的厚重的金嵌孔似的。

人屡屡遇见从加然来的鞑靼人,态度温和,也遇见从克里米亚来的鞑靼人,好像罗马尼亚的音乐师;格鲁吉亚人和亚美尼亚人喧哗地奔跑着;面带怒容的、苍白的芬兰人,这城市的电车路和铁索铁道的建筑家们,悠闲地昂然阔步着。阿昌格铁道厅,这是按照北方古代教堂的样式由建筑师塞伐·马孟托夫建筑的。塞伐也是这条铁道的建筑者。在这一厅附近住着一家塌鼻子的萨孟伊兹人,对观众展览一头海狮,这畜生寓居在厅旁的盆地里,它的行动驯服,谦和得好像在说:

"布拉戈打留,塞伐。"[1]

穿着所谓"阿答"的皮衣,九个吉几士人,生铁色面孔,蹲在地上。其中的七个使大劲吹着一种和音乐不通的长长的木号筒。一个青年,鼻梁宽得令人不能相信,而且两只黑眼睛几乎接近两只耳朵,把一个羊皮鼓打得震聋耳朵,同时一个异常之小的小老人,小得像一只玩偶,脸上长着苔藓似的绿毛,孩子气地用手重打一只蒙着驴皮的锅子。有时他会大张着没牙的嘴,这嘴似乎是由那些稀少的胡子缝合的,而且有两三分钟之久这嘴一直叫号着一种刺破耳朵的尖喉音:

"哩——咿——咿——哟——耶——耶——噢——咿——咿——咿……"

从弗拉得米来的吹号角的牧人们,以苦行圣人的脸相和被捕的鸟雀的眼色,在他们的号角上巧妙地演奏着俄罗斯歌曲;同时在海军厅对面的另一演台上,一个黑胡子的美男子,格拉伐奇,正在指挥他的弦乐队,演奏着一支新奇的曲子,在目录单上称为《天界音乐》,格拉伐奇每天演奏这曲子三两次。公众都很喜欢它,以致有些好奇的人们跑到对面的厅里,把耳朵搁在那长管炮的口上,希望听到这柔靡的音乐在它的钢喉咙里的回声。

---

[1] "我谢谢你,塞伐!"

"一种奇妙的传音现象。"一个面目姣好的俊男人通知克里。萨木金并不相信这铁炮能够感应《天界音乐》,但是在宽仁的心情之中他被诱去倾听大炮。在那荒凉的洞口里什么也听不出来,他觉得他自己很愚蠢,而且决定不顺从人们的号召。人们正在赞美一个演讲北方中古史事的说书人,奥林娜·菲多苏娃。

五

每天,在教堂里晚祷的时候,有一个老人,穿着无袖的上衣,戴着暖帽,走到那些横梁前面,梁上悬着俄加希尼可夫和别的制造家所造的一些钟。露着他的秃头,好像一只甜瓜,他在他的身上画了三次十字,怒睁了圆眼仰望着天。他的眼睛是无色而空虚的,好像盲人似的。然后他对观客和听众弯腰鞠躬,观客们正在等候他爬上一条横梁去推动教堂大钟的五个普特重的钟铎。那敏感的铜的肃穆温厚的咏叹悠悠地飘去。那黑的铁舌头似乎已经变为活的,因此由于它自己以它自身的力量撞着铜钟,津津有味地舐着它,同时撞钟人枉然努力用他的长手去捉住它,不能够,就失望,用他自己的秃头去撞那钟的边缘。

他终于能够阻止这舌头的自由活动,然后过去到另一横梁上,到那些小钟前面,然后连手带脚地开始急拉急扯,敲出光荣,光荣归于我们俄罗斯的沙皇。撞钟人这样,抽搐着,以致他好像是吊在一条无形的长绳的活结上,想要摆脱它,摇着他的头,同时他的瘦削的、长颚的面孔膨胀起来,变为充血的了。但是他越是这样,那颂扬沙皇的服从的铜钟就越响亮。撞完了钟,他用一条蓝花格子的白色大手巾揩揩他的流汗的头和脸,而且又用可怕的白眼睛仰望着天,然后对着众人一鞠躬,走了,并不理睬那些欢呼和询问。据说他曾经被某种忧患所压倒,发誓沉默到死,云云。

克里·萨木金曾经看见过这撞钟人几次,而且忽然注意到这撞钟人类似那教会庶务。从那一分钟起他就以为这撞钟人曾经犯了某罪恶，现在正在默默忏悔着。克里觉得想要看见那庶务处于这撞钟人的境地。

但是，一般地说来，萨木金的心境是宁静的，在这些品类繁多的各式各样好东西之前。这些好东西是由各种纯朴小百姓们的手所创造的。这些人们正在不慌不忙地游行在铺着净沙的通路上，谦虚地考察着他们的劳作的产物，低声赞叹他们所看见的东西，但是，大多数却保持着一种深思的沉默。在这些毫无虚荣的平静的工作者之前，萨木金觉得私心内疚。他和蔼地注视他们，甚至有些朦胧的敬意，尊重他们的掩藏着灵异的创造力的那无足轻重的外貌。

"这里是你的大学！"他想，估量着他的印象，"充分认识俄罗斯——这是你的最主要的、活的学问。"

他很被伊诺可夫所惊扰。这人的不匀称的身体穿着宽大的衬衫似的上衣，戴着出丧时雇来执绋者的帽子，从远处就吸引人的注意，好像是一只寻求食物的奇怪的饿鸟到处乱飞似的。伊诺可夫已经更加丈夫气概。他的两腮上已经生长着黑毛的细绒环——这使他的颧骨宽阔的多斑的粗脸有些柔和。

克里一次再次没有决意弃绝和伊诺可夫会见，因为这青年，虽然为他所不悦，但知道得很多，像他的哥哥狄米徒里一样，而且能够动人地谈论农民的和工匠的艺术、渔业和渔场、化学工业、船业和航运。这些对于萨木金是有用的，但是伊诺可夫的言辞往往压低他的宽厚而愉快的情绪。

"这里全是这些可爱的东西……寡妇似的……"伊诺可夫正在说，"你知道：一个年纪大了而且似乎不很聪明的寡妇，面貌也成问题，正在炫耀她的嫁奁，企图引诱一个男人来结婚……"

好像解决了一个纠缠的问题似的，他咬着他的嘴唇，他的嘴缩成一条直线。

然后他恼怒地咒骂：

"这些混蛋！他们会想到在沙地和沼泽上开展览会。一方面——博览会；另一方面——市场，而中间是卡巴维诺这样的乡村，三家人有两家塞满了乞丐和窃贼，而一家——公娼。"

当萨木金热心称赞纺织工业的发达的时候，伊诺可夫指出乡下人穿得很不好，无论衣服的质料和颜色。棉花是由中亚细亚买来，运到莫斯科去制成纱布，然后再运到中亚细亚。他指出：俄国森林丰富，而每年却要向芬兰买几百万吨纸。

"乌拉尔有无数的杉木，要多少有多少，而石墨也是取之不尽的，但是我们还不知道怎样制造铅笔。"

更加不愉快的是听着伊诺可夫谈论别人的不成功的发明的故事：

"你看过'农业陈列馆'吗？"他问，嘴唇噘成一种轻蔑神气，"某个俄国天才在那里陈列着一辆脚踏车——是英国十八世纪有过的；而另一匹驴子改装了一架钢琴，各样都是他自己做的——键、弦——弦的三分之二当然是兽肠。它的音调就好像破车滚过圆石路。一个卸职的公证人在那里说明一种捕打马蝇的拍子，这拍子装在大车的前毂上，一打就打着马——好，马当然要受惊骇。蠢人们是应该掩藏在森林深处的，而我们却炫耀他们，以壮观瞻。"

萨木金每天都和他在博览会入口处的一座瑞典厚纸板造成的房子里吃早餐。伊诺可夫从容地吃完一片火腿、许多面，喝完一瓶黑啤酒，而且，有一次，他用手掌擦擦他的脸，好像要揩掉他的脸上的雀斑似的，说道：

"叫作弗禄比尔的一位艺术家的画显然是有大才能的，而他们拒绝陈列。对于艺术我不懂得什么——但是我能够理解才能之所在。塞伐·马孟托夫曾经为弗禄比尔建筑了一个小舍在博览会外边——那一面。你看见吗？小舍是不收门票的，但是去参观的人很少，甚至在马孟托夫的歌剧班在那里唱的那些日子。我常去那里坐着看看：一面墙上是一幅

《公主的梦》,另一面是《米库拉·西里牙尼诺维奇[1]与伏尔加河》。很奇怪。一个新闻记者用拳头做成望远镜看看那梦,看看米库拉,说道:'政治学。法俄联盟。我不同情这个。艺术是必须脱离政治而独立的。'"

伊诺可夫勉强地微笑着,但是立刻用手揩掉唇上的微笑。他通知克里另一种消息:

"维特已经到了。昨天他和工程师卡西一同散步,引证这格言:'容易过多,难得恰好。'一个自满自足的人。他们正在召集工人欢迎沙皇。或许本地工人不够,否则是他们不相信他们。他们在梭莫夫,在尼忌尼,和在杜布洛夫-那波尔兹工厂里征集了一些人。"

"对于沙皇你的态度如何?"克里问。

伊诺可夫惊异地看着他:

"我从来不曾想过。"

六

克里·萨木金等待沙皇有些急躁不安,这急躁甚至使他羞愧,但是他无法避免。他觉得他必须看看作为地大物博的俄罗斯的首领的这人。这国家生育着某种狡猾人们,要确定这种人们的任何性质是困难的——困难的理由是这种人中间夹杂着许多另一种恶作剧的人们。萨木金心中有一种朦胧希望:在注视沙皇的时候,他,克里,所经历过,所思维过的各种事物将要达到提纲挈领的一种定向。这一看见可能具有第一线曙光的意义——或最后夕辉的意义,这一现之后大地就要被温柔的夏夜所拥抱。或许狄欧米多夫是对的:这年轻的沙皇是一个非常人物——不像是他的祖父那样的人。他曾经勇敢地摧毁了那些想要限制他的权力的人

---

[1] 俄国古事纪中贵族长老之一,人格化为耕地之标征。

们的期望，或许具有比他的祖父更为坚强的性格吧。是的，这尼古拉二世或许能够独立抗拒每一个人，他的青年的手或许强硬到足以握起彼得大帝的短棒，他的声音足以对人民呵斥：

"你们为什么这样干哪？"

有两天之久，伊诺可夫使他离脱了这些思想。

"你不想要去听奥林娜·菲多苏娃说书吗？"他惊异地问，"啊，她是一位奇才。"

"我并不爱好奇迹。"萨木金说，回想着长管炮与《天界音乐》。

但是伊诺可夫，挥开一只手，兴奋地说：

"比起她来，这一切全是废料！"

而且，抓住克里的衣袖，他断续说：

"记得《浮士德》第二部里的'母亲们'吗？但是有人说其间有些梦呓，而这妇人……去呀，去！"

克里第一次看见伊诺可夫有这种心情，而且由于这事实激动兴趣，跟他走进一个厅堂，这里常有人演讲和报告，格拉伐奇也在这里演奏。

"她是一个奇才——你看。"伊诺可夫又说。

一个大胡子男人走出演台，穿着好像由金属薄片做成的长上衣。他用一种抖颤的声音开始说话，好像表演猴戏或海豹的人所说的。

"我，"他说，"我——我——我。"他越说越重复，做着游泳者的手的动作："我写过说明书。这书在门口出售。她是不识字的。她凭记忆记得三千首诗……我……这比《伊里亚特》[1]更多。兹达诺夫教授……当我，巴尔梭夫教授……"

"这不管他，"伊诺可夫安慰克里，"这家伙总是这么愚蠢。"

---

[1] 古希腊史诗。

七

演台上摇摇摆摆地细步走出来一个老态龙钟的小妇人,穿着黑色布衣服,头上包着很旧的艳色头巾,一个滑稽可笑的和蔼的小女巫,全身都是皱纹,一张布制偶人似的圆脸,有着孩子气的、带笑的眼睛。

克里愤愤地看着伊诺可夫,确信这一回又像长管炮那一回一样,他不能不感觉自己受愚弄了。但是伊诺可夫的脸上燃着陶醉的喜色。他发狂地鼓掌,咕噜着:

"啊,亲爱的你……"

这是滑稽可笑的。萨木金有些软化了,而且决定在十分钟之内忍耐一切之后,他取出他的表,低头看着。演台上开始飘来一种异常响的声音,接着是庄重古雅的言语。声音是村妇的,但是人绝不能以为这些诗词是一个老妇人背诵出来的。除了她的词句的醇美而外,在这声音中有着超凡的慈祥和圣洁,这种魔力使萨木金生根在那里,虽然表还拿在手上。他很想要回转头去看看,看那些倾听着这体态偏颇的小老妇人的人们的表情。但是他不能使他的眼睛离开那慈祥的皱脸上的条纹的表演,不能离开那童真的眼睛的异样光辉。这光辉雄辩地说明了每一行诗,给予那些古词活的灵气和迷人的逸韵。

悠悠地挥动着她的细长的手——她整个像一个随便缝起来的布制玩偶——这从奥伦斯基地区来的老妇人正在演说大力士多布兰尼亚[1]的母亲怎样和儿子告别,送他到战场上,去从事他的雄图巨业。萨木金看见那伟大的母亲,听见她的坚决的言语,言下也不免使人听出忧惧和哀愁。他看见那阔肩的多布兰尼亚跪着,举着他的剑,用服从的眼睛仰望着母亲的颜面。

---

[1] 俄语,意译"好汉"。

这时克里觉得他似乎独自在厅堂里,并没有别人——甚或那善良的女巫也不在那里——而只是经由远在厅堂之外的缥缈的音声,出自人类生活过来的往古,传达给他,真正奇迹的、古代英雄复活的声音。

"看,你以为怎样?"伊诺可夫胜利地问。他的脸,展开欢乐的微笑,已经变为好像是沉醉的脸。他的眼睛是潮润的。

"奇妙。"克里回答。

"噢,这还不算什么!你注意:她并不是演戏——她并不为人们而表演,而是和人们一同表演。"

克里并不理解这些怪话,但他回想到它们了,当菲多苏娃开始演说里亚塞的小百姓伊里牙·莫洛米兹和基辅的大公爵弗拉得米吵架的故事的时候。萨木金又迷惑地注视着那女魔术家的脸——它的每一皱纹都是雄辩的,被她的眼睛的不灭的温煦的光辉所照明。凭了他的理智,他认为:那卡拉加洛夫村的强壮的好汉,被饱餍珍馐的大公所激怒,并不曾说这些话,也不是这样的声音的;而且,当然,以他的敏锐的眼光、阶级的眼光看来,其间是不会有如此尖刻的讽刺和轻蔑的——这一想使克里漠然记起历史家伐西里伊·克立乞夫斯基的眼睛里的颇为狡黠而精敏的光芒。

但是,在回想那无情的学者的时候,萨木金忽然立刻不用理智而以全心承认:这随便缝成的布制偶人确是善的真理与恶的真理的最真实的历史家;这奥伦斯基的龙钟老妇所讲的故事才是历史,她以同样的爱和智慧讲愤怒,讲仁慈,讲母亲们的无可慰藉的哀愁和儿子们的好大喜功的梦——讲构成生活的各样事物。将来,历史也许会,以这样谐和的词句,以这样动人的声音——无论是讲真实的或杜撰的——叙述有一个人,一个克里·萨木金,曾经在世间怎样生活过来的吧。

因此,萨木金觉得他自来还不曾这样善良,这样贤明,而且这样不幸——几乎流泪,像在这一奇妙的时间坐在一排一排的魔惑的、变为哑默的人群里一样,由于这亲爱的老女巫,她从古代神话中走出来,走进这为夸耀而仓促建立起来的现实之中。

而且比之伊诺可夫,克里已经被移入离现实更远的境界了。在菲多苏娃的一个故事与另一故事的短时间歇中,她休息了,用舌尖舔舔她的黑嘴唇,偶尔摸摸她的弯曲的腹部,抚弄她的头巾的两端,这是系在好像一朵菌子的帽子似的下巴之下的——这时她微笑着,对着欢呼的人们点头——在这几分钟之间伊诺可夫破坏了克里的情绪,疯狂地拍掌而且呜咽地叫喊:

"多——谢!祖母,亲爱的——多谢!"

他激动得好像一个醉汉,从椅子里跳起来,大声擤鼻子,顿脚。他的翅膀似的肩巾已经从他的肩上爬下去,而且他正在践踏它。

在这一天其余的时间中,克里在一种远离现实的心境里度过。他的记忆固执地提示他那些古诗古词。他的眼前晃荡着那偶人似的形体,挥动着柔软的缝拢似的手,那脸上的皱纹表演着慈祥和智慧,那灰眼睛闪出最辉煌的笑意。

八

三天之后,早晨,他在市场里,站在围绕着一座钟塔的群众之中,塔上正在为全俄商场开幕而升起国旗。伊诺可夫说当沙皇到博览会的时候,他要设法带克里进那里面去——然而,这是难成功的。但是沙皇最可能要去访商场的大厦,那就比较容易到那里去窥看他。

萨木金对面,左边和右边,排列着无穷的人们,都很壮健,衣服也不算坏。有些人穿着新的无袖的短上衣,有些穿着农民的长外套,虽然大多数人穿的上衣。这里那里显出花洋布衣服上的红斑点,宽大的粗呢裤子在阳光下发亮,擦光的皮靴皮鞋也闪闪有光。克里第一次这样接近地看见这样集合着的人民。关于人民,自从童年以来,他就听过那么许多争论,读过那么许多记述他们的艰苦生活的惨淡文章。他仔细察看着那千百只毛松松的、梳理光滑的和秃秃的头颅。那些塌鼻的、多须的、健康的脸——这样结实,有这样善良的眼睛——温和而又严峻,忠厚而又聪明。这些人民平静地站着,一个紧挨着一个,他们的宽阔的胸膛连接成一个胸膛。显然的,用他们的手创造了无数财富使荒原变为锦绣山河的正是伟大的俄罗斯的这一类人民。是的——把最好的分子筛出来放在显要地位的确是这一类人,所以,这是一件好事:别的一切人,盛装华服而体格较小,都顺从地自居于这些劳苦人们背后,让他们站在最前列。克里越是仔细考察最前列的人们,就越是欣然尊重他们。这样纯朴的、谦让的人们,确信他们的能力,会信从那些嬉皮笑脸的学生们,以及半狂的、虚荣的人士。这是完全不能想象的事。

这些谦让的人们谦让到这程度:把其中的一些推或拉向前去是必要的——来完成这必要的是一个戴金丝眼镜的有胡子的强大警官,和一个戴草帽、有三色徽章、矫捷的细脚汉子。这两位,缓缓沿着人墙踱步,殷勤地对这个那个叫道:

"走上前一点,秃头!"

"躲什么,大块头?站在这里。"

"戴耳环的——到这里来!"

那矫捷的汉子,看了看克里之后,用戴着手套的手敲了一下他的肩头:

"退后一点,青年人!"

那个戴银耳环的青年,把他的肩膀作为攻城槌,轻轻地冲撞着萨木金的脊背,而且低声地呵斥道:

"你戴眼镜的也到这里来看。"

但是,从他的宽脊背后面,克里什么也看不见。

萨木金想要站在他和一个有胡子的秃头汉子之间,但是那宽背青年,伸出无敌的手肘,问道:

"你要到哪里去?"

而且他劝告他：

"站在你的地位上！"

克里服从了。

"是的。"他想，"这家伙能够使任何人安分守己。"

于是他问：

"你从哪里来？"

那戴耳环的家伙转动他的有弹性反动力的脖子，把红面孔倾向着他。

"从邻县来。"他说。

"工人？"

"伙夫——在一个制斧公司里。"

萨木金沉默了一会儿，默想着，又问道：

"你为什么不穿制服？"

戴耳环的人不答复。而他的邻人——一个穿黄绸衣服的强壮的美男子——却代替了他，开始唠叨：

"谁要看工人和匠人。这博览会不是表现那种事的地方。倘若工人不做工，他就喝酒——表示醉汉给沙皇看是无益的。"

"你说得对。"有人高声说，"沙皇对于我们的不体面的行业并无兴趣。"

秃头大汉愤然插嘴：

"工人和匠人必须有个分别，工人是工人——匠人是匠人。我现在是弗科拉·莫洛索夫厂的工人——我们的百分之九十都到这里来了。有些工人是从尼戈尔斯卡牙工厂来的。"

一阵闲谈由此发生，而且克里立刻知道那黄绸衣的汉子是斯尼钦歌舞班的舞蹈者和歌唱家，在伏尔加地带很有名的。而舞蹈者的邻人是一位猎熊者，乌登尼伊森林的守林官——黑胡子，体格壮健，有一双猫头鹰似的圆眼睛。

克里感觉这些闲杂人的临时交谈压迫着他,想要改换他的位置,于是往前向着火夫与舞蹈者之间侧身滑过去。但是伙夫用沉重的手抓住他的肩头,把他推回去,恭敬地说道:

"你不可以散步——你看,每个人都静静地站着,是不是?"

舞蹈者,带笑地看看克里,解释道:

"今天不可以出风头。"

"听——他来了。"

或人的权威的声音叫道:

"特里斯金!不许任何人爬上房顶!"

全体一致沉默,稍微挺直胸部,静听着,看着俄加河,看着那一条黑色的桥,桥上排列着两行人,从远处看来就好像一些玩偶,举着他们的小手,似乎要从肩上拔掉他们的头,玩弄头,把头向上抛起。人能够听见一阵雷鸣似的教堂钟声。克里姆林中央寺院的钟声特别威重,而且连接着更为挨近的铜音轰响,出现了另一种喧哗——咆哮的喧哗。克里曾经在莫斯科听见过当迎接沙皇的时候人们怎样高呼"乌拉",但是那时这种呼声并未激动他,而且他曾经受了被驱入庭院与醉汉和窃贼同处的屈辱。但是今天他觉得激动到使他腾起,使他眼前的各样东西都黑了。

人可以想到这强大的吼声拖带着一队飞驰的骑警。马蹄和圆石的交响并未淹没,而是加强这吼声。骑警很精巧地分派着的——每隔一二十步就有一个骑警从队里跳出来,策马向人,使人退入步道,再退向钟塔后面的俄加河畔的空地上。

从街市的另一面的坚实的人墙里,从一匹马的肥屁股后面,蠢蠢然爬出来了那在博览会里撞钟的人,三步就达到大路中央。两个人立刻追着他,叫喊道:

"你要到哪里去,鬼东西?你要到哪里去,丑八怪?"

但是撞钟人用手推开那两人,圆睁怒目仰望着天,然后挥开右手,画了三次十字在大路上。

"哦呵,你原来要干这个呀!"一个织工谦虚地叫喊。

撞钟人急忙塞进人群里,但是他的小帽遗留在大路的圆石头上。

萨木金觉得空气愈加黑暗,被千万人的强大的咆哮所压缩——一种越来越近的咆哮,像一阵肉眼所不能见的云似的,抹煞了一切声响,吞没了钟的轰轰和大厦附近广场上军乐队的铜喇叭的呜呜。当这咆哮滚过克里上面的时候它使他聋了,使他上升,而且迫使他竭力大叫:

"乌拉!"

人们跳跃,挥手,把各种帽子抛入空中。他们这样狂叫,以致人完全听不见省长巴阑诺夫的双马车飞过圆石路的声音。省长直立在他的车里,一个膝头搁在座位上,向前观看,摇着他的帽子。他是钢灰色的、威武的、严峻的。金质勋章闪耀在他的突出的胸部上。

在他后面,在某种距离的远处,疾驰而来三匹白马同驾的一辆车。从银鞍银辔上闪出雪亮的光辉。马毫无声响地大步踏过,那宽阔的马车悄然滚过去。奇怪的是看着这些马转动着十二条腿,而沙皇的御车似乎是飘然滑翔在空中,由于那强大的欢呼使它脱离地面。

克里觉得,在某一时间内,他周围的各样事物和他自己都已脱离地面而飞升在自然力似的咆哮的旋风之中。

沙皇——一个小家伙,比省长小,穿着灰蓝衣服——在车座上轻微地上下颠簸着,他用一只手支持在膝头上,机械地举着另一只手,规律地向左向右点头,而且微笑着,看着无数的圆张着露出牙齿的嘴,看着由于奋力而红涨的面孔。他很年轻——一个很整洁的小男人,有一张好看的嫩脸,同时他的微笑是抱歉的。

是的,他的固定不变的微笑无可争辩地是抱歉的——狄欧米多夫的那种柔和的微笑。而且他的眼睛也是那一类,青玉色的。倘若谁要剃掉他的轻淡的小胡子,他就确切和狄欧米多夫相同了。

他飞驰而过,被万众呼号所追随——也被同样呼号所迎接。别的一些马车也奔驰而来，闪耀着制服和勋章。但是人已经能够听见马蹄声、车轮声，总之，一切事物都已落在地面上。

那撞钟人又跑到大路上，迟钝地挥舞着他的手，他向那些马车后面凭空画十字。人们都跑去围绕着他，好像他是一根石柱似的。一个穿灰色短衣的红脸汉子弯腰，拾起那小帽，交还撞钟人。于是撞钟人在他的膝上拍拍它，然后大踏步走在圆石路中央。

克里的眼睛，已经津津有味地饱看沙皇，还在瞻望着他的灰蓝的形体，他的好看的小脸，和他的负疚的微笑。克里觉得这微笑剥去了它，萨木金的希望，而且使他凄然流泪。泪是早就流过了的，但是那是使一切人腾起的欢乐之泪。而现在，沙皇已去，呼声消逝，克里却因为悲哀和羞耻而哭泣了。

人万难忍受沙皇类似狄欧米多夫这事实。一种惶惑的负疚的微笑会出现在万民之主的脸上也是不可思议的。因此，为什么这年轻貌美的弱小男人能够引起这样震动的欢呼，这是超出人的理解之外的。

九

并无任何意图，萨木金怅然移动于那些为了某种理由忽然和哗然欢喜着的人群之中。他听见他们的兴奋的声音：

"在从前人民是要双膝下跪的……"

"喂，伙伴——西蒙，去喝啤酒去！"

"罗曼——你站立了多久？"

无人谈论关于沙皇的任何事体！萨木金只听见过一句：

"他将要发觉和我们相处是一件困难的事。"

说这话的是一个矮胖青年，或许是一个染匠。他的双手都染着浓厚的蓝靛。他牵着一个整洁的小老人往前走，鲁莽地用手肘推开人们，而且向人叫喊：

"让路呀！"

但是甚至这家伙刚才说的那一句话也许不是谈论沙皇的。

"但是，倘若这些人们也都感觉自己被欺骗，不过是设法隐藏住这感觉，那又该如何呢？"克里思想。

一个眼光尖锐的男人看着克里的脸，不相信地问道：

"你为什么哭呢，年轻的先生？今天你有什么理由要哭呢？"

萨木金慌忙揩干眼泪，加快脚步，转入通到甘纳文郊外去的一条街上，这街从头到尾全是不名誉的家宅。几乎每一个窗户里，和三色旗交互着，出现了半裸的女人，暴露着她们的肩头，她们的胸部，从窗户到窗户一个对一个互相笑谑。除了国旗而外，这里一切如常，好像什么事也不曾有过似的，好像沙皇和那欢呼都不过是一个梦。

"不，狄欧米多夫是错误的，"克里回想，在已经雇好到博览会去的马车之后，"这沙皇不会有决意对人民呵斥，像那驼背小姑娘一样的呵斥。"

在博览会入口处他遇见伊诺可夫。

"我们可以走过去！"他匆促地说，"可惜你来迟了！"

伊诺可夫已经剪过发，修过面，而且脱去那翅膀似的披肩，穿着廉价的鼠灰色衣服，已经失去他的荒唐的外表。除了脸上的雀斑更为明显而外，他的各样和一切别人真没有什么差异，俨然是单调无味的正常人物。这种人并不多——在博览会里他们的兴趣大多半在房子的结构上，仰观屋顶，俯察窗户，呆看屋角后面，而且彼此欣然微笑着。

"卫士？"克里小声询问。

"或许不全是吧。"伊诺可夫愤然回答，那声音高得很不合适。他拿着帽子散步，皱眉看着地面。

"这里已经演过滑稽歌剧。"他说，"在沙皇厅的入口处迎接皇上的是一些'格里尼'——你知道，这种滑稽模样的俄国青年们，穿着镶银的白袍，戴着白色高帽，手持双斧。据说这是古文学家狄米徒·格里戈洛维奇所发明的。他们排成两行。沙皇问其中的一个:'你叫什么名字?''那科尔兹。'他又问另一个,回答:'厄留金。'他问第三个,回答:'狄特马。'第四个是叔尔兹。沙皇微笑着,默默走过了几个人前面;他看见一个塌鼻子蠢材十分崇敬地望着他;他笑问蠢材:'你的名字?'蠢材大惊,立正,狗叫似的报道:'安脱!'这是蠢材在酒店里记账所用的缩写姓名,而他的真姓名是安得里·脱梭伊夫。"

伊诺可夫不动声色地悠悠讲完这一切。

"这是真的吗?"克里不信任地问。

"当然。只要是蠢的,一定是真的。"

克里沉默了,回想到他曾经把伙夫和舞蹈者当作产业工人。

十

尊贵的人们忽然都就地生根,脱下他们的帽子。从化学工业厅里走出来了沙皇,陪伴着他的是三位大臣:孚洛梭夫-达希可夫、凡诺夫斯基和维特。沙皇慢慢走着,玩弄着他的手套,正在倾听那宫内大臣对他说话,同时这大臣轻轻拉着他的袖子,指着饮料厅——一座矮小的圆丘,上面覆着土草。在远处,站在地上,沙皇显得比坐在马车里更小。他显然不愿下去到孚洛梭夫-达希可夫所指示的厅里,掉头不顾,牵强地微笑着,他正在同陆军大臣说话,后者穿便服,拿着一条小手杖。

四个人紧挨着站在一处,阔肩的维特从他的笨重身体的高度上俯视着别的三个。他的小头上有一管几乎看不出来的鼻子和一部蛮横的大胡子,使他好像没有脖子似的,好像那头是草率地嵌在他的巨大的肩上似的,他注视着比他小的沙皇,又注视和他同样小的两个大臣,别有所思地噘着嘴唇,眼睛隐藏在皱紧的眉头下面——他看看他们三个又看看躺在他手里的金表。刺激了萨木金的眼睛的是维特的沉重而长大的脚跟压迫地面的坚定神气。

离开这一群人几步远的地方，肃然立着雄赳赳而颇瘦的省长巴阑诺夫，和灰胡子的工艺陈列馆馆长格里戈洛维奇，馆长用手在空中画了一个大圆圈，而且他的手指蠕蠕而动，好像撒盐在地上，或播种什么似的。别的几个馆长也默然密集站在一处。那有几位戴勋章的要人，有一个面貌绝不像平民的大汉，穿着镶金的长"卡弗坦"衣服。

"尼戈拉·巴格洛夫——一位百万富翁。"伊诺可夫说，"他们称他为尼忌尼·诺弗戈洛得大公。——另一个是塞伐·马孟托夫。"

从北方厅里急步走出来一个肥胖的秃头小男人，有一部小白胡子和一张快活的红脸——他一面走一面哈哈大笑，同时用手挥开一个"高眉长发的——惯于解释的教书先生"。

"小事情，我的最亲爱的人——最最小的小事情。"他高声说，使省长巴阑诺夫严厉地看着他这一方面。一切尊贵的人们也都转面注视他。沙皇也赐顾了他，带着那负疚的微笑，同时孚洛梭夫-达希可夫还是固执地拉着他的袖子，这引起了克里的愤怒。

"一个阿达希夫。"[1]他回想，而且期望这位大臣和那暴君伊凡的太傅同其命运。

博览会中，一片寂静而沉闷，好像在气候恶劣的星期天似的。车站上的机关车照常鸣啸；岔道的铁轨尖声怪叫；缓冲机互相撞击，而且转辙手的号角凄然哀号。

这一天，自早晨以来是晴朗的，现在也已变为阴郁；细薄到难以分辨的灰云成层成块地掩盖着天空；太阳也被它们蒙住，变为冬季似的淡白色，而且它的散光使人眼睛疲乏。建筑物的喜色都已消褪；无数国旗寂然下垂，好像已经失掉它们的色彩，尊贵的人们没精打采地闲踱着，同时沙皇的灰蓝的中庸形体已经变为更暗淡，更不显著，在那些穿黑衣

---

[1] 阿达希夫（A. P. Adashev），十六世纪俄国政治家，曾任伊凡四世的教师，权力甚大，一五六〇年被黜，一五六一年被囚死。

和穿制服、勋章累累的要人们的巨大背景之中。

沙皇缓缓走向海陆军陈列馆，领导着这一群人，好像这一群人推着他走似的。那里——省长巴阑诺夫灵敏地弯腰，从沙皇脚下捡起什么，把它抛在一边。

"喂，你看够了吧？"伊诺可夫问。

萨木金默默点头。他觉得他的身体疲乏，他想要吃，他觉得很悲哀。这种悲哀他曾经在幼年时代经验过：当分发圣诞树上的赠品的时候，他得到了并不是他衷心渴望的东西。

"你觉得沙皇像谁？"伊诺可夫问。

克里不说话，看着他的脸，等待着粗鲁的言语，但是伊诺可夫沉思地说道：

"他像巴尔塞米诺夫，打扮成一个官员。"

"以撒。"萨木金含糊说。

"什么？"

"以撒。"克里重复，更高声而烦恼，这是他无法抑制的。

"啊，是的——这是《圣经》故事。"伊诺可夫想起来了，"好，那么，倘若是这样，谁是亚伯拉罕[1]呢？"

"我不知道。"

"一个奇怪的比喻。"伊诺可夫微笑着，然后叹息道：

"他们不发表我的通信。主笔，那老公羊，写信给我说我太注重消极方面，而这是不合检查员的口味的。他教训我：凡有批评必须出发自某一概念，并于其中发见其支持点。但是鬼能够找到这样一个概念。"

克里不听他的牢骚，心想着那穿灰蓝衣服的青年，想着他的惶惑的微笑。倘若古图索夫、教会庶务和刘托夫之流摆在这人前面，这人将要有什么话说呢？而且萨木金回想到——并没有平常他回想这的时候的嘲

---

[1]《圣经》：亚伯拉罕以其独生子以撒作为牺牲，奉事上帝。

笑意味,而是辛辣地:

"但是真有过一个孩子吗?或许根本就不曾有过什么孩子吧!"

但是,被繁多的印象所压倒,一般说来,他似乎不曾学会怎样思想,那纺织思想的网的小蜘蛛已经很安静地沉睡了。他想要回家,到乡下别墅去休息。

十一

但是无法走开。伐拉夫加打电报来要他等待他来。

因此,在等待期间,克里·萨木金看见了"家主"[1]。

他是一个中等高度的人,穿着宽松的长袍褂,这些衣服的颜色模糊不明,勉强可以说是好像经霜的秋叶。它们,轻淡如影,罩在骨瘦如柴的老人身上。这人的脸皮有两种色调——暗黄皮肤里透出某种锈铁的棕色斑块。这毫无表情的石面孔由于那灰色小胡子而加长了一点。寥寥可数的灰毛,好像小刷子似的,耸立在两个嘴角上,向下伸着。他的下嘴唇,也是铁锈色的,苛刻地撇着,偶然露出一列黄得好像琥珀似的不整齐的牙齿。他的眼睛向着额角倾斜地升起;两只耳朵,尖得好像某种动物的耳朵,紧贴在脑壳上;他戴着一种有些小球和细缨的帽子——这帽子使这人类似某种无名的教堂里的教士。他的细长眼睛的眼珠似乎不像一切别人的眼珠,似乎既不圆也不光滑,而是由一些微细的尖角透明体黏合起来似的。好像观看古代某大艺术家所画的生动的人物,不论从哪一个观点看去,那两只眼睛总是无法避免地追随着克里。那有着厚得可怕的底子的圆头绒靴一定很重吧,可是这人走起来毫无声息。他的脚并不从地上提起,而是滑过去,好像在油漆地板或玻璃板上滑行似的。

在他后面恭敬地移动着一群人,其中四个穿着本国制服。威武的省

---

[1] 中国清朝官制中的"内阁总理"的俄文译名。

长巴阑诺夫走在沙皇内阁陈列馆馆长费布里西将军旁边——这一馆里陈列着那秦斯基珍品和阿尔泰矿产：宝石、天然贵金属和黄金。有勋章的和没有勋章的人们，都挤在一处，也恭敬地跟随着这奇特的访客。

这显要人物飘飘然走着，从这一座建筑物到另一座。他的石面孔是不能动的——只有他的蒙古型的鼻子的鼻孔偶尔微颤和他的苛刻的嘴唇偶尔一缩，但是这一缩的被觉察只是因为他的嘴角上的灰毛的竖起。

"李鸿章。"人们互相私语，"李鸿章！"

而且他们跳开，肃然鞠躬。这古中国的名臣并不看人，他细看他经过的东西，而且只在某些东西前面略停一秒钟，一分钟，颤动着他的鼻孔，抖动着他的胡子。

他的双手藏在阔袖子里，搁在肚子上。但是有一个中国人偶尔——显然出于揣测，或是服从一种不能觉察的暗号——小声对陈列馆馆长说些什么，然后更小声地对李鸿章说些什么，低头说着并不看他的脸。

在海陆军陈列馆里，他对他说明那大炮。那老中国人寂然不动，站在它旁边，斜起眼睛看了它几秒钟——然后又飘荡前去。

费布里西将军，整饬了他的胡子，这好像从伏尔加河对岸远方来的长大凶猛的哥萨克人的那种胡子，越过贵宾之前，以司令官姿态指示给他沙皇厅。李鸿章停住。那中国翻译官就慌慌张张，绕了几个圈子作揖打躬，低声私语——敞开双手，微笑着。

"不可以走在他前面吗？"一个戴着许多勋章的相貌堂皇的男人高声质问——质问了，微笑着，"和他并排走可以吗？什么？也不可以吗？任何人都不可以吗？"

"一点不错，大人！"或人用头等车夫的声音回答。那相貌堂皇的男人鼓起两腮，以致满脸通红，想了一想，用法语说道：

"问问翻译官：那么，谁有权和他并排走？"

每个人都沉默了。然后那头等车夫的声音说，但是这回声音不高：

"大人，翻译官说他不知道。或许你们的——就是我们的——皇帝，他说。"

相貌堂皇的男人摸摸胸上的勋章，恼怒地含糊说：

"真是……什么礼节呀！"

费布里西将军退到李鸿章后面，也红涨着脸，摸摸胡子。

在阿尔泰厅里，李鸿章停留在一只各色珠玉陈列箱前面。他抖动着他的胡子，翻译官立刻要求打开箱子。当他们揭开它的厚重的玻璃盖的时候，这老中国人不慌不忙从袖子里伸出手来，那袖子好像自己会动似的向肘部滚进。那衰老的铁腕的骨瘦的手指就降临在箱里，而且从白大理石板上抓起一枚巨大的绿宝石——这一厅最光荣的东西。李鸿章把这宝石举到他的一只眼睛前面，又移到另一只前面，然后微微点头，把拿着宝石的手藏进袖子里面去了。

"他自己把它拿去了。"翻译官解释这种姿态，高兴地微笑着。

费布里西将军窘了，咕噜道：

"但是，真的，原谅我！因为，真的，我没有权赠送任何东西！"

这中国名臣已经飘出厅门之外，而且向着博览会的出口走去。

"李鸿章。"人们互相低声告语，而且向这东方古圣似的人物鞠躬，"李鸿章！"

这一天是不愉快的。风急躁地乱撞，吹起路上的尘沙，从屋角之后腾跳出来。云都破为碎片，在天上仓皇疾走。太阳也是仓皇不安的，好像企求着要怎样它才可以最善照明这中国人的奇异形体。